Zu diesem Buch

Die fünfzehnjährige Mary Russell begegnet Sherlock Holmes, der inzwischen zurückgezogen als Bienenzüchter lebt, zum ersten Mal 1915 auf einem Spaziergang im englischen Sussex. Von Marys Intelligenz und Selbständigkeit fasziniert, lädt Holmes das junge Mädchen zu sich nach Hause ein. Mary, deren Eltern bei einem Autounfall starben, lebt seitdem bei ihrer ungeliebten Tante. Durch die Bekanntschaft mit Sherlock Holmes kann sie ihrem tristen Leben entfliehen und stürzt sich voll Begeisterung in die Detektivarbeit. Schon bald hat Mary Gelegenheit, ihren Spürsinn und scharfen Verstand einzusetzen. Gemeinsam mit Holmes klärt sie mehrere Fälle auf.

Sehr bald allerdings wird das inzwischen gut eingespielte Team auf eine harte Probe gestellt: Jemand trachtet nicht nur Sherlock Holmes, sondern auch Mary, Mrs. Hudson und Watson nach dem Leben ...

«Die Gehilfin des Bienenzüchters» ist der erste Roman einer Serie, in der Laurie King das männliche Detektivpaar Sherlock Holmes und Dr. Watson durch eine neue Konstellation ersetzt: dem berühmten Detektiv wird eine Assistentin zur Seite gestellt.

Laurie R. King wuchs in San Francisco auf und bereiste mit ihrem Mann zwanzig Länder und fünf Kontinente. Die Autorin lebt heute mit ihrer Familie in Watsonville, Kalifornien.

Laurie R. King

Die Gehilfin des Bienenzüchters

Kriminalroman

Deutsch von
Eva Malsch

rororo

Rowohlt

Die Originalausgabe erschien 1994
unter dem Titel «The Beekeeper's Apprentice or
On the Segregation of the Queen»
bei St. Martin's Press, New York

Umschlaggestaltung Walter Hellmann
Illustration Mike Loos

Deutsche Erstausgabe
Veröffentlicht im Rowohlt Taschenbuch
Verlag GmbH, Reinbek bei Hamburg, Mai 1997

Satz Bembo (Linotronic 500)
Gesamtherstellung Clausen & Bosse, Leck
Printed in Germany
1490-ISBN 3 499 13885 9

Für eine andere M. R., meine Mutter, Mary Richardsen

Vorwort der Herausgeberin

Zunächst soll der Leser wissen, daß ich nichts mit dem Buch zu tun habe, das er in der Hand hält. Ja, ich schreibe Krimis, aber sogar die blühende Phantasie einer Romanschriftstellerin hat ihre Grenzen. Mir wäre niemals die Idee gekommen, Sherlock Holmes könnte sich eine aufgeweckte, feministische fünfzehnjährige Halbamerikanerin als Assistentin aussuchen. Also wirklich – wenn sogar Conan Doyle nur mühsam der Versuchung widerstand, Holmes von einer hohen Klippe zu stoßen, hätte ein offensichtlich intelligentes junges Mädchen dem Detektiv schon bei der ersten Begegnung den Schädel eingeschlagen.

Aber das erklärt nicht, wieso dieses Buch gedruckt wurde.

Es begann vor einigen Jahren, als die Lieferantin eines Zustelldienstes meine Zufahrt heraufraste und zu meiner Überraschung nicht die erwartete Gemüsesaat ablud, sondern einen riesigen, mit zahlreichen Klebestreifen verschlossenen Karton. Dieser mußte das Gewicht, das man der Lieferantin zumuten konnte, bei weitem überschritten haben, weil sie ihren Handkarren benutzte, um das Ding auf meine Vorderveranda zu manövrieren. Nachdem ich sie vergeblich nach dem Absender befragt und mich vergewissert hatte, daß tatsächlich meine Adresse auf dem Karton stand, unterschrieb ich die Empfangsbestätigung und holte ein Messer aus der Küche, um die Klebestreifen durchzuschneiden.

Schließlich zerschnitt ich noch viel mehr, und nachdem ich die Pappe zerrissen hatte, stand ich knöcheltief in Papierfetzen, und das Messer sah nicht mehr so aus wie zuvor.

Das Paket enthielt einen großen, vielbenutzten, altmodischen Reisekoffer aus Metall, mit Aufklebern von bekannten und phantastisch anmutenden Hotels (gibt es in Ibadan ein Ritz?). Irgend jemand hatte vorsorglich den Schlüssel mit einem durchsichtigen Klebestreifen am Vorhängeschloß befestigt. Ich riß ihn herunter, drehte ihn im Schloß herum und fühlte mich ein bißchen wie Alice mit der «Trink-mich»-Flasche.

Während ich das Durcheinander im Koffer anstarrte, ging meine Neugier in Angst über. Hastig zog ich meine Hand weg und trat zurück. Gedanken an verrückte Bombenleger schossen mir durch den Kopf. Ich lief die Treppe hinab und ums Haus herum, in der Absicht, die Polizei anzurufen.

Aber als ich durch die Hintertür hineingegangen war, machte ich mir erst mal eine Tasse Kaffee. Dann eilte ich zur Vorderseite des Hauses, spähte vorsichtig durch ein Fenster auf den verbeulten Metallkoffer und den wundervollen violetten Samt, der darin lag und auf dem sich eine meiner Katzen zusammengerollt hatte.

Warum eine schlafende Katze meine Furcht vor einer Explosion so schnell vertrieb, weiß ich nicht. Jedenfalls kniete ich nach wenigen Sekunden nieder, stieß das Tier mit dem Ellbogen beiseite und inspizierte die Sachen im Koffer. Sie erschienen mir ziemlich seltsam – nicht jeder Gegenstand an sich, sondern die Zusammenstellung, die keinerlei System erkennen ließ: verschiedene Kleidungsstücke, darunter das perlenbesetzte Abendcape aus violettem Samt (mit einem Schlitz am Saum), ein schäbiger Herrenbademantel, ein atemberaubender Kaschmirschal, mit Seidenfäden bestickt; eine zerbrochene Lupe; zwei gefärbte runde Glasgegenstände – offenbar dicke, gräßliche unbequeme Kontaktlinsen; ein Stoffstreifen, den ein Freund später als auseinandergerollten Turban identifizierte; eine himmlische Kette aus Gold und Smaragden, die wie ein Symbol unvorstellbaren Reichtums an meinem Hals prangte, bis ich den Verschluß löste und ins Haus lief, um sie unter meinem Kopfkissen zu verstecken; eine Krawattennadel, mit Smaragden verziert; eine leere Streichholzschachtel; ein geschnitztes Eßstäbchen aus Elfenbein; ein englischer Zugfahrplan aus dem Jahr 1923, genannt ABC; drei merkwürdige Steine; eine fünf Zentimeter lange Schraube, an der Mutter verrostet; eine kleine Holzkassette, geschmückt mit Gravuren und Intarsien, die Palmen und Dschungeltiere darstellten; eine schmale Ausgabe von König James' Neuem Testament, deren abgegriffener weißer Ledereinband Blattgoldornamente und rote Lettern aufwies; ein Monokel an einem schwarzen Seidenband; eine Schachtel voller Zeitungsausschnitte, teilweise Berichte über Straftaten; und weitere sonderbare Dinge, in die Ecken des Koffers gestopft.

Am Boden lagen Manuskripte. Nur eins ließ sich sofort als solches erkennen, die anderen Papiere, in verschiedenen Größen, waren mit winziger, kaum leserlicher Handschrift vollgekritzelt – gebündelt, von schmalen violetten Bändern umschlungen, mit Wachs versiegelt und mit dem Buchstaben R abgestempelt.

Während der nächsten Wochen kämpfte ich mich durch diese Manuskripte und hoffte, eine Antwort auf die Frage zu finden, wer mir den Koffer geschickt hatte. Ich dachte, die Lösung des Rätsels würde mir wie ein Schachtelmännchen in Gestalt von Worten entgegenspringen. Aber es gab keinerlei Hinweise, nur die Geschichten, die ich teils genüßlich, teils widerwillig las.

Ich versuchte die Identität des Absenders herauszufinden und rief den Zustelldienst an. Doch das New Yorker Büro, in dem das Paket aufgegeben worden war, konnte mir nur mitteilen, ein junger Mann habe es gebracht und die Sendung bar bezahlt. Verwirrt räumte ich das Cape, den Bademantel und die Manuskripte weg und verstaute den Koffer in meinem Schrank. (Den Smaragdschmuck verwahrte ich in einem Banksafe.)

Und da lagen die Sachen, monatelang, jahrelang, bis ich mich eines düsteren Tages – nach zu vielen düsteren Tagen, wo mein Kugelschreiber nichts Brauchbares zustande gebracht hatte und das Geld knapp geworden war – etwas neidisch an die selbstsichere Stimme erinnerte, die aus jenen Manuskripten zu mir gesprochen hatte. Ich holte eins hervor, studierte es erneut, dann begann ich, es umzuschreiben, von schierer Verzweiflung angesichts meines undichten Hausdachs motiviert. Ein wenig beschämt schickte ich es meiner Lektorin.

Als sie mich einige Tage später anrief und den milden Kommentar abgab, der Stil unterscheide sich irgendwie von meinen anderen Werken, verlor ich die Nerven, legte ein Geständnis ab und bat sie um Rücksendung des Manuskripts. Dann starrte ich wieder mein leeres Schreibpapier an.

Am nächsten Tag rief sie noch einmal an und erklärte, sie habe mit dem Verlagsanwalt gesprochen, die Story gefalle ihr. Aber sie wolle das Original lesen und es gern veröffentlichen, falls ich bereit sei, auf mein Honorar zu verzichten, sollte die wirkliche Autorin auftauchen.

Der Kampf zwischen meinem Stolz und der Reparatur meines Daches war beendet, noch ehe er richtig begonnen hatte. Doch ich besitze eine gewisse Selbstachtung, und so betonte ich, die immer noch in meinem Besitz befindlichen Erzählungen seien an den Haaren herbeigezogen.

Ich weiß nicht, was darin auf Tatsachen beruht und was erfunden ist. Aber ich werde das Gefühl nicht los, daß dies alles wirklich geschehen sein muß, so absurd es auch erscheinen mag. Wie auch immer, ich finde es besser, die Manuskripte zu verkaufen (trotz drohender Verzichtserklärung) als die wundervolle Smaragdkette, die ich vermutlich niemals tragen werde. Und wenn es akzeptabel wäre, sie zu verkaufen, gilt das auch für die Storys.

Hier ist nun das erste dieser Manuskripte, kein bißchen ausgeschmückt, sondern genau so, wie es die Autorin aus der Hand gegeben (und wahrscheinlich geschickt) hat. Ich korrigierte nur ihre ungeheuerliche Rechtschreibung und strich ein paar seltsame Randbemerkungen in Steno durch.

Was ich von alldem halten soll, weiß ich nicht. Ich hoffe nur, die Veröffentlichung von «Die Zellteilung der Königin», wie die Autorin ihre Geschichte nennt (was für ein schwerfälliger Titel! Offenkundig ist sie keine Romanschriftstellerin), wird das Rätsel lösen und keine Urheberrechtsprozesse heraufbeschwören. Wenn irgend jemand Mary Russell kennt – könnten Sie mich informieren? Sonst bringt mich meine Neugier noch um.

Laurie King

Nach mühsamen Recherchen in der Bibliothek der University of California konnte ich die Zitate vor den einzelnen Kapiteln identifizieren. Sie entstammen der 1901 erschienenen dichterischen Naturbeschreibung «Das Leben der Bienen» von Maurice Maeterlinck.

Vorspiel – Bemerkungen der Autorin

An diesen Ort hatte sich ein alternder Philosoph zurückgezogen ... Hier hatte er sein Refugium gebaut, ein wenig müde von der Aufgabe, Menschen zu befragen ...

Liebe Leserin, lieber Leser,
da dieses Jahrhundert und ich unser neuntes Jahrzehnt beginnen, muß ich zugeben, daß das Alter nicht immer ein erstrebenswerter Zustand ist. Natürlich leistet die Physis ihren Beitrag zum Leben, aber ein anderes Problem ärgert mich viel mehr. Die Vergangenheit, die mir so real erscheint, beginnt für die Menschen ringsum im Nebel der Geschichte zu verschwinden. Und der Erste Weltkrieg verfällt zu einer Handvoll eigentümlicher Lieder und Sepiabilder, die blutleer dem Tod huldigen. Die zwanziger Jahre entarten zur Karikatur, die Kleidung, die wir trugen, wird jetzt in Museen ausgestellt, und wir, die den Anfang dieses gottverlassenen Jahrhunderts mit ansahen, stehen mit einem Fuß im Grab. Mit uns werden auch unsere Erinnerungen sterben.

Ich weiß nicht mehr, wann ich merkte, daß der Sherlock Holmes aus Fleisch und Blut, den ich so gut kannte, für den Rest der Welt nur die Erfindung eines phantasiebegabten Arztes und Schriftstellers war. Aber ich entsinne mich, wie mir diese Erkenntnis den Atem nahm. Tagelang schien mein Selbstbewußtsein zu schwinden, wurde immer schwächer, als verwandelte ich mich, von Holmes angesteckt, ebenfalls in eine fiktive Gestalt. Mein Humor rettete mich schließlich vor diesem Zustand, aber es war schon ein sehr seltsames Gefühl gewesen.

Nun ist der Prozeß abgeschlossen. Watsons Geschichten, jene blassen Beschreibungen der faszinierenden Persönlichkeit, die wir alle kannten, gewinnen ein eigenes Leben, und der lebendige Sherlock Holmes nimmt die ätherischen, träumerischen Züge einer erfundenen Figur an.

In gewisser Weise ist das amüsant. Männer und Frauen verfassen jetzt Romane über Holmes, bemächtigen sich seiner und versetzen ihn in bizarre Situationen, legen ihm unmögliche Worte in den Mund und verschleiern die Legende noch zusätzlich. Es würde mich nicht überraschen, meine eigenen Erinnerungen in fiktiver Form wiederzufinden und mich selbst im Wolkenkuckucksheim. Welch eine köstliche Ironie ...

Jedenfalls muß ich energisch betonen, daß die folgenden Seiten von den frühen Tagen und Jahren meiner tatsächlichen Beziehung zu Sherlock Holmes berichten.

Wer nichts von den Gewohnheiten und dem Charakter des Mannes weiß, wird bei der Lektüre meiner Geschichte vielleicht einige Anspielungen übersehen. Andere Leserschichten bewahren ganze Teile des Conan-Doyle-Corpus (in diesem Zusammenhang ein sehr passendes Wort) im Gedächtnis. Sie werden in meinem Bericht Stellen finden, die vom Text des vorangegangenen Holmes-Biographen, Dr. Watson, abweichen, und wahrscheinlich Anstoß an meiner Darstellung nehmen, die mit dem «richtigen» Holmes in Watsons Werk nichts zu tun hat.

Diesen Leuten kann ich nur sagen, daß sie recht haben. Der Holmes, der mir begegnete, hatte tatsächlich nichts mit dem Detektiv aus der Baker Street Nummer 221 B gemein. Offenbar befand er sich schon seit anderthalb Jahrzehnten im Ruhestand und hatte seine Lebensmitte überschritten. Vieles war verändert, die Welt der Victoria Regina existierte nicht mehr. Automobile und Elektrizität ersetzten Droschken und Gaslampen, das Telefon machte sich sogar im Alltag der Dorfbevölkerung breit, und das Grauen des Krieges in den Schützengräben begann am Wesen der Nation zu fressen.

Aber selbst wenn sich die Welt nicht verändert und wenn ich den jungen Holmes kennengelernt hätte, würde ich ihn trotzdem anders porträtieren als der gute Dr. Watson. Dieser sah seinen Freund immer aus einer untergeordneten Position heraus, die seine Perspektive prägte.

Verstehen Sie mich nicht falsch – ich habe große Zuneigung zu

Watson entwickelt. Aber er war von Natur aus naiv und brauchte ein wenig zu lange, bis er das Offensichtliche wahrnahm (um es höflich zu formulieren), wenn er auch über bemerkenswerte Weisheit und Menschlichkeit verfügte. Hingegen kam ich als Kämpferin zur Welt, konnte meine schottischen Kindermädchen mit den versteinerten Mienen schon als Dreijährige manipulieren, und sobald meine Pubertät begann, verlor ich die ganze Naivität und Weisheit, die ich vielleicht einmal besessen hatte. Es dauerte einige Zeit, bis ich beides wiederfand.

Holmes und ich waren von Anfang an ein gutes Gespann. Er übertraf mich, was seine Erfahrungen anging, aber seine Beobachtungsgabe und analytischen Fähigkeiten konnten mich nie so beeindrucken wie Watson. Meine eigenen Augen und mein Gehirn funktionierten genauso einwandfrei, und so betrat ich vertrautes Terrain.

Ja, ich gebe es freimütig zu – mein Holmes ist nicht Watsons Holmes. Um bei der Analogie zu bleiben, ich sehe ihn aus einer anderen Perspektive, führe den Pinsel anders, benutze andere Farben und Nuancen. Das Thema ist im Grunde dasselbe; es wird nur von den Augen und den Händen des Malers verändert.

M. R. H.

BUCH EINS

Lehrzeit

Der Lehrling des Imkers

1

Zwei schäbige Gestalten

Wenn man Anzeichen wahren Intellekts außerhalb der eigenen Person entdeckt, fühlt man sich ein wenig wie Robinson Crusoe, als er den Abdruck eines menschlichen Fußes am Sandstrand seiner Insel fand.

Ich war fünfzehn, als ich Sherlock Holmes kennenlernte. Die Nase in ein Buch gesteckt, schlenderte ich durch die Sussex Downs und stolperte beinahe über ihn. Zu meiner Verteidigung muß ich erwähnen, daß mich das Buch ungemein fesselte. Und während des Kriegsjahres 1915 traf man in jenem besonderen Teil der Welt nur selten andere Leute. In meiner siebenwöchigen, der Lektüre geweihten Wanderschaft zwischen Schafen (die mir auswichen) und Stechginstersträuchern (die mich schmerzhaft zu instinktiver Vorsicht erzogen hatten) war ich nie zuvor auf ein menschliches Wesen gestoßen.

Das Buch, das ich an jenem kühlen, sonnigen Apriltag verschlang, stammte von Vergil. Im Morgengrauen hatte ich das stille Bauernhaus verlassen, einen anderen Weg genommen als üblich – nach Südosten, zum Meer und stundenlang mit lateinischen Verben gerungen. Unbewußt kletterte ich über niedrige Mauern, ging geistesabwesend um Hecken herum, und das Meer hätte ich wahrscheinlich nur bemerkt, wäre ich versehentlich von einer Kalksteinklippe hineingestürzt.

Daß es noch eine andere Menschenseele im Universum gab, erkannte ich erst, als sich eine männliche Kehle vernehmlich räusperte, knapp vier Schritte von mir entfernt. Der lateinische Text fiel zu Boden, woraufhin ich leise fluchte. Klopfenden Herzens bot ich meine ganze Würde auf und starrte durch meine Brille auf die Gestalt hinab, die zu meinen Füßen kauerte: ein dünner, grauhaariger Mann über Fünfzig, bekleidet mit einem alten Tweedmantel, einer Mütze und derben Schuhen. Ein fadenscheiniger Army-Rucksack lag neben ihm. Vermutlich ein Landstreicher, der den Rest seiner Habseligkeiten in einem Gebüsch verwahrte. Oder ein Exzentriker. Aber gewiß kein Schäfer.

Er schwieg. Mit trotziger Geste griff ich nach meinem Buch und wischte es ab. «Was machen Sie hier? Liegen Sie auf der Lauer?»

Da hob er eine Braue, schenkte mir ein herablassendes, irritierendes Lächeln und öffnete den Mund, um jenen gedehnten Ton anzuschlagen, der als Markenzeichen eines übermäßig gebildeten englischen Gentleman aus der Oberschicht gilt. Eine hohe, ätzende Stimme. Zweifellos ein Exzentriker. «Man kann mir wohl kaum vorwerfen, ich würde irgendwo ‹liegen›. Offenkundig sitze ich auf einem ganz gewöhnlichen Berghang und kümmere mich um meine eigenen Angelegenheiten. Das heißt, wenn ich keine Leute abwehren muß, die mich niedertrampeln wollen.» Mit übertrieben rollendem R versuchte er, mich in meine Schranken zu weisen.

Hätte er das nicht gesagt oder denselben Worten einen freundlicheren Klang verliehen, wäre ich mit einer brüsken Entschuldigung weitergegangen, und mein Leben hätte einen anderen Lauf genommen. Aber er hatte unwissentlich einen wunden Punkt getroffen.

Um eine Begegnung mit meiner Tante zu vermeiden, war ich schon mit dem ersten Tageslicht aus dem Haus geflohen. Das beruhte auf einem heftigen Streit am vergangenen Abend, heraufbeschworen von der unleugbaren Tatsache, daß meine Füße schon zum zweitenmal seit meiner Ankunft vor drei Monaten ihren Schuhen entwachsen waren. Meine Tante – klein, adrett, raffiniert, scharfzüngig, geistesgegenwärtig und ungeheuer stolz auf ihre zierlichen Hände und Füße – gab mir stets das Gefühl, ich wäre plump und unförmig. Deshalb entwickelte ich eine unvernünftige Empfindsamkeit, wann immer auf meine Körpergröße und riesigen Füße angespielt wurde. Es kam an diesem Abend aber noch schlimmer: das Wortgefecht um finanzielle Probleme hatte sie gewonnen.

Die unschuldigen Worte des Mannes und sein keineswegs unschuldiges Gehabe entzündeten meinen schwelenden Zorn wie ein Benzinschwall. Kampflustig straffte ich die Schultern und reckte das Kinn. Ich hatte keine Ahnung, wer er sein mochte, wo ich stand, auf seinem oder meinem Land, ob er ein gefährlicher Irrer, ein entflohener Sträfling oder der Gutsherr war, und das alles kümmerte mich auch gar nicht. «Sie haben meine Frage nicht beantwortet, Sir», fauchte ich erbost.

Er ignorierte meine Wut, schien sie nicht einmal zu bemerken und musterte mich nur gelangweilt, so als wünschte er, ich würde endlich verschwinden. «Sie wollen wissen, was ich hier mache?»

«Genau.»

«Ich beobachte Bienen», erwiderte er kurz angebunden und widmete sich wieder seinem Studium des Berghangs.

In seinem Verhalten ließ nichts auf jenen Wahnsinn schließen, der aus seinen Worten sprach. Trotzdem behielt ich ihn vorsichtig im Auge, als ich mein Buch in die Manteltasche schob und mich in sicherer Entfernung hinsetzte, um das Leben und Treiben zwischen den Blumen zu beobachten. Da waren tatsächlich Bienen, die emsig Pollen in die Körbchen an ihren Hinterbeinen stopften und von Blüte zu Blüte schwirrten.

Ich schaute zu und fand nichts Bemerkenswertes an diesen Insekten, bis ein eigentümliches Exemplar auftauchte. Es sah wie eine gewöhnliche Honigbiene aus, hatte aber einen kleinen roten Fleck am Rücken. Sonderbar – war es dieses Tier, das den Exzentriker interessierte? Ich sah ihn ins Leere starren, dann musterte ich die Bienen etwas gründlicher, gegen meinen Willen fasziniert. Wie ich bald herausfand, war dieser rote Fleck kein natürliches Phänomen, sondern aufgemalt. Denn ich entdeckte eine weitere Biene mit einem ähnlichen, etwas zur Seite gerutschten Punkt, dann noch eine und schließlich eine Biene, die außer ihrem roten auch einen erstaunlichen blauen Fleck aufwies. Zwei rotgefleckte flogen nach Nordwesten, die blau-rote füllte ihr Körbchen und entfernte sich dann in nordöstlicher Richtung.

Eine Zeitlang stellte ich Spekulationen an, dann stand ich auf, ging zum Berggipfel, jagte Mutterschafe und Lämmer auseinander, und als ich ein Dorf und einen Fluß erblickte, wußte ich sofort, wo ich war. Mein Haus lag knapp zwei Meilen entfernt. Reumütig schüttelte ich den Kopf über meine anfängliche Unaufmerksamkeit, dachte noch eine Weile über den Mann nach und stieg dann den Hang hinab, um mich zu verabschieden.

Er blickte nicht auf, also redete ich mit seinem Hinterkopf. «Halten Sie sich lieber an die blauen, wenn Sie einen neuen Bienenstock anlegen wollen. Diejenigen, die Sie rot markiert haben, stammen wahrscheinlich aus Mr. Warners Obstgarten. Die blauen kommen von weiter her und sind vermutlich wilde Bienen.»

Ich zog mein Buch hervor, und als ich ihm zum Abschied einen guten Tag wünschte, starrte er mich plötzlich an, einen Ausdruck in den Augen, der mir die Sprache verschlug – wahrlich keine geringe Leistung. Den Mund sperrangelweit geöffnet, glich er ein bißchen einem gestrandeten Fisch, und er starrte mich immer noch an, als wäre mir plötzlich ein zweiter Kopf gewachsen. Langsam erhob er sich. «*Was* haben Sie gesagt?»

«Verzeihen Sie – sind Sie schwerhörig?» Langsam und deutlich, mit erhobener Stimme, erklärte ich: «Wenn Sie einen neuen Bienenstock anlegen wollen, sollten Sie die blauen nehmen, weil die roten ganz sicher Tom Warner gehören.»

«Ich bin nicht schwerhörig, aber etwas verwundert mich. Wieso kennen Sie meine Pläne?»

«Das ist doch klar», entgegnete ich ungeduldig, obwohl ich bereits in meinem zarten Alter festgestellt hatte, daß solche Dinge den meisten Leuten *nicht* klar waren. «Ich sehe Farbe auf Ihrem Taschentuch und Spuren an Ihren Fingern, die Sie abgewischt haben. Und nach meiner Ansicht markiert man Bienen nur mit Farbflecken, wenn man sie zu ihren Waben zurückverfolgen will. Entweder interessieren Sie sich für den Honig oder für die Bienen selbst. Aber um diese Jahreszeit erntet man keinen Honig. Bei einem ungewöhnlichen Kälteeinbruch vor drei Monaten wurden viele Bienenstöcke vernichtet. Deshalb nehme ich an, daß Sie es auf diese Bienen abgesehen haben, um Ihr eigenes Volk zu ergänzen.»

Das Gesicht, das mich musterte, glich nicht mehr einem Fisch, sondern erinnerte mich erstaunlicherweise an einen gefangenen Adler, den ich einmal in unnahbarer Glorie auf einer Stange hokken gesehen hatte. Kühl und verächtlich blickten die tiefliegenden Augen auf mich, das minderwertige Wesen, herab. «O Gott!» sagte er in ironischer Verwunderung. «Dieses Kind kann denken!»

Beim Studium der Bienen hatte mein Zorn etwas nachgelassen, aber er flammte erneut auf, als ich in so arrogantem Ton beleidigt wurde. Warum mußte dieser hochgewachsene, dürre, entnervende alte Mann ein fremdes Mädchen provozieren, das ihm nichts getan hatte?

Wieder hob ich das Kinn. «O Gott! Dieses Kind kann ein anderes menschliches Wesen erkennen, obwohl es beinahe darüber gefallen wäre», konterte ich und fügte noch hinzu: «Übrigens gewann ich im Laufe meiner Erziehung den Eindruck, alte Menschen hätten anständige Manieren.»

Ich trat zurück, um die Wirkung meiner verbalen Attacke zu beobachten. Und da brachte ich ihn endlich mit gewissen Gerüchten in Verbindung – und mit der Lektüre während meiner langwierigen Rekonvaleszenz. Nun wußte ich, wer er war, und das erschreckte mich.

Wie ich vielleicht erwähnen sollte, hatte ich schon immer vermutet, ein Großteil von Dr. Watsons Lobreden müßte der armseligen Phantasie dieses Gentleman entsprungen sein. Jedenfalls dachte er stets, der Leser wäre genauso begriffsstutzig wie er selbst. Sehr ärgerlich. Trotzdem – hinter all dem Unsinn, den der Biograph von sich gegeben hatte, ragte die Gestalt eines wahren Genies empor, eine der Geistesgrößen jener Generationen. Eine Legende.

Kaltes Entsetzen packte mich. Da stand ich vor einer Legende, schleuderte ihr Beleidigungen an den Kopf, kläffte ihre Fußknöchel an wie ein Hündchen, das einen Bären zu reizen versucht. Ich unterdrückte das Bedürfnis, mich zu krümmen, und wartete auf die lässige Ohrfeige, die mich niederstrecken würde.

Aber zu meiner Verblüffung und Bestürzung erfolgte kein Gegenangriff. Er lächelte nur gönnerhaft und bückte sich, um seinen Rucksack zu ergreifen, in dem ich die Farbfläschchen leise klirren hörte. Dann richtete er sich wieder auf, schob die altmodische Mütze aus der Stirn und schaute mich mit müden Augen an. «Junger Mann, ich ...»

«Junger Mann!» Das reichte nun endgültig. Heiße Wut durchströmte meine Adern. Zugegeben – ich besaß keinerlei weibliche Rundungen und trug praktische, also männliche Kleidung, aber diese Beleidigung war unerträglich. Legende hin, Angst her – das kläffende Schoßhündchen ging wieder zum Angriff über, mit der ganzen Verachtung, die nur ein pubertierendes Wesen aufbringen kann. Triumphierend umklammerte ich die Waffe, die er mir in die Hand gelegt hatte, und trat zurück, um zum Gnadenstoß auszuholen. *«Junger Mann?»* wiederholte ich. «Nur gut, daß Sie bereits Ihren Ruhestand genießen – wenn das alles ist, was vom Gehirn des großen Detektivs übriggeblieben ist.» Ich griff nach dem Rand meiner überdimensionalen Mütze, und die blonden Zöpfe fielen auf meine Schultern.

Sein Gesicht spiegelte verschiedene Gefühle wider, reicher Lohn für meinen Sieg. Auf schlichtes Staunen folgte das schmerzliche Eingeständnis einer Niederlage. Und dann, während er an die gesamte Konversation zurückdachte, überraschte er mich. Seine Züge entspannten sich, die schmalen Lippen zuckten, unerwartete Fältchen kräuselten sich um die grauen Augen, dann warf er den Kopf in den Nacken und lachte schallend.

Zum erstenmal hörte ich Sherlock Holmes lachen. Und es war keineswegs das letzte Mal. Immer wieder verwunderte es mich, dieses stolze, asketische Gesicht in hilflosem Gelächter aufgelöst zu sehen. Seine Belustigung galt stets, zumindest meistens, seiner eigenen Person, und diese Situation bildete keine Ausnahme. Ich war völlig entwaffnet.

Schließlich zog er das Taschentuch aus seiner Manteltasche, das halb herausgehangen hatte und mir deshalb aufgefallen war, und wischte sich die Augen ab. Ein kleiner blauer Fleck verlagerte sich auf seinen kantigen Nasenrücken. Dann schaute er mich zum erstenmal richtig an und wies auf die Blumen. «Sie verstehen also etwas von Bienen?»

«Nur ganz wenig», gab ich zu.

«Aber Sie interessieren sich dafür?»

«Nein.»

Diesmal hob er beide Brauen. «Warum vertreten Sie dann einen so entschiedenen Standpunkt?»

«Soviel ich weiß, sind das geistlose Geschöpfe, im Grunde nur die Werkzeuge des Vorgangs, der Obst an den Bäumen wachsen läßt. Die Weibchen erledigen die ganze Arbeit, die Männchen – nun ja, die tun nicht viel. Und die Königin – die einzige, die etwas darstellen könnte – wird zum Wohle des Bienenstocks dazu verdammt, ihre Tage als Eierlegemaschine zu verbringen. Außerdem ...» – allmählich erwärmte ich mich für das Thema –, was passiert, wenn eine andere Königin ankommt, mit der sie vielleicht einiges gemeinsam hat? Die beiden werden – zum Wohle des Bienenstocks – zu einem Kampf auf Leben und Tod gezwungen. Die Bienen arbeiten fleißig, das stimmt, aber übersteigt die Produktion eines gesamten Bienenlebens etwa die Honigmenge, die in einen winzigen Dessertlöffel paßt? Die Bewohner eines Bienenstocks opfern regelmäßig einige hunderttausend Arbeitsstunden, damit man Honig auf den Toast streichen und Kerzenwachs produzieren kann, statt ihren Ausbeutern den Krieg zu erklären oder zu streiken, wie es jede vernünftige, von Selbstachtung erfüllte Rasse tun würde. Für meinen Geschmack gleichen die Bienen zu sehr der menschlichen Rasse.»

Während meiner Tirade hatte sich Mr. Holmes in die Hocke gesetzt, um ein blau gekennzeichnetes Insekt zu beobachten. Er sagte nichts; als ich verstummt war, streckte einen langen, dünnen Finger aus und berührte den pelzigen Körper des Tierchens, ohne es zu irritieren. Zwischen uns herrschte Schweigen, bis die mit Blütenstaub bepackte Biene nach Nordosten flog – zum

Wäldchen, das zwei Meilen entfernt lag. Daran zweifelte ich nicht.

Er sah sie davonschwirren und murmelte vor sich hin: «Ja, sie ähneln dem *homo sapiens*. Vielleicht interessieren sie mich gerade deshalb.»

«Ich weiß nicht, wie klug Sie den Durchschnitt der *homines* finden, aber ich halte diese Klassifizierung für eine optimistische Fehlbezeichnung.» Nun befand ich mich auf vertrautem Terrain, wo es um Intellekt und Anschauungen ging, auf einem geliebten Terrain, das ich monatelang nicht betreten hatte. Einige dieser Ansichten stammten zwar von einem unausstehlichen Backfisch, ließen sich aber nichtsdestoweniger leicht verteidigen.

Zu meiner Freude antwortete er. «Reden Sie vom *homo* im allgemeinen oder einfach nur vom *vir*?» fragte er so ernsthaft, daß ich argwöhnte, er würde mich insgeheim auslachen. Nun, wenigstens hatte ich ihm eine gewisse Subtilität beigebracht.

«O nein, ich bin zwar Feministin, aber keine Männerhasserin, im großen und ganzen ein Misanthrop – so wie Sie vermutlich auch, Sir. Aber im Gegensatz zu Ihnen betrachte ich die Frauen als die etwas rationalere Hälfte der Menschheit.»

Wieder lachte er, etwas dezenter als zuvor, und ich merkte, daß ich ihn zu provozieren versucht hatte. «Junge *Dame* ...» Das zweite Wort betonte er mit sanfter Ironie. «Es ist Ihnen gelungen, mich zweimal an einem einzigen Tag zu amüsieren, was schon lange niemand mehr geschafft hat. Um mich zu revanchieren, kann ich nicht allzuviel Humor aufbieten, aber wenn Sie mich nach Hause begleiten möchten, würde ich Sie wenigstens zu einer Tasse Tee einladen.»

«Es wäre mir ein Vergnügen, Mr. Holmes.»

«Ah, Sie sind mir gegenüber im Vorteil. Offensichtlich kennen Sie meinen Namen, und leider ist niemand anwesend, den ich bitten könnte, mich mit Ihnen bekannt zu machen.» Diese förmlichen Worte klangen etwas lächerlich angesichts zweier schäbig gekleideter Gestalten, die einander auf einem ansonsten menschenleeren Berghang gegenüberstanden.

«Ich bin Mary Russell», verkündete ich und streckte meine Finger aus, die er mit seinen dünnen, trockenen umfaßte. Wir schüttelten uns die Hände, als würden wir einen Friedenspakt schließen, was wahrscheinlich auch der Fall war.

«Mary ...» Er ließ den Namen auf der Zunge zergehen und sprach ihn auf irische Weise aus, indem sein Mund die erste lange Silbe fast zärtlich dehnte. «Ein geeigneter orthodoxer Name für ein passives Mädchen.»

«Ich glaube, ich wurde nach Magdalena benannt, nicht nach der Heiligen Jungfrau.»

«Nun, das erklärt alles. Gehen wir, Miss Russell? Meine Haushälterin hat sicher etwas vorrätig, das sie uns servieren kann.»

Eine lange Wanderung führte uns durch die Downs, fast vier Meilen weit. Wir schnitten verschiedene Themen an und sprachen etwas ausführlicher über die Bienenzucht. Auf der Spitze eines kleinen Hügels gestikulierte Mr. Holmes lebhaft, während er die Verwaltung eines Bienenstocks mit Machiavellis Regierungstheorien verglich. Kühe rannten schnaubend davon. Mitten in einem seichten Bach blieb er stehen, um seine Theorie zu illustrieren, indem er das Schwärmen der Bienenvölker mit den wirtschaftlichen Kriegsursachen gleichsetzte und als Beispiele die deutsche Invasion in Frankreich sowie den eingefleischten Patriotismus der Engländer anführte. Den Höhepunkt seiner Rede erreichte er auf einem Gipfel, an dessen anderer Seite er so schnell bergab stürmte, daß er einem flatternden Vogel glich.

Er drehte sich zu mir um, bemerkte meinen steifen Gang, mein Unvermögen, mit ihm Schritt zu halten, sowohl buchstäblich als auch im übertragenen Sinn. Und so drosselte er seinen manischen Redefluß ein wenig.

Seine Phantasieflüge schienen auf einer gesunden, praktischen Grundlage zu beruhen, und wie sich herausstellte, hatte er sogar ein Buch über die Imkerei geschrieben, betitelt: «Praktisches Handbuch der Bienenzucht.» Es werde in einschlägigen Kreisen anerkannt, betonte er voller Stolz (und das aus dem Mund eines Mannes, der es, wie ich mich erinnerte, respektvoll abgelehnt hatte, sich von der mittlerweile verblichenen Königin zum Ritter schlagen zu lassen). Seine experimentellen, aber schon jetzt erfolgreichen Neuordnungen im Bienenstock, den er königlichen Hof nannte, hatten den provokanten Untertitel des Werks verursacht: «Mit einigen Kommentaren über die Zellteilung der Königin.»

Wir gingen dahin, er redete, und unter der Sonne und seinem besänftigenden, wenn auch zeitweise unverständlichen Monolog begann sich meine harte innere Verkrampfung zu lösen. Ein Bedürfnis, das ich abgetötet zu haben glaubte, erwachte vorsichtig zu neuem Leben. Als wir sein Cottage erreichten, kam es mir so vor, als würden wir uns schon seit einer Ewigkeit kennen.

Weitere, handfestere Regungen meldeten sich in wachsender Beharrlichkeit. Während der letzten Monate hatte ich gelernt, Hungergefühle zu ignorieren. Aber nach einem langen Tag in frischer Luft und einem einzigen Sandwich am Morgen fällt es einer gesunden jungen Person schwer, sich auf irgend etwas anderes als den Gedanken ans Essen zu konzentrieren. Ich hoffte auf substantielles Beiwerk zum Tee und überlegte, wie ich dergleichen vorschlagen könnte, sollte es nicht sofort angeboten werden.

Die Haushälterin erschien an der Tür, und vorerst vergaß ich mein Problem, denn es war die leidgeprüfte Mrs. Hudson, die ich stets für die am sträflichsten unterschätzte Gestalt in Dr. Watsons Geschichten gehalten hatte. Ebenfalls ein Beispiel für das beschränkte Denkvermögen dieses Mannes, seine Unfähigkeit, ein Juwel zu erkennen, wenn es nicht in glänzendes Gold gefaßt war.

Die liebe Mrs. Hudson sollte mir eine gute Freundin werden. Schon bei der ersten Begegnung bewies sie ihre unerschütterliche Fähigkeit, alle Situationen richtig einzuschätzen. Sie sah sofort, was ihrem Arbeitgeber entging, nämlich meinen verzweifelten Hunger, und leerte ihre Vorratskammer, um meinen unbändigen Appetit zu befriedigen.

Mr. Holmes protestierte, als sie eine Platte nach der anderen herbeitrug – Brot und Käse, Chutneys und Kuchen. Aber dann beobachtete er nachdenklich, wie ich von allen Speisen riesige Portionen auf meinen Teller häufte.

Ich war ihm dankbar, weil er keine Bemerkungen über meinen Hunger machte und mich nicht in Verlegenheit stürzte, was meine Tante sicher getan hätte. Im Gegenteil, er bemühte sich, zumindest scheinbar mit mir mitzuhalten. Als ich mich zurücklehnte, die dritte Tasse Tee in der Hand, den Bauch befriedigt wie seit vielen Wochen nicht mehr, behandelte er mich immer noch respektvoll. Von sichtlicher Genugtuung erfüllt, räumte Mrs. Hudson den Tisch ab.

«Vielen Dank, Madam», sagte ich.

«Oh, es gefällt mir, wenn meine Kochkunst gewürdigt wird», erwiderte sie, ohne Mr. Holmes anzuschauen. «Nur selten finde ich eine Gelegenheit, jemanden zu verwöhnen – es sei denn, Dr. Watson kommt zu Besuch. Dieser da ...» Sie neigte den Kopf in die Richtung des Mannes, der mir gegenübersaß und eine Pfeife aus der Brusttasche seines Jacketts holte. «Er ißt so wenig, daß eine Katze dran verhungern würde, und er weiß meine Bemühungen wirklich nicht zu schätzen.»

«Aber Mrs. Hudson!» verteidigte er sich in sanftem Ton, was auf eine langjährige Debatte schließen ließ. «Ich esse, wie ich es immer getan habe. Und Sie pflegen so reichlich zu kochen, als müßten Sie einen Haushalt von zehn Personen verköstigen.»

«Eine Katze würde verhungern», wiederholte sie energisch. «Aber wie ich erfreut feststelle, haben Sie heute etwas gegessen. Wenn Sie fertig sind, möchte Will ein Wörtchen mit Ihnen reden, bevor er geht. Es hat irgendwas mit der hinteren Hecke zu tun.»

«Die hintere Hecke ist mir egal», klagte er. «Ich bezahle ihm eine ganze Menge, damit er sich über die Hecken und die Büsche und alles andere aufregt.»

«Jedenfalls muß er mit Ihnen reden.» Energische Wiederholungen waren anscheinend ihre bevorzugte Methode im Umgang mit Mr. Holmes.

«Oh, verdammt! Warum habe ich London je verlassen? Ich hätte meine Bienenstöcke in einen Schrebergarten stellen und in der Baker Street bleiben sollen. Schauen Sie sich meine Bibliothek an, Miss Russell, ich bin gleich wieder da.» Er packte seinen Tabaksbeutel und Streichhölzer und stapfte hinaus, Mrs. Hudson verdrehte die Augen, verschwand in der Küche, ich blieb allein in dem stillen Zimmer zurück.

Sherlock Holmes' Haus war ein typisches altersloses Sussex-Cottage mit Steinmauern und rotem Ziegeldach. Das Wohnzimmer im Erdgeschoß, ursprünglich zwei Räume, bildete jetzt ein großes Quadrat mit riesigem steinernem Kamin, hohen dunklen Deckenbalken und einem Bretterboden aus Eichenholz, der bei der Küchentür in Schieferplatten überging.

An der Südseite boten erstaunlich große Fenster einen Ausblick auf das Hügelland, das zum Meer hin abfiel. Ein Sofa, zwei Ohrensessel und ein ausgefranster Korbstuhl standen vor dem Kamin, ein runder Tisch und vier Stühle im sonnigen Erker, wo ich saß. Auf einem Schreibtisch am bleiverglasten Westfenster mit den rautenförmigen Scheiben häuften sich Papiere und diverse Gegenstände – ein Raum, der vielen Zwecken diente. Bücherregale und Schränke verdeckten die Wände.

An diesem Tag interessierte mich mein Gastgeber mehr als seine Bücher, und so studierte ich einzelne Buchtitel («Die Plattwürmer auf Borneo» steckten zwischen den «Gedanken Goethes» und «Verbrechen aus Leidenschaft im Italien des achtzehnten Jahrhunderts») eher aus Neugier auf seinen Charakter als in der Absicht, mir etwas auszuleihen. Ich unternahm einen Rundgang durch das Zimmer.

Lächelnd entdeckte ich Tabakkrümel in einem Pantoffel vor dem Kamin. Eine kleine Kiste auf einem Tisch zeigte den mit einer Schablone gemalten Schriftzug LIMÓNES DE ESPAÑA und enthielt mehrere auseinandergenommene Revolver. Auf einem anderen Tisch lagen drei fast identische Taschenuhren in penibler Anordnung nebeneinander, die Ketten in parallelen Linien, ein Vergrößerungsglas, mehrere Tastzirkel und ein Schreibblock mit einer Zahlenkolonne am Rand. Schließlich blieb ich vor dem Schreibtisch stehen.

Ich konnte nur einen flüchtigen Blick auf die Notizen in säuberlicher Handschrift werfen, ehe mich seine Stimme von der Tür her aufschreckte. «Setzen wir uns auf die Terrasse?»

Hastig legte ich das Schriftstück aus der Hand, das ich betrachtet hatte. Offenbar handelte es sich um einen Diskurs über sieben Formeln von Gipszusammensetzungen und ihre relative Eignung für die Abnahme von Autoreifenspuren auf verschiedenartigem Erdboden. Dann erklärte ich, im Garten sei es sicher sehr angenehm. Wir nahmen unsere Tassen, aber als ich ihm zur Glastür folgte, erregte ein merkwürdiger, an der Südwand befestigter Gegenstand meine Aufmerksamkeit: Ein hoher Kasten, nur wenige Zentimeter breit, aber fast einen Meter hoch, ragte gut fünfundvierzig Zentimeter ins Zimmer. Er sah wie ein Holzblock aus, aber als ich innehielt, entdeckte ich zu beiden Seiten Schiebetüren.

«Mein Observationsbienenstock», erläuterte Mr. Holmes.

«Bienen!» rief ich. «Im Haus?»

Statt zu antworten, griff er an mir vorbei, öffnete eine Schiebetür und enthüllte einen perfekten, schmalen Bienenstock mit einer Glasscheibe an der Vorderseite. Fasziniert hockte ich mich davor. Die dicke Wabe, die sich oben und unten verjüngte, wurde von einer Schicht in Orange, Gelb und Schwarz überzogen. Sie vibrierte vor Energie, obwohl die einzelnen Insekten ziellos umherzuschwirren schienen.

Konzentriert versuchte ich, ein System in den scheinbar unsinnigen Bewegungen zu erkennen. Am Boden führte eine Glasröhre ins Gehäuse, durch die Bienen, mit Pollen beladen, hereinflogen und, von ihrer Bürde befreit, hinaussurrten. Dunst benebelte eine kleine Röhre oben an der Decke, und ich nahm an, daß sie der Belüftung diente.

«Sehen Sie die Königin?» fragte Mr. Holmes.

«Ist sie da? Vielleicht finde ich sie.» Die Königin mußte die größte Biene sein, und wie ich wußte, wurde sie – wohin immer sie sich wandte – von einem kriecherischen Gefolge begleitet.

Trotzdem brauchte ich beschämend lange, um sie inmitten ihrer etwa dreihundert Töchter und Söhne aufzuspüren. Warum hatte ich sie nicht sofort entdeckt? Doppelt so groß wie die übrigen, beflügelt von einer stupiden, aber temperamentvollen Zielstrebigkeit, schien sie einer anderen Rasse anzugehören als ihre Gefährten. Ich stellte dem Züchter ein paar Fragen. Wehrten sie sich gegen das Licht? Blieb ihre Anzahl stets gleich, so wie in größeren Bienenstöcken? Dann zog er die Schiebetür wieder vor das lebende Gemälde, und wir gingen hinaus. Zu spät fiel mir ein, daß ich kein Interesse an Bienen hatte.

Durch die Glastür erreichten wir eine breite Terrasse mit Fliesenboden, von einem gläsernen, an die Küche angebauten Wintergarten und Staudenrabatten an den drei restlichen Seiten gegen den Wind abgeschirmt. Hier flimmerte die Luft vor Hitze, und ich atmete erleichtert auf, als Mr. Holmes die Stufen hinabstieg und einige bequeme Sessel im Schatten einer riesigen Rotbuche ansteuerte.

Ich wählte einen Platz mit Aussicht auf den Ärmelkanal und schaute über einen kleinen Obstgarten hinweg, der in einer Senke lag. Zwischen den Bäumen erhoben sich Bienenstöcke, und die Insekten bearbeiteten fleißig die ersten Blüten der Staudenrabatten, die von Mauern geschützt wurden. Ein Vogel sang. Auf der anderen Seite eines steinernen Walls erklangen zwei Männerstimmen und verhallten wieder. Geschirr klapperte in der Küche. Am Horizont erschien ein kleines Fischerboot und glitt langsam auf uns zu.

Plötzlich merkte ich, daß ich meine Konversationspflicht vernachlässigte, stellte die Tasse mit dem erkalteten Tee von der Armstütze meines Sessels auf den Tisch und wandte mich an den Hausherrn. «Ist das Ihr Werk?» Ich zeigte in den Garten.

Ich wußte nicht, ob die Ironie seines Lächelns der Skepsis meines Tonfalls galt oder den gesellschaftlichen Zwängen, die mich bewogen, das Schweigen zu brechen. «Nein, was Sie hier sehen, ist das Ergebnis einer Zusammenarbeit zwischen Mrs. Hudson und dem alten Will Thompson, dem einstigen Obergärtner des Gutsherrnhauses. Als ich hierher übersiedelte, fand ich eine Zeitlang Gefallen an der Gärtnerei, aber meine übrigen Tätigkeiten nehmen mich zu sehr in Anspruch. Manchmal muß ich für mehrere Tage verreisen, und bei meiner Rückkehr möchte ich keine verdorrten oder von Unkraut überwucherten Beete vorfinden. Nun, Mrs. Hudson genießt die Gartenarbeit, und so hat sie eine andere Beschäftigung, als mir ständig in den Ohren zu liegen und zu fordern, ich müsse ihre Küchenkreationen verspeisen. Ich finde es erholsam, hier zu sitzen und nachzudenken. Außerdem ernährt der Garten meine Bienen. Die meisten Blumen wurden mit Rücksicht auf die Qualität des Honigs ausgewählt, der produziert werden soll.»

«Ja, hier ist es wirklich hübsch. Diese Umgebung erinnert mich an einen Garten, in dem ich als Kind gespielt habe.»

«Erzählen Sie mir von sich, Miss Russell.»

Ich wollte die obligate Antwort geben, mich ein bißchen zieren und dann widerstrebend einen nichtssagenden Lebenslauf herunterrasseln. Doch seine höfliche Gleichgültigkeit hielt mich zurück. Und so grinste ich ihn an. «Warum erzählen *Sie* mir nichts über mich, Mr. Holmes?»

«Aha, eine Herausforderung?» Jetzt leuchtete Interesse in seinen Augen auf.

«Genau.»

«Also gut, unter zwei Bedingungen. Erstens, Sie verzeihen mir, wenn sich mein altes, abgenutztes Gehirn nur langsam bewegt und immer wieder knarrt, denn die Gedankengänge, die früher mein Leben prägten, rosten ohne ständigen Gebrauch ein. Der Alltag mit Mrs. Hudson und Will ist ein schlechter Wetzstein für einen scharfen Geist.»

«Ich bezweifle, daß Sie Ihr Gehirn zu wenig strapazieren, aber mit dieser Bedingung bin ich einverstanden. Und die zweite?»

«Daß Sie mir was über mich erzählen, wenn ich fertig bin.»

«Wie Sie wollen. Ich werde mich bemühen, selbst wenn ich mich dadurch der Lächerlichkeit preisgebe.» Vielleicht war ich seiner spitzen Zunge doch noch nicht entronnen.

«Wunderbar.» Er rieb sich die dürren, trockenen Hände, und plötzlich wurde ich von den forschenden Augen eines Insektenkundlers fixiert. «Vor mir sitzt eine gewisse Mary Russell, nach ihrer Großmutter väterlicherseits benannt.»

Verblüfft zuckte ich zusammen, dann betastete ich das antike Medaillon mit den eingravierten Initialen M. N. R., das zwischen zwei meiner Hemdknöpfe hervorgeglitten war, und nickte.

«Sie ist – mal sehen – sechzehn? Oder fünfzehn? Ja, ich glaube, fünfzehn. Und trotz ihrer Jugend und obwohl sie nicht zur Schule geht, beabsichtigt sie, die Aufnahmeprüfung an der Universität zu bestehen.» Ich berührte das Buch in meiner Tasche und nickte anerkennend. «Offensichtlich ist sie Linkshänderin, ein Elternteil war jüdisch – die Mutter, vermute ich? Ja, eindeutig die Mutter – und sie beherrscht die hebräische Sprache. Im Augenblick ist sie etwa zehn Zentimeter kleiner als ihr amerikanischer Vater – das war doch sein Anzug? Stimmt bis jetzt alles?» fragte er selbstgefällig.

Meine Gedanken überschlugen sich. «Wie kommen Sie auf Hebräisch?»

«Die Tintenflecken an Ihren Fingern können nur entstehen, wenn Sie von rechts nach links schreiben.»

«Natürlich.» Ich betrachtete die dunklen Spuren in der Nähe meines linken Daumennagels. «Sehr eindrucksvoll.»

Lässig winkte er ab. «Gesellschaftsspiele ... Aber die Akzente sind nicht uninteressant.» Er musterte mich wieder, dann lehnte er sich in seinem Sessel zurück, die Ellbogen auf den Armstützen, legte die Fingerspitzen aneinander und berührte damit seine Lippen. Langsam schloß er die Augen, dann sprach er weiter. «Die Akzente ... Vor einiger Zeit kam Mary Russell aus dem Vaterhaus in den westlichen Vereinigten Staaten hierher, wahrscheinlich aus dem nördlichen Kalifornien. Die Generation vor ihrer Mutter lebte bei den Cockney-Juden, Miss Russell selbst wuchs am südwestlichen Stadtrand von London auf. Ich würde sagen, sie zog innerhalb der letzten zwei Jahre nach Kalifornien. Sprechen Sie bitte das Wort ‹Märtyrer› aus», verlangte er, und ich gehorchte.

«Ja, zwei Jahre. Irgendwann zwischen jenem Zeitpunkt und Dezember starben beide Eltern, vermutlich bei demselben Unfall, in den Miss Russell im letzten September oder Oktober verwickelt war und der Narben an ihrem Hals, der Kopfhaut und der rechten Hand hinterließ, außerdem eine bleibende Schwäche in dieser Hand und ein etwas steifes linkes Knie.»

Das Spiel war nicht mehr amüsant. Wie erstarrt saß ich da, und mein Herz drohte stehenzubleiben, während ich der kühlen, trokkenen Stimme lauschte.

«Nach der Genesung wurde sie zur Familie ihrer Mutter zurückgeschickt, zu einer knauserigen, gefühllosen Verwandten, die ihr weniger zu essen gibt, als es den Bedürfnissen entspräche. Diese letzte Beobachtung», fügte er in beiläufigem Ton hinzu, «ist zugegebenermaßen nur eine Vermutung, aber eine nützliche Arbeitshypothese, die erklärt, warum der kräftige Knochenbau von so wenig Fleisch umhüllt wird und warum sie am Tisch eines Fremden etwas mehr konsumiert, als sie es wagen würde, wenn sie sich streng an ihre offensichtlich guten Manieren hielte.» Er öffnete die Augen und sah in mein Gesicht. «Ach, du meine Güte!» Der Klang seiner Stimme verriet eine seltsame Mischung aus Mitleid und Ärger. «Schon oft wurde ich vor meinen allzu gründlichen Analysen gewarnt. Verzeihen Sie, wenn ich Sie deprimiert habe.»

Statt einer Antwort schüttelte ich nur den Kopf. Es fiel mir schwer zu sprechen, meine Kehle war wie zugeschnürt. Mr. Holmes erhob sich und ging ins Haus, wo er ein paar unverständliche Worte mit seiner Haushälterin wechselte, ehe er mit einem Tablett zurückkehrte, auf dem zwei Gläser und eine geöffnete Weißweinflasche standen. Er schenkte ein, reichte mir ein Glas und erklärte, dies sei Honigwein – natürlich sein eigener. Dann setzte er sich wieder, und wir nippten an dem duftenden Getränk. Ich entspannte mich wieder, holte tief Luft und warf meinem Gastgeber einen kurzen Blick zu. «Vor zweihundert Jahren wären Sie verbrannt worden.» Mein Bemühen um trockenen Humor verlief nicht besonders erfolgreich.

«Das hat man mir schon mehrmals gesagt, aber irgendwie kann ich mich nicht in der Rolle eines Hexers sehen, der über einem dampfenden Gebräu hockt und absonderliche Sprüche raunt.»

«Eigentlich fordert das Buch von Leviticus keine Verbrennung, sondern die Steinigung von Männern oder Frauen, die mit Geistern reden. Ein *ow*, ein Geisterbeschwörer oder Medium, oder ein *jidoni*, abgeleitet vom Verb ‹wissen›, ist eine Person, die ihre Kenntnisse und ihre Macht nicht durch die Gnade des Gottes Israel bezieht, sondern über Zauberkräfte verfügt.» Meine Stimme erstarb, als ich merkte, daß er mich mit jenem Entsetzen betrachtete, das man normalerweise für redselige Fremde in Eisenbahnabteilen oder Bekannte mit unbegreiflichen und ermüdenden Leidenschaften reserviert. Meine kurze Ansprache war eine automatische Reaktion gewesen, ausgelöst durch die theologische Wende, die unsere Diskussion genommen hatte.

Mit einem schwachen Lächeln versuchte ich, ihn zu beruhigen. Er räusperte sich. «Äh – soll ich zum Ende kommen?» fragte er.

«Wie Sie wünschen», entgegnete ich beklommen.

«Die Eltern der jungen Dame waren relativ gut situiert. Und das Erbe der Tochter, verbunden mit ihrem entmutigenden Intellekt, verwehrt es jener knickerigen Verwandten, sie an die Kandare zu nehmen. Also wandert Miss Russell ohne Anstandsdame stundenlang durchs Hügelland und geht erst spätabends heim.»

Er schien sich dem Ende zu nähern, und so ordnete ich meine konfusen Gedanken. «Sie haben völlig recht, Mr. Holmes. Mein Erbe verleiht mir eine gewisse Macht, und ich verhalte mich nicht so, wie es eine junge Dame nach Ansicht meiner Tante sollte. Weil sie den Schlüssel zur Speisekammer verwahrt und meinen Gehorsam mit Essen zu erkaufen versucht, spaziere ich manchmal hungrig durch dieses Hügelland. Aber Ihre Analyse weist zwei geringfügige Fehler auf.»

«Oh?»

«Erstens kam ich nicht nach Sussex, um bei meiner Tante zu wohnen. Das Haus und die Farm gehörten meiner Mutter. Hier verbrachten wir die Sommermonate, als ich noch klein war – und diese Zeit zählt zu den glücklichsten meines Lebens. Als ich aus Amerika nach England zurückgeschickt wurde, stellte ich die Bedingung, wir müßten hierherziehen, sonst würde ich meine Tante nicht als Vormund akzeptieren. Sie besaß kein eigenes Haus, und so stimmte sie widerstrebend zu. Obwohl sie meine Finanzen noch weitere sechs Jahre lang kontrollieren wird, lebt *sie* genaugenommen bei *mir*, und ich wohne demzufolge nicht unter ihrem Dach.» Einem anderen Zuhörer wäre der Abscheu vielleicht entgangen, der in meinen Worten mitschwang, aber nicht Mr. Holmes. Hastig wechselte ich das Thema, ehe ich noch mehr von meinem Seelenleid verriet. «Zweitens – ich habe genau berechnet, wann ich mich von Ihnen verabschieden muß, um vor Einbruch der Dunkelheit daheim einzutreffen. Also ist der späte Zeitpunkt nicht relevant. Bald muß ich aufbrechen, denn in zwei Stunden wird es dunkel sein, und mein Haus liegt zwei Meilen nördlich von der Stelle, wo wir uns trafen.»

«Nehmen Sie sich nur Zeit für Ihren Beitrag zu unserem Abkommen, Miss Russell», entgegnete er ruhig und erlaubte mir, das vorangegangene Thema ad acta zu legen. «Einer meiner Nachbarn frönt seiner Leidenschaft für Automobile, indem er einen Taxiservice betreibt, wie er dieses Unternehmen beharrlich nennt. Mrs. Hudson hat ihn bereits gebeten, Sie nach Hause zu fahren. Bis zu seiner Ankunft können Sie sich eine Stunde und fünfzehn Minuten ausruhen, dann wird er Sie in die Arme Ihrer lieben Tante befördern.»

Unbehaglich blickte ich zu Boden. «Mr. Holmes, leider kann ich mir einen solchen Luxus nicht leisten. Mein Taschengeld für diese Woche habe ich bereits für den Vergil ausgegeben.»

«Ich verfüge über ein beträchtliches Vermögen, Miss Russell, und finde nur selten Gelegenheit, Geld auszugeben. Bitte, gestatten Sie mir diese kleine Extravaganz.»

«Unmöglich!»

Als er in mein Gesicht schaute, gab er nach. «Also gut, dann schlage ich einen Kompromiß vor. Ich übernehme die Kosten für diese Fahrt und alle weiteren ähnlichen Aktionen, aber nur auf

Leihbasis. Ich vermute, Ihr künftiges Erbe wird ausreichen, um die Schulden zu decken.»

«O ja.» Ich mußte lachen, denn ich erinnerte mich lebhaft an die Szene in der Anwaltskanzlei, wo sich die Augen meiner Tante vor Habgier verdunkelt hatten. «Das ist kein Problem.»

Er warf mir einen scharfen Blick zu, dann begann er, zögernd und vorsichtig zu sprechen: «Verzeihen Sie, wenn ich mich einmische, aber ich neige zu eher skeptischen Ansichten, was die menschliche Natur betrifft. Dürfte ich nach Ihrem Testament fragen?» Ein Gedankenleser mit einem unfehlbaren Gespür für die grundlegenden Dinge des Lebens. Grimmig lächelte ich ihn an.

«Im Falle meines Todes würde meine Tante nur ein angemessenes Jahreseinkommen beziehen, kaum mehr, als sie jetzt erhält.»

Nun schien er erleichtert aufzuatmen. «Ich verstehe. Und jetzt zu dem Kredit, den ich Ihnen anbiete. Ihre Füße werden es Ihnen verübeln, wenn Sie darauf bestehen, in diesen Schuhen nach Hause zu gehen. Benutzen Sie wenigstens heute das Taxi. Wenn Sie es wünschen, werde ich Ihnen sogar Zinsen berechnen.»

In dieser ironischen Offerte schwang ein seltsamer Unterton mit, der aus dem Mund einer anderen, weniger selbstsicheren Person wie eine Bitte geklungen haben mochte. Wir saßen am frühen Abend im stillen Garten, musterten einander, und schließlich kam es mir so vor, als hätte er in dem kläffenden Hündchen eine annehmbare Gefährtin gefunden. Vielleicht las ich in seinen Zügen sogar die Anfänge einer gewissen Zuneigung, und weiß Gott, die Begegnung mit einem so hellwachen, von Vorurteilen völlig unbelasteten Geist wie seinem gefiel auch mir.

Welch ein sonderbares Paar gaben wir ab – ein schlaksiges, bebrilltes Mädchen und ein hochgewachsener, sardonischer Einsiedler, beide gesegnet oder gestraft mit einem messerscharfen, brillanten Intellekt, der alle Leute bis auf die hartnäckigsten Gemüter in die Flucht schlug. Der Gedanke, ich könnte sein Haus nie wieder besuchen, kam mir gar nicht in den Sinn.

Bereitwillig nahm ich das versteckte Angebot seiner Freundschaft an. «Wenn man täglich drei oder vier Stunden auf der Wanderschaft ist, findet man wenig Zeit für andere Dinge. Also möchte ich Ihre Leihgabe dankend akzeptieren. Soll Mrs. Hudson Buch führen?»

«Im Gegensatz zu mir weiß sie peinlich genau mit Zahlen umzugehen. Trinken Sie noch ein Glas Wein, und erzählen Sie mir etwas über Sherlock Holmes.»

«Mit mir sind Sie also fertig?»

«Abgesehen von den offensichtlichen Dingen – Ihre Schuhe, Ihre Lektüre zu später Stunde bei unzureichendem Licht sowie die Tatsachen, daß sich Ihre schlechten Gewohnheiten in Grenzen halten und daß Ihr Vater zwar rauchte, aber im Unterschied zu den meisten Amerikanern Wert auf Kleidung von guter Qualität legte –, will ich es vorerst dabei bewenden lassen. Jetzt sind Sie an der Reihe. Aber bedenken Sie, ich will *Ihre* Meinung hören, also ersparen Sie mir die Informationen, die Sie von meinem enthusiastischen Freund Watson erhalten haben.»

«Nun, ich werde versuchen, auf seine treffsicheren Beobachtungen zu verzichten», erwiderte ich trocken, «wenn ich mich auch frage, ob es nicht ein zweischneidiges Schwert war, die Storys zu benutzen, um Ihre Biographie zu schreiben. Die Illustrationen können den Betrachter gewiß täuschen. Darauf wirken Sie beträchtlich älter. Ich kann das Alter eines Menschen nicht besonders gut schätzen, aber so, wie Sie aussehen, müßten Sie erst fünfzig sein. Oh, tut mir leid. Manche Leute reden nicht gern über ihr Alter.»

«Ich bin jetzt vierundfünfzig. Conan Doyle und seine Komplizen vom *Strand Magazine* dachten, ich würde einen würdigeren Eindruck erwecken, wenn sie mich älter machten. Jugend flößt kein Vertrauen ein, was ich zu meinem nicht geringen Ärger feststellte, als ich in die Baker Street zog. Ich war noch nicht einundzwanzig, und zunächst übertrug man mir nur wenige Fälle. Übrigens hoffe ich, Sie werden keine Vermutungen anstellen. Das wäre eine Schwäche, durch Trägheit hervorgerufen, und man sollte es niemals mit Intuition verwechseln.»

«Dann will ich's vermeiden.» Ich nahm einen Schluck Wein

und überlegte, was ich in seinem Wohnzimmer gesehen hatte. Sorgfältig wählte ich meine Worte. «Also, fangen wir an. Sie entstammen einer wohlhabenden Familie, aber Ihre Beziehung zu den Eltern war keineswegs erfreulich. Bis zum heutigen Tag denken Sie über die beiden nach und versuchen jenen Teil Ihrer Vergangenheit zu bewältigen.» Als er eine Braue hob, erklärte ich: «Deshalb verwahren Sie Ihr offizielles Familienfoto in einem Regal nahe Ihrem Sessel, von Büchern fast verdeckt, statt es ganz offen an die Wand zu hängen und Ihre Eltern zu vergessen.»

Oh, wie es mich beglückte, seine anerkennende Miene zu beobachten, sein gemurmeltes Lob zu hören: «Sehr gut, wirklich sehr gut.» Es war wie eine Heimkehr.

«Aus diesem Grund sprachen Sie mit Dr. Watson nie über Ihre Kindheit, denn einem Mann von so eindeutig normaler Herkunft wäre es zweifellos schwergefallen, die besonderen Belastungen eines einzigartigen Talents zu verstehen. Aber ich möchte mich nicht seiner Ausdrucksweise bedienen, deshalb lassen wir diesen Punkt nicht gelten. Ich möchte nicht indiskret sein – aber ich glaube, durch die Probleme mit den Eltern wurde Ihr Entschluß gefördert, sich von Frauen fernzuhalten. Wenn sich ein Mann wie Sie mit einer Frau einläßt, muß diese Beziehung alles einschließen, sämtliche Bereiche in ihrem und seinem Leben, anders als Ihre unausgewogene, etwas schrullige Partnerschaft mit Dr. Watson.»

Sein Gesichtsausdruck war unbeschreiblich, schwankte zwischen Amüsement, beleidigtem Stolz und Ärger. Schließlich entschied ich mich für Skepsis, fühlte mich bezüglich der beiläufigen Kränkungen, die er mir zugefügt hatte, wesentlich besser und fuhr fort: «Ich möchte mich nicht in Ihr Privatleben einmischen. Aber man muß berücksichtigen, welche Beiträge die Vergangenheit zur Gegenwart leistet. Sie haben sich hier in die Einsamkeit zurückgezogen, um der Gesellschaft von Leuten zu entrinnen, die einen minderwertigen Verstand besitzen und einfach nichts begreifen können, weil sie nicht dafür geschaffen sind. Vor zwölf Jahren traten Sie erstaunlich früh in den Ruhestand, allem Anschein nach, um die Perfektion und Einzigartigkeit der Bienen zu studieren und an Ihrem großen Opus über detektivische Methoden zu arbeiten. Wie ich dem Bücherregal neben Ihrem Schreibtisch entnehme, haben Sie bisher sieben Bände vollendet, und darunter stehen Schachteln voller Notizen und weisen auf eine ähnliche Anzahl hin, die das Werk abschließen sollen.»

Er nickte und goß uns beiden noch etwas Wein ein. Die Flasche war fast leer.

«Aber aus dem Material, das Sie selbst und Dr. Watson mir liefern, läßt sich wenig folgern. Trotzdem will ich es versuchen. Zum Beispiel glaube ich kaum, daß Sie Ihre chemischen Experimente aufgegeben haben, denn der Zustand Ihrer Manschetten zeugt von Aktivitäten in jüngster Zeit – die Brandstellen, durch den Umgang mit Säure verursacht, sind noch frisch und wären nach mehrmaliger Wäsche ausgefranst. Sie rauchen keine Zigaretten mehr, das zeigen mir Ihre Finger, dafür benutzen Sie um so öfter Ihre Pfeife. Wie mir die Schwielen an Ihren Fingerspitzen verraten, spielen Sie weiterhin Geige. Bienenstiche beschäftigen Ihre Gedanken ebenso wenig wie Finanzen und Gärtnerei, denn Ihre Haut weist die Spuren alter und neuer Stiche auf. Und wie mir Ihre uneingeschränkte Beweglichkeit verrät, muß man die Theorie über Bienenstiche als Therapie gegen Rheumatismus ernst nehmen. Oder ist es Arthritis?»

«In meinem Fall Rheumatismus.»

«Außerdem halte ich es für möglich, daß Sie Ihr Leben nicht völlig geändert haben. Die Haut an Ihrem Kinn ist etwas heller, also ließen Sie sich irgendwann im letzten Sommer einen Spitzbart wachsen, den Sie später abrasierten. Danach schien die Sonne zu selten, um den Unterschied zu verwischen. Da Sie normalerweise keinen Bart tragen und nach meiner Ansicht auch nicht gut damit aussähen, kann ich nur annehmen, daß Sie sich in diesem besonderen Fall für mehrere Monate tarnen wollten. Wahrscheinlich hing es mit den Anfangsphasen des Krieges zusammen. Vielleicht mußten Sie dem Kaiser nachspionieren.»

Ein paar Sekunden lang musterte er mich mit völlig ausdruckslosen Augen, und ich unterdrückte ein verlegenes Lächeln. Endlich brach er das Schweigen. «Ich habe es selbst heraufbeschworen, nicht wahr? Sind Sie mit Dr. Sigmund Freuds Arbeit vertraut?»

«Ja. Allerdings finde ich die Errungenschaften der nächsten Generation nützlicher. Freud ist übermäßig besessen von extremen Verhaltensweisen. Das mag Sie bei Ihrer Arbeit unterstützen, aber der Allgemeinheit kann es kaum helfen.»

Plötzlich bewegte sich etwas im Blumenbeet. Zwei orangegelbe Katzen sprangen heraus, rasten über die Wiese und verschwanden durch eine Öffnung in der Gartenmauer. Holmes schaute ihnen nach und blinzelte in die tiefstehende Sonne. «Vor zwanzig Jahren», murmelte er. «Sogar noch vor zehn. Aber jetzt und hier?» Er schüttelte den Kopf und fixierte mich wieder. «Was wollen Sie an der Universität studieren?»

Unwillkürlich lächelte ich. Denn ich wußte schon jetzt, wie bestürzt er reagieren würde. «Theologie.»

Er enttäuschte mich nicht. Seine Bestürzung war genauso heftig, wie ich es erwartet hatte. Wir schlenderten durch das Zwielicht zu den Klippen, und ich betrachtete das Meer, während er sich mit meinem Plan auseinandersetzte. Als wir zum Haus zurückkehrten, hatte er entschieden, ein solches Studium sei nicht schlimmer als irgendein anderes, aber er hielt es für reine Zeitverschwendung, und das sagte er auch. Ich gab keine Antwort.

Kurz danach traf das Automobil ein, und Mrs. Hudson kam heraus, um den Fahrer zu bezahlen. Zu ihrer Belustigung erklärte Holmes unser Abkommen, und sie versprach, den Betrag zu notieren.

«Heute abend muß ich noch ein Experiment beenden», verkündete er, «also müssen Sie mich jetzt entschuldigen.» Schon nach wenigen Besuchen fand ich heraus, daß es ihm widerstrebte, Abschied zu nehmen. Ich streckte meine Hand aus und riß sie beinahe zurück, als er sie an die Lippen zog, statt sie nur wie zuvor zu schütteln. Seine kühlen Lippen berührten meine Finger, dann ließ er sie los. «Bitte, kommen Sie zu uns, wann immer Sie wollen. Übrigens besitzen wir ein Telefon. Aber fragen Sie die Telefonistin nach Mrs. Hudson. Manchmal beschließen die guten Damen, mich zu schützen, indem sie vorgeben, mich nicht zu kennen. Aber wer immer nach meiner Haushälterin verlangt, wird verbunden.» Er nickte mir zu und wollte sich abwenden, aber ich hielt ihn zurück.

«Mr. Holmes ...» Ich spürte, wie mir das Blut in die Wangen stieg. «Darf ich Sie was fragen?»

«Gewiß, Miss Russell.»

«Was passiert am Ende vom ‹Tal der Angst›?» platzte ich heraus.

«Vom – *was*?» rief er verblüfft.

«Vom ‹Tal der Angst›. Im *Strand Magazine*. Ich hasse diese Serien, und diese geht nächsten Monat zu Ende. Könnten Sie mir schon jetzt sagen, wie?»

«Ich nehme an, das ist eine von Watsons Geschichten?»

«Natürlich. Der Fall von Birlstone und den Scowrers und John McMurdo und Professor Moriarty und ...»

«Ja, ich glaube, ich entsinne mich des Falls. Übrigens habe ich mich oft gefragt, warum Conan Doyle, der Pseudonyme so liebte, Watson und mir selbst nicht auch eins verpaßt hat.»

«Also, wie ging die Geschichte aus?»

«Ich habe nicht die leiseste Ahnung. Da müßten Sie Watson fragen.»

«Aber Sie wissen doch sicher, welchen Abschluß der Fall fand», entgegnete ich erstaunt.

«Sicher. Aber was Watson daraus gemacht hat, kann ich nicht einmal erraten, abgesehen von Blutströmen und wilden Leidenschaften und heimlichem Händeschütteln. Ach ja, und natürlich ein Liebespaar. Ich ziehe Schlußfolgerungen, Miss Russell, und Watson gestaltet alles um. Guten Abend.» Mit diesen Worten kehrte er in sein Cottage zurück.

Mrs. Hudson, die diesem letzten Gespräch gelauscht hatte, gab keinen Kommentar ab. Statt dessen drückte sie ein Päckchen in meine Hände. «Eine kleine Wegzehrung.» Nach dem Gewicht des Proviants zu urteilen, würde ich viel länger brauchen, um ihn zu verspeisen, als die Fahrt dauern konnte. Aber wenn es mir gelang, das Paket irgendwie an meiner Tante vorbeizuschmuggeln, wäre es eine willkommene Ergänzung meiner kargen Rationen. Warmherzig dankte ich ihr.

«Und ich danke für Ihren Besuch, liebes Kind», erwiderte sie. «So lebendig habe ich Mr. Holmes schon monatelang nicht mehr gesehen. Bitte, kommen Sie bald wieder.»

Das versprach ich und kletterte ins Automobil. Auf knirschenden Kieselsteinen brauste der Chauffeur davon, und so begann meine lange Bekanntschaft mit Mr. Sherlock Holmes.

■

An dieser Stelle muß ich meine Erzählung unterbrechen und einige Angaben über eine Person machen, die ich ursprünglich weglassen wollte. Aber ihre Abwesenheit würde ein bedeutungsschweres Vakuum hinterlassen, eine Wichtigkeit, die ihr nicht zustünde. Ich spreche von meiner Tante.

Knapp sieben Jahre lang, vom Unfall meiner Eltern bis zu meinem einundzwanzigsten Geburtstag, wohnte sie in meinem Haus, gab mein Geld aus, manipulierte mein Leben, schränkte mich in meiner Freiheit ein und tat ihr Bestes – oder Schlimmstes, um mich zu kontrollieren. Während dieser Zeit mußte ich mich zweimal an den Testamentsvollstrecker meiner Eltern wenden und gewann in beiden Fällen, was mir die rachsüchtige Feindschaft der Frau eintrug.

Genau weiß ich nicht, wieviel von meinem Erbe sie entwendet hat. Eins steht jedenfalls fest: Nachdem sie mich verlassen hatte, kaufte sie ein Reihenhaus in London, obwohl sie fast mittellos zu mir gekommen war. Ich gab ihr zu verstehen, ich würde dies als Lohn für ihre langjährigen Dienste betrachten, und ließ es dabei bewenden. Ein paar Jahre später ging ich nicht zu ihrem Begräbnis und richtete es so ein, daß ihr Haus an eine arme Kusine fiel.

Meistens ignorierte ich sie, während sie bei mir lebte, was ihren Zorn noch schürte. Ich glaube, sie war klug genug, um die Talente anderer zu erkennen, aber statt sich großzügig zu zeigen, versuchte sie, alle Menschen, die ihr überlegen waren, auf ihre eigene Ebene herabzuziehen. Ein unglückseliger Charakter und ein sehr trauriger Fall, aber ihre Handlungsweise kurierte mich von meinem Mitleid. Deshalb werde ich sie in meinem Bericht weiterhin ignorieren, wann immer sich eine Gelegenheit ergibt. Das ist meine Rache.

Ihre Einmischung störte mich nur in meiner Bekanntschaft mit Mr. Holmes. Während der nächsten Wochen wurde es offensichtlich, daß ich etwas gefunden hatte, das mir viel bedeutete, und – in den Augen meiner Tante noch schrecklicher – daß mir ein Leben in Freiheit geboten wurde, weit weg von ihr.

Uneingeschränkt nutzte ich den Kredit, den ich von Holmes bekam, und Mrs. Hudson führte Buch darüber. Als ich volljährig wurde, hatte sich eine beträchtliche Summe angesammelt. (In der Anwaltskanzlei unterschrieb ich sofort einen Scheck über den Betrag, den ich Holmes schuldete, plus fünf Prozent für Mrs. Hudson. Ich weiß nicht, ob sie das Geld der Wohlfahrt oder dem Gärtner gab, jedenfalls nahm sie es.)

Um meine Beziehung mit Holmes zu unterminieren, setzte meine Tante eine ganz besondere Waffe ein. Sie drohte, üble Gerüchte in der Nachbarschaft zu verbreiten, die sehr unangenehm gewesen wären, was sogar ich zugeben mußte. Etwa einmal pro Jahr sprach sie diese Drohungen aus, zunächst subtil, dann ganz unverblümt, bis ich schließlich zum Gegenangriff übergehen mußte, indem ich sie erpreßte oder bestach.

Einmal sah ich mich gezwungen, Holmes zu bitten, er möge bekunden, daß er sich trotz seines nunmehr zehnjährigen Ruhestands immer noch größter Hochachtung erfreue und daß kein Beamter die niederträchtigen Klatschgeschichten meiner Tante glauben würde. Der Brief, den sie erhielt, und vor allem der Absender brachten sie für achtzehn Monate zum Schweigen.

Ihre Kampagne erreichte den Höhepunkt, als ich ihr mitteilte, ich würde Holmes für sechs Wochen auf den Kontinent begleiten. Beinahe wäre es ihr gelungen, die Reise zu verhindern oder zumindest hinauszuzögern. Doch dann informierte ich mich über ihr Bankkonto, und sie machte mir bis zu meinem einundzwanzigsten Geburtstag keinen Ärger mehr.

Soviel über die einzige Schwester meiner Mutter. An dieser Stelle soll sie in der Versenkung verschwinden, frustriert und namenlos, und ich hoffe, sie betritt nie wieder den Schauplatz der Ereignisse, die ich schildern werde.

2

Der Zauberlehrling

Man kam hierher, zur Schule der Bienen, um die Hauptbeschäftigung der allmächtigen Natur zu erkennen ... Und die Lektion der leidenschaftlichen und der gleichmütigen Arbeit; und noch eine andere Lektion ... Das fast unbeschreibliche Entzücken dieser makellosen Tage zu genießen, die in großen Räumen um die eigene Achse kreisten, einfach nur eine durchsichtige Kugel bildeten, an Erinnerungen so leer wie ungetrübtes Glück.

Drei Monate nach meinem fünfzehnten Geburtstag trat Sherlock Holmes in mein Leben, wurde mein bester Freund und Lehrer, mein Ersatzvater und schließlich mein Vertrauter. Keine Woche verstrich, wo ich nicht wenigstens einen Tag in seinem Haus verbrachte, und manchmal blieb ich drei oder vier Tage dort, während ich ihm bei einem Experiment oder Projekt half. Wenn ich in die Vergangenheit zurückblicke, muß ich mir eingestehen, daß ich mit meinen Eltern nie so glücklich war. Nicht einmal mit meinem brillanten Vater hatte ich mich so gut verstanden wie mit Mr. Holmes. Bei der zweiten Zusammenkunft nannten wir uns nicht mehr «Mr.» und «Miss». Nach einigen Jahren vollendete der eine die Sätze des anderen und beantwortete sogar unausgesprochene Fragen – aber ich will der Zeit nicht vorgreifen.

Während jener ersten Frühlingswochen glich ich einer tropischen Saat, die mit Wärme und Wasser überschüttet wurde. Ich blühte auf – mein Körper unter Mrs. Hudsons Fürsorge, mein Geist unter der Obhut dieses merkwürdigen Mannes, der die aufregenden Londoner Kriminalfälle hinter sich gelassen hatte und in ein stilles ländliches Heim gezogen war, um Bienen zu züchten, seine Bücher zu schreiben – und vielleicht, um mich zu treffen. Ich weiß nicht, welches Schicksal uns an Orte verschlagen hatte, die nur knapp zehn Meilen voneinander entfernt lagen. Nur eins steht fest – auf all meinen Reisen war mir kein Mensch begegnet, der einen so überragenden Verstand besessen hätte wie Holmes. Und er erklärte, er habe noch nie jemanden wie mich kennengelernt. Hätte ich ihn nicht gefunden, wäre die Autorität meiner Tante unangefochten geblieben. Leicht hätte ich mich zu einer so verdrehten Person entwickeln können wie sie. Und ich glaube, auch mein Einfluß auf Holmes war nicht unbeträchtlich. Er stagnierte – ja, sogar er – und hätte sich ohne mich wahrscheinlich zu Tode gelangweilt oder mit Drogen umgebracht. Meine Gegenwart und – ich will es nicht verhehlen – meine Liebe schenkten ihm an jenem ersten Tag einen neuen Lebensinhalt.

Wenn er den Platz meines Vaters einnahm, so wurde die gute Mrs. Hudson meine neue Mutter und ich ihre Tochter. Ihr Sohn, nach Australien ausgewandert, schrieb ihr pflichtbewußt jeden Monat, aber ich war ihre einzige Tochter. Sie fütterte mich, bis ich zunahm (ich entwickelte niemals üppige Formen, aber meine Figur entsprach der Mode während der zwanziger Jahre). In jenem ersten Jahr wuchs ich noch um etwa fünf Zentimeter, im zweiten um knapp vier. Schließlich maß ich fast eins achtzig. Bald gewöhnte ich mich an meine Größe, aber jahrelang bewegte ich mich schrecklich ungeschickt und war eine Gefahr für alle Nippes in meiner Nähe. Erst als ich nach Oxford ging, veranlaßte Holmes, daß mir eine asiatische Form der Selbstverteidigung beigebracht wurde (sehr undamenhaft – anfangs wollte nur der Lehrer mit mir trainieren), durch die ich meine diversen Gliedmaßen unter Kontrolle brachte.

Mrs. Hudson hätte natürlich eine Ballettschule bevorzugt. Ihre Anwesenheit in Holmes' Haus ermöglichte meine Besuche bei dem alleinstehenden Mann, doch sie fungierte nicht nur als Anstandsdame. Von ihr lernte ich, im Garten zu arbeiten, Knöpfe anzunähen, einfache Mahlzeiten zu kochen. Außerdem gab sie mir klar zu verstehen, weibliches Verhalten müsse nicht unbedingt mit Dummheit einhergehen. Sie, nicht meine Tante, erläuterte mir die Funktionsweise des weiblichen Körpers (mit verständlicheren Worten, als ich sie in den Anatomiebüchern gefunden hatte, auf die ich vorher angewiesen war und die das Thema nicht klarstellten, sondern eher verschleierten), sie ging mit mir zu Londoner Schneiderinnen und in Friseursalons, und an meinem achtzehnten Geburtstag, nach der Heimkehr aus Oxford, traf Holmes bei meinem Anblick fast der Schlag. Damals war ich froh über Dr. Watsons Gegenwart. Wäre Holmes wegen meiner Aufmachung gestorben, hätte ich mich am Ende des Semesters sicher in die Isis gestürzt.

Und damit wären wir bei Watson, einem netten, wichtigtuerischen Mann, den ich zu seinem höchsten Entzücken «Onkel John» nannte. Ich hatte erwartet, daß ich ihn verabscheuen würde. Wie konnte jemand so lange mit Holmes zusammenarbeiten und so wenig lernen, fragte ich mich. Wie konnte ein scheinbar intelligenter Mann so beharrlich übersehen, worauf es ankam? Wie *konnte* er so *dumm* sein? Mein jugendliches Gemüt rebellierte gegen ihn.

Was ich am allerschlimmsten fand, er erweckte den Eindruck, Holmes – *mein* Holmes – würde ihn aus einem von zwei Gründen in seiner Nähe behalten: damit Watson einen Revolver trug (obwohl Holmes selbst ein Meisterschütze war) oder damit er sich albern anstellte und den Detektiv durch den Kontrasteffekt noch brillanter wirken ließ. Was sah Holmes in diesem Schwachkopf? O ja, ich war bereit, ihn zu hassen und mit meiner scharfen Zunge am Boden zu zerstören. Aber es kam ganz anders.

Eines Tages, Anfang September, traf ich unangemeldet vor Holmes' Tür ein. Das erste Herbstgewitter hatte den Telefonanschluß im Dorf lahmgelegt, und so konnte ich nicht wie üblich anrufen und meinen Besuch ankündigen. Die Straße war ein schlammiges Chaos, so daß ich nicht das Fahrrad benutzte (natürlich mit dem Geld von Mrs. Hudsons Kreditkonto erworben), sondern meine hohen Stiefel anzog und durch das Hügelland wanderte. Die Sonne kam hinter den Wolken hervor, während ich über die nassen Wiesen ging, und es wurde immer heißer. Ich ließ die schmutzigen Stiefel draußen stehen und betrat das Haus durch die Küche, schlammbespritzt und verschwitzt, weil ich mich viel zu warm angezogen hatte. Mrs. Hudson war nicht in der Küche, etwas merkwürdig für diese frühe Stunde, aber ich hörte leise Stimmen, die aus dem Wohnzimmer drangen. Dort sprach nicht Holmes, sondern ein anderer Mann, in derbem Ton, mit Londoner Akzent. Vielleicht ein Nachbar oder ein Hausgast.

«Guten Morgen, Mrs. Hudson!» rief ich leise und nahm an, Holmes würde noch schlafen. Da er oft spät in der Nacht zu Bett ging, blieb er morgens länger liegen. Der Schlaf sei eine Notwendigkeit des Körpers und müsse den Bedürfnissen des Geistes, nicht der Uhr angepaßt werden, erklärte er. Ich ging zum Spülbecken, wusch mein schweißnasses Gesicht, die schmutzigen Hände und Arme, aber als ich nach dem Handtuch tastete, war die Haltestange leer. Irritiert schaute ich mich um, dann hörte ich Schritte, und das vermißte Tuch wurde mir in die Hand gedrückt. Ich wischte mir das Gesicht ab.

«Danke, Mrs. Hudson», sagte ich in den weichen Stoff. «Ich hörte Sie mit jemandem reden. Komme ich ungelegen?» Als ich keine Antwort erhielt, blickte ich auf und sah eine korpulente Gestalt mit Schnurrbart vor mir stehen, die strahlend lächelte. Obwohl ich keine Brille trug, wußte ich sofort, wer es war, und verbarg mein Mißbehagen. «Dr. Watson, wie ich vermute?» Ich trocknete meine rechte Hand ab und schüttelte seine.

Viel zu lang hielt er meine Finger fest und grinste mich an. «Ja, er hat recht, Sie sind wirklich hübsch.»

Das verwirrte mich ganz schrecklich. Wer war «er»? Sicher nicht Holmes. Und «hübsch?» Nach Schweiß stinkend, in Wollsocken, die nicht zusammenpaßten, mit Löchern an beiden Zehenspitzen, strähnigen Haaren und einem Bein, bis zum Knie voller Schlamm – hübsch? Ich entzog ihm meine Hand, fand meine Brille auf dem Sideboard, setzte sie auf, und das runde Gesicht nahm deutliche Züge an. Während er mich mit unverhohlenem, echtem Wohlgefallen musterte, wußte ich einfach nicht, wie ich mich verhalten sollte, und so stand ich nur albern da.

«Miss Russell, ich freue mich so, Sie endlich kennenzulernen. Im Moment kann ich nicht viel sagen. Mr. Holmes wird sein Bett bald verlassen. Jedenfalls möchte ich Ihnen aus tiefstem Herzen für alles danken, was Sie in den letzten Monaten für meinen Freund getan haben. Hätte ich es in einem Nachschlagewerk über Präzedenzfälle gelesen, würde ich es nicht glauben, aber ich sehe es mit eigenen Augen.»

«Was?» fragte ich töricht.

«Sicher wissen Sie, daß er krank war, aber vielleicht nicht, wie schlimm es um ihn stand. Ich beobachtete ihn und geriet in Verzweiflung, denn ich fürchtete, er würde den nächsten Sommer nicht mehr erleben, womöglich nicht einmal das neue Jahr. Aber seit Mai nahm er über zwölf Pfund zu, sein Herz schlägt kraftvoll, und sein Gesicht zeigt eine gesunde Farbe. Und Mrs. Hudson sagt, er würde besser schlafen – zwar unregelmäßig wie eh und je, aber immerhin. Er behauptet, er habe das Kokain aufgegeben, nach dem er geradezu süchtig wurde, und ich glaube ihm. Für das alles danke ich Ihnen, denn Sie konnten etwas bewirken, was meine Fähigkeiten nicht vermochten, und meinen besten Freund aus dem Grab zurückholen.»

Verdattert blinzelte ich ihn an. Holmes – krank? Bei unserer ersten Begegnung war er dünn und bleich gewesen – aber dem Tode nah?

Eine sardonische Stimme aus dem Nebenraum ließ uns beide schuldbewußt zusammenzucken. «Ach, kommen Sie schon, Watson, ängstigen Sie das Kind nicht mit Ihrer übertriebenen Sorge.» Holmes erschien in seinem mausgrauen Morgenmantel in der Küchentür. «Vielleicht war ich etwas überarbeitet, aber mit einem Fuß im Grab – wohl kaum. Ich gebe zu, Russell half mir, mich zu entspannen, und weiß Gott, ich esse mehr, seit ich sie kenne. Sonst steckt nichts dahinter. Und Sie werden dem Kind nicht einreden, es sei in irgendeiner Weise für mich verantwortlich, hören Sie, Watson?»

Das runde Gesicht, das sich mir zuwandte, spiegelte so namenlosen Kummer wider, daß die letzten Reste meines Wunsches, Watson zu hassen, sofort verflogen. Ich begann zu lachen.

«Aber ich wollte ihr nur danken», verteidigte er sich.

«Gut, das haben Sie hiermit getan. Nun wollen wir Tee trinken, während Mrs. Hudson das Frühstück vorbereitet. Tod und Auferstehung!» Holmes schnaufte voller Verachtung. «Lächerlich!»

Ich genoß diesen Tag, obwohl es mir manchmal so vorkam, als hätte ich ein Buch in der Mitte aufgeschlagen und versuchte, die vorangegangene Handlung zu rekonstruieren. Bisher unbekannte Personen wanderten in die Konversation und wieder hinaus, Ortsnamen fungierten als Kürzel für ganze Abenteuer, und vor mir baute sich die Struktur einer langjährigen Beziehung auf, ein komplexes, zuvor unsichtbares Gebäude. In einer solchen Situation konnte sich ein Dritter, nämlich ich, unbehaglich und fehl am Platz fühlen, aber seltsamerweise empfand ich nichts dergleichen. Das hing wohl damit zusammen, daß ich des Gebäudes sicher war, das Holmes und ich gemeinsam errichteten. In diesen wenigen Monaten hatten wir eine intensive Freundschaft entwickelt, also fürchtete ich Watson und das, was er repräsentierte, nicht mehr. Er seinerseits fürchtete mich nie und lehnte mich auch nicht ab. Vor jenem Tag hätte ich behauptet, er sei zu dumm, um eine Drohung in mir zu sehen. Doch am Nachmittag wußte ich, daß sein Herz zu großzügig war, um irgend etwas auszuschließen, das Holmes betraf.

Rasch verstrich der Tag, und es gefiel mir, das Trio alter Freunde zu ergänzen – Holmes, Watson und Mrs. Hudson. Als Watson sich nach dem Dinner entfernte, um seine Sachen zu packen und den Abendzug nach London zu erreichen, saß ich neben Holmes und verspürte das vage Bedürfnis, mich zu entschuldigen. «Vermutlich wissen Sie, daß ich ihn hassen wollte.»

«O ja.»

«Nun verstehe ich, warum Sie diese Freundschaft weiterhin pflegen. Er ist so – gut. Naiv, sicher, und nicht besonders klug, aber wenn ich an all das Häßliche und Böse denke, das ihm widerfahren ist, dieses ganze Leid – es muß ihn irgendwie geläutert haben.»

«Das mag stimmen. Mich selbst in Watsons Augen reflektiert zu sehen half mir manchmal, problematische Fälle zu lösen. Er brachte mir viel über die Dinge bei, die gewisse Menschen motivieren und antreiben. Und er lehrte mich, Demut zu empfinden.» Als er meinen skeptischen Blick auffing, fügte er hinzu: «Zumindest in dem Maße, das mein Wesen zuläßt.»

■

In jenem Sommer 1915 begann mein Leben von neuem. Die ersten Kriegsjahre verbrachte ich als Holmes' Schülerin, wenn es auch eine Weile dauerte, bis ich erkannte, daß ich nicht nur einen Freund besuchte, sondern unterrichtet wurde. Dabei erhielt ich keine Lektionen über verschiedene merkwürdige, unterhaltsame Themen. Nein, ein hervorragender Experte führte mich in sein Fachgebiet ein.

Aber ich betrachtete mich keineswegs als Detektivin. Ich studierte Theologie und wollte mein Leben der Wissenschaft weihen, nicht den dunklen Nischen menschlichen Fehlverhaltens, sondern den Höhen der Forschung, die dem Wesen des Göttlichen gilt. Daß dies keine Gegenpole sind, wurde mir jahrelang nicht bewußt.

Ohne es zu merken, begann ich meine Lehrzeit. Vielleicht erging es Holmes ähnlich, und er fing an, sich um seine sonderbare Nachbarin zu kümmern, weil es gerade nichts Wichtigeres zu tun gab. Schließlich hatte er eine vollwertige Detektivin ausgebildet. Ein paar Jahre später erinnerte ich mich an seine seltsame Bemerkung im Garten, bei unserer ersten Begegnung. «Vor zwanzig Jahren, sogar vor zehn. Aber hier und jetzt?» Ich fragte ihn danach, und er erwiderte, schon nach den ersten Minuten sei es ihm klar gewesen. Aber er betonte immer, er sei allwissend, was ich manchmal bezweifle, also traue ich ihm auch in diesem Punkt nicht so recht.

Oberflächlich betrachtet, wäre es unwahrscheinlich gewesen, daß ein korrekter Gentleman wie Holmes ein junges Mädchen als Schülerin akzeptierte, noch dazu in seinem geheimnisumwitterten Fachbereich. Vor zwanzig Jahren, während Königin Victoria noch auf dem Thron gesessen hatte, wäre eine so enge Beziehung – ohne Chaperon (Mrs. Hudson gesellte sich fast nie zu uns) und nicht einmal durch Blutsbande sanktioniert – undenkbar gewesen. Auch vor zehn Jahren, in Edwards Regierungszeit, hätte die ländliche Gemeinde einen Schock erlitten und uns das Leben schwergemacht.

Doch wir schrieben das Jahr 1915, und wenn sich die gehobene

Klasse an einen schwachen Anflug der alten Ordnung klammerte, konnte sie das Chaos unter ihren Füßen bestenfalls ein wenig vertuschen. Während des Krieges wurde die englische Gesellschaft auseinandergenommen und neu zusammengefügt. Notgedrungen arbeiteten die Frauen außerhalb ihres Heims, zogen Männerschuhe an, traten Stellungen in Straßenbahnen, Brauereien, Fabriken und der Landwirtschaft an. Die Frauen aus gehobenen Schichten verpflichteten sich als Krankenschwestern im blutigen Schlamm französischer Schlachtfelder, oder sie schlüpften in Kittel und Gamaschen und arbeiteten zur Erntezeit unentgeltlich auf den Feldern. Die harten Forderungen des Königs und des Vaterlandes und die ständige Angst um die Soldaten an der Front reduzierten die Anstandsregeln auf ein Minimum. Die Leute brachten einfach keine Energie für so belanglose Dinge wie die Schicklichkeit auf.

Immerhin milderte Mrs. Hudsons Anwesenheit den ungehörigen Beigeschmack meiner langen Besuche in Holmes' Haus. Meine Eltern waren tot, meine Tante kümmerte sich kaum um meine Aktivitäten, solange sie ihre nicht beeinträchtigten. Auch die ländliche Gesellschaft unterstützte uns in gewisser Weise, denn diese Leute erkannten einen wahren Gentleman, wenn sie einen sahen, und die Farmer vertrauten Holmes, wie es die Städter niemals getan hätten. Vielleicht kursierten einige Klatschgeschichten, aber ich hörte nur selten davon.

Ich glaube, die höchste Barriere in unserer Beziehung war Holmes selbst, seine angeborene Verwurzelung in gesellschaftlichen Regeln und vor allem seine Tendenz, die Frauen als fremde Rasse und nicht besonders vertrauenswürdige exotische Geschöpfe zu betrachten. Doch die Ereignisse begünstigten unseren Bund. Was seine Bekanntschaften und geschäftlichen Angelegenheiten betraf, war er unkonventionell, sogar ein Bohemien. Seine Freundschaften zogen sich durchs ganze gesellschaftliche Spektrum, vom jüngeren Sohn eines Herzogs und dem konservativen Dr. Watson bis zu einem Pfandleiher in Whitechapel, und sein Beruf ermöglichte ihm Kontakte mit Königen, Kanalarbeitern und Damen von zweifelhaftem Ruf. Nicht einmal geringfügigere kriminelle Aktivitäten hielt er für ein Hindernis in gesellschaftlichen und beruflichen Beziehungen, was sein dauerhafter Umgang mit zwielichtigen Personen während der Baker-Street-Zeit demonstrierte. Sogar Mrs. Hudson war infolge eines Mordfalls in seine Dienste getreten (von Dr. Watson unter dem Titel «Gloria Scott» für die Nachwelt festgehalten).

Vielleicht liegt eine gewisse Berechtigung in der Unwiderruflichkeit erster Eindrücke. Von Anfang an behandelte er mich eher wie einen Jungen als wie ein Mädchen und schien jenes Unbehagen zu bewältigen, das mit meinem Geschlecht zusammenhing, indem er es einfach ignorierte. Ich war Russell, nicht irgendein Mädchen, und wenn es erforderlich wurde, daß wir allein blieben und sogar eine Nacht ohne Chaperon unter demselben Dach verbrachten, dann taten wir es. Holmes war in erster Linie Pragmatiker, so daß er keine Zeit fand, überflüssige Maßstäbe zu berücksichtigen.

So wie Watson zuvor lernte ich Holmes zufällig kennen, und auch ich wurde sozusagen zu einer Gewohnheit. Mein Verhalten, meine Kleidung, sogar meine Figur bewahrten ihn davor, meine Weiblichkeit registrieren zu müssen. Und als ich zur Frau heranwuchs, gehörte ich bereits zu seinem Leben, und es war zu spät, um das zu ändern.

Aber in jenen ersten Tagen hatte ich keine Ahnung, wie sich die Dinge entwickeln würden. Ich ging einfach alle paar Tage zu ihm, und wir redeten. Oder er zeigte mir ein Experiment, an dem er gerade arbeitete. Wenn wir beide merkten, daß ich nicht die nötigen Kenntnisse besaß, um das Problem zu verstehen, belud er mich mit Büchern, die ich nach Hause mitnehmen und zurückbringen sollte, wenn ich sie gelesen hatte. Manchmal traf ich ihn an seinem Schreibtisch an, wo er in seinen Notizen kramte, und diese Tätigkeit unterbrach er nur zu gern, um mir vorzulesen, was er geschrieben hatte. Danach pflegte ich Fragen zu stellen, und er gab mir weitere Bücher.

Oft durchstreiften wir das Hügelland, bei Sonne, Regen oder

Schnee, folgten Fußspuren, verglichen verschiedene Bodenproben miteinander und stellten fest, inwiefern die Beschaffenheit des Bodens die Deutlichkeit und Haltbarkeit eines Fuß- oder Hufabdrucks beeinflußte. Mindestens einmal besuchten wir jeden Nachbarn im Umkreis von zehn Meilen, studierten die Hände der Farmer, die Milchwirtschaft betrieben, und der Waldarbeiter, verglichen die Schwielen und die Muskulaturen der Arme und, falls sie es erlaubten, des Rückens. Bald boten wir einen vertrauten Anblick auf den Straßen, der große, schlanke grauhaarige Mann mit der Mütze neben dem schlaksigen, blond bezopften Mädchen, die Köpfe zusammengesteckt, ins Gespräch vertieft oder über ein interessantes Objekt gebeugt. Fröhlich winkten uns die Farmer von ihren Feldern zu, und sogar die Bewohner der Herrenhäuser hupten, wenn sie in ihrem Rolls-Royce an uns vorbeifuhren.

Im Herbst begann Holmes, sich Rätsel für mich auszudenken. Während es regnete, die kürzeren Tage unsere Wanderungen einschränkten, die Soldaten in europäischen Schützengräben starben und Zeppeline Bomben auf London warfen, spielten wir Spiele. Dazu gehörte natürlich Schach, aber wir befaßten uns auch mit detektivischen und analytischen Übungen. Holmes fing an, indem er einen seiner Fälle schilderte und mich bat, ihn anhand des vorgegebenen Materials zu lösen. Einmal stammte der Fall nicht aus seinen Unterlagen, sondern wurde von Zeitungsartikeln dokumentiert. Es handelte sich um die Untersuchung eines Mordes, die gerade in London stattfand. Ich fand das frustrierend, denn die genannten Fakten waren niemals so vollständig oder sorgsam genug zusammengefaßt worden, als daß man damit hätte arbeiten können. Aber der Mann, den ich für den Hauptverdächtigen hielt, wurde schließlich angeklagt und verurteilt.

Eines Tages, nachdem ich meinen Besuch angekündigt hatte, hing ein Zettel an der Hintertür, und ich las: «R, finden Sie mich. H.» Sofort wußte ich, daß er nicht an eine Suche aufs Geratewohl dachte. Also ging ich mit der Nachricht zu Mrs. Hudson, die nur verständnislos den Kopf schüttelte, als würden wir unsere Zeit mit albernen Kindereien vergeuden. «Wissen Sie, was das soll?» fragte ich.

«Nein. Wenn ich diesen Mann jemals verstehe, werde ich mit Glanz und Gloria in den Ruhestand treten. Heute morgen lag ich auf den Knien und schrubbte den Boden, und da kam er und fragte, ob Will die neuen Schuhe ins Dorf bringen könne, denn da sei ein Nagel locker. Also machte Will sich fertig, aber ließen sich Mr. Holmes oder die Schuhe blicken? Nein. Niemals werde ich begreifen, was in diesem Kopf vorgeht.»

Ein paar Minuten lang kratzte ich mich nachdenklich an der Schläfe, bis ich merkte, daß ich über einen Anhaltspunkt von Holmes gestolpert war. Ich lief hinaus, und da fand ich tatsächlich zahlreiche Fußabdrücke. Am Vortag hatte es geregnet, und im aufgeweichten Boden rings um das Cottage zeichneten sie sich deutlich ab. Bald fand ich Spuren mit einer winzigen Kerbe an der Innenseite des rechten Absatzes, die vom herausragenden Nagel stammen mußte. Sie führten mich zu einem Beet, wo Holmes Kräuter für verschiedene Getränke und Experimente züchtete. Dort entdeckte ich die Schuhe, aber keinen Holmes. Über den Rasen zogen sich keine Spuren. Eine Zeitlang überlegte ich, bis mir auffiel, daß einige der prallen Mohnkapseln vor kurzem abgeschnitten worden waren. Ich kehrte ins Haus zurück, übergab die Schuhe der verwirrten Mrs. Hudson und traf Holmes wie erwartet in seinem Labor an, wo er sich über die Mohnkapseln neigte. Seine Füße steckten in Pantoffeln. Als ich eintrat, schaute er auf. «Keine Mutmaßungen?»

«Keine.»

«Gut. Nun will ich Ihnen zeigen, wie man Opium gewinnt.»

Der Unterricht schärfte meine Augen und meinen Verstand, bereitete mich allerdings nicht auf die Wiederholung der Aufnahmeprüfung in Oxford vor, nachdem ich bereits einmal durchgefallen war. Damals gestattete man den Mädchen nur selten, an Universitäten zu studieren, aber es gab gute Frauen-Colleges, und ich konnte woanders Vorlesungen hören. Anfangs war ich enttäuscht, weil man mich mit meinen sechzehn Jahren nicht akzeptierte, was an Kriegsproblemen, meinem Alter, meiner Studienrichtung und – zugegebenermaßen – an meinem Geschlecht lag. Doch die Stunden mit Holmes fesselten mich so sehr, daß ich die Änderung meiner Pläne kaum beachtete.

Aber wenn ich so weitermachte, würde ich auch diese Prüfung nicht bestehen, und so hielt ich nach jemandem Ausschau, der meine Bildungslücken füllen konnte. Glücklicherweise spürte ich im Dorf eine pensionierte Lehrerin auf, die sich bereit erklärte, meine Lektüre zu überwachen. Gott segne Miss Sim und ihresgleichen. Sie weckte meine Liebe zur englischen Literatur, verdonnerte mich zur Poesie und brachte mir allmählich die Grundlagen der humanistischen Wissenschaften nahe. Ihr verdankte ich die guten Ergebnisse bei meiner Aufnahmeprüfung.

Im Herbst 1917 sollte ich mein Studium in Oxford beginnen. Seit zwei Jahren kannte ich Holmes und konnte im Frühling 1917 einer Fußspur zehn Meilen weit querfeldein folgen, einen Londoner Buchhalter und einen Lehrer aus Bath anhand der Kleidung auseinanderhalten, aufgrund der Schuhe die Physis einer Person beschreiben, mich gut genug tarnen, um Mrs. Hudson zu täuschen, und die Asche von den hundertzwölf beliebtesten Zigaretten- und Zigarrenmarken erkennen. Außerdem vermochte ich lange Passagen aus griechischen und lateinischen Klassikern, der Bibel und Shakespeares Werken zu rezitieren, die größeren Ausgrabungsstätten im Mittleren Osten zu beschreiben und – dank Mrs. Hudson – Phlox von Petunien zu unterscheiden.

Und doch, im Hintergrund dieser Spiele und Herausforderungen, in der Luft, die wir damals atmeten, lagen Grauen, Tod und Entsetzen, das Wissen, daß unser Leben nie wieder so verlaufen würde wie früher. Während ich heranwuchs und mein Gehirn trainierte, sanken die Leichen starker junger Männer in den Rinnstein der Westfront, eine ganze Männergeneration sah sich der bedrückenden Kriegsmaschinerie ausgeliefert, die Körper und Seele vernichtete, kämpfte in schenkeltiefem Schlamm, in sengenden Gaswolken, unter Maschinengewehrfeuer, inmitten eines Gewirrs aus Stacheldraht.

Das Leben in jenen Jahren war nicht normal. Alle leisteten ungewohnte Arbeit in abnormem Umfang, Kinder plagten sich auf den Feldern, Frauen in den Fabriken und hinter dem Räderwerk des Krieges. Jeder kannte jemanden, der gefallen, zum Krüppel geworden war oder sein Augenlicht verloren hatte. In einem der Nachbardörfer ließen sich zahlreiche Männer für ein «Kumpelregiment» rekrutieren. Ihre Stellung wurde im Oktober 1916 überrannt, und nach dem Krieg gab es im Dorf keinen einzigen Mann in den Altersstufen zwischen vierzehn und sechsundvierzig.

Ich war jung genug, um mich diesem schizophrenen Leben anzupassen, flexibel genug, um es nicht ungewöhnlich zu finden, wenn ich meine Vormittage im nahen provisorischen Hospital verbrachte, Bandagen für verbrannte Haut holte und versuchte, nicht zu würgen, wann immer mir der Gestank eiternden Fleisches in die Nase stieg. Täglich fragte ich mich, welcher Mann am nächsten Morgen nicht mehr auf seinem Feldbett liegen würde. Nachmittags beugte ich mich neben Holmes über Bunsenbrenner oder Mikroskope, und abends entzifferte ich griechische Texte. Es war eine verrückte Zeit und, objektiv betrachtet, wahrscheinlich die schlimmste in meinem Leben, aber irgendwie wirkten der Wahnsinn ringsum und der Aufruhr in meinem Innern als Gegengewichte, und dazwischen überlebte ich.

Manchmal wunderte ich mich, weil dies alles an Holmes abzuprallen schien. Während sein Vaterland auf den Schlachtfeldern von Verdun und Ypres gegeißelt wurde, saß er in Sussex, züchtete Bienen, nahm abstruse Experimente vor und führte lange Gespräche mit mir. Manchmal übte er noch eine beratende Funktion aus, das wußte ich. Seltsame Gestalten erschienen zu unmöglichen Zeiten, schlossen sich stundenlang mit ihm in einem Zimmer ein und verschwanden dann in dunkler Nacht. Zweimal fuhr er nach London zu einwöchigen Trainingskursen. Vom zweiten kehrte er mit einer dünnen Schnittwunde an der Wange und einem hartnäckigen Husten zurück, der ihn monatelang quälte. Deshalb überlegte ich, was für ein Training das gewesen sein mochte. Als ich ihn danach fragte, geriet er in Verlegenheit und weigerte sich, darüber zu reden. Erst Jahre später bekam ich eine Antwort.

Allmählich begann auch ich, unter den schweren Zeiten zu leiden, und der Anschein der Normalität verflog. Was zählte denn ein akademischer Titel? Welchen Sinn hatte es, zu lernen, wie man Verbrecher, sogar Mörder zur Strecke brachte, wenn eine halbe Million Tommys in Verdun verblutete – wenn sich jeder Mann, der an Bord eines Kriegsschiffes ging, sagen mußte, wie schlecht seine Chancen standen, unverletzt nach England zurückzukehren?

Die bittere Hoffnungslosigkeit überwältigte mich an einem düsteren Tag Anfang 1917, als ich am Bett eines jungen Soldaten saß und ihm einen Brief von seiner Frau vorlas. Wenig später sah ich, wie er an dem Blut, das durch seine durchlöcherte Lunge floß, erstickte. Die meisten siebzehnjährigen Mädchen wären nach Hause geflohen, um zu weinen. Ich stürmte in Holmes' Labor, machte meinem Zorn Luft, bedrohte die Bechergläser und Instrumente, als ich vor dem verschreckten Detektiv auf und ab rannte. «Um Himmels willen, was tun wir hier?» schrie ich. «Fällt Ihnen denn nichts ein? Die brauchen sicher Spione oder Dolmetscher oder sonstwas. Und wir sitzen hier herum, spielen Spiele und ...»

So ging das eine Zeitlang weiter. Als meine Erregung nachließ, stand er schweigend auf, ging in die Küche und bat Mrs. Hudson, Tee zu kochen. Er brachte das Tablett selbst herein, füllte die Tassen und setzte sich. «Was steckt dahinter?» fragte er mit ruhiger Stimme. Plötzlich erschöpft, sank ich in einen Sessel und erzählte, was geschehen war.

Langsam trank er seinen Tee. «Also glauben Sie, wir würden hier nichts tun. Nein, weichen Sie nicht von Ihrem Standpunkt ab, Sie haben völlig recht. Auf kurze Sicht betrachtet, stehen wir den Krieg einfach nur durch, bis auf ein paar geringfügige Ausnahmen. Wir überlassen alles den Blödmännern, die an der Macht sind, und den treuergebenen Heerscharen, die davonmarschieren, um zu sterben. Und danach, Russell? Sind Sie fähig, die Dinge auf lange Sicht zu betrachten und sich vorzustellen, was passieren wird, wenn dieser Wahnsinn ein Ende findet? Es gibt zwei Möglichkeiten, nicht wahr? Erstens – wir verlieren den Krieg. Selbst wenn die Amerikaner eingreifen, gehen uns noch vor den Deutschen die Vorräte und die lebendigen Männer aus, die wir in die Schützengräben schleusen können, und diese kleine Insel wird überrannt. Die zweite Möglichkeit erscheint derzeit, etwas irreal, wie ich zugeben muß – wir schlagen den Feind zurück. Was wird dann geschehen? Die Regierung konzentriert sich auf den Wiederaufbau, die überlebenden Soldaten hinken nach Hause, an der Oberfläche herrschen Glück und Wohlstand. Und unter der Oberfläche wächst die Kriminalität in ungeahntem Ausmaß, nährt sich vom Aas, blüht und gedeiht vor den unaufmerksamen Augen der Behörden. Wenn wir diesen Krieg gewinnen, Russell, werden Leute mit meinen Fähigkeiten – mit unseren Fähigkeiten gebraucht.»

«Und wenn wir nicht gewinnen?»

«Wenn wir verlieren? Können Sie sich vorstellen, daß eine Person, die verschiedene Rollen zu spielen weiß und alle Einzelheiten wahrnimmt, in einem besetzten Großbritannien nicht von Nutzen wäre?»

Dagegen konnte ich keine Einwände erheben. Also beruhigte ich mich und kehrte entschlossen zu meinen Büchern zurück, eine Geisteshaltung, die ich im nächsten Jahr beibehielt, bis ich eine Gelegenheit bekam, etwas Konkretes für die britischen Kriegsbemühungen zu tun.

Als es an der Zeit war, wählte ich in Oxford zwei Studienrichtungen – Chemie und Theologie, um die Funktionen des physischen Universums und die tiefsten Errungenschaften des menschlichen Geistes zu erforschen.

■

Die letzten Frühlings- und Sommermonate, die ich fast ununterbrochen mit Holmes verbrachte, gestalteten sich sehr intensiv. Während die Alliierten, gestärkt von der wirtschaftlichen und bald auch militärischen Hilfe der Vereinigten Staaten, langsam an Boden gewannen, ermüdeten uns die Lektionen zusehends, und oft fühlten wir uns beide völlig ausgelaugt. Unsere chemischen Experimente wurden immer komplizierter und die Lösungen der Aufgaben, die er mir stellte, beanspruchten mich manchmal tagelang. Ich lernte sein stolzes Lächeln schätzen, das gelegentlich einen bemerkenswerten Erfolg belohnte, und wenn er auch schwieg, so wußte ich doch, daß ich diese oder jene Prüfung glänzend bestanden hatte.

Als sich der Sommer dem Ende näherte, verdrängten lange Gespräche unsere Experimente. Auf der anderen Seite des Kanals floß das Blut immer noch in Strömen, tagelang vibrierte die Luft, und die Glasscheiben klirrten, während Ende Juli das Gebiet der Somme bombardiert wurde. Obwohl ich viele Stunden im Notlazarett verbracht haben mußte, erinnere ich mich viel deutlicher an den schönen Himmel in jenem Sommer 1917. Der Sommer schien nur aus Himmel und den Berghängen zu bestehen, über die wir wanderten, während wir redeten und redeten. Ich hatte ein hübsches kleines Schachspiel aus intarsiertem Holz mit Elfenbeinfiguren gekauft, das ich in einer Ledertasche bei mir trug. Wir spielten unzählige Partien in der brütenden Hitze. Holmes mußte sich nicht mehr mit Handicaps belasten, um ernsthaft für einen Sieg zu arbeiten. Dieses Schachspiel besitze ich immer noch, und wenn ich es aufklappe, rieche ich den Duft des Heus wieder, das an jenem Tag auf einer Wiese unter uns gemäht wurde, an dem ich ihn zum erstenmal unter gleichen Bedingungen schlug.

An einem warmen, stillen Abend, kurz nach Einbruch der Dämmerung kehrten wir von einem Ausflug zum anderen Ende von Eastbourne zurück. Von der Kanalseite her schlenderten wir zum Cottage, und als wir uns dem kleinen, umzäunten Obstgarten näherten, in dem die Bienenstöcke standen, blieb Holmes plötzlich stehen. Den Kopf schief gelegt, seufzte er und eilte über den Torfboden zum Gatter. Ich folgte ihm, und zwischen den Bäumen hörte auch ich das Geräusch, das seine erfahrenen Ohren bereits in größerer Entfernung wahrgenommen hatten. Aus einem der Bienenstöcke drang ein schrilles, leidenschaftliches, endloses Wutgeschrei. Holmes betrachtete den ansonsten friedlichen weißen Kasten und schnalzte ärgerlich mit der Zunge.

«Was ist denn los?» fragte ich. «Warum machen die Bienen soviel Lärm?»

«So ein hohes Gesumm weist auf eine zornige Königin hin. Dieses Volk hat schon zweimal geschwärmt, aber anscheinend möchte es das bis zur Erschöpfung wiederholen. Letzte Woche absolvierte die neue Königin ihren Hochzeitsflug, und jetzt will sie die Rivalinnen in ihren Betten ermorden. Normalerweise würden die Arbeitsbienen sie ermutigen, aber entweder wissen sie, daß sie einen anderen Schwarm anführen wird, oder sie treiben sie irgendwie dazu. Jedenfalls verwehren sie es ihr, die ungeborenen Königskinder zu erledigen. Sie überziehen die königlichen Zellen mit dicken Wachsschichten, damit sie die Prinzessinnen nicht erreicht, und die können sich keinen Weg nach draußen bahnen, um der Herausforderung zu begegnen. Diesen Lärm erzeugen die bereits geborenen gefangenen Königinnen, die in ihren Gefängniszellen gegeneinander wüten.»

«Und was würde geschehen, wenn eine entkäme?»

«Die erste Königin ist im Vorteil und würde die Konkurrentin fast sicher töten.»

«Obwohl sie den Bienenstock ohnehin verlassen wird?»

«Mordlust ist irrational und bei Königinnen eine instinktive Reaktion.»

Ein paar Wochen später fuhr ich mit der Bahn nach Oxford. Holmes und Mrs. Hudson begleiteten mich, um mein neues Heim zu begutachten. Wir wanderten am Ufer des Cherwell zur Isis hinab und fütterten die mißgelaunten Schwäne, dann kehrten wir zum Bahnhof zurück, vorbei am Mercury's-Brunnen und dem stummen Glockenturm namens Tom. Ich umarmte Mrs. Hudson, dann wandte ich mich Holmes zu. «Danke», war alles, was ich hervorbrachte.

«Lernen Sie was – suchen Sie sich gute Lehrer, und lernen Sie was», war alles, was *ihm* einfiel, und wir schüttelten uns die Hände, ehe wir getrennte Wege gingen.

■

1917 war die Oxford-Universität nur ein Schatten ihrer selbst, die Bevölkerung betrug nur ein Zehntel jener von 1914, eine noch geringere Zahl als in den Jahren nach dem Schwarzen Tod. Die blauuniformierten Verwundeten, schwach und zitternd unter der gebräunten Haut, den Akademikern in den schwarzen Roben zahlenmäßig überlegen, wurden in einigen Colleges einquartiert, darunter auch in meinem.

Von dieser Universität erwartete ich sehr viel, und ich bekam es im Überfluß. So wie Holmes befohlen hatte, suchte und fand ich Lehrer, noch bevor ein Großteil der Dozenten allmählich aus Frankreich zurückkehrte, wo sie einen Teil ihrer Seelen gelassen hatten. Ich begegnete Männern und Frauen, die sich von meinem stolzen, scharfen Geist nicht einschüchtern ließen, mich herausforderten und bekämpften und nicht zögerten, mich in meine Schranken zu weisen, wann immer Kritik angebracht war. Einige verstanden es sogar noch besser als Holmes, mich mit knappen, vernichtenden Bemerkungen zu beschämen. Im positiven und negativen Sinn wurde mir während der Kriegsjahre viel mehr Aufmerksamkeit geschenkt als später, nachdem die jungen Männer heimgekehrt waren.

Ich vermißte Holmes nicht so sehr, wie ich es befürchtet hatte, und die beglückende Trennung von meiner Tante glich den Ärger über die strengen Schicklichkeitsregeln aus (Ausgang nur mit Erlaubnis, mindestens zwei Frauen, wenn sich eine Gruppe aus beiden Geschlechtern zusammensetzte, gemischte Gruppen in Cafés nur zwischen vierzehn Uhr und siebzehn Uhr dreißig, auch dann nur mit Erlaubnis et cetera, et cetera). Viele Mädchen empörten sich über diese Regeln. Ich fand sie nicht so schlimm, aber vielleicht nur, weil ich beweglicher war als die anderen und in frühen Morgenstunden mühelos die Hausmauer hinauf oder vom Droschkendach in ein Fenster klettern konnte.

Eins hatte ich an der Universität nicht zu finden erwartet – und das war Spaß. Immerhin bestand die kleine Stadt Oxford aus schmutzigen, kalten, mit verwundeten Soldaten gefüllten Steingebäuden. Es gab kaum Studenten, nur wenige Dozenten unterhalb der Pensionierungsgrenze, also fast keine Männer, die nicht zu den deprimierten, geschwächten, an Körper und Seele verletzten Kriegsheimkehrern zählten. Das Essen war knapp bemessen und geschmacklos, die Heizung unzulänglich, der Krieg allgegenwärtig, die Freiwilligenarbeit beanspruchte unsere Zeit, und die Hälfte der Universitätsorganisationen lag brach, darunter der Theaterverein OUDS.

Seltsamerweise war es diese letztgenannte Lücke in der Oxford-Landschaft, die mir gleich zu Beginn meines Studiums die Tür in die Gemeinde öffnete. Am ersten Morgen lag ich in meinem Zimmer auf allen vieren und erforschte die Möglichkeit, ein Regal zu reparieren, das unter dem Gewicht von vier Teekisten voller Bücher zusammengebrochen war. Als es klopfte, rief ich «Herein!»

«Sie sind doch ...», begann eine Stimme, dann wechselte der fragende Unterton zu Besorgnis über. «Alles in Ordnung?»

Ich schob meine Brille auf die Nase zurück, wischte mit dem Handrücken das Haar aus meinem Gesicht und erblickte zum erstenmal Lady Veronica Beaconsfield, die rundliche, etwa eins fünfundfünfzig große Gestalt in einen unglaublich grellen Morgenmantel aus grüngelber Seide gehüllt, der ihrem Teint keinen Gefallen tat.

«Natürlich ist alles in Ordnung. Oh, Sie meinen die Bücher. Nein, die sind nicht auf mich gefallen, ich liege nur darauf. Wahrscheinlich haben Sie keinen Schraubenzieher?»

«Nein, ich glaube nicht.»

«Nun, vielleicht kann mir der Pförtner einen geben. Suchen Sie jemanden?»

«Ja, Sie.»

«Nun haben Sie mich gefunden.»

«Petruccio», erklärte sie und musterte mich abwartend.

Zwischen meinen verstreuten Büchern setzte ich mich in die Hocke. «‹Erst küsse mich, Kätchen, dann wollen wir gehn›?»

Entzückt klatschte sie in die Hände und quietschte die Zimmerdecke an. «Ich wußte es ja! Die Stimme, die Größe, und sie kennt sogar den Text! Würden Sie das *à la vaudeville* hinkriegen?»

«Ich, äh ...»

«Natürlich dürfen Sie die Dienstboten nicht mit richtigem Essen bewerfen, das wäre bei dieser schrecklichen Lebensmittelknappheit ein Fauxpas.»

«Darf ich fragen ...?»

«Oh, tut mir leid, wie dumm von mir! Veronica Beaconsfield. Nennen Sie mich Ronnie.»

«Mary Russell.»

«Ja, ich weiß. Heute abend um neun in meinem Zimmer, Mary. In zwei Wochen findet die Premiere statt.»

«Aber ...», protestierte ich, doch da war sie schon verschwunden.

Ich hatte einfach noch nicht begriffen, wie unmöglich es war, die Mitwirkung bei Ronnie Beaconfields Projekten zu verweigern. Abends fand ich mich mit einem Dutzend anderer Mädchen in ihrem Zimmer ein, und drei Wochen später führten wir «Der Widerspenstigen Zähmung» auf, um die Männer von Sommerville zu unterhalten, wie wir sie nannten. Ich bezweifle, daß dieses seriöse Frauen-College je zuvor oder danach einen solchen Tumult erlebt hatte. An jenem Abend gewannen wir mehrere männliche Mitglieder für unsere Theatertruppe, und bald wurde ich die Rolle des Petruccio los.

Doch die weitere Teilnahme an den Aufführungen blieb mir nicht erspart, denn wie man bald herausfand, besaß ich gewisse Fähigkeiten, was Masken und Kostüme betraf, wenn ich den Namen Sherlock Holmes auch nie erwähnte. Was in allen Einzelheiten geschah, ehe der schüchterne Blaustrumpf Mary Russell in den Mittelpunkt des kompliziertesten Studentenulks in jenem Jahr trat, weiß ich nicht mehr. Aber wenige Monate später, im Sommersemester, saß ich als indischer Edelmann verkleidet mit den Studenten vom Balliol-College am Eßtisch. Ein Turban verdeckte mein langes Haar. Das Wagnis, das wir eingingen, erhöhte das Vergnügen, denn wir hätten alle aus Oxford verjagt oder zumindest für die Dauer des Semesters von der Universität verwiesen werden können, wären wir erwischt worden.

Die Karriere des Ratnakar Sanji überdauerte fast den ganzen Monat Mai. In drei verschiedenen Männer-Colleges wurde er gesehen; er hielt eine kurze Rede vor der Studentengewerkschaft (in schlechtem Englisch), besuchte eine Sherry-Party bei den Ästheten des Christ Church College (wo er seine exquisiten Manieren demonstrierte) und ein Fußballspiel mit den kernigen Jungs von Brasenose (wo er Unmengen von Bier in sich hineinzuschütten schien und einem derben Lied zwei zuvor unbekannte Strophen hinzufügte). Einmal wurde er sogar in einer Studentenzeitung kurz erwähnt, unter der Überschrift: «Der Sohn des Fürsten Rajput äußert sich über Oxford.» Unweigerlich kam die Wahrheit ans Licht. Nur um Haaresbreite entrann ich den Spürhunden des Proktors. Miss Mary Russell wanderte gelassen durch den Hintereingang eines Pubs hinaus, nachdem sie Ratnakar Sanji in den Abfalleimer neben der Tür geworfen hatte. Die Proktoren und College-Behörden führten eine gründliche Fahndung nach den Übeltätern durch, und mehrere junge Männer, die man in Sanjis Gesellschaft gesehen hatte, wurden streng verwarnt. Aber es gab keinen Skandal, vor allem deshalb nicht, weil die Frau, die gerüchteweise in die Sache verwickelt gewesen war, unauffindbar blieb. Natürlich nahm man die Frauen-Colleges genau unter die Lupe. Ronnie wurde verhört, weil man ihrem Temperament einen so albernen Streich zutraute. Aber als ich ihr folgte – ein stiller Bücherwurm, der ihr wie ein schwermütiger Wolfshund an den Fersen klebte –, übersah man meine Größe und die Tatsache, daß ich so wie Sanji eine Brille trug, und verzichtete irritiert auf meine Befragung.

Die Verschwörung zog zwei Konsequenzen nach sich, die ich ursprünglich nicht vom Universitätsleben erwartet hatte: dauerhafte Freundschaften (nichts bindet die Menschen so fest aneinander wie eine geteilte Gefahr, mag sie auch inszeniert worden sein) und das Gefühl der Freiheit, die man genießt, wenn man eine andere Identität annimmt.

Das alles soll natürlich nicht heißen, daß ich mein Studium vernachlässigte. Ich schwelgte in Vorlesungen und Diskussionen und vergrub mich in der Bodley-Bibliothek wie in den Armen eines Liebhabers, vor allem in den Herbst- und Wintermonaten, ehe Sanjis Karriere im Mai begann. Stundenlang saß ich da, halb benommen vom Geruch und der greifbaren Nähe zahlloser Bücher. Die chemischen Labors waren eine Offenbarung, was ihre moderne Ausstattung betraf, zumindest verglichen mit Holmes' Apparaturen. Da die Soldaten das Quartier okkupierten, das man mir normalerweise zugewiesen hätte, bewohnte ich einen modernisierten Raum mit elektrischem Licht und einer gelegentlich funktionsfähigen Zentralheizung, und es gab sogar – Wunder über Wunder – fließendes Wasser. Das Handwaschbecken in der Ecke war ein ungeheurer Luxus (sogar die jungen Lords im Christ Church mußten sich auf die flinken Beine der Pfadfinder verlassen, wenn sie heißes Wasser brauchten) und ermöglichte mir die Einrichtung eines kleinen Labors in meinem Zimmer. Der Gaskocher, zum Erwärmen von Kakao bestimmt, wurde zum Bunsenbrenner umfunktioniert.

Zwischen meiner Arbeitswut und dem regen gesellschaftlichen Leben fand ich nur wenig Zeit, um zu schlafen. Am Ende des ersten Semesters, im Dezember, fuhr ich mit der Bahn nach Hause, von der Leidenschaft meiner ersten Wochen in der akademischen Welt geheilt. Glücklicherweise erinnerte sich der Schaffner an meine Anwesenheit und weckte mich rechtzeitig, bevor ich umsteigen mußte.

Am 2. Januar 1918 wurde ich achtzehn Jahre alt. Ich erschien vor Holmes' Tür, das Haar kunstvoll hochgetürmt, in einem dunkelgrünen Samtkleid, geschmückt mit den diamantenen Ohrringen meiner Mutter. Als Mrs. Hudson mich einließ, sah ich erfreut, daß sie ebenso wie Holmes und Dr. Watson formell angezogen war. Und so verbreiteten wir majestätischen Glanz in der etwas schäbigen Szenerie. Watson rettete Holmes vor dem Schlaganfall, den mein Anblick beinahe bewirkt hätte. Wir aßen zu Abend und tranken Champagner, dann holte Mrs. Hudson eine Geburtstagstorte mit Kerzen, sie sangen mir zu Ehren ein Lied, und ich bekam wunderbare Geschenke. Die Haushälterin überreichte mir zwei silberne Kämme, Watson ein hübsches kleines Reiseschreibzeug, mit Block, Feder und Tintenfaß, in einem gepunzten Lederetui. Das Schächtelchen, das Holmes vor mich hinstellte, enthielt ein schlichtes, zierliches Silbermedaillon, mit winzigen Perlen besetzt.

«O Holmes, wie schön!»

«Das gehörte meiner Großmutter. Können Sie's öffnen?»

Ich suchte nach einem Hebel, wobei meine Sehkraft und Fingerfertigkeit ein wenig vom Champagner beeinträchtigt wurden. Schließlich drückte der Detektiv auf zwei Perlen, und das Medaillon sprang in meiner Hand auf. Darin steckte das Miniaturporträt der jungen Frau mit hellem Haar und klaren blauen Augen, die Holmes geerbt hatte.

«Das malte ihr Bruder, der französische Künstler Vernet, an ihrem achtzehnten Geburtstag», erklärte er. «Noch im Alter besaß sie die gleichen blonden Haare wie Sie, Russell.»

Das Porträt verschwamm vor meinen Augen, Tränen rollten über meine Wangen. «Danke – ich danke Ihnen allen.» Ich brach in sentimentales Schluchzen aus, und Mrs. Hudson führte mich ins Gästezimmer, um mich ins Bett zu verfrachten.

Während der Nacht erwachte ich, verwirrt von der fremden Umgebung und den Alkoholresten in meinem Blut. Vor meiner Tür glaubte ich leise Schritte zu hören, aber als ich lauschte, drang nur das Ticken der Uhr zu mir, die auf der anderen Seite der Wand hing.

■

Am nächsten Wochenende kehrte ich nach Oxford zurück, um das Wintersemester zu beginnen. Zu meinen neuen Leidenschaften zählten theoretische Mathematik und die Komplexitäten des rabbinischen Judaismus, zwei Fachgebiete, die sich nur oberflächlich voneinander unterscheiden. Wieder einmal öffnete die liebe alte Bodley-Bibliothek ihre Arme und Buchseiten, wieder wurde ich in Ronnie Beaconsfields Projekte verwickelt (diesmal in den «Sommernachtstraum» und eine Kampagne, die verbesserte Arbeitsbedingungen für die Droschkengäule in den Straßen der alten Stadt anstrebte). In den letzten Wochen des Semesters wurde Ratnakar Sanji ersonnen, der aber, wie schon gesagt, im Mai nach den Frühlingsferien erst in Aktion trat, und ich kam erneut mit wenig Schlaf und kargen Mahlzeiten aus. Lethargisch und erschöpft reiste ich am Ende des Semesters ab.

Die Studentenquartiere wurden von einem Ehepaar namens Thomas versorgt, zwei netten alten Leuten, die ihren ausgeprägten Oxfordshire-Akzent kultivierten. Mr. Thomas half mir, mein Gepäck in der Droschke zu verstauen, die auf der Straße vor dem Haus wartete. Er ächzte unter dem Gewicht einer Kiste, mit Büchern beladen, und ich beeilte mich, ihm beizustehen. Während er sich die Hände abwischte, starrte er die Kiste kritisch an, dann wandte er sich mir zu. «Verzeihen Sie meine Dreistigkeit, aber ich hoffe, Sie wollen Ihre Ferien nicht am Schreibtisch verbringen. Als Sie hier ankamen, hatten Sie rosige Wangen. Davon ist jetzt nichts mehr zu sehen. Gehen Sie möglichst oft an die frische Luft, hören Sie? Danach wird Ihr Gehirn viel besser arbeiten.»

Ich staunte über diese längste Rede, die ich je aus seinem Mund vernommen hatte, und beteuerte, ich würde sogar sehr viele Stunden im Freien verbringen. Auf dem Bahnhof erblickte ich mein Gesicht in einem Spiegel und verstand, was er meinte. Ich hatte nicht gewußt, wie verhärmt ich aussah, und die violetten Schatten unter meinen Augen mißfielen mir.

Am nächsten Morgen weckten mich ungewohnte Stille und Vogelgesang. Ich schlüpfte in meine ältesten Sachen und neue Stiefel, zog dicke Handschuhe an und setzte eine Wollmütze auf, um mich vor der kalten Märzluft zu schützen. Dann ging ich auf die Suche nach Patrick Mason, einem großen, phlegmatischen

Sussex-Farmer, der sich langsam bewegte, mit Händen, die scheinbar aus dem Erdreich gewachsen waren, und einer Nase, die dreimal die Richtung wechselte. Schon vor der Hochzeit meiner Eltern hatte er die Farm verwaltet, als Kind mit meiner drei Jahre jüngeren Mutter die Wiesen und Felder durchstreift, die er jetzt bebaute, und sie wahrscheinlich zeitlebens geliebt. Jedenfalls hatte er seine Herrin sehr verehrt. Nach dem Tod seiner Frau mußte er die sechs Kinder allein großziehen, und nur sein Gehalt ermöglichte ihm, die Familie beisammenzuhalten. Als sein jüngster Sohn achtzehn geworden war, hatte Patrick sein Land zwischen den Kindern aufgeteilt und ein Cottage auf der Farm bezogen, die ich jetzt besaß. Eigentlich gehörte dieser Grund und Boden mehr ihm als mir, was wir beide akzeptierten. In unwandelbarer Loyalität hing er an diesem Zuhause und duldete keinen Unsinn von seiten der rechtmäßigen Eigentümerin.

Bis jetzt hatte er meine sporadischen Versuche, eine der zahlreichen Pflichten auf der Farm zu übernehmen, mit jener unhöflichen Ungläubigkeit quittiert, mit der die Farmer von Versailles den Milchmädchenphantasien Marie Antoinettes begegnet sein mußten. Ich war die Besitzerin, und wenn ich mich betätigen wollte, konnte er mich nicht daran hindern, mir die Hände schmutzig zu machen. Aber abgesehen von der Hilfe bei den jahreszeitlich bedingten Notwendigkeiten der Kriegsernte (die ihn offensichtlich quälten), sollte die «Tochter meiner Herrin» über solche Dinge erhaben sein. Er verwaltete die Farm, wie es ihm gefiel, ich lebte hier, und gelegentlich schlenderte ich vom Haupthaus zu ihm hinunter, um mit ihm zu schwatzen. Weder er noch ich hatten jemals erwogen, mir eine gewisse Autorität zuzugestehen. An diesem Morgen sollte sich das ändern.

Ich stapfte im klaren, schwachen Wintersonnenschein den Hang hinab zum Stall und rief seinen Namen. Die Antwort führte mich zu einer der hinteren Boxen, die er gerade ausmistete. «Guten Morgen, Patrick.»

«Willkommen daheim, Miss Mary.» Eine förmliche Anrede hatte ich ihm vor langer Zeit verboten, und er verweigerte mir eine größere Vertraulichkeit, indem er «Miss» mit meinem Vornamen kombinierte.

«Danke, ich bin gern wieder da. Patrick, ich brauche Ihre Hilfe.»

«Klar, Miss Mary. Kann es warten, bis ich hier fertig bin?»

«Oh, ich möchte Sie nicht stören. Geben Sie mir einfach nur irgendwas zu tun.»

«Was zu tun?» wiederholte er verwirrt.

«Ja, Patrick. Die letzten sechs Monate habe ich in einem Sessel, mit einem Buch in der Hand, verbracht, und wenn ich meine Muskeln nicht endlich wieder bewege, werden sie noch vergessen, wie sie funktionieren sollen. Wo kann ich anfangen? Soll ich diese Box hier ausmisten?»

Hastig entfernte er die Mistgabel aus meiner Reichweite und versperrte mir den Eingang in die Box. «Nein, Miss, das mache ich. Was würden Sie denn gern tun?»

«Was immer nötig ist», erwiderte ich in energischem Ton, um ihm klarzumachen, daß ich es ernst meinte.

«Nun ja ...» Verzweifelt schaute er sich um, bis seine Augen an einem Besen hängenblieben. «Möchten Sie fegen? In der Werkstatt müßten die Sägespäne entfernt werden.»

«Gut.» Ich packte den großen Besen, und zehn Minuten später traf er mich in der Werkstatt an, wo ich eifrig eine Wolke aus Staub und winzigen Holzpartikeln hochwirbelte, die sich langsam auf sämtliche Gegenstände herabsenkte.

«Miss Mary, oh – also, Sie machen das viel zu schnell. Ich meine, könnten Sie das Zeug zur Tür rauskriegen, bevor Sie's in die Luft schleudern?»

«Was meinen Sie? Oh, ich verstehe. Warten Sie, ich tu's gleich von hier weg.» Der Besen sauste über die Werkbank und erwischte ein Tablett voller Werkzeuge, die in alle Richtungen purzelten. Patrick hob einen angeschlagenen Meißel auf und starrte mich an, als wäre ich über seinen Sohn hergefallen.

«Haben Sie noch nie einen Besen benutzt?»

«Nun, nicht allzuoft.»

«Vielleicht sollten Sie dann lieber Brennholz ins Haus bringen.»

Immer wieder füllte ich die Karre mit Scheiten und schob sie den Hang hinauf. Ich sah, daß wir auch Anzündholz brauchten. Eben erst hatte ich begonnen, mit der zweischneidigen Axt auf dem großen Stein an der Hintertür die dicken Holzklötze zu spalten, als Patrick auch schon heraufrannte und mich daran hinderte, mir die Finger abzuschlagen. Er führte mich zum Hackbock, gab mir eine kleinere Axt und zeigte mir, wie ich sie benutzen mußte. Zwei Stunden nachdem ich zum Stall hinuntergegangen war, hatte ich einen kleinen Stapel Brennholz produziert, und heftig zitternde Muskeln zeugten von meiner harten Arbeit.

Die Straße zu Holmes' Cottage schien sich verlängert zu haben, seit ich das letzte Mal in diese Richtung geradelt war. Oder vielleicht lag es an der seltsamen Nervosität in meiner Magengrube. Die Straße hatte sich nicht verändert, aber ich, und zum erstenmal fragte ich mich, ob ich die beiden völlig verschiedenen Seiten meines Wesens miteinander vereinen konnte. Ich trat kräftiger in die Pedale, als es meine untrainierten Beine vertrugen. Aber als ich den letzten Hang erreichte und das vertraute Cottage hinter den Feldern sah, die schwache Rauchwolke, die aus dem Küchenschornstein quoll, begann ich mich zu entspannen. Dann öffnete ich die Tür, atmete die ureigensten Gerüche dieses Hauses ein und war daheim, in Sicherheit. «Mrs. Hudson?» rief ich, aber in der Küche fand ich sie nicht. Heute ist wahrscheinlich Markttag, dachte ich und stieg die Treppe hinauf. «Holmes?»

«Sind Sie das, Russell?» Milde Überraschung schwang in der Frage mit, obwohl ich ihm vor einer Woche geschrieben und meine Rückkehr angekündigt hatte. «Gut. Ich inspiziere gerade die Experimente zur Bluttypologie, die wir im Januar vor Ihrer Abreise begonnen haben. Nun glaube ich zu wissen, worin das Problem liegt. Da, schauen Sie sich Ihre Notizen an. Und dann werfen Sie einen Blick ins Mikroskop ...»

Guter alter Holmes, temperamentvoll und demonstrativ wie eh und je ... Gehorsam setzte ich mich vors Mikroskop, und es kam mir so vor, als wäre ich niemals woanders gewesen. Das Leben geriet wieder in die richtige Bahn, und ich hegte keinen Zweifel mehr.

Am Mittwoch in der dritten Woche meiner Ferien fuhr ich mit dem Fahrrad zum Cottage. Diesen Tag verbrachte Mrs. Hudson normalerweise in der Stadt. Deshalb hatten Holmes und ich ein übelriechendes chemisches Experiment geplant, aber als ich durch die Küchentür hineinging, hörte ich Stimmen im Wohnzimmer.

«Russell?» rief er.

«Ja, Holmes.» Ich trat auf die Schwelle und sah erstaunt, wie er am Kamin saß, neben einer elegant gekleideten Frau, deren Gesicht mir vage bekannt erschien. Automatisch begann ich, in meinem Gedächtnis die Umgebung zu rekonstruieren, wo ich sie schon einmal gesehen hatte, aber Holmes unterbrach diesen Prozeß.

«Herein mit Ihnen, Russell. Wir warten auf Sie. Das ist Mrs. Barker. Sicher erinnern Sie sich – sie wohnt mit ihrem Mann im Herrenhaus. In dem Jahr bevor Sie hierhergezogen sind, haben sie es gekauft. Mrs. Barker, das ist die junge Dame, die ich vorhin erwähnte – ja, in dieser Verkleidung steckt eine junge Dame. Jetzt, wo sie hier ist – würden Sie bitte das Problem noch einmal erläutern? Russell, gießen Sie sich eine Tasse Tee ein, und nehmen Sie Platz.»

Das war der erste Fall unserer Partnerschaft.

3

Die Hundeherrin

Wenn sie Rauch riechen, glauben sie nicht, dies wäre ein feindlicher Angriff – sondern eine fremde Macht oder eine Naturkatastrophe, der sie sich gut anpassen.

■

Sicher war es unvermeidlich, daß Holmes und ich irgendwann gemeinsam an einem seiner Fälle arbeiten würden. Wenn er sich auch scheinbar im Ruhestand befand, so beobachtete ich doch, wie ich bereits erwähnt habe, gelegentlich die Nachwirkungen seines früheren Lebens – fremde Besucher, unregelmäßige Schlafenszeiten, seine Weigerung zu essen, dicken Pfeifenrauch und endlose Stunden, in denen er seiner Geige seltsame Geräusche entlockte.

Zweimal war ich unangemeldet in sein Cottage gekommen und hatte ihn nicht angetroffen. Ich fragte nicht nach seinen Geschäften. Wie ich wußte, befaßte er sich nur mit den ungewöhnlichsten oder heikelsten Fällen. Die Untersuchung konventioneller Verbrechen überließ er den verschiedenen Polizeistationen, die seine Methoden im Lauf der Jahre übernommen hatten.

Sofort überlegte ich voller Neugier, was Holmes in diesem Fall sehen mochte. Daß Mrs. Barker eine Nachbarin war, zudem eine wohlhabende, würde ihn kaum daran hindern, sie an die ortsansässige Polizei zu verweisen, wenn er ihr Problem für belanglos hielte. Aber er gab ihr keineswegs einen Korb, und ich spürte sein Interesse.

Sein etwas vages Verhalten schien sie jedoch zu verwirren. Und da er zusammengesunken in seinem Sessel hockte, die Fingerspitzen aneinandergelegt, und zur Decke hinaufstarrte, redete sie mit mir. Ich kannte ihn gut genug, um zu erraten, daß sein scheinbares Desinteresse eher auf das Gegenteil schließen ließ, auf die ersten Regungen geistiger Faszination. Aufmerksam lauschte ich der Geschichte.

«Wie Sie vielleicht wissen, kauften mein Mann und ich vor vier Jahren das Herrenhaus», begann Mrs. Barker. «Vor dem Krieg lebten wir in Amerika, aber Richard – mein Mann – wollte schon immer in seine Heimat zurückkehren. Mit einigen seiner Investments hatte er großes Glück, und so kamen wir 1913 nach England, um ein Haus zu suchen. In das Herrenhaus hier verliebten wir uns sofort und kauften es, bevor der Krieg anfing. Wegen der allgemeinen Engpässe und des Mangels an Arbeitern, die in Europa kämpften, dauert die Renovierung natürlich sehr lange, aber mittlerweile ist ein Flügel bewohnbar. Vor einem Jahr erkrankte mein Mann. Zunächst sah es nicht allzu schlimm aus – nur eine Magenverstimmung. Aber sein Zustand verschlechterte sich, bis er zusammengekrümmt im Bett lag, schweißgebadet, und gräßlich stöhnte. Die Ärzte fanden keine Ursache seiner Beschwerden, gerieten allmählich in Verzweiflung, aber dann sank das Fieber, und er schlief ein. Nach einer Woche war er völlig genesen. Zumindest dachten wir das. Seit damals erlebten wir zehn ähnliche Episoden, aber keine verlief so furchtbar wie die erste. Jede beginnt mit Schüttelfrost, gefolgt von Krämpfen und Delirium, dann sinkt das Fieber, und er schläft ein. Während der ersten Nacht erträgt er mich nicht in seiner Nähe, aber ein paar Tage später ist er wieder der alte – bis zum nächsten Anfall. Die Ärzte waren verwirrt und sprachen von einer Vergiftung. Aber wir beide essen immer das gleiche, und ich überwache die Vorbereitungen unserer Mahlzeiten. Das ist kein Gift, sondern eine Krankheit. Ich weiß, was Sie jetzt denken, Mr. Holmes ...»

Bei dieser Bemerkung hob er eine Braue.

«Sie fragen sich, warum ich wegen eines medizinischen Problems Ihren Rat suche. Nun, inzwischen glaube ich nicht mehr, daß es sich um ein medizinisches Problem handelt. Wir haben Spezialisten hier in England und auf dem Kontinent konsultiert, sogar Dr. Freud, weil wir dachten, die Anfälle könnten auf einer seelischen Störung beruhen. Alle waren ratlos, mit Ausnahme von Dr. Freud, der zu glauben schien, dieses Leiden wäre ein physisches Symptom der Gewissensbisse meines Mannes, der sich Vorwürfe machen würde, eine zwanzig Jahre jüngere Frau geheiratet zu haben. Ich frage Sie – haben Sie je einen solchen Unsinn gehört?» rief sie aufgebracht.

Mitfühlend schüttelten wir die Köpfe, dann drang Holmes' Stimme aus den Tiefen seines Sessels hervor. «Bitte, Mrs. Barker, erklären Sie uns doch, warum Sie an einem medizinischen Problem zweifeln.»

«Mr. Holmes, Miss Russell – ich will Sie nicht mit dem Hinweis beleidigen, daß meine nächsten Worte niemals außerhalb dieses Zimmers wiederholt werden dürfen. Ehe ich hierherkam, entschied ich, Sie müßten es erfahren, und ich verlasse mich auf Ihre Diskretion. Mein Mann fungiert als Berater der englischen Regierung. Über die Einzelheiten seiner Arbeit informiert er mich nicht, aber die Aktivitäten, die sich direkt vor meiner Nase abspielen, können mir unmöglich entgehen. Aus diesem Grund wurde die Telefonleitung vom Dorf bis hier heraus verlegt. Sie, Mr. Holmes, besitzen nur deshalb einen Anschluß, weil der Premierminister jederzeit mit meinem Mann in Verbindung stehen muß. Alle Leute glauben, wir hätten das Telefon unserem Geld zu verdanken, aber es war nicht unsere Idee, das versichere ich Ihnen.»

«Die Tätigkeit Ihres Mannes im Dienste der Regierung muß nicht unbedingt mit seiner periodisch auftretenden Krankheit zusammenhängen, Mrs. Barker.»

«Vielleicht nicht, aber ich habe etwas sehr Seltsames bemerkt. Die Anfälle ereignen sich immer zur Zeit eines bestimmten Witterungsphänomens, stets bei klarem Himmel, niemals bei Regen oder Nebel. Vor sechs Wochen, Anfang März, wurde mir das bewußt, nachdem es lange geschneit und geregnet hatte. Endlich lösten sich die Wolken auf, und in einer klaren Sternennacht erkrankte mein Mann wieder, zum erstenmal seit über zwei Monaten. Da dachte ich an die anderen Fälle und erkannte, daß es immer so gewesen war.»

«Mrs. Barker, wurde Ihr Mann krank, während Sie die europäischen Ärzte besuchten? Wie lange waren Sie drüben und unter welchen Wetterbedingungen?»

«Wir blieben sieben Wochen auf dem Kontinent, erlebten zahlreiche klare Nächte, und er erfreute sich trotzdem bester Gesundheit.»

«Ich glaube, Sie haben uns noch nicht alles erzählt», sagte Holmes. «Bitte, fahren Sie fort.»

Da seufzte die Dame tief auf, und ich sah erstaunt, wie ihre makellos manikürten Hände zitterten. «Sie haben recht, Mr. Holmes. Vor zwei Wochen erkrankte er wieder, einen Monat nachdem mir der merkwürdige Zusammenhang mit dem klaren Wetter aufgefallen war. An jenem Abend, an dem er sich unwohl zu fühlen begann, bat er mich wie üblich, ihn allein zu lassen. Ich ging aus dem Haus, um frische Luft zu schnappen. Eine Zeitlang wanderte ich durch den Garten, und als ich zum Fenster meines Mannes hinaufschaute, sah ich auf dem Dach direkt darüber ein Licht blinken ...»

«Und Sie vermuten, mit solchen Signalen würde er dem deutschen Kaiser britische Regierungsgeheimnisse verraten?» unterbrach er sie ungeduldig.

Ihre Wangen wurden leichenblaß, und sie schien ohnmächtig zu werden. Ich sprang auf und hielt sie fest, während Holmes die Cognac-Karaffe holte. Doch Mrs. Barkers Sinne schwanden nicht, und der Alkohol weckte ihre Lebensgeister. Aber als wir uns wieder setzten, war sie immer noch bleich. «Wieso wissen Sie das, Mr. Holmes?»

«Meine Liebe, das haben Sie mir selber erzählt.» Angesichts ihrer Verwirrung erklärte er mit übertriebener Geduld: «Sie sagten, seine Krankheit falle stets mit klaren Nächten zusammen, wo man solche Lichtzeichen meilenweit erkennen kann, und er wolle dann immer allein sein. Außerdem sah ich ihn mehrmals im Automobil und bemerkte seine germanische Physiognomie. Und wie Ihre Emotionen verraten, fühlen Sie sich hin und her gerissen zwischen dem Wunsch, die Wahrheit herauszufinden, und Ihrer Angst vor der Möglichkeit, Ihr Mann könnte sich als Verräter entpuppen. Würden Sie jemand anderen verdächtigen, wären Sie nicht so aufgeregt. Und jetzt erzählen Sie von Ihrem Haushalt.»

Mit bebenden Lippen nahm sie einen Schluck Cognac. «Fünf Dienstboten wohnen im Haus, die anderen kommen täglich aus dem Dorf zu uns. Terrence Howell ist der Butler meines Mannes, Sylvia Jacobs meine Zofe; Sally und Ronald Woods fungieren als Köchin und Obergärtner, Ron Athens kümmert sich um die Stallungen und die Automobile. Terrence arbeitet schon sehr lange für meinen Mann, Sylvia engagierte ich vor acht Jahren. Die anderen stellten wir ein, ehe wir ins Haus zogen.»

Eine Zeitlang starrte Holmes in eine Zimmerecke, dann sprang er plötzlich auf. «Madam, seien Sie so freundlich, und gehen Sie jetzt nach Hause. Wahrscheinlich werden heute nachmittag zwei Nachbarn vor Ihrer Tür stehen. Sagen wir, um drei? Ein unangemeldeter Besuch – Sie verstehen?»

«Danke, Mr. Holmes.» Die Dame erhob sich und umklammerte ihre Handtasche. «Ich hoffe nur ...» Bedrückt schaute sie zu Boden. «Wenn meine Befürchtung stimmt, habe ich einen Verräter geheiratet. Und wenn ich mich irre, muß ich mich wegen eines verräterischen Verdachts gegen meinen Mann schuldig fühlen. So oder so, für mich gibt es nichts zu gewinnen. Aber ich muß auf jeden Fall meine Pflicht tun.»

Holmes berührte ihre Hand, und sie blickte zu ihm auf. Gütig lächelte er sie an. «Die Wahrheit mag schmerzlich sein, Madam, aber jeder Mensch geht den edelsten Weg, wenn er offen und ehrlich alle möglichen Schlüsse aus den gegebenen Tatsachen zieht.» Manchmal konnte er erstaunlich einfühlsam sein, und seine Worte besänftigten Mrs. Barker. Sie erwiderte sein Lächeln etwas wehmütig, tätschelte seine Hand und verabschiedete sich.

Wir setzten unser übelriechendes Experiment fort, und um zwei öffneten wir alle Türen und Fenster. Dann verließen wir das Haus, um die Barkers zu besuchen.

Wir nahmen nicht die Straße, sondern verschlungene Pfade, und während wir den Hügel hinaufstiegen, auf dem das Herrenhaus stand, musterten wir es aufmerksam. An einem Ende des zweistöckigen Gebäudes erhob sich ein Turm, der offensichtlich hinzugefügt worden war, um ein normannisches Original zu imitieren, und das restliche Haus völlig aus dem Gleichgewicht brachte. Abgesehen von diesem Auswuchs wirkte es recht hübsch, komfortabel und stabil.

Als ich den architektonischen Makel erwähnte, nickte Holmes. «Der Erbauer dieser Scheußlichkeit wollte wahrscheinlich aufs Meer schauen. Ich glaube, bei einer genaueren Erforschung der Landkarten würden wir eine gerade Linie finden, die vom Turm zur Lücke zwischen den Hügeln da drüben führt.»

«Stimmt genau.»

«Ah, damit haben Sie sich also befaßt, während ich meine Stiefel schnürte.»

«Ja, ich studierte Ihre Landkarten. Diesen Teil der Downs kenne ich nicht so gut wie Sie, und ich wollte mich informieren.»

«Sicher dürfen wir annehmen, daß Richard Barker die oberen Räume des Turms bewohnt. Setzen Sie jetzt eine unbefangene Miene auf, Russell, und spielen Sie die Nachbarin, die nur zufällig vorbeikommt. Da ist der Gentleman höchstselbst.» Dann erhob er die Stimme. «Hallo!»

Sein Ruf zog sofort zwei erstaunliche Konsequenzen nach sich. Der alte Gentleman fuhr aus seinem Stuhl hoch, der im Sonnenschein stand, kehrte uns den Rücken, schwenkte beide Arme durch die Luft und schrie etwas Unverständliches. Verwundert starrten Holmes und ich uns an, doch der Grund von Barkers seltsamem Verhalten wurde schon im nächsten Moment offensichtlich. Ein Rudel von etwa fünfzig kläffenden Hunden stürmte über die Terrasse auf uns zu. Die Meute teilte sich, um dem Hausherrn auszuweichen, und ignorierte sein heftiges Winken.

Rasch traten Holmes und ich auseinander und hoben die dicken Gehstöcke, die wir für solche Anlässe stets bei uns trugen. Aber die Hunde erwiesen sich keineswegs als blutrünstig, sie umzingelten uns nur und bellten wie verrückt. Der alte Gentleman eilte zu uns, doch seine Anwesenheit machte nicht den geringsten Eindruck auf die wilde Schar. Nun rannte ein anderer Mann um die Hausecke, gefolgt von einem dritten, jeder versuchte die Tiere am Genick zu packen, und allmählich gewann ihr Geschrei die Oberhand, so daß die Ordnung wiederhergestellt werden konnte. Nachdem sie ihre Pflicht erfüllt hatten, setzten sich ein paar Hunde hin, andere blieben stehen und schienen auf die nächste Abwechslung zu warten.

In diesem Augenblick lief Mrs. Barker aus dem Haus. Alle Hunde und ihr Mann wandten sich ihr zu. «Meine Liebe, mit diesen Biestern muß wirklich was geschehen!» klagte er mit dünner Stimme.

«Schämt euch!» tadelte sie das Rudel in strengem Ton. «Benimmt man sich so, wenn Nachbarn zu Besuch kommen? Eigentlich müßtet ihr es besser wissen.»

Die Wirkung dieser Worte blieb nicht aus. Köpfe senkten sich, Mäuler wurden zusammengeklappt, Schwänze eingezogen. Zerknirscht und schuldbewußt blickten die Hunde uns an und schlichen davon. Wie ich jetzt feststellte, waren es nur siebzehn, und die Skala reichte von zwei winzigen Yorkshire-Terriern bis zu einem riesigen Wolfshund, der gut und gern hundertvierzig Pfund wiegen mochte.

Mrs. Barker stand da, die Hände in die Hüften gestemmt, bis das letzte Tier im Gebüsch verschwand, dann drehte sie sich zu uns um und schüttelte den Kopf. «Tut mir leid. Wir haben so selten Besuch, und nun sind sie völlig aus dem Häuschen geraten.»

«Lassen wir die Hunde bellen und beißen, denn dafür hat Gott sie geschaffen», bemerkte Holmes höflich und völlig unerwartet. «Wir hätten nicht unangemeldet herkommen dürfen. Mein Name ist Holmes, und das ist Mary Russell. Wir gingen spazieren, und da wollten wir Ihr schönes Haus aus der Nähe betrachten. Nun möchten wir Sie nicht länger stören und werden unseren Weg fortsetzen.»

«Nein, nein», widersprach die Hausherrin, ehe ihr Mann antworten konnte. «Nehmen Sie doch eine Erfrischung – ein Glas Sherry, oder sollen wir die Teestunde ein wenig vorverlegen? Gut, dann entscheiden wir uns für Tee. Wir sind Nachbarn, nicht wahr? Von der Straße aus habe ich Sie schon mal gesehen. Ich bin

Mrs. Barker, und das ist mein Mann.» Sie wandte sich an die beiden Angestellten. «Danke, Ron, jetzt machen uns die Hunde keinen Ärger mehr. Terrence, bitte, sagen Sie Mrs. Woods, wir trinken schon jetzt Tee und sind zu viert. In ein paar Minuten setzen wir uns in den Wintergarten. Danke.»

«Das ist sehr freundlich von Ihnen, Mrs. Barker. Sicher braucht Miss Russell nach unserer Wanderung eine kleine Stärkung, ebenso wie ich.» Nun richtete Holmes das Wort an den alten Mann, der liebevoll beobachtet hatte, wie seine Frau mit Hunden, Gästen und Personal umgegangen war. «Mr. Barker, das ist ein faszinierendes Haus. Portland-Stein, nicht wahr? Aus dem frühen achtzehnten Jahrhundert? Und wann wurde der Turm angebaut?»

Sein offenkundiges Interesse führte zu einem angeregten Gespräch über rissige Grundmauern, Termiten, bleiverglaste Fenster, Heizkosten und die Nachteile britischer Lieferanten. Nach dem Tee wurde uns eine Besichtigungstour angeboten, und Holmes – der enthusiastische, wenn auch laienhafte Liebhaber architektonischer Leckerbissen – bahnte sich mit seinen Lobeshymnen sogar einen Weg in den Turm. Wir stiegen die schmale hölzerne Treppe hinauf, während Mr. Barker den winzigen Lift benutzte, den er hatte einbauen lassen.

Als wir uns oben trafen, verkündete er lächelnd: «Schon immer habe ich mir einen Elfenbeinturm gewünscht. Das war für mich der wichtigste Grund, dieses Haus zu kaufen. Der Lift ist natürlich eine gewisse Extravaganz, aber es fällt mir schwer, Treppen zu steigen. Hier liegen meine Räume. Genießen Sie doch die Aussicht!»

Die war tatsächlich eindrucksvoll, umfaßte einen Großteil der teils dunkel bewaldeten Hügellandschaft, und der Blick reichte wie erwartet bis zum Meer. Nachdem wir das Panorama und die Zimmer gebührend bewundert hatten, gingen wir wieder zu den Stufen. Aber ehe wir sie erreichten, steuerte Holmes abrupt eine Leiter an, die am Ende des Flurs an der Wand lehnte. «Hoffentlich macht es Ihnen nichts aus, Mr. Barker, aber ich muß unbedingt die Spitze dieses grandiosen Turms kennenlernen. Gleich bin ich wieder da, Russell. Beachten Sie doch diese raffinierte Falltür ...» Seine Stimme verhallte, während er die Leiter hochkletterte.

«Da oben ist es nicht sicher, Holmes!» protestierte Mr. Barker und wandte sich mir zu. «Ich weiß nicht, warum diese Tür unversperrt ist – obwohl ich Ron beauftragt habe, ein Vorhängeschloß anzubringen. Vor drei Jahren war ich mal auf dem Dach, und das gefiel mir überhaupt nicht.»

«Gewiß wird Mr. Holmes gut aufpassen, Mr. Barker ... Ah, da kommt er zurück.»

Die langen Beine erschienen wieder auf den Sprossen, und Holmes' Augen wirkten etwas dunkler, als er freudestrahlend zu uns eilte. «Besten Dank, Mr. Barker. Sie bewohnen wirklich einen hochinteressanten Turm. Und jetzt erzählen Sie mir von den primitiven Kunstwerken unten in der Halle. Neuguinea, nicht wahr? Aus der Umgebung des Flusses Sepik?»

Erfolgreich wurde Mr. Barker abgelenkt. Er kletterte langsam an Holmes' Arm die Treppe hinab und berichtete von seinen Reisen in die unberührten Gebiete dieser Welt. Als wir eine Stunde später aufbrachen, hatten wir verschiedene großartige afrikanische Bronzeskulpturen begutachtet, ein Didgeridoo der australischen Ureinwohner, drei von Eskimos geschnitzte Walroßzähne und eine exquisite Goldfigur aus der peruanischen Inka-Epoche. Die Barkers begleiteten uns zur Tür, und wir verabschiedeten uns gerade, als Holmes sich plötzlich an ihnen vorbeischob. «Ich muß der Köchin persönlich für den wundervollen Tee danken! Würde sie Miss Russell das Rezept für diese rosa Törtchen geben? Die Küche liegt da hinten, nicht wahr?»

Ich beantwortete die verwirrten Mienen der Barkers mit einem ausdrucksvollen Achselzucken und gab ihnen damit zu verstehen, daß ich nicht für sein ungewöhnliches Benehmen verantwortlich sei. Dann eilte ich hinter ihm her. In der Küche sah ich ihn die Hand einer verlegenen grauhaarigen kleinen Frau mit roten Wangen schütteln. Überschwenglich dankte er ihr. Eine andere Frau, jünger und hübscher, saß vor einer Tasse Tee am Tisch.

«Meinen allerherzlichsten Dank – Mrs. Woods, nicht wahr? Miss Russell und ich wußten Ihren köstlichen Tee sehr zu schätzen, der unsere Lebensgeister wiedererweckte, nachdem sich diese gräßlichen Hunde auf uns gestürzt hatten. Erstaunlich viele Tiere – müssen Sie die alle versorgen? Nein? Sehr gut. Ein Mann eignet sich ja auch besser für eine solche Aufgabe. Aber sie fressen sicher Unmengen, und ich nehme an, es ist Ihre Pflicht, das Futter vorzubereiten?»

Sein Geschwätz wurde mit einem seltsam mädchenhaften Kichern quittiert. «O ja, Sir, sie halten den Metzger in der Stadt ganz schön auf Trab, und wir müssen alles zu dritt anschleppen – allein schon zwanzig Pfund Knochen pro Lieferung.»

«So viele Knochen fressen die Hunde?» Ich fragte mich, worauf Holmes hinauswollte, aber offenbar hatte er erfahren, was ihn interessierte. «Nochmals vielen Dank, Mrs. Woods, und vergessen Sie bitte nicht, das Rezept für Miss Russell aufzuschreiben.»

Mit einem freundlichen Lächeln führte sie uns zur Küchentür hinaus. Draußen lagen die Hunde auf einer aufgewühlten Rasenfläche und ignorierten uns. Wir gingen ums Haus herum und zur Straße hinab. «Holmes, warum dieses Getue um die Törtchen?» begann ich. «Sie wissen doch, daß ich nicht backen kann. Oder glauben Sie, die Dinger seien vergiftet und würden Mr. Barkers Krankheit verursachen?»

«Nein, ich habe nur eine List angewandt, Russell. War es nicht nett von der Regierung, diese Telefonleitung für die Barkers und mich legen zu lassen? Von dem Spaß, den die Vögel dran finden, ganz zu schweigen ...» Zwitschernde schwarze Gestalten hockten auf den Drähten, weiße Punktmalerei markierte den Straßenrand.

Ich schaute ins Gesicht meines Gefährten. Darin las ich Genugtuung und unverhohlene Bosheit. «Verzeihen Sie, Holmes, wonach suchen wir eigentlich? Haben Sie auf dem Dach irgendwas gesehen?»

«O Russell, ich bin's, der sich entschuldigen muß. Natürlich, Sie waren ja nicht auf dem Dach. Sonst hätten Sie das da entdeckt.» Er zeigte mir einen winzigen schwarzen Holzsplitter. «Und ein halbes Dutzend Zigarettenstummel, die wir im Cottage analysieren werden.»

Verblüfft betrachtete ich den Holzsplitter. «Dürfte ich um einen Hinweis bitten, Holmes?»

«Jetzt enttäuschen Sie mich aber. Es ist wirklich ganz einfach.»

«Sogar elementar?»

«Genau. Überlegen Sie doch – ein Splitter von einem Streichholz auf dem unbenutzten Dach eines Turms; Markttag; Knochen; Kunstwerke vom Fluß Sepik; kein Gift; und die Straße durch den Wald.»

Wie erstarrt blieb ich stehen, und mein Gehirn arbeitete hektisch, während er sich auf seinen Gehstock stützte und mich interessiert beobachtete. Ein Holzsplitter – jemand auf dem Turm ... Das hatten wir schon gewußt, also warum ...? Markttag, immer am Mittwoch. Knochen für die Hunde. Die Telefonleitung, die sich an der Straße entlangzog ... Gekränkt schaute ich auf. «Behaupten Sie etwa, der Butler hätte es getan?»

«Leider kommt so was vor. Sollen wir im Wald nach Abfall suchen?»

Nach etwa zehn Minuten fanden wir eine kleine Lichtung voller verstreuter Knochen. Der Metzger hatte seinen Beitrag zur Hundenahrung schon mehrere Monate lang geleistet, nach dem Alter einiger vertrockneter, bräunlich verfärbter Knöchelbeine zu schließen. «Haben Sie Lust zu einer kleinen Klettertour, Russell? Oder soll ich's machen?»

«Wenn Sie mir zur Sicherheit Ihren Gürtel leihen, übernehme ich das sehr gern.»

Sorgfältig inspizierten wir die Telefonmasten in unserer Nähe, bis Holmes leise aufschrie. «Dieser hier, Russell.»

Ich ging zu ihm und sah die unverkennbaren Spuren häufig und erst kürzlich benutzter Steigeisen. «An seinen Schuhen sah ich nichts, was auf die Verwendung von Steigeisen hingewiesen hätte», wandte ich ein, während ich meine schweren Wanderstiefel aufschnürte.

«Nein, aber ich bin sicher, eine Durchsuchung seines Schranks würde ein Paar mit verräterischen Kratzern zutage fördern.»

«Also, ich bin bereit. Fangen Sie mich auf, wenn ich runterfalle.» Ich lehnte mich in unsere zusammengeschnallten Gürtel zurück, stemmte einen nackten Fuß gegen das rauhe Holz und stieg langsam hinauf, Schritt für Schritt, rückte den provisorischen Sicherheitsgurt immer wieder ein Stück nach oben. Ohne ein einziges Mißgeschick erreichte ich die Spitze des Mastes, hakte mich fest und untersuchte die Drähte. Die Spuren waren eindeutig. «Hier wurde eine Leitung angezapft!» rief ich Holmes zu. «Während der letzten Tage, nach dem mangelnden Staub an der Kontaktstelle zu urteilen! Sollen wir mit einem Fingerabdruck-Kasten wiederkommen?» Ich kletterte hinunter und gab ihm seinen Gürtel zurück. Skeptisch musterte er die verbogene Schnalle, und ich fügte hinzu: «Vielleicht wäre ein fester Haltestrick empfehlenswert.»

«Falls kein Wetterumschwung stattfindet, erwischen wir die Finger wahrscheinlich in Aktion, wenn nicht heute nacht, dann sicher morgen. Erinnern Sie mich dran, unsere gute Gastgeberin anzurufen, wenn wir heimkommen. Ich will ihr danken und mich nach dem Befinden ihres Mannes erkundigen.»

Die Sonne hing tief über dem Horizont, als wir das Cottage betraten, wo die Luft jetzt etwas besser roch als mittags. Holmes brachte die Zigarettenstummel ins Labor. Inzwischen fand ich die kalte Mahlzeit, die Mrs. Hudson für uns bereitgestellt hatte, und kochte Kaffee.

Über die Mikroskope gebeugt, aßen wir, aber die schmutzigen Fingerabdrücke, die wir von den Zigarettenstummeln auf Objektträger übertragen hatten, halfen uns nicht weiter.

«Die Zigaretten stammen aus einem kleinen Tabakladen in Portsmouth», erklärte Holmes. «Sicher kann die Polizei ein paar Nachforschungen für uns anstellen. Aber erst mal Mrs. Barker ...» Die Dame meldete sich selber, und er dankte ihr erneut für die Gastfreundschaft. Seiner subtilen Reaktion auf ihre Worte entnahm ich, daß sie nicht allein war. «Ich wollte mich auch bei Ihrem Mann bedanken, Madam. Ist er da? Nein? Oh, das tut mir leid. Schon heute nachmittag gewann ich den Eindruck, er würde sich nicht besonders wohl fühlen ... Sagen Sie, raucht er eigentlich Zigaretten? Nein? Das dachte ich mir ... Ach, nur so. Hören Sie, Mrs. Barker, ich glaube, es wird ihm bald wieder gutgehen. Verstehen Sie? Ja. Gute Nacht, und nochmals vielen Dank.» Als er auflegte, strahlten seine Augen.

«Also heute nacht, Holmes?»

«Sieht so aus. Mr. Barker hat sich in sein Schlafzimmer und die sanfte Obhut seines Butlers zurückgezogen. Warum ruhen Sie sich nicht ein bißchen aus, Russell? Ich telefoniere jetzt mal mit den Leuten, die für solche Dinge zuständig sind, aber wir haben sicher noch mindestens zwei Stunden Zeit, ehe was passieren wird.»

Ich befolgte seinen Ratschlag, und trotz meiner Aufregung schläferte mich sein Gemurmel im Nebenraum ein. Etwas später weckten mich knirschende Autoreifen auf der Zufahrt, und als ich hinunterging, traf ich Holmes mit zwei Männern im Wohnzimmer an.

«Gut, Russell, machen Sie sich fertig. Ziehen Sie Ihre wärmste Jacke an, es kann eine Weile dauern. Das sind Mr. Jones und Mr. Smith, die wegen unseres kleinen Projekts aus London hergekommen sind. Gentlemen, Miss Russell, meine rechte Hand. Gehen wir?» Er schulterte einen kleinen Rucksack, setzte seine Mütze auf, und wir marschierten los.

Wenn man die Straße nahm, lag das Herrenhaus drei Meilen entfernt. Lautlos wanderten wir auf den grasbewachsenen Seitenstreifen dahin. Als wir den Wald erreichten, verließen wir die Straße und eilten zwischen den Bäumen zum Ende des Gartens. Dort blieben wir stehen und flüsterten miteinander. Eine leichte Brise war aufgekommen, verschluckte unsere Geräusche und verhinderte, daß die Hunde uns witterten.

«Von hier aus sehen wir die Turmspitze», sagte Holmes. «Inzwischen müßten Ihre Kollegen in der Lücke zwischen den Hügeln und am Meer postiert sein.»

«Ja, Mr. Holmes. Wir haben vereinbart, um elf würden alle in Stellung gehen. Jetzt ist es zehn Minuten später.»

Nacheinander erloschen die Lichter im Haus, und wir gerieten in jenes eigenartige Stadium – halb Langeweile, halb Aufregung –, das ausgedehnte Wartezeiten zu begleiten pflegt. Um ein Uhr neigte ich mich zu Holmes und flüsterte ihm ins Ohr: «Sicher war es nicht so spät in der Nacht, als Mrs. Barker vom Garten aus die Lichtsignale sah. Vielleicht wird heute nacht gar nichts geschehen.»

Unsichtbar saß er neben mir, und ich spürte seine innere Anspannung. «Sehen Sie da oben auf dem Turm irgendwas, Russell?»

Mit zusammengekniffenen Augen spähte ich zu der dunklen Silhouette hinüber, die in die schwarze Nacht emporragte. Und da nahm ich eine geringfügige Veränderung in der Dunkelheit wahr. Ich schrie leise auf, und Holmes erhob sich sofort. «Schnell, Russell, in den Baum hinauf. Da hocken wir, blind wie Maulwürfe, während er so weit vom Rand des Daches zurücktritt, daß wir ihn nicht mehr ausmachen können. Nun, was sehen Sie?»

Während ich den Baum hinaufkletterte, beobachtete ich den Turm. Nachdem ich etwa viereinhalb Meter zurückgelegt hatte, erschien plötzlich ein Lichtstrahl, flammte an der hinteren Turmecke mehrmals auf, zielte über unsere Köpfe hinweg, zum Flachland und zum Meer.

Ich rutschte den Stamm hinunter und kratzte mir die Finger blutig. «Er ist mit einem Licht da oben ...»

Aber da rannten die Männer bereits den Hang hinauf, heftig schwangen ihre Taschenlampen in der Finsternis hin und her. Ich folgte ihnen, stürzte durch Blumenbeete und um einen Brunnen herum, und plötzlich explodierte die Nacht. Siebzehn Hundekehlen eröffneten das Feuer auf die Eindringlinge, schrilles Gekläff und haarsträubendes Geknurr zerrissen die Stille, begleitet vom Geschrei der Männer und klirrendem Glas. Ich hörte, wie Holmes seinen Gefährten etwas zurief, und die Hunde bellten noch lauter.

Zwei Stimmen husteten und fluchten, noch einmal ging Glas zu

Bruch, eine Tür öffnete sich. Im Haus flammten elektrische Lichter auf, und ich sah die Hunde in alle Richtungen sausen. Als mir die erste stinkende Wolke in die Nase stieg, hielt ich den Atem an, bis ich die Halle betrat.

Drinnen brannten alle Lichter. Ich lief zum Turm, und über mir, auf der Treppe, hörte ich schwere Schritte. Sie verklangen ebenso plötzlich wie die Stimmen, und ich nahm an, daß die Männer das Dach erreicht hatten.

In diesem Moment kam mir ein Gedanke. Zwischen dem Beginn der Kläfferei und dem Zeitpunkt, wo Holmes die erste Stufe betreten hatte, mußten etwa zwanzig Sekunden verstrichen sein. Wenn nun ...? Auf dem ersten Absatz duckte ich mich für alle Fälle unter die Treppe und wartete.

Plötzlich hörte ich Schritte über mir, die leise herabhuschten. Ich legte eine Hand zwischen die Stufen, sah einen unbekannten Schuh, hoffte inständig, er würde weder Smith noch Jones oder Barker gehören, und griff danach. Lautes Geschrei und ein polternder Sturz lösten Rufe und Schritte aus, die sich vom Dach her näherten. Ich kroch aus meinem Versteck, um festzustellen, was ich angerichtet hatte.

Entsetzt starrte ich auf Terrence Howells verkrümmte Gestalt hinab, die zwei Treppenfluchten weiter unten lag. Mein Magen drehte sich um. Holmes trat an meine Seite und legte einen Arm um meine Schultern, während die beiden Männer an uns vorbeirannten.

Ich zitterte am ganzen Körper. «O Gott, Holmes, ich habe ihn getötet! Ich dachte nicht, daß er runterfallen würde. Um Himmels willen, was habe ich getan?» An meinen Fingerspitzen glaubte ich immer noch, das Schuhleder zu spüren und durch die Zwischenräume der Stufen die Gestalt zu sehen, die hinabgesaust war.

Eine Stimme drang zu uns herauf. «Bitte, rufen Sie einen Arzt an, Mrs. Barker. Er hat sich den Kopf angeschlagen und ein paar Knochen gebrochen, aber er lebt.»

Süße Erleichterung drohte mich zu überwältigen, und mein

Kopf fühlte sich plötzlich ganz leicht an. «Ich muß mich mal kurz hinsetzen, Holmes.»

Er half mir auf den Treppenabsatz und drückte meinen Kopf sanft auf die Knie hinunter. Neben mir fiel sein Rucksack auf das Holz, und ich sah etwas verschwommen, wie er eine kleine Flasche herausnahm. Ein Korken knallte, und der konzentrierte Gestank des morgendlichen Experiments explodierte in meiner Nase. Angewidert zuckte ich zurück, und mein Kopf prallte hart gegen die Steinmauer. Tränen brannten in meinen Augen und verschleierten mir vollends den Blick.

Als ich wieder sehen konnte, tauchte Holmes' bestürzte Miene vor mir auf. «Sind Sie in Ordnung, Russell?»

Vorsichtig betastete ich meinen Kopf. «Ja, aber nicht dank Ihres Riechsalzes. Ich finde es nicht besonders sinnvoll, jemanden so dramatisch wiederzubeleben, aber vielleicht ist diese Flasche eine geeignete Waffe gegen die Hundemeute.»

Er seufzte erleichtert, und sein Gesicht nahm die gewohnten sardonischen Züge an. «Wenn Sie sich erholt haben, sollten wir uns um Mr. Barker kümmern, Russell.»

Ich ergriff seine Hand, zog mich hoch, und wir gingen zum Schlafzimmer des alten Mannes. An der Tür schlug uns eine Wolke aus Schweiß und Krankheit entgegen, das Lampenlicht enthüllte bleiche, feuchte Haut und glasige Augen, die von hohem Fieber kündeten.

«Kühlen Sie ihm das Gesicht, Russell», befahl Holmes, «bis Mrs. Barker kommt. Inzwischen werde ich mal sehen, was ich in Howells Zimmer finden kann. Ah, da sind Sie ja, Mrs. Barker. Ihr Mann braucht Sie. Kommen Sie, Russell.» Ohne ihre besorgten Fragen zu beachten, lief er an ihr vorbei.

«Was suchen wir denn?» fragte ich in seinem Schlepptau.

«Ein Päckchen mit Pulver oder eine Flasche mit einer Flüssigkeit. Ich fange mit dem Schrank an, Sie übernehmen das Badezimmer.»

Bald wurde der Nebenraum von Gemurmel und umherfliegenden Kleidungsstücken erfüllt, und im Bad verbreiteten sich diverse Düfte, während ich Behälter öffnete, die After-shave-Lotions enthielten, und in den Schubladen mehrere Seifen fand. Meine arme Nase war etwas betäubt, aber schließlich entdeckte ich eine Flasche, die merkwürdig roch. Ich brachte sie in den Nebenraum, wo Holmes knöcheltief in Kleidern, umgedrehten Schuhfächern und Bettzeug stand. «Haben Sie was gefunden?» fragte ich.

«Zigaretten von Fraser's in Portsmouth, Stiefel mit Kratzern über dem Spann. Und Sie?»

«Ich weiß nicht, ich kann nichts mehr riechen. Duftet das nach *Eau d'Arabe?*»

Nachdem er kurz geschnüffelt hatte, watete er aus dem Zimmer, die Flasche in der hocherhobenen Hand. «Sie haben's gefunden, Russell. Nun müssen wir rauskriegen, wieviel wir ihm geben sollen.» Er ging zur Treppe und streckte den Kopf übers Geländer. «Jones, ist er schon wach?»

«Nein, das wird noch Stunden dauern.»

«Dann müssen wir eben experimentieren, Russell. Mrs. Barker!» Sie blickte auf, als wir ins Zimmer ihres Mannes zurückkehrten, einen feuchten Lappen in den Händen. «Haben Sie einen kleinen Löffel? Ja, den können wir verwenden. Russell, Sie gießen ein, aber zittern Sie nicht. Erst mal nur zwei Tropfen. Das wiederholen wir alle zwanzig Minuten, bis wir gewisse Resultate erkennen. Flößen Sie ihm das Zeug einfach zwischen den Zähnen ein. Und dann etwas Wasser ... Gut. Jetzt warten wir.»

«Mr. Holmes, was für eine Flüssigkeit ist das?»

«Diese Arznei wirkt dem Gift entgegen, das Ihren Mann quält, Madam. Es muß ziemlich stark konzentriert sein, und ich möchte ihm nicht schaden, indem ich ihm zuviel auf einmal verabreiche. Er wird's für den Rest seines Lebens nehmen müssen, aber nie wieder so schwer erkranken.»

«Aber ich sagte doch, es kann keine Vergiftung sein. Sonst würde ich auch darunter leiden.»

«Oh, er hat seit über einem Jahr kein Gift mehr geschluckt. Ebenso wie Sie bekommt er regelmäßig das Gegenmittel, ohne daß es ihm schadet. Sie erwähnten doch, sein Butler sei schon sehr lange bei ihm. Gilt das auch für den Aufenthalt in Neuguinea?»

«Ja, ich glaube. Warum fragen Sie?»

«Giftstoffe zählen zu meinen Hobbys, Madam. Es gibt ein paar seltene Gifte, die immer im Nervensystem bleiben, sobald man sie einmal geschluckt hat. Niemals wird man sie los, aber durch die regelmäßige Einnahme eines Gegenmittels läßt sich die Wirkung ausschalten. Eines dieser Gifte ist bei einem Eingeborenenstamm am Fluß Sepik in Neuguinea sehr beliebt. Es wird aus einer besonderen Schellfischart gewonnen, die nur dort beheimatet ist. Interessanterweise stammt das Gegenmittel von einer Pflanze, die ebenfalls nur in dieser Gegend vorkommt. Während Ihr Mann mit dem Butler dort war, betrieb Howell offensichtlich seine eigenen Forschungen. Sicher wird er uns erzählen, warum er beschlossen hat, Verrat zu üben und letztes Jahr dieses Gift zu benutzen. Im Allgemeinen führt Ihr Mann seine Telefonate am Markttag, nicht wahr?»

«Ja, wieso wissen Sie das? Ron fährt die Woods immer in die Stadt, ich gehe spazieren oder kutschiere ein bißchen mit dem Automobil durch die Gegend. Und Howell ...»

«Howell läuft mit den Hunden durch den Wald, nicht wahr?»

«O ja, aber wieso ...»

«Er klettert einen Telefonmast hinauf und belauscht die Gespräche Ihres Mannes, während die Hunde ein paar Knochen abnagen. In der nächsten klaren Nacht versäumt er es, Mr. Barker das Gegenmittel zu verabreichen, verschwindet mit seinem Herrn im Turm und schleicht aufs Dach, um die Ergebnisse seiner Spionage einem Kontaktmann an der Küste zu signalisieren. Ah, ich glaube, das Medikament beginnt schon zu wirken.»

Zwei verschleierte Augen spähten aus einem fahlen Gesicht und blieben an Mrs. Barker hängen. «Meine Liebe», wisperte er, «was machen diese Leute hier?»

«Russell», sagte Holmes leise, «jetzt sollten wir diesen beiden ein wenig Ruhe gönnen und sehen, ob wir den anderen helfen können, Mr. Howell wegzubringen. Mrs. Barker, ich schlage vor, Sie passen gut auf diese Flasche auf, bis der Inhalt analysiert und ein Duplikat angefertigt werden kann. Gute Nacht.»

Vorsichtig trugen die Sanitäter die Bahre mit Mr. Howell die schmale Treppe hinab. An der Haustür wartete Jones, um sie hinauszulassen. Draußen ertönte ein vertrauter Mißklang. Holmes griff in seinen Rucksack, um die kleine Flasche hervorzuholen, aber ich legte eine Hand auf seinen Arm. «Es ist wohl besser, wenn *ich's* erst einmal versuche.» Ich räusperte mich, richtete mich zu meiner vollen Größe auf (mit den Stiefeln über eins achtzig) und öffnete die Tür. Dann stemmte ich meine Hände in die Hüften und starrte die Meute an. «Schämt euch!» Langsam schlossen sich siebzehn Mäuler, vierunddreißig Augen klebten an meinem Gesicht. «Schämt euch, alle zusammen! Behandelt man so die Beamten Seiner Majestät? Was bildet ihr euch eigentlich ein?»

Siebzehn Schnauzen wandten sich einander zu, blickten dann zu mir und den Männern auf der Schwelle. Der Wolfshund war der erste, der den Schwanz einzog und im Dunkel untertauchte, der Yorkshire-Terrier mit dem blauen Schleifchen der letzte.

«Russell, Sie besitzen offenbar noch mehrere unerforschte Talente», murmelte Holmes neben mir. «Erinnern Sie mich daran, Sie zu rufen, falls irgendwann eine wilde Bestie überwältigt werden muß.»

Wir beobachteten, wie der verräterische Butler und seine Bewacher in der Nacht verschwanden, dann folgten wir der dunklen Straße neben der Telefonleitung, und auf dem Heimweg diskutierten wir über alle möglichen Themen.

4

Mein eigener Fall

Etwas Belangloses und Abscheuliches ist besser als alles, was gar nicht existiert.

Am Barker-Problem hatten Holmes und ich das erste Mal zusammengearbeitet (falls man es Zusammenarbeit nennen kann, wenn der eine Anweisungen gibt und der andere sie befolgt). Die restlichen Tage meiner Frühlingsferien verliefen ohne besondere Zwischenfälle, und ich kehrte nach Oxford zurück – gestärkt von meiner harten Arbeit unter Patricks Aufsicht und ermutigt, nachdem ich meine ersten Verbrecher geschnappt hatte. (Vielleicht sollte ich erwähnen, daß unsere Arbeit in jener Nacht zur Verhaftung von einem Dutzend deutscher Spione führte. Mr. Barker wurde wieder gesund, und seine Frau bezahlte uns sehr großzügig für unsere Dienste.)

Bei meiner Ankunft im Studentenquartier schien Mr. Thomas Gefallen an meiner äußeren Erscheinung zu finden. Mit neuer Begeisterung widmete ich mich der Mathematik, der theologischen Forschung und Ratnakar Sanjis Karriere. Außerdem beschloß ich, mich öfter zu bewegen, wanderte über die Hügel rings um die Stadt (natürlich mit einem Buch in der Hand), und als das Studienjahr im Juni zu Ende ging, war ich nicht ganz so erschöpft wie nach dem ersten Semester.

Intensive Emotionen und bedeutsame Ereignisse prägten den Frühling und Sommer 1918, was nicht nur für eine gewisse Studentin, sondern für das ganze Land galt. Der deutsche Kaiser unternahm seinen letzten massiven Vorstoß, und die schmalen, hungrigen Gesichter rings um mich nahmen nun auch noch grimmige Züge an. Hinter unseren Verdunkelungsvorhängen schliefen wir nicht allzu gut. Doch dann begann die deutsche Offensive wunderbarerweise zu wanken, während die alliierten Streitkräfte von amerikanischem Militär und Material verstärkt wurden. Nicht einmal das gewaltige Bombardement, das im Mai auf London niederging, beeinträchtigte die Erkenntnis, daß das deutsche Heer verblutete. Nach jahrelangem hartnäckigem Überlebenskampf keimte neue Hoffnung.

Mitte des Sommers fuhr ich wieder nach Hause. Inzwischen war ich achtzehneinhalb Jahre alt und voller Kraft – ich hatte das Gefühl, die ganze Welt würde mir zu Füßen liegen. In jenen Wochen entwickelte ich ein aktives Interesse an der Verwaltung meiner Farm, befragte Patrick nach diversen landwirtschaftlichen Geräten und den Plänen für die Nachkriegszukunft.

In meiner Abwesenheit hatte Holmes sich verändert. Ich brauchte eine Weile, um zu erkennen, daß er vielleicht ein bißchen über die junge Frau erschrak, in die sich seine schlaksige, altkluge, pubertierende Gefährtin verwandelt hatte. Nicht, daß ich anders ausgesehen hätte – ich war gewachsen, aber nur in Knochenbau und Muskulatur, ohne weibliche Rundungen zu entwickeln. Ich trug immer noch dieselbe Kleidung und dieselben langen geflochteten Zöpfe. Es lag an meinem Verhalten, der Art, wie ich mich bewegte und ihm auf gleichem Niveau begegnete (nicht nur im Gespräch, sondern beinahe auch, was die Körpergröße betraf). Ich begann, meine Stärken zu spüren und zu erforschen, und ich glaube, dadurch fühlte er sich alt. Während jenes Sommers beobachtete ich zum erstenmal eine gewisse Vorsicht an ihm, wenn er einer Klippe lieber auswich, statt hinabzuspringen. Natürlich war er keineswegs ein Tattergreis, nur manchmal ein bißchen bedachtsamer, und wenn ich übermütig war, merkte ich, daß er mich nachdenklich musterte.

Ein paarmal fuhren wir nach London, um die spärlichen Warenangebote der Kriegszeiten zu inspizieren, und dort bewegte er sich anders, als würde die Großstadtluft ihn verändern, seine Muskeln straffen, die Gelenke lockern. London war sein Zuhause, was die Sussex Downs niemals werden konnten. Entspannt kehrte er zurück, widmete sich mit neuer Kraft seinen Experimenten und der schriftstellerischen Arbeit. War der Sommer vor meinem Studium von Sonne und Schachpartien in der frischen Luft beherrscht worden, so erfüllte mich der nächste mit bittersüßen Gefühlen. Denn ich merkte zum erstenmal, daß nicht einmal Holmes der Sterblichkeit entrinnen würde.

Doch diese Erkenntnis kam mir damals nur vage zu Bewußtsein. Die Bitterkeit ist ein Nachgeschmack, den man erst wahrnimmt, wenn das Süße bereits verflogen ist. Und vieles in jenem Sommer war wunderschön. Am besten gefielen mir die beiden Fälle, die unseren Weg kreuzten.

Ich spreche von zweien, obwohl der erste kaum ein Fall war, eher ein Jux. Es begann an einem Julimorgen, als ich zu Patricks Cottage ging, mit einem Zeitungsartikel über eine neue, in Amerika entwickelte Mulchtechnik. Wütend fuhrwerkte er in seiner Küche herum. Ehe er sich verletzen konnte, nahm ich ihm den dampfenden Kessel aus der Hand, goß Wasser auf die Teeblätter und fragte, was los sei.

«Oh, eigentlich nichts Besonderes, Miss Mary. Letzte Nacht wurde Tillie Whiteneck in der Kneipe da unten ausgeraubt.» Das Gasthaus Monk's Tun an der Straße zwischen Eastbourne und Lewes war sehr beliebt bei Einheimischen und Urlaubern. Und bei Patrick.

«Ausgeraubt? Ist sie verletzt?»

«Nein, alle schliefen. Die Diebe brachen Tillies Hintertür auf und nahmen ihre Geldkassette und ein paar Lebensmittel mit – völlig lautlos. Niemand merkte was, bis sie am Morgen runterkam, um den Herd anzuzünden, und die offene Tür sah. In der Kassette lag ziemlich viel Geld, mehr als sonst. Gestern waren zwei große Partys in der Kneipe gefeiert worden, und Tillie hatte keine Zeit, die Einnahmen auf die Bank zu bringen.»

Also ein Einbruchsdiebstahl. Nachdem ich mein Bedauern ausgedrückt hatte, gab ich ihm den Artikel und ging nachdenklich zum Haupthaus zurück. Ich rief bei Holmes an, und während Mrs. Hudson ihn holte, saß ich am Schreibtisch und sah Patrick durch den Hof zwischen den Scheunen gehen, die Schultern vor Zorn und Verzweiflung verkrampft.

Holmes meldete sich, und ich kam sofort zur Sache. «Vor ein paar Wochen erwähnten Sie doch eine Einbruchserie, nicht wahr? Inns und Pubs in Eastbourne waren betroffen.»

«Bei zwei Fällen kann man wohl kaum von einer Serie sprechen, Russell. Übrigens unterbrechen Sie grade ein heikles Hämoglobin-Experiment.»

«Jetzt sind's drei», erwiderte ich und ignorierte seinen Protest. «Letzte Nacht wurde Patricks Freundin im Tun die Geldkassette gestohlen.»

«Meine liebe Russell, ich befinde mich im Ruhestand und kann nicht mehr beauftragt werden, verlorengegangene Bleistiftschachteln wiederzufinden oder verschwundene Ehemänner aufzuspüren.»

«Der oder die Diebe wählten zufällig einen Zeitpunkt, wo mehr Geld in der Kassette lag als normalerweise», beharrte ich. «Es ist nicht angenehm, zu wissen, daß sich Einbrecher in dieser Gegend herumtreiben. Außerdem», fuhr ich fort und spürte ein schwaches Zaudern in der Telefonleitung, «ist Patrick ein Freund.» Damit hatte ich die falsche Karte ausgespielt.

«Es freut mich, daß Sie Ihren Verwalter zu Ihren Freunden zählen können, Russell, aber das berechtigt Sie noch lange nicht, mich in diese kleine Affäre hineinzuziehen. Wie mir gerüchteweise zu Ohren kam, besitzt Sussex jetzt eine eigene Polizeibehörde. Vielleicht wären Sie so nett, diese Leute ihre Arbeit tun zu lassen – und mich die meine.»

«Es macht Ihnen doch nichts aus, wenn ich mich um die Sache kümmere?»

«Gütiger Himmel, Russell, wenn Sie Zeit in Hülle und Fülle haben und im Lazarett keine Verbände erneuern müssen, dann stecken Sie nur getrost Ihre Nase in dieses Kapitalverbrechen, diese Eskalation der Verworfenheit direkt vor Ihrer Haustür. Allerdings möchte ich Ihnen vorschlagen, die Polizei nicht mehr zu ärgern als unbedingt nötig.»

Und dann war die Leitung tot. Irritiert hängte ich den Hörer ein und holte mein Fahrrad. Verschwitzt und staubig erreichte ich das

Inn, kein besonders imposantes Etablissement, und ich mußte den Dorfpolizisten buchstäblich am Ärmel zupfen, bevor mir erlaubt wurde, einen Blick auf den Tatort zu werfen. Natürlich drängte es mich, noch mehr zu sehen, aber der gute Constable Rogers, mächtig stolz auf seinen extravaganten kleinen Kriminalfall, hatte einen Großteil des Erdgeschosses mit Seilen abgesperrt und wartete auf seinen Inspector. Unbefugte durften diesen Bereich nicht betreten. Sogar die Eigentümerin, ihre Angestellten und Gäste wurden gezwungen, sich hinter einem Wall aus Topfpalmen durch das Lokal zu zwängen, die bereits sichtlich unter der hautnahen Bekanntschaft mit Reisetaschen und Überseekoffern litten.

«Ich verspreche Ihnen, nichts anzurühren», flehte ich, «und ich werde mir nur den Teppich ansehen.»

«Das geht nicht, Miss Russell. Ich habe den Befehl, niemanden reinzulassen.»

«Was natürlich bedeutet», fauchte eine Stimme hinter den Palmwedeln hervor, «daß ich kein Essen servieren kann. Also verliere ich nicht nur meine Geldkassette, sondern auch mein heutiges Einkommen ... Oh, hallo, Sie sind die Miss Russell von Patrick, nicht wahr? Wollen Sie unseren Diebstahl studieren?»

«Ich versuch's», gab ich zu.

«Um Himmels willen, Jammy, gestatten Sie ihr doch ... Oh, schon gut, schon gut, ‹Constable Rogers›, gestatten Sie ihr doch, sich mal umzuschauen. Sie ist ein kluges Mädchen – und sie ist hier, was man von Ihrem Inspector nicht behaupten kann.»

«Ja, Rogers, gestatten Sie ihr das», drang eine gedehnte Stimme von der Tür herüber. «Ich bürge dafür, daß sie nichts vermasseln wird.»

«Mr. Holmes!» Der verwirrte Polizist griff nach seinem Helm, dann besann er sich anders und straffte die Schultern.

«Holmes!» rief ich verwundert. «Ich dachte, Sie wären beschäftigt.»

«Als Sie so freundlich waren, das Telefonat zu beenden, war das Blut bis zur Unkenntlichkeit geronnen.» Er ignorierte den Ausdruck in den Gesichtern ringsum, den seine Bemerkung verursacht hatte, und winkte dem jungen Beamten zu. «Lassen Sie das Mädchen rein, Rogers.»

Kleinlaut ließ der uniformierte Mann ein Absperrseil fallen. Halb wütend, halb zerknirscht marschierte ich zum Teppich und setzte eine möglichst würdevolle Miene auf, ehe ich mich bückte und ihn inspizierte. Er war ziemlich neu, und allem Anschein nach am Vorabend gebürstet worden, so daß er sich nicht geneigt zeigte, seine Geheimnisse zu enthüllen. Während meine Wange die Fasern fast berührte, versuchte ich, den Vorteil des Lichtwinkels zu nutzen, und teilte Holmes mit: «Stiefelabdrücke von einem mittelgroßen Mann, an den Zehen zugespitzt, mit abgetretenem linkem Absatz – auf dem Läufer deutlicher als auf dem kahlen Boden. Winziger Kies, dunkelgrau und schwarz – oder?»

Er tauchte neben meinem Knie auf und hielt mir die Lupe hin, die ich zu Hause vergessen hatte. Unter der Linse waren die drei Steinchen klarer zu erkennen.

«Dunkler Kies mit Teer und einer Ölschicht. Und da unten – rötliche Erde, am Teppichrand.»

Holmes nahm mir die schwere Lupe aus der Hand, um die Resultate meiner Untersuchung zu überprüfen, und enthielt sich eines Kommentars. Er gab mir das Vergrößerungsglas einfach nur zurück und forderte mich mit einer knappen Geste auf weiterzumachen. Die ganze Szene verwandelte sich in ein etwas zu öffentliches mündliches Examen.

«Woher kommt die rote Erde?» fragte er mich.

«Die findet man südlich vom Dorf, wo die Straße bergab führt, an zwei oder drei Stellen beim Fluß. Und in der Nähe des Barker-Hauses ...»

«Ich glaube, dort ist sie nicht so rot», entgegnete er. «Und eine stärkere Linse würde uns vermutlich verraten, daß die Beschaffenheit dieser Erde hier eher an Lehm erinnert.»

Zu weiteren Äußerungen sah er anscheinend keinen Anlaß.

Gut, dachte ich, dann eben nicht. Ich wandte mich zu Constable Rogers, der sehr unbehaglich aussah. «Der Gemeinderat ließ doch neulich ein paar Straßen mit Kies bestreuen, nicht wahr? Wissen Sie zufällig, wo letzte Woche gearbeitet wurde?»

Er drehte sich zu Holmes und suchte dessen Rat, den er offenbar erhielt, denn er sah mich wieder an und antwortete: «An einer Stelle, sechs Meilen nördlich von hier, gibt es auch noch rote Erde. Und letzte Woche haben sie auch auf der Mühlenstraße gearbeitet – und auf einem Teilstück östlich vom Haus der Warners. Sonst nirgends in der Nähe, seit dem letzten Monat nicht mehr.»

«Danke, das grenzt das betreffende Gebiet immerhin etwas ein. Dürfte ich mal mit Ihnen sprechen, Mrs. Whiteneck?» Ich nahm Patricks Freundin beiseite, erkundigte mich nach den Namen und Adressen ihrer Angestellten und versicherte ihr, der Inspector werde ihr bald erlauben, die Küche wieder zu benutzen. Erleichtert atmete sie auf. «Patrick sagte doch, der Dieb habe auch einige Sachen mitgenommen?» fragte ich.

«Allerdings – vier schöne Schinkenkeulen, die ich gerade aus der Räucherkammer geholt hatte, und drei Flaschen vom besten Whisky. Weiß der Himmel, wie ich das alles ersetzen soll, wo doch alles rationiert wird. Sie glauben also, er läßt mich wieder in die Küche?»

«Ganz bestimmt. Selbst wenn er von wilder Arbeitswut befallen wird, braucht er nur diesen Teil des Teppichs und die Türen, um nach Spuren zu suchen. Aber vielleicht ist ihm sogar das zu mühsam. Wenn ich was finde, gebe ich Ihnen Bescheid.»

Vor dem Monk's Tun schien die Sonne strahlend hell, brütende Hitze lag über der schmalen Dorfstraße. Während ich noch den Gedanken an das Arbeitsteam verdrängte, dem ich eigentlich angehörte, spürte ich plötzlich Holmes' Gegenwart neben mir. «Wenn ich darf, würde ich mir gern Ihre Landkarten ansehen», erklärte ich, womit ich eingestand, daß die landschaftlichen Merkmale meines eigenen Distrikts nicht fest in meinem Gehirn verankert waren.

Aber darüber machte er keine Bemerkung. «Alle Hilfsmittel der Agentur stehen zu Ihrer Verfügung, Russell.» Wie sich herausstellte, gehörte dazu eins der Automobile vom ländlichen

Taxiservice seines Nachbarn, das neben dem Inn parkte. Wir stiegen ein und fuhren zu Holmes' Cottage.

Ich begrüßte Mrs. Hudson und ging durchs Wohnzimmer zum Schrank, wo der Detektiv seine umfangreiche Landkartensammlung verwahrte. Bald fand ich alle, die ich brauchte, breitete sie auf dem Schreibtisch aus und markierte die fünf Stellen, wo nach meinen Informationen der Kalksteinboden der Downs von rotem Lehm durchsetzt wurde. Holmes hatte sich inzwischen mit einem anderen Projekt beschäftigt. Aber als er am Tisch vorbeiging, um ein Buch zu holen, legte er wie beiläufig eine Fingerspitze auf einen Punkt der Karte, dann auf einen anderen und erinnerte mich damit an zwei weitere Lehmvorkommen.

«Danke!» sagte ich zu seinem Rücken. «An allen roten Lehmstellen, außer einer einzigen, gibt es Felsblöcke. Zwei davon ... Interessiert Sie das überhaupt, Holmes?» Ohne von seinem Buch aufzublicken, bedeutete er mir weiterzusprechen. «Nur für zwei Stellen gilt das Zusammentreffen roter Erde, erst kürzlich vorgenommener Straßenbauarbeiten und dem nahen Wohnort einiger Angestellter des Tun. Der eine Punkt liegt zwei Meilen nördlich von der Heathfield Road, der andere im Westen, unten beim Fluß.» Da ich keine Antwort bekam, ging ich zum Telefon. Offensichtlich sollte ich die Ermittlungen leiten, wobei mir allerdings kritische Argusaugen über die Schulter blicken würden. Während ich mich geduldete, bis die Verbindung hergestellt wurde, fiel mir etwas ein. Ich hatte das Taxi nicht wegfahren hören. Nun schaute ich aus dem Fenster, und da stand es tatsächlich auf der Zufahrt, der Mann am Steuer vertiefte sich in ein Buch. Sekundenlang ärgerte ich mich über Holmes – weniger, weil er unsere Bedürfnisse mühelos vorausahnte, sondern weil ich selber nicht auf die Idee gekommen war, das Automobil warten zu lassen.

Die Telefonistin verband mich mit dem Monk's Tun. «Mrs. Whiteneck? Hier ist Mary Russell. War der Inspector schon da? Ja? Oh ... Dann muß Constable Rogers bitter enttäuscht sein. Hören Sie, Mrs. Whiteneck, könnten Sie mir sagen, welche Ihrer

Angestellten heute im Lokal arbeiten und wann? Ja ... Ja ... Gut, vielen Dank. Sicher, ich melde mich wieder.»

Ich hängte ein. «Inspector Mitchell war da, sah sich kurz um, putzte den Constable runter, weil der ihm seine Zeit gestohlen hatte, und verschwand wieder.» Dies alles erzählte ich dem Zimmer im allgemeinen und erhielt die erwartete Antwort, nämlich keine. Dann setzte ich mich und studierte die Liste von Tillie Whitenecks Angestellten. Dazu gehörten Jenny Wharton, eine Serviererin, die an der Nordstraße wohnte und an diesem Tag bis zwanzig Uhr Dienst hatte, und Tony Sylvester, ein neuer Barkeeper, der irgendwann nach neunzehn Uhr in sein Haus nahe dem Fluß zurückkehren würde.

Und jetzt? In ihrer Abwesenheit konnte ich die Häuser der beiden wohl kaum durchsuchen. Wenn ich in aller Unschuld über das Versteck der Diebesbeute stolperte, wäre das etwas anderes. Aber ich konnte nicht gut behaupten, ich hätte die Geldkassette zufällig unter einem Bett gesehen und in einer Küche den Schinken gerochen. Falls nun ...

«Holmes, glauben Sie ... Ach, schon gut.» Ich griff wieder zum Telefon, während er eine Buchseite umblätterte. «Mrs. Barker, guten Morgen. Hier ist Mary Russell. Wie geht es Ihnen? Und Ihrem Mann? Oh, das freut mich. Ja, wir hatten wirklich Glück, nicht wahr? Nun muß ich Sie um etwas bitten, Madam. Besitzen Sie einen Spürhund? Ja? Würden Sie ihn mir für eine kleine Weile leihen? Nein, nein, ich hole ihn. Es stört ihn doch nicht, im Automobil zu fahren? Gut, ich bin gleich da. Vielen Dank.» Ich drehte mich um. «Holmes, macht es Ihnen was aus, wenn ich das Taxi benutze, das da draußen so auffällig wartet?»

«Natürlich macht mir das was aus», erwiderte er und stellte das Buch ins Regal.

Wir fuhren zum Inn, wo ich mir ein sauberes Geschirrtuch ausborgte, um es an einer der verbliebenen Schinkenkeulen zu reiben. Dann ließen wir uns zum Barker-Haus bringen. Die kläffende Meute stürzte sich auf das Automobil, und der Chauffeur riß das Steuer fluchend herum, während die Hunde nach den Reifen schnappten und sich gebärdeten, als wollten sie uns alle mitsamt dem Vehikel auffressen. Sobald ich die Tür öffnete und ausstieg, verstummte das Rudel, begann den Himmel zu betrachten, schnüffelte an den Grasbüscheln entlang der Zufahrt und entfernte sich dann diskret. Mrs. Barker erschien mit einem Hundehalsband und einer Leine, musterte die zahme Schar erstaunt und ging zu einem Gebüsch, um ein Exemplar mit traurigen Augen, hängenden Ohren und einem Untergestell hervorzulocken, das den Boden streifte. Sie führte das Tier zu uns und übergab mir die Leine. «Das ist Justinian. Alle sind nach Kaisern oder Königen benannt.»

«Ich verstehe. Sicher können wir den Kaiser noch vor Einbruch der Dunkelheit zurückerstatten. Komm, Justinian!» Er trottete am Ende der Leine neben mir her, kroch mühsam in den Wagen und reinigte Holmes' Stiefel überaus gründlich mit seiner langen Zunge.

Zuerst dirigierte ich den Chauffeur zur Nordstraße, wo wir ausstiegen und umherwanderte. Justinian schnüffelte eifrig, reagierte aber nicht auf den Schinkengeruch, der dem Geschirrtuch anhaftete. Nach einer Weile setzten wir uns wieder ins Taxi und fuhren zur Mühlenstraße, hinter der Tony Sylvester wohnte. Wieder schlenderten wir dahin und ließen unseren vierbeinigen Assistenten am Gras schnuppern. Die Aktion dauerte endlos lange, und ich fand Zeit genug, es bitter zu bereuen, daß ich mich auf diese Farce eingelassen hatte. Holmes sagte nichts. Ein Kommentar war auch überflüssig.

«Noch eine halbe Meile», stieß ich zwischen zusammengebissenen Zähnen hervor, «dann dürfen wir annehmen, daß der Mann nicht zu Fuß ging oder daß die kaiserliche Nase nicht mehr das ist, was sie mal war. Komm weiter, Justinian.» Ich schwenkte das Geschirrtuch vor seiner Nase umher. «Such! Such!»

Er unterbrach die gründliche Inspektion einer plattgetretenen Kröte am Straßenrand, um den Schinkenduft einzuatmen, den Blick nachdenklich gesenkt. Eine Zeitlang stand er reglos da, tief in Gedanken versunken, die seinen ungekämmten Kopf erfüllten, dann setzte er sich, kratzte sein linkes Ohr, in das ein Floh gebissen hatte, erhob sich, nieste geräuschvoll und schritt energisch die Straße hinab. Wir folgten ihm, unser Tempo beschleunigte sich ein wenig, und nach ein paar Minuten bog er in einen schmalen Weg, zwängte sich unter einem Zaun hindurch und trabte auf eine Wiese. Holmes bedeutete dem Chauffeur anzuhalten, und wir kletterten in Justinians Schlepptau über den Zaun. «Hoffentlich grasen hier keine Bullen», murmelte ich.

«Das ist unwahrscheinlich, da ein Weg über diese Weide führt. Hallo, was ist das?» Ein Rinderhuf hatte eine Zehn-Shilling-Note ins weiche Erdreich gedrückt. Vorsichtig zog Holmes sie heraus und legte sie in meine Hand. «Kein allzu professioneller Dieb, was, Russell? Er konnte nicht einmal warten, bis er daheim war, um sich an seiner Beute zu weiden.»

«Mit diesen Ermittlungen befasse ich mich nicht, weil ich mir grandiose geistige Anregungen erhoffe», fauchte ich, «sondern um einer Freundin zu helfen.»

«Nun, man kann gar nicht anspruchsvoll genug sein. Aber vielleicht komme ich doch noch rechtzeitig nach Hause, um das Hämoglobin-Experiment zu wiederholen. Oh, ich glaube, jetzt haben Sie Mr. Sylvesters Haus gefunden.»

Der Pfad führte unter einem anderen Zaun hindurch zu einem kleinen steinernen Farmhaus, das ziemlich trostlos aussah. Nirgends war ein Lebenszeichen zu entdecken, niemand beantwortete unseren Ruf. Justinian geleitete uns zu einem kleinen Räucherhaus, das etwas abseits stand und duftende Schwaden verströmte. Die Nase an eine Ritze gedrückt, winselte er ärgerlich. Ich öffnete die Tür, und im verrauchten Dunkel sah ich drei Schinkenkeulen und den Teil einer vierten.

Zufrieden zog ich mein Messer aus der Tasche, schnitt ein großes Stück ab und warf es vor Justinian auf den Boden. «Kluger Hund!» Ich streichelte ihn und riß hastig die Hand zurück, als er mich anknurrte. «Dummer Hund! Glaubst du vielleicht, ich würde dir ein Stück Schinken geben und dir's dann wieder wegnehmen?»

«Wo wollen Sie denn nach der Geldkassette suchen, Russell?»

«Wahrscheinlich ist sie an irgendeinem schwer zugänglichen Ort versteckt, zum Beispiel zwischen den Deckenbalken des Räucherhauses oder in der Grube unter der Toilette. In dieser Hinsicht wird der Dieb weder Phantasie noch Intellekt beweisen. Ich gebe zu, es war eine hübsche Idee, die Schinkenkeulen in einem richtigen Räucherhaus zu verbergen, das sogar in Betrieb ist, aber dahinter steckt wohl eher ein gesunder krimineller Instinkt als messerscharfer Verstand. Sogar ein Ermittler aus der Großstadt wird sich wundern, wenn er bei den sterblichen Überresten eines Schweins zwei Paar Hinterkeulen findet, aber weder Speck noch Schweinsfüße.»

«Ja», seufzte er. «Mein Leben lang wurde ich von Verbrechern geplagt, die über gewisse Instinkte, aber keinen Verstand verfügten. Diesen hier überlasse ich Ihnen. Setzen Sie Ihre Suche fort, ich hole inzwischen den Fahrer. Soll ich Ihnen das Haus aufschließen, bevor ich gehe?» fragte er höflich und hielt einen Ring hoch, an dem mehrere Dietriche baumelten.

«Ja, bitte.» Die Geldkassette fand sich weder zwischen den Deckenbalken des Räucherhauses noch in der stinkenden Senkgrube. Sie hing auch nicht im Brunnen, und unter dem Bett des Mannes schaute ich ebenso vergeblich nach wie auf dem Dachboden und unter losen Bodenbrettern. Der Chauffeur, in einen Groschenroman vertieft, wartete das Ende meiner Nachforschungen bereitwillig ab, aber es wurde immer später. Holmes und ich trafen uns in der winzigen Küche, wo sich schmutziges Geschirr stapelte. Am Vorabend hatte Sylvester Bohnen gegessen, und die verkrustete Pfanne stand auf der Anrichte. Eine Schüssel im Schrank enthielt den Rest der vierten Schinkenkeule, an der sich mehrere Fliegen erfreuten.

«Bei seinem Verbrechen ist er nicht allzu schlau vorgegangen, aber er hat das Geld gut versteckt», meinte ich.

«Ja, nicht wahr? Mrs. Whiteneck sagte doch, er habe kurz nach sieben frei. Jetzt ist es halb sieben, also muß das Automobil verschwinden. Wenn ich einen Vorschlag machen darf – wir sollten den Chauffeur mit einer Nachricht zu unserem guten Constable schicken, dessen Anwesenheit gegen halb acht vorteilhaft wäre.»

«Vielleicht ein bißchen später. Sylvester braucht mindestens zwanzig Minuten, um vom Gasthaus hierherzuradeln. Es wäre ungünstig, wenn ihn die Polizei auf seinem Heimweg überholen würde.»

«Da haben Sie recht, Russell. Also, dann um sieben Uhr fünfundvierzig. Nun werde ich dem Fahrer eine schriftliche Nachricht für Constable Rogers geben.»

«Und er soll Justinian zu Mrs. Barker zurückbringen. Jetzt steht der ruhmreichen Heimkehr des Hundes nichts mehr im Wege.»

Das Automobil fuhr davon, und Holmes verschwand in einem der Nebengebäude. Bald tauchte er wieder auf, einen rostigen Meißel und einen Hammer in den Händen, und näherte sich der offenen Haustür.

«Was haben Sie vor, Holmes?» fragte ich, und er blieb abrupt stehen. «Verzeihen Sie, Russell, ich vergaß mich selbst. Alte Gewohnheiten lassen sich nur schwer ablegen. Ich werde die Sachen einfach zurückbringen.»

«Warten Sie, Holmes, ich habe ja nur gefragt.»

«Ah ... Nun, gelegentlich zog ich meinen Nutzen aus der Tatsache, daß eine Person sofort nach ihrem kostbarsten Besitz greift, wenn sie ihn bedroht glaubt. Zweifellos haben Sie andere Pläne. Entschuldigen Sie meine Einmischung.»

«Nein, nein, das ist wunderbar. Tun Sie nur, was Sie für richtig halten, Holmes.» Ich schaute zu, während er die Küchentür geschickt mit einem Dietrich versperrte und dann Hammer und Meißel benutzte, um das Schloß in einem Splitterhagel zu zertrümmern. Dann brachte er die Werkzeuge dorthin zurück, wo er sie gefunden hatte.

Ich betrat die Küche, zog vier altbackene Brötchen aus einer Tüte, die auf dem Tisch lag, ging wieder ins Räucherhaus und schnitt ein paar Scheiben von einer gestohlenen Schinkenkeule ab, die noch nicht die Hälfte aller Fliegen von Sussex ernährt hatte.

Normalerweise esse ich kein Schweinefleisch, beschloß aber diesmal, eine Ausnahme zu machen. Ich wischte einen Schmutzfleck von der fettigen Oberfläche, belegte die Brötchen mit Schinken, betrachtete nachdenklich meine Hand, dann wieder den Schinken, dann den Boden. «Holmes!» rief ich.

«Haben Sie was gefunden, Russell?»

«Ist Senilität ansteckend, Holmes? Wenn ja, hat's uns beide erwischt.»

«Wie bitte?»

«Dieser Schinken wurde auf rotem Lehm deponiert, und eine Schuhsohle beförderte rötliche Spuren auf den Boden des Räucherhauses. Wäre es nicht eine gute Idee, den Lehm genauer zu erforschen? Da ist ein Sandwich. Leider gibt's kein Bier dazu.»

«Moment mal.» Holmes ging durch die aufgebrochene Küchentür, und nach einem dumpfen Krach und dem Geräusch splitternden Glases kehrte er mit einer großen Flasche Bass Ale und zwei Bechern zurück, die er am Brunnen ausspülte. «Gehen wir?»

Wir trugen unser Picknick einen Berghang in der Nähe des Hauses hinauf und entdeckten rote Lehmklumpen neben mehreren hoch aufragenden Felsbrocken. Inzwischen war es nach neunzehn Uhr, und es würde einige Zeit dauern, über die Klippen zu klettern und nach der versteckten Geldkassette zu suchen. Wir inspizierten den Boden und sahen deutliche Fußspuren. Alle paßten zu dem Stiefelabdruck auf dem Teppich des Gasthauses. Rote Flecken führten an einem Felsblock hinauf. Ich biß in das trockene Sandwich und schnitt eine Grimasse. «Überlassen wir es lieber ihm, die Geldkassette da herunterzuholen, Holmes. Jetzt möchte ich erst mal diesen Schinken genießen und was trinken.»

«Der Schinken schmeckt sehr gut, obwohl er zweimal geräuchert wurde. Vielleicht könnten wir Mrs. Whiteneck veranlassen, uns ein bißchen was von ihren Keulen abzugeben, zum Lohn für unsere Hilfe. Ich glaube, Russell, wenn wir uns zwischen diesen Sträuchern postieren, können wir das Haus und den Hang unbemerkt beobachten.»

Genau das taten wir. Holmes öffnete die Flasche, und wir nahmen unseren Imbiß ein. Bald erschien der Mann, den wir erwarteten, radelte flink die Straße herab und durch sein Gatter. Alles Weitere ereignete sich so folgerichtig wie der wohlkonstruierte Zusammenbruch von Dominosteinen, ausgelöst von dem zerbrochenen Schloß an der Hintertür. Während unserer Mahlzeit spähten wir zwischen den Blättern zu Sylvester hinüber, der zunächst entsetzt vor seiner Tür stand und dann in der Küche verschwand, wo er alle Anzeichen einer rücksichtslosen Durchsuchung erblickte. Bald stürmte er wieder aus dem Haus und rannte den Hang herauf, in unserer Richtung. Das Gesicht hochrot und schweißnaß, kletterte er über die Felsen, und ich zuckte zusammen, als er hinfiel und sich das Schienbein aufschürfte. Schließlich lag er lang ausgestreckt auf dem Bauch und griff zwischen zwei große Felsen. Wir sahen, wie sich sein ganzer Körper entspannte, als er die Kassette berührte.

«Komm schon», murmelte Holmes. «Sei ein guter Junge, bring das Ding runter, und erspar uns die Kletterei. Ah, sehr gut, und ich dachte schon, du willst nur wieder damit spielen.»

Die Kassette ungeschickt an die Brust gepreßt, kroch Sylvester langsam die Klippen herunter. Einmal stürzte er beinahe ab, und mein Atem stockte, während ich auf das Geräusch brechender Knochen und verstreuter Münzen wartete. Aber er fand sein Gleichgewicht wieder, erreichte mit einem blutigen Knie den Fuß der Felswand. Freudestrahlend trottete er zum Haus, die schwere Kassette in den Armen. Holmes und ich leerten die Bierflasche, dann folgten wir ihm.

«Russell, ich glaube, jetzt brauchen Sie Verstärkung. Ich warte hier, und Sie laufen zur Straße und holen Constable Rogers. Aber seien Sie leise.»

«Die Hunde der Barkers mögen auf mich hören, aber Constable Rogers sicher nicht. Wenn er wirklich hierherkommen soll, müssen *Sie* ihn dazu bringen.»

«Hm, da haben Sie vielleicht recht. Aber wenn Sie hierbleiben, dürfen Sie sich Mr. Sylvester auf keinen Fall nähern. Wenn er weggeht, folgen Sie ihm in diskretem Abstand. Alle Ratten, die in die Enge getrieben werden, beißen gern. Also keine Heldentaten, Russell!»

Ich beteuerte, es sei keineswegs meine Absicht, mich ganz allein auf den Mann zu stürzen, und wir trennten uns. Lautlos schlich ich hinter das Räucherhaus, zu einer Stelle, von der aus ich Sylvester beobachten konnte, falls er zum Fluß flüchtete. Um mir die Zeit zu vertreiben, hob ich ein paar Steine auf und jonglierte mit ihnen – eine Kunst, die ich regelmäßig übte. Gerade war es mir gelungen, fünf Steine auf einmal durch die Luft zu wirbeln, als etwas Unsichtbares, Unhörbares eine blitzschnelle Folge anderer Ereignisse in Gang setzte.

Die ersten Anzeichen waren scharrende und dumpfe Geräusche aus dem Inneren des Hauses. Die Küchentür sprang auf, und der junge Dieb raste mit verängstigtem Gesicht heraus. Geldscheine flatterten hinter ihm her, wie Herbstblätter. An der Vorderseite des Hauses erklangen Schreie und schwere Schritte, aber Sylvester war schnell und hatte einen beträchtlichen Vorsprung. Er sauste an mir vorbei, und ohne lange zu überlegen, griff ich einen Stein aus der Luft, den ich hinter dem Flüchtling herschleuderte. Ich traf seine Wade, und der Schmerz mußte ihn momentan betäubt haben, denn er sank wie ein Kartoffelsack zu Boden. Als ich einen weiteren Stein aufhob, erschienen Holmes und Rogers, und ich brauchte mich nicht mehr zu bemühen.

■

An diesem Abend speisten wir in Mrs. Whitenecks Lokal. Holmes bestellte Schinken, ich nahm Hammelfleisch mit Milchsauce. Dazu gab es kleine Kartoffeln und glacierte Möhren und verschiedene andere Köstlichkeiten aus der guten Erde von Sussex. Umsichtig und ohne großes Getue bediente uns die Wirtin, dann zog sie sich zurück.

Nach der Mahlzeit lehnte ich mich zurück und seufzte glücklich. «Danke, Holmes, das hat großen Spaß gemacht.»

«Sie finden also Gefallen an so einem ländlichen Detektivspiel ohne Finessen?»

«O ja. Ich bezweifle zwar, daß ich mein Leben mit solchen Aktivitäten verbringen werde, aber als schlichter ländlicher Klamauk an einem Sommertag ist so etwas durchaus vergnüglich, finden Sie nicht auch?»

«Vor allem als Training, Russell. Sie haben die Ermittlungen auf höchst professionelle Weise durchgeführt.»

«Oh, vielen Dank, Holmes.» Meine Freude über dieses Lob war geradezu lächerlich.

«Übrigens, wo haben Sie gelernt, Steine so zielsicher zu werfen?»

«Mein Vater dachte, alle jungen Damen müßten Steine werfen und schnell wie der Wind laufen können. Von manierierter mädchenhafter Unbeholfenheit hielt er nichts. Er begeisterte sich für viele Sportarten, und im Sommer vor dem – Unfall versuchte er, in San Francisco das Kricketspiel populär zu machen. Ich sollte sein Werfer werden.»

«Formidabel», murmelte mein Tischgenosse.

«Genauso dachte er auch. Eine nützliche Fertigkeit, das müssen Sie zugeben. Irgendwo findet man immer ein paar Steine, die man als Waffen gegen Übeltäter verwenden kann.»

«*Quid erat demonstrandum.* Wie auch immer, Russell ...» Er fixierte mich mit eisigen Augen, und ich wappnete mich gegen eine vernichtende kritische Tirade, aber er sagte nur: «Was das Hämoglobin-Experiment betrifft ...»

BUCH ZWEI

Praktikum

Die Senatorentochter

5

Zigeunerleben

Man muß sie packen, gefangennehmen, wegbringen …

Der Monk's-Tun-Fall war, wie gesagt, ein Jux – eigentlich gar kein richtiger Fall, und sogar einem eingefleischten Romantiker wie Watson wäre es schwergefallen, eine spannende Geschichte daraus zu zaubern. Irgendwann hätte die Polizei den Übeltäter auch ohne meine Mithilfe geschnappt. Außerdem konnte der Diebstahl von dreißig Guineen und vier Schinkenkeulen nicht einmal in jenen Tagen chronischer Lebensmittelknappheit für *Times*-Schlagzeilen sorgen.

Aber trotz aller weiterer aufregender Ereignisse blieb jener Fall besonders deutlich in meiner Erinnerung haften, aus dem einfachen Grund, weil Holmes mir damals zum erstenmal freie Hand ließ und mir erlaubte, meine eigenen Entscheidungen zu treffen und die Initiative zu ergreifen. Wie ich schon an jenem Tag erkannte, wäre die Sache nicht von *weltbewegender* Bedeutung gewesen, hätte ich erneut die Rolle einer Hilfskraft übernommen. Doch meine geheime Genugtuung über meine Eigenständigkeit begleitete mich noch lange. Nur eine Bagatelle – aber von *mir* bewältigt...

Fünf Wochen später wurden wir mit einem Fall konfrontiert, der die Monk's-Tun-Episode in die richtige Perspektive rückte. Die Entführung einer amerikanischen Senatorentochter war keine Bagatelle, sondern von internationaler Bedeutung – dramatisch und sensationell, ein klassischer Holmes-Fall, wie ich ihn noch nie beobachtet hatte, von meiner Mitwirkung gar nicht zu reden, geschweige denn als Protagonistin. Dieser Fall führte mir den Zweck meiner jahrelangen, eher zwanglosen Ausbildung vor Augen, der *raison d'être* jener Persönlichkeit, zu der Sherlock Holmes sich entwickelt hatte, und die dunkleren Seiten seines Lebens.

Dieser Fall band uns viel enger aneinander als meine Lehrzeit, wie zwei Überlebende einer Naturkatastrophe, die für den Rest ihrer Tage untrennbar vereint bleiben. Dadurch wurde ich selbstsicherer und paradoxerweise auch vorsichtiger, nachdem ich nur zu deutlich gemerkt hatte, wie fatal sich meine manchmal unbedachten Aktionen auswirken konnten. Holmes änderte seine Einstellung ebenfalls, als er die Resultate meines jahrelangen halb spielerischen, halb zielstrebigen Trainings sah. Nun erkannte er die Kräfte, die er nach unserer Zufallsbegegnung in mir geweckt hatte. Und seine Neueinschätzung der Fähigkeiten, die ich entfaltete, wenn ich in der Schußlinie stand, beeinflußte vier Monate später seine Entscheidungen, als sich der Himmel über unseren Köpfen öffnen sollte.

Beinahe hätte ich den Fall versäumt. Noch heute läuft mir ein Schauer über den Rücken, wenn ich an den Dezember ohne die gemeinsamen Erlebnisse im vorangegangenen August denke. Denn nur die Grundfeste des Vertrauens, während unseres Aufenthalts in Wales entstanden, ermöglichte unsere Partnerschaft im darauffolgenden Dezember. Hätte ich den Simpson-Fall verpaßt, wäre Holmes einfach in der dünnen Sommerluft verschwunden (wie er es bei zahlreichen anderen Fällen getan hatte). Er hätte mir nicht gestattet, ihm weiterhin zu assistieren. Und Gott allein weiß, was sich ereignet hätte, wären wir der Dezemberkälte unvorbereitet und machtlos ausgeliefert worden. Aber ich will den Ereignissen im Winter nicht vorgreifen und zunächst die Geschichte der Simpsons erzählen.

▪

In glühendheißer Mittagshitze war die letzte Wiese bis zum Rand gemäht worden, und unsere erschöpften Leute schleppten sich schwerfällig nach Hause. In diesem Jahr wurde die gute Laune und fröhliche Kameradschaft der freiwilligen Helferinnen von einem Mann getrübt, der unserem Team angehörte. Der schweigsame, stocksteife Bursche, der an einer Kriegsneurose litt, tat selber nicht viel, hielt uns aber allein durch seine deprimierende Gegenwart zur Arbeit an. Dank ihm erledigten wir unser Pensum an jenem 18. August noch vor zwölf Uhr.

Ich trottete nach Hause, verschlang in Patricks Küche wortlos eine riesige Mahlzeit und wollte am liebsten für mindestens zwanzig Stunden ins Bett sinken. Statt dessen ging ich ins Bad, legte den schmutzigen Kittel ab, der die freiwilligen Feldarbeiterinnen kennzeichnete, und schrubbte die Kruste aus Staub und Schweiß von meiner Haut. Körperlich war ich müde, aber ich schwelgte voll innerer Kraft, im beglückenden Gefühl der Freiheit, das man nach vollbrachter harter Arbeit empfindet. Und so schwang ich mich auf mein Fahrrad, ließ die frischgewaschenen feuchten Haare hinter mir im Wind wehen und fuhr zu Holmes.

Langsam radelte ich die Zufahrt zum Cottage hinauf. Plötzlich hörte ich ein bemerkenswertes Geräusch, verzerrt von den Steinwällen zu beiden Seiten. Musik, wie sie nie zuvor aus Holmes' Haus gedrungen war, ein fröhliches Tanzstück, aufmunternd und völlig unerwartet ... Ich trat schneller in die Pedale, fuhr um das Haus herum zur Küchentür und eilte hinein. Die Melodie lockte mich auf die Schwelle des Wohnzimmers. Zunächst erkannte ich den dunkelhäutigen, schwarzhaarigen Exoten nicht, der eine Geige unter das Kinn mit dem zwei Tage alten Stoppelbart klemmte. Unbehagen glitt über das vertraute Gesicht, gefolgt von einem verwegenen Grinsen, das den goldenen linken Schneidezahn entblößte. Ich ließ mich nicht zum Narren halten, denn ich hatte die ursprüngliche Reaktion auf meinen unerwarteten Besuch beobachtet und war sofort auf der Hut. «Holmes, erzählen Sie mir nicht, der Pfarrer würde einen Zigeunergeiger fürs Dorffest brauchen.»

«Hallo, Russell», begrüßte er mich betont beiläufig. «Welch ein unverhofftes Vergnügen! Ich bin froh, daß Sie zufällig vorbeikommen, denn nun kann ich's mir sparen, Ihnen einen Brief zu schreiben. Könnten Sie mein Pflanzenexperiment überwachen? Nur für einige Tage. Es ist nicht besonders kompliziert ...»

«Was ist los, Holmes?» Er benahm sich viel zu unschuldig.

«Nichts, ich muß nur für ein paar Tage weg.»

«Sie haben einen Fall übernommen?»

«Ach, kommen Sie schon, Russell ...»

«Warum darf ich nichts davon wissen? Und reden Sie mir bloß nicht ein, Sie müßten Regierungsgeheimnisse hüten!»

«Es ist tatsächlich ein Geheimnis, und ich sehe mich außerstande, Ihnen irgend etwas zu verraten. Vielleicht später. Aber ich brauche Sie wirklich für ...»

«Zum Teufel mit Ihren Pflanzen, Holmes!» fiel ich ihm erbost ins Wort. «Dieses Experiment ist völlig unwichtig.»

«Russell!» rief er gekränkt. «Ich verlasse meine Pflanzen nur, weil mich jemand darum gebeten hat, dem ich keinen Korb geben kann.»

«Holmes!» warnte ich ihn. «Sie sprechen mit Russell, nicht mit Watson oder Mrs. Hudson. Ich lasse mich nicht von Ihnen einschüchtern, und ich frage Sie, warum Sie sich einfach davonschleichen wollten, ohne mich zu informieren.»

«Davonschleichen? Ich sagte doch, es würde mich freuen, daß Sie zufällig vorbeikommen.»

«Glauben Sie etwa, ich wäre blind? Sie haben sich verkleidet, bis auf die Schuhe, und da drüben in der Ecke steht eine gepackte Reisetasche. Also wiederhole ich – was ist los?»

«Tut mir leid, bei diesem Fall muß ich auf Ihre Mitarbeit verzichten.»

«Warum?» Nun wurde ich richtig wütend, ebenso wie er.

«Weil ich Sie nicht in Gefahr bringen möchte, verdammt noch mal!»

Ich starrte ihn an, dann hörte ich voller Genugtuung, wie ruhig und kühl meine eigene Stimme klang. «Mein lieber Holmes, ich werde so tun, als hätten Sie das nicht gesagt. Jetzt gehe ich für etwa zehn Minuten in Ihren Garten und bewundere die Blumen. Wenn ich zurückkomme, beginnen wir dieses Gespräch noch mal von vorn. Und falls Sie weiterhin Wert auf unsere Freundschaft legen, wird Ihnen der Gedanke, Sie müßten die kleine Mary Russell beschützen, nie wieder in den Sinn kommen.»

Und so schlenderte ich hinaus, schloß leise die Tür hinter mir, unterhielt mich mit Will und den beiden Katzen. Dann jätete ich ein bißchen Unkraut, hörte neue Geigenklänge, diesmal eine klassische Melodie, und zehn Minuten später betrat ich wieder das Haus.

«Guten Tag, Holmes. Wie schick Sie angezogen sind! Ich persönlich würde keine orangegelbe Krawatte zu einem Hemd in diesem auffallenden Rot tragen, aber es wirkt sehr originell. Also, wohin soll unsere Reise führen?»

Er musterte mich mit halbgeschlossenen Augen, während ich lässig, die Arme vor der Brust verschränkt, in der Tür stand. Schließlich schnaufte er und verstaute die Geige in ihrem schäbigen Kasten. «Nun gut, Russell. Vielleicht bin ich verrückt, aber wir wollen's versuchen. Haben Sie in der Zeitung von der Simpson-Entführung gelesen?»

«Vor ein paar Tagen überflog ich einen Artikel. Ich half Patrick bei der Heuernte und hatte wenig Zeit.»

«Offensichtlich. Schauen Sie sich das an, während ich Ihre Tarnung vorbereite.» Er gab mir einige *Times*-Ausgaben und verschwand in seinem Labor.

Ich sortierte die Zeitungen nach den Erscheinungsdaten. Die erste, vom 10. August, enthielt einen kurzen Bericht auf einer hinteren Seite, den Holmes eingekreist hatte. Es ging um den amerikanischen Senator Jonathan Simpson, der mit seiner Frau und der sechsjährigen Tochter in Wales Ferien machte. Der nächste Artikel war drei Tage später erschienen, und die Schlagzeile auf der ersten Seite lautete: *Senatorentochter entführt! Hohe Lösegeldforderung!* Die Simpsons hatten eine getippte Mitteilung bekommen, daß das Mädchen gefangengehalten würde und sie eine Woche Zeit hätten, um zwanzigtausend Pfund aufzubringen. Falls sich der Senator an die Polizei wandte, würde das Kind sterben. Wieso die Zeitung informiert war und wie das Ehepaar Simpson den Fall vor der Polizei geheimhalten sollte, nachdem man ihn auf einer Titelseite breitgetreten hatte, wurde nicht erklärt. Der Neuigkeitswert der Story verblaßte allmählich, und in der heutigen Ausgabe, fünf Tage nach der dicken Schlagzeile, fand ich das körnige Foto zweier verhärmt aussehender Personen auf einer hinteren Seite – die Eltern.

Die Zeitungen in den Händen, öffnete ich mit einer Schulter die Labortür, wo Holmes irgendwelche Essenzen abmaß, zusammenschüttete und verrührte. «Wer hat Sie hinzugezogen?»

«Offenkundig bestand Mrs. Simpson auf meiner Mitarbeit.»

«Darüber scheinen Sie sich nicht zu freuen.»

Er schmetterte eine Pipette auf den Tisch, die natürlich zerbrach. «Wie sollte ich auch? Halb Wales hat den Berghang zu Matsch zertreten, die Spur ist eine Woche alt, es gibt keine Anhaltspunkte, niemand hat irgendwen gesehen, die Eltern sind hysterisch. Und da kein Mensch weiß, was nun geschehen soll, beschloß man, den Wunsch der Frau zu erfüllen und den alten Holmes einzuspannen – den großen Zauberer.» Mürrisch begutachtete er seinen blutigen Finger, auf den ich eilig ein Pflaster klebte. «Die Leute, die Watsons Gefasel gelesen haben, ahnen selbstverständlich nichts von meinen Fehlschlägen. Aber ich kenne diese Fälle, die einem den Schlaf rauben, ich weiß, wie sie anfangen, und bei diesem erkenne ich schon jetzt alle entsprechenden Anzeichen. Der stinkt geradezu nach einem Mißerfolg, und ich möchte nicht mal in der Nähe von Wales sein, wenn man die Kinderleiche findet.»

«Lehnen Sie den Fall doch ab.»

«Das kann ich nicht. Immerhin besteht die Möglichkeit, daß jemand etwas übersehen hat, das diesen alten Augen sofort auffallen wird.» Sein zynisches Gelächter klang messerscharf. «Das wäre ein gefundenes Fressen für Watsons Notizen – Holmes vertraut auf sein Glück. Setzen Sie sich, Russell, ich will Ihnen dieses Zeug aufs Gesicht schmieren.»

Es war grauenhaft – warm und schwarz und schleimig, wie irgend etwas, das ein Hund unter sich läßt, und es mußte in die Ohren, um Nase und Mund herum gekleistert werden. Aber ich saß reglos da.

«Wir mimen ein Zigeunerpaar», erklärte Holmes. «In Cardiff erwartet uns ein Wohnwagen mit einem Pferd. Den habe ich schon bestellt. Eigentlich wollte ich einen Fahrer engagieren, aber da Sie mit Patricks Gespann geübt haben, können Sie das übernehmen. Sie haben in Oxford wohl keine nützlichen Kenntnisse erworben, zum Beispiel auf dem Gebiet der Wahrsagerei?»

«Ein Mädchen, das ein Stockwerk unter mir wohnt, schwärmt für Tarot. Wahrscheinlich würde es mir gelingen, diese Fachsprache zu imitieren. Außerdem kann ich als Jongleur auftreten.»

«Im Schrank liegt ein Kartenpäckchen ... Halten Sie doch still! Ich habe Scotland Yard versprochen, ich würde morgen in Cardiff eintreffen.»

«Die Entführer schrieben den Simpsons doch, das Lösegeld müsste binnen einer Woche beschafft werden. Was wollen Sie denn in zwei Tagen erreichen?»

«Die Galgenfrist wurde nur pro forma gestellt, ebenso wie die Forderung, die Polizei müsse da rausgehalten werden. Niemand nimmt solche Druckmittel ernst, am allerwenigsten die Kidnapper. Bis zum 1. September haben wir Zeit. Senator Simpson versucht, das Geld aufzutreiben, aber er wird beinahe pleite gehen», fügte er besorgt hinzu und strich den ekligen Brei auf meine Lider. «Nicht einmal ein mächtiger Senator wie Simpson ist automatisch reich.»

«Also fahren wir nach Wales. Glauben Sie, daß das Kind noch dort ist?»

«Die Gegend liegt sehr abgeschieden. Niemand hörte nach Einbruch der Dunkelheit ein Automobil, und bereits um sechs Uhr morgens sperrte die Polizei alle Straßen. Diese Straßensperren existieren immer noch, aber Scotland Yard, die walisische Polizei und die Amerikaner glauben, das Mädchen wäre in London. Dort tummeln sich jetzt die Beamten, und damit die Simpsons nicht hinkommen und ihnen im Weg herumstehen, schicken sie uns nach Wales. Deshalb werden wir da einigermaßen freie Hand haben. Ja, ich nehme an, das Kind befindet sich noch in Wales, und nicht nur das, es dürfte nicht weiter als zwanzig Meilen von der Stelle entfernt sein, wo es verschwunden ist. Ich sagte doch, Sie sollen stillhalten!» mahnte er. Nun verteilte er die Paste auf einem meiner Ohren, so daß ich sein Gesicht nicht sah.

«Wenn das stimmt, sind der oder die Entführer eiskalte Typen.»

«Allerdings. Und sehr vorsichtig. Die Lösegeldforderung wurde auf billigem Papier getippt, mit einer gebräuchlichen, drei oder vier Jahre alten Schreibmaschine, in ein gewöhnliches Kuvert geschoben und auf einem stark frequentierten Londoner Postamt abgeschickt. Keine Fingerabdrücke. Grausige Rechtschreibung, Wortwahl und Zeichensetzung sehr dürftig. Ein präzises Layout. Fünfmal die Leertaste am Anfang aller Absätze. Und der Brief muß von jemandem getippt worden sein, der einige Erfahrung im Maschineschreiben besitzt. Das verrät die Stärke des Drucks, der auf die Tasten ausgeübt wurde. Der schlechte Stil ist reine Augenwischerei, Russell. Hinter der Sache steckt ein kluger, gebildeter Kopf, kein schwachsinniger Gelegenheitsgauner.»

Wie ich Holmes' Tonfall entnahm, verlor sein Entsetzen über das Verbrechen den Kampf gegen seine naturgegebene Freude an solch komplizierten Fällen. Ich schwieg, und er trug den scheußlichen Brei auf meinen Händen und Armen auf.

«Deshalb dürfen wir kein Risiko eingehen», fuhr er fort, «und niemals mit schwachen Punkten auf seiten der Entführer rechnen. Unsere Tarnung gilt von dem Moment an, wo wir durch diese Tür da drüben gehen, und darf keine Sekunde lang außer acht gelassen werden. Wenn Sie das nicht durchhalten, sagen Sie's jetzt gleich, denn ein einziger kleiner Ausrutscher kann das Leben des Kindes aufs Spiel setzen. Gar nicht zu reden von den politischen Komplikationen, die entstehen würden, wenn das Kind eines geschätzten und etwas widerwilligen Repräsentanten unserer Verbündeten auf englischem Grund und Boden für immer verschwände ...»

Jetzt klang seine Stimme ganz sanft, aber als er mir in die Augen blickte, zitterte ich beinahe vor ihm. Das war kein Spiel, in dem ich Ratnakar Sanjis Turban um meinen Kopf schlang, meinen Varieté-Akzent zum besten gab und schlimmstenfalls eine Verweisung aus Oxford riskierte. Die Strafe für einen Mißerfolg in dieser besonderen Rolle konnte der Tod eines Kindes sein. Auch

Holmes' und mein eigenes Leben wurden gefährdet. Es wäre ein leichtes gewesen, aus dem Projekt auszusteigen. Aber dann fragte ich mich, ob ich je wieder den Mut zu einem solchen Wagnis aufbringen und gleichzeitig die Gelegenheit finden würde, ihn zu beweisen. Ich schluckte und versicherte, ich würde es schaffen.

Holmes stellte das Becherglas, das die widerliche Paste enthielt, auf den Tisch, und dort sollte es uns unberührt erwarten, wenn wir mit müden Augen zurückkehren würden. «Hoffentlich verstopft es nicht wieder den Abfluß. Baden Sie jetzt, und spülen Sie Ihr Haar mit diesem Zeug da.»

Eine Flasche mit zähflüssigem schwarzem Färbemittel in der Hand, ging ich den Korridor hinab zum Bad. Etwas später blickte mir eine junge Frau mit rabenschwarzem Haar, milchkaffeebrauner Haut und exotischen blauen Augen entgegen, in mehrere voluminöse Röcke aus Holmes' Truhen gehüllt. Bunte Tücher umschlangen meinen Oberkörper, ein Gewirr aus vergoldeten Ketten und funkelnden falschen Edelsteinen klirrte an meinem Hals und den Handgelenken. Ich setzte meine Brille auf, um mein neues Erscheinungsbild genauer zu studieren, aber sie wirkte zu gelehrt, und so vertauschte ich sie mit einer, deren leichtgetönte Gläser in einem dicken Goldgestell steckten. Die paßte besser zu dem Tand, mit dem ich mich behängt hatte. Ich trat zurück, um ein verführerisches, strahlendes Lächeln auszuprobieren, brachte aber nur ein albernes Kichern zustande.

«Glücklicherweise hat Mrs. Hudson heute ihren freien Tag», lautete Holmes' einziger Kommentar, als ich ins Wohnzimmer rauschte. «Setzen Sie sich. Mal sehen, wie Sie mit diesen Tarotkarten umgehen können.»

Nach Einbruch der Dunkelheit fuhren wir mit dem letzten Abendzug nach Osten. Vom Cottage aus hatte ich meine Tante angerufen und ihr mitgeteilt, ich würde ein paar Tage bei meiner Freundin Lady Veronica in Berkshire verbringen. Ihre Großmutter sei soeben gestorben, und sie brauche meinen Beistand. Vor einer Woche würde ich nicht zurückkommen. Inmitten schriller Klagen und Proteste hatte ich eingehängt. Bei meiner Heimkehr würde ich mich mit dem Zorn meiner Tante auseinandersetzen müssen, aber wenigstens komplizierte sie die Situation nicht, indem sie die Polizei auf ihre vermißte Nichte hetzte.

Am Bahnhof stiegen wir aus dem ächzenden Omnibus und trugen unser umfangreiches Gepäck zum Fahrkartenschalter. Ich nahm die Brille von der Nase und steckte sie in die Tasche, sonst hätte mich der vertraute Seaford-Beamte womöglich zweimal angeschaut. Aber sogar mit halbblinden Augen bemerkte ich unverhohlene Mißbilligung in seinem Gesicht, die nur von seinen professionellen Manieren gezügelt wurde. «Ja, Sir?» fragte er.

«Nach Bristol, erster Klasse», murmelte Holmes.

«Erster Klasse? Tut mir leid, da gibt's nichts Passendes. Aber Sie werden die zweite Klasse so spät abends sehr komfortabel finden.»

«Nein, es muß die erste sein. Meine Tochter hat Geburtstag und will erster Klasse fahren.»

Der Beamte musterte mich, und ich lächelte scheu (was ungefähr so gewirkt haben mußte wie Schulmädchenzöpfe an der Dame des Hauses während einer großen Party, aber es schien ihn milder zu stimmen). «Nun, weil's der Nachtzug ist, finden wir vielleicht noch was. Aber Sie müssen im Abteil bleiben. Wandern Sie nicht herum, und belästigen Sie keine Fahrgäste.»

Holmes richtete sich zu seiner vollen Größe auf und starrte den Mann düster an. «Wenn die Leute uns nicht belästigen, werden wir sie auch nicht belästigen. Wieviel muß ich bezahlen?»

Schockierte Blicke wandten sich ab, als wir farbenfroh mit unseren diversen Taschen und Päckchen in den Waggon stiegen. Glücklicherweise hatten wir ein Abteil für uns allein. Ich öffnete den Aktenordner mit den schriftlichen Unterlagen, den Holmes mir gegeben hatte. Aber die stundenlange Arbeit im heißen Sonnenschein und die innere Anspannung verschworen sich gegen mich. Mein Begleiter mußte mich in Bristol wecken, wo wir nahe dem Bahnhof schäbige Hotelzimmer fanden und bis zum Morgen schliefen.

Der zweite Teil der Reise nach Cardiff verlief bei weitem nicht so luxuriös wie der erste. Holmes mußte mir aus dem Zug helfen, weil meine Beine, unter dem Gewicht des Gepäcks und von der Frau zusammengequetscht, die neben mir gesessen hatte, eingeschlafen waren. Als ich wieder gehen konnte, neigte er sein bärtiges Gesicht zu meinem Ohr und flüsterte: «Nun werden wir sehen, was Sie zustande bringen, Russell. Um halb zwölf sind wir mit den Simpsons in Chief Inspector Connors Büro verabredet. Es wäre eine schlechte Idee, einfach durch die Vordertür reinzugehen, das wäre zu auffällig, also lassen wir uns am besten verhaften. Seien Sie bitte so freundlich, und mißhandeln Sie Ihren Angreifer nicht allzu grob. Seine Knochen sind schon ziemlich alt.»

Nach diesen Worten ergriff er die zwei kleinsten Taschen, ging davon und überließ mir die restlichen vier sowie diverse Pakete. Ich verstand nicht ganz, was er vorhatte, geschweige denn, wen er mit dem Angreifer meinte, folgte ihm aber zum Ausgang des Bahnhofs, vorbei an einem uniformierten Polizisten, der die Menschenmenge beobachtete – uns zweifellos besonders aufmerksam.

An der Tür verdichtete sich das Gedränge, und Holmes blieb plötzlich stehen, um nicht auf ein Kind zu steigen. Ich stieß gegen ihn, ließ ein Päckchen fallen, und als ich es aufheben wollte, wurde ich von verschiedenen Füßen getreten, darunter grellbunte Zigeunerstiefel. Mit Hilfe von Schulter und Ellbogen kämpfte ich mich an das Gepäckstück heran, aber sobald ich danach griff, wurde ich gegen die Wand geschleudert, wo ich in einem Chaos aus Taschen und Paketen und weiten Röcken zu Boden sank. Über meinem Kopf schimpfte eine durchdringende Stimme. «Um Himmels willen, kannst du denn nicht auf deine Sachen aufpassen? Ich hätte deinen Bruder mitnehmen sollen, der kann wenigstens geradeaus gehen.»

Harte Finger umklammerten meinen Arm, zerrten mich hoch, aber da sie mich zu früh losließen, taumelte ich in eine Gruppe elegant gekleideter Gentlemen. Mehrere behandschuhte Hände bewahrten mich vor einem Sturz, und der Menschenstrom, der sich durch die Tür bewegte, geriet ins Stocken.

«Verdammt, Mädchen, du bist ja genau wie deine Mutter! Die fiel auch immer in die Arme fremder Männer. Komm her und pack deine Sachen zusammen!» Holmes entriß mich meinen Rettern und schob mich zu unserem Gepäck hinüber. Beim unsanften Zusammenprall mit der Mauer hatte mir der Schmerz Tränen in die Augen getrieben, und nun tastete ich blindlings nach den Henkeln der Taschen und den Schnüren, die unsere Pakete zusammenhielten. Empörtes Gemurmel protestierte gegen meine Mißhandlung, aber niemand versuchte, meinen *Vater* zurückzuhalten.

«Sie wollten mir doch nur helfen, Dad ...» Ich sah seine Hand zu mir herabsausen und versuchte ihr auszuweichen. Trotzdem landete sie klatschend auf meiner Wange. Die Arme über dem Kopf erhoben, drückte ich mich an die Wand und schrie herzzerreißend, als sein Schuh gegen die Reisetasche unter mir trat.

Endlich ertönte eine Polizeipfeife. «Hören Sie auf, Mann!» schrie die walisische Stimme der Autorität. «Welch eine Schande, dieses Kind zu schlagen!»

«Sie ist kein Kind mehr, und man muß ihr ein bißchen Verstand einbleuen.»

«Das werden Sie nicht tun, Mann, nein!» Der Beamte packte den Arm, den Holmes wieder emporgeschwungen hatte. «Das lassen wir nicht zu. Aufs Revier mit euch beiden! Mal sehen, ob das Ihr Temperament zügelt.» Er inspizierte mich etwas genauer, dann drehte er sich zu den eleganten Herren um. «Vielleicht sollten Sie mal in Ihren Taschen nachsehen, falls irgendwas fehlt.»

Zu meiner Erleichterung war alles vorhanden, obwohl ich es Holmes durchaus zugetraut hätte, die Glaubwürdigkeit der Vorgänge durch eine so realistische Aktion zu unterstreichen. Aber der Constable machte seine Drohung ohnehin wahr, und während Holmes und ich uns lautstark beschwerten, wurden wir in einen Polizeiwagen verfrachtet und weggebracht. Als wir drinnen saßen, schauten wir uns nicht an. Gelegentlich schniefte ich, um mein Grinsen zu überspielen.

Auf dem Revier packte ein anderer Beamter Holmes' Arm, den sein Kollege mit Handschellen gefesselt hatte, und führte ihn unsanft ab. Der junge Constable vom Bahnhof übergab mich einer matronenhaften Polizistin. Beide schienen nicht recht zu wissen, ob ich ein unschuldiges Opfer oder noch krimineller als mein Vater war. Und so kostete es mich gewaltige und zeitraubende Mühe, ihre Nerven zu strapazieren und mein Ziel zu erreichen, nämlich ein kurzes Gespräch mit Chief Inspector Connor zu führen. Schließlich stand ich vor der Tür, an der ein Messingschild seinen Namen verkündete. Die Matrone – sie hatte bestimmt ein stramm geschnürtes Korsett unter der Uniform – zischte mir mit verkniffenen Lippen zu, ich solle mich nicht von der Stelle rühren, und eilte ins Vorzimmer des Büros, um mit einer Sekretärin zu sprechen. Der starre Blick der Beamtin und die schockierte Musterung der Sekretärin kümmerten mich nicht. Ich war an Ort und Stelle, und das zwanzig Minuten nach zwölf.

Doch zu meiner Bestürzung schüttelte die Sekretärin den Kopf, zeigte auf eine geschlossene Tür und verweigerte mir ganz offensichtlich den Zugang zu dem Mann, der dahinter saß.

Aus einer meiner geräumigen Rocktaschen holte ich einen Bleistift und einen Zettel, und nach kurzer Überlegung schrieb ich den Namen des Kindes auf, dessen Schicksal uns hierhergeführt hatte. Ich faltete ihn dreimal zusammen und hielt ihn der Sekretärin ehrerbietig hin. «Es tut mir schrecklich leid, Miss, niemals würde es mir einfallen, den Chief Inspector zu stören, wenn ich nicht ganz genau wüßte, daß er mich sehen will. Bitte, geben Sie ihm das. Wenn er mich danach immer noch nicht empfangen möchte, werde ich widerstandslos verschwinden.»

Mißtrauisch betrachtete sie den zusammengefalteten Zettel, aber meine einigermaßen gehobene Ausdrucksweise schien sie zu überzeugen, denn sie öffnete die Tür zum Nebenraum. Die Stimmen dahinter verstummten, und ich hörte, wie sie in entschuldigendem Ton mein Anliegen vortrug. Ein abrupter, halberstickter Ausruf war die einzige Warnung, die ich erhielt, bevor ein kräftig gebauter, etwas älterer Mann – mit schütterem rotem Haar, in einem schlechtsitzenden Tweedanzug – aus dem Zimmer stürmte. Ein grandioses rollendes R bezeugte seine walisische

Herkunft. «Wäre der Pharao in Ägypten von Moses so geplagt worden wie ich von all den Störenfrieden dieser Welt, er hätte die Kinder Israels in seinem eigenen Wagen zu den Toren Jerichos gebracht. Hören Sie mal ...» Ein müdes, leuchtendblaues Augenpaar durchbohrte mich. «Wenn es Ihnen auch mit der Tücke und Raffinesse Ihrer Rasse gelungen ist, bis hierher vorzudringen ...»

Ich unterbrach seinen Wortschwall, indem ich leise, aber energisch einen Namen aussprach. «Sherlock Holmes.» Sein Kopf zuckte nach hinten, als hätte ich ihn geschlagen. Er trat einen Schritt zurück, musterte mich von Kopf bis Fuß, und es belustigte mich, seine Gedanken zu lesen: Nicht einmal ein weltberühmter Verkleidungskünstler könnte sich so tarnen wie die Person, die vor ihm stand.

Seine Augen verengten sich. «Und wieso wissen Sie von ...?» Er hielt inne, warf einen Blick auf die verwirrte Sekretärin und nahm dann meinen Arm. Er führte mich in einen anderen Raum, kleiner und schäbiger als sein Büro, was ich kurz gesehen hatte, mit drei Türen. Offenbar pflegte man in diesem Zimmer Verdächtige zu verhören. «Nun werden Sie mir erklären, was das alles soll!» befahl er und schloß die Tür.

«Mit Vergnügen», erwiderte ich honigsüß. «Wäre es Ihnen sehr unangenehm, wenn ich mich setzen würde?» Zum erstenmal schaute er mir genauer ins Gesicht, verblüfft über den gedehnten Oxford-Akzent aus dem Mund einer Zigeunerin, und ich erkannte, welch außerordentliche Wirkung eine Sprechweise ausübt, wenn sie nicht zur äußeren Erscheinung der betreffenden Person paßt. Er wies auf einen Stuhl, ich nahm Platz und wartete, bis er sich ebenfalls gesetzt hatte. Dann brachte ich mein Anliegen vor. «Danke. In einer Ihrer Zellen wird ein gewisser Roma-Gentleman festgehalten – mein ‹Vater›. Das ist der richtige Sherlock Holmes. Er wollte seine Mitarbeit am Simpson-Fall geheimhalten, und so beschlossen wir, den Treffpunkt sozusagen durch die Hintertür zu erreichen, statt dieses Revier durch den Haupteingang zu betreten. Ihre Beamten waren sehr höflich», beeilte ich mich, nicht ganz wahrheitsgemäß zu versichern.

«Tod und Teufel!» fluchte er mit gedämpfter Stimme. «Sherlock Holmes in Haft! Donaldson!» brüllte er. Hinter mir öffnete sich eine Tür. «Ich will den Zigeuner sehen, der auf dem Bahnhof festgenommen wurde. Bringen Sie ihn her! Sie persönlich!»

Connor verfiel in bedrückendes Schweigen, bis er sich plötzlich an die beiden Amerikaner in seinem Büro erinnerte und davonrannte. Ein paar Minuten lang vibrierte seine Stimme zwei Räume weiter, dann kam er ins Vorzimmer und sprach leise mit seiner Sekretärin. «Tee und Biskuits, Miss Carter. Bringen Sie bitte den Simpsons ein Tablett. Und drei Tassen da hinein. Ja, drei.» Wenig später saß er mir wieder gegenüber und faltete seine Hände auf der Tischplatte. «Wirklich komisch. Warum wurde mir nicht mitgeteilt ...» Er unterbrach sich und wechselte mit sichtlicher Anstrengung vom Walisischen ins Englische über. «Ich wußte nicht, daß ihn jemand begleitet.»

«Bis gestern wußte er es auch nicht. Ich heiße Mary Russell und bin in diesem Fall seine Assistentin.»

Seine Lippen gerieten etwas außer Kontrolle, aber durch Donaldsons und Holmes' Ankunft wurde er vor einer weiteren Konversation bewahrt. Der «Zigeuner» trug immer noch Handschellen, aber seine Augen funkelten. Er amüsierte sich köstlich, trotz der roten Striemen auf der dunklen Wange und der Schwellung am linken Mundwinkel. Connor schaute ihn entsetzt an. «Was ist mit seinem Gesicht passiert, Donaldson? Nehmen Sie ihm sofort die Handschellen ab!»

«Kein Problem, Inspector», beruhigte Holmes ihn mit rauher Stimme. «Die Jungs haben nur ihre Arbeit getan.»

Connor musterte ihn gründlich, dann wandte er sich seinem Sergeanten zu. «Mr. Donaldson, Sie gehen jetzt zu den Zellen und erklären diesen schlagkräftigen Kerlen, ich würde so etwas nicht mehr dulden. Was dieser Mann hier verbrochen oder heraufbeschworen haben mag – er wird nicht mehr mißhandelt. Verschwinden Sie jetzt!»

Miss Carter kam herein, während der Sergeant sich hastig entfernte, stellte ein Tablett mit drei Tassen und einem Biskuitteller auf den Tisch und hielt den Blick gesenkt, obwohl ihre Neugier offensichtlich war. Wahrscheinlich entsprachen wir nicht der Kategorie von Besuchern, die Connor normalerweise mit Tee bewirtete. Die Tür schloß sich hinter ihr, und Holmes setzte sich auf den Stuhl an meiner Seite. «Sie waren fast pünktlich, Russell. Ich nehme an, ich habe Ihnen nicht ernsthaft weh getan?»

«Nur ein paar blaue Flecken. Zum Glück haben Sie meine Brille verschont. Und Sie?»

«Wie gesagt, kein Problem. Chief Inspector Connor, ich vermute, Sie haben sich schon mit Miss Russell bekannt gemacht?»

«Ja, Sie hat sich vorgestellt. Als Ihre ‹Assistentin›. Und nun frage ich Sie, Mr. Holmes. Ist das wirklich notwendig?»

Seine Stimme wurde von mehreren Untertönen begleitet, die ich in meiner Unschuld nicht sofort richtig deutete – bis ich merkte, wie Holmes den Mann durchdringend anschaute. Plötzlich lief ich feuerrot an und sprang auf. «Holmes, es ist wohl doch besser, wenn Sie den Fall allein übernehmen. Ich werde nach Hause fahren ...»

«Sie werden sich setzen.» Der schroffe Befehl ließ mir keine Wahl, und so sank ich wieder auf meinen Stuhl. Ich schaute Chief Inspector Connor nicht an.

«Miss Russell ist meine Assistentin, Sir», fuhr Holmes fort. «In diesem Fall ebenso wie in anderen.»

Nähere Erklärungen waren offenbar überflüssig. Connor lehnte sich zurück, hüstelte leise und gönnte mir einen kurzen Blick. «Ihre Assistentin. Sehr schön.»

«Genau. Ihre Anwesenheit macht für die Arrangements ohnehin keinen Unterschied. Sind die Simpsons da?»

«In meinem Büro. Ich dachte, vorher sollten wir beide miteinander reden.»

«Allerdings. Sofort nachdem wir mit ihnen gesprochen haben, verlassen wir die Stadt. Ich vermute, die Straßensperren werden immer noch aufrechterhalten, aber Ihre Männer befinden sich nicht in der Nähe des Gebiets, das ich abgegrenzt habe.»

«Ja, Ihre Bitte wurde erfüllt», stimmte Connor zu, aber ich

spürte, daß er die Order von oben nur widerstrebend befolgt hatte.

Holmes schaute ihn scharf an, dann schlang er lässig die langen Finger über der schmutzigen Weste ineinander, seine Lippen verzogen sich zu einem dünnen Lächeln. «Vielleicht sollten wir einiges klarstellen, Chief Inspector. Ich habe um nichts ‹gebeten›. Auch nicht um diesen Fall. Die Polizei trat an mich heran, und ich erklärte mich erst dann zur Mitarbeit bereit, nachdem mir alle Beteiligten versichert hatten, meine Anordnungen würden auf diesen paar walisischen Quadratmeilen Vorrang haben. Wenn Sie wollen, können Sie meine Instruktionen als Bitten bezeichnen, sollten sie aber nicht wie solche behandeln. Noch etwas muß ich betonen. Miß Russell ist meine offizielle Repräsentantin, und wenn sie ohne mich in Erscheinung tritt, muß ihren Botschaften oder Bitten augenblicklich und ohne Zögern entsprochen werden. Sind wir uns einig, Chief Inspector?»

«Also, Mr. Holmes», begann sich Connor aufzuplustern, und der walisische Rhythmus schlich sich wieder ein, «ich kann mir kaum vorstellen ...»

«Das ist offensichtlich, junger Mann. Wenn Sie sich ein paar Sekunden Zeit nähmen, um nachzudenken, würden Sie vielleicht erkennen, daß ein einfaches Ja oder Nein genügt hätte. Sollten Sie zustimmen, reden wir mit den Simpsons und gehen an die Arbeit. Wenn nicht, händigen Sie Miss Russell unser Gepäck aus, und ich lege den Fall in Ihre Hände zurück. Die Entscheidung liegt ganz bei Ihnen. Ich persönlich wäre froh, könnte ich zu meinen Experimenten zurückkehren und in meinem eigenen Bett schlafen. Nun, wozu entschließen Sie sich?»

Seine blauen Augen wurden grau, und nach einer langen Pause sagte er matt: «Habe ich eine Wahl? Diese Frau würde meinen Kopf fordern.»

Durch die dritte Tür des Zimmers folgten wir dem mißgelaunten Chief Inspector in sein Büro. Die beiden aristokratischen Gesichter, die sich bei unserem Eintritt hoben, zeigten alle Spuren einer durchlittenen Katastrophe. Diese Menschen hatten die

Schwelle des Grauens und der Erschöpfung überschritten und konnten nur noch dumpfe Angst vor den Dingen empfinden, die jetzt auf sie zukamen. Sie sahen bleich und zerbrechlich aus. Der Mann stand nicht auf, sondern schaute nur an uns vorbei auf Connor. Der Tee auf dem Schreibtisch war unberührt.

«Senator, Mrs. Simpson», begann der Chief Inspector, «darf ich Ihnen Mr. Sherlock Holmes und seine Assistentin, Miss Mary Russell, vorstellen.»

Der Senator zuckte zusammen wie der wichtigste Trauergast bei einem Begräbnis, der mit einem geschmacklosen Witz konfrontiert wird. Rasch trat Holmes vor. «Ich muß mich für mein ungewöhnliches Aussehen entschuldigen», beteuerte er in seinem blumigsten Oxford-Englisch. «Aber um die Sicherheit Ihrer Tochter nicht zu gefährden, hielt ich es für besser, unerkannt auf dem Bahnhof einzutreffen und durch den Hintereingang in dieses Revier zu gelangen. Auch Miss Russells Kostüm ist nur eine Tarnung, ebenso wie mein Goldzahn.»

Diese Worte besänftigten Simpson. Er stand auf, um Holmes' Hand zu schütteln. Mrs. Simpson schien unsere Verkleidung gar nicht zu bemerken. Seit Connor den Namen des Detektivs genannt hatte, klammerte sich ihr Blick an den Zigeuner wie eine Ertrinkende an einen Strohhalm. Sie verfolgte alle seine Bewegungen, während er einen Stuhl zurechtrückte und sich ihr gegenübersetzte. Ich nahm an seiner Seite Platz, und der Chief Inspector ließ sich hinter seinem Schreibtisch nieder, der ihn ein wenig von den unkonventionellen Ereignissen absonderte.

«Kommen wir zur Sache», begann Holmes in forschem Ton. «Ich habe Ihre Aussagen gelesen, die Fotos gesehen und das Beweismaterial geprüft. Es wäre sinnlos, Ihnen ein weiteres Verhör zuzumuten. Ich werde den Hergang des Geschehens einfach wiederholen, und Sie korrigieren mich bitte, wenn mir ein Irrtum unterläuft.» Und dann zählte er die Informationen auf, die er aus Polizeiakten und Zeitungsartikeln gewonnen hatte. Der Entschluß der Simpsons, in den walisischen Bergen zu zelten, die Bahnreise nach Cardiff, die Autofahrt ins Hinterland, zwei friedliche Tage, das Erwachen am dritten Morgen, an dem das Kind aus dem Schlafsack verschwunden war. «Habe ich irgendwas ausgelassen?» Die beiden Amerikaner schauten sich an und schüttelten die Köpfe. «Gut, dann muß ich Ihnen nur zwei Fragen stellen. Erstens, warum sind Sie hierhergekommen?»

«Leider habe *ich* darauf bestanden», antwortete Mrs. Simpson. Ihre Finger, im Schoß verkrampft, zerrten heftig an einem zierlichen Spitzentaschentuch. «In fast zwei Jahren hatte Johnny kaum einen freien Tag, und ich – ich drohte ihm, mit Jessie nach Hause zu fahren, wenn wir nicht zusammen Urlaub machen ...» Ihre Stimme brach, und Holmes neigte sich sofort zu ihr, mit jenem Gefühl und Verständnis für eine Seele in Not, die so charakteristisch für ihn waren und die Leute trotzdem immer wieder verblüfften, aus irgendwelchen Gründen. Diesmal ergriff er sogar die Hand der Amerikanerin und zwang sie, seinen Blick zu erwidern.

«Hören Sie mir zu, Mrs. Simpson», entgegnete er in energischem Ton. «Das war kein Zufall. Ihre Tochter wurde nicht gekidnappt, weil sie sich zur falschen Zeit auf jenem Berghang befand. Wäre sie nicht in Wales gewesen, hätte man sie ihrem Kindermädchen im Park entrissen oder daheim aus ihrem Schlafzimmer geholt. Das war ein sorgfältig geplantes, von langer Hand vorbereitetes Verbrechen, an dem Sie nicht die geringste Schuld tragen.»

Da verlor sie natürlich vollends die Fassung, und es brauchte zahlreicher Taschentücher und eines doppelten Cognacs, ehe wir die Besprechung fortsetzen konnten.

«Aber warum hier?» beharrte Holmes. «Wann entschlossen Sie sich zu diesem Urlaub, und wer wußte Bescheid?»

Nun ergriff der Senator das Wort. «Wir wollten uns möglichst weit von der Zivilisation entfernen. London – nun ja, ich weiß, ich bin nicht besonders diplomatisch, aber ich finde diese Stadt einfach grauenvoll. Die Luft stinkt, nie sieht man die Sterne, nicht einmal während der Verdunkelung. Und dieser ständige Lärm ... Man weiß niemals, wann die feindlichen Bomber wieder losdonnern werden. Wir dachten, Wales wäre weit weg von alldem.

Und so nahm ich mir eine Woche frei. Es muß Ende Mai gewesen sein, als wir anfingen, diese Ferien zu planen, kurz nach dem letzten großen Bombenangriff.»

«Schlug Ihnen irgend jemand vor, diese Gegend hier aufzusuchen?»

«Das glaube ich nicht. Die Familie meiner Frau stammt aus Aberystwyth, deshalb kannte ich die Landschaft, wenn auch nur flüchtig und im allgemeinen. Sie ist hügelig wie Colorado, wo ich aufwuchs. Natürlich gibt es hier keine richtig hohen Berge, aber wir fanden, es wäre erholsam, ein bißchen zu wandern und ein paar Tage lang zu zelten. Selbstverständlich wollten wir keine anstrengenden Touren unternehmen, denn Jessie war – Jessie ist noch zu klein. Nur ein bißchen Ruhe, fern vom Großstadtgetriebe ...»

«Und die Arrangements? Die Ausrüstung, der Transport, das Automobil, das Sie hier absetzte und nach fünf Tagen wieder abholen sollte? Die Verständigung von Polizei und Presse? Wer hat das alles erledigt?»

«Mein persönlicher Assistent, ein Engländer. Ich glaube, sein Bruder weiß, wo man Zelte und alles Nötige mieten kann. Aber nach den Einzelheiten müssen Sie ihn selber fragen.»

«Diese Informationen habe ich für Sie, Mr. Holmes», knurrte Connor hinter seinem Schreibtisch hervor. «Die kriegen Sie alle, bevor Sie gehen.»

«Danke, Chief Inspector. Und jetzt kommen wir zu dem bewußten Tag, Senator. Sie gingen spazieren, kauften in einem Farmhaus Würste und Brot, aßen um siebzehn Uhr im Zelt, blieben darin sitzen, weil es regnete, und lasen. Um dreiundzwanzig Uhr schliefen Sie ein, und als Sie um vier Uhr morgens erwachten, war Ihre Tochter verschwunden.»

«Sie hat das Zelt nicht von sich aus verlassen», warf Mrs. Simpson ein, «weil sie sich im Dunkeln fürchtet. Nicht einmal wegen der Pferde würde sie hinausgehen, obwohl sie die wilden Ponys liebt, die da draußen herumlaufen. Aber sie würde ihnen niemals nachlaufen, nicht meine Jessica.»

Holmes schaute in ihr verzweifeltes Gesicht. «Das führt mich zur zweiten Frage. Wie fühlten Sie sich, als Sie an jenem Morgen erwachten?»

«Wie wir uns fühlten?» Ungläubig starrte der Senator ihn an, und wie ich zugeben muß, erschien diese Frage auch mir sekundenlang völlig verrückt. «Zum Teufel, was denken Sie denn? Wie sollten wir uns fühlen, als unsere Tochter sich nirgends blicken ließ?»

Beschwichtigend hob Holmes eine Hand. «Das meine ich nicht. Natürlich waren Sie zutiefst erschrocken und gerieten in Panik. Aber wie fühlten Sie sich körperlich?»

«Normal, nehme ich an. Daran erinnere ich mich nicht.» Simpson sah seine Frau an.

«Oh, ich weiß es noch genau. Mir war elend zumute. Ich hatte einen dicken Kopf, und es tat mir gut, die frische Luft draußen einzuatmen – so als würde ich Champagner trinken.» Ihre großen, unglücklichen Augen schauten Holmes an. «Wurden wir mit Drogen betäubt?»

«Wahrscheinlich. Chief Inspector, ist mit diesen Würsten irgendwas geschehen?»

«Natürlich wurden sie analysiert. Aber in den beiden, die übriggeblieben waren, konnte man nichts finden, ebensowenig in den anderen Lebensmitteln. Das alte Ehepaar auf der Farm machte einen völlig harmlosen Eindruck. Das alles steht in unserem Bericht.»

Holmes befragte die Simpsons und den Inspector noch eine halbe Stunde lang, ohne besondere Resultate zu erzielen. Keine Feinde, die den Amerikanern bekannt gewesen wären, keine Begegnung mit Fremden am Vortag. Das Lösegeld sollte aus den Staaten herübergeschickt werden, eine Leihgabe vom Vater des Senators.

Am Ende des Gesprächs war Mr. Simpson blasser denn je, und seine Frau zitterte am ganzen Körper. Holmes dankte ihnen. «Ich bedaure sehr, daß ich Sie dieser Tortur unterziehen mußte. Wenn man zu ermitteln beginnt, weiß man nie, welche kleine Einzelheit von lebenswichtiger Bedeutung sein könnte. Russell, haben Sie irgendwelche Fragen?»

«Nur eine, die das Kind betrifft. Was glauben Sie, wie Jessie auf das alles reagiert, Mrs. Simpson? Wie könnte sie sich verhalten, wenn sie von fremden Leuten weggebracht wird?» Ich befürchtete, nun würde sie erneut zusammenbrechen, aber seltsamerweise richtete sie sich auf und schaute mir zum erstenmal in die Augen.

«Jessica ist ein selbstbewußtes, hochintelligentes Kind, das nicht so leicht von Panik ergriffen wird. Um die Wahrheit zu gestehen – sicher regt sie sich weniger auf als ihre Mutter, natürlich vorausgesetzt, daß sie gut behandelt wird.» Ein geisterhaftes Lächeln glitt über ihr bleiches Gesicht. Weitere Fragen blieben ihr erspart.

Connor begleitete die Simpsons hinaus und kehrte mit einem dicken Aktenordner zurück. «Hier ist der vollständige Bericht, mit allen Anhaltspunkten, die wir gefunden haben. Die Kopien der Fingerabdrücke, die Aussagen der Einheimischen. Einen Großteil dieser Unterlagen kennen Sie bereits. Ich nehme an, Sie wollen sie mitnehmen und nicht hier lesen.»

«Ja, ich möchte so schnell wie möglich losfahren. Wo steht der Wohnwagen?»

«Am Nordrand der Stadt, an der Straße nach Carephilly. Der Mietstall wird von Gwilhem Andrewes betrieben. Der ist nicht gerade das, was man einen Freund der Polizei nennt, und ich würde ihm nicht trauen, sobald ich ihm den Rücken kehre. Aber er entspricht Ihren großen Erwartungen, Mr. Holmes. Soll ich Sie in einem Automobil hinbringen lassen?»

«Nein, diese Sonderbehandlung steht zwei Zigeunern nicht zu. Reden Sie mit Miss Carter und Sergeant Donaldson. Es wäre ziemlich unangenehm, wenn das ganze Revier erführe, daß Senator Simpson eine volle Stunde mit einem verhafteten Zigeunerpaar verbracht hat, nicht wahr? Wir tun einfach so, als hätten Sie uns mit einer Verwarnung laufenlassen. Sie wissen, wo Sie uns finden. Falls Sie mit mir reden wollen, schicken Sie einen Constable zu mir. Niemand wird sich wundern, wenn ein Polizist einen Zigeunerwagen aufhält. Sollte er mich verhaften müssen, beauftragen Sie ihn, möglichst sanft mit mir umzugehen. Dafür verspreche ich Ihnen, meine Tochter nie mehr auf Bahnhöfen zu verprügeln.»

Connor zögerte, dann lachte er gezwungen. Vielleicht hatten ihn die Umstände nur kurzfristig seines Humors beraubt. Als wir alle aufstanden, kam er um den Schreibtisch herum und reichte Holmes die Hand. «Tut mir leid, was Sie auf meinem Revier erleben mußten. Ich bin neu hier, aber das ist nur eine Erklärung, keine Entschuldigung.»

Der Detektiv schüttelte ihm die Hand. «Immerhin bin ich in Ihrem Amtsbereich einigen tüchtigen Leuten begegnet, Mr. Connor. Wenn es auch sehr junge Männer sind – so wie Sie aussehen, werden die zweifellos schnell altern.»

«Das ist wohl anzunehmen, Mr. Holmes. Nun wünsche ich Ihnen eine gute Reise und Weidmannsheil! Auch Ihnen, Miss Russell.»

Wir schleppten unser Gepäck zum Stadtrand, wo wir Andrewes' Mietstall bald fanden. Holmes ließ mich im Büro warten und ging auf die Suche nach dem Eigentümer. Eine halbe Stunde lang beruhigte ich meine Nerven, indem ich mit Steinen jonglierte, und sehnte mich verzweifelt nach einer Lektüre (obwohl ich im Einklang mit meiner Tarnung als Analphabetin auftreten mußte).

Endlich hörte ich Stimmen vor der Tür, und ein zwielichtiger, schmieriger Typ trat ein, gefolgt von meinem Gefährten, der nur geringfügig respektabler aussah, nach Whiskey stank und seinen Goldzahn blitzen ließ.

Lüstern starrte der Besitzer des Mietstalls mich an, bis Holmes ihn ablenkte und ihm Geld unter die Nase hielt. «Nun, dann wäre alles geregelt, Mr. Andrewes. Vielen Dank, daß Sie den Wagen meines Bruders für mich untergestellt haben. Hier, das bin ich Ihnen schuldig. Komm, Mary, der Wagen steht draußen im Hof.»

«Nur eine Minute, Mr. Todd, da fehlt ein Shilling.»

«Oh, tut mir schrecklich leid, der muß mir runtergefallen sein.» Mühselig zählte Holmes drei Pennys, einen halben Penny und einen Viertelpenny ab. «Da, jetzt sind wir quitt. Hol das Gepäck, Mädchen!» knurrte er mich an.

«Ja, Dad.» Duckmäuserisch folgte ich ihm, mit den vier Taschen und allen Päckchen beladen, durch den schlammigen Hof zum Zigeunerwagen. Ein dickbeiniges Pferd mit rauhem Fell war davorgespannt. Ich legte meine Bürde ab, begutachtete das Geschirr und segnete meine Lehrstunden bei Patrick. Das Arrangement unterschied sich nur unwesentlich von einem Pflug oder Heuwagen, und ich fand schnell heraus, worauf es ankam.

Rasch kletterte ich auf den harten Holzsitz, wo Holmes bereits Platz genommen hatte. Er reichte mir die Zügel, das Gesicht völlig ausdruckslos. Nach einem kurzen Blick zu den beiden Männern, die in der Nähe standen, umklammerte ich die dicken Riemen und schlug sie auf den breiten Pferderücken. Gehorsam setzte sich das plumpe Tier in Bewegung, und wir fuhren nach Norden, auf Jessica Simpsons Spur.

6

Ein Kind, von seinem Nachtlager verschwunden

■

Laßt sie wohlbehalten zurückkehren . . . Und die anderen werden sie willkommen heißen, mit einem ungewöhnlichen schluchzenden Gruß . . . Eine seltsame Jubelhymne.

■

An der äußersten Stadtgrenze befahl mir Holmes, an den Straßenrand zu fahren und die Bremse festzuziehen.

«Ich fürchte, wir müssen den Karren und den Gaul gründlich überprüfen. Als ich das letzte Mal einen von dieser Sorte gemietet hatte, fiel ein Rad herunter, und das wäre bei unserem Vorhaben äußerst ungünstig. Spannen Sie das Pferd ab, schauen Sie unter die Zuggurte, da werden Sie vermutlich ein paar Schürfwunden entdecken. In der Kattuntasche finden Sie einen Striegel, Lappen zum Auspolstern und Heilsalbe.» Er verschwand unter dem Wagen, und während ich das verwirrte Tier behandelte, drehte er die Schrauben fester und ölte die trockenen Achsnägel.

Nachdem ich das Pferd wieder eingespannt hatte, ging ich hinter das Gefährt und sah zwei lange Beine hervorragen. «Kann ich Ihnen helfen?»

«Es wäre sinnlos, wenn wir uns beide wie Mechaniker aufführten, und ich bin ohnehin fast fertig.» Eine Minute verstrich, ich schwieg, während er unter dem Wagen leise fluchte.

«Holmes, ich möchte Sie was fragen.»

«Nicht jetzt, Russell.»

«Aber ich muß es wissen. Empfinden Sie meine Anwesenheit als – peinlich?»

«Seien Sie nicht absurd.»

«Ich meine es ernst, Holmes. Heute fehlte nicht viel, und Inspector Connor hätte Sie und mich beschuldigt – äh ... Deshalb muß ich einfach wissen, ob Ihnen meine Begleitung unangenehm ist.»

«Meine liebe Russell, hoffentlich schmeicheln Sie sich nicht, nur weil Sie mich bewogen haben, Sie auf dieser vergnüglichen Reise mitzunehmen. Zugegeben, ich wäre unfähig gewesen, Ihr Ansinnen abzulehnen. Zu meiner nicht unbeträchtlichen ... Verdammt, geben Sie mir einen Putzlappen! Danke. Zu meiner nicht unbeträchtlichen Überraschung erweisen Sie sich als kompetente Assistentin und versprechen überdies, sich zu einer unschätzbaren zu entwickeln. Ich kann sogar sagen, man sammelt neue und gelegentlich bemerkenswerte Erfahrungen, wenn man mit einer Person zusammenarbeitet, die einen inspiriert, die keine stupiden, sondern brauchbare Beiträge leistet. Geben Sie mir den großen Schraubenschlüssel.» Die nächsten Worte wurden von Grunzen untermalt. «Connor ist ein Narr. Was er und seinesgleichen glauben, kümmert mich nicht, und bisher scheint es Ihnen nicht geschadet zu haben. Sie können nichts dafür, daß Sie eine Frau sind, und ich wäre selber ein Narr, würde ich Ihre Talente mißachten, nur weil sie in einer weiblichen Hülle stecken.»

«Ja, ich verstehe.»

«Außerdem ...» Gedämpft drang seine Stimme unter dem Wagen hervor. «Einen berühmten Junggesellen wie mich würden Sie wahrscheinlich eher in Verlegenheit bringen, wenn Sie ein Junge wären.»

Auf diese Bemerkung fiel mir nun wirklich keine Antwort ein. Nach ein paar Minuten tauchte er wieder auf, schmutziger als ein Bergarbeiter, säuberte sich, so gut er konnte, und wir fuhren weiter.

In dem bunten, erstaunlich unbequemen Wohnwagen holperten wir nach Norden und wanderten neben ihm dahin, wann immer es steil bergauf ging oder die Erschütterungen der Wirbelsäulen auf dem hohen Holzsitz zu schmerzhaft wurden, was sehr oft vorkam. Holmes überhäufte mich mit Informationen, bleute mir gnadenlos ein, wie ich mich in meiner Rolle benehmen mußte, kritisierte meinen Gang, meine Haltung und meine Sprechweise, zwängte walisische Grammatik und Vokabeln in meinen Hals und dozierte zwischendurch über Land und Leute. Hätten wir nicht ständig an das Leben einer angstvollen Senatorentochter denken müssen, das an einem seidenen Faden hing, wäre der Ausflug eine reine Freude gewesen.

Wir gingen und fuhren im Wechsel durch Glamorgan, kamen nach Gwent und Powys, wandten uns nach Westen und erreichten die Wiesenhänge, die zu den Brecon Beacons hinaufführten. Ringsum wuchs Adlerfarn auf Schlackenterrassen, und wir sahen mehrere Schafherden. Die Schäfer beobachteten uns argwöhnisch. Aber die mageren, scharfäugigen schwarzen Hunde – bäuchlings ausgestreckt, lauernd wie pessimistische Prediger und jederzeit bereit, verirrte Schützlinge wieder einzufangen – gönnten uns keinen Blick. Wenn wir Dörfer passierten, rannten kreischende Kinder auf die Straße, standen dann in stummer Verwunderung da und starrten die rot-grün-gelbe Pracht unseres Zigeunerwagens an, die Finger im Mund, die nackten Füße mit Schlamm bespritzt.

Überall traten wir auf. Vor kindlichem Publikum jonglierte ich mit runden Steinen, zog farbenfrohe Tücher aus farblosen Hosentaschen, halbe Pennys aus schmutzigen Ohren. Wenn wir die Aufmerksamkeit der Mütter erregt hatten, kam Holmes aus dem Pub, wischte sich mit dem Handrücken den Mund ab und holte seine Fiedel hervor.

Ich weissagte den Frauen die Zukunft, obwohl sie keine hatten, deutete rissige Linien auf rauhen Handflächen, wisperte vage Prophezeiungen von geheimnisvollen Fremden und unerwartetem Reichtum und machte etwas präzisere Versprechungen bezüglich der Kinder, die ihnen das Alter versüßen würden. Abends, wenn die Männer erschienen, erdolchten mich die Frauen mit bösen Blicken, verziehen ihnen aber, daß sie mich begafft und angesprochen hatten, sobald mein wortgewandter Dad für Amüsement sorgte und beiläufig erwähnte, in der Nacht würden wir weiterziehen.

Am zweiten Tag passierten wir eine Straßensperre, doch die Polizei schikanierte uns nur ein paar Minuten, da wir nicht aus dem bewachten Gebiet kamen, sondern hineinfuhren. Und am dritten Tag erreichten wir den Zeltplatz der Simpsons. Eine Meile entfernt, hielten wir auf einem Seitenweg. Nachdem ich Tee und eine Mahlzeit zubereitet hatte, bemerkte Holmes, er hätte nicht gedacht, daß grüne Bohnen aus der Dose, halbroh und knackig, schmecken könnten. Meine Kochkünste schienen sich allmählich zu bessern.

Als die Töpfe und Teller sauber waren, zündeten wir die Öllampe an, verschlossen die Tür und sperrten die milde Abenddämmerung aus.

Wieder einmal sahen wir die Papiere durch, die Connor uns gegeben hatte – Fotos und getippte Notizen, die Aussagen der Eltern, von einheimischen Zeugen und Londoner Mitarbeitern des Senators, ein Hochglanzfoto, das aus dem vergangenen Frühling stammte und eine Jessica mit zahnlückigem Grinsen zeigte, aufgenommen in einem Atelier, vor dem gemalten Hintergrund einer blühenden Rosenlaube. Seitenweise Material, das den Mangel echter Beweise noch unterstrich. Es führte uns Mr. Simpsons drohenden Bankrott vor Augen – und die noch brutalere Tatsache, daß viele Kidnapper nach Erhalt des Lösegelds eine Leiche abliefern, die nichts mehr erzählen kann ...

Holmes rauchte seine Pfeife, füllte sie noch zweimal und kroch dann wortlos in sein Stockbett. Seufzend schloß ich den Aktenordner über Jessies fröhlichem Gesicht, löschte die Lampe und lag noch lange wach im Dunkeln, während sich die Atemzüge über mir zu einem stetigen Rhythmus verlangsamten.

Gegen Ende der kurzen Sommernacht schlief ich ein, und ein Traum peinigte mich erneut, zerrte mit seinen Klauen an mir, beschwor alle Gefühle meiner Schuld, meines Grauens und meiner Verlassenheit hervor, stürzte mich in die massive, wirre, monströse Unausweichlichkeit meiner privaten Hölle.

Aber diesmal – kurz vor dem qualvollen Höhepunkt – riß mich eine scharfe Stimme in die Wirklichkeit zurück. Zitternd und keuchend tauchte ich aus der Stille des Zigeunerwagens empor. «Russell! Russell! Geht's Ihnen gut?»

Erschrocken setzte ich mich auf, und er ließ meinen Arm los. «Nein – ja, Holmes, mir geht's gut», antwortete ich und versuchte, mich zu beruhigen. «Tut mir leid, daß ich Sie geweckt habe. Es war nur ein böser Traum – wahrscheinlich, weil ich mich wegen des Kindes aufrege. Manchmal suchen mich solche Alpträume heim. Kein Grund zur Sorge ...»

Er ging zum winzigen Tisch, ein Streichholz leuchtete auf, und er zündete eine Kerze an. Hastig wandte ich das Gesicht von ihm ab. «Soll ich Ihnen etwas bringen? Eine Tasse Tee?»

Aber ich wollte nicht bemuttert werden. «Nein danke, Holmes, ich werde mich bald besser fühlen. Legen Sie sich wieder hin.»

Er stand da, den Lichtschein im Rücken, und ich spürte seinen Blick.

Abrupt stieg ich aus dem Bett, holte meine Brille und meine Jacke. «Ich gehe ein bißchen an die frische Luft. Legen Sie sich wieder hin!» wiederholte ich energisch und stolperte aus dem Wohnwagen.

Endlich, nach zwanzig Minuten, verlangsamten sich meine Schritte auf der Straße. Zehn Minuten später setzte ich mich auf ein dunkles Etwas, das sich als niedrige Mauer entpuppte. Sterne funkelten am Himmel, was in dieser regnerischen Gegend nur selten vorkam. Die klare Luft roch nach Adlerfarn, Gras und Pferden. Tief sog ich sie in meine Lungen und dachte an Mrs. Simpson, die geglaubt hatte, Champagner zu trinken. Atmete jetzt auch Jessica diese Luft ein?

Der Traum trat allmählich in den Hintergrund meiner Gedanken. Mit dem Tod meiner Eltern hatten die bösen Erinnerungen begonnen, lebhafte Szenenfolgen, die sich stets erneuerten, mich jagten und hetzten und meine Nächte in die Flammen eines Fegefeuers verwandelten. In dieser Nacht war mir das schlimme Ende erspart worden, und das verdankte ich Holmes. Nach einer Stunde, im ersten Tageslicht, kehrte ich fröstelnd zum Wagen zurück, sank ins Bett und schlief noch ein wenig.

Am Morgen erwähnte keiner von uns die nächtlichen Ereignisse. Zum Frühstück kochte ich Haferbrei, gewürzt mit kleinen Aschenflecken und so klumpig, daß Mrs. Hudson ihn bestenfalls den Hühnern serviert hätte. Dann gingen wir auf Umwegen zum Zeltplatz und nahmen eine Schaufel mit, die unsere Anwesenheit rechtfertigen sollte.

Niemand war da. Das Zelt stand immer noch, mit lockeren Seilen und schlaffen Planen. Ein verkohlter Kreis im Erdreich und zwei rostige Töpfe zeigten an, wo Mrs. Simpson die Mahlzeiten zubereitet hatte. Die Szenerie roch nach kalter, feuchter Asche und sah so trostlos aus wie Spielzeug, das ein Kind im Regen vergessen hatte. Als mir dieser Vergleich in den Sinn kam, rann ein Schauer über meinen Rücken.

Ich spähte ins Zelt und sah ein Durcheinander aus Schlaf- und Rucksäcken und Kleidungsstücken – alles zurückgelassen in wilder Panik während der hektischen Suche nach dem kleinen Mädchen und nun von der Polizei am Tatort verwahrt.

Holmes ging hinter das Zelt, den Blick auf den regennassen, zertrampelten Boden gerichtet, und ich fragte: «Wieviel Zeit haben wir?»

«Der Wachtposten wurde bis neun Uhr abberufen. Das hat Connor arrangiert. Also bleiben uns noch knapp zwei Stunden. Ah!»

Als ich seinen zufriedenen Ausruf hörte, ließ ich die Segeltuchklappe fallen und lief nach hinten, wo mich ein einzigartiger Anblick erwartete: Ein alternder Zigeuner lag zwischen den Zeltschnüren auf dem Bauch, ein Vergrößerungsglas in der Hand, und stocherte mit seinem Füllfederhalter am unteren Rand der Plane herum.

Die Feder verschwand im Innern des Zeltes, und ich ging wieder hinein. Nachdem ich das Bettzeug weggeräumt und mich gebückt hatte, sah ich Holmes' Entdeckung – einen winzigen Schlitz im Segeltuch, die Ränder nach innen gebogen, an beiden Seiten leicht ausgefranst. «Haben Sie damit gerechnet?» fragte ich.

«Sie etwa nicht?»

Obwohl er mich durch die kleine Öffnung nicht sehen konnte, widerstand ich der Versuchung, eine Grimasse zu schneiden.

Natürlich hatte er es gewußt. «Eine Röhre, durch die betäubendes Gas ins Zelt geleitet wurde?»

«Wie recht Sie haben, Mary Todd!» Der Füllfederhalter wurde zurückgezogen.

Ich richtete mich auf, den Kopf unter dem durchnäßten Segeltuchdach geduckt, und schaute in die Ecke, wo Jessica Simpson geschlafen hatte. Von ihren Sachen hatte laut Aussage ihrer Eltern nichts gefehlt, bis auf die Schuhe. Kein Pullover, keine Socken, nicht einmal die geliebte Puppe. Nur die Schuhe.

Im Gewühl der Schlafsäcke und Decken fand ich die Stoffpuppe und zog sie hervor, strich das zerknitterte Kleidchen glatt und das zerzauste Wollhaar aus den großen gemalten Augen. Rätselhaft lächelten mich die einst roten Lippen an. «Warum erzählst du mir nicht, was du in jener Nacht gesehen hast?» fragte ich. «Damit würdest du uns sehr viel Mühe ersparen.»

«Wie bitte?» fragte Holmes' Stimme aus einiger Entfernung.

«Nichts. Glauben Sie, die Polizei hätte was dagegen, wenn wir die Puppe mitnehmen?»

«Wohl kaum. Die Beamten ließen das alles nur hier liegen, damit wir's uns ansehen können. Die Fotos wurden schon geknipst.»

Ich steckte die Puppe in meine Rocktasche, blickte mich ein letztes Mal um und ging hinaus. Die Fäuste in die Hüften gestemmt, betrachtete Holmes das Tal. «Suchen Sie nach besonderen landschaftlichen Merkmalen?» fragte ich.

«Wenn Sie ein Kind entführten, Russell, wie würden Sie es wegbringen?»

Ein paar Sekunden lang kaute ich an meinen Lippen und starrte nachdenklich auf die mit Adlerfarn bewachsenen Hügel. «Also, ich würde ein Automobil benutzen, aber offenbar hat niemand eins gehört. Ein Fußmarsch mit einem etwa fünfundvierzig Pfund schweren Kind auf dem Rücken wäre ziemlich anstrengend, sogar für einen kräftigen Mann.» Ich studierte die Wege und Hufspuren, die kreuz und quer über den Hang liefen. «Natürlich, die Pferde. Keinem Menschen würden ein paar Hufabdrücke mehr oder weniger auffallen. Die Kidnapper sind hierhergeritten, nicht wahr?»

«Wie betrüblich, daß ein modernes Mädchen auch dann an ein Automobil denkt, wenn es mit diesem Hügelland konfrontiert wird ... Diesmal haben Sie etwas zu langsam geschaltet, Mary Todd, und das Offensichtliche übersehen. Die theologische Wissenschaft beeinträchtigt Ihre rationalen Fähigkeiten genau so stark, wie ich's befürchtet habe.»

«Ich kann nichts dafür, Dad», jammerte ich in meinem schönsten Zigeunerton, «weil ich erst mal nur was Hieb- und Stichfestes suchen wollte.»

«Etwas gedehnter in der Sprachmelodie», korrigierte er mich geistesabwesend. «Nun, auf welchem Weg sind sie geflohen?»

«Nicht zur Straße. Da hätten sie riskiert, gesehen zu werden.»

«Dann ins Tal hinab oder über den Berg?» überlegte er laut.

«Schade, daß wir nicht schon vor einer Woche hier waren. Vielleicht hätten wir was gefunden.»

«Wenn Wünsche Pferde wären ...»

«... würden Detektive reiten», vollendete ich den Satz. «Ich hätte mich vom nächsten Dorf entfernt und wäre um den Berg herumgegangen – oder darüber.»

«Bis die Polizei zurückkommt, haben wir noch eine Stunde Zeit. Mal sehen, was wir rauskriegen. Ich steige den Hang hinauf, Sie erforschen den Fuß des Berges.»

Vom Zelt aus suchten wir den Hügel ab, in immer größeren Zickzackbögen. Die nächste halbe Stunde brachte uns nichts weiter ein als schmerzende Rückenmuskeln und steife Hälse, weil wir sie ständig in alle Richtungen gedreht hatten.

Nach fünfundvierzig Minuten begann ich nervös auf walisische Stimmen zu horchen, die bald am Campingplatz erklingen würden. Wir erreichten die äußersten Grenzen unserer Expedition und wandten uns wieder zum Ausgangspunkt in der Mitte. Etwas stach mir ins Auge – nichts Besonderes, nur ein glänzender nackter Stein, von einem Huf abgeschabt. Ich ging weiter, kehrte um, inspizierte ihn noch einmal. Würde ein unbeschlagener Huf einen

Stein dermaßen zerkratzen? Eher nicht. «Hol ... Hä, Dad!» rief ich.

Er hob kurz den Kopf und kam dann quer über den Hang angelaufen. Die Schaufel hüpfte auf seiner Schulter. Als er mich erreichte, mußte er kaum nach Atem ringen. Ich zeigte auf den Stein, den er gründlich unter die Lupe nahm. «Gut gemacht – das entschuldigt Ihren Lapsus von vorhin», verkündete er großmütig. «Mal sehen, wohin uns das führt.»

Langsam folgten wir einem Trampelpfad, der von mehreren Huf-Generationen stammte. Eine Stunde später erreichten wir die äußerste Grenze der polizeilichen Ermittlungsarbeit. Holmes und ich entdeckten den weißen Fleck in derselben Sekunde. Ein kleines Taschentuch, in den Schlamm getreten. Er zog es heraus und hielt es hoch. In einer Ecke war ein J eingestickt.

«Nur ein Zufall?» fragte ich. «Oder war Jessie geistesgegenwärtig genug, das Tuch hier wegzuwerfen? Würde eine Sechsjährige so was tun? Das kann ich mir kaum vorstellen.» Wir gingen weiter, und ein paar Minuten später schwanden meine Zweifel. Triumphierend zupfte ich ein schmales blaues Band von einem Farnwedel am Wegrand. «Braves Mädchen! Jessies Haarschleife!»

Vorerst fanden wir nichts mehr. Der Pfad teilte sich wenig später, eine Abzweigung führte bergauf, die andere nach unten zu einer Baumgruppe. Erwartungsvoll spähten wir in beide Richtungen, sahen aber weder Tücher oder Bänder oder sonstige Anhaltspunkte.

«Ich steige wieder bergauf ...», begann Holmes.

«Moment mal! Ist die Erde da unten bei den Bäumen nicht aufgewühlt?» Wir eilten hinab, und tatsächlich zeugten in einer kleinen Senke deutliche Spuren von hektischen Aktivitäten.

Vorsichtig wanderte Holmes drum herum, dann bückte er sich rasch und hob etwas auf, das ich aus meiner Entfernung von zwanzig Schritten nicht erkennen konnte. Er setzte seine Suche fort, griff nach einem weiteren Gegenstand und winkte mich zu sich.

«An dieser Stelle sprang sie vom Pferd.» Seine Fingerspitzen strichen über das zertrampelte Erdreich. «Mit nackten Füßen.

Man hatte die Schuhe zwar mitgenommen. Aber es war wohl zu mühsam, sie dem Mädchen anzuziehen. Die Hände waren nicht gefesselt. Da ...» Er berührte einen Torfklumpen. «Sehen Sie die kurzen parallelen Linien? Jessies Zehen. Und hier, diese längeren Linien, die zueinanderführen – ihre Finger durchfurchten den Boden, als sie sich aufrappelte, um zu den Büschen dort drüben zu laufen.»

Trotz des Regens, der inzwischen gefallen war, sah ich die Spuren ganz deutlich.

Holmes richtete sich auf und folgte den Abdrücken, die Hufe und Fersen hinterlassen hatten. «Bis hierher schaffte sie's, ehe sie wieder eingefangen wurde. Jemand hielt sie am Nachthemd fest, und dabei ging ein Knopf ab.» Er zeigte mir den Gegenstand, den er zuvor aufgehoben hatte. «Und am Haar, das offen herabhing, weil sie kein Band mehr trug», fügte er hinzu und hielt ein paar schlammverkrustete kastanienrote Strähnchen hoch.

«O Gott», stöhnte ich, «hoffentlich haben sie ihr nicht weh getan.»

«Davon verrät uns diese Stelle nichts», erwiderte er geistesabwesend. «Was für ein Mond schien am 12. August?»

Sicher war er nicht auf meine Erklärungen angewiesen, aber ich überlegte kurz und antwortete: «Ein Dreiviertelmond. Es hatte zu regnen aufgehört. Vermutlich konnte Jessie gut genug sehen, um zu erkennen, wo sich der Weg teilte, oder sie versuchte, die Bäume zu erreichen, ohne die Gabelung zu beachten. So oder so, wir wissen, wo sie war. Ein erstaunliches Kind, unsere Miss Simpson. Aber ich bezweifle, daß wir weitere Hinweise finden werden.»

«Ich auch, aber wir wollen in aller Gründlichkeit vorgehen.» Und so folgten wir dem Pferdeweg noch eine weitere Stunde lang, entdeckten aber keine Hinweise oder Spuren beschlagener Hufe. Bei der nächsten Gabelung blieben wir stehen, und Holmes entschied: «Zurück zum Wohnwagen, Mary, mein Mädchen. Ein kleiner Lunch, dann gehen die Zigeuner wieder auf Wanderschaft und erfreuen das Volk mit ihren Kunststücken.»

Im Wagen erwartete uns Gesellschaft in Gestalt eines hochgewachsenen Constable mit düsterer Miene. «Was haben Sie beide auf diesem Hang getrieben?» wollte er wissen.

«Wir haben hier übernachtet. Ist das nicht offensichtlich?» Holmes ging an ihm vorbei und verstaute die Schaufel an ihrem Platz.

«Und was haben Sie den ganzen Vormittag gemacht?»

«Trüffeln gesucht», erwiderte Holmes und zeigte mit dem Daumen auf das Gerät.

«Was?»

«Trüffeln. Kleine Wurzeln. Sehr teuer, wenn man sie im Laden kauft. Die feinen Herren und Damen essen sie gern. In diesen Hügeln findet man manchmal welche.»

«Trüffeln, ja, aber danach gräbt man nicht. Man benutzt Schweine, um sie aufzuspüren.»

«Die braucht man nicht, wenn man das Zweite Gesicht hat, und meine Tochter hat's.»

«Was Sie nicht sagen!» Der Polizist musterte mich skeptisch, und ich schenkte ihm ein scheues Lächeln. «Und hat sie Trüffeln gefunden?»

«Heute nicht.»

«Gut. Dann macht's Ihnen wohl nichts aus, gleich weiterzufahren. Spätestens in einer Stunde.»

«Erst will ich zu Mittag essen», schmollte Holmes, obwohl bereits die Teestunde näher rückte.

«Meinetwegen, aber in zwei Stunden sind Sie verschwunden, oder Sie verbringen die nächste Nacht in einer Gefängniszelle.» Der Beamte kletterte aus dem Wagen und stelzte davon.

Erleichtert sank ich auf einen Stuhl und kicherte. «Trüffeln! Um Himmels willen, gibt's denn in Wales Trüffeln?»

«Ich nehme es an. Suchen Sie doch welche, während ich die Landkarten hervorkrame.»

Die Karten waren in großem Maßstab gezeichnet, zeigten die Vegetation, die Wegerechte, und kleine schwarze Vierecke markierten die Häuser. Holmes klappte den Tisch zusammen, stellte ihn beiseite und nahm aus einer Schublade unter meinem Bett mehrere Karten. Als er sie am Boden ausgebreitet hatte, reichte ich ihm ein Sandwich und Bier in einem Blechbecher. In Socken wanderten wir über das Papier.

«Das ist unsere Route», begann er. «Hier sehen Sie den Zeltplatz, da den Pferdeweg.» Sein brauner Finger folgte der Kontur des Berges, glitt dann zu einer Senke auf der nächsten Karte und stoppte bei einer Y-Gabelung am Rand der dritten. «Und von hier aus – wohin? Ehe der Tag anbrach, müssen die Entführer das Kind irgendwo untergebracht haben, Russell, in einem Gebäude oder Wagen.»

«Aber nicht – unter der Erde?»

«Das bezweifle ich. Wenn sie Jessie töten wollten, hätten sie es schon getan, als sie zu fliehen versuchte, um sich weiteren Ärger zu ersparen. Aber an jener Stelle fand ich keine Blutspuren.»

«Holmes!» protestierte ich bestürzt.

«Was ist denn los?»

«Ach, nichts. Es klingt nur furchtbar herzlos, wenn Sie so reden.»

«Sie bevorzugen also einen Chirurgen, der in Tränen ausbricht, wenn er sich ausmalt, welche Schmerzen er seinem Patienten bereiten wird? Eigentlich dachte ich, mittlerweile hätten Sie diese Lektion gelernt, Russell. Gefühle würden die Chirurgenhand verunsichern, und das gilt auch für die Arbeit eines Detektivs. Angenommen, das Kind wurde schon um Mitternacht entführt, und um fünf wurde es hell. Dann dürften sie ohne Automobil nicht über dieses Gebiet hinausgekommen sein.» Er zeichnete einen Halbkreis um den Mittelpunkt des Y, wo die Pferdespur verschwunden war. «Irgendwo in dieser Region. An einem Ort, in dessen Nähe sich ein Telefon befindet – und ein Dorf, groß genug, daß die *Times* aus London unbemerkt gekauft werden kann. Sie werden doch die Bedeutung der sogenannten Seufzerspalte nicht übersehen, in der diverse Verluste angezeigt werden?»

«Natürlich nicht», beteuerte ich hastig. «Da kann man sehr leicht unauffällige Mitteilungen unterbringen.»

Er holte ein weiteres halbes Dutzend Karten im allergrößten Maßstab hervor, legte sie aneinander, und wir studierten den Verlauf von Straßen, Flüssen und Fußwegen, die Lage von Häusern. Geistesabwesend wischte ich Brotkrumen vom Papier und begann laut zu denken. «In dieser Richtung gibt es nur vier kleine Dörfer – fünf, wenn man dieses entlegenste dazuzählt, aber da hätten sie sehr schnell reiten müssen. In diesen beiden Dörfern sind die Häuser weit voneinander entfernt, da könnte man ein Entführungsopfer gut verstecken. Aber bis morgen schaffen wir's nicht, das alles abzusuchen.»

«Allerdings nicht.»

«Wir haben nur mehr sechs Tage Zeit, bis das Lösegeld gezahlt werden muß.»

«Das weiß ich», entgegnete er gereizt. «Spannen Sie das Pferd ein.»

Wir brachen auf, ehe der Constable zurückkehrte, doch das nächste Dorf erreichten wir erst kurz vor der Abenddämmerung. Holmes marschierte in den Pub, der so aussah wie das Erdgeschoß eines Wohnhauses.

Inzwischen versorgte ich das Pferd und versuchte, mein Gehirn auf die Konversation mit den Kindern zu konzentrieren, die bei unserer Ankunft unweigerlich aufgetaucht waren. Wie ich herausgefunden hatte, trug immer nur eins die Verantwortung für die Kontaktaufnahme mit dem sonderbaren Besuch – in diesem Fall ein sehr schmutziges, etwa zehnjähriges Mädchen. Die anderen gaben unentwegt Kommentare ab, in einem walisischen Dialekt, undeutlich und schnell hervorgesprudelt, so daß ich kaum etwas verstand. Ich ignorierte sie alle und widmete mich meinen Pflichten.

«Sind Sie eine Zigeunerin, Lady?» fragte das Mädchen und sprach etwas prononcierter als die anderen.

«Was glaubst du denn?» entgegnete ich mißmutig.

«Mein Dad sagt ja.»

«Dann irrt sich dein Dad.»

Schockiertes Schweigen folgte dieser ketzerischen Behauptung, dann nahm sie wieder ihren ganzen Mut zusammen. «Wenn Sie keine Zigeunerin sind, was sind Sie denn dann?»

«Eine Roma.»

«Eine Roma? Das ist dumm. Die haben Lanzen getragen, und jetzt sind sie alle tot.»

«Du meinst die alten Römer. Aber ich bin eine Roma. Willst du das dem Pferd geben?» Ein kleiner Junge nahm mir ein bißchen Hafer aus der Hand. «Würde mir irgend jemand im Dorf etwas Warmes zu essen verkaufen?»

Leise beratschlagten sie. Schließlich ertönte ein Befehl. «Maddie, lauf zu deiner Mam und frag sie!» Das kleine Mädchen, hin und her gerissen zwischen dem Wunsch, die weiteren Ereignisse zu beobachten, und der unzweifelhaften Ehre, mir einen Dienst zu erweisen, rannte widerstrebend davon und verschwand im Pub.

«Haben Sie keinen Topf?» erkundigte sich ein Kind von undefinierbarem Geschlecht.

«Ich koche nicht gern», erwiderte ich würdevoll. Diesmal dauerte das schockierte Schweigen noch länger. War mein erster Fauxpas nur Ketzerei gewesen – für den zweiten hätte ich auf dem Scheiterhaufen landen können. «Gibt's hier im Dorf ein Telefon?» fragte ich die Sprecherin.

«Ein Telefon?»

«Ja, ein Telefon. Weißt du, ein Ding, das man von einer Gabel nimmt, und dann schreit man hinein. Es ist so dunkel, daß ich keine Drähte sehe. Also, gibt's eins?»

Wie mir die verwirrten Gesichter verrieten, waren wir ins falsche Dorf geraten. Dann piepste ein Kind: «Mein Dad hat mal eins benutzt, als Granny starb. Das mußte er seinem Bruder in Caerphilly erzählen.»

«Und wohin ging er?»

Ein ausdrucksloses Achselzucken im schwachen Lampenlicht. Nun ja ...

«Wozu brauchen Sie eine Telefonmaschine?»

«Ich will meinen Börsenmakler anrufen.» Ehe sie eine Definition verlangen konnten, fügte ich hinzu: «Hier seht ihr nur selten Fremde, nicht wahr?»

«Doch, viele. Erst im Juni kam ein Automobil voller Engländer vorbei. Sie hielten an und tranken ein Glas bei Maddies Mam.»

«Jemand, der nur durchfährt, zählt nicht», entgegnete ich verächtlich. «Ich meine Leute, die richtig essen und trinken und länger bleiben. Die verirren sich wohl nie hierher, was?» Ihren Mienen entnahm ich, daß sie keine entsprechenden Fremden zu bieten hatten, und unterdrückte einen Seufzer. Vielleicht morgen – und in der Zwischenzeit ... «Nun, heute sind *wir* hier, aber wir bleiben nicht lange. Wenn ihr nach Hause laufen und euren Familien Bescheid sagen wollt – in einer Stunde veranstalten wir eine Aufführung, falls meinem Dad das Bier da drin nicht zu gut schmeckt. Ich kann auch Karten lesen. Geht jetzt!»

Das Abendessen war gut und reichlich, das Honorar, das wir für Geigenmusik und Wahrsagerei erhielten, eher karg. Vor dem Morgengrauen tingelten wir weiter.

Im nächsten Dorf gab es Telefonmasten, aber nur wenige abgeschiedene Häuser. Weder meinen kleinen Informanten noch den Insassen des Pubs konnten wir irgendwelche Angaben über die Anwesenheit Fremder in letzter Zeit entlocken. Kurz nach Mittag setzten wir die Reise fort, ohne unsere Künste vorzuführen.

Der Aufenthalt in unserer nächsten Station begann vielversprechend. Telefondrähte, mehrere weit verstreute Häuser, und auf meine Frage nach Fremden sogar eine Antwort, die meinen Pulsschlag beschleunigte ... Aber zur Teestunde verlief die Spur im Sande. Die Fremden entpuppten sich als zwei alte Engländerinnen, die vor sechs Jahren in dieses Dorf übersiedelt waren.

Um die Straße zu erreichen, an der die anderen Ortschaften lagen, mußten wir ein Stück zurückfahren. Als die Abenddämmerung hereinbrach, hatte ich den harten, schwankenden Wagensitz und die braunen Hinterbacken des unerschütterlichen Gauls vor meiner Nase gründlich satt. Wir zündeten die Lampen zu beiden Seiten an und kletterten mit einer Laterne hinunter, um das Pferd am Zügel zu führen. «Könnten die Kidnapper Einheimische sein, Holmes?» fragte ich leise. «Ich weiß, es sieht nicht danach aus, aber wenn es doch so ist?»

«Sie meinen, jemand sieht einen amerikanischen Senator, besorgt sich spontan eine Gaspistole und schreibt Briefe an die *Times*?» erwiderte er sarkastisch. «Gebrauchen Sie doch den Verstand, den Gott Ihnen geschenkt hat, Mary Todd! Sicher sind Einheimische in die Sache verwickelt, aber sie haben die Entführung nicht allein organisiert.»

Müde schleppten wir uns ins Dorf Nummer vier, wo wir zum erstenmal nicht von einer Kinderschar begrüßt wurden.

«Wahrscheinlich ist es schon zu spät für die Kleinen», murmelte Holmes und musterte angewidert das kleine Steinhaus, in dem sich der Pub befand. «Was würde ich jetzt für einen anständigen roten Bordeaux geben!» seufzte er und ging hinein, um im Dienste des Königs biertrinkenderweise die Gäste für sich zu gewinnen.

Ich kümmerte mich um das Pferd. Dann erhitzte ich eine Dose Bohnen über der winzigen Feuerstelle des Wohnwagens, saß zusammengesunken am hölzernen Miniaturtisch, breitete die Tarotkarten aus und las mißgelaunt in meiner Zukunft. Die Karten präsentierten mir den Gehängten, den geheimnisvollen Narren und den Turm, der die allerschlimmsten Katastrophen befürchten ließ. Holmes blieb sehr lange im Pub, und ich überlegte gerade, ob ich mich in meinem Bett verkriechen sollte, mitsamt meiner schmutzigen Reisekleidung, als plötzlich seine durchdringende Stimme auf der Dorfstraße erklang.

«... meine Fiedel, und ich spiele für euch Tanzmusik, die fröhlichste, die ihr je gehört habt.» Ruckartig fuhr ich hoch, an Schlaf war nicht mehr zu denken, und die Bohnen in meinem Magen vergrößerten sich zu Ziegelsteinen. Die Wagentür flog auf, und herein wankte mein alter Dad, mit gewaltiger Schlagseite. Auf der obersten Stufe stolperte er und fiel in meinen Schoß. «Ah, mein süßes Mädchen!» rief er und richtete sich mühsam auf. «Hast du gesehen, was mit meiner Fiedel passiert ist?» Er griff an mir vorbei, um die Geige aus dem Regal zu nehmen, und zischte in mein Ohr: «Passen Sie auf, Russell! Ein einstöckiges weißes Haus, eine halbe Meile weiter nördlich. Eine Platane wächst davor, eine dahinter. Letzten Juni wurde es gemietet, fünf Männer wohnen darin, ein sechster scheint zu kommen und zu gehen ... Verdammt!» brüllte er. «Ich sagte doch, du sollst die verdammte Saite aufziehen!» Über das Instrument gebeugt, fuhr er leise fort: «In fünfzig Minuten sorge ich vor dem Haus für Ablenkung. Sie gehen nach hinten – ganz vorsichtig – und sehen, was Sie rausfinden können, ohne sich allzu nahe heranzuwagen. Schwärzen Sie Ihre Haut, nehmen Sie Ihren Revolver mit, aber schießen Sie nur, wenn Sie Ihr Leben retten müssen. Achten Sie auf Wachtposten oder Hunde. Wenn Sie gesehen werden, wär's das Ende. Schaffen Sie das?»

«Ich glaube schon, aber ...»

«Meine süße Mary!» lallte er schrill in mein Ohr. «Du bist müde, nicht wahr? Geh nur schon ins Bett, wart nicht auf mich.»

«Aber Dad! Dein Essen ...»

«Soll ich diesen wundervollen Biergeschmack in meinem Mund mit Bohnen verderben? Marsch ins Bett, Mary, ins Reich der Träume!» Schwerfällig polterte er zur Tür hinaus, und wenig später ertönte die Fiedel, unter zittrigem Bogenstrich.

Rasch machte ich mich fertig, zog eine Hose unter meinen dunklen Röcken an, schlang einen Strick aus brauner Seide um meine Taille, steckte ein winziges Fernglas und eine Taschenlampe ein. Der Revolver. Ruß vom schmutzigen Lampenglas für Gesicht und Hände. Ein letzter Blick ringsum, ehe ich das Licht löschte.

Mein Blick fiel auf die Stoffpuppe, die im Regal saß, trostlos in sich zusammengesunken. Aus einem Impuls heraus – oder war es ein Glücksfall? – steckte ich sie in eine meiner Taschen. Dann huschte ich lautlos in die nächtlichen Schatten hinaus und eilte zu dem großen Haus, das abseits der Straße stand, weit entfernt von den Nachbarn.

Vorsichtig schlich ich die Straße entlang, niemand begegnete mir, und bald kauerte ich im Gebüsch gegenüber dem Haus, das ich durch mein Fernglas betrachtete. Die Räume im Erdgeschoß waren beleuchtet, hinter dünnen, aber undurchsichtigen Vorhängen. Aus einem Eckzimmer glaubte ich Stimmen zu hören, das obere Stockwerk lag im Dunkel.

Nach zehn Minuten hatte ich nur ein einziges Lebenszeichen beobachtet – den Schatten eines großen Mannes, der vor dem Lampenschein durchs Eckzimmer gegangen und wenig später zurückgekehrt war.

Nichts wies auf Wachtposten oder Hunde außerhalb des Hauses hin. Geduckt ging ich weiter die Straße hinauf, zu einem halb verfallenen Seitengebäude, das nach Kohlen und Paraffin roch. Die dünnen Vorhänge des Haupthauses ließen genug Licht hindurch, so daß meine Augen, längst an die Dunkelheit gewöhnt, die nähere Umgebung überblicken konnten. Zehn Minuten lang wartete ich. Außer einer launenhaften Brise rührte sich nichts.

Mühsam bahnte ich mir meinen Weg durch einen überwucherten Gemüsegarten, über einen reparaturbedürftigen Zaun, hinter ein zweites Nebengebäude (das schwach nach Benzin roch) und einen angrenzenden Hühnerstall, dann zu einem winzigen Schuppen, dessen Form und Lage seine Funktion sogar verraten hätte, wenn mir kein Gestank in die Nase gedrungen wäre. Von hier aus sah ich die ganze Rückseite des Hauses und den Hof.

Im Obergeschoß brannte auf dieser Seite ein Licht. Aus der Anordnung der Fenster folgerte ich, daß es da zwei Räume gab und vielleicht eine fensterlose Abstellkammer dazwischen. Der Lampenschein erhellte das rechte Zimmer. Zu meiner großen Freude waren die Vorhänge nicht richtig zugezogen, denn ein gelber Strahl fiel über das Sims. Könnte ich irgendwie hinaufgelangen, würde ich sehen, was sich da drinnen befand, und das interessierte mich sehr.

Ich schaute mich um. Irgendwo mußte sich ein Hügel erheben, doch in der Finsternis vermochte ich nur zu erkennen, daß keiner unmittelbar hinter dem Haus emporragte. Nachdenklich musterte ich den kleinen Schuppen, dessen Höhe sicher ausreichen würde, und das Schieferdach wirkte massiv genug, um mein Gewicht zu tragen.

Nun brauchte ich nur noch etwas, worauf ich steigen konnte, um die scharrenden Klettergeräusche zu dämpfen. Ich erinnerte mich an einen Eimer, der im Unkraut des Gemüsegartens stand, und holte ihn. Im Boden klaffte ein Loch, doch die Seitenwände erschienen mir recht stabil. Ein Brett, quer über meine provisorische Stufe gelegt, half mir, aufs Schuppendach zu steigen. Gerade begann ich, mir zu dem geringen Lärm zu gratulieren, den ich verursacht hatte, als die Hintertür des Hauses aufschwang. Ein großer Mann stand auf der Eingangstreppe, eine schrecklich grelle Lampe in der Hand.

Holmes' Lektionen zeigten ihre Wirkung. Der heftige Impuls, hinabzuspringen und im dunklen Gebüsch zu verschwinden, äußerte sich nur in verkrampften Muskeln und dem irrealen Wunsch, mit dem Schieferdach zu verschmelzen. Aber ehe der Mann den Hof halb durchquert hatte, teilte mir mein Gehirn mit, daß er zwar auf mich zukam, aber nichts weiter plante, als den Raum unter mir aufzusuchen.

Reglos kauerte ich auf dem Dach, voller Angst, die Schieferschindeln könnten knarren, und gleichzeitig von unkontrollierbarer Heiterkeit erfaßt, angesichts der bizarren Situation. Aber während er ins Haus zurückkehrte (sieben Minuten waren verstrichen, eine Ewigkeit), verflog meine Belustigung, und mein Unbehagen wuchs.

Allmählich wurden mir zwei andere Dinge bewußt. Der Mann war aus der Küche gekommen. Und – noch viel wichtiger – er hatte im Hof keine Reaktion hervorgerufen, auch keine erwartet. Also vermutlich kein Wachtposten, kein Hund.

Der Mond stieg empor und erleuchtete den Himmel. Langsam erhob ich mich, fühlte mich so exponiert wie ein Elefant auf einem Kricketplatz, und alles umsonst – der Blickwinkel war falsch. Mein Fernglas zeigte mir nur den oberen Teil eines Türrahmens. Lautlos kletterte ich vom Dach hinunter, trug den Eimer und das Brett dahin zurück, wo ich sie hergeholt hatte, und betrachtete nachdenklich das helle Fenster. Da niemand Wache hielt, hinderte mich eigentlich nichts daran, auf den Baum zu klettern, der hinter dem Haus wuchs. Von einem dieser dicken, dichtbelaubten Äste aus müßte ich im Schutz der Blätter ins Zimmer schauen können. Und obwohl der Stamm keine Deckung bot, wäre es sicherer, da hinaufzusteigen, als über den knirschenden Kies im Hof zu laufen und zu warten, bis jemand aus dem Haus kam und über mich stolperte.

Zuerst wollte ich mich von unnötigem Ballast befreien. Gleich hinter der Zufahrt erhob sich ein niedriger, dunkler Wall, der sich als schlecht gepflegte wuchernde Ligusterhecke entpuppte. Dahinter deponierte ich meine Stiefel und Röcke, dann steckte ich die Puppe am Rücken ins Gurtband meiner Hose und verteilte die restlichen Habseligkeiten in diversen Taschen.

Ich kroch über die Zufahrt zur Hausmauer. Nur noch acht Minuten, bis Holmes' Ablenkungsmanöver beginnen würde ... Zwei davon verbrachte ich am Küchenfenster, das Ohr an der Scheibe, bis ich mich vergewissert hatte, daß die gesamte Aktivität – dem Geräusch nach ein Kartenspiel – im vorderen Teil des Hauses stattfand.

Die untersten Äste des Baums hingen hoch über meinem Kopf, und ich konnte nicht hinaufspringen. Da ich es aus Angst vor verräterischen Geräuschen nicht wagte, am Stamm hinaufzuklettern, löste ich das Seil von meiner Taille (so was muß man immer bei sich tragen; es gibt nichts Nützlicheres auf der Welt) und warf es auf einen Ast. Beim zweiten Versuch konnte ich es darum schlingen und ging zum Stamm. Unter meinen Sohlen knarrten und knackten kleine Zweige, und es klang wie eine Salve von Revolverschüssen in der stillen Nacht, aber nachdem sich niemand rührte, umklammerte ich den Strick und schwang mich empor.

Endlich spähte ich – das Schicksal stand auf meiner Seite – durch den Vorhang: Da war sie. Zunächst sah ich nur ein Bett und zerwühlte Laken. Das Herz wurde mir schwer. Aber als ich zum schwankenden Ende des Asts kroch, erblickte ich einen kleinen Kopf auf dem Kissen, kastanienrotes Haar, zu einem zerzausten

Zopf geflochten. Jessica Simpsons Haar. Jessica Simpsons Gesicht.

Die Hälfte meiner Aufgabe war erfüllt. Nun wußte ich, wo die Tochter des Senators steckte. Der zweite, viel wichtigere Teil bestand darin, Mittel und Wege zu finden, um sie da'rauszuholen.

Unglücklicherweise ragte kein hübscher, dicker Ast direkt zum Fenster – eine Tatsache, die mein an Verstopfung leidender Freund bei der Auswahl des Gefängnisses sicher nicht übersehen hatte. Aber der Baum wuchs viel näher bei dem anderen, dunklen Zimmer. (Plötzlich vernahm ich den erwarteten Lärm aus der Richtung des Dorfes, grölenden Gesang – der Vorbote des Ablenkungsmanövers, das Holmes geplant hatte.)

Ich kletterte zu dem unbeleuchteten Raum hinüber und sah, daß einer der Äste die Hausmauer fast streifte. Sehr verlockend. Aber wenn ich dort war – was dann? Kein Sims verband die beiden Fenster, die Dachrinne lag viel zu hoch oben. Und es widerstrebte mir, vor Holmes' Augen wie eine Spinne an einem Seil zu baumeln, das ich um den Schornstein geschlungen haben würde. Also blieb mir nichts anderes übrig, als in das dunkle Zimmer zu steigen.

Fünf Männer, vielleicht ein sechster. Vier spielten Karten – nein, ich höre vier Stimmen, korrigierte ich mich. Und der fünfte? Bewachte er das Haus, hielt er sich sonstwo da unten auf, oder war er bei dem Kind? Oder im dunklen Raum? In dieser Nacht spielte es keine Rolle, aber morgen, wenn wir hierher zurückkehrten ...

In diesem Moment kam mir ein verrückter, verwegener Gedanke, den ich, erschrocken über mich selbst, sofort verwarf. Das ist kein Spiel, Russell, sagte ich mir streng. Tu, was man dir aufgetragen hat, und dann geh zum Wohnwagen zurück. Aber die Idee steckte in meinem Gehirn fest wie ein Dorn, und ich konnte nicht anders, als unentwegt daran zu denken, während ich bewegungslos und aufmerksam auf dem Ast hockte. Immer wieder wälzte ich den wahnwitzigen Geistesblitz hin und her, schob ihn weg, aber er kehrte beharrlich zurück, ließ sich einfach nicht verdrängen.

Wenn ich nun nicht abwartete, bis Holmes am nächsten Tag die Rettungsaktion in Angriff nahm?

Irrsinn. Das Leben eines Kindes in meine eigenen, völlig unerfahrenen Hände zu nehmen ... Ich schüttelte den Kopf, als wollte ich eine irritierende Fliege entmutigen, und versuchte, mich ausschließlich auf meinen Beobachtungsposten zu konzentrieren, den Posten, den er mir zugewiesen hatte. Meinen für das Kind lebenswichtigen Posten.

Der Männerchor schwoll an, das Lied war schon beinahe zu verstehen, als es die Straße heraufwehte. Bald würden es die Entführer hören ... Ich beugte mich etwas weiter zu dem beleuchteten Zimmer hinüber.

Bald kam die hartnäckige Idee wieder, stärker und energischer. Wie sonst sollten wir's schaffen, wenn nicht auf dem Weg durch den dunklen Raum, während die Kidnapper vom Lärm auf der Straße abgelenkt wurden? Es war sinnlos, eine Gewaltaktion zu provozieren. Eine Geisel mit einer Revolvermündung an der Schläfe ist noch schlimmer gefährdet als eine, die in einem stillen Zimmer im Bett liegt. Und wie konnte Holmes hoffen, Jessica zu erreichen, wenn nicht über diese schmalen Äste? Holmes, der auf die Sechzig zuging und seine Knochen immer widerwilliger riskierte, würde sein Gewicht, viel größer als meines, auf diesem Ast balancieren müssen. Und unsere Frist lief in wenigen Tagen ab, während die fünf Männer da drinnen immer nervöser wurden, ganz zu schweigen von ihrer erhöhten Wachsamkeit nach dem Zwischenfall, der sich jetzt lautstark auf der Straße abspielte.

Wahnsinn. Ich konnte es unmöglich schaffen, Jessica aus dem Fenster zu heben und über den Ast zu tragen, den Stamm hinab, an einen sicheren Ort – nicht, wenn sie sich wehrte, was sie zweifellos tun würde. Sogar ein offenkundig selbstbewußtes und hochintelligentes Kind wie dieses mochte in Panik geraten, wenn eine fremde Frau mit rußverschmiertem Gesicht auftauchte, um es aus dem Bett zu zerren und in die Nacht hinauszuschleppen.

Heftig schwankte ich zwischen gehorsamer Vorsicht und Tollkühnheit, zwischen einer vernünftigen Vorbereitung künftiger Aktionen und der beklemmenden Erkenntnis einer verpaßten Chance, zwischen der Pflicht, Holmes' Befehle auszuführen, und dem immer dringlicheren Bedürfnis, die Gunst der Stunde zu nutzen. Verzweifelt wünschte ich, der Detektiv würde wie durch ein Wunder unter meinen Füßen erscheinen und mir die Entscheidung abnehmen.

Sie sangen Weihnachtslieder. Das registrierte jener Teil meines Gehirns, der nicht von meiner Unentschlossenheit gelähmt wurde. Irgendwie hatte «mein Dad» in diesem winzigen Dorf einen Mob zusammengetrommelt, den er jetzt mit seiner irrwitzigen Fiedel die Straße hinauftrieb und zu fröhlichem Gesang animierte. Englische Weihnachtslieder in einem walisischen Dorf, während einer warmen Augustnacht. Plötzlich kam mir nichts mehr unmöglich vor, und als hätte dieser Gedanke das Haus aus seiner Lethargie gerissen, bewegte sich etwas in seinen Mauern.

Ein Schatten glitt durch das gelbe Licht, ich kniff die Augen zusammen und sah den Rücken eines Mannes in Hemdsärmeln und Weste, mit einer schwarzen Strickmütze, die den ganzen Kopf verdeckte, bis zu den breiten Schultern. Neben dem Bett stand die Tür offen. Er lief hin, neigte sich in den Flur hinaus, hielt inne (war das eine Stimme, die sich in den wachsenden Tumult mischte?), dann stürmte er hinaus.

Wäre der breite Rücken nicht durch die Tür verschwunden, hätte ich es wahrscheinlich niemals getan. Ich kroch näher zu dem dunklen Fenster, schlang den seidenen Strick um einen Ast über mir, mit Hilfe meiner Muskeln und meines Gehirns, beides glücklicherweise entkrampft und befreit von der Unschlüssigkeit. Verrückt war es immer noch, aber meine Vernunft meldete sich immerhin, indem sie mir einschärfte, ich müßte meinen Plan sofort aufgeben, wenn sich das Fenster nicht öffnen ließ.

Schallende Lachsalven übertönten den Gesang. Ich stieg mit einem Fuß vom Ast auf das Fenstersims, hing mit einer Hand am Seil, zog mit der anderen mein Taschenmesser hervor und ...
«... hier kommen wir und feiern zwischen grünen Zweigen ...»
Mit flinken Fingern ließ ich die dünnste Klinge herausschnappen, schob sie zwischen die Fensterrahmen, und nach einer sekundenlangen Ewigkeit spürte ich, mehr als daß ich es hörte, wie der

Riegel klickte und sich öffnete. Ich wartete, aber drinnen rührte sich nichts und so ... «... und hier kommen wir alle, so schön zu schauen ...» Und dann zog ich einen Fensterflügel auf, der kaum knarrte. Ich kletterte ins Zimmer, landete auf kahlen Bodenbrettern, wappnete mich gegen einen Angriff, der aber nicht erfolgte. Nach einem tiefen, zitternden Atemzug eilte ich zur Tür. «... Liebe und Freude beglücke euch alle ...» Niemand ließ sich im Flur und auf der Treppe blicken, lautes Stimmengewirr drinnen und draußen, die Tür zum Eckzimmer war angelehnt. Während ich die Puppe aus meinem Hosenbund zerrte, trat ich in den gräßlich hellen Flur. «... mit Gottes Segen trinken wir den Festpunsch ...»

Lautlos huschte ich zu dem beleuchteten Raum. «Jessica!» wisperte ich. «Fürchte dich nicht. Da ist jemand, der dich sehen möchte.» Ich hielt die Puppe vor mich hin, stieß die Tür auf und blickte in todernste sechsjährige Augen. Langsam stützte sich das Mädchen auf die Ellbogen, musterte mein schwarzverschmiertes, aber offensichtlich vertrauenerweckendes Gesicht und wartete. «Jessie, deine Mama und dein Papa haben mich zu dir geschickt. Ich soll dich nach Hause bringen. Jetzt müssen wir sofort gehen, sonst halten uns die Männer auf.»

«Aber ich kann nicht», flüsterte sie.

O Gott, dachte ich, was nun? «Warum nicht?»

Schweigend setzte sie sich auf, schlug die Decke zurück und zeigte mir einen Metallring mit Kette, der ihren Fuß ans untere Ende eines Bettpfostens fesselte. Nach einer Weile erklärte sie: «Ich wollte fliehen, und deshalb haben sie mich da festgemacht.»

Der Lärm draußen erreichte seinen Höhepunkt, es krachte, berstendes Glas klirrte, gefolgt von wütendem Geschrei und trunkenem Gelächter. Bald würden die Entführer wieder an ihre Geisel denken, und vorher mußten wir verschwinden.

Also blieb mir nichts anderes übrig, als zu riskieren, daß unsere Flucht nicht geräuschlos erfolgen würde. «Moment mal, Schätzchen. Hier, nimm die Puppe.»

Sie umklammerte ihr Lieblingsspielzeug, und ich kniete nieder, um die Kette zu inspizieren. Sie war neu und sehr stabil, an einem Ende mit dem – glücklicherweise etwas ausgepolsterten – Ring am Fußknöchel verbunden, mit dem anderen am Bein des Betts befestigt, mittels einer Schraube, etwa so groß wie mein kleiner Finger.

Das Bett sah einfach und billig aus, aber das hölzerne Bein maß im Durchmesser gute acht Zentimeter, fest mit dem Gestell verankert. Es gab nur eine einzige Möglichkeit – vorausgesetzt, die Zeit würde reichen, und ich konnte nur hoffen, ich würde mir meinen Fuß nicht brechen.

Ich hob das untere Ende des Betts hoch, verlagerte mein Gewicht aufs linke Bein, hob den rechten Fuß und trat mit aller Kraft gegen das Gestell. Der Zusammenprall, in einem etwas ungünstigen Winkel, brach einen Knochen, wie ich später feststellte. Doch das war ein geringer Preis, denn jetzt hatte das Bett nur noch drei Beine. Da ich keinen Lärm mehr vermeiden mußte, ließ ich es einfach fallen, packte das Kind mitsamt der Kette und dem hölzernen Beinstumpen und warf es wie einen Kartoffelsack über meine Schulter.

Der Schlüssel steckte außen im Schloß, ich drehte ihn herum und steckte ihn ein. Schwere Schritte polterten auf der Treppe, als ich ins dunkle Zimmer huschte. Ich schloß die Tür, sprang aufs Fensterbrett, und ein paar furchtbare Sekunden lang balancierte ich bedrohlich auf der Kante, während ich das Fenster schloß. Beinahe hätte ich Jessica fallen lassen, aber sie machte noch nicht einmal einen Mucks, klammerte sich nur mit einer Hand an mein Hemd und hielt mit der anderen ihre Puppe fest.

Ich packte das Ende des Seils, das ich am Baum hatte hängen lassen, schwang mich auf den Ast und erreichte gerade den Stamm, als gegen die Tür des Gefängnisses gehämmert wurde. Zorniges Gebrüll erklang. Ich schleuderte den Strick auf einen Zweig hinauf, damit er uns nicht verraten konnte, und murmelte: «Halt dich fest, Jessie!» Sie schlang Arme und Beine um mich, und ich rutschte nach unten.

Mit fünf langen Sprüngen war ich bei der Ligusterhecke,

stürmte hindurch, zog mir mehrere Kratzwunden zu und fand gerade noch Zeit, eine Hand auf den Mund des Kindes zu pressen, als die Hintertür aufflog. Der Mann, der diesmal herauskam, trug eine große Schrotflinte in der Hand. Warnend drückte ich meine Finger in die warme kleine Wange, sah ihn durch den Hof gehen und unter dem Baum stehenbleiben, den ich vor zehn Sekunden verlassen hatte. Er starrte zum hellen Fenster hinauf und rief: «Sie kann nicht geflohen sein, Owen! Das Fenster ist geschlossen!» Die Antwort verstand ich nicht, denn sie wurde von dem lauten Geschrei auf der Straße übertönt, aber der Mann näherte sich uns um ein paar Schritte und spähte zu den Ästen hinauf.

Wir wagten kaum zu atmen, einer lauschte den rasenden Herzschlägen des anderen, doch Jessie blieb stumm. Und ich rührte mich nicht, aus Angst, die Kette könnte klirren oder meine Brille das Küchenlicht einfangen. Zwei oder drei Minuten lang wanderte er noch umher, bis eine Stimme aus dem Haus drang. (Inzwischen war es auf der Straße stiller geworden.) Er ging hinein, und sobald sich die Tür geschlossen hatte, nahm ich das Kind huckepack, raffte meine Stiefel und Röcke an mich und rannte auf bloßen Füßen durch das Gras neben der Zufahrt.

«Das machst du sehr gut, Jessie. Sei ganz still, dann können wir dich retten. Die Männer da draußen sind unsere Freunde, auch wenn sie's noch nicht wissen. Eine Zeitlang müssen wir uns noch verstecken, bis die Polizei kommt, und dann wirst du deine Eltern wiedersehen. Alles klar?» Ich fühlte, wie sie an meiner Wange nickte. Und ich spürte auch die Stoffpuppe, zwischen uns eingeklemmt.

So schnell ich konnte, folgte ich der Straße zum Dorf, rannte vor der betrunkenen Schar dahin, die sich allmählich auflöste, hielt die Kette und das Holzbein fest, damit sie kein Geräusch machten. Ich bewegte mich nur in den schwärzesten Schatten, und als ich zurückblickte, sah ich im Schein der hellen Fenster einen Arm, der sich aus der Menschenmenge erhob und heftig winkte. Holmes hatte uns entdeckt. Alles Weitere lag bei ihm.

Ich holte Decken und Lebensmittel aus dem Wohnwagen, dann

trug ich das Kind wieder zur Straße und einen dunklen Berghang hinauf. Lange genug hatten sich meine Augen an die Finsternis gewöhnt, und ich konnte vage Umrisse wahrnehmen. Unter einem Baum ließ ich Jessie zu Boden gleiten, hielt ihre Schulter fest, während ich meinen schmerzenden Rücken straffte, dann setzte ich mich, zog sie auf meinen Schoß und hüllte uns beide in die Decken.

Die Erleichterung war überwältigend, und zunächst konnte ich nur dasitzen, während mein ganzer Körper unter den Nachwirkungen des aufregenden Abenteuers zitterte. Allmählich trocknete der Schweiß, der meine Kleidung durchtränkt hatte. Als ich mir die Gesichter der Männer vorstellte, wenn sie die Tür des Gefängnisses aufbrachen, begann ich zu kichern.

Sofort versteifte sich Jessica, und ich bekämpfte meine aufsteigende Hysterie, holte mehrmals tief Atem, dann flüsterte ich ihr ins Ohr: «Jetzt bist du in Sicherheit, Jessie. Diese Männer können dich nicht finden. Wir müssen nur hier warten, bis die Polizei sie festnimmt, dann werden deine Eltern dich nach Hause bringen. Kuschel dich fest in die Decken, damit du nicht frierst. Bist du hungrig?» Ich spürte, wie sie den Kopf schüttelte. «Gut. Jetzt dürfen wir nicht mehr reden. Sei ganz still – so still wie ein Rehkitz im Wald. Ich bleibe bei dir, und du hast ja auch deine Puppe. Übrigens, ich heiße Mary.»

Wieder nickte sie schweigend. Ich lehnte mich an den Baumstamm und wartete. Langsam entspannte sich der kleine Körper in meinen Armen, und zu meiner Verblüffung schlief Jessie bald ein. Ich hörte, wie das Gegröle der Betrunkenen verhallte, die nach Hause torkelten. Eine halbe Stunde später näherten sich mehrere Automobile in schneller Fahrt. Fernes Geschrei, zwei Schüsse (das Kind zuckte im Schlaf zusammen), dann tiefe Stille.

Nach einer Stunde kamen einzelne Schritte die Straße herauf, Laternenlicht schimmerte zwischen den Bäumen. «Russell?»

«Hier, Holmes!» Ich nahm die kleine Taschenlampe aus dem Picknickkorb, ließ sie aufflammen, und der Detektiv stieg den Hang herauf. Wortlos blieb er stehen und starrte uns mit unergründlicher Miene an. «Holmes, tut mir leid, wenn ich …», begann ich.

Doch ich konnte meine Bitte um Verständnis nicht aussprechen, denn Jessica erwachte und schrie auf, als sie ihn im Lichtstrahl entdeckte.

Hastig beruhigte ich sie. «Keine Bange, das ist ein Freund – mein Freund und der Freund deiner Mutter. Er war es, der vorhin so viel Lärm machte, damit ich dich aus dem Haus holen konnte. Das ist Mr. Holmes, und er sieht nicht immer so komisch aus. Er hat sich nur verkleidet, so wie ich.»

Meine leisen Worte beschwichtigten sie. Ich packte die Decken zusammen, übergab sie Holmes, drückte ihm auch den Korb in die Hand, dann trug ich das Kind den Hang hinab.

Im Wohnwagen zündeten wir ein Feuer an und steckten Jessica in eins meiner Wollhemden, das ihr bis zu den Fußknöcheln reichte. Die Gastwirtin brachte uns heißen Hammeleintopf, den wir heißhungrig verschlangen, während das Mädchen nur lustlos auf seinem Teller herumstocherte.

Nach dem Essen erhitzte Holmes einen Wasserkessel auf dem kleinen Herd, er wusch und untersuchte meinen verletzten Fuß, schiente ihn, damit der Knochen nicht völlig auseinanderbrach, dann machte er mit dem restlichen heißen Wasser Kaffee und rasierte die Bartstoppeln von seinen Wangen.

Aufmerksam verfolgte Jessica alle seine Bewegungen. Als er glatt rasiert war, setzte er sich und zeigte ihr, wie er seinen Goldzahn aus dem Mund nehmen konnte, was sie anscheinend zu ernsthaften Überlegungen veranlaßte. Dann legte Holmes seinen Ring mit den Dietrichen auf den Tisch, damit sie ihn inspizieren konnte, und fragte, ob er ihr die Kette abnehmen solle. Da zuckte sie zurück und krümmte sich auf meinem Schoß zusammen.

«Niemand wird dich anrühren, wenn du's nicht willst, Schätzchen», versicherte ich. «Soll *ich* dich von deiner Fessel befreien? Aber dann mußt du dich auf den Tisch setzen. Wenn du auf meinem Schoß bleibst, kann ich's nicht.»

Keine Antwort. Wir warteten eine Weile. Jessica blieb stumm.

Plötzlich hob Holmes die Schultern, griff nach den Dietrichen, und da erst streckte sie ihm zögernd den Fuß hin. Kommentarlos machte er sich an die Arbeit und versuchte sie dabei sowenig wie möglich zu berühren. Zwei Minuten später fiel der Metallring zu Boden.

Lange und ernsthaft schaute sie Holmes an, der den Blick erwiderte, dann schmiegte sie sich wieder an mich und steckte ihren Daumen in den Mund. Und so saßen wir da, dösten und warteten, bis endlich ein Automobil die Straße herauffuhr und dicht vor dem Wohnwagen bremste.

Holmes öffnete den Simpsons die Tür, und Jessie warf sich in die Arme ihrer Mutter, schlang ihr die kleinen Arme um die Taille und wollte sie offenbar nie wieder loslassen. Der Senator umfaßte sie alle beide und führte sie zum Automobil hinaus.

Irgendwie fiel es mir schwer, das alles mit anzusehen, und ich hörte, wie sich Holmes geräuschvoll die Nase putzte.

7

Ein Gespräch mit Miss Simpson

... alle Dinge zu lenken, ohne Befehle zu erteilen, Gehorsam zu erlangen, aber keine Anerkennung.

Der Abschluß eines Falls ist immer langwierig und öde, eine Antiklimax. Und da dies *meine* Story ist, erspare ich's mir, von den nächsten Stunden zu erzählen, von der geistigen und körperlichen Erschöpfung, den vielen Fragen, der widerwärtigen Konfrontation mit den Entführern. Es genügt, wenn ich erwähne, daß sogar diese Nacht irgendwann ein Ende fand. Ich kroch in mein hartes Bett, und nach wenigen Stunden beförderte mich eine Faust, die gegen die Tür des Wohnwagens hämmerte, in den neuen Tag. Obwohl ich mehrere Tassen schwarzen Kaffee trank, konnte ich das Gefühl dumpfer Betäubung weder aus meinen Knochen noch aus dem Kopf vertreiben.

Mit grimmiger Befriedigung sah ich am frühen Abend das letzte Polizeiauto die schmale Straße hinabfahren. Ich rieb mir die müden Augen, umklammerte meinen schmerzenden Fuß, dachte vage an ein heißes Bad, brachte aber nicht die nötige Energie auf, um irgendwas anderes zu tun, als auf den Eingangsstufen des Wohnwagens zu sitzen und zu beobachten, wie das Pferd graste. Etwa eine Stunde später bemerkte ich, daß Holmes auf einem Baumstumpf hockte und sein Taschenmesser in den Stamm an seiner Seite warf.

«Holmes?»

«Ja, Russell?»

«Wenn ein Fall abgeschlossen ist, fühlt man sich immer so schrecklich leer.»

Er antwortete nicht sofort, stand auf, blickte zur Straße, zum Haus zwischen den Platanen. Als er sich mir zuwandte, lächelte er wehmütig. «Nicht immer, aber meistens.»

«Deshalb das Kokain.»

«Ja, deshalb das Kokain.»

Ich humpelte in den Wagen, um mir noch eine Tasse Kaffee zu holen, und trug das lauwarme Getränk in die letzten Strahlen der sinkenden Sonne. Die fettige Schicht auf der Flüssigkeit ekelte mich an. Spontan schüttete ich sie weg, sah sie im zertrampelten Gras versickern und sprudelte hervor, was ich eigentlich verschweigen wollte. «Holmes, ich glaube, heute kann ich hier nicht schlafen. Ich weiß, es ist schon spät, und wir würden nicht mehr weit kommen – aber wäre es Ihnen sehr unangenehm, wenn wir die Nacht anderswo verbrächten? In diesem Dorf halte ich's nicht mehr aus.» Meine Stimme begann zu zittern, und diesmal wirkte sein Lächeln viel fröhlicher.

«Mary, mein Mädchen, Sie nehmen mir das Wort aus dem Mund. Wenn Sie den Gaul einspannen, packe ich inzwischen alles zusammen. Es dauert nur eine Minute.»

Natürlich dauerte es viel länger, aber die Abendsonne schien immer noch, als wir den bemalten Wagen wendeten und zur Straße lenkten, auf der wir am Vortag hierhergekommen waren. Bald konnte ich freier atmen, und nach ein paar Meilen lehnte sich Holmes zurück und seufzte tief auf.

«Glauben Sie, man wird denjenigen schnappen, der Jessie entführen ließ?» fragte ich.

«Das ist möglich, aber unwahrscheinlich. Diese Person war sehr vorsichtig. In dieser Gegend wurde sie nie gesehen und hielt sich auch gar nicht hier auf, denn sie hätte die zerrissenen Vorhänge und den Ast, der fast bis zum Ende des zweiten Zimmers reichte, sicher bemerkt. Die fünf Männer wurden anonym engagiert und bezahlt, kannten keine Adresse und auch keine Telefonnummer, konnten nur über die Seufzerspalte der Zeitung in Kontakt mit ihrem Auftraggeber treten und erhielten ihre Anweisungen durch mehrere, in ganz London verteilte Postfächer. Alle Instruktionen, die ich sah, wurden auf derselben Schreibmaschine getippt, die bald auf dem Grund der Themse liegen dürfte. Scotland Yard hat vielleicht Glück und findet heraus, woher das Geld stammt, mit dem die Kidnapper entlohnt wurden, aber ich zweifle daran. Wie auch immer, früher oder später wird der Schuldige womöglich doch aus der Versenkung hervorkommen, und vielleicht sehen wir ihn dann. Russell? He, Russell, fallen Sie nicht unter die Räder, ich flehe Sie an! Geben Sie mir die Zügel und schlafen Sie ... Klar schaffe ich das. Ich habe schon lange vor Ihnen Pferde gelenkt. Machen Sie ruhig die Augen zu.»

Genau das tat ich.

Viele Stunden später erwachte ich in dunkler Nacht, als ich hörte, wie die Tür des Wohnwagens aufging und leise Schritte über die Bodenbretter tappten. Kleidungsstücke raschelten, dann kletterte Holmes zu seinem Etagenbett hinauf. Ich drehte mich auf die andere Seite und schlief weiter.

■

Es war ein Segen, daß wir in unserem Pferdewagen nur langsam nach Cardiff holpern konnten. Hätten wir ein Automobil benutzt, wären wir mitten in polizeiliche Aktionen hineingeplatzt, sofort mit dem Zug heimgefahren und ziemlich verwirrt gewesen – zumindest ich, Holmes vielleicht auch.

Aber die zweitägige Reise zwang uns, den Fall in die richtige Perspektive zu rücken. Wir saßen auf dem hölzernen Sitz oder wanderten neben dem Pferd dahin, und Holmes wechselte zwischen seiner Pfeife und sanftem, lyrischem Geigenspiel.

Wir brachten Pferd und Wagen zu Andrewes, verfrachteten unsere Taschen und Päckchen in ein Taxi und fuhren zum besten der Hotels, die uns nach Ansicht des Chauffeurs aufnehmen würden. Und man akzeptierte das Zigeunerpaar tatsächlich. Mein Badezimmer bot mir ein schwelgerisches Vergnügen. Endlos lange saß ich in der Wanne, und nach vier Spülungen erblondete ich wieder, aber eine gewisse Bräune blieb auf meiner Haut zurück. Ich stand vor dem Spiegel und verknotete gerade meinen Schlips, als es an der Tür klopfte. «Russell?»

«Kommen Sie nur herein, Holmes, ich bin fast fertig.» Er trat ein, und wie ich feststellte, hatte die Sonne auch ihn gebräunt. Die grauen Schläfen waren zurückgekehrt. Während er Platz nahm und wartete, steckte ich mein immer noch feuchtes Haar hoch. Vermutlich kannte ich außer ihm keinen Menschen, der einfach nur dasitzen und mich beobachten konnte, ohne daß einer von uns das Bedürfnis verspürte, Konversation zu machen. Ich griff nach meinem Zimmerschlüssel. «Gehen wir?»

Erwartungsgemäß empfingen uns die Simpsons dankbar und glücklich. Aber Mrs. Simpson sah ziemlich mitgenommen aus. Immer wieder berührte sie ihr Kind, als wollte sie sich von seiner Anwesenheit überzeugen. Der Senator wirkte frisch und ausgeruht. Bedauernd erklärte er, wie gern er noch hierbleiben und mit uns reden würde. Doch er habe es eilig, denn er werde dringend in London gebraucht.

Zwischen den beiden saß Jessica, die mich ernst begrüßte. Auf ihrer Wange entdeckte ich einen blauen Fleck, der bereits verblaßte und den ich in der Dunkelheit nicht bemerkt hatte. Ich erkundigte mich nach ihrer Puppe, und sie entgegnete, der gehe es gut, vielen Dank. Ob ich Lust hätte, ihr Hotelzimmer zu sehen? Ich entschuldigte mich bei den anderen und folgte ihr durch den Flur. (Die Familie wohnte in einer viel vornehmeren Suite als wir.)

Wir saßen auf dem Bett und redeten mit der Stoffpuppe, dann wurde ich mit einem Teddybären, zwei Hasen und einer hölzernen Marionette bekannt gemacht, deren Gelenke sich bewegen ließen. Sie zeigte mir ein paar Bücher, und wir sprachen über Literatur. «Das alles kann ich lesen», verkündete sie ohne jede Selbstgefälligkeit.

«Daran zweifle ich nicht.»

«Konnten Sie mit sechs schon lesen, Miss Russell?» Auch in diesen Worten schwang kein Stolz mit. Jessie bat mich einfach nur um eine Information.

«Ja, wenn ich mich recht entsinne.»

Zufrieden nickte sie und strich den Rock ihrer Puppe glatt. «Das dachte ich mir.»

«Wie heißt deine Puppe?»

Jessies Reaktion auf diese simple Frage überraschte mich. Ihre Hände erstarrten, und sie konzentrierte sich auf das etwas abgegriffene Gesichtchen in ihrem Schoß. Dann biß sie sich auf die Lippen und antwortete: «Früher hieß sie Elizabeth.»

«Und jetzt?» Ich spürte, wieviel ihr das bedeutete, verstand aber nicht, warum.

«Mary», wisperte sie, und nach ein paar Sekunden erwiderte sie meinen Blick. Da ging mir ein Licht auf.

«So wie ich?»

«Ja, Miss Russell.»

Nun war es an mir, den Kopf zu senken und meine Hände zu studieren. Heldenverehrung zählte nicht zu den Themen, die Holmes in seinen Lektionen behandelt hatte, und meine Stimme klang ein wenig unsicher. «Jessica, würdest du was für mich tun?»

«Natürlich, Miss Russell», beteuerte sie ohne Zögern, und ich ahnte, daß sie sogar aus dem Fenster springen würde, wenn ich sie darum bäte.

«Könntest du mich Mary nennen?»

«Aber Mama sagte ...»

«Ich weiß, alle Mütter möchten ihren Kindern gute Manieren beibringen, und das ist auch sehr wichtig. Aber wenn wir beide allein sind, wäre es mir lieber, wenn du mich Mary nennen würdest. Ich ...» In meiner Kehle saß ein Kloß, und ich schluckte krampfhaft. «Ich hatte nie eine Schwester, Jessica, und mein Bruder starb – ebenso wie meine Eltern. Jetzt habe ich keine Familie mehr. Willst du meine Schwester sein?»

Die staunende Anbetung in ihren Augen war einfach zuviel für mich. Ich nahm sie in die Arme, damit ich sie nicht mehr anschauen mußte. Ihr Haar duftete süß nach Kamille. Während ich sie festhielt, begann sie zu schluchzen. Seltsamerweise weinte sie nicht wie ein Kind, sondern wie eine erwachsene Frau. Ich wiegte sie schweigend hin und her. Nach einer Weile holte sie zitternd Atem, und die Tränen versiegten.

«Fühlst du dich jetzt besser?» fragte ich. Den Kopf an meine

Brust geschmiegt, nickte sie, und ich streichelte ihr Haar. «Dafür sind Tränen da – um die Angst zu lindern und den Haß zu mindern.»

Wie erwartet, berührten diese Worte einen wunden Punkt. Sie richtete sich auf und sah mich mit blitzenden Augen an. «Ja, ich hasse diese Männer. Mama sagt, das darf ich nicht, aber es ist nun mal so. Wenn ich einen Revolver hätte, würde ich sie alle töten.»

«Glaubst du das wirklich?»

Sie dachte kurz nach, dann ließ sie die Schultern hängen. «Vielleicht nicht. Aber ich möchte es.»

«Das verstehe ich. Diese Männer sind böse. Sie haben dir etwas Schreckliches angetan und deine Eltern tief verletzt. Aber ich bin froh, daß du sie nicht erschießt. Sonst würdest du im Gefängnis landen, und das will ich nicht. Aber du kannst sie hassen. Sie haben ein furchtbares Verbrechen begangen, dich entführt und geschlagen und wie einen Hund angekettet. Auch ich hasse sie.»

Verwundert beobachtete sie meinen Gefühlsausbruch, und ich bekräftigte: «Ja, ich hasse sie. Und weißt du, warum ich sie am allermeisten verabscheue? Weil sie dein unbeschwertes Glück gestohlen haben. Jetzt kannst du nur noch den Leuten vertrauen, die du kennst – sonst keinem mehr. Und ein sechsjähriges Mädchen sollte sich nicht vor seinen Mitmenschen fürchten.»

Dieses Kind brauchte Hilfe, aber ich nahm an, die Eltern würden dem Vorschlag einer Psychotherapie mit der üblichen Mischung aus Entsetzen und Verlegenheit begegnen. Vorerst mußte sich das kleine Mädchen mit mir begnügen. Heile dich erst mal selber, du großartige Ärztin, sagte ich mir sarkastisch.

«Mary?»

«Ja, Jessica?»

«Du hast mich von diesen Männern weggeholt, zusammen mit Mr. Holmes.»

«Ja, wir haben der Polizei geholfen, dich zu retten», antwortete ich vorsichtig und nicht ganz wahrheitsgemäß. Worauf wollte sie hinaus?

«Wenn ich aufwache, glaube ich manchmal immer noch, ich

würde in diesem Bett liegen. Und ich höre die Kette rasseln. Tagsüber denke ich oft, ich würde träumen und ans Bett gefesselt sein, sobald ich die Augen öffne. Und einer dieser Männer sitzt mit seiner Strumpfmaske auf dem Stuhl. Ich meine – ich weiß, daß ich jetzt wieder bei Mama und Papa bin, aber ich habe das Gefühl, ich wäre gefangen. Verstehst du, wovon ich rede?» fragte sie eher hoffnungslos.

Die Realität des Residuums, dachte ich, der nachwirkende Rest eines traumatischen Erlebnisses, von Dr. phil. Leah Ginzberg in Deutschland erforscht. «O ja, ich kenne dieses Gefühl, Jessica, sogar sehr gut. Und es vermischt sich mit anderen Gefühlen, nicht wahr? Zum Beispiel glaubst du vielleicht, es wäre deine Schuld, und du wärst den Entführern entkommen, wenn du dich mehr drum bemüht hättest.» Sie starrte mich an, als würde ich ein Kaninchen aus dem Ärmel zaubern. «Oder du bist sogar böse auf deine Eltern, weil sie dich nicht früher befreit haben.» Beide Vermutungen trafen den Nagel auf den Kopf, und in der Kinderseele schien ein Damm zu brechen.

«Beinahe wäre ich geflohen, aber ich rutschte aus und fiel hin, und er fing mich wieder ein. Dann dachte ich, wenn ich nichts esse, müßten sie mich vielleicht gehen lassen. Aber ich war so hungrig, obwohl es bedeutete, daß ich – den Topf benutzen mußte. Ich konnte die Kette nicht von meinem Bein runterkriegen, immer war jemand da, und als die Tage vergingen und niemand kam, dachte ich, vielleicht – vielleicht – nun ja, Mama würde nach Amerika fahren und Papa wollte mich nicht zurückhaben.» Die letzten Worte waren ein fast unhörbares Flüstern. Bedrückt zupfte sie an ihrem Rocksaum.

«Redest du mit deiner Mama darüber?»

«Gestern versuchte ich es, aber da hatte sie Tränen in den Augen, und ich sehe sie nicht gern weinen.»

«Natürlich nicht», stimmte ich zu und ärgerte mich über die mangelnde Selbstkontrolle dieser Frau. «Sie war sehr unglücklich, Jessie, aber in ein paar Tagen wird's ihr bessergehen. Dann versuch's noch mal. Oder sprich mit deinem Vater.»

«Ja, ich will's versuchen», erwiderte sie unsicher.

Ich legte meine Hände auf ihre Schultern und zwang sie, mich anzuschauen. «Vertraust du mir, Jessie?»

«Ja.»

«Ich meine – wirklich? Viele Erwachsene sagen Dinge, die nicht ganz richtig sind, weil sie wollen, daß du dich besser fühlst. Glaubst du mir, wenn ich dir schwöre, das niemals zu tun?»

«Ja.»

«Dann hör mir jetzt zu. Ich weiß, das hast du schon von anderen Leuten gehört, aber jetzt sage *ich's*, deine Schwester Mary, und es ist die reine Wahrheit. Du hast alles getan, was du konntest, und deine Sache großartig gemacht, das Taschentuch und das Haarband fallen lassen, damit wir's finden konnten ...»

«Wie Hänsel und Gretel», warf sie ein.

«Genau – eine Spur durch den Wald. Du hast versucht zu flüchten, obwohl du befürchten mußtest, daß die Entführer dir weh tun würden. Und in deiner Gefangenschaft, als du völlig hilflos warst, bist du stark geblieben, hast gewartet und diesen Männern keinen Grund gegeben, dich zu verletzen. Du hast auf uns gewartet. Obwohl du dich langweilen und fürchten und sehr, sehr einsam fühlen mußtest. Und als ich dann kam, hast du dich klug und vernünftig benommen. Du warst ganz still, während ich dich davontrug, sogar bei der Klettertour den Baumstamm runter, wo ich dir fast den Arm zerquetscht hätte.»

«Das tat nicht besonders weh.»

«Du warst tapfer, intelligent und geduldig. Und wie du selber gemerkt hast – es ist noch nicht vorbei. Du wirst noch eine ganze Weile tapfer, intelligent und geduldig bleiben müssen – und warten, bis der Zorn und die Angst nachlassen. Eines Tages wird das geschehen. (Und wie ist es mit den Alpträumen, fragte meine innere Stimme.) Nicht sofort, und diese Gefühle werden niemals ganz verschwinden, aber immerhin verblassen. Glaubst du mir das?»

«Ja. Aber ich bin immer noch sehr wütend.»

«Gut, sei wütend. Zu dieser Wut bist du berechtigt, nachdem

dir jemand grundlos so viel angetan hat. Aber könntest du versuchen, dich nicht mehr zu fürchten – und wieder ein bißchen glücklich zu sein?»

«Wütend und – glücklich?» Dieser Widerspruch schien ihr zu gefallen. Eine Zeitlang dachte sie darüber nach, dann sprang sie auf. «Ich werde wütend und glücklich sein.» Sie rannte aus dem Zimmer, und ich folgte ihr, die Puppe Mary in der Hand. Wir betraten den Wohnraum, wo sie der verwirrten Mutter ihre neue Lebensphilosophie erklärte. Als ich Holmes' Blick einfing, stand er auf.

«Oh, möchten Sie nicht zum Tee bleiben, Mr. Holmes? Miss Russell?» fragte Mrs. Simpson.

«Tut mir leid, Madam, aber wir müssen aufs Polizeirevier gehen, und danach wollen wir den Siebenuhrzug erreichen.»

Ich hockte mich vor Jessica hin, gab ihr die Puppe, und sie schlang beide Arme ganz fest um meinen Hals.

«Kannst du schreiben, Jessie?»

«Ein bißchen.»

«Vielleicht hilft dir deine Mutter, mir manchmal einen Brief zu schreiben. Ich würde gern von dir hören. Und vergiß nicht, mit deiner Wut glücklich zu sein. Leb wohl, Schwester Jessie.»

«Leb wohl, Schwester Mary», antwortete sie im Flüsterton, damit ihre Mutter sie nicht hörte, und kicherte.

■

Wir verabschiedeten uns von einem verlegenen Chief Inspector Connor, der uns ein Automobil für die Fahrt nach Bristol zur Verfügung stellte, damit wir einen früheren Zug erwischten und ihm nicht mehr zur Last fielen. Wieder hatten wir ein Abteil für uns allein, obwohl wir nicht mehr so schäbig aussahen wie unser Gepäck.

Weite Felder zogen an unserem Fenster vorbei. Holmes griff nach seiner Pfeife und dem Tabaksbeutel. Allmählich kehrte die Normalität zurück, wurde mit jedem Rattern der eisernen Räder spürbarer, aber es gab auch etwas, das zwischen meinem Begleiter und mir klargestellt werden mußte.

«An diesem Fall wollten Sie mich nicht mitarbeiten lassen, Holmes», begann ich, und er nickte. «Bereuen Sie jetzt, daß Sie's trotzdem taten?»

Er wußte sofort, was ich meinte, und das verhehlte er auch gar nicht. Doch er schaute mich nicht an, nahm die Pfeife aus dem Mund und inspizierte ihren Kopf, stocherte mit seinem Stopfer im Tabak herum, und es dauerte eine Weile, bis er antwortete. «Tatsächlich – in diesem Fall war ich keineswegs begeistert über Ihre Assistenz. Ich geb's zu. Das soll nicht heißen, daß ich an Ihren Fähigkeiten gezweifelt hätte. Hoffentlich verstehen Sie das. Ich arbeite gern allein. Das war schon immer so. Während Watson mich unterstützte, funktionierte er einfach nur als ein zweites Paar Hände, und es entstand keine richtige Partnerschaft. Aber Sie sind nicht der Typ, der sich damit begnügt, Anordnungen zu befolgen. Das sehe ich schon seit einiger Zeit. Mein Zögern hing keineswegs mit der Angst zusammen, Sie könnten einen katastrophalen Fehler begehen, vielmehr fürchtete ich, dazu würde *ich* Sie veranlassen, durch falsche Instruktionen oder meine langjährige Abneigung, mit irgend jemandem zusammenzuarbeiten. Und dann verschaffte ich Ihnen durch mein Widerstreben, Sie auch nur mit einem simplen Ablenkungsmanöver zu betrauen, die Gelegenheit, den Fall allein zu lösen.»

«Tut mir leid, Holmes, aber als ich ...»

«Um Himmels willen, Russell», unterbrach er mich ungeduldig, «entschuldigen Sie sich nicht! Ich kenne die Umstände, und Sie haben die richtige Entscheidung getroffen. Es wäre sogar verhängnisvoll gewesen, hätten Sie diese Chance verpaßt. Wie ich gestehen muß, erschrak ich furchtbar, als ich Sie die Straße hinunterlaufen sah, das Kind auf dem Rücken. So etwas hätte Watson niemals getan, von seinem Beinleiden ganz abgesehen. Seine Stärke lag stets in seiner unbeirrbaren zähen Verläßlichkeit. Seine Versuche, unabhängig zu handeln, schlugen meist fehl, und so wollte ich ihn nie dazu ermutigen. Aber Sie habe ich bei diesem Fall hinzugezogen, weil der Schritt irgendwann einmal getan werden mußte, und ich fand es besser, dafür eine Situation zu wählen, bei der ich jederzeit in Ihrer Nähe blieb. Zumindest dachte ich das, ohne zu ahnen, daß Sie gleich beim erstenmal, wo ich Sie aus den Augen ließ, ein so gefährliches Wagnis eingehen würden ...»

Er machte eine Pause und befaßte sich wieder mit seiner Pfeife, die ihm beträchtliche Schwierigkeiten zu bereiten schien. Nachdem sie endlich so qualmte, wie er sich das vorstellte, sah er mich an, und den Ausdruck in seinen Augen kann ich nur als wehmütiges Funkeln bezeichnen. «Aber Sie taten genau das, wozu ich mich unter diesen Bedingungen sicher auch entschlossen hätte.»

Sofort fiel eine Zentnerlast von meinen Schultern, und meiner würdevollen Haltung wurde die Reife von fünf weiteren Jahren hinzugefügt. Obwohl er das Kompliment eher widerwillig ausgesprochen hatte, empfand ich eine geradezu lächerliche Freude und verbarg mein triumphierendes Lächeln, indem ich mich zum Fenster wandte. Nach ein paar Dutzend Telegrafenmasten erinnerte ich mich wieder an Jessica, an den inneren Kampf, den sie bestehen mußte.

Holmes las meine Gedanken. «Womit haben Sie die kleine Simpson dermaßen aufgeheitert? Als wir das Hotel verließen, war sie wie verwandelt.»

«So? Sehr gut.» In gleichmäßigem Rhythmus glitten die Pfosten vorbei, und das hypnotische Rattern der Räder begann mich einzulullen. Aber weil es Holmes war, der diese Frage gestellt hatte, antwortete ich: «Ich wiederholte einige Dinge, die mir jemand sagte, nachdem meine Familie gestorben war. Hoffentlich konnte ich Jessica helfen.» Dann beobachtete ich unsere Spiegelbilder in der Fensterscheibe, die sich rasch verdunkelten; Holmes rauchte seine Pfeife, und wir schwiegen, bis wir in Seaford ankamen.

■

Natürlich hatte er den Fall richtig eingeschätzt. Die Männer in Wales waren für ihre Arbeit gut bezahlt worden und hatten die Anweisungen anonym erhalten, von einer heiseren Stimme aus

London und per Post. Nach sorgfältiger Planung erklärte man ihnen in allen Einzelheiten, wie sie vorgehen mußten – von der Miete des dörflichen Hauses und dem Kauf der benötigten Kleidungsstücke in Cardiff bis zur Konstruktion der Gaspistole, der Route, der sie vom Zelt aus folgen, und den Nachrichten, die sie in der Seufzerspalte veröffentlichen mußten. Außerdem hatte man ihnen aufgetragen, in Gegenwart des Kindes stets Strumpfmasken zu tragen (was mich im nachhinein erleichterte, denn es bewies, daß ein Mord nicht beabsichtigt worden war).

All das hatte man innerhalb weniger Wochen organisiert, ohne irgendwelche Spuren zum Londoner Kontakt zu hinterlassen. Als die Kidnapper verhaftet wurden, rissen alle Fäden, und wir mußten uns mit fünf redseligen Männern begnügen, mit einer bemerkenswerten Geldsumme, deren Herkunft nicht festgestellt werden konnte, und dem Wissen, daß der Puppenspieler hinter der ganzen Inszenierung entkommen war.

BUCH DREI

Partnerschaft

Das Wild ist auf …

8

Wir haben einen Fall

■

Der Hinterhalt einer hastigen Abenddämmerung ...
Die kalte Drohung des Winters.

Der Oxford-Kalender bestand aus Trimestern, und jedes hatte sein eigenes Flair. Das Studienjahr begann jeweils mit dem Michaelistrimester im Herbst, wenn Geist und Körper nach der sommerlichen Erholung wieder bereit waren, sich ins akademische Leben zu stürzen. Die Tage wurden kürzer, der Himmel verdüsterte sich, Regen schwärzte die Steinmauern und Ziegeldächer der Stadt, und das Gehirn unterwarf sich von neuem der erforderlichen Disziplin.

Im Frühjahrstrimester, das im Januar anfing, erschien mir der Winter endlos. Man merkte kaum, wie die Tage länger wurden und die ersten Keime erwachten. Aber im Mai, zu Beginn des Sommertrimesters, wuchs das junge Pflanzenleben mit der Sonnenkraft, ebenso wie die menschlichen Energien, die sich auf die Jahresabschlußprüfungen konzentrierten.

Mir gefiel das Michaelistrimester am besten, wo der studentische Geist wieder in die Pflicht genommen wurde und die feuchten Herbstblätter in dicken Schichten auf den Straßen lagen.

Jene Zeit von 1918 kann ich nicht isoliert betrachten, getrennt von den Gewitterstürmen, die ihm folgten. Es machte mir Spaß, die Kräfte meines Gehirns zu erproben. Im ersten Jahr hatte ich ein Fundament geschaffen, auf dem ich nun sehr viel aufbauen konnte. Die langen Stunden in der Bodley-Bibliothek berauschten mich nicht mehr, obwohl mich der Geruch der Bücher immer noch inspirierte. Ich begann, ernsthaft mit meinen Tutoren zu arbeiten, und ich erinnere mich an zwei oder drei Gelegenheiten, wo mich ihr respektvoller, interessierter Blick ebenso beglückte wie ein «Gut gemacht, Russell!» von Holmes. Nur selten mischte sich die Außenwelt ein, wenn mich auch der Gedanke an das Hochgefühl jenes Tages, an dem die Kanonen in Europa endlich verstummten, bis zu meinem letzten Atemzug begleiten wird. Schwarze akademische Trachten drängten sich in den Straßen, quadratische Mützen flogen in die Luft, Schreie und Küsse, das jubelnde Läuten aller Glocken, die so lange geschwiegen hatten, und dann die innige, ehrfürchtige Stille …

Das Abenteuer, das am Ende jenes Trimesters anfing, kann ich wohl kaum als «Fall» bezeichnen, denn die einzigen Klienten waren wir selbst, und das einzig mögliche Honorar hätten wir mit unserem Leben bezahlen müssen. Wie ein Unwetter brach dies alles über uns herein, bedrohte unseren Körper und Geist und das verletzliche Bündnis zwischen Holmes und mir.

Bezeichnenderweise begann es an einem feuchten, kalten, dunklen Dezembertag. Ich hatte die Nase voll von Oxford und den Streichen, die es mir spielte, nicht zuletzt vom infamen, gräßlichen Klima. Einem heftigen Schneesturm folgte eisiger Regen. Es goß wie aus Kannen, die Nässe tränkte die dicksten Wollmäntel und verwandelte normale Schuhe in durchweichte Lederbeutel. Ich zog mich an, wie es der Witterung entsprach, aber nicht einmal meine hohen, angeblich wasserfesten Wanderstiefel konnten mich schützen, als ich von der Bodley-Bibliothek zu meinem Quartier rannte. Ich hatte das Wetter und Oxford gründlich satt, ärgerte mich über die Anforderungen meiner Tutoren, über den Zwang, in meinen vier Wänden auszuharren – hungrig, müde und mißgelaunt.

Nur eins rettete mich vor tiefster Verzweiflung, die Erkenntnis, daß dieser Zustand ein Ende finden, daß ich am nächsten Abend vor einem großen steinernen Kamin sitzen würde, einen belebenden Drink in der Hand, voller Vorfreude auf eine üppige, wunderbare Mahlzeit in netter, fröhlicher Gesellschaft, bei guter Musik. Gar nicht zu reden von Veronica Beaconsfields attraktivem, dunkelhaarigem Bruder, der den Weihnachtsurlaub daheim verbringen würde …

Und das Allerbeste – welch ein Glück, welch ein Segen –, ein

Weihnachtsfest ohne meine Tante! Zwei Wochen würde ich in Ronnies Landhaus in Berkshire verbringen.

Schon vor drei Tagen wäre ich mit ihr abgereist, hätte mich eine kapriziöse, anspruchsvolle Tutorin nicht beauftragt, noch einen Essay zu schreiben, ein völlig unerwartetes und unvernünftiges Ansinnen.

Doch dann war es überstanden, nach sechs Stunden in der Bibliothek hatte ich den Essay in allen drei Punkten zufriedenstellend erarbeitet und mitsamt meinen Kommentaren für die Tutorin im College hinterlegt – feucht, aber leserlich. Meine Pflicht war erfüllt, und ich konnte endlich meine Freiheit genießen. Die Freude auf den nächsten Tag half mir, die Kälte zu ertragen, und ich fand sogar meinen bissigen Humor wieder.

Als ich mein Quartier erreichte, war ich total durchnäßt. Im Säulengang zog ich meinen Mantel aus, hängte ihn an einen Nagel und ließ ihn in schlaffem Trübsinn auf den Steinboden tropfen. Ich fand in einer meiner Taschen ein fast trockenes Tuch, mit dem ich meine Brille putzte, dann ging ich zum Pförtner. «Guten Tag, Mr. Thomas.»

«Eigentlich haben wir schon fast Abend, Miss Russell. Ein prachtvolles Wetter, was?»

«O ja, genau richtig für einen langen Spaziergang. Warum laden Sie Ihre Frau nicht zu einem Picknick oder einer netten Fahrt im Stechkahn ein? Das würde mir gefallen – Mrs. Thomas etwa nicht?» Ich setzte meine Brille auf, die prompt beschlug, und musterte den winzigen Weihnachtsbaum, der tapfer am Ende der langen Theke stand.

«Den hat sie geschmückt. Hübsch, nicht wahr? Ach ja, da hab ich was für Sie.» Der alte Mann wandte sich zu den Postfächern, die nach der Lage der einzelnen Quartiere angeordnet waren. Meins befand sich oben in der dritten Reihe, ganz links, und gehörte zu meinem Zimmer im höchsten Stockwerk, am hinteren Ende des Flurs. «Da – ein Brief kam mit der Post, und den anderen hinterlegte eine alte – äh, ältere Frau. Sie war hier und fragte nach Ihnen.»

Der Brief stammte von Mrs. Hudson und war pünktlich eingetroffen, so wie jeden Dienstag. Holmes schrieb mir nur selten. Hin und wieder schickte er mir rätselhafte Telegramme. Etwas häufiger korrespondierte ich mit Dr. Watson (jetzt Onkel John).

Neugierig musterte ich den zweiten Brief. «Eine Dame? Was wollte sie?»

«Das weiß ich nicht, Miss. Sie sagte nur, sie müsse mit Ihnen reden, und als ich erklärte, Sie seien nicht da, hinterlegte sie diese Nachricht.»

Auf dem billigen Kuvert von der Sorte, wie man sie bei jedem Zeitungshändler oder auf dem Bahnhof kaufen konnte, stand mein Name in präzisen lateinischen Buchstaben. «Das ist doch Ihre Handschrift, nicht wahr, Mr. Thomas?»

«Ja, Miss. Der Umschlag war unbeschriftet, als sie's mir gab, also schrieb ich Ihren Namen drauf.»

Vorsichtig vermied ich es, den schmutzigen Daumenabdruck in einer Ecke zu berühren, als ich das Kuvert mit Mr. Thomas' Brieföffner aufschnitt. Dann zog ich den fest zusammengefalteten Inhalt heraus und nahm ihn auseinander, mit einiger Mühe, da das feuchte Papier zusammenklebte. Erstaunt starrte ich auf die Anzeige eines Glasers in der Banburry Road, die ich schon mehrmals in der Stadt gesehen hatte. An der Rückseite dieses Exemplars hafteten Klebstoffreste, vom Regen ihrer Wirksamkeit beraubt. Wie ich den Spuren einer halben Stiefelsohle und einer großen Hundepfote in der Mitte entnahm, hatte das Blatt auf der Straße gelegen, ehe es in den Umschlag gesteckt worden war. Ich drehte es um und überlegte, was das bedeuten sollte.

Dabei beobachtete Mr. Thomas mich neugierig. Offensichtlich drängte es ihn, dieselbe Frage zu stellen, aber er war zu höflich. Als ich das Papier ins Licht hielt, meinte er: «Eine merkwürdige Nachricht, Miss Russell.»

«Allerdings. Ich habe eine exzentrische Tante, die mich manchmal heimsucht. Wahrscheinlich war sie's. Tut mir leid, wenn sie Ihnen auf die Nerven fiel. Wie sah sie aus?»

«Nun ja, ich hätte sie nie für eine Verwandte von Ihnen gehalten. Schwarzes Haar und sehr häßlich – verzeihen Sie, Miss, aber wegen dieses großen ekligen Muttermals am Kinn sollte sie mal zu einem Doktor gehen.»

«Wann war sie hier?»

«Vor etwa drei Stunden. Ich schlug ihr vor, auf Sie zu warten, und servierte ihr eine Tasse Tee. Aber ehe ich nach hinten ging, um die Tür zu versperren, sagte sie, nun müsse sie gehen. Und als ich zurückkam, war sie tatsächlich verschwunden. Soll ich sie hinaufführen, wenn sie noch mal kommt?»

«Lieber nicht, Mr. Thomas. Lassen Sie mich bitte holen.» Der Weg von meinem Zimmer zur Pförtnerloge war überdacht, also konnte ich nicht mehr naß werden. Außerdem wollte ich einer fremden Person nicht unbesehen Zugang zu meinen vier Wänden gewähren. Mein Blick wanderte zum Postfach, wo das Kuvert gelegen hatte. Sehr seltsam. Wer war diese Frau, und was wollte sie?

Ich dankte Mr. Thomas. Am Ende des Flurs setzte ich mich auf die unterste Stufe und schlüpfte aus den Stiefeln. Warum, weiß ich nicht mehr genau. Vielleicht fand ich sie unbequem, oder es widerstrebte mir, Schmutzspuren zu hinterlassen, die Mrs. Thomas wegwischen müßte. In Strümpfen stieg ich die Treppe hinauf, die lautlosen Schritte verrieten nichts von meiner Anwesenheit.

Bedrückende Stille erfüllte das Gebäude. Den einzigen Lärm verursachte der Regen, der gegen die Fensterscheiben prasselte. Wie oft hatte ich diesen Weg zurückgelegt und mich über den Krach gewundert, den ein paar Studentinnen erzeugen konnten …

Veronicas Tür war geschlossen, was nur dann vorkam, wenn sie sich nicht hier aufhielt. Trotzdem glaubte ich auch jetzt, ihre lebhafte Gegenwart zu spüren, den Tumult der Party zu hören, die sie letzte Woche gegeben hatte. Dann passierte ich das Zimmer Jane DelaFields, der ruhigen, religiösen Jane mit dem Talent, unvermittelt Limericks zu dichten, auf die stets ein heftiges Erröten folgte. Und Catharine, deren hübscher Bruder sich für Rosen begeisterte – nein, für Iris …

Alle waren heimgekehrt in den Schoß der Familie, nur die fröstelnde, einsame Mary Russell stieg auf der zugigen Treppe nach oben. Auf der obersten Stufe wandte ich mich zum hinteren Teil des Hauses und nahm meinen Schlüssel aus der Tasche. Als ich mein Zimmer erreichte und nach dem Türknauf griff, war ich so tief in melancholischen Gedanken versunken, daß ich Mr. Thomas' sonderbare häßliche Besucherin vergessen hatte und den Fleck beinahe übersah. Doch dann erstarrte ich und fühlte mich wie der Motor eines Automobils, der nach einer langen Fahrt plötzlich in den Rückwärtsgang geschaltet wird.

Ein fettiger schwarzer Fleck verunstaltete den glänzenden Messingknauf, und am Schlüsselloch entdeckte ich winzige Kratzer. Licht schien unter der Tür hervor ... Ich schüttelte mich. Sei nicht absurd, Russell, sagte ich mir. Wenn es dunkel war, ließ Mrs. Thomas oft eine Lampe brennen und machte Feuer im Kamin. Also gab es keinen Grund zur Sorge. Trotzdem flatterten meine Nerven – nur wegen des schrecklichen Wetters, der verzögerten Reise nach Berkshire und des lästigen Essays, redete ich mir ein.

Auf der anderen Seite dieser Tür lag ein ganz gewöhnliches Zimmer, sonst nichts. Das stellte ich fest, als ich durchs Schlüsselloch spähte und dann lächerlicherweise sogar noch unter der Tür hindurchsah. Aber ich brachte es nicht über mich, den Schlüssel ins Schloß zu stecken, und schaute mich um, ohne irgendwelche böse Omen zu bemerken. Und doch – als mein Blick den Korridor entlangwanderte, glaubte ich etwas zu sehen, irgend etwas Winziges. Langsam ging ich zur Treppe. Auf dem Fensterbrett des Flurfensters fand ich einen Schlammfleck, zwei Efeublätter und ein paar Regentropfen. Wie hatte das alles Mrs. Thomas' stets wachsamem Putzlappen entrinnen können?

Nein, Russell. Deine Phantasie läuft Amok. Mrs. Thomas mußte das Fenster geöffnet haben, um irgendein Insekt hinauszulassen. Oder waren die Leute zurückgekommen, die den Efeu im letzten Frühling so unzulänglich gestutzt hatten? Aber warum hatten sie das Fenster aufgemacht?

Energisch riß ich mich zusammen und eilte zu meiner Tür zurück. Ein paar Minuten lang stand ich davor, den Schlüssel in der Hand, und schaffte es nicht, ihn ins Schloß zu schieben. Hätte ich doch den Revolver bei mir, den Holmes mir aufgezwungen hatte ... Aber der lag in einer Schublade meiner Kommode, so nutzlos, als wäre er in China.

Holmes hatte Feinde, sogar viele. Immer wieder betonte er das, ermahnte mich zur Vorsicht und erklärte, auch ich könne die Zielscheibe seiner rachsüchtigen Bekannten werden. Das hielt ich für unwahrscheinlich, mußte jedoch zugeben, daß es nicht unmöglich war. Und nun veranlaßte mich der Argwohn, den er mir so mühsam suggeriert hatte, zu der Überlegung, ob an diesem regnerischen Abend irgend jemand seinen Haß gegen den Detektiv an mir auslassen wollte.

Ich war versucht, wieder nach unten zu laufen und Mr. Thomas zu bitten, er möge die Polizei anrufen. Doch der Gedanke an unmanierliche Beamte, die in schweren Stiefeln hier herumstapfen würden, spendete mir wenig Trost. Vorübergehend mochten sie einen Übeltäter verscheuchen, aber danach würde ich keineswegs besser schlafen.

Es gab zwei Möglichkeiten. Entweder sperrte ich die Tür auf und stellte die Person zur Rede, die ich dahinter antreffen würde – eine Handlungsweise, die mir aufgrund meines engen Kontakts zu Holmes nicht ratsam erschien. Oder ich gelangte auf einem anderen Weg in mein Zimmer. Leider gab es nur einen einzigen – durch eins der Fenster, die zum Hof hinausgingen, und der lag fast acht Meter unter mir. Im Sommer war ich einmal an den Efeuranken hinaufgestiegen, in der Heiterkeit einer langen, mittsommernächtlichen Abenddämmerung. Damals, im warmen Zwielicht, hatte mich am Ende dieser Kletterpartie nichts Gefährlicheres erwartet als ein Sprung durchs offene Fenster. Die Ranken würden mein Gewicht halten, dachte ich jetzt. Aber meine zitternden Finger?

«Um Himmels willen, Russell, das sind nur acht Meter. Hier in Oxford bist du richtig träge geworden. Kein Wunder, wenn du stundenlang in der Bibliothek auf deinem faulen Hintern sitzt. Oder fürchtest du dich vor der Kälte? Nachher kannst du dich wärmen. Du hast keine Wahl, also raff dich auf!» Wenn ich mit mir selber redete, kam der gedehnte amerikanische Akzent meines Vaters oft zum Vorschein, ebenso seine Rechthaberei.

Geräuschlos stieg ich die Treppe hinab, die zum Hof führte. Ich zog die Wollstrümpfe und den Mantel aus, legte die Sachen zusammen mit den Stiefeln und der Aktentasche in eine dunkle Ecke des Flurs. Die Brille verstaute ich sorgsam in einer Hemdtasche, die ich zuknöpfte. Dann holte ich tief Atem und wagte mich in den stürmischen Regen hinaus.

Die Temperatur war seit meiner Rückkehr fast auf den Gefrierpunkt gesunken, und in meiner dünnen Wollkleidung war ich nach wenigen Sekunden bis auf die Haut durchnäßt. Das Hemd klebte an meinen bebenden Brüsten, der Rock an den Beinen. Mit Fingern, die sich kaum bewegen ließen, zog ich mich am Efeu hoch und krallte gefühllose Zehen in die Ranken. Ich hätte Mr. Thomas wirklich bitten sollen, die Polizei zu verständigen. Aber mein Körper besiegte den Verstand. Automatisch kletterte ich weiter hinauf.

Bald erreichte ich die zweite dunkle Fensterreihe und sah über mir die hellen Quadrate meiner eigenen. In wachsender Vorsicht griff ich nach dem nächsten Zweig und merkte, daß ich die vorangegangenen noch nicht losgelassen hatte. Von jetzt an mußte ich die Bewegungen meiner Handmuskulatur bewußt steuern, die Finger öffnen und – noch wichtiger – um die Efeuranken schließen.

Langsam, ganz langsam kroch ich neben einem meiner Fenster hinauf und blickte durch den Spalt zwischen den Vorhängen. Niemand war zu sehen, das Kaminfeuer loderte fröhlich. Mit einem halb unterdrückten Fluch näherte ich mich dem nächsten Fenster. Hier wucherte der Efeu nicht so dicht, und als eine Ranke in meinen Fingern riß, stürzte ich beinahe auf den Steinboden hinab, aber meine andere Hand hielt mich fest, und der Wind übertönte alle Geräusche. Wie ein klatschnasser Affe hing ich an der Mauer und spähte ins zweite helle Rechteck.

Diesmal war ich erfolgreich. Sogar ohne Brille sah ich die alte

Frau, die Mr. Thomas beschrieben hatte, vor dem Feuer sitzen, über ein Buch gebeugt, die bestrumpften Füße aufs Kamingitter gestützt. Mit den steifgefrorenen Fingern meiner rechten Hand fummelte ich am Knopf der Hemdtasche nach meiner Brille, ließ sie zweimal beinahe fallen und setzte sie schließlich auf meine Nase, wenn auch ziemlich schief. Sogar von der Seite betrachtet wirkte die Fremde ungemein häßlich. Das schwarze Muttermal glich einem großen Insekt, das über ihr Kinn krabbelte. Ich wich etwas zurück und versuchte nachzudenken. Jedenfalls mußte ich etwas unternehmen, und zwar schnell, ehe meine gefühllosen Hände völlig unbrauchbar wurden.

Flüssiges Eis rann an meinem Hemdrücken hinab und tropfte von den nackten Füßen. Mein Gehirn, von der Kälte fast gelähmt, arbeitete nur langsam, aber irgend etwas an der alten Frau kam mir bekannt vor. Was? Ich stellte einen Fuß auf das bemooste steinerne Sims, beugte mich wagemutig vor und musterte die eigenartige Gestalt. Das Ohr? Und dann war mir plötzlich alles klar. Ich quetschte meine armen, halberfrorenen Finger um den Fensterrahmen und zerrte daran.

Die alte Frau schaute von ihrem Buch auf, erhob sich und öffnete das Fenster. Erbost starrte ich «sie» an. «Verdammt, Holmes, was zum Teufel treiben Sie hier? Und helfen Sie mir um Himmels willen hineinzuklettern, bevor Sie mich unten vom Pflaster kratzen müssen!»

Bald stand ich zitternd und triefend auf meinem Teppich, putzte meine Brille ungeschickt mit dem Vorhang, damit ich nicht blinzeln mußte, um Holmes anzusehen – das schmuddelige altjüngferliche Kleid, das grausige Muttermal. Seelenruhig erwiderte er meinen Blick und schien nicht im mindesten zu bedauern, was ich durch seine Schuld erlitten hatte.

«Großer Gott, Holmes, wegen Ihrer Neigung zu dramatischen Auftritten hätte ich mir beinahe den Hals gebrochen. Ich kann nur hoffen, daß ich keine Lungenentzündung kriege. Drehen Sie sich um, ich muß das nasse Zeug ausziehen.»

Gehorsam stellte er einen Stuhl an die Wand, an der keine

spiegelnden Gegenstände hingen, und setzte sich. Ich zog mich vor dem Kaminfeuer aus, schlüpfte in einen langen grauen Morgenmantel, den ich zusammengefaltet über eine Sessellehne gelegt hatte, und holte ein Handtuch für meine nassen Haare.

«So, jetzt dürfen Sie wieder gucken.» Ich schob meine nassen Sachen in eine Ecke. Damit würde ich mich später befassen. Holmes und ich standen uns zwar sehr nahe, aber meine Unterwäsche wollte ich denn doch nicht vor seiner Nase durch die Luft schwenken. Auch in einer engen Freundschaft gibt es gewisse Grenzen.

Ich nahm einen Kamm aus der Nachttischschublade, rückte einen Stuhl vor den Kamin und begann, im warmen Widerschein der Flammen meine feuchten Zöpfe zu entwirren. Meine Finger und Zehen brannten, als das Gefühl allmählich zurückkehrte. Mein Frösteln hatte nachgelassen, aber einen gelegentlichen Schauer konnte ich nicht unterdrücken. Holmes runzelte die Stirn. «Haben Sie keinen Cognac?»

«Sie wissen doch, daß ich so was nicht trinke.»

«Danach habe ich nicht gefragt», erwiderte er geduldig und herablassend, «sondern ob Sie einen Cognac haben. Ich würde mir gern einen genehmigen.»

«Dann müssen Sie sich an meine Nachbarin wenden.»

«Irgendwie bezweifle ich, daß der jungen Dame eine Gestalt wie die meine gefallen würde.»

«Das spielt keine Rolle, weil sie die Ferien in Kent verbringt.»

«Dann muß ich eben annehmen, sie würde mir erlauben, ihren Cognac zu trinken.» Beim Hinausgehen drehte er sich noch einmal um. «Übrigens, rühren Sie das Ding auf dem Tisch nicht an. Das ist eine Bombe.»

Ich musterte die schwarze Box inmitten eines Gewirrs von Drähten, bis er mit der Cognacflasche meiner Nachbarin und zwei Lupen zurückkehrte. Großzügig füllte er ein Glas, reichte es mir und schenkte sich selber eine kleinere Menge ein. «Keine besonders gute Marke, aber in diesen Schwenkern wird sie annehmbar schmecken. Trinken Sie!» befahl er.

Gehorsam nahm ich einen Schluck, der einen Hustenanfall auslöste, aber das Frösteln beendete. Als ich das Glas geleert hatte, breitete sich angenehme Wärme bis in meine Fingerspitzen aus. «Sicher wissen Sie, daß Alkohol nicht das beste Mittel gegen Unterkühlung ist», warf ich Holmes aufsässig vor. Ich ärgerte mich wirklich über diese ganze Farce und fand das melodramatische Requisit seiner Bombe albern.

«Würde Ihnen der Kältetod drohen, hätte ich Ihnen keinen Cognac gegeben. Aber wie ich sehe, fühlen Sie sich jetzt besser. Also kämmen Sie Ihr Haar aus, und machen Sie sich's in einem bequemen Sessel gemütlich. Wir haben ein langes Gespräch vor uns … Oh, wie vergeßlich bin ich doch auf meine alten Tage!» Er ging zum Einkaufskorb der alten Dame und nahm ein Päckchen heraus, dem ich sofort Mrs. Hudsons fürsorgliche Hand anmerkte. Meine Laune besserte sich augenblicklich.

«Welch eine aufmunternde Überraschung! Mrs. Hudson sei gesegnet! Aber angesichts einer schmutzigen alten Frau, über deren Kinn ein Insekt kriecht, kann ich nicht essen. Und falls Sie in meinem Zimmer Flöhe hinterlassen, werde ich Ihnen nicht so schnell verzeihen.»

«Das ist sauberer Schmutz», versicherte er und zupfte das widerliche Muttermal von seiner Haut. Er stand auf, entfernte seinen langen Rock und die lose Bluse, dann setzte er sich wieder – mehr oder weniger der alte Sherlock Holmes.

«Mein Appetit wird's Ihnen danken.» Ich rieb meine Haare trocken und griff gierig nach einer von Mrs. Hudsons unnachahmlichen Fleischpasteten. Für meine Extramahlzeiten verwahrte ich Brot und Käse. Aber obwohl diese Pasteten zwei Tage alt waren, zog ich sie dem Stilton, der in meiner Strumpfschublade vor sich hin schimmelte, ganz entschieden vor. Wie ich erst nach dem Essen merkte, hatte mich Holmes mit einer sonderbaren Miene beobachtet, die nun sofort verschwand und durch seinen üblichen, leicht überlegenen Blick ersetzt wurde. «Ich war hungrig», verteidigte ich mich unnötigerweise. «Heute mußte ich einen mörderischen Essay schreiben, für den ich meinen

Lunch ausfallen ließ. Den ganzen Nachmittag saß ich in der Bodley-Bibliothek. Ob ich gefrühstückt habe, weiß ich nicht mehr. Vielleicht.»

«Worum ging es in diesem Essay?»

«Das Thema könnte Sie interessieren. Eine Mathematik-Tutorin und ich arbeiteten an einigen theoretischen Problemen der Grundzahl Acht, als wir auf ein paar mathematische Übungen stießen, die ein alter Bekannter von Ihnen entwickelt hat.»

«Vermutlich meinen Sie Professor Moriarty?» Seine eisige Stimme erinnerte mich an den Efeu draußen, doch ich ließ mich nicht beirren.

«Genau. Heute fahndete ich nach mehreren Artikeln, die er veröffentlicht hatte. Seine mathematischen Forschungen faszinierten mich genauso wie seine Persönlichkeit.»

«Und welchen Eindruck haben Sie von diesem Mann gewonnen?»

«Ich muß an das ‹subtilste aller Tiere im Garten› denken. Sein kaltblütiger, skrupelloser Gebrauch von Logik und Sprache wirken irgendwie reptilartig, obwohl dieser Vergleich allen Schlangen gegenüber unfair ist. Wäre mir die Identität des Schreibers nicht bekannt gewesen, hätten sich bei dieser Lektüre meine Haare gesträubt.»

«Im Gegensatz zu Ihrem Lehrer sind Sie offensichtlich ein braves Säugetier, keine gefühllose Denkmaschine», bemerkte Holmes trocken.

«Ah», erwiderte ich leichthin, da der Cognac meine Zunge lokkerte, «*ich* habe Sie nie kaltblütig genannt, mein lieber Holmes, oder?»

Eine Zeitlang saß er reglos da, dann räusperte er sich. «Nein, das haben Sie nicht. Sind Sie mit Mrs. Hudsons Picknick fertig?»

«Ja, danke.» Ich erlaubte ihm, die Reste wegzuräumen, und seine Bewegungen kamen mir furchtbar steif vor. Aber da er es haßte, wenn man seine Wehwehchen zur Kenntnis nahm, schwieg ich. Wahrscheinlich hatte er sich in seiner dünnen Altweiberkleidung verkühlt und spürte wieder einmal seinen Rheumatismus. «Stellen Sie einfach alles da hinüber. Morgen mittag wird mir das köstlich schmecken.»

«Nein, tut mir leid, aber ich muß es wieder in meinen Einkaufskorb packen. Morgen brauchen wir's vielleicht.»

«Holmes, was Sie da sagen, mißfällt mir. Morgen bin ich verabredet. Ich fahre nach Berkshire. Diese Reise mußte ich schon einmal um drei Tage verschieben. Und ich beabsichtige nicht, sie erneut hinauszuzögern, nur weil Sie irgendwas von mir wollen.»

«Sie haben keine Wahl, Russell. Bevor sie uns aufspüren, müssen wir von hier verschwinden.»

«Wer? Holmes, was ist eigentlich los? Erzählen Sie mir bloß nicht, wir müßten da hinaus!» Ich zeigte zum Fenster. Dicke Tropfen prasselten gegen die Scheibe und kündigten an, daß der Regen bald in Schnee übergehen würde. «Ich bin noch gar nicht richtig trocken. Und dieses Ding, das Sie da mitgebracht haben – ist das wirklich eine Bombe? Warum haben Sie's auf meinen Tisch gelegt? Reden Sie endlich!»

«Also gut, um es klar und deutlich zu sagen – wir werden hinausgehen, aber nicht gleich. Bei meiner Ankunft war die Bombe schon hier, und zwar mittels eines Drahtes mit der Tür verbunden. Also war nichts weiter ‹los› als ein schlichter Mordversuch.»

Entsetzt starrte ich ihn an. Die ineinandergeschlungenen Drähte auf meinem Schreibtisch wirkten plötzlich bedrohlich, ein kalter Schauer rann über meinen Rücken. Als ich wieder atmen und sprechen konnte, hörte ich zufrieden, wie ruhig meine Stimme klang, fast energisch. «Wer möchte mich töten? Und wieso wußten Sie's?»

«Sehr gut, Russell. Ein tüchtiges Gehirn ist wertlos, wenn es die Gefühle nicht kontrollieren kann. Erklären Sie mir erst einmal, warum Sie am Efeu heraufgeklettert sind, statt durch die Tür hereinzukommen. Ihren Revolver hatten Sie nicht bei sich, und Sie durften nicht erwarten, daß es Ihnen gelingen würde, durchs Fenster ins Zimmer zu springen und den Eindringling zu überwältigen.» Seine trockene Stimme klang etwas zu beiläufig, und ich verstand nicht, warum ihm diese Frage so wichtig war.

«Zu Ihrer Information – ehe ich eine Entscheidung traf, mußte ich wissen, wer oder was mich hier erwartete. Hätte ich ein bewaffnetes Empfangskomitee vorgefunden, wäre ich nach unten gegangen, um Mr. Thomas zu bitten, er möge die Polizei anrufen. Gehe ich recht in der Annahme, daß Sie den schwarzen Fleck am Türknauf hinterließen, um meine Aufmerksamkeit zu erregen?»

«O ja.»

«Und der Schlamm und die Blätter auf dem Fensterbrett des Flurfensters?»

«Der Schlamm war schon da. Außerdem ein Blatt. Ich legte noch eins dazu, nur zur Sicherheit, damit's Ihnen auch wirklich ins Auge stach.»

«Und warum diese Farce, Holmes? Warum mußten Sie meine Knochen riskieren und mich zu dieser unsinnigen Klettertour veranlassen?»

Er schaute mir direkt in die Augen und entgegnete todernst: «Mein liebes Kind, weil ich mit absoluter Sicherheit erreichen mußte, daß Sie – obwohl Sie froren, müde und hungrig waren – die kleinen Hinweise entdecken und sich korrekt verhalten würden.»

«Die Nachricht in meinem Postfach war wohl kaum ein ‹kleiner Hinweis›. Ein bißchen plump für Ihr Niveau. Warum haben Sie Mrs. Hudson nicht einfach gefragt, in welchem Zimmer ich wohne – falls Sie es selber vergessen haben? Sie war schon ein paarmal bei mir.»

«Ich habe Mrs. Hudson mehrere Tage lang nicht gesehen.»

«Aber – die Pasteten ...»

«Die brachte mir der alte Will. Vielleicht haben Sie schon bemerkt, daß er mehr ist als nur ein Gärtner», fügte er hinzu, obwohl das scheinbar irrelevant war.

«Ja, das dachte ich mir bereits vor einiger Zeit. Aber warum waren Sie verreist ...?» Ich verstummte, und meine Augen verengten sich, als mir verschiedene Fakten bewußt wurden, vor allem seine steifen Bewegungen. «Mein Gott, Sie sind verletzt. Zuerst versuchte man, Sie zu töten, nicht wahr? Wurden Sie sehr übel zugerichtet?»

«Nur ein paar unangenehme Schnittwunden am Rücken, das ist alles. Leider werde ich Sie irgendwann bitten müssen, den Verband zu wechseln, aber jetzt noch nicht. Der Bombenleger glaubt glücklicherweise, ich würde demnächst sterben. Kurz nachdem man mich ins Krankenhaus eingeliefert hatte, wurde ein armer Landstreicher überfahren. Der liegt immer noch dort, den Kopf voller Bandagen, und auf seinem Krankenblatt steht mein Name. Wie ich betonen möchte, hält ein Constable an seinem Bett Wache.»

«Wurde noch jemand verletzt? Mrs. Hudson?»

«Der geht's gut, obwohl die Hälfte aller Fensterscheiben an der Südseite des Hauses zerbrochen ist. Bei diesem Wetter konnte sie nicht dort bleiben, deshalb wohnt sie bei ihrer Freundin in Lewes, bis die Reparaturarbeiten beendet sind. Die Bombe explodierte nicht im Haus, sondern in einem der Bienenstöcke – ausgerechnet. Der oder die Täter müssen sie in der Nacht zuvor gelegt haben, und ich sollte bei meinem morgendlichen Rundgang getötet werden. Vielleicht benutzte er ein Funkgerät, um die Detonation auszulösen, oder die Bewegungen in den angrenzenden Bienenstöcken genügten. Jedenfalls bin ich dankbar, daß dieses Ding nicht direkt vor meiner Nase in die Luft flog.»

«Aber wer hat das getan, Holmes? Wer?»

«Bei dieser Frage fallen mir drei Namen ein, obwohl ich die originelle Idee, einen Bienenstock zu benutzen, keiner dieser Personen zugetraut hätte. Im Lauf der Zeit habe ich vier Bombenleger ausgeschaltet. Einer ist tot, und einer der Überlebenden wurde vor fünf Jahren aus dem Gefängnis entlassen. Soviel ich weiß, beschloß er, ein anständiges Leben zu führen, und er entwickelte sich sogar zum Familienmenschen. Der zweite kam vor achtzehn Monaten frei und blieb offenbar in London, und der dritte floh im letzten Juli aus dem Princetown-Gefängnis. Jeder dieser drei könnte für den Anschlag auf mich verantwortlich sein. Die Bombe wurde professionell gelegt und hinterließ nur wenig brauchbares Beweismaterial. Bei dieser hier sieht's anders aus. Ein solches Ding ist genauso individuell wie ein Fingerabdruck. Was das Thema Bomben betrifft, bin ich allerdings nicht ganz up to date, und ich brauche einen Experten, der diesen besonderen Fingerabdruck lesen kann. Wenn wir gehen, nehmen wir die Box mit.»

«Und wohin gehen wir?» fragte ich mit bewundernswerter Geduld, während ich meine schönen Ferienpläne vereitelt sah.

«Natürlich in den großen Sündenpfuhl.»

«Warum London?»

«Wegen meines Bruders Mycroft, liebes Kind. Er besitzt alle Informationen von Scotland Yard, ohne die manische Zurückhaltung dieser Behörde zu üben, die dazu neigt, ihr Wissen zu hüten wie ein Drache seinen Goldschatz. Nach einem einzigen Telefonat kann Mycroft mir genau erzählen, wo sich die drei Verdächtigen aufhalten und wer am ehesten als Erfinder des Mechanismus auf Ihrem Schreibtisch in Frage kommt. Falls mein Angreifer immer noch glaubt, ich sei im Krankenhaus, würde er Sie nicht mit Mycroft in Verbindung bringen, da Sie meinem Bruder noch nie begegnet sind. Für ein oder zwei Tage sind wir in Sicherheit, dann werden wir sehen, wohin diese oder jene Anhaltspunkte führen. Ich fürchte, die Spur in Sussex ist längst erkaltet. Ich fuhr hierher, so schnell ich konnte, aber zu spät, um den Bombenleger bei seiner Arbeit zu ertappen. Das tut mir leid. Vor Ihnen sitzt eine minderwertige Form von Sherlock Holmes, alt und rostig, leicht zu erledigen.»

«Aber doch nur aufgrund einer Bombe, die Sie beinahe getötet hätte.» Seine langen, ausdrucksvollen Finger fegten meine ermunternden Worte beiseite, und ich fragte: «Brechen wir jetzt gleich auf?»

«Nein. Er weiß bereits, daß diese Bombe hier nicht explodiert ist. Zweifellos nimmt er an, daß Sie heute nacht gut aufpassen werden, nachdem Sie die Polizei nicht informiert haben. Diese Nacht wird er abwarten und morgen entweder eine andere Bombe legen, oder wenn er – wie ich vermute – intelligent und flexibel genug ist, sich als Heckenschütze auf die Lauer legen oder ein schnelles Automobil benutzen, sollten Sie so dumm sein und eine Zielscheibe abgeben. Doch das werden Sie nicht tun. Sobald es hell wird, fahren wir los, früher nicht. Bis dahin können Sie sich ausruhen.»

«Danke.» Ich riß meinen Blick von der Bombe los. «Erst kümmere ich mich um Ihren Rücken. Wieviel Verbandsmull werde ich brauchen?»

«Ziemlich viel, glaube ich. Haben Sie so was da?»

«Weiter unten am Flur wohnt ein hypochondrisch veranlagtes Mädchen, dessen Mutter Krankenschwester ist. Wenn Sie ihre Tür genauso kunstvoll öffnen wie die meiner Nachbarin, finden Sie dort alles, was Sie brauchen.»

«Ah, das erinnert mich an etwas, Russell. Ein verfrühtes Geburtstagsgeschenk.» Holmes reichte mir ein kleines, schmales, in glänzendes Papier gewickeltes Päckchen. «Machen Sie's gleich auf.»

Da er mir nur selten etwas schenkte, riß ich hastig das Papier herunter, atemlos vor Neugier. Das dunkle Samtetui enthielt einen Ring mit funkelnagelneuen Dietrichen, eine neuere Version seiner eigenen. «Holmes, wie romantisch! Schade, daß Mrs. Hudson nicht hier ist, sie wäre entzückt.»

Er kicherte und stand vorsichtig auf. «Sollen wir die Dinger mal ausprobieren?»

Später saßen wir wieder vor meinem Kaminfeuer, bereichert um mehrere Quadratmeter Verbandsmull, eine große Rolle Heftpflaster und ein Fläschchen Antiseptikum. Ich schenkte Holmes einen großen Cognac ein, und als er sein Hemd auszog, sah ich, daß ich den Großteil des Mulls brauchen würde. Nachdem ich ihm noch einmal nachgeschenkt hatte, trat ich zurück und inspizierte den Rücken. «Das sollten wir Watson überlassen.»

«Wäre er hier, würde ich das auch tun. Fangen Sie schon an!»

Er leerte das Glas, und ich goß ihm einen dritten Cognac ein. Dann griff ich nach der Schere, hielt aber inne. «Ich persönlich habe herausgefunden, daß das Gehirn am besten mit Schmerzen fertig wird, wenn man es ablenkt. Ah, jetzt fällt mir genau das Richtige ein. Holmes, erzählen Sie mir vom Fall des böhmischen Königs und Irene Adler.» Er wurde nur selten besiegt, aber diese Frau hatte es geschafft, mit einem mühelosen Flair, das ihn immer noch ärgerte. Ihr Foto stand in seinem Bücherregal, zur Erinnerung an seinen Fehlschlag, und wenn er jene Ereignisse schilderte, würde er sicher nicht mehr an seinen Rücken denken.

Zunächst weigerte er sich, aber während ich fortfuhr, klebrige Pflasterteile, Verbandszeug und Haut wegzuschnipseln und herunterzuzupfen, begann er, zwischen zusammengebissenen Zähnen zu sprechen. «Es fing in einer Frühlingsnacht im Jahre 1888 an, ich glaube, es war März. Der König von Böhmen kam zu meiner Tür und bat um ... Großer Gott, Russell, lassen Sie mir noch ein bißchen Haut, ja? Also, er kam zu mir und bat um Hilfe. Er war mit einer Frau – einer Opernsängerin – liiert gewesen, die er aufgrund seiner Stellung nicht heiraten konnte. Bedauerlicherweise liebte sie ihn und weigerte sich, ein Foto zurückzugeben, das die beiden in einer Pose offenkundiger Zuneigung zeigte. Dieses Foto wollte er unbedingt wiederhaben, und er beauftragte mich, es seiner ehemaligen Geliebten zu entwenden.»

Er erzählte weiter, während ich die Wunden desinfizierte, die Bandagenreste ablöste und eine Pause einlegte, wann immer sich seine Kinnmuskeln verkrampften oder Schweiß auf seiner Stirn ausbrach. Ehe die Geschichte beendet war, hatte ich den Verband gewechselt. Ich ging mit seinem blutbefleckten Hemd zum Waschbecken und hörte, wie die Sängerin Holmes' Verkleidung durchschaute und mit ihrem neuen Ehemann sowohl dem Detektiv als auch dem Monarchen entwischte. Dann trank er den letzten Schluck Cognac und starrte keuchend ins Feuer.

Ich ließ das gewaschene Hemd vor dem Kamin trocknen und wandte mich meinem erschöpften Freund zu. «Jetzt müssen Sie schlafen. Legen Sie sich in mein Bett ... Nein, ich dulde keinen Widerspruch. Eine Zeitlang müssen Sie auf dem Bauch liegen, also können Sie nicht in einem Sessel sitzen. Die Vernunft gebietet es, der Notwendigkeit zu gehorchen, und so lehne ich es ab, Ihre Galanterie in Anspruch zu nehmen.»

«Schon wieder eine Niederlage ... Ich kapituliere.» Mit einer schwachen Imitation seines sarkastischen Lächelns stand er auf und folgte mir. Ich schlug die Decken zurück, und er sank langsam in mein Bett. Sanft breitete ich die Laken über seine nackten Schultern.

«Schlafen Sie gut.»

«Morgen werden Sie sich wie ein junger Mann anziehen müssen, Russell», murmelte er ins Kissen. «Ich nehme an, Sie besitzen die erforderliche Kleidung.»

«Natürlich.»

«Stopfen Sie ein paar Sachen in einen kleinen Rucksack. Wenn wir sehr lange auf Reisen sind, kaufen wir unterwegs einige Kleidungsstücke zum Wechseln.»

«Ich werde noch heute nacht packen.»

«Außerdem müssen Sie Mr. Thomas einen Brief schreiben und erklären, Sie würden für ein paar Tage wegfahren. Mr. Holmes sei in einen Unfall verwickelt. Er ist mein Angestellter, also wird er es verstehen.»

«Er ist Ihr ... Was für ein hinterhältiger Kerl Sie sind! Schlafen Sie jetzt.»

Ich schrieb den Brief und bat Mr. Thomas, Veronica Beaconsfield anzurufen und ihr zu sagen, sie solle mich nicht vom Bahnhof abholen. Dann setzte ich mich vors Feuer und begann mein Haar, das endlich getrocknet war, zu flechten. Ich betrachtete die flackernden Kohlen, während meine Finger langsam die eine Hälfte meiner Haare in einen langen Zopf verwandelten, der bis zu meiner Taille reichte, und am Ende ein Band darum schlangen.

Als ich den zweiten Zopf in Angriff nahm, drang Holmes' leise Stimme aus der dunklen Ecke herüber, schlaftrunken und vom Cognac ein bißchen unartikuliert. «Einmal habe ich Mrs. Hudson gefragt, warum sie glaubt, daß Sie Ihr Haar so lang tragen. Sie sagte, das sei ein letzter Rest Ihrer Weiblichkeit.»

Meine Hände erstarrten. Zum erstenmal in unserer langen Bekanntschaft hatte er einen Kommentar über mein Aussehen abgegeben, ohne es herabzuwürdigen. Watson würde das niemals glauben. Lächelnd schaute ich in die Flammen und flocht wieder meinen Zopf. «Ja, natürlich denkt sie das.»

«Stimmt es?»

«Wohl kaum. Ich finde, kurzes Haar macht viel mehr Mühe, muß ständig gekämmt und geschnitten werden. Mit langem Haar komme ich viel besser zurecht, so seltsam das auch klingt.»

Er gab keine Antwort. Bald hörte ich ihn leise schnarchen. Ich holte eine Decke aus dem Schrank, wickelte mich hinein und setzte mich wieder vor den Kamin. Meine Brille legte ich auf den kleinen Tisch an meiner Seite. Die Konturen im Zimmer verschwammen, ich schlief ein.

Einige Stunden später erwachte ich mit steifen Gliedern und wußte nicht sofort, wo ich mich befand. Das Feuer war heruntergebrannt, aber ich sah eine Gestalt, die am Fenster saß, in eine Decke gehüllt, und in die Nacht hinausspähte. Ich richtete mich auf und tastete nach meiner Brille. «Holmes? Ist da jemand?»

Rasch wandte er sich mir zu und legte einen Finger auf die Lippen. «Nein. Still, mein Kind, schlafen Sie weiter. Ich denke nur nach, so gut ich's vermag, ohne meine Pfeife anzuzünden. Ich wecke Sie, wenn es soweit ist.»

Ich legte meine Brille wieder auf den Tisch, warf noch ein paar Kohlen ins Feuer und lehnte mich zurück. Ehe ich einschlummerte, erlebte ich einen jener sonderbaren, denkwürdigen Traummomente, die sich im Gehirn festsetzen und künftige Ereignisse vorherzusehen scheinen.

Vor meinem geistigen Auge erschienen Worte, so klar und deutlich, als wären sie in dicken Lettern gedruckt. Der Satz stammte aus der theoretischen oder philosophischen Einleitung zu Holmes' Buch über Bienenzucht. «Ein Bienenvolk sollte nicht als einzelne Spezies betrachtet werden, sondern als Triumvirat engverbundener, wenn auch unterschiedlicher Geschöpfe, wobei jedes eine exklusive Funktion ausübt, aber unweigerlich von den anderen abhängig ist. Eine einzelne Biene, von ihren Schwestern und Brüdern getrennt, wird sterben, selbst wenn man sie auf ideale Weise ernährt und umsorgt. Fern vom Bienenvolk kann eine einzelne Biene nicht überleben.»

Verblüfft über die Erinnerung an diese Sätze, erwachte ich – oder nur halb. Als ich zu Holmes hinüberschaute, gewann ich den sonderbaren Eindruck, ein Regentropfen würde über seine Wange rollen.

Das war völlig unmöglich. Jetzt glaubte ich, daß ich träumte, obwohl mir das Bild so lebhaft erschien, wenn auch leicht umnebelt von meinen kurzsichtigen Augen. Ich erwähne es nicht als historische Tatsache, sondern als Hinweis auf den komplexen Zustand meines Unterbewußtseins während jener Nacht – und wegen der Ereignisse, die ihre Schatten vorauswarfen.

9

Das Wild ist auf, folgt eurem Mute

■

Deshalb müssen wir enträtseln, was jetzt im dunkeln liegt.

■

«Erwachen Sie, Russell!» rief eine Stimme in mein Ohr. «‹Das Wild ist auf, folgt eurem Mute . . .›» Der Raum war finster bis auf die Flamme des Bunsenbrenners, Kaffeegeruch hing in der Luft.

«‹. . . und bei diesem Sturm ruft: Gott mit Heinrich! England! Sankt Georg!›» vollendete ich mißgelaunt das Shakespeare-Zitat aus König Heinrichs Rede. Wieder einmal mußten wir Breschen schlagen.

«In der Tat. Aber ich fürchte, das Wild, nach dem die Jagdhunde gieren, sind wir selber. Stehen Sie auf und trinken Sie Kaffee! Danach wird's eine Weile dauern, bis Sie wieder etwas Heißes in den Magen kriegen. Und was Ihre Kleidung angeht, packen Sie alle warmen Sachen ein, die Sie haben. Inzwischen bringe ich Ihren Nachbarinnen zurück, was wir uns ausgeliehen haben – und was davon noch übrig ist», fügte Holmes hinzu. «Vielleicht sollten Sie eine Flasche von diesem gräßlichen Cognac kaufen, ehe das Mädchen zurückkommt, das nebenan wohnt. Machen Sie kein Licht! Man darf uns nicht sehen.»

Als er wiederkam, war ich wie ein junger Mann gekleidet und hielt meine schwersten Stiefel in der Hand. «Die ziehe ich erst draußen an. Mr. Thomas hat ein ausgezeichnetes Gehör.»

«Sie kennen das Haus besser als ich, Russell, aber ich finde, wir sollten hinten hinausgehen. Sicher wird die Vordertür von der Straße aus beobachtet.»

Während ich nachdachte und dabei vorsichtig an meinem heißen Getränk nippte, mußte ich plötzlich unwillkürlich das Gesicht verziehen. «Hätten Sie das Becherglas nicht ausspülen können, bevor Sie Kaffee hineingossen? Das schmeckt nach dem Schwefel, den ich gestern benutzt habe. Ein Glück, daß ich nicht mit Arsen experimentiere!»

«Ich hab's gerochen. Nun, ein bißchen Schwefel ist gut für die Blutbildung.»

«Aber er verdirbt den Kaffee.»

«Dann trinken Sie ihn nicht. Kommen Sie, Russell, trödeln Sie nicht herum!»

Ich leerte das Becherglas bis zur Hälfte und schüttete den Rest ins Waschbecken. «Wir könnten sowohl der Straße als auch der Hintergasse ausweichen», schlug ich vor, «und ich bezweifle, daß irgend jemand, der keine mittelalterlichen Pläne von Oxford studiert hat, diesen Weg kennt. Er führt in einen Hof, wo's schrecklich stinkt.»

«Klingt ideal. Vergessen Sie Ihren Revolver nicht, Russell. Womöglich werden Sie ihn brauchen, und wenn er neben diesem widerlichen Käse im Schubfach liegt, nützt er Ihnen nichts.»

«Mein schöner Stilton! Bald ist er reif, und ich hoffe, er wird Mr. Thomas munden.»

«Wenn er einen noch höheren Reifegrad erreicht, wird er aus der Kommode und durch die Bodenritzen ins untere Zimmer fließen.»

«Oh, Sie beneiden mich nur um meinen verfeinerten Geschmack.»

«Diese Bemerkung werde ich keiner Antwort würdigen. Hinaus mit Ihnen, Russell!»

Lautlos schlichen wir durch Gänge und über Treppen in die Dachkammer, wo ich mit einem meiner neuen Dietriche die Tür zu einer Art Gefängniszelle öffnete. Zweihundertfünfzig Jahre lang war sie nicht betreten worden, bis der Verlobte einer meiner Hausgenossinnen während des letzten Sommers in den Tiefen der Bodley-Bibliothek einen alten Brief mit einem Hinweis auf die winzige Kammer gefunden, sie aufgespürt und zum Lohn für seine Bemühungen eine Gastdozentur erhalten hatte. Durch ein schmales Fenster gelangten wir aufs gefährlich glitschige Dach. Eine fünf Zentimeter dicke Schneedecke lag auf der Eisschicht.

Schließlich zischte Holmes mich an: «Haben Sie sich verirrt, Russell? Seit über einer Viertelstunde kriechen wir durch dieses Labyrinth. Ich nehme doch an, Sie verstehen, wie kostbar jede einzelne Minute ist.»

«O ja. Wir hätten auch die Möglichkeit wählen können, uns zwischen den Häusern an den Dachrinnen entlangzuhangeln. Körperliche Unannehmlichkeiten bedeuten Ihnen zwar nichts, aber ich ziehe es doch vor, einen späteren Zeitpunkt abzuwarten, wenn Sie sich den Rücken unbedingt wieder aufschürfen wollen.» Die Last der Verantwortung schärfte meine Zunge, und ich verkniff mir weitere bissige Äußerungen, um mich ganz auf die Route zu konzentrieren.

Dann erreichten wir endlich den ekligen Hof und standen vor seiner jungfräulich weißen Oberfläche, die Pferdeäpfel aus mehreren Jahrzehnten, Küchenabfälle und andere unaussprechliche Dinge verbarg. Im Sommer übertraf dieses Geviert die Geruchspotenz meines Stilton bei weitem. Wir drückten uns in eine Türnische, und ich flüsterte Holmes zu: «Wie Sie sehen, gibt es außer diesem noch zwei Ausgänge und keinen Schlupfwinkel, wo uns jemand auflauern könnte. Also wird uns hier niemand entdecken. Jetzt tauchen zwei Probleme auf. Erstens – vielleicht stehen Beobachter draußen in der Gasse. Zweitens – wenn man mein Verschwinden bemerkt, sucht man vermutlich die Umgebung ab und findet zwei Fußspuren. Sollen wir wieder über die Dächer klettern?»

«Wirklich, Russell, Sie enttäuschen mich, wenn Sie sich nur an den offenkundigen Möglichkeiten orientieren. Für eine weitere Tour durch lichte Höhen fehlt uns die Zeit. Bald werden unsere Gegner herausfinden, daß Sie ihnen entwischt sind, und Ihre Fußspuren dürften keinen Schaden anrichten. Meine wird man nicht entdecken. Falls Sie auf Beobachter stoßen, benutzen Sie Ihre Waffe.»

Ich schluckte, schob eine Hand in meine Tasche und durchquerte den Hof, dankbar für die dicken Nägel in meinen Stiefelsohlen. Als ich mich kurz umdrehte, sah ich Holmes vorsichtig in meine Fußabdrücke treten, den Altweiberrock gerafft, so daß seine Hose zum Vorschein kam. Wäre die Situation nicht so gefährlich gewesen, hätte ich gekichert. Den Revolver zwischen den Fingern, passierte ich die Tür. In der Hintergasse ließ sich keine Menschenseele blicken, nur bei den Mülltonnen zeugten scharrende, raschelnde Geräusche von der Anwesenheit ekliger Tiere.

Rasch folgten wir der Gasse parallel zur Hauptstraße, wo andere Frühaufsteher den Schnee bereits in grauen Matsch verwandelt hatten. Hier konnten wir nebeneinander gehen, mein Begleiter als hinkende alte Dame, ich als linkischer Farmerjunge. Holmes hatte sein schmutziges schwarzes Ensemble von gestern (Rock, Bluse und passendes Cape) durch ein gleichfalls schmutziges blaues Kostüm ausgetauscht. Das Muttermal war vom Kinn verschwunden, ersetzt durch faulige Zähne. Nach meiner Ansicht keine Verbesserung, aber nur wenige Augenpaare würden an diesem Mund vorbei in Holmes' Gesicht schauen – sofern es sich zwischen den Tüchern und dem großen Hut überhaupt zeigte.

«Machen Sie nicht so lange Schritte, Russell!» fauchte er. «Lassen Sie die Stiefel schleifen, und strecken Sie die Ellbogen raus! Außerdem wäre es angebracht, wenn Sie Ihre Kinnlade albern nach unten klappen würden. Und nehmen Sie um Himmels willen die Brille ab – zumindest, bis wir die Stadt hinter uns gelassen haben! Vielleicht könnte Ihre Nase ein bißchen triefen, das wäre sehr effektvoll.»

Bald schlurfte ich blindlings durch die trübe Morgendämmerung und stolperte immer wieder, während ich meine betagte Mutter stützte. Als es hell wurde, standen wir auf der Banbury Road, die nordwärts aus der Stadt führte. «Wir entfernen uns immer weiter weg von London!» klagte ich. «Das wird eine lange Reise.»

«So ist es sicherer. Versuchen Sie mal, dem Fahrer dieses Wagens einzureden, er soll uns mitnehmen – wenigstens ein paar Meilen.»

Gehorsam stapfte ich in die Straßenmitte und trat einem Farmer in den Weg, der Oxford in seinem leeren Karren verließ und sich über die drei Penny freute, die ich ihm anbot, «damit meine alte Mom nicht zu Fuß nach Banbury laufen muß, um ihr allerneuestes Enkelkind zu sehen».

Der redselige Mann schwatzte unentwegt, während sein Gaul die Straße entlangtrottete. Das ersparte uns die Mühe, eine Geschichte für ihn zu erfinden. Aber bei der Ankunft in Banbury hatte ich es gründlich satt, unter der Hutkrempe dümmlich zu grinsen und mein kurzsichtiges Zwinkern zu bekämpfen. Während der Wagen davonpolterte, wandte ich mich an Holmes. «Nächstes Mal spiele *ich* die schwerhörige alte Frau, und *Sie* können eine volle Stunde lang über derbe Scherze lachen.»

Fröhlich kicherte er und humpelte die Straße hinab.

■

Ein langer, anstrengender Tag lag hinter uns, als wir endlich in London ankamen – zwei frierende, hungrige Reisende, die sich nur noch automatisch voranbewegten. Wir hatten Oxford in nordwestlicher Richtung verlassen. Nach riesigen Umwegen und zahllosen ermüdenden Meilen erreichten wir den Londoner Südosten. Natürlich hatten wir die Oxford-Straße meiden müssen, wo die Beobachter sicher nach uns Ausschau halten würden.

Von Banbury nach Broughton Poggs, von Hungerford nach Guildford, vorbei am Rand von Kent und Greenwich – zu Fuß, in Farmwagen und Pferdekutschen, oder wir fuhren in Automobilen, was wir uns erkauften oder erbettelten, und einmal stahlen wir sogar eins.

Und so gelangten wir in die große Stadt London, wohin alle Straßen letztendlich führen. Wie mir Holmes' Schweigen verriet, schmerzte sein Rücken, doch ich konnte nichts weiter für ihn tun, als eine Flasche Cognac zu kaufen, und drängte ihn zur Eile. Bei Mycroft würden wir die Hilfe, die wir brauchten, finden.

Am späten Nachmittag begann es zu schneien, aber nicht stark genug, um den Strom der Fahrzeuge zu behindern. Um halb acht stiegen wir auf der Pall Mall erschöpft aus einem Omnibus, hundert Schritte vom Diogenes Club entfernt, den Mycroft Holmes mitbegründet hatte und zu dessen wichtigsten Mitgliedern er zählte.

Holmes fischte einen Bleistiftstummel und ein schmutziges, zweimal benutztes Kuvert aus einer Tasche. Im Licht einer Straßenlaterne schrieb er mit bläulichen, zitternden Fingern, die aus fingerlosen Handschuhen ragten, langsam und unbeholfen ein paar Zeilen. Die dünnen Lippen in seinem bleichen Gesicht wirkten violett, trotz des Schals, den er fest um Kinn und Wangen geschlungen hatte, um seine Bartstoppeln zu verbergen. «Bringen Sie das zum Eingang des Clubs. Vermutlich wird man Sie nicht reinlassen, aber diese Nachricht zu Mycroft bringen, wenn Sie erklären, sie sei von seinem Vetter. Haben Sie eine halbe Krone, falls der Pförtner zögert? Gut. Ich warte hier. Und vielleicht, Russell, sollten Sie jetzt die Brille aufsetzen.»

Schwerfällig trottete ich zur Tür. Die Stiefel, die meine Füße tagsüber warm und trocken gehalten hatten, schienen jetzt jeweils fünfundzwanzig Pfund zu wiegen. Der Mann am Eingang zauderte tatsächlich, ehe er das schmierige Kuvert mit der Nachricht entgegennahm, die angeblich für ein Clubmitglied bestimmt war.

Aber ich ließ nicht locker, und eine Minute später wurde ich in einen warmen, gemütlichen Raum geleitet. Sofort beschlug meine Brille, und als eine Stimme vor mir dröhnte: «Ich bin Mycroft Holmes. Wo ist mein Bruder?», konnte ich meine Hand nur in die ungefähre Richtung des Sprechers ausstrecken. Sie wurde gepackt und kräftig geschüttelt, von irgend etwas, das sich wie warmer Brotteig anfühlte. Über die Gläser hinweg spähte ich auf eine riesenhafte Gestalt.

«Er wartet draußen, Sir. Wenn es Ihnen recht ist, er braucht – wir brauchen für diese Nacht ein Dach über dem Kopf und eine warme Mahlzeit. Außerdem», fügte ich mit leiser Stimme hinzu, «müssen wir die Dienste eines Arztes in Anspruch nehmen.»

«Ja, ich weiß, er wurde verletzt. Mrs. Hudson rief mich an, und ich bekam eine sehr anschauliche Schilderung der Ereignisse zu hören. Mit aller Macht wollte sie mich veranlassen, Dr. Watson nach Sussex zu bringen, aber ich erklärte ihr, unsere Anwesenheit dort wäre unklug. Zudem würde es in Sussex genug tüchtige Ärzte geben. Schließlich versprach sie, den guten Doktor nicht zu informieren, bis Sherlock wieder in der Lage wäre, Besuche zu empfangen. Wie ich gestehen muß, war ich ziemlich überrascht, als mir meine Freunde von Scotland Yard berichteten, er sei aus der Klinik verschwunden. Also ist er nur leicht verwundet?»

«Das nicht. Sicher leidet er unter heftigen Schmerzen, aber für sein Leben besteht keine Gefahr, wenn er eine Infektion vermeidet. Vor allem braucht er Ruhe und etwas Nahrhaftes zu essen.»

«Und jetzt wartet er draußen in der Kälte.» Mycroft hob seine Stimme, rief nach seinem Mantel, und wir eilten auf die verschneite Straße hinaus.

Rasch wurden meine Brillengläser wieder klar, und ich zeigte zur nächsten Laterne. «Dort habe ich mich von ihm getrennt.»

Der Mann neben mir war so groß und breit, wie sein Händedruck hatte vermuten lassen, aber erstaunlich schnell zu Fuß. Er erreichte die gebeugte Gestalt in Dunkelblau als erster und half ihr, von einer umgestülpten Obstkiste aufzustehen.

«Guten Abend, Mycroft», begrüßte ihn Holmes. «Verzeih, daß ich deine beschauliche Abendlektüre mit meinem kleinen Problem störe, aber unglücklicherweise sieht es so aus, als wollte man Miss Russell und mich beseitigen. Ich dachte, du möchtest uns vielleicht in dieser Notlage helfen.»

«Sherlock, du Narr, hättest du mich doch früher verständigt! Bestimmt wäre es mir gelungen, dir einen offensichtlich mühsamen Tag zu ersparen. Und du weißt, wie sehr ich mich immer für deine Fälle interessiere – natürlich abgesehen von jenen, die exzessive körperliche Aktivitäten erfordern. Gehen wir hinüber in meine Wohnung.»

Meine Brille ließ mich wieder erblinden, sobald wir das Gebäude gegenüber dem Club betraten, also nahm ich sie ab und stolperte hinter den beiden Brüdern die Treppe hinauf. In einem Raum mit fest zugezogenen Vorhängen ließ ich meinen Rucksack fallen, dachte zu spät an den Sprengstoff, den er enthielt, und sank in einen Sessel vor dem Kamin. Nur vage nahm ich wahr, wie

Mycroft für Holmes bei seinem Personal eine Mahlzeit bestellte und Tassen mit heißen Getränken in unsere Hände drückte. Doch die Wärme und die Reglosigkeit, in der ich endlich verharrte, erschienen mir so segensreich, daß mich nichts anderes kümmerte.

Ich mußte eingeschlafen sein, denn irgendwann fuhr ich hoch, als Holmes mich an der Schulter rüttelte und seine Stimme in mein Ohr drang. «Ich gestatte Ihnen nicht, zwei Nächte hintereinander in einem Sessel zu verbringen. Kommen Sie, Russell, essen Sie mit uns.»

Verlegen erhob ich mich und setzte die lästige Brille auf meine Nase. «Kann ich mich zuerst waschen?» fragte ich, ohne Holmes oder seinen Bruder direkt anzusehen.

«Natürlich!» rief Mycroft und führte mich durch einen Flur in einen kleinen Raum, wo eine Couch stand. «Das ist Ihr Zimmer. Da drüben finden Sie das Bad. Ich habe mir ein paar Sachen von einer Nachbarin geliehen, falls Sie Ihre Reisekleidung ablegen möchten.» Die unausweichliche Intimität dieses Angebots schien ihn etwas peinlich zu berühren, aber als ich ihm warmherzig dankte, atmete er erleichtert auf. Offenkundig war er es ebensowenig wie Holmes (vor meiner Ankunft in den Downes) gewöhnt, die Bedürfnisse einer weiblichen Person zu erfüllen.

«Nur noch eins», fügte ich zögernd hinzu und sah, wie die Sorge in sein rundes Gesicht zurückkehrte. «Die Wunden Ihres Bruders ... Er dürfte die Nacht wirklich nicht in einem Sessel zubringen. Wenn er hier besser untergebracht wäre ...?»

Da hellten sich seine Züge auf. «Nein, keine Bange, Miss Russell. Ich habe genug Platz für Sie beide.» Und dann ging er in den Speiseraum.

Ich wusch mich rasch und schlüpfte in einen dicken blauen Morgenmantel, der im Schrank hing. Mein Haar ließ ich hochgesteckt, ohne die dünnen Strähnchen neu zu befestigen, die sich inzwischen aus den Klemmen gelöst hatten. Dankbar schlüpften meine Füße in etwas zu kleine Pantoffeln, dann gesellte ich mich zu den Brüdern, die bereits am Eßtisch saßen.

Als ich eintrat, stand Mycroft sofort auf, um mir einen Stuhl zurechtzurücken. Holmes (wieder ganz der alte, mit weißen Zähnen und normal gekleidet) beobachtete ihn, schaute mich an, legte seine Serviette auf den Tisch, dann erhob er sich langsam und lächelte. Sobald ich saß, nahmen beide wieder Platz.

Holmes' Mundwinkel zuckten etwas merkwürdig. Wenn er an meine Weiblichkeit erinnert wurde, fand er das immer wieder erstaunlich. Doch das konnte ich ihm nicht verübeln, denn mich selber überraschte es ebenso.

Der gebratene Kapaun und das frische Brot schmeckten köstlich, der Wein prickelte auf der Zunge. Wir sprachen über Belanglosigkeiten und beendeten die Mahlzeit mit einer Käseplatte, auf der ich zu meiner Freude auch ein Stück reifen Stilton fand. Das teilte ich mir mit Mycroft, den Cheddar überließen wir Holmes. Es war ein wundervolles Dinner gewesen, und das sagte ich auch, als ich meine Teller beiseite schob. «Ein voller Magen, ein leichtbeschwipstes Gehirn, das Wissen um einen sicheren Schlafplatz – was kann man sich mehr wünschen? Vielen Dank, Mr. Holmes.» Wir setzten uns vor den Kamin, und Mycroft schenkte uns drei große Cognacs ein. Ich betrachtete mein Glas, sehnte mich nach meinem Bett und seufzte leise. «Werden Sie heute noch einen Arzt konsultieren, Holmes?»

«Nein. Unsere Anwesenheit darf nicht bekannt werden.»

«Aber der Club – und die Köchin? Die Leute müssen doch sicher Bescheid wissen.»

«Im Club ist man sehr diskret», versicherte Mycroft, «und der Köchin habe ich erklärt, ich sei heute abend ganz furchtbar hungrig.»

«Also kein Arzt. Nicht einmal Watson?»

«Watson schon gar nicht.»

Wieder seufzte ich. «Ich nehme an, Sie wollen wieder einmal meine grundlegenden Kenntnisse in Erster Hilfe prüfen, Holmes. Also gut, wo ist das Verbandszeug?»

Mycroft entfernte sich, um alles zu holen, was wir brauchten, und Holmes zog seine Jacke aus. Dann begann er, sein Hemd aufzuknöpfen.

«Wie soll ich Sie diesmal ablenken?» fragte ich mitfühlend. «Vielleicht mit der Geschichte von Moriarty und den Reichenbachfällen?»

«Ich brauche keine Ablenkung, Russell», erwiderte er gereizt. «Sicher habe ich Ihnen schon einmal erklärt, daß ein Gehirn, das die emotionalen Reaktionen des Körpers nicht kontrollieren kann, nichts wert ist.»

«Sie müssen das natürlich wissen, Holmes», fauchte ich. «Veranlassen Sie Ihr Gehirn doch mal, auch die physischen Reaktionen dieser Löcher auf Ihrem Rücken zu unterbinden. Das Hemd ist rettungslos verloren.» Der Verbandsmull war braun gefleckt, die Haut darunter voller violetter Blutergüsse und Schorfstellen. Die meisten Wunden begannen zu heilen, nur eine einzige, stark gerötete eiterte noch. «Ich glaube, die ist nicht ganz sauber», sagte ich und schaute zu Mycroft hinüber, der sich geflissentlich in eine Ecke zurückgezogen hatte. «Könnten Sie mir einen heißen Umschlag bringen?»

In der nächsten halben Stunde drückte ich heiße Umschläge gegen Holmes' Rücken und wechselte sie immer wieder aus. Inzwischen erörterte er mit Mycroft die bekannten Fakten der beiden Mordversuche. Dann zündeten seine zittrigen Hände die Pfeife an, während er mich meine Version der Geschichte erzählen ließ.

«Und die Bombe?» fragte Mycroft, als ich schwieg.

«Die steckt in Russells Rucksack.»

Mycroft holte sie, stellte sie vor sich auf den Tisch, hob vorsichtig Drähte hoch und berührte sanft diverse Kontaktstellen. «Einer meiner Freunde wird sich das Ding morgen anschauen, aber es sieht so ähnlich aus wie die Bombe, die du vor ein paar Jahren beim geplanten Überfall auf die Western Street Bank gefunden hast.»

«Trotzdem habe ich jenen Mann – er hieß Dickson – ganz zuunterst auf die Liste der Verdächtigen gesetzt. In den fünf Jahren seit seiner Entlassung aus dem Gefängnis heiratete er, wie Inspector Lestrade mir mitteilte, bekam zwei Kinder und machte Karriere in der Musikalienhandlung seines Schwiegervaters. Jetzt betet er seine Familie an. Deshalb dürfte er als Kandidat ausscheiden.»

In diesem Augenblick ging mir ein unangenehmer Gedanke durch den Sinn, und ich platzte heraus: «Holmes, Sie sagten, Mrs. Hudson sei weit vom Schuß, aber sollten wir nicht auch Watson bitten, für ein oder zwei Tage in ein Hotel zu ziehen oder einen Verwandten zu besuchen, bis wir wissen, was da eigentlich vorgeht?»

Der schmale Rücken unter meinen Händen versteifte sich, dann fluchte Holmes, wandte sich langsam zu mir um und starrte mich entsetzt an. «Mein Gott, Russell, wie konnte ich das nur vergessen ... Mycroft, du hast doch ein Telefon. Rufen Sie ihn an, Russell. Aber verraten Sie ihm nicht, wo Sie sich befinden oder daß ich bei Ihnen bin. Sie kennen seine Nummer? Gut. Oh, wenn ihm etwas zustößt durch meine Schuld, durch meine gottverdammte Dummheit ...»

Ich hielt den Hörer ans Ohr und wartete auf die Verbindung. Normalerweise ging Watson früh zu Bett, und es war schon nach elf Uhr. Holmes nagte an seinem Daumen und beobachtete mein Gesicht.

Endlich drang eine schläfrige Stimme aus der Leitung. «Hm?»

«Watson, lieber Onkel John, sind Sie das? Hier ist Mary. Ich muß ... Nein, mit mir ist alles in Ordnung. Hören Sie zu, Onkel John, ich – nein, Holmes geht's gut, zumindest ging es ihm gut, als ich das letzte Mal mit ihm sprach. Hören Sie zu, Onkel John ... Sie müssen mir jetzt zuhören, ja? Gut ... Ja, tut mir leid, daß es so spät ist, und ich weiß, ich habe Sie geweckt. Aber Sie müssen Ihr Haus noch heute nacht verlassen, so schnell wie möglich. Ja, ich weiß, es ist spät, aber sicher gibt es ein Hotel, das Sie auch zu dieser Stunde noch aufnehmen wird. Das – was? Ja. Gut. Packen Sie ein paar Sachen zusammen, und gehen Sie sofort hin. Was? Nein, jetzt habe ich keine Zeit für Erklärungen, aber zwei Bomben wurden gelegt, eine für Holmes, eine für mich und ... Ja. Nein. Nein, meine explodierte nicht, und Holmes wurde nur geringfügig verletzt. Aber, Onkel John, vielleicht schweben Sie in großer Gefahr, und deshalb müssen Sie sofort aus Ihrem Haus verschwinden. Jetzt. Ja, Mrs. Hudson ist wohlbehalten und in

Sicherheit. Nein, Holmes ist nicht bei mir, und ich weiß auch nicht genau, wo er steckt.»

Vorsichtshalber kehrte ich Holmes den Rücken, um ihn nicht zu sehen und wenigstens teilweise die Wahrheit zu sagen. «Er bat mich, Sie anzurufen. Nein, ich bin nicht in Oxford, sondern im Haus einer Freundin. Gehen Sie jetzt, bitte. Ich rufe Sie im Hotel an, wenn ich etwas von Holmes gehört habe. Und – Onkel John, Sie dürfen niemandem von diesem Telefonat erzählen, verstehen Sie? Niemand darf glauben, daß Holmes irgendwo anders sein könnte als daheim in Sussex. Ich weiß, Sie können nicht besonders gut heucheln, aber es ist sehr wichtig. Sie wissen doch, was geschehen würde, wenn die Journalisten davon erfahren. Gehen Sie jetzt in Ihr Hotel, bleiben Sie dort, und reden Sie mit niemandem, bis ich anrufe. Bitte ... Ah, vielen Dank. Jetzt ist mir gleich viel leichter zumute. Sie werden doch nicht trödeln? Gut. Auf Wiederhören.» Ich legte auf und schaute Holmes an. «Und Mrs. Hudson?»

«Die müssen wir zu so später Stunde nicht stören. Es genügt, wenn wir morgen mit ihr reden.»

Die angespannte Atmosphäre im Zimmer ließ etwas nach, Müdigkeit kroch in meine Knochen zurück. Behutsam klebte ich die Bandagen an Holmes' Rücken mit Pflastern fest, dann hob ich mein Glas und prostete den beiden Brüdern zu. «Gentlemen, ich wünsche Ihnen eine gute Nacht. Sicher kann die genauere Formulierung unserer Pläne bis morgen warten?»

«Dann sind die Gehirne frischer», bemerkte Holmes, als würde er jemanden zitieren, dessen Ansichten er für suspekt hielt – vielleicht Oscar Wilde. «Gute Nacht, Russell.»

«Ich hoffe doch, Sie werden Ihrem Körper etwas Ruhe gönnen?»

Er griff nach seiner Pfeife. «Russell, es gibt Zeiten, wo die Unzulänglichkeiten des Körpers als Konzentrationshilfe für den Geist benutzt werden können. Ich wäre ein Narr, würde ich keinen Vorteil aus diesem Phänomen ziehen.»

Und das aus dem Mund eines Mannes, der sich nicht einmal in

einen Sessel zurücklehnen konnte. Wütend preßte ich die Lippen zusammen, dann gab ich meiner Stimme einen möglichst grausamen Klang. «Zweifellos erklärt Ihre wundersame Konzentrationsfähigkeit, warum Sie es versäumt haben, Watson in Ihre Kalkulationen einzubeziehen.» Sobald die Worte ausgesprochen waren, bereute ich sie, aber jetzt konnte ich sie nicht mehr gut zurücknehmen. «Um Himmels willen, schlafen Sie, Holmes!»

«Ich wiederhole – gute Nacht, Russell!» stieß er zwischen zusammengebissenen Zähnen hervor und riß ein Streichholz an, so heftig, daß die Bewegung Höllenschmerzen durch seinen Rücken jagen mußte. Während er das Flämmchen an den Pfeifenkopf hielt, schaute ich Mycroft an, der kaum merklich die Achseln zuckte, warf die Arme hoch und floh ins Bett.

Es dauerte sehr lange, bis kein Tabakgeruch mehr unter meiner Tür ins Zimmer wehte.

10

Ein menschenleeres Haus und seine Probleme

Das Massaker der Männchen . . .

Am grauen Morgen weckte mich der Ruf eines Straßenhändlers. Während ich dalag und genug Energie aufzubringen suchte, um nach einer Uhr zu greifen, klirrten Tassen im Nebenraum und eröffneten die Möglichkeit, Tee zu trinken. Hastig schlüpfte ich in eine zerknitterte Hose und ein Hemd aus meinem Rucksack und eilte zum Wohnzimmer. «Wie ich sehe, habe ich das Frühstück noch nicht ganz verpaßt ...», begann ich, als ich eintrat, dann stockte mein Atem beim Anblick der dritten Person, die am Tisch saß. «Onkel John! Aber wieso ...»

Holmes räumte einen Stuhl und ging mit seiner Tasse zu einem Fenster, dessen Vorhänge immer noch zugezogen waren. Er bewegte sich langsam, sah alt und müde aus, aber nach seiner Miene zu schließen, schien er keine Schmerzen zu haben. Das glattrasierte Kinn und die gekämmten Haare verrieten erste Ansätze einer Rückkehr in die Normalität, die am Vortag noch nicht möglich gewesen wären. «Ich fürchte, mein langjähriger Chronist hat sich einige meiner Lektionen zu Herzen genommen, Russell. Also wurden wir aufgespürt.» Belustigung und Ärger zugleich schwangen in seiner Stimme mit, und noch etwas anderes – vielleicht Sorge. Er schnitt eine Grimasse, als der Doktor kichernd eine Scheibe Toast mit Butter bestrich.

«Ganz einfach, mein lieber Holmes», erklärte Watson, und der Detektiv schnaufte. «Wo sollte Mary sein, während Sie beide in Gefahr schweben, wenn nicht bei Ihnen? Und wohin wären Sie gegangen, wenn nicht zu Ihrem Bruder? Trinken Sie eine Tasse Tee, Mary. Natürlich würde ich gern eine Entschuldigung von Ihnen hören, nachdem Sie mir die Wahrheit vorenthalten haben.»

Aber er wirkte nicht gekränkt, nur resigniert. Ich überlegte, daß Holmes ihn schon oft getäuscht haben mußte, denn Watson war, wie gesagt, ein schlechter Lügner, und deshalb konnte man ihm nicht zutrauen, diese oder jene Rolle zu spielen. Zum erstenmal wurde mir bewußt, daß ihn diese Tatsache quälen mußte, sein Versagen, wie er es sicher betrachtete, seine Unfähigkeit, dem Freund auf raffiniertere Weise zu dienen, als sich nur von Holmes' klugem Gehirn unwissentlich manipulieren zu lassen. Nachdem ich nun in die Fußstapfen meines Lehrers getreten war, musterte der Doktor mich nur mit mildem Vorwurf und köpfte sein zweites Ei.

Ich setzte mich auf den Stuhl, den Holmes vorhin benutzt hatte, und ergriff Watsons Hand. «Tut mir leid, Onkel John, wirklich. Ich hatte Angst um Sie und befürchtete, man würde Ihnen folgen, wenn Sie hierherkommen. Deshalb wollte ich Sie aus alldem raushalten.»

Verlegen räusperte er sich, tätschelte ungeschickt meine Hand und errötete bis zu den buschigen grauen Brauen. «Ganz recht, meine Liebe, ganz recht. Aber bedenken Sie – ich passe nun schon sehr lange auf mich selber auf. Ich bin kein Schuljunge mehr.»

Vielleicht, sagte ich mir, wurde er auch auf etwas unfreundliche Art daran erinnert, daß nun eine aktive jüngere Person seinen Platz an Holmes' Seite einnahm, noch dazu eine Frau. «Das weiß ich, Onkel John, und ich hätte gründlicher drüber nachdenken sollen. Aber – wie sind Sie hierhergekommen? Und wann haben Sie Ihren Schnurrbart abrasiert?» Erst vor kurzem, nach dem Zustand seiner Haut zu urteilen.

Holmes, immer noch am Fenster postiert, meldete sich zu Wort, im Ton eines Vaters, den der clevere, aber unzweckmäßige Trick eines Kindes mit Stolz und Ärger zugleich erfüllt. «Führen Sie Ihr *alter ego* vor, Watson.»

Gehorsam legte der Doktor seinen Löffel ab und ging zur Tür, wo er sich in einen mehrfach geflickten, viel zu großen Überzieher kämpfte. Dann setzte er eine verbeulte Melone auf und zog durchlöcherte Handschuhe an, offenbar vor langer Zeit von liebevollen Händen gestrickt, und schlang einen passenden Schal um seinen Hals. «Die Sachen gehören dem Hotelportier», verkündete er triumphierend. «Wirklich, es war wie in alten Zeiten, Holmes. Ich verließ das Hotel durch den Küchenausgang, wanderte durch drei Restaurants und die Victoria Station, nahm zwei Trams, einen Pferdebus und ein Taxi. Die letzte Viertelmeile legte ich zu Fuß zurück. Dafür brauchte ich eine halbe Stunde. Immer wieder sah ich mich nach etwaigen Beobachtern um. Nicht einmal Holmes hätte mir unbemerkt folgen können», betonte er und zwinkerte mir zu.

«Aber warum, Onkel John? Ich sagte doch, ich würde Sie anrufen.»

Würdevoll straffte der alte Mann die Schultern. «Ich bin Arzt, und mein Freund wurde verletzt. Also war es meine Pflicht, ihn aufzusuchen.»

Holmes murmelte etwas vor sich hin. Einer seiner langen Finger schob den dicken Vorhang ein wenig beiseite. Watson verstand die Worte nicht, aber für mich klangen sie wie: «Güte und Barmherzigkeit werden mich mein Lebtag lang plagen.» Früher hatte ich gedacht, die Bibel wäre ihm nicht geläufig, aber er steckte voller Überraschungen, wenn er auch dazu neigte, die Zitate abzuwandeln, um sie den jeweiligen Umständen anzupassen. «Watson, warum sollte ich Ihnen gestatten, sich an dem Rest meiner Epidermis zu vergreifen, den die kleine Russell übriggelassen hat? Zwei Ärzte und mehrere Krankenschwestern in meiner heimischen Klinik machten sich bereits daran zu schaffen. Mangelt es Ihnen an Patienten?»

«Nun, Sie werden mir erlauben, die Wunden zu untersuchen, weil ich vorher nicht gehe», erwiderte Watson schroff.

Erbost starrte Holmes ihn an, dann Mycroft und mich, weil wir zu lachen begannen. Seine Finger glitten vom Vorhang. «Also gut, Watson, bringen wir's hinter uns.»

Ohne ein weiteres Wort ging der Doktor mit Mycroft hinaus, um sich die Hände zu waschen, und nahm die schwarze Arzttasche mit, die er offenbar ganz unverhohlen durch die Stadt getragen hatte. Verzweifelt schaute ich Holmes an, der sekundenlang die Augen schloß, dann nickte er und wies zum Fenster. «Am Ende der Straße», seufzte er und verließ das Zimmer.

Ich spähte vorsichtig hinaus. Der Schnee war zu gelbgrauen Massen entlang den Mauern geschmolzen, und weiter unten an der Straße saß ein Blinder, der Bleistifte verkaufte. Um diese frühe Stunde machte er fast keine Geschäfte. Ich beobachtete ihn ein paar Minuten lang und lauschte mit halbem Ohr den erhobenen Stimmen im Nebenraum. Gerade wollte ich mich abwenden, als ein Kind auf die vermummte Gestalt zutrat, etwas in einen Becher warf und dafür einen Bleistift erhielt. Nachdenklich sah ich den zerlumpten Schuljungen davonlaufen. Der schwarzgekleidete Hausierer griff in den Becher, wie um die Münze zu ertasten, zog jedoch einen zusammengefalteten Zettel heraus. Man war uns auf die Spur gekommen.

Mycroft kehrte zurück und goß sich eine Tasse Tee ein. Vor der Wohnungstür raschelte es, und ich zuckte zusammen, aber er beruhigte mich: «Das ist nur die Morgenzeitung.» Er holte sie von seiner Türmatte.

Im selben Moment rief Watson aus dem Nebenzimmer nach ihm. Offenbar brauchte er irgend etwas. Mycroft gab mir die Zeitung und eilte hinüber.

Die Schlagzeile auf der Titelseite lautete:

BOMBENLEGER
VON SELBSTGEBASTELTER APPARATUR GETÖTET.
GALT DER ANSCHLAG WATSON UND HOLMES?

Aufgeregt las ich weiter:

«Kurz nach Mitternacht explodierte eine große Bombe im Haus Dr. John Watsons, des berühmten Biographen von Mr. Sherlock Holmes, und tötete offensichtlich den Mann, der sie deponiert hatte. Allem Anschein nach war Dr. Watson nicht daheim, und sein derzeitiger Aufenthaltsort ist unbekannt. Das Haus wurde stark beschädigt, das Feuer, von der Detonation ausgelöst, konnte jedoch schnell unter Kontrolle gebracht werden. Weitere Todesopfer oder Verletzte sind nicht zu beklagen. Ein Sprecher von New Scotland Yard teilte unserer Redaktion mit, der Tote sei als Mr. John Dickson aus Reading identifiziert worden. Mr. Dickson wurde 1908 wegen des Bombenanschlags auf die Empire Bank in der Western Street, Southampton, verurteilt, und Mr. Holmes lieferte während der Gerichtsverhandlung die schlüssigen Beweise gegen den Angeklagten. Unbestätigten Berichten zufolge wurde neulich ein Bombenanschlag auf Mr. Holmes' abgeschiedenen Landsitz in Sussex verübt. Wie aus verläßlicher Quelle zu erfahren war, erlitt der Detektiv bei der Explosion schwere Verletzungen. In unserer späteren Ausgabe werden wir weitere Einzelheiten veröffentlichen.»

Ich las den kurzen Artikel noch einmal, mit einem seltsamen Gefühl der Unwirklichkeit, das meinen Verstand zu betäuben schien. Den Inhalt dieser Zeilen konnte ich einfach nicht begreifen, einerseits wegen des Schocks und andererseits, weil sie keinen Sinn ergaben. Es kam mir so vor, als würde sich mein Gehirn durch eine zähflüssige Masse kämpfen.

Meine Hände legten die Zeitung auf den Frühstückstisch, zwischen ein Chaos aus Teetassen und Eierschalen, und falteten sich dann in meinem Schoß. Ich weiß nicht genau, wieviel Zeit verstrich, bis ich Mycrofts scharfe Stimme über meiner Schulter hörte. «Miss Russell, was ist denn los? Soll ich noch etwas Tee servieren lassen?» Langsam löste ich eine Hand aus der anderen, zeigte auf die Zeitung, und nachdem er den Bericht gelesen hatte, sank er in einen Sessel. Ich sah, wie sich die glitzernden, intensiven Augen in dem bleichen runden Gesicht verengten, und ahnte, daß er genauso verbissen und erfolglos nachdachte wie ich. Schließlich bemerkte er: «Schrecklich – das war Rettung in letzter Minute.»

«Wovor?» Holmes kam ins Zimmer und schloß seine Manschettenknöpfe. Er nahm die Zeitung, die sein Bruder ihm reichte, und stieß während der Lektüre einen leisen Pfiff aus. Dann wandte er sich dem Arzt zu, der in diesem Moment eintrat.

«So, wie es aussieht, schulden wir Russell tiefsten Dank, alter Freund.» Watson las, mit welch knapper Not er dem Tod entronnen war, und fiel auf den Stuhl, den ihm der Detektiv in die Kniekehlen schob. «Jetzt braucht er einen Whisky, Mycroft.»

Aber der große Mann stand bereits am Barschrank und füllte ein Glas. Watson hielt es in der Hand, starrte blicklos vor sich hin. Plötzlich sprang er auf und ergriff seine schwarze Tasche. «Ich muß nach Hause.»

«Sie müssen nichts dergleichen», entgegnete Holmes und entwand ihm die Arzttasche.

«Aber die Hauswirtin – meine Papiere ...»

«In dem Artikel steht, daß der Bombenleger getötet und sonst niemand verletzt wurde, und Ihre Papiere können warten. Später werden Sie immer noch genug Zeit finden, um mit Ihren Nachbarn und der Polizei Verbindung aufzunehmen. Jetzt gehen Sie erst mal ins Bett. Sie waren die ganze Nacht auf den Beinen, und soeben wurde Ihnen ein schwerer Schock versetzt. Trinken Sie den Whisky aus.»

Aus alter Gewohnheit gehorchte Watson der Stimme seines Freundes und leerte das Glas. Wie betäubt stand er da. Mycroft packte ihn am Ellbogen und führte ihn hinaus, zu dem Bett, das Holmes in der letzten Nacht nur kurze Zeit benutzt hatte.

Der Detektiv zündete seine Pfeife an, deren leises Knistern sich mit den Geräuschen des Straßenverkehrs und den undeutlichen Stimmen im Schlafzimmer weiter unten am Flur mischte. Wir blieben stumm, wenn ich auch glaubte, unsere Gedanken müßten fast hörbar sein. Die Stirn gerunzelt, betrachtete Holmes einen Punkt an der Wand. Ich spielte mit einem Stück Schnur, das ich in meiner Tasche gefunden hatte, und runzelte die Stirn. Und als Mycroft zurückkehrte und zwischen uns vor dem Kamin Platz nahm, legte er ebenfalls die Stirn in Falten.

Meine Finger banden die Schnur zu einem Fadenspiel, formten einige komplizierte Ornamente, bis ich eine Schlinge fallen ließ und nur noch ein Gewirr in der Hand hielt. Da brach ich das Schweigen. «Also gut, Gentlemen, ich geb's zu – ich bin am Ende meiner Weisheit. Kann mir einer von Ihnen erklären, warum Dickson – falls Watson hierher verfolgt wurde – die Bombe im Haus des Doktors legte, der gar nicht dort war? Das Gebäude an sich oder die Papiere interessierten ihn wohl kaum, oder?»

«Ein kniffliges Problem, was, Mycroft?»

«Es ändert die Sachlage beträchtlich, nicht wahr, Sherlock?»

«Dickson agierte nicht allein ...»

«Und er leitete die Operation nicht ...»

«Oder wenn doch, beschäftigte er völlig unfähige Handlanger», ergänzte Holmes.

«Weil sie ihm nicht mitteilten, daß seine Zielscheibe das Haus verlassen hatte, bevor er ...»

«Mit Absicht oder durch ein Versehen?»

«Ich nehme an, eine kriminelle Gruppe könnte wichtige organisatorische Punkte vernachlässigen ...»

«Um Himmels willen, Mycroft, wir reden nicht von der Regierung.»

«Das stimmt, aber eine gewisse Kompetenz ist auch für das Überleben eines Verbrechers erforderlich.»

«Wie auch immer, ich finde das alles sehr sonderbar. Niemals hätte ich Dickson eine solche Ungeschicklichkeit zugetraut.»

«Vielleicht ein Selbstmord, nach mehreren Rachemorden?»

«Keiner von uns ist gestorben», erinnerte Holmes seinen Bruder.

«Genau», murmelte ich, wurde aber ignoriert.

«Ja, diese erstaunliche Tatsache müssen wir im Auge behalten.»

«Wenn er von jemandem einen Auftrag erhalten hatte ...», begann Holmes.

«Ich nehme an, Lestrade wird Dicksons Bankkonto prüfen?» fragte Mycroft skeptisch.

«... und wenn es nicht nur eine Laune einiger meiner alten Bekannten war ...»

«Unwahrscheinlich.»

«... sich zu verbünden, um mich und alle, die mir nahestehen, zu beseitigen ...»

«Dann wäre ich wohl der nächste gewesen», überlegte Mycroft.

«... dann gibt mir Dicksons Tod zu denken.»

«Von einem Unfall oder Selbstmord dürfen wir also nicht ausgehen. Könnte der Boß eines Bombenlegers den Bombenleger mit einer Bombe töten?»

«Reiß dich zusammen, Mycroft!» befahl Holmes in strengem Ton.

«Das ist eine naheliegende Frage», protestierte sein Bruder.

«Ja, natürlich», gab Holmes zu. «Können sich ein paar deiner Leute drum kümmern, bevor Scotland Yard in dieser Richtung zu ermitteln beginnt?»

«Möglicherweise nicht vorher, aber sicher gleichzeitig.»

«Viel Beweismaterial wird nicht übrig sein, falls man sich daran zu schaffen machte.»

«Und warum sollte man? Um die Unfähigkeit des Mannes zu vertuschen?»

«Oder um sich den restlichen Lohn für die Helfershelfer zu ersparen?»

«Dann dürfte es in Zukunft schwierig sein, jemanden zu engagieren», meinte der praktisch veranlagte Mycroft.

«Außerdem war Geld in diesem Fall sicher kein Problem.»

Mycroft nickte. «Immerhin war Miss Russells Bombe von bester Qualität.»

«Wirklich ein Pech, daß Dickson nicht mehr verfügbar ist», seufzte Holmes.

«Vielleicht wurde er gerade deshalb aus dem Weg geräumt.»

«Aber es gelang ihm doch gar nicht, uns zu töten.»

«Zorn über sein Versagen – der Entschluß, andere Methoden anzuwenden?»

«Das klingt plausibel», versuchte ich, mich einzumischen, «keine Bomben mehr ...»

Aber Holmes beachtete mich noch immer nicht. «Wahrscheinlich muß ich dir recht geben. Trotzdem hätte ich gern mit ihm gesprochen.»

«Ich mache mir Vorwürfe, denn ich hätte sofort eine Wache postieren sollen, aber ...»

«Aber du hattest keinen Grund zu der Annahme, daß er so schnell hier auftauchen würde.»

«Nein, nicht nachdem ...»

«... ein ganzer Tag verstrichen war», vollendete Holmes tonlos den Satz.

«Ein voller Tag», wiederholte Mycroft und wich meinem Blick aus.

«Wäre ich bloß früher in Russells Zimmer gewesen ...»

Nun hatte ich genug von diesem verbalen Tennismatch, also zerschnitt ich das Netz in der Mitte. «Sie waren nicht früher in Russells Zimmer, weil der sonntägliche Versuch, Sie in mehrere unschöne Stücke zu reißen, Ihnen bis zum Montagabend die Besinnung raubte.» Holmes sah mich an, Mycroft sah seinen Bruder an, und ich betrachtete selbstzufrieden die Schnur in meinen Händen wie Madame Defarges ihr Strickzeug.

«Ich habe nie gesagt, ich sei bewußtlos gewesen», entgegnete Holmes anklagend.

«Nein, und Sie wollten mir weismachen, die Bombe wäre in der Montagnacht explodiert. Aber Sie vergessen meine Erfahrungen, was die Weiterentwicklung von Schnittwunden und Blutergüssen betrifft, und die Verletzungen an Ihrem Rücken waren gut achtundvierzig Stunden alt, als ich sie zum erstenmal sah. Am Montag saß ich bis fünfzehn Uhr in meinem Zimmer, und Sie meldeten sich nicht bei mir. Mrs. Thomas machte Feuer in meinem Kamin, vermutlich zur gewohnten Zeit, also waren Sie gegen fünf noch immer nicht da. Um acht kam ich nach Hause und traf Mr. Thomas vor meiner Tür an, wo er unnötigerweise eine Flurlampe reparierte. Da er – wie ich mittlerweile weiß – in Ihren Diensten steht, ist es wohl offensichtlich, daß Sie ihn zwischen fünf und acht angerufen und beauftragt haben, mein Zimmer bis zu meiner Heimkehr zu überwachen. Und danach sicher auch noch, so wie ich Sie kenne. Am Dienstag hätten Sie ihn bestimmt veranlaßt, mich von meinen vier Wänden fernzuhalten, wären Sie nicht trotz Ihrer Gehirnerschütterung und des wunden Rückens fest entschlossen gewesen, selber hinaufzugehen. Ich glaube, Sie kamen etwas später an als geplant, und Mr. Thomas' Wachsamkeit ließ nach, nachdem Sie ihm erklärt hatten, von einem bestimmten Zeitpunkt an seien seine Dienste nicht mehr erforderlich. Wodurch wurden Sie aufgehalten? Warum betraten Sie mein Zimmer nicht vor halb sieben?»

«Um sechs Uhr zweiundzwanzig. Das lag an einer infernalischen Verkettung unglückseliger Umstände. Ich war mit Lestrade im Krankenhaus verabredet, aber er ließ eine Weile auf sich warten, die Oberschwester versteckte meine Kleider, der Landstreicher wurde eingeliefert, und ich nutzte die Gelegenheit, um mit dem Klinikpersonal einen Patiententausch zu arrangieren. Als ich mein Cottage erreichte, wimmelte es von Polizei. Deshalb mußte ich bis zur Teepause der Beamten warten, um unbemerkt alles aus dem Haus zu holen, was ich brauchte, und nach eventuellen Spuren beim zerstörten Bienenstock zu suchen. Glücklicherweise stand Will mir zur Seite. Ohne ihn hätte ich's nie geschafft. Dann verpaßte ich einen Zug, und als ich endlich in Oxford eintraf, stand kein einziges Taxi vor dem Bahnhof. Wie gesagt – infernalisch!»

«Warum haben Sie mich nicht aus dem Krankenhaus angerufen oder ein Telegramm geschickt?»

«Ich schickte eins ab – an Thomas, auf einem winzigen Bahnhof, wo wahrscheinlich nur sechs Züge pro Jahr halten. Als ich Oxford endlich erreichte, telefonierte ich mit ihm und sagte, er solle Ihnen nichts verraten. Das kleine Problem habe sich erledigt.»

«Aber warum kamen Sie zu mir? Hatten Sie irgendeinen Grund zu der Annahme, ich könnte in Gefahr schweben? Oder lag es nur an Ihrem angeborenen Argwohn?» Nun schaute er sehr unbehaglich drein, und gewiß nicht wegen seines Rückens. «Also, Holmes? Gab es einen Grund ...?»

«Nein!» schrie er und führte uns die eklatante Widersprüchlichkeit seiner diversen Aktionen noch deutlicher vor Augen. «Nein, es war die fixe Idee eines mißhandelten Gehirns. Der Verstand gebot mir, in der Nähe des Tatorts zu bleiben und Sie telefonisch zu warnen. Aber – um die Wahrheit zu gestehen, es war mir unmöglich, einen klaren Gedanken zu fassen. Der seltsamste Nebeneffekt einer Gehirnerschütterung, den ich je erlebt habe ... Am Dienstag morgen vermochte ich, nur noch an eins zu denken – daß ich bis zum Abend Ihre Tür erreichen mußte. Und als ich merkte, daß ich gehen konnte, marschierte ich einfach aus dem Krankenhaus.»

«Merkwürdig», erwiderte ich und meinte es auch. Nie hätte ich geglaubt, seine Zuneigung zu mir könnte seine Ermittlungen in einem so schwerwiegenden Fall behindern, ob er nun an den Folgen einer Gehirnerschütterung litt oder nicht. Und daß er mir die erforderlichen Aktivitäten offenkundig nicht zutraute (einem eventuellen Angreifer aufzulauern; wenn nötig, von der Schußwaffe Gebrauch zu machen), kränkte mich. Vor allem, weil er selber nicht gerade erfolgreich gewesen war. Ich öffnete den Mund, um ihm Vorwürfe zu machen, beherrschte mich aber und sagte nichts, denn wenn ich ehrlich bleiben wollte, mußte ich ihm recht geben. «Sehr merkwürdig», betonte ich noch einmal, «aber ich bin froh darüber. Hätten Sie sich nicht eingemischt, wäre ich wahrscheinlich schnurstracks durch meine Tür gegangen. Aber da ich durch so deutliche Hinweise wie einen schmutzigen Türknauf, zwei winzige Kratzer am Schlüsselloch sowie ein bißchen Schlamm und Efeublätter auf dem Fensterbrett am Ende eines schwach beleuchteten Flurs gewarnt wurde ...»

Meine Ironie schien ihn zu erleichtern. Jedenfalls holte er tief Luft, ehe er entgegnete: «Ich wußte, daß Sie das alles bemerken würden.»

«Mag sein. Aber würde ich es wichtig genug nehmen, um bei diesem Wetter draußen am Efeu hochzuklettern? Das war immerhin zweifelhaft. Jedenfalls kamen Sie, sahen die Bombe und entschärften sie. Übrigens, sind Sie auch an den Efeuranken hinaufgestiegen – mit Ihrem wunden Rücken? Oder konnten Sie das Ding durch die geschlossene Tür unschädlich machen?»

Holmes schaute seinen Bruder an und schüttelte mitleidig den Kopf. «Das umfangreiche Studium macht sie noch ganz verrückt», beklagte er und wandte sich wieder mir zu. «Die Alternativen, Russell. Sie müssen an die Alternativen denken.»

Eine Minute lang rätselte ich herum, dann gestand ich meine Niederlage ein.

«Die Leiter, Russell. Auf der anderen Seite des Hofes. Die müssen Sie während der letzten Wochen tagtäglich gesehen haben.»

Beide Männer lachten über meine zerknirschte Miene, und ich gab seufzend zu: «Ja, schon gut, Holmes, darauf habe ich nicht geachtet. Also stiegen Sie auf der Leiter zu meinem Zimmer hinauf, entschärften die Bombe, entfernten die Leiter und gingen in den Hausflur. Sie legten ein zweites Efeublatt aufs Fensterbrett, hinterließen einen undefinierbaren fettigen Daumenabdruck am Messingknauf. Vermutlich verpaßten Sie Dickson nur um Haaresbreite.»

«Ich nehme an, wir liefen auf der Straße aneinander vorbei, aber da sah ich wegen des heftigen Regens nur gebeugte Köpfe.»

«Offenbar kannte Dickson – oder sein Boß – meine Lebensumstände. Er wußte, wo mein Zimmer lag und daß Mrs. Thomas dort was erledigen würde. Deshalb wartete er, bis sie verschwand, was er vermutlich von der Straße aus beobachten konnte. Im Dunkeln kletterte er mitsamt der Bombe am Efeu hinauf und stieg durchs Flurfenster ins Haus. Er öffnete mein Schloß mit einem Dietrich und deponierte die Box ...» Nun fiel mir etwas ein, das ich Mycroft fragen konnte. «Wäre es möglich, daß er sich durch die Tür entfernte, nachdem er die Bombe gelegt hatte?»

«Natürlich. Sie war mit einem Kippschalter versehen. Den verband er mit der offenen Tür, die er dann hinter sich schloß. Sobald sie das nächste Mal geöffnet wurde, mußte das Ding explodieren.»

«Danach floh er durchs Fenster, und das alles innerhalb einer knappen Stunde. Ein formidabler Mann, dieser Mr. Dickson.»

«Trotzdem machte er dreißig Stunden später einen fatalen Fehler und starb, als er ein menschenleeres Haus sprengte», wandte Holmes nachdenklich ein.

«Deine junge Dame hat einen anderen Punkt erwähnt, der genauer erwogen werden müßte», bemerkte Mycroft. «Und zwar die Tatsache, daß Dickson mit ihren Lebensumständen und Gewohnheiten vertraut war. Das gilt wohl auch für die Kenntnisse des Täters beziehungsweise der ganzen Organisation, was *deine* Aktivitäten betrifft.»

«Du sprichst von meiner allabendlichen Inspektion der Bienenstöcke, ehe ich mich zur Ruhe begebe? Diese Regel befolgen wohl alle Imker.»

«Doch du hast in deinem Buch eigens darauf hingewiesen, oder?»

«Gewiß, aber hätte ich die Detonation nicht abends ausgelöst, dann am nächsten Morgen.»

«Nun, das wäre einerlei gewesen», stimmte Mycroft zu.

«Ich muß mir wohl einen Hund zulegen», seufzte Holmes betrübt.

«Miss Russell wird jedenfalls, soviel ich weiß, in keiner Publikation genannt.»

«Zweifellos ist unsere Zusammenarbeit im Dorf bekannt.»

«Dein Feind, der das Buch gelesen hat, kennt sich also im Dorf ebenso aus wie in Oxford.»

«Darüber sollten wir Lestrade informieren», meinte Holmes.

«Da wäre noch der Einsatz von Kindern als Botengänger.»

«Und darin siehst du ein unangenehmes Gegenstück zu meinen Methoden?»

«O ja. Einmal sagtest du, Kinder seien unsichtbar – was Watson heute vergessen hat.»

Düster starrte Holmes vor sich hin. «Ein Mörder, der Kinder beschäftigt – das mißfällt mir.»

«Sicher, es schadet ihrer Moral und bringt sie um den Schlaf.»

«Und es wirkt sich ungünstig auf ihre Erziehung aus», fügte Holmes salbungsvoll hinzu.

«Aber wer ist es?» mischte ich mich bedrückt ein. «So viele

Feinde können Sie doch gar nicht haben, die Sie dermaßen hassen, daß sie nicht nur Sie selbst, sondern auch noch Ihre Freunde beseitigen wollen – die genug Geld besitzen, um Bombenleger und Spione zu engagieren, und deren Intelligenz die Organisation eines solchen Unternehmens ermöglicht.»

«Bis in die frühen Morgenstunden verzichtete ich auf meinen Schlaf, um genau diese Frage zu überdenken, Russell. Ohne Resultat. Oh, es gibt viele Leute, die zur ersten Kategorie passen würden, und ein paar davon verfügen über die nötigen finanziellen Mittel. Aber das dritte Kriterium gibt mir Rätsel auf. Ich erinnere mich an keine einzige Person in meinem breitgefächerten Bekanntenkreis, die fähig wäre, so einen Plan zu schmieden.»

«Ein Genie?» fragte ich.

«Nun, zumindest ein überaus kluger Mensch, penibel, ziemlich wohlhabend und völlig skrupellos.»

«Klingt nach Moriarty», erwiderte ich scherzhaft, aber er meinte es ernst.

«Ja, allerdings.»

«O Holmes, Sie wollen doch nicht behaupten ...»

«Nein, nein», versicherte er hastig. «An Watsons Schilderung dieses Falls besteht kein Zweifel. Der Mann ist tot. Nein, ich glaube eher, ein zweiter Moriarty rückt uns zu Leibe. Und jetzt muß ich wohl meine Kontakte zur Unterwelt dieser schönen Stadt erneuern.» Bei dieser Aussicht leuchteten seine Augen auf, und das Herz wurde mir schwer.

«Heute? Aber Ihr Bruder hier ...»

«Mycroft bewegt sich in etwas gehobeneren Kreisen, keinesfalls in jenen, die mir vorschweben. Zu seinem Ressort gehören Spionage und politische Intrigen, und in diesem Bereich interessiert man sich nur am Rande für Bombenleger im Ruhestand und hungrige Straßenjungen. Nein, ich muß gewisse Freunde befragen.»

«Dann komme ich mit.»

«Auf keinen Fall. Schauen Sie mich nicht so an, Russell. Es geht mir keineswegs darum, Ihre Tugend zu schützen, wenn ich auch zugeben muß, daß Sie im Londoner Verbrechermilieu Dinge zu sehen bekämen, die sogar *Ihre* Augen verblüffen würden. Aber für diese Aufgabe eignet sich nur ein gewisser alter Mann, der bereits als gelegentlicher Gast beim gesellschaftlichen Abschaum bekannt ist. Ein Begleiter würde Aufsehen erregen und die Zungen der Leute lähmen.»

«Aber Ihr Rücken ...»

«Dem geht's gut, danke.»

«Was hat Watson gesagt?» beharrte ich.

«Daß die Wunden schneller heilen, als ich's verdiene.» Wie sein Tonfall verriet, war das Thema für ihn beendet, und ich gab nach.

«Also soll ich heute hierbleiben?»

«Das ist nicht nötig, solange Ihnen niemand folgt. Eigentlich ist es sogar besser, wenn Sie nicht hier sind und unsere Feinde das wissen. Wie sollen wir ... Ach ja!» rief er mit dem zufriedenen Lächeln eines funktionstüchtigen Genies. «Klar, das müßte klappen. Wo haben wir denn letztes Mal den Schminkkoffer verstaut, Mycroft?»

Sein Bruder hievte seine Pfunde aus dem Sessel und stapfte davon.

Fröhlich zwinkerte Holmes mir zu. «Wenn ich bis sieben Uhr abends nichts erfahren habe, ist es sinnlos, noch weiterzumachen, Russell. In Covent Garden findet ein italienischer Abend statt. Treffen wir uns dort um sieben Uhr fünfundvierzig? Dann fällen wir unsere Entscheidung, je nachdem, was ich tagsüber herausgefunden habe. Entweder kommen wir hierher zurück, oder wir fahren nach Hause und bereiten das Weihnachtsfest vor.» Diese letzte Alternative betrachtete ich eher als sorglose Frivolität denn als reale Möglichkeit. Im letzten Jahr hatten wir den Weihnachtstag damit verbracht, einen vergifteten Schafbock zu sezieren. «Natürlich müssen Sie heute besonders vorsichtig sein», fügte er hinzu. «Halten Sie sich stets in größeren Menschenmengen auf, gehen Sie mehrmals den Weg zurück, den Sie gekommen sind. Und Sie werden doch Ihren Revolver mitnehmen?»

Ich versicherte, ich würde mein Bestes tun, um pünktlich zum abendlichen Rendezvous zu erscheinen. Dann erklärte er mir, wie ich die Verkleidung loswerden sollte, die mir zur Flucht verhelfen würde. Diese Aufmachung sei für Covent Garden ungeeignet.

Inzwischen hatte Mycroft eine große Reisetasche hereingeschleppt und vor Holmes hingestellt. Seine Miene wirkte ziemlich besorgt. «Du wirst doch noch zu Mittag essen, bevor du gehst, bitte, Sherlock! Und ich flehe dich an – du darfst Miss Russell nicht wieder in die Kälte hinauszerren, bevor du ihr eine Mahlzeit vergönnst.»

Seit dem Frühstück waren nur zwei Stunden vergangen, aber Holmes antwortete beruhigend: «Keine Bange, die Vorbereitungen werden eine Stunde dauern. Während ich anfange, kannst du schon mal den Lunch bestellen.»

«Zuerst wird telefoniert», bestimmte ich und veranlaßte Holmes, mit Mrs. Hudson zu reden. Das Gespräch zog sich in die Länge, einmal von der Vermittlung unterbrochen, die noch zwei weitere Male damit drohte. Aber letzten Endes erklärte sich die Haushälterin bereit, noch ein paar Tage da zu bleiben, wo sie war, und sich weder dem Cottage noch dem Krankenhaus zu nähern. Mein Telefonat mit Veronica Beaconsfield nahm viel weniger Zeit in Anspruch und verlief auch nicht so freundschaftlich. Im allgemeinen kann man Freunde nicht so belügen wie Fremde oder Schurken, und ich bezweifelte, ob sie mir die Geschichte von einem plötzlichen Notfall abkaufte. Betrübt setzte ich mich an den Eßtisch. Während Holmes an seiner Tarnung arbeitete, wurde die Mahlzeit serviert.

Er war ganz und gar in seinem Element: Voller Bewunderung, die an Ehrfurcht grenzte, schauten wir zu, wie seine Liebe zur Herausforderung, sein Sinn für Dramatik, seine Präzision und seine Schlauheit zusammenwirkten, um sein schmales Gesicht in die Physiognomie seines Bruders zu verwandeln. Einer genaueren Betrachtung würde die Maske nicht standhalten, aber im Abstand von einigen Metern war die Ähnlichkeit grandios.

Um zu sprechen, entfernte er vorübergehend die Wachsteile

aus seinem Mund, und ich verschlang hastig den Rest meines Mittagessens.

«Zum Glück, wenn auch überflüssigerweise, hat Watson seinen Schnurrbart für seine eigene Maskerade geopfert, sonst müßten wir Haare unter Ihre Nase kleben, Russell. Hol doch bitte die alten Sachen, die unser Freund getragen hat, Mycroft, dann besorg uns was zum Auspolstern und möglichst viel Heftpflaster.» Unter seinen Händen spürte ich, wie das Wachs meine Wangen rundete. Feine Härchen verdichteten meine Brauen, Falten wurden aufgemalt. Dann musterte er mich kritisch. «Verziehen Sie das Gesicht nicht so sehr. So, jetzt zerreiße ich ein paar Decken für Ihre Körperfülle. Ziehen Sie das Hemd aus, Russell», befahl er geistesabwesend und so beiläufig, daß ich bereits nach meinem Kragen griff, als Mycroft sich diskret räusperte.

«Ist das wirklich nötig, Sherlock? Vielleicht kann man die Heftpflaster über ihrer Kleidung anbringen.»

«Was?» Holmes blickte von seinen Fetzen und Stoffstreifen auf und erkannte erst jetzt, was beinahe geschehen wäre. «O ja, natürlich.» Leichte Röte stieg ihm in die Wangen. «Also, kommen Sie her, Russell!»

Die Polsterung verlieh mir die Konturen von Watsons Figur; sein Hut und der Schal ließen nur mein geschminktes Gesicht frei; und seine Brille glich meiner, die ich zum Glück behalten durfte.

Holmes polsterte auch seine eigenen Kleider aus, und dann standen wir da wie zwei feiste ägyptische Mumien, ihren Grabkammern entstiegen. Vorsichtig schlüpfte er in die Sachen seines Bruders und nahm noch einige Korrekturen an seiner Maske vor. «Jetzt gehen wir unseren Plan noch einmal durch ... Ah, Watson, Sie kommen gerade recht.»

«Sind das Sie, Holmes? Wo ist meine Hose? Was treiben Sie denn?» Watsons verwirrte, schläfrige Stimme führte mir das absurde Element des ganzen Abenteuers erst richtig vor Augen, und ich begann zu kichern.

Holmes/Mycroft schaute mich schief an, aber der echte Mycroft stimmte in mein Gelächter ein, und bald ließ sich sogar der

Detektiv zu einem halbherzigen Lächeln herab. «Mein lieber Watson, wir inszenieren unsere Flucht. Leider heftete sich der Feind an Ihre Fersen, als Sie zu diesem Haus schlichen, oder er war schon hier. Wenn man Ihnen gefolgt ist, wird man nicht wissen, daß ich frei herumlaufe, und nur mit Russells Anwesenheit in diesen vier Wänden rechnen. Für meinen Geschmack gibt es da so viele ‹Wenns›, aber das können wir nicht ändern. Trotzdem gehe ich jetzt hinaus, als mein Bruder verkleidet. Russell wird zwanzig Minuten später aufbrechen, in Ihrer Maskerade, Watson. Draußen wende ich mich nach rechts, da meine Tarnung realistischer wirkt. Russell biegt nach links, also wird man sie nur aus der Ferne sehen. Zwanzig Minuten nachdem sie das Haus verlassen hat, zieht ihr beide los, ohne Hüte, und wandert langsam die Straße zur Rechten hinab. Steckt zur Sicherheit Revolver ein, aber ich glaube, man wird eher versuchen, uns einzuholen, als im hellen Tageslicht einen Doppelmord zu verüben. Bleiben Sie in der Nähe meines Bruders, Watson, dann wird Ihnen nichts passieren. Irgendwann treffen wir uns wieder.»

Er setzte Mycrofts Hut auf, der bis zu seinen Brauen hinunterrutschte. Würdevoll ignorierte er unser Grinsen, nahm den Hut wieder ab, klebte mehrere Schichten Heftpflaster an die Innenseite der Krempe und stülpte ihn wieder auf den Kopf. Mycrofts dicker Schal umschlang seinen Nacken, Lederhandschuhe vergrößerten die Hände. Eindringlich spähten Holmes' eigene Augen aus Mycrofts Gesicht hervor. «Also, Russell, um sieben Uhr fünfundvierzig bei der Oper. Sie wissen, was zu tun ist. Und seien Sie um Himmels willen vorsichtig!»

«Holmes?» begann Watson zögernd. «Alter Freund, fühlen Sie sich auch gut? Ich meine, die Schmerzen ... Soll ich Ihnen was geben? In meiner Tasche habe ich ein Fläschchen Morphium ...» Unbehaglich verstummte er.

Verdutzt starrte Holmes ihn an, dann brach er in lautes, unkontrolliertes Gelächter aus, das seine Schminke zu zerbröckeln drohte. «Nach der ganzen Zeit ...», prustete er. «*Sie* bieten *mir* Morphium an! Mein lieber Watson, Sie besitzen wirklich das

Talent, die Dinge in die richtige Perspektive zu rücken.» Schließlich beruhigte er sich und hob spöttisch eine Braue. «Wie Sie wissen, fröne ich niemals meinem Laster, während ich einen Fall bearbeite.» Er schob die Wachsstücke in seine Backentaschen und stolzierte hinaus.

Sobald er auf der Straße erschien, entfernte sich ein zerlumpter kleiner Junge von dem blinden Bettler und rannte aus dem Blickfeld. Bald sollte ich an die Reihe kommen. Ich dankte Mycroft, schüttelte seine Hand, dann beugte ich mich impulsiv vor und küßte ihn auf die Wange. Watson drückte mich zum Abschied liebevoll an sich, und ich betrat den Flur, die schwarze Arzttasche in der Hand, in einer Jackentasche den Revolver, der eine besänftigende Wirkung ausübte.

Die Haustür fiel hinter mir ins Schloß, und ich spürte sofort, daß ich beobachtet wurde. Nicht nur von Watson und Mycroft, die oben am Fenster standen. Da waren noch weitere, feindselige Augen, dicht hinter mir auf der Straße. Ich mußte mich sehr zusammenreißen, um Watsons schwerfälligen, hinkenden Gang zu imitieren, statt einfach davonzustürmen. Gemächlich stapfte ich durch den Schnee, ein alter Doktor im Ruhestand, auf seinem mühseligen Heimweg.

Präzise folgte ich Holmes' Instruktionen, hielt ein Taxi an, dann besann ich mich anders, schlenderte nach Westen in die Richtung des Green Park und winkte noch eins herbei. Auch das schickte ich wieder weg, und eine Straße weiter stieg ich endlich in ein drittes. Mit brummiger Stimme nannte ich dem Fahrer Watsons Adresse, aber als wir die Park Lane passiert hatten, gab ich ihm neue Anweisungen. Vor dem Kaufhaus, das ich laut Holmes' Anordnung betreten sollte, bezahlte ich den Chauffeur und gab ihm ein großzügiges Trinkgeld.

Ich ging hinein, deponierte die (leere) Arzttasche in der Gepäckaufbewahrung, stieg zum zweiten Stock hinauf und beobachtete aufmerksam die Treppenfluchten unter mir. Nachdem ich einen Teesalon durchquert hatte, erreichte ich einen Korridor, weitere Stufen und schließlich eine Tür mit der Aufschrift «Lagerraum».

Mit Hilfe des Schlüssels, den Holmes mir gegeben hatte, gelangte ich hinein, schaltete das Licht an, schloß die Tür und spuckte die widerlichen Wachsstücke aus. Dann lehnte ich mich an die Wand und überließ mich einem milden hysterischen Anfall.

■

Alles ging seinen Gang. Etwas zittrig rappelte ich mich auf, als meine Neugier die Oberhand gewann. Der Lagerraum gehörte zu Holmes' Schlupfwinkeln, ein paar kleinen, fast unzugänglichen Zufluchtsstätten, in ganz London verteilt, von Whitechapel bis Whitehall. In Watsons Geschichten wurden sie mehrmals erwähnt, und auch der Detektiv hatte mir davon erzählt, aber ich war noch nie in einem dieser Refugien gewesen.

Dieses hier stellte nicht mehr dar, als man infolge seines Namens vermuten durfte – ein fensterloser, stickiger Raum mit seltsamem Grundriß, der nur die einfachsten Lebensnotwendigkeiten enthielt, dafür aber eine bemerkenswert vielfältige Ausrüstung für die Transformation von Identitäten. Drei dichtbehangene Kleiderständer aus Metall nahmen ein Viertel des Bodens ein. Auf einem riesigen Toilettentisch sah ich Tuben, Stifte und Tiegel, vor einem Spiegel, den winzige Glühbirnen umgaben. Die Küche bestand aus einem fleckigen Spülbecken, einem kleinen Durchlauferhitzer, einem Gaskocher und zwei Töpfen. Der Schreibtischstuhl erschien in meinen Augen wie ein besonders schönes Chippendale-Exemplar, das seine letzten Jahre als Anstreicherschemel verbracht hatte, nach den diversen Farbspritzern zu schließen. Ansonsten gab es noch ein Sofa, das vielleicht unter irgendeiner Brücke hervorgezerrt worden war, und einen grellbunten chinesischen Wandschirm hinter der «Küche». Wie erwartet, verbarg er ein Wasserklosett, funkelnagelneu und, wie ich bald herausfand, bemerkenswert geräuschlos.

Während ich mich umschaute, legte ich meine zahlreichen Verkleidungsschichten ab. Die äußere Hülle faltete ich sorgsam zusammen, um sie Watson zurückzugeben, die Mumienteile schob ich mitsamt den Heftpflastern in einen Eimer hinter dem Sofa, in dem bereits mehrere Fetzen steckten, und meine Schminke gesellte sich zu den Farbflecken an der Spüle. Das Hemd klebte hoffnungslos an den Polstern fest, die Holmes verwendet hatte, um meine Schultern zu verbreitern. Also wühlte ich in den Kostümen an den Kleiderständern. Da hingen ein Smoking und ein Tweedanzug, ein Leinenchasuble, die Brokattunika eines Maharadschas und ein aufregendes scharlachrotes Abendkleid. Schließlich entschied ich mich für einen bequemen bestickten Morgenmantel aus Baumwolle und zog ihn statt des Hemds an, das zu den Mumienrequisiten in den Abfalleimer wanderte. In der Küche fand ich eine Dose mit Teeblättern, einen Kessel und Büchsenmilch. Ich machte Tee, füllte eine Tasse (exquisites Knochenporzellan, ohne Untertasse) und setzte mich damit an den Toilettentisch, inspizierte die diversen Gegenstände, die darauf lagen, und den Inhalt der Schubladen. Allein schon die Existenz dieses Raums faszinierte mich. Was mußte das für ein Mann sein, der ein ganzes Schubfach voller Schnurrbärte und Bärte verwahrte? Oder ein Regal mit Perücken (einen buschigen Rotschopf, ein glattes schwarzes Haarteil, blonde Kräusellöckchen), auf Ständern arrangiert, so daß sie unheimlichen aufgespießten Köpfen glichen?

Konnte Holmes ernsthaft erwägen, das Abendkleid zu tragen, wenn es auch hochgeschlossen war? Oder einen Sari? Wie viele normale Männer ließen Haarbänder aus Kommodenschubladen baumeln, besaßen dickwattierte Damenunterwäsche, drei Paar falsche Wimpern, zwei Dutzend alte Schul- und Clubkrawatten, eine makabre Zigarrenkiste, mit falschen Gebissen gefüllt? Von der Berechtigung des Refugiums mal abgesehen – wie hatte er es geschafft, das Sofa und den Riesenspiegel hierherzuschleppen, ohne Aufsehen zu erregen? Sicher, es war ein großes Gebäude, wo reges Leben und Treiben herrschte. Aber bemerkte niemand die gelegentlichen unerwarteten Geräusche in einem Lagerraum, nächtliches Wasserrauschen, das Kommen und Gehen merkwürdiger Typen? Was tat Holmes, wenn er in eine seiner despektierlichen Rollen schlüpfte, zur Rede gestellt und aufgefordert wurde, seine Anwesenheit zu erklären? Natürlich fand ich die komödiantischen und burlesken Möglichkeiten faszinierend, und mehrere groteske Szenen schwirrten durch meine Phantasie. Und dann fragte ich mich, wer das WC und die Spüle installiert hatte. Um Himmels willen, wer bezahlte das Gas, den elektrischen Strom?

Je länger ich darüber nachdachte, desto seltsamer erschien mir das alles. Was für eine Sorte von Mensch braucht ein Versteck, in dem er einer Belagerung standhalten konnte? Denn die zahlreichen, wenn auch wenig verlockenden Konserven, die beiden Reisedecken über dem Sofa, drei Dosen Pfeifentabak, ein Pfund Kaffee und der umfangreiche Lesestoff (seriöse medizinische Journale, philosopische Bände, Romane in reißerischen Einbänden und Zeitungen – alt genug, um als archäologisches Material zu gelten) bezeugten den Zweck dieses Raumes: eine wochenlange Gefangenschaft durchzuhalten. Offensichtlich war das kein Zufluchtsort, wohin man sich zurückzog, um in aller Bequemlichkeit seine Ruhe zu genießen. Auf dem Sofa konnte sich der hochgewachsene Holmes keineswegs komfortabel ausstrecken. Und dies war auch kein Schauplatz für Mußestunden. Die fadenscheinige Linie in der Mitte des Teppichs kündete von unzähligen Schritten einer Person, die hier unentwegt auf und ab gegangen war.

Es gab keinen Zweifel – entweder befand sich mein Freund und Mentor in geistiger Umnachtung und scheute weder Mühe noch Kosten, um bizarre, romantische Wünsche zu befriedigen. Oder der rustikale Bienenzüchter mit den merkwürdigen Fähigkeiten führte ein viel beschwerlicheres, sogar gefährlicheres Leben, als ich es vermutete.

Irgendwie konnte ich mir nicht vorstellen, daß er den Verstand verloren hatte.

Wie auch immer, dieser Raum war vor kurzem bewohnt worden. Die Teeblätter wirkten noch frisch, nur eine dünne Staubschicht bedeckte den Kessel und den Schreibtisch. Und die abgestandene, aber keineswegs muffige Luft roch schwach nach Tabak. Ich schüttelte den Kopf. Nicht einmal ich hatte erkannt, wie aktiv er immer noch war.

An diesem Tag überlegte ich nicht zum ersten- und nicht zum letztenmal, was er trieb.

Dieser Gedanke warf die Frage auf, was *ich* tun sollte. Natürlich konnte ich hierbleiben, bis es an der Zeit war, Holmes zu treffen. Diese Idee erschien mir verlockend und sehr vernünftig, als ich mich an Sprengstoff, phantasievolle potentielle Mörder, den Tee, die Bohnenkonserven und die reißerischen Romane erinnerte, die in diesem Schlupfwinkel verwahrt wurden (von dem Revolver, den ich mitgebracht, und dem anderen, den ich im Kessel gefunden hatte, ganz zu schweigen).

Aber Holmes schlich draußen herum, Mycroft und Watson blieben in Deckung, und ich fand es illoyal, sogar feige, mich in diesem Loch zu verkriechen und eine Decke über meinen Kopf zu ziehen. So unlogisch es auch anmuten mochte, denn wahrscheinlich konnte ich gar nichts tun – meiner Selbstachtung zuliebe wollte ich mich nicht von diesem unbekannten Angreifer einschüchtern lassen. Hätte ich das ganze Ausmaß seiner Flexibilität und Phantasie schon damals erkannt, wäre ich wahrscheinlich in meinem Schlupfwinkel geblieben.

Aber ich beschloß, die Herausforderung anzunehmen, meine Tapferkeit zu beweisen und herauszufinden, was ich mit den vielen Banknoten anfangen konnte, die ich mir leichtsinnigerweise von den Holmes-Brüdern geliehen hatte. Kurz entschlossen stellte ich mir eine passende Garderobe zusammen.

Nach vier Kriegsjahren war der modische Standard nicht allzu anspruchsvoll, und sogar die Mitglieder der oberen Gesellschaftsschicht wurden gelegentlich in Kleidern gesehen, die man vor 1914 den Dienstmädchen geschenkt oder einem kirchlichen Wohltätigkeitsbasar zur Verfügung gestellt hätte. Trotzdem dauerte es eine Weile, bis ich in Holmes' Sammlung etwas Geeignetes fand. Schließlich kramte ich einen Tweedrock hervor, dessen Taillenbund ich ein paarmal umkrempeln mußte, um die modische Länge zu erzielen, und eine Bluse, die nicht so aussah wie die milde Gabe einer Metzgersgattin. Strümpfe und Strumpfbänder fand ich *en masse*, aber das Problem mit den Schuhen entmutigte mich beinahe. Holmes hatte größere Füße als ich, und seine Auswahl an Damenschuhen war ziemlich begrenzt. Ich hielt ein Paar scharlachroter Satinsandalen mit Zehn-Zentimeter-Absätzen hoch und versuchte, mir den Detektiv darin vorzustellen. Meine Phantasie ließ mich im Stich. (Wenn nicht Holmes, wer hatte diese Dinger getragen? Abrupt stellte ich sie beiseite, schockiert über mich selbst. Bleib doch bitte bei der Sache, Russell!) Zu guter Letzt entschied ich mich für langweilige schwarze Schuhe mit Riemchen über dem Spann und niedrigen Absätzen. Darin konnte ich wenigstens gehen.

Ich schaltete die Glühlämpchen rings um den Spiegel ein und setzte mich vor die Tiegel, Tuben und Stifte, um mein Gesicht zu verändern. (Wie viele Frauen hatten die Subtilitäten der Schminktechnik von einem Mann gelernt?) Dann schmückte ich mich mit einer langen Perlenkette (echt) und kleinen Ohrgehängen (falsch), schlang einen Schal um meinen Kopf (der einmal ein Mantelfutter gewesen war, worauf seine Form schließen ließ), und schließlich trat ich vom Spiegel zurück, um mich zu betrachten.

Erstaunlich. Nichts saß richtig, nichts paßte zusammen, und meine Füße schmerzten schon jetzt, aber man würde mich ohne Zögern für eine junge Landpomeranze halten, die einen Tag in der Großstadt verbrachte. Ich verdunkelte die Ränder meiner Brillengläser mit braunem Nagellack und beschloß dann widerstrebend, sie nur im äußersten Notfall zu tragen, so wie jedes eitle kurzsichtige Mädchen. Dann packte ich Watsons Kleider zusammen, schaltete die Lichter aus, holte tief Luft und öffnete die Tür, eine Hand in der Tasche am Revolvergriff.

Keine Bombe explodierte, keine Kugeln flogen, keine groben Hände packten mich. Ich schloß die Tür hinter mir und ging aus, um das vertrauensvoll übergebene Darlehen einfach zu verprassen.

11

Ein anderes Problem: Die mißhandelte Droschke

■

Hin und wieder erscheint eine plötzliche Welle, transparenter als andere, und eine Tatsache entspringt ihr, die in Sekundenschnelle alles umwirft, was wir zu wissen glaubten.

Zuerst mußte ich Watson seine Hose zurückgeben. Aber auf meinem Weg durch den Teesalon und die zahlreichen Abteilungen des Kaufhauses erkannte ich die ideale Lage von Holmes' Zufluchtsstätte. Mühelos konnte ich meine Aufgaben erledigen, ohne einen Fuß auf die Straße zu setzen. Denn dieses Warenhaus war einer der beiden Londoner Läden (welches, werde ich nicht erwähnen, da der Lagerraum vielleicht immer noch benutzt wird), die sich rühmten, alle Bedürfnisse zu erfüllen, von der Wiege bis zum Grab. Hier würde ich für einen Tag ganz sicher Schutz, Nahrung und genug Abwechslung finden.

Von diesem erfreulichen Gedanken beflügelt, verstaute ich Watsons Kleiderbündel in seiner schwarzen Tasche und schickte den Coupon von der Gepäckaufbewahrung mittels eines Boten an Mycroft in den Club. Dann widmete ich mich der ungewohnten, aber erstaunlich angenehmen Beschäftigung, Geld auszugeben.

Am Spätnachmittag hing meine billige Garderobe aus dem Lagerraum längst wieder am Kleiderständer. Meine Haare waren schick onduliert, die lackierten Fingernägel glänzten bis zur Unkenntlichkeit, meine Beine steckten in Strümpfen aus reiner Seide, die von der Länge her tatsächlich paßten, die Füße in hochhackigen Schuhen, die nirgends drückten. Und ich merkte, welch großen Spaß es machte, sich manchmal ein bißchen zu verwöhnen.

Nach einem genüßlichen Imbiß im Teesalon sammelte ich meine zahlreichen Einkaufspäckchen ein (man erbot sich, mir alles nach Hause zu liefern, was ich ablehnte) und wurde zum Ausgang eskortiert. Hier tauchte ein Problem auf. Holmes hatte mir befohlen, der gleichen Routine zu folgen wie am Morgen, allerdings erst das vierte Taxi zu nehmen. Doch da wartete das erste bereits neben dem uniformierten Portier. Ich setzte meine Brille auf, gab dem Mann am Steuer ein reichliches Trinkgeld und schüttelte den Kopf.

Fünfzehn Minuten später fuhr das dritte Automobil vor. Es wurde immer dunkler, und um diese Tageszeit bekam man nur selten ein freies Taxi. Dieses hier sah so aus, als wäre sein Inneres verlockend warm, was man von meiner neuen Abendgarderobe nicht behaupten konnte. Würde Holmes mir ein bißchen Flexibilität zugestehen? Wohl kaum. Ich spähte durch das Fenster auf den gelangweilten Chauffeur, dann trat ich zurück und bedeutete ihm weiterzufahren. Nun schaute er ziemlich irritiert drein, und das paßte zu meiner eigenen Stimmung.

Während mein Blick die Straße absuchte und meine Hoffnung schwand, hielt ein sehr alter, sehr schäbiger Wagen am Gehsteigrand, gezogen von einem sehr alten, sehr schäbigen Gaul. «Eine Droschke, Miss?» tönte die Stimme des Fahrers.

Begreiflicherweise verfluchte ich Holmes. Sowenig einladend dieses Vehikel auch wirkte, es zählte ebenfalls zu den Londoner Taxis. Zumindest war es vor dreißig Jahren eins gewesen. Also erklärte ich dem Kutscher, wohin ich wollte, verstaute meine Einkäufe in der Karre und stieg ein. Der Portier starrte mir nach, als hielte er mich für völlig übergeschnappt, womit er recht hatte.

Damals kannte ich London noch nicht besonders gut, obwohl ich einige Stadtpläne studiert hatte. Und so dauerte es eine Weile, bis ich merkte, daß wir in die falsche Richtung fuhren – nicht in die entgegengesetzte, aber wir machten einen Umweg. Zunächst vermutete ich, der Mann hätte beschlossen, mich zu betrügen und den Preis in die Höhe zu treiben. Ich öffnete den Mund, um zu protestieren, doch da schöpfte ich einen schrecklichen Verdacht. Vielleicht war der Kerl ein Verbündeter des blinden Bleistiftverkäufers.

Erst fürchtete ich mich, dann wurde ich wütend. Schließlich schob ich den Rest der Fensterscheibe hinunter und streckte den

Kopf hinaus, wobei ich mir fast den Hals verrenkte, damit ich den Gauner sehen konnte. «He, Kutscher, wohin bringen Sie mich? Hier geht's nicht nach Covent Garden!»

«Ich weiß, Miss, aber auf diesem Weg kommen wir im dichten Abendverkehr schneller voran», erwiderte er in unterwürfigem Ton.

«Hören Sie, ich habe einen Revolver, und ich schieße Sie nieder, wenn Sie nicht sofort anhalten.»

«Aber Miss, das wollen Sie doch sicher nicht», winselte er.

«Ich bin sehr nahe dran, also zügeln Sie das Pferd!»

«Das kann ich wirklich nicht, Miss.»

«Und warum nicht?»

Der zottige Kopf neigte sich zur Seite. «Weil wir sonst die erste Arie verpassen», sagte Holmes.

«Oh, Sie elender Bastard!» schimpfte ich. Die Waffe in meiner Hand bebte, und als er das sah, richtete er sich hastig auf. «Nun haben Sie mir schon zum zweitenmal in drei Tagen einen Ihrer verdammten albernen Streiche gespielt.» Ich fing den verwirrten Blick eines Passanten auf und senkte meine Stimme. «Wenn Sie das noch mal machen und ich halte ein Schießeisen in der Hand, bin ich für nichts mehr verantwortlich, hören Sie? So wahr meine Mutter Mary McCarthy heißt – für mein Temperament kann ich nichts.»

Ich lehnte mich in der schwankenden Droschke zurück und holte tief Luft. Nach einer Weile wehte eine dünne Stimme zu mir. «Ganz wie Sie meinen, Miss.» Etwas entfernt von der Oper blieben wir stehen, in einer dunklen Ecke am Rand eines der zahlreichen, versteckten kleinen Londoner Parks. Die Karre sackte seitwärts, dann öffnete Holmes die Tür und musterte mich anklagend. «Ihre Mutter hieß gar nicht Mary McCarthy.»

«Nein, Judith Klein. Aber tun Sie mir so was bitte nie wieder an. Seit ich die Wohnung Ihres Bruders verlassen habe, bin ich verängstigt und halb blind herumgelaufen, und jetzt fühle ich mich sehr müde.»

«Verzeihen Sie, Russell. Mein makabrer Humor hat mich schon öfter in Schwierigkeiten gebracht. Friede?»

«Friede.» Wir schüttelten uns die Hände, und er stieg zu mir in den Wagen. «Russell, diesmal müssen *Sie* sich umdrehen. Als Droschkenkutscher verkleidet kann ich nicht in die Oper gehen.»

Hastig kletterte ich auf der anderen Seite hinaus. Holmes erschien wenig später, im Abendanzug und Cape, mit Hut, Gehstock und angeklebtem Schnurrbart. Ein kleiner Mann schlenderte vorbei und pfiff leise vor sich hin.

«Guten Abend, Billy.»

«Guten Abend, Mr. – äh, Sir.» Der Mann verneigte sich vor mir und tippte an seine Hutkrempe.

«Stolpern Sie nicht über die Kartons in der Droschke, Billy. Unter dem Sitz finden Sie eine Decke, falls Sie eine brauchen. Und halten Sie die Augen offen.»

«Klar, Sir. Dann wünsche ich Ihnen gute Unterhaltung, Sir – Miss.»

In Gedanken versunken, merkte ich gar nicht, wie Holmes meinen Arm nahm, und fragte verdutzt: «Wie um alles in der Welt haben Sie mich gefunden?»

«Nun, ich kann nicht behaupten, daß es reiner Zufall war, denn ich hielt es durchaus für möglich, daß Sie den Reizen des Kaufhauses erliegen und den ganzen Tag dort verbringen würden. Außerdem paßten der Portier und der Mann von der Gepäckaufbewahrung, dem Sie Watsons Tasche übergeben hatten, gut auf, und als ich vor etwa einer Stunde nach Ihnen fragte, schworen beide, Sie hätten das Gebäude nicht verlassen. Das war übrigens ein Fehler, Russell. Sie hätten die Tarnkleidung des Doktors wegwerfen sollen.»

«Ja, das sehe ich jetzt ein. Tut mir leid. Was haben Sie heute herausgefunden?»

«Überhaupt nichts. Kein Wort, nicht mal ein Gerücht über irgendwen, der gegen den alten Schurken Holmes zu Felde zieht. Allmählich muß ich mein Gespür für solche Dinge verlieren.»

«Vielleicht gibt's gar nichts, was Sie auskundschaften könnten.»

«Mag sein. Ein pikantes Problem. Das fasziniert mich.»

«Und ich friere. Was machen wir jetzt?»

«Wir lauschen Engels- und Menschenstimmen, mein Kind, von der Musik Verdis und Puccinis untermalt.»

«Und danach?»

«Danach dinieren wir.»

«Und dann?»

«Dann müssen wir bedauerlicherweise in die Wohnung meines Bruders zurückschleichen und uns hinter den Vorhängen verbergen.»

«Oh . . . Wie geht's Ihrem Rücken?»

«Zum Teufel damit! Ich wünschte, Sie würden endlich aufhören, über meinen verdammten Rücken zu lamentieren. Wenn Sie's unbedingt wissen müssen – heute nachmittag ließ ich ihn von einem pensionierten Chirurgen behandeln, der ein paar exzellente illegale Operationen durchgeführt und zahllose Schußwunden zusammengeflickt hat. Viel konnte er nicht tun, also schickte er mich weg. Dieses Thema beginnt mich wirklich zu nerven.»

Erfreut registrierte ich, daß sich seine Laune entschieden gebessert hatte.

Der Opernabend war ein schönes, glanzvolles Intermezzo und blieb in meiner Erinnerung zwischen den bereits erfolgten und den noch bevorstehenden Ereignissen wie ein in Lehm eingefaßtes Juwel haften. Trotzdem schlief ich zweimal ein, und als ich erwachte, berührte mein Hut Holmes' Ohr. Doch er schien es nicht zu merken, so hingerissen von der Musik, daß er meine Gegenwart gar nicht wahrnahm und bei gewissen Melodien sogar zu atmen vergaß. Ich war nie eine leidenschaftliche Opernfreundin gewesen, aber an jenem Abend – unglücklicherweise entsinne ich mich nicht, welche Arien wir hörten – erkannte sogar ich die Vorzüge dieser Kunst. (Was diesen Punkt betrifft, muß ich Holmes' verstorbenem Biographen widersprechen. Niemals sah ich den Detektiv «sanft mit einem Finger klopfen, im Takt der Musik», wie Watson einmal geschrieben hatte. Hingegen widmete sich der gute Doktor sehr ernsthaft dieser Aktivität musikalisch beschränkter Leute, vor allem, wenn er beschwipst war.)

In der Pause tranken wir Champagner und zogen uns in eine stille Ecke zurück, um Holmes' Inkognito zu wahren. Wenn er wollte, konnte er sehr liebenswürdig sein, und an diesem Abend sprühte er geradezu vor Charme. Er erzählte Anekdoten über die Sänger und Sängerinnen.

Später, beim Dinner, berichtete er von seinen Gesprächen mit den Lamas in Tibet, gab Kommentare zu diversen Lippenstiftfarben ab, zu den Besonderheiten moderner Automobilreifen, den Entwicklungen in der Musikwelt, durch das Verschwinden der Kastraten verursacht. Schließlich analysierte er die rhythmischen Veränderungen bei einer der Arien, die wir soeben gehört hatten.

Dieser Holmes, den ich nur selten erlebte, entzückte mich – ein distinguierter, kultivierter Bonvivant, völlig unbeschwert (ein Mann, der andererseits viele Stunden in düsterer, gereizter Stimmung zubringen konnte, präzise Abhandlungen über detektivische Methoden verfaßte und Flecken auf Bienen malte, um sie durch das Hügelland von Sussex zu verfolgen).

«Ich weiß, meine Frage klingt naiv», begann ich, als wir auf die Straße traten, «aber gibt es irgendwelche Aspekte Ihres Wesens, die Sie am liebsten hervorkehren? Ich bin nur neugierig, und Sie müssen sich nicht verpflichtet fühlen, mir irgend etwas zu verraten.»

Formvollendet bot er mir seinen Arm, und ich hängte mich bei ihm ein. «Sie möchten also herausfinden, wer ich bin, Russell», entgegnete er lächelnd. «Wissen Sie, was eine Fuge ist?»

«Wechseln Sie das Thema?»

«Nein.»

Eine Zeitlang dachte ich nach, bis ich einen Sinn in seiner Antwort fand, die nur bei oberflächlicher Betrachtung nebulös gewirkt hatte. «Oh, ich verstehe – zwei getrennte Tonfolgen, scheinbar nicht miteinander verwandt, bis der Zuhörer das Gesamtwerk erfaßt und die innere Logik der Musik den Zusammenhang erkennen läßt.»

«So ein Gespräch mit Ihnen ist wirklich erfrischend, Russell. Um solche Dinge dem guten Watson zu erklären, hätte ich zwanzig frustrierende Minuten gebraucht ... He, was ist das?»

Er zog mich in den Schatten des Gebäudes, das wir gerade umrundet hatten. Entsetzt starrten wir zu der Stelle hinüber, wo wir die Droschke verlassen hatten. Zahlreiche Leuchtöllampen verbreiteten grelles Licht, und wir sahen ein heftig bewegtes Meer aus Constable-Helmen und wehenden Capes.

Holmes sank wie benommen an die Mauer. «Billy?» flüsterte er heiser. «Wie konnten die Feinde uns aufspüren? Russell, verliere ich endgültig meine Fähigkeiten? Nie bin ich einem Intellekt begegnet, der so etwas vermocht hätte. Nicht einmal Moriarty ...» Er schüttelte den Kopf, als müßte er dunkle Schleier verscheuchen. «O Gott, ich muß das Beweismaterial sehen, bevor diese Tölpel alles zerstören.»

«Warten Sie, Holmes! Vielleicht ist das eine Falle, und jemand lauert uns mit einer Schußwaffe auf.»

Die Augen zusammengekniffen, beobachtete er die Szene und schüttelte wieder den Kopf. «An diesem Abend waren wir schon mehrmals großartige Zielscheiben. Und der Feind würde in Gegenwart so vieler Polizisten nicht wagen, uns anzugreifen. Gehen wir hinüber. Ich hoffe nur, daß da ein halbwegs vernünftiger Beamter die Aufsicht führt.»

In meinen hochhackigen Schuhen konnte ich seinen langen Schritten nur mühsam folgen. Ein kleiner, drahtiger Mann, etwa fünfunddreißig Jahre alt, streckte ihm die Hand entgegen. «Freut mich, Sie wohlauf zu sehen, Mr. Holmes. Ich habe mit Ihnen gerechnet, denn ich dachte mir, Sie müßten irgendwie hinter alldem stecken.»

«Was genau meinen Sie mit ‹alldem›, Inspector?»

«Sie sehen's ja, die Droschke ... Was wünschen Sie, Miss?»

«Ah, Russell, darf ich Sie mit einem alten Freund bekannt machen? Inspector Lestrade von Scotland Yard. Sein Vater war in mehreren Fällen mein Kollege. Lestrade, das ist meine ...» Ein Lächeln umspielte Holmes' Lippen. «Meine Assistentin, Miss Mary Russell.»

Lestrade starrte uns ein paar Sekunden lang an, dann brach er zu meiner Bestürzung in schallendes Gelächter aus. Mußte denn jeder Polizist, dem wir begegneten, so seltsam auf meine detektivische Arbeit reagieren? «Oh, Mr. Holmes, immer der Komödiant! Ich hatte ganz vergessen, wie gern Sie Ihre kleinen Witze machen.»

Da richtete sich Holmes zu seiner vollen Größe auf und betrachtete den Mann mit eisiger Arroganz. «Haben Sie mich jemals über meinen Beruf scherzen hören, Lestrade? Jemals in all den Jahren?» Der letzte Satz durchschnitt die Winterluft wie ein Peitschenknall, und die humoristische Laune des Inspectors verflog sofort. Das restliche Lächeln, das sich immer noch auf seinem Gesicht zeigte, erschien mir säuerlich und rattenhaft.

Er warf mir einen kurzen Blick zu und räusperte sich. «Ah, nun ja, Mr. Holmes, sicher möchten Sie sehen, was von Ihrer Droschke übriggeblieben ist. Einer meiner Polizisten erkannte Billy wieder, von früheren Zeiten her, und rief mich an. Zweifellos wird man den Constable nach seiner heutigen Leistung befördern. Und sorgen Sie sich nicht um Ihren Mitarbeiter – in ein oder zwei Tagen ist er bestimmt wieder auf dem Damm. Offensichtlich wurde er auf den Kopf geschlagen und chloroformiert. Als man ihn in den Krankenwagen verfrachtete, kam er gerade zu sich.»

«Danke, Inspector. Haben Sie sich schon in der Droschke umgesehen?» In Holmes' Stimme schwang nur ein geringer Hoffnungsschimmer mit.

«Nein, nein, wir wollten nichts anrühren und schauten nur kurz hinein. Wie gesagt, der Mann verdient eine Beförderung. Wirklich sehr geistesgegenwärtig.» Ich entdeckte einen uniformierten Beamten, der überflüssigerweise am Zügel des Pferdes herumhantierte und den Kopf in unsere Richtung neigte.

Während ich Holmes mit dem Ellbogen anstieß, wandte ich

mich an Lestrade. «Inspector, meinen Sie das Individuum da drüben?» Der Mann zuckte zusammen, eilte schuldbewußt davon und machte sich anderswo zu schaffen.

Holmes und Lestrade folgten meinem Blick, und der Inspector erwiderte: «Ja, das ist er. Wieso haben Sie das erraten?»

«Bald werden Sie herausfinden, daß Miss Russell niemals irgendwas errät», erklärte Holmes. «Gelegentlich stellt sie – nur versuchweise – Hypothesen ohne schlüssige Beweise auf, aber sie betreibt keine Ratespiele.»

«Wie ich zu meiner Freude feststelle, kehrt der Gentleman auf seinen früheren verantwortungsvollen Posten zurück», bemerkte ich. «So tüchtige Männer können jüngeren Polizisten ein wertvolles Beispiel geben.»

Nun galt mir Lestrades ungeteilte Aufmerksamkeit. «Also kennen Sie ihn, Miss?»

«Meines Wissens sehe ich ihn heute zum erstenmal», entgegnete ich und sah, wie Holmes sein unergründliches Gesicht zur Droschke wandte.

«Aber wieso ...?»

«Oh, das ist doch ganz klar. Ein älterer Mann in niedriger Position besitzt entweder – sagen wir – beschränkte geistige Fähigkeiten, was auf ihn laut Ihrer Aussage nicht zutrifft, Inspector, oder er wurde degradiert. Ein Vergehen kann seine Karriere nicht behindern, sonst trüge er keine Uniform mehr. Welches persönliche Problem ihn quält, bezeugen die zahlreichen geplatzten Äderchen in seinem Gesicht, während die tiefen Furchen um seinen Mund herum auf Kummer und Sorgen in den letzten Jahren hinweisen. Da sein Körper unversehrt erscheint, tippe ich auf Alkoholmißbrauch, was seiner Laufbahn sicher nicht dienlich ist. Trotzdem wirkt er recht kompetent, und da Sie die Möglichkeit einer Beförderung erwähnen, glaube ich, daß er die Krise überwunden hat und den anderen tatsächlich mit gutem Beispiel vorangeht.» Ich schenkte dem verdatterten Lestrade ein unschuldiges Lächeln. «Glauben Sie mir, Inspector, es ist wirklich nicht schwierig, aus gewissen Beobachtungen die richtigen Schlüsse zu ziehen.»

Der kleine Mann schnappte nach Luft, dann lachte er wieder. «Ja, Mr. Holmes, nun verstehe ich, was Sie meinen. Das alles hätten genausogut Sie selber sagen können. Sie haben absolut recht, Miss. Vor vier Jahren kamen seine Frau und seine Tochter bei einem Unfall ums Leben, und er suchte Trost im Alkohol, sogar während der Arbeit. Wir setzten ihn an einen Schreibtisch, wo er keinen großen Schaden anrichten konnte, und vor einem Jahr riß er sich plötzlich zusammen. Bald wird er wieder da sein, wo er mal war. So, und jetzt hol ich eine Lampe, dann können wir uns die Droschke ansehen.»

Er eilte davon, und Holmes murmelte: «Das war ziemlich melodramatisch, Russell.»

«Ich bin nur eine gelehrige Schülerin meines Herrn und Meisters», erwiderte ich ernsthaft.

«Dann wollen wir mal sehen, was wir von diesem alten Pferdekarren lernen können. Ich möchte endlich etwas über diese Person erfahren, die uns unentwegt peinigt und meine Freunde attakkiert. Hoffentlich liefert uns dieser neue Fall einen Anhaltspunkt.»

Absperrseile umgaben die Droschke, die von grellen Leuchtöllampen angestrahlt wurde. Nun sah sie noch schäbiger aus als zuvor im trüben Licht der Straßenlaternen.

«Hier fanden wir Ihren Mann.» Lestrade streckte einen Zeigefinger aus. «Wir taten unser Bestes, um den Boden möglichst unberührt zu lassen, aber irgendwie mußten wir ihn wegbringen. Er lag verkrümmt auf diesem alten Anzug, zur Seite gedreht, in eine Decke gewickelt.»

«Was?» Diesen Anzug hatte Holmes als Kutscher getragen, die Decke stammte aus der Droschke.

«Ja, und er schlief wie ein Baby.»

Holmes reichte Lestrade seinen Hut, das Cape und den Gehstock und zog ein kleines, aber starkes Vergrößerungsglas aus der Tasche. Auf allen vieren gelandet, glich er einem großen, dürren Jagdhund, der schnüffelnd einer Spur folgt. Schließlich stieß er einen leisen Schrei aus, nahm aus einer anderen Tasche ein Kuvert und kratzte vorsichtig an den Pflastersteinen, die mehrere winzige

Flecken zeigten. Triumphierend setzte er sich auf die Fersen, ohne seinen verletzten Rücken zu beachten. «Was halten Sie davon, Russell?» Sein Finger beschrieb einen vagen Kreis.

Ich trat vor und inspizierte die Spuren. «Zwei Paar Füße? Eins muß heute durch Schneematsch gestapft sein, das andere – ist das Öl?»

«Ja, Russell, und irgendwo werden wir noch ein drittes finden. An der Droschkentür? Nein? Nun, vielleicht drinnen.» Er öffnete den Wagenschlag. «Lestrade, ich nehme an, Ihre Leute werden das ganze Vehikel nach Fingerabdrücken absuchen?»

«Ja, Sir. Ich habe bereits nach einem Experten geschickt. Demnächst müßte er eintreffen. Ein neuer Mann, aber anscheinend sehr tüchtig. Er heißt MacReedy.»

«Ach ja, Ronald MacReedy! Dieser Artikel, in dem er Spiralbildungen mit den Charaktereigenschaften von Gewohnheitsverbrechern vergleicht, ist hochinteressant, finden Sie nicht auch?»

«Ich – äh – habe ihn leider nicht gelesen, Mr. Holmes.»

«Schade. Aber dafür ist es noch nicht zu spät. Russell, ich glaube, das sind Ihre Sachen.»

Bedrückt starrte ich über seine Schulter auf ein Chaos. Von meiner schönen, sündhaft teuren neuen Garderobe waren nur das Ensemble übriggeblieben, das ich trug, und unzählige bunte Fetzen. Kleine Streifen aus blauer Wolle und grüner Seide und weißem Leinen übersäten den Droschkenboden, dazwischen lagen Bindfäden, zerknülltes Einwickelpapier und zerrissene Pappe. Ich griff nach einem Stück Schnur, um meine Hände irgendwie zu beschäftigen. Der gepolsterte Ledersitz war methodisch zerschnitten worden, von einem Ende bis zum anderen, und nur die vordere Kante unversehrt geblieben. Aus den Löchern hatte man Roßhaare gerissen und überall verstreut.

Holmes machte sich mit seiner Lupe an die Arbeit, im Licht der Lampe, die Lestrade ihm hinhielt. Kuverts wurden gefüllt, Notizen gemacht, Fragen gestellt. Der Fachmann für Fingerabdrücke traf ein und ging ans Werk. Von irgendwo hatte man ein Kohlenbecken herbeigeschafft, das nun rötlich glühte. Die Polizisten standen drum herum und wärmten sich die Hände. Die Nacht, inzwischen weit vorangeschritten, war zwar nicht eisig, aber doch unangenehm kalt.

Ungeduldige Blicke begannen in unsere Richtung zu schweifen, begleitet von ärgerlichem Gemurmel. In der Droschke fand ich keinen Platz, also stellte ich mich zwischen die Constables ans Feuer. Lächelnd schaute ich zu dem großen Mann an meiner Seite auf. «Ich wollte Ihnen nur sagen, wie froh ich bin, daß Sie alle hier sind. Irgend jemand hat es auf Mr. Holmes abgesehen, und seine körperliche Verfassung ist nicht mehr so gut wie früher. Ich fühle mich viel wohler, wenn ich weiß, daß ihm so tüchtige Polizisten zur Seite stehen. Besonders Sie, Mr. ...?» Ich beugte mich zu dem älteren Constable vor und hob fragend die Brauen.

«Fowler, Miss. Tom Fowler.»

«Vor allem Sie werden Mr. Holmes eine große Stütze sein, Mr. Fowler. Er war tief beeindruckt, weil Sie so prompt die Initiative ergriffen.» Strahlend lächelte ich in die Runde. «Ich danke Ihnen allen für die Wachsamkeit und Ihr Pflichtbewußtsein.»

Dann kehrte ich zur Droschke zurück, und jetzt starrten die vielen Augenpaare nicht mehr zu uns herüber, sondern in die nächtliche Finsternis, und das Murren war völlig verstummt. Als Lestrade weggerufen wurde und sich um andere Angelegenheiten kümmern mußte, hielt ich Holmes die Lampe hin. «Sie glauben also, meine Kräfte lassen mit der Zeit nach?» fragte er belustigt.

«Keineswegs. Das sagte ich nur, um die Polizisten zu ermuntern, die allmählich achtlos wurden, während sie untätig herumstanden. Vielleicht übertrieb ich ein bißchen, aber von jetzt an werden sie die Umgebung aufmerksam beobachten.»

«Wie ich bereits erklärt habe, glaube ich nicht, daß man uns hier angreifen wird.»

«Und ich hege den Verdacht, Ihr Gegner dürfte Sie gut genug kennen, um Ihre Gedanken zu berücksichtigen, wenn er seine Aktionen plant.»

«So langsam mein Gehirn auch arbeiten mag, an diese Möglichkeit habe ich auch schon gedacht, Russell.» Er richtete sich auf. «Jetzt sind Sie dran. Schauen Sie nach, ob Sie irgendwas finden, das nicht zu Ihren Sachen gehört. Dafür werden Sie ziemlich lange brauchen, deshalb schicke ich Ihnen den großen jungen Constable. Er soll Ihnen helfen. Und ein anderer wird uns etwas Heißes zu trinken besorgen. Inzwischen werde ich die unmittelbare Nachbarschaft erforschen.»

«Nehmen Sie jemanden mit, Holmes, bitte!»

«Nach Ihrer großartigen komödiantischen Leistung am Kohlenbecken werden die Jungs vor lauter Eifer über die eigenen Füße stolpern, um mich armes altes Knochengestell zu beschützen.»

Es dauerte tatsächlich eine ganze Weile, den Inhalt der Droschke zu durchstöbern. Aber mit der Hilfe des jungen Constable Mitchell hatte ich schließlich einen umfangreichen Haufen aus Stoff- und Pappfetzen zusammengetragen, der sich nun neben dem Wagen auftürmte. Wir kletterten hinaus und streckten unsere steifen Glieder, dann nippten wir am heißen süßen Tee, bis Holmes mit seinen dienstbeflissenen Leibwächtern zurückkehrte.

«Danke, Gentlemen, ich weiß Ihr Verantwortungsbewußtsein sehr zu schätzen. Gehen Sie jetzt und trinken Sie Tee – Sie auch.» Er schlug dem hartnäckigsten Polizisten zwischen die Schulterblätter und stieß ihn zum provisorischen Buffet hinüber. «Nun, Russell, was haben Sie gefunden?»

«Einen Knopf, an dem ein brauner Tweedstreifen hängt, erst kürzlich aus einem Kleidungsstück herausgeschnitten. Einen dikken hellbraunen Lehmklumpen. Und ein blondes Haar, nicht mein eigenes, sondern viel kürzer. Außerdem viel Staub und Schmutz und Abfall. Offensichtlich wurde die Droschke schon lange nicht mehr gereinigt.»

«Und sie wurde in letzter Zeit nicht benutzt, also lohnt es sich zweifellos, Ihre drei Entdeckungen genauer zu betrachten.»

«Und was haben Sie gefunden, Holmes?»

«Mehrere interessante Dinge, aber ich muß erst mal meine Pfeife rauchen, ehe ich was darüber sage.»

«Bleiben wir noch lange hier, Holmes?»

«Vielleicht eine Stunde. Warum?»

«Ich habe Champagner getrunken, dann Kaffee, jetzt Tee. Und ohne irgend etwas diesbezüglich zu unternehmen, werde ich die nächste Stunde nicht überstehen», fügte ich hinzu, fest entschlossen, wegen meines Problems nicht in Verlegenheit zu geraten.

«Natürlich.» Er schaute sich um und nahm den offenkundigen Mangel an weiblicher Gesellschaft zur Kenntnis. «Dieser ältere Constable, Fowler, soll Ihnen die – äh – Bedürfnisanstalt im Park zeigen. Nehmen Sie eine Lampe mit.»

Würdevoll winkte ich den Mann zu mir und erklärte ihm mein Anliegen. Auf leise knirschenden Kieswegen führte er mich durch den Park. Wir machten belanglose Konversation, unterhielten uns über Kinderspielplätze und grüne Zonen in der Großstadt, und während ich mich in dem kleinen Gebäude aufhielt, wartete er draußen.

Nachdem mein Problem gelöst war, stellte ich die Lampe auf die Ablage unterhalb des Spiegels, um mir die Hände zu waschen. Ich griff nach dem Wasserhahn, und da sah ich das hellbraune Lehmklümpchen, das daran klebte. Ungläubig beugte ich mich hinab, inspizierte es etwas genauer, und weil ich sichergehen wollte, hielt ich die Lampe ganz nah daran. «Mr. Fowler!» rief ich mit scharfer Stimme.

«Miss?»

«Holen Sie Mr. Holmes.»

«Stimmt was nicht?»

«Im Gegenteil! Holen Sie ihn!»

«Aber sollte ich nicht ...»

«Mir wird schon nichts passieren. Gehen Sie!»

Er schien kurz zu zögern, dann entfernten sich schwere, hastige Schritte in der Nacht. Ich hörte, wie er lauthals nach Holmes verlangte, und aufgeregtes Geschrei. Der Kies knirschte unter zahlreichen Sohlen, Holmes trat auf die Schwelle der Damentoilette und spähte unsicher herein. «Russell?»

«Könnte der Mann, den wir suchen, eine Frau sein, Holmes?»

12

Die Flucht

Überall entwischt sie uns; sie verstößt gegen die meisten unserer Regeln und zerrüttet unsere Maßstäbe.

«Russell, Sie schneiden genau das Thema an, das ich mit Hilfe meiner Pfeife überdenken wollte. Außerdem haben Sie mich vor der schlimmsten Sünde bewahrt, die ein Detektiv begehen kann – das Offensichtliche zu übersehen. Zeigen Sie mir, was Sie gefunden haben!» Grimmig funkelten Holmes' Augen im Schein des Leuchtöls. Er ließ sich weitere Lampen bringen, und bald erstrahlte das Steinhäuschen in hellem Licht. Fowler wurde befragt und bestätigte, daß es am Abend gereinigt worden war.

Während ich mit Lestrade im Hintergrund blieb, beobachtete ich Holmes bei der Arbeit. Konzentriert erforschte er jeden noch so winzigen Anhaltspunkt, murmelte vor sich hin oder erteilte in schroffem Ton seine Befehle.

«Kleine Stiefel, breite Absätze, nicht neu. Eine Radfahrerin, wie ich sehe. Lestrade, haben Sie die Herrentoilette und die Straße gesperrt? Gut. Sie kam hier herein, und da stand sie. Ja! Noch ein blondes Haar. Ja, zu lang für einen Mann heutzutage und ganz glatt. Beschriften Sie bitte diese Kuverts, Russell. Schlamm an den Händen, Spuren im Waschbecken – ja, und am Wasserhahn. Aber keine Fingerabdrücke auf dem Lehm. Handschuhe?»

Geistesabwesend betrachtete Holmes sein Gesicht im Spiegel und pfiff leise durch die Zähne. «Warum hatte sie Schlamm an den Handschuhen und wusch ihn weg? Eine verwirrende Frage. Noch mehr Licht hierher, Lestrade, und der Fotograf soll die Droschke noch einmal von allen Seiten aufnehmen, wenn MacReedy seine Arbeit erledigt hat. Ja, das dachte ich mir – eine Rechtshänderin. Sie wusch sich, schüttelte das Wasser von den Händen oder eher von den Handschuhen und ging zur Tür.

Mann, zertrampeln Sie doch nicht die Fußabdrücke! Der Himmel möge uns helfen. Dann zur Straße – nein? Nicht zur Straße, den Kiesweg entlang – da – und da ...» Er richtete sich auf, musterte die kahlen Zweige über seinem Kopf und runzelte die Stirn, während wir ihm schweigend zuschauten. «Aber das ergibt keinen Sinn, es sei denn ... Lestrade, heute nacht brauche ich Ihr Labor, und der ganze Park muß abgesperrt werden. Niemand darf hier herumlaufen, bis ich alles bei Tageslicht gesehen habe. Wird es vor dem Morgengrauen regnen, Russell?»

«Ich kenne London nicht, aber in der Luft scheint kein Regen zu liegen, und für weitere Schneefälle ist es sicher zu warm.»

«Nun, wir wollen lieber nichts riskieren. Bringen Sie mir die Kuverts. Ehe der Tag anbricht, haben wir eine ganze Menge zu tun.»

Genaugenommen war es nur Holmes, der viel zu tun hatte, da nur ein Mikroskop in Scotland Yard zur Verfügung stand, und er verriet nicht, wonach er suchte. Ich etikettierte ein paar Objektträger, und trotz des starken Kaffees fielen mir allmählich die Augen zu.

Ehe ich wußte, wie mir geschah, dämmerte der Morgen. Holmes stand an einem Fenster, klopfte mit dem Pfeifenkopf gegen seine Zähne, und mir taten alle Knochen weh, weil ich ein paar Stunden lang verkrümmt geschlafen hatte, den Kopf auf einen Schreibtisch gelegt.

Meine Wirbelsäule knackte laut, als ich mich auf dem Stuhl zurücklehnte, und Holmes drehte sich um. «Ah, Russell, nehmen Sie neuerdings die Gewohnheit an, im Sitzen zu schlafen?» fragte er leichthin. «Ich bezweifle, daß Ihre Tante das billigen würde, ganz zu schweigen von Mrs. Hudson.»

Ich rieb mir die Augen und starrte seine erstaunlich adrette Gestalt bitter an. «Ihre widerlich gute Laune bedeutet wohl, daß Sie sich über irgendein Resultat der nächtlichen Ermittlungen freuen?»

«Ganz im Gegenteil, meine liebe Russell, ich bin äußerst ungehalten. Vage Verdächtigungen schwirren durch mein Gehirn, und keine gefällt mir.» Seine Miene wurde hart und kalt, während er blicklos die Objektträger anstarrte, die auf einer Werkbank lagen. Dann wanderten seine stahlgrauen Augen wieder zu mir, und ein Lächeln entspannte seine Züge. «Auf dem Weg in den Park erzähle ich Ihnen alles.»

«O Holmes, seien Sie vernünftig! Sie mögen ja präsentabel aussehen, wenn auch ein bißchen eigenartig in Ihrer Abendkleidung, aber ich kann unmöglich in diesem Zustand herumlaufen.»

Er musterte mein zerknittertes Abendkleid, die verrutschten Seidenstrümpfe und unpraktischen Schuhe, dann nickte er. «Mal sehen, ob uns eine Polizistin helfen kann.» In diesem Moment klopfte es an der Tür. «Herein!»

Ein nervöser junger Polizist mit widerspenstiger Schmachtlocke über der Stirn trat ein. «Mr. Holmes, Inspector Lestrade läßt Ihnen ausrichten, daß ein Paket für die junge Dame abgegeben wurde, aber ...»

Sofort stürmte Holmes aus dem Büro und strafte alle Gerüchte über seine verlangsamte Beweglichkeit und seinen schmerzhaften Rheumatismus Lügen. «Rühren Sie's nicht an!» hörte ich ihn schreien. «Holen Sie einen Bombenexperten! Konnten Sie die Person festhalten, die das Paket abgeliefert hat, Lestrade ...?»

Seine Stimme verhallte, während ich ihm durch den Flur zur Treppe folgte. An meiner Seite sprudelte der junge Polizist hervor: «Als er davonrannte, wollte ich gerade sagen, daß das Paket schon zum Sprengstoffdezernat gebracht wurde. Und der Inspector möchte Mr. Holmes dabeihaben, wenn er den jungen Mann verhört, der damit ankam ... Sir, er ließ mich nicht ausreden.» Diese letzten Worte waren an Lestrade gerichtet, der Holmes' Sturmlauf gestoppt hatte.

Im Erdgeschoß sahen wir zwei Bombenexperten arbeiten. Einer hielt ein Stethoskop an das Paket, das auf einem Schreibtisch lag. Angespannt schauten wir zu, und ich bemerkte die ungewohnte Stille. Der Straßenverkehr war umgeleitet worden. Holmes wandte sich an den Inspector. «Der Bursche, der das Paket abgegeben hat, ist also hier?»

«Ja. Er sagt, vor einer Stunde habe ihn jemand auf der Straße gebeten, es hier abzuliefern, und ihm zwei Guineen dafür angeboten. Dieser Mann war klein und blond, trug einen dicken Mantel und erklärte, das Paket sei für eine Freundin bestimmt, die den Inhalt heute morgen brauche, und er könne ihr's nicht selber bringen. Dann gab er dem Jungen eine Guinee, notierte sich seine Adresse und versprach, ihm den restlichen Lohn zu schicken, sobald die Lieferung bestätigt sei.»

«Natürlich wird der Ärmste die zweite Guinee niemals sehen.»

«Aber er rechnet ganz fest damit. Allzu klug ist er wohl nicht. Ich glaube, er kennt nicht einmal den Wert einer Guinee und freut sich nur, weil die Münze so schön glänzt. Sollen wir ihn noch einmal ins Verhör nehmen?»

«Vorerst nicht.»

Inzwischen hatten wir die Bombenexperten unentwegt beobachtet. Wir spürten ihre Nervosität, als sie vorsichtig die Bindfäden des Pakets durchschnitten, das Papier lösten und den Inhalt bloßlegten – zusammengelegte Kleidungsstücke. Langsam nahmen sie alles auseinander. Schließlich landeten eine Seidenbluse, eine weiche Wolljacke, eine passende Hose, Angorastrümpfe und ein Paar Schuhe auf dem Schreibtisch. Ein gefalteter Zettel flatterte zu Boden. «Ziehen Sie Handschuhe an, bevor Sie das aufheben!» rief Holmes.

Ein verwirrter, aber sichtlich erleichterter Sprengstoffachmann brachte Lestrade das in eine Pinzette geklemmte Papier. Der Inspector las die Nachricht und gab sie Holmes, der sie laut vorlas, bestürzt und ungläubig zugleich. «‹Liebe Miss Russell, da ich die geistigen Grenzen Ihres Gefährten kenne, erwarte ich, daß er es versäumen wird, Ihnen heute morgen passende Kleidung zu beschaffen. Bitte, nehmen Sie die beiliegenden Sachen an, die ich Ihnen verehren möchte. Sicher werden Sie alles sehr komfortabel finden. Ein Bewunderer.›»

Holmes blinzelte mehrmals, dann warf er Lestrade den Zettel zu. «Geben Sie das Ihrem Experten für Fingerabdrücke!» fauchte er. «Und lassen Sie das ins Labor bringen! Es muß nach fremdartigen Objekten, Ätzmitteln und sonstwas abgesucht werden. Finden Sie heraus, woher es stammt! Und könnte man Miss Russell um Himmels willen mit ‹passender Kleidung› versorgen, damit die Ermittlungen nicht vollends zum Stillstand kommen?» Während er sich erbost abwandte, hörte ich ihn flüstern: «Langsam wird das unerträglich.»

Einige Kleidungsstücke tauchten auf, Teile von Uniformen, aber auch Zivilsachen und alle sehr unkomfortabel. In einem Polizeiauto fuhren wir zum Park. Lestrade saß vorn neben dem Chauffeur, Holmes hinten neben mir. Stumm und geistesabwesend starrte er aus dem Fenster, während seine langen Finger nervös auf ein Knie trommelten. Die Resultate seiner Laboruntersuchungen verriet er mir nicht.

Im Park stapfte er einige Minuten lang auf den Kieswegen umher, nickte vor sich hin, dann verfrachtete er uns brüsk wieder ins Automobil. Lestrades Fragen stießen auf taube Ohren, und wir fuhren schweigend zum Scotland Yard zurück. Ich folgte Holmes ins Büro des Inspectors, wo wir allein gelassen wurden.

Gedankenverloren ging er zu Lestrades Schreibtisch, öffnete ein Schubfach, nahm eine Packung Zigaretten heraus und ergriff ein Feuerzeug, um sich eine anzuzünden. Während ich mich setzte, trat er ans Fenster, starrte zur belebten Uferstraße an der Themse hinab, beobachtete den Verkehr auf der anderen Seite des Flusses. Qualmwolken umwehten ihn im bleichen Wintersonnenschein, der durch die schmutzige Glasscheibe hereindrang. Wortlos rauchte er die Zigarette zu Ende, dann kehrte er zum Tisch zurück und drückte den Stummel methodisch im Aschenbecher aus. «Ich muß weggehen. Und ich weigere mich, Ihre tapsigen Freunde mitzunehmen. Diese Polizisten würden alle Ratten veranlassen, in Deckung zu gehen. Stellen Sie inzwischen eine Liste von den Sachen auf, die Sie brauchen, Kleidung für zwei bis drei Tage, nichts Formelles. Eine Beamtin soll sich darum kümmern. Männer- oder Frauensachen – ganz, wie Sie wollen. Auch was für mich. Meine Größe kennen Sie ja. Dadurch ersparen Sie mir wertvolle Zeit. In zwei Stunden komme ich zurück.»

Ärgerlich sprang ich auf. «Das können Sie mir nicht antun, Holmes. Sie erzählen mir überhaupt nichts, fragen nicht nach meiner Meinung, schubsen mich einfach nur herum, ohne zu überlegen, ob ich vielleicht andere Pläne haben könnte, und lassen mich im ungewissen. Halten Sie mich etwa für Watson? Nun wollen Sie einfach verschwinden, und ich soll mich mit einer Einkaufsliste langweilen.» Er ging bereits zur Tür, aber ich rannte ihm nach. «Erst nennen Sie mich Ihre Assistentin, dann behandeln Sie mich wie ein Dienstmädchen. Nicht mal ein unreifer Lehrling würde so was dulden. Ich möchte wissen ...»

Als ich an einem Fenster stehenblieb, erklang ein Knall, als würde eine große flache Hand auf einen Schreibtisch schlagen, gefolgt von einem vertrauten Krach. Blitzschnell stürzte sich Holmes auf mich, und wir fielen zu Boden, im selben Moment, wo die Scheibe zersprang. Ein Splitterregen rieselte herab, dann knallte es noch einmal.

Geduckt richteten wir uns auf, und Holmes packte meine Schulter. «Sind Sie getroffen worden?»

«Mein Gott, was ...»

«Russell, ist alles in Ordnung?» herrschte er mich wütend an.

«Ja, ich glaube schon. Und Sie ...?» Doch da lief er bereits zur Tür, die sich in dem Moment öffnete. Ein Inspector in Zivil starrte herein, den Mund weit aufgerissen. Holmes bedeutete ihm mitzukommen, und sie stürmten die Treppe hinab. Auf allen vieren kroch ich zum zerbrochenen Fenster, erhob mich vorsichtig und spähte hinaus.

Ein Dampfer glitt flußabwärts. Auf der Brücke stand eine Frau mit einem Kinderwagen, die einem Taxi nachschaute, starr vor Staunen. Holmes und mehrere Polizisten eilten zu ihr, und bald wurde sie von gestikulierenden Männern umringt, die nach Osten zum Fluß zeigten und südwärts über die Brücke.

Nachdem Holmes einen kurzen Blick zu mir heraufgeworfen hatte, sprach er mit dem Inspector im Tweedanzug, dann straffte er entschlossen die Schultern und kehrte zum Yard zurück, den Kopf gesenkt.

Mit typisch polizeilicher Effizienz und genauer Prioritätenverteilung tummelten sich Beamte in Lestrades Büro, maßen Winkel ab, entfernten Kugeln aus den Wänden, aber keiner hatte eine Schaufel und einen Besen mitgebracht. Und niemand fand Mittel und Wege, um die eisige Luft fernzuhalten, die durchs Fenster hereinströmte.

Schließlich floh ich ins angrenzende Büro, einen fensterlosen Raum. Als Holmes zu mir kam, merkte ich sofort, wie sinnlos es wäre, mit ihm zu diskutieren. Trotzdem wollte ich es versuchen. «Bestellen Sie lieber Kleidung für mehrere Tage, Russell», lauteten seine ersten Worte. «Weichen Sie allen Fenstern aus, essen und trinken Sie nur, wenn Sie genau wissen, was Sie zu sich nehmen, und tragen Sie immer Ihren Revolver in der Tasche.»

«Ich darf also keine Bonbons von Fremden annehmen?» fragte ich sarkastisch, konnte ihn aber nicht aus der Fassung bringen.

«Genau. In zwei oder drei Stunden bin ich wieder da. Dann gehen wir, also bereiten Sie sich darauf vor.»

«Holmes, Sie müssen mir ...»

«Verzeihen Sie, Russell», unterbrach er mich und legte die Hände auf meine Schultern, «nun kommt es auf jede Minute an. Sie wollten sagen, ich müsse Ihnen alles erzählen, und das werde ich auch tun. Außerdem möchten Sie nach Ihrer Meinung gefragt werden. Auch das soll geschehen. Ich beabsichtige sogar, einen fairen Anteil der fälligen Entscheidungen in Ihre fähigen Hände zu legen. Aber nicht jetzt, Russell. Bitte, geben Sie sich damit zufrieden.» Dann umfaßte er meinen Kopf, seine Lippen berührten meine Stirn, und ich sank auf einen Stuhl, wie vom Blitz getroffen. Lange nachdem er gegangen war, saß ich immer noch reglos und verwirrt da – und erkannte zu spät, daß er mich nur geküßt hatte, damit er ungehindert verschwinden konnte.

■

Wie ich aus seiner mühsam unterdrückten Erregung folgerte, würde er keineswegs schon nach zwei oder drei Stunden von seiner Expedition zurückkehren. Irritiert stellte ich eine Einkaufsliste auf, gab sie der jungen Polizistin, die er zu mir geschickt hatte, und verließ das fensterlose Büro. Um jedes Fenster machte ich einen großen Bogen und hielt nervös den Atem an, bis ich vorbeigeeilt war, aber ich wollte die Kleidungsstücke inspizieren, die mir mein «Bewunderer» geschenkt und die ich am Morgen nur von weitem gesehen hatte. Im Labor störte ich einen Gentleman in einem professionellen weißen Kittel, der vor einer Werkbank stand und einen Schuh hochhielt, bei der Arbeit. Er wandte sich mir zu, und als ich einen meiner eigenen Schuhe wiedererkannte, verschlug es mir die Sprache.

Diese Schuhe waren im Herbst aus meinem Zimmer in Oxford verschwunden – einer jener verwirrenden Zwischenfälle, die man letztlich mit einem Achselzucken abtut. In der zweiten Oktoberwoche hatte ich sie noch getragen und vierzehn Tage später vergeblich gesucht. Das ärgerte mich, aber nur, weil ich es für ein Zeichen meiner Schlamperei hielt. Ich hatte keinen Grund zu ernsthafter Besorgnis gesehen und gedacht, sie wären eben irgendwie abhanden gekommen.

Und jetzt waren sie wiederaufgetaucht, in diesem seltsamen Paket. Erleichtert stellte ich fest, daß die anderen Sachen nicht mir gehörten, wenn sie auch ganz meinem Geschmack entsprachen. Sie waren neu, stammten aus einem Laden in Liverpool, unauffällig, jedoch keineswegs billig. Bis jetzt hatten die Laboranten nichts Nennenswertes gefunden, nicht einmal eine Stecknadel in der Bluse.

Der Zettel, den der Absender beigefügt hatte, lag in einer Metallschale, und ich ging hin, um ihn genauer zu betrachten. Graues Pulver, das Fingerabdrücke kenntlich machen sollte, bedeckte ihn. Aber selbst wenn mein «Bewunderer» achtlos gewesen wäre – auf dem rauhen Papier zeichnete sich nichts ab. Ich griff danach und las die wenigen Zeilen in widerwilliger Belustigung. Dabei registrierte ich automatisch die Besonderheiten der Schreibmaschine.

Gerade wollte ich den Zettel wieder zurücklegen, doch dann erstarrte ich mitten in der Bewegung. Das ist ein Schock zuviel nach diesen letzten Tagen, sagte ich mir und tastete nach einem Stuhl. Als ich die Bestürzung des Laboranten bemerkte, erzählte ich ihm, was mir aufgefallen war. Dasselbe erzählte ich auch Lestrade, den man in aller Eile geholt hatte. Etwas später kehrte ich ins fensterlose Büro zurück, wo mir die Polizistin die Einkäufe übergab und betonte, sie habe genau aufgepaßt, während die Sachen verpackt worden waren. Höflich bedankte ich mich, dann saß ich eine Zeitlang allein da, und meine Gedanken überschlugen sich.

Kurz bevor Holmes hereinstürmte, das Haar zerzaust, ein wildes Flackern in den Augen, hatte ich mich hinlänglich erholt, um zu begutachten, was die Frau gekauft hatte. Erschrocken wich ich vor ihm zurück, als er eintrat und einen Stiefel fallen ließ.

«Großer Gott, Holmes, wo haben Sie diesen gräßlichen Gestank aufgeschnappt? Vermutlich im Hafen, und nach dem Zustand Ihrer Schuhe zu schließen, müssen Sie in einem Kanalisationsschacht gewesen sein. Aber woher kommt dieser grauenvolle süßliche Geruch?»

«Vom Opium, mein ahnungsloses Kind. Das setzt sich in Haaren und Kleidern fest, auch wenn man's selber gar nicht raucht.»

«Holmes, wir müssen reden, aber in Ihrer Nähe kann ich nicht atmen. Im Gefängnistrakt finden Sie spartanische, aber funktionsfähige Duschen. Nehmen Sie diese neuen Sachen mit, und sehen Sie zu, daß sie nicht mit Ihrer jetzigen Garderobe in Berührung kommen.»

«Keine Zeit, Russell, wir müssen sofort aufbrechen.»

«Ausgeschlossen.» Meine Neuigkeiten waren lebenswichtig, konnten aber noch eine Weile warten – im Gegensatz zu Holmes' Gestank.

«Was haben Sie gesagt?» fragte er mit gefährlich leiser Stimme. Sherlock Holmes war nicht an Befehlsverweigerung gewöhnt, nicht einmal von meiner Seite.

«Ich kenne Sie gut genug, um zu wissen, daß uns eine langwierige, beschwerliche Reise bevorsteht. Und wenn ich die Wahl habe, langsam an Ihrer Ausdünstung zu sterben oder in einem Kugelhagel, entscheide ich mich für letzteres. Mit Freuden.»

Ein paar Sekunden lang starrte er mich an, und als er meine unerschütterliche Entschlossenheit erkannte, stieß er einen Fluch aus, der eines Hafenarbeiters würdig gewesen wäre, ergriff die angebotenen Kleidungsstücke und rannte hinaus. Wütend fragte er den armen Constable, der im Flur Wache hielt, nach dem Weg zum Gefängnistrakt.

Bei seiner Rückkehr war ich reisefertig, ein junger Mann in Stiefeln. Zweifellos würde der funkelnagelneue Glanz meiner Aufmachung in Holmes' Gesellschaft bald verblassen.

«Also, Russell, ich bin sauber. Kommen Sie.»

«Trinken Sie diese Tasse Tee, und essen Sie das Sandwich, während ich mir Ihren Rücken anschaue.»

«Um Gottes willen, Frau, um halb fünf müssen wir am Hafen sein! Wir haben keine Zeit für eine Teeparty!»

Seelenruhig setzte ich mich, verschränkte die Hände im Schoß und beobachtete interessiert, wie sich Holmes' Wangen violett färbten, wie die Augen leicht hervorquollen. Als er sein Jackett auszog, zitterte er buchstäblich am ganzen Körper, und ein Knopf seines mißhandelten Hemdes rollte über den Boden. Ich nahm Verbandsmull aus einem der Einkaufsbeutel, während er aß und trank. Rasch verarztete ich die fast verheilten Wunden, und fünf Minuten später traten wir auf die Straße.

Wir schlüpften in den Fond eines schnittigen Automobils, das am Straßenrand wartete, und brausten davon. Der Fahrer glich eher einem Gauner als dem Eigentümer eines solchen Gefährts. Aber was das betraf, hatte ich nichts zu sagen. Ich wartete, bis Holmes sein zorniges Schweigen brach, was erst geschah, nachdem wir die Tower Bridge passiert hatten. «Hören Sie, Russell, ich erlaube Ihnen nicht ...»

Sofort fiel ich ihm ins Wort, indem ich mit einem Finger auf sein Gesicht zeigte. (Noch heute schäme ich mich der Unverfrorenheit einer knapp Neunzehnjährigen, die mit dem Finger auf einen fast dreimal so alten Mann zeigte, der noch dazu ihr Lehrer war. Aber damals erschien mir diese Geste durchaus angemessen.)

«Nein, *Sie* werden zuhören, Holmes. Ich kann Sie nicht zwingen, mir Ihre Geheimnisse anzuvertrauen. Aber ich lasse mich nicht herumkommandieren. Sie sind kein Kindermädchen, und ich bin nicht Ihr Mündel, das beschützt und verhätschelt werden muß. Bisher haben Sie mir keinen Grund zu der Annahme gegeben, Sie wären mit den analytischen Fähigkeiten meines Gehirns unzufrieden. Offensichtlich halten Sie mich für erwachsen – vor kurzem haben Sie mich ‹Frau› genannt. Und als denkende erwachsene Partnerin nehme ich mir das Recht, meine eigenen Entscheidungen zu treffen. Ich sah Sie schmutzig und müde in dieses kleine Büro kommen. Wahrscheinlich hatten Sie seit gestern abend nichts gegessen. Also fühlte ich mich verpflichtet, die Partnerschaft zu retten und Ihren Dummheiten ein Ende zu bereiten. Sie bilden sich ein, Ihnen wären nicht die Grenzen normaler Sterblicher gesetzt, aber sogar Ihr Geist, mein lieber Holmes, ist den Schwächen des Körpers unterworfen. Hunger, Durst und Schmutz auf offenen Wunden beschwören nicht nur für die Partnerschaft, sondern auch für unser Leben ein unnötiges Risiko herauf. Und das erlaube *ich nicht.*»

Ich hatte den Chauffeur vergessen, der meine dramatische Erklärung zu schätzen wußte. Während er das Automobil durch schmale Straßen steuerte und Pferden, Hausecken und anderen Fahrzeugen auswich, brach er in schallendes Gelächter aus und jubelte: «Sehr gut, Miss! Vielleicht könnten Sie ihm auch noch beibringen, abends seine Socken zu waschen.»

Jetzt bewies sogar ich genug Anstand, um zu erröten. Er grinste immer noch, und Holmes hatte sich einigermaßen beruhigt, als wir unser Ziel erreichten, eine verlotterte Werft irgendwo bei Greenwich. In der Abenddämmerung glänzte der Fluß schwarz und ölig. Das Wasser stand ziemlich hoch, sah eiskalt aus, und in Ufernähe hatte sich ein sanft schwingender Teppich aus Treibgut gebildet. An einem Pier schaukelte ein gedunsener Hundekadaver. Der Kai war menschenleer, aber aus einer Reihe von Gebäuden drangen Stimmen und Maschinengeräusche.

«Danke, junger Freund», sagte Holmes leise. «Russell, kommen Sie.» Vorsichtig gingen wir über morsche Planken zu einem rostigen Eisentor, das sich in gespenstischer Stille öffnete und hinter uns geschlossen wurde. Der Türsteher, der uns erwartet hatte, folgte uns zum Ende der Werft, wo ein unscheinbares Boot lag. An Deck stand ein Mann, der uns zuwinkte und die Gangway herunterrannte, um unsere Koffer zu holen. «Guten Abend, Mr. Holmes. Willkommen an Bord.»

«Ich bin froh, daß ich hier eintreffe, Captain, sogar sehr. Da ist ...» Holmes schaute mich an und hob eine Braue. «Meine Partnerin, Miss Russell. Captain Jones kommandiert eines der schnellsten Boote, die diesen Fluß befahren, Russell, und er bringt uns für einige Zeit aufs Meer.»

«Aufs Meer? O Holmes, ich glaube nicht ...»

«Wir reden gleich miteinander. Können wir auslaufen?»

«Aye, Sir, je eher, desto besser. Wenn Sie unter Deck gehen möchten – mein Sohn Brian wird Ihnen sofort die Kabine zeigen.»

Das Kind tauchte auf, als wir die schmale Kajüttreppe hinabstiegen, öffnete eine Tür, zog schüchtern den Kopf zwischen die Schultern und verschwand, um seinem Vater zu helfen. Die Kabine war erstaunlich groß und komfortabel, ein Salon mit einer winzigen Küche an einer Seite, mit Polstersesseln und einem Sofa, fest in den Bodenbrettern verankert. Zwei Türen führten zu kleinen Schlafzimmern, durch ein Bad getrennt.

Während der Motorenlärm anschwoll, sanken wir in die Sessel und sahen London an den Bullaugen vorbeigleiten. Ich beugte mich vor. «Holmes, ich muß Ihnen was sagen ...»

«Erst mal einen Cognac.»

«Allmählich finde ich's widerlich, daß Sie mir dauernd dieses Zeug einflößen», mäkelte ich.

«Aber es ist ein probates Mittel gegen Seekrankheit.»

«Ich werde nicht seekrank.»

«Wie ich befürchten muß, wurden Sie durch die Ereignisse der letzten Tage etwas durcheinandergebracht. An Deck wollten Sie mir doch sagen, Sie wären einer Fahrt aufs offene Meer abgeneigt, weil Ihnen dort übel werden könnte, oder?»

«Nun ja, ich geb's zu, ich fahre nicht gern zur See. Schenken Sie mir noch einen Cognac ein.» Ich nahm einen großen Schluck, dann noch einen, was Holmes mit einer mißbilligenden Grimasse beobachtete, und begann: «Also ...»

«Ja, Russell, Sie möchten wissen, was ich heute in den Opiumhöhlen herausgefunden habe.»

«Holmes!» Ich schrie beinahe. «Würden Sie mir endlich zuhören?»

«Natürlich, Russell, ich höre Ihnen sehr gern zu, aber ich dachte nur ...»

«Die Schuhe, die in jenem Paket steckten, gehören mir. Sie wurden aus meinem Zimmer in Oxford entwendet, irgendwann zwischen dem 12. und 30. Oktober.»

Eine halbe Minute lang herrschte Schweigen zwischen uns, dann erwiderte er: «Guter Gott! Wie ungewöhnlich! Ich bin Ihnen sehr dankbar, Russell. Darauf wäre ich nie gekommen.» Er war so offensichtlich bestürzt, daß der boshafte Triumph, den ich bei der Enthüllung meiner zweiten Neuigkeit zu empfinden gedachte, sofort verflog.

«Da ist noch was. Aber bevor ich's erzähle, sollten Sie Ihren Cognac austrinken ... Ich schaute mir die Nachricht, die in dem Paket lag, ganz genau an, und ich glaube, sie wurde mit derselben Schreibmaschine getippt wie die Lösegeldforderung an Jessica Simpsons Eltern.»

Nichts konnte den Schock mildern. Die Tatsache an sich war schon furchtbar genug, aber daß *ich ihn* darauf hinweisen mußte, traf ihn besonders schmerzlich. Schon zum zweitenmal in zwei Tagen bewahrte ich ihn vor einem schweren Fehler. Die erste Unachtsamkeit mochte entschuldigt werden, obwohl sie Watson beinahe das Leben gekostet hätte. Doch im zweiten Fall hatte der verzweifelt gesuchte Anhaltspunkt, der die ganzen Ermittlungen ändern würde, direkt vor seiner Nase gelegen und war ihm nicht aufgefallen. Abrupt stand er auf, kehrte mir den Rücken und trat an ein Bullauge.

«Holmes ...»

Ein warnender Finger hob sich, und ich schluckte die Worte hinunter, die mir auf der Zunge lagen und alles noch schlimmer gemacht hätten: ‹Holmes, vor vier Tagen wurden Sie schwer verletzt und bekamen eine Gehirnerschütterung. Seither fanden Sie kaum Schlaf, höchstens ein Dutzend Stunden. Als Sie die Nachricht lasen, waren Sie erschöpft und wütend. Hätten Sie sich bewußt daran erinnert, wären Ihnen der fehlende obere Querstrich am a, das schiefe l und das hochgerutschte M sicher nicht entgangen. Wenn nicht heute, würde Ihnen morgen ein Licht aufgehen. Oder übermorgen . . .› Aber das alles behielt ich für mich, denn er hätte nur einen einzigen Satz gehört: ‹Holmes, Sie lassen nach.›

Längst lag der Londoner Stadtrand hinter uns, als sich der steife Rücken endlich entspannte und mein Gefährte zu einer nüchternen Betrachtung der Fakten überging. Mit einem lautlosen Seufzer tiefer Erleichterung studierte ich die Bullaugen auf der anderen Seite. Zehn Minuten später setzte er sich wieder und zog seine Pfeife aus der Tasche. Das brennende Streichholz in der Hand, hielt er kurz inne. «Sie sind also ganz sicher?»

«Ja.» Ich begann, die Besonderheiten der Schreibmaschine aufzuzählen, aber er unterbrach mich.

«Das ist überflüssig. Ich vertraue Ihren Augen.» Er blies eine kleine Rauchwolke in die Luft und schüttelte das Streichholz, bis die Flamme erlosch. «Und Ihrem Gehirn. Gut gemacht, Russell. Nun haben wir endlich ein Motiv.»

«Man will sich rächen, weil wir Jessicas Entführung vereitelt haben?»

«Ja, und außerdem werden wir alle ähnlichen Versuche in Zukunft unterbinden. Das weiß diese Person. Jeder, der Watsons literarische Fabrikationen kennt, rechnet damit, daß Sherlock Holmes den Täter letzten Endes entlarvt. Oder in diesem Fall die Täterin. Seltsamerweise habe ich nirgends Gerüchte über eine aufstrebende Verbrecherbande unter weiblicher Leitung gehört.»

Rasch wechselte ich das heikle Thema und fragte nach den Resultaten seiner Nachforschungen während der letzten achtzehn Stunden.

Seine Miene zeigte milde Überraschung. «Achtzehn Stunden? Ich habe Ihnen doch sicher erzählt, was mir letzte Nacht durch den Kopf gegangen ist?»

«Ihr Gemurmel im Park war völlig unverständlich, und wenn Sie vor dem Morgengrauen in diesem Polizeibüro mit mir sprachen, hörte ich nichts davon.»

«Seltsam, und ich dachte, ich wäre ziemlich geschwätzig gewesen. Also, was den Park oder eher die Reste einer einst sehr vornehmen Droschke betrifft, dieser Punkt erscheint auf den ersten Blick als der uninteressanteste in jener Nacht. Da waren zwei große Männer und ein, wie ich zunächst dachte, etwas kleinerer, in Stiefeln mit quadratischen Absätzen. Die beiden großen Männer traten von hinten an Billy heran, während er neben dem Pferd stand und offensichtlich mit jemandem redete, obwohl ich ihn für vorsichtiger gehalten hätte. Jedenfalls schlugen sie ihm eins über den Schädel, und der kleine chloroformierte ihn. Die beiden großen zerfetzten Ihre Garderobe, der kleine blieb bei Billy und preßte ihm den Lappen mit dem Chloroform auf das Gesicht. Als sie fertig waren, kletterte er in die Droschke und zerschnitt methodisch den Sitz, wobei Fasern von den Stoffetzen in die hervorquellende Polsterung gerieten. Er benutzte ein zweischneidiges scharfes Messer mit kurzem Griff und einer schmalen, etwa fünfzehn Zentimeter langen Klinge.»

«Was für eine heimtückische Waffe! Ein Klappmesser?»

«Wahrscheinlich. Die Droschke wurde unter etwas merkwürdigen Umständen zerstört, und das bereitete mir Kopfzerbrechen. Ist Ihnen irgend etwas aufgefallen?»

«Ich fand die Einschnitte sehr seltsam, so präzise, alle gleich lang, und sie verliefen in dieselbe Richtung, hörten aber vor der Kante der Sitzbank auf. Vielleicht haben die Täter etwas unter dem Leder gesucht. Weisen irgendwelche Spuren darauf hin, daß eine Hand in die Polsterung griff?»

«Nein. Ebenso interessant ist die Frage, warum der kleine Stiefelträger, offenbar der Boß, den Lederbezug zerschnitten hat. Irgendwas muß mir da entgangen sein, Russell. Ich würde gern die

Fotos studieren. Das könnte meinem Gedächtnis auf die Sprünge helfen.»

«Und wann wird das sein?»

Grimmige Ironie leuchtete in seinen Augen. «Das, Russell, liegt bei Ihnen. Nein, lassen Sie mich das in der logischen Reihenfolge erklären. Ich schätze es nicht, bei der Betrachtung des Beweismaterials wahllos hin und her zu springen, wie Sie sehr wohl wissen. Um also fortzufahren – in der Droschke lagen ein Knopf mit dem deutlichen Daumenabdruck eines großen Mannes, ein blondes Haar, und wir fanden hellbraune Schlammflecken am Boden und auf dem Sitz. Zu letzteren werden wir gleich zurückkehren. Während Sie Ihre zerfetzte Garderobe sichteten, ging ich auf Spurensuche. Die Schlammflecken konnten leicht zurückverfolgt werden, durch den Park, auf einem Kiesweg. Zumindest sah es am Anfang so aus. Von den großen Stiefeln fand ich keine Abdrücke. Erst als Sie den Schlamm in der Damentoilette entdeckten, erkannte ich die Wahrheit. Die drei waren nicht durch den Park gekommen, sondern an seinem Rand entlang, auf dem gepflasterten Weg. Den nahmen die beiden großen Männer auch, als sie sich entfernten, aber der kleine Stiefelträger durchquerte den Park auf dem mittleren Kiespfad, und zwar im Rückwärtsgang. Genauso betrat er die Damentoilette, wusch sich die Hände und steuerte dann das Ende des Parks an, wieder im Rückwärtsgang. Die drei stiegen in irgendein Vehikel und fuhren davon.»

«Und Sie mußten die Spuren bei Tageslicht sehen, um sich zu überzeugen, daß der Kleine tatsächlich rückwärts gegangen war?»

«Genau. Sie haben doch meine Abhandlung über Fußabdrücke gelesen, ‹Siebenundvierzig Methoden, um Spuren zu verwischen›? Nein? Darin erwähne ich verschiedene Mittel und Wege, wie man Fußspuren umkehren oder eine in der anderen verstekken kann, was Sie am Dienstag morgen in jenem Oxforder Hof beobachten konnten. Doch dabei unterlaufen einem manchmal Fehler, die ein aufmerksames Auge wahrnimmt. Ein anderer Artikel, an dem ich gerade arbeite, befaßt sich mit den naturgegebenen Unterschieden zwischen männlichen und weiblichen Fußabdrücken. Habe ich Ihnen meine diesbezüglichen Notizen schon gezeigt? Nein, natürlich, Sie waren ja weg. Ganz egal, welche Schuhe man trägt, die Lage der Zehen und die Art, wie sich der Absatz in den Boden drückt, verraten unweigerlich, ob die Spuren von einem Mann oder einer Frau stammen. Diese Idee kam mir bei einem Gespräch, das wir einmal führten. Zu nächtlicher Stunde, nehme ich an. Nach Ihrer Entdeckung in der Damentoilette und beim Anblick der Fußabdrücke im Tageslicht wußte ich Bescheid. Es ist eine Frau, etwa eins fünfundfünfzig groß und schlank, wiegt knapp hundert Pfund, vielleicht blond ...»

«Nur vielleicht?»

«Nur vielleicht», wiederholte er. «Intelligent und gebildet, und sie besitzt einen besonders grotesken, kreativen Humor.»

«Sie meinen das Briefchen im Paket?»

«Das war mir schon klar, bevor es in Scotland Yard eintraf. Sie kennen meine Abhandlung über die Londoner Böden?»

«*‹Notizen über einige deutliche Charakteristika ...›*», begann ich.

«Ja, davon rede ich. Von Ihnen erwarte ich keine diesbezüglichen Fachkenntnisse, aber wie Sie wissen, verbrachte ich den Großteil meines Lebens in London, ehe ich mich aufs Land zurückzog. Ich wanderte in der ganzen Stadt umher, atmete ihre Luft ein und kenne sie so gut wie ein Mann seine Frau. Manche Bodenarten kann ich mit dem bloßen Auge identifizieren, bei anderen brauche ich ein Mikroskop. Der Schlamm in der Droschke und am Wasserhahn in der Damentoilette gehört keineswegs zu den seltenen Typen. Mein Haus in der Baker Street wurde auf einem solchen Boden gebaut, aber er findet sich auch an mehreren anderen Stellen, und jede kann von der anderen unterschieden werden, wenn man die Lehmproben durch ein starkes Vergrößerungsglas studiert.»

«Und der Schlamm, den der kleine Stiefelträger hinterließ, kam aus der Baker Street.»

«Wieso wissen Sie das?» fragte er lächelnd.

«Ich hab's eben erraten. Auf gut Glück», erwiderte ich trocken und erhob eine Braue.

«Billige Witze passen nicht zu Ihnen, Russell.»

«Tut mir leid. Aber warum ist es wichtig, daß diese Frau durch die Baker Street ging, bevor sie den Park aufsuchte?»

«Das müssen *Sie* mir erklären», verlangte Holmes, und die Erinnerung an einen Frühlingstag in ferner Vergangenheit erwachte.

Gehorsam rief ich die ganze Episode in mein Gedächtnis zurück, überdachte alle Fakten, suchte nach einer Lücke in glatten, harten Oberflächen. Der Schlamm auf dem Kiesweg, in der Droschke, auf dem Sitz (auf dem Sitz, fragte eine flüsternde innere Stimme), auf dem *ganzen* Weg bis zum Ende des Parks (ist das nicht sehr viel Schlamm?), in der Damentoilette (ein grotesker, kreativer Humor), und zwar am Boden und am Wasserhahn (am Wasserhahn? Das bedeutet ...).

«Der Schlamm war an der linken Hand und am rechten Stiefel ...» Ungläubig verstummte ich und starrte Holmes an. Seine grauen Augen schienen zu tanzen. «Sie verteilte den Schlamm mit Absicht, um eine deutliche Spur zu hinterlassen. Also war das alles inszeniert. Sie sollten wissen, daß sie da war, Holmes, und sie klebte den Schlamm aus der Baker Street auf ihren Stiefel, um Ihnen eine lange Nase zu machen. Und dann wusch sie ihre Hände sogar in der Damentoilette – falls Sie noch nicht gemerkt haben sollten, daß sie eine Frau ist. Unfaßbar – niemand kann verrückt genug sein, um Sie dermaßen zu verhöhnen. Was für ein Spiel treibt sie da?»

«Ein sehr unangenehmes, mit der bisherigen Ausbeute von drei Bomben und einem Toten, aber diese Art von Humor paßt zum Kleiderpaket und zur Explosion im Bienenstock. Man muß sich fragen ...» Das Ende des Satzes blieb in der Luft hängen.

«Ja?» ermunterte ich ihn.

«Nichts, Russell. Nur unbegründete Spekulationen, also völlig sinnlose Gedankenübungen. Ich überlegte, daß ich in kriminellen Kreisen nur auf einen einzigen überragenden Intellekt stieß, und der gehörte Moriarty, was mir aber nicht weiterhilft, wenn ich die Subtilitäten unserer jetzigen Feindin studiere. Wäre ich mir zum

Beispiel sicher, was der Schütze bezweckte, der uns in Lestrades Büro angriff – oder worauf Dicksons Bemühungen abzielten – oder sogar ... Ja, ich glaube ...» Wieder verstummte er.

«Verstehe ich Sie richtig, Holmes? Sie vermuten, daß man uns mit diesen Anschlägen gar nicht töten wollte?»

«Oh, doch. Sie sollten tödlich wirken, aber nicht nur das. Ja, Sie verstehen mich richtig. Ich mißtraue einer Reihe von Fehlschlägen, wenn der Initiator in anderer Hinsicht große Kompetenz zeigt. Zufällige Mißerfolge sind möglich, aber ich verabscheue schicksalhafte Fügungen, und ich leugne ganz entschieden die Existenz eines Schutzengels. Ja», fuhr er nachdenklich fort, und bei seinen nächsten Worten zuckte ich zusammen. «Ein äußerst kniffliges Problem.»

«Und um es zu lösen, müssen Sie mindestens drei Pfeifenfüllungen rauchen», scherzte ich halbherzig. Manchmal irritierte er mich wirklich maßlos.

«Nein, nein, noch nicht. Die Meditation mit Hilfe von Nikotin dient der Klarstellung bekannter Fakten, nützt aber nichts, wenn man sich auf unsicherem Terrain bewegt. Und ich glaube, wir haben noch nicht alle Fakten.»

«Schön und gut, aber man kann doch ganz allgemein spekulieren. Wenn die Frau uns nicht töten will – was hat sie dann vor?»

«Ich sagte keineswegs, daß sie uns nicht töten will, aber wahrscheinlich wartet sie noch eine Weile. Nehmen wir einmal an, was in den letzten Tagen geschah, würde ihren Plänen entsprechen, dann gibt es drei Möglichkeiten: Erstens, vorerst wünscht sie unseren Tod nicht; zweitens, sie möchte uns klarmachen, welch eine intelligente, entschlossene, erfinderische und erbitterte Feindin uns buchstäblich ihren Atem in den Nacken bläst; und drittens, sie versucht, uns aus England zu vertreiben.»

«Und deshalb fahren wir aufs Meer?»

«In der Tat», bestätigte er selbstgefällig.

«Ich ...», begann ich, dann preßte ich die Lippen zusammen und wartete.

«Wie mir die Aktivitäten dieser Frau verraten, legt sie es darauf an, daß ich England verlasse. Sie kennt mich gut genug, um zu vermuten, ich würde ihre Absicht erkennen und mich weigern, ihr diesen Gefallen zu erweisen. Deshalb tue ich genau das, was sie will.»

Der Cognac mußte meine logischen Fähigkeiten benebeln, denn obwohl ich mir sicher war, daß Holmes einem schwerwiegenden Trugschluß erlag, überlegte ich vergeblich, welcher das sein mochte. Ich schüttelte den Kopf und fragte: «Warum verschwinden wir nicht einfach für ein paar Tage? Ist es denn wirklich nötig ...»

«Zu fliehen?» ergänzte er. «In aller Eile den Rückzug anzutreten? Davonzulaufen? Sie haben völlig recht, Russell. Heute morgen dachte ich noch, ein paar Tage in Mycrofts Wohnung oder in einem meiner Schlupfwinkel würden genügen, um die Verteidigung neu zu organisieren.» (Die Vorstellung, ich wäre mit Holmes für längere Zeit in jenem Lagerraum eingeschlossen, ließ mich erschauern.) «Doch das war ein Irrtum, was die heutigen Ereignisse nur zu deutlich zeigten. Ich meine nicht das Kleiderpaket – ein cleverer Scherz. Sogar die Schuhe könnte ich hinnehmen, obwohl das geradezu unheimlich war. Aber die Schüsse, die Sie beinahe getroffen hätten ... Ich glaube, das war ernst gemeint.» Obwohl er mich nicht anschaute, verrieten die mühsame Kontrolle seiner Stimme und ein leichtes Zucken neben seinem rechten Mundwinkel das ganze Ausmaß seiner Wut und Sorge. Um seinen Fauxpas zu überspielen, stand er ruckartig auf und begann umherzuwandern, die Hände im Rücken verschränkt. Seine Finger umklammerten die glühende Pfeife, die das Jackett zu versengen drohte. Als er weitersprach, schien er sich selbst zu schelten. «Allmählich fühle ich mich wie ein Stück Treibholz, zwischen den Wellen und dem Sandstrand hin- und hergeworfen, und das beunruhigt mich ganz erheblich. Wäre ich allein, würde ich vielleicht der Versuchung nachgeben, mich einfach treiben zu lassen und zu sehen, wo ich an Land gespült werde. Doch das kommt nicht in Frage. Und die anderen Möglichkeiten? Sollen wir in die Offensive gehen? Einen Großangriff planen? Worauf? Wäre es sinnvoll, mit einem Kricketschläger auf Nebelschwaden einzuhämmern? Und die Defensive? Wie verteidigt man sich gegen ein Spiegelbild? Diese Frau hat Watsons Geschichten gelesen, mein Bienenbuch, die Abhandlungen über Bodenarten und Fußspuren, obwohl sie der breiten Öffentlichkeit nicht zugänglich sind, und weiß Gott was sonst noch. Meine eigenen Worte verwendet sie gegen mich, bereitet mir beträchtliche körperliche und geistige Schwierigkeiten, bringt mich seit fünf Tagen aus dem Gleichgewicht, jagt mich durch mein Heimatland, bis ich mich gezwungen sehe, aufs Meer zu flüchten. Wissen Sie was?»

Plötzlich drehte er sich um und zeigte mit dem zitternden Pfeifenstiel auf mich. «Die Person drang sogar in einen meiner Schlupfwinkel ein! Ja, heute, ich fand Spuren ... Noch immer kann ich nicht glauben, daß eine Frau es geschafft hat – *meine* Schlußfolgerungen zu ziehen, *meine* Aktivitäten zu inszenieren und die ganze Zeit den Eindruck zu erwecken, für sie wäre das nur ein zwar tödliches, aber müheloses und sehr amüsantes Spiel. Nicht einmal Moriarty ging so weit, und er brachte es zu unvergleichlicher Meisterschaft.» Er straffte die Schultern, als wollte er das Jackett zurechtrücken. «Eine gewaltige, faszinierende Herausforderung», fügte er in ruhigerem Ton hinzu und zündete seine Pfeife an, die ausgegangen war. Als sie wieder qualmte, schlugen seine Gedanken eine andere Richtung ein. «Russell, ich habe über Ihre Worte heute morgen nachgedacht. Gelegentlich berücksichtige ich auch die Gedanken anderer Leute, müssen Sie wissen. Besonders Ihre. Und Ihr Protest war völlig gerechtfertigt, gebe ich zu. Sie sind eine erwachsene Frau, und angesichts Ihres Charakters war es nicht richtig von mir, Sie wie Watson zu behandeln. Dafür entschuldige ich mich.»

Das verwirrte mich natürlich, und ich beobachtete ihn argwöhnisch, aber er fügte so beiläufig hinzu, als würde er über das Wetter reden: «Während ich heute in den menschlichen Kloaken der schönen Stadt London meine deprimierende, erfolglose Suche nach Informationen durchführte, wurde mir bewußt, daß die Frage Ihrer Zukunft geklärt werden muß. Diese besondere gegenwärtige Situation läßt das Problem dringlich erscheinen, aber früher oder später wäre es ohnehin aufgetaucht. Nun überlege ich mir: «Was macht man mit einer Studentin, die alle Prüfungen hervorragend bestanden hat? Sie müßte den Status der Schülerin aufgeben, und man sollte ihr zugestehen, die Rechte und Verantwortungen einer reifen Wissenschaftlerin zu übernehmen. Alle Aufgaben, die ich Ihnen jemals gestellt habe, konnten Sie bravourös bewältigen, bis zur letzten mündlichen Prüfung, bei der Sie über die Schlammspuren unserer Gegnerin referierten. Nun gibt es eine begrenzte Anzahl von Möglichkeiten. Angesichts dieses schwierigen Falles wäre es wohl gerechtfertigt, wenn ich Sie ebenso wie Watson aus der Schußlinie entfernte, bis ich alles geklärt habe ... Nein, unterbrechen Sie mich nicht. Zu meinem Mißvergnügen bringe ich das nicht über mich. Zum Beispiel reizt es mich viel zu sehr, Sie unter Kontrolle zu halten. Seit unserem Aufenthalt in Wales überlege ich, daß ich Ihnen die Gesellenprüfung ersparen müßte. Nun habe ich zwei Alternativen. Entweder verlängere ich Ihre Lehrzeit, oder ich ernenne Sie zur Meisterin. Für Halbheiten konnte ich mich noch nie begeistern, und ich sehe auch keinen Sinn darin, das Unvermeidliche hinauszuzögern. Deshalb ...»

Er blieb stehen, nahm die Pfeife aus dem Mund, spähte in den Pfeifenkopf, klemmte den Stiel wieder zwischen die Lippen und zog den Tabaksbeutel aus der Tasche. Am liebsten hätte ich ihn angeschrien, erfüllt von einer unerträglichen Anspannung, hin und her gerissen zwischen dem Jubel ‹O Gott, endlich ist es soweit!› und dem Schrecken: ‹O Gott, jetzt schickt er mich weg!›

Er öffnete den Beutel, nahm ein mehrfach zusammengefaltetes Zwiebelschalenpapier heraus und warf es auf den Tisch, dann ging er zum Aschenbecher und begann, die Tabakreste aus dem Pfeifenkopf zu schaben, während ich das Papier auseinanderfaltete. Darauf standen fünf Zeilen, in winziger, altertümlicher und graphologisch rätselhafter Schrift:

Ägypten – Alexandria – Sayeed Abu Bahadr

Griechenland – Thessaloniki – Tomas Catalepo

Italien – Ravenna – Fra Domenico
Palästina – Jaffa – Ali & Mahmoud Hazr
Marokko – Rabat – Peter Thomas

Jedem Namen folgten einige Zahlen, die wie Radiofrequenzen aussahen. Ich blickte auf, aber Holmes war wieder ans Fenster getreten und kehrte mir seinen ausdruckslosen Rücken zu. «Wie ich schon oft erklärt habe, finde ich es eher dumm als mutig, eine ernsthafte Gefahr zu unterschätzen. Nicht einmal meine Kritiker werden mich der Dummheit beschuldigen, denn wenn ich nicht über einen gewissen Intellekt verfügte, wäre ich in meinem abenteuerlichen Leben nicht so alt geworden. Ich entsinne mich so deutlich, als wäre es erst letzte Woche geschehen und nicht vor zweieinhalb Jahrzehnten, wie ich in Watsons Sessel saß und ihm gestand, der Londoner Boden sei zu heiß unter meinen Füßen. Und jetzt befinde ich mich in einer ähnlichen Situation. Jenes Geständnis beschämte mich nicht, aber es ist schon sehr lange her, und seit damals habe ich langsam und schmerzhaft gelernt, daß man Zeit und Distanz als wertvolle Waffen einsetzen kann. Diese Erkenntnis entspricht, wie ich zugeben muß, nicht ganz meinem Charakter. Ich bevorzuge den Direktangriff, die volle Konzentration auf einen Fall, ein rasches Ende. Aber es hat auch was für sich, gelegentlich die wunderbaren Vorteile der Zeit zu nutzen, auf möglichst umsichtige, produktive Weise.»

«Und an welchen Zeitraum denken Sie, Holmes?» fragte ich vorsichtig. Sein berühmtester Winterschlaf hatte drei Jahre gedauert. Das würde meinen Studienabschluß sicher über den Haufen werfen.

«Wir müssen nur für ein paar Monate verschwinden – lange genug, um Zweifel in unserer Gegnerin zu säen. Sie wird überlegen, ob sie sich nicht doch in mir getäuscht hat. Bin ich einfach untergetaucht? Wo stecke ich? Inzwischen können Mycroft und Scotland Yard weiteres Beweismaterial sammeln und sichten. Wenn wir zurückkehren ... (Wir! Bei diesem Wort zuckte ich zusammen.) wird unsere Feindin allen Elan verloren haben. In ihrer Wut wird sie nicht mehr so vorsichtig agieren wie jetzt, im Bewußtsein, daß wir uns nicht an ihre Regeln halten und aus dem traditionellen, erwarteten Programm der Bedrohung, Herausforderung, Reaktion und Gegenattacke ausgestiegen sind. So oder so, Sie sind mit von der Partie, Russell.»

Mein Triumphgefühl wurde sehr bald von widersprüchlichen Fragen und Empfindungen verdrängt. Flüchtete er, weil ihn die Verantwortung für mich belastete? Und was, um alles in der Welt, hatte er vor? Wollte er etwa nach Tibet?

«Mehr noch», fuhr er fort, «wir beide gehen in diesem Fall eine Partnerschaft ein, Gott helfe uns, oder zumindest eine Verbindung, die einer echten Partnerschaft näherkommt als alles, was ich bisher erlebt habe. Unter diesen Umständen bleibt mir keine Wahl – ich muß Ihnen trauen.»

Darauf fiel mir keine Antwort ein, und so sprach ich den erstbesten Gedanken aus, der mir in den Sinn kam. «Was hätten Sie getan, wenn ich an jenem Abend durch meine Tür in Oxford gegangen wäre?»

«Hm. Das frage ich mich auch. Aber diese Frage ist irrelevant, vielleicht unglücklicherweise. Hier stehen wir – ich kann nicht anders. Und um Ihre neuen Rechte als meine Partnerin zu würdigen, gestehe ich Ihnen einen Bonus zu. Sie dürfen die nächste Entscheidung treffen. Wohin sollen wir reisen, um die Gefahrenzone zu verlassen?» Fast übermütig fügte er hinzu: «Wissen Sie was, Russell? Ich glaube, mein letzter Urlaub liegt schon fünfundzwanzig Jahre zurück.»

In den letzten drei Tagen hatte ich eine Bombe auf meinem Tisch und die Resultate einer anderen auf Holmes' Rücken gesehen, dreizehn anstrengende Stunden durchgestanden, um London zu erreichen, Holmes mit einem Revolver bedroht, die Vereitelung meines ersten modischen Wagnisses beklagt, zu wenig gegessen und kaum geschlafen. Ich war halb erfroren und beinahe von einer Kugel getroffen worden, Holmes hatte sich verwirrt gezeigt wie nie zuvor – und jetzt dieser plötzliche Wechsel von beiläufigen Vertraulichkeiten zu fast spielerischer Heiterkeit ...

Ein bißchen viel auf einmal. Ich betrachtete das hauchdünne Papier in meiner Hand, das etwa fünf Zentimeter im Quadrat maß, und die fünf Zeilen. «Sind das die einzigen Möglichkeiten?»

«Keineswegs. Wenn wir Captain Jones drum bitten, würde er auch im Kreis fahren, Südafrika oder die Nordlichtzone ansteuern. Nur wenige Grenzen sind uns gesetzt, aber falls Sie die Spielbank von Monaco sprengen wollen, müßte ich diskrete finanzielle Transaktionen in die Wege leiten. Wir müssen nur das Vereinigte Königreich und New York für sechs bis acht Wochen meiden.»

«Zwei Monate! Holmes, das ist ausgeschlossen. Man wird mich von der Universität verweisen, wenn ich so lange fehle. Und Mrs. Hudson und Watson ...»

«Mrs. Hudson wird morgen eine Kreuzfahrt antreten.»

«Eine Kreuzfahrt! Mrs. Hudson?»

«Sie besucht ihre Familie in Australien. Und um Watson müssen Sie sich nicht sorgen. Da, wo Mycroft ihn versteckt, läuft er höchstens Gefahr, wegen seiner lukullischen Ausschweifungen an Gicht zu erkranken. Ihre Professoren und Tutoren werden Ihnen einen Urlaub zubilligen, damit Sie sich um dringende Familienangelegenheiten kümmern können. Und Ihrer Tante wird man mitteilen, Sie seien verreist.»

«Guter Gott! Wenn Mycroft sie zähmen kann, ist er tatsächlich ein wertvoller Verbündeter.» Ich spürte, wie mein Widerstand schmolz.

«Nun?»

«Wer sind diese Leute?» Ich zeigte auf das Papier, und er nahm es mir aus der Hand.

«Mycrofts Handschrift», erwiderte er, als wäre das eine Erklärung.

«Und er hat in diesen Städten gewisse Aufgaben zu erledigen?»

«Genau. Er meint, wenn wir uns schon vom Kampfschauplatz entfernen, während unsere Pfadfinder die Position des Feindes eruieren, könnten wir genausogut der britischen Krone dienen und unter seiner Schirmherrschaft einen Tapetenwechsel genießen.» Bosheit und Belustigung funkelten in Holmes' Augen, und ich erkannte, daß er unseren Fall vorerst ad acta gelegt hatte. «Wie ich aus Erfahrung weiß», fügte er hinzu und schwenkte das Papier vor meiner Nase umher, «kann Mycrofts Ressort äußerst amüsant sein.»

Da gab ich mich endgültig geschlagen, griff wieder nach dem Papier und legte es vor mir auf den Tisch. Dann zeigte ich auf die vierte Zeile. «Jisroel.»

«Was?»

«Palästina. Israel, Zion, das Heilige Land. Ich möchte durch Jerusalem wandern.»

Langsam und nachdenklich nickte Holmes. «Ehrlich gesagt, dieses Ziel wäre nicht meine erste Wahl. Griechenland, ja. Marokko, vielleicht. Sogar Ägypten, aber Palästina? Nun, die Entscheidung liegt bei Ihnen, und meine Feindin wird niemals erraten, wohin ich fahre. Auf nach Palästina!»

■

Um Mitternacht ankerten wir vor der französischen Küste, und da sich keine Verfolger blicken ließen und das Funkgerät beharrlich schwieg, ließ die Anspannung, die seit dem Dienstagabend meinen Magen zusammenkrampfte, allmählich nach. Captain Jones kam in unsere Kabine, ein kugelrundes, schwermütiges Individuum mit schütterem, einst rotem Haar, von den vier Besatzungsmitgliedern nur durch den Zustand seiner Fingernägel zu unterscheiden, die noch etwas dunkler wirkten, und der kerzengeraden, selbstsicheren Haltung eines Monarchisten. Der Junge war eine kleinere Version seines Vaters, und alle Personen an Bord, das Kind inklusive, waren von Mycroft ausgewählt worden, an jenem Ort, wo er sich mit Watson verkroch.

«Guten Abend, Jones!» rief Holmes. «Cognac? Oder Whisky?»

«Nein danke, Sir. Auf hoher See trinke ich nicht. Sonst würde ich nur Probleme heraufbeschwören. Ich bin nur unter Deck gekommen, um zu fragen, ob Sie schon unseren Kurs bestimmt haben.»

«Palästina, Jones.»

«Palästina, Sir?»

«Palästina. Sie wissen doch – Israel, Zion, das Heilige Land. Ich nehme an, es ist auf Ihren Karten eingezeichnet?»

«Natürlich, Sir. Ich gebe nur zu bedenken – nun ja, wenn Sie in letzter Zeit nicht dort waren, werden Sie sich vielleicht über gewisse Schwierigkeiten wundern, die man als Tourist bewältigen muß. Da war ein Krieg», ergänzte er in milder Untertreibung.

«Das ist mir bekannt, Jones. London muß verständigt werden, und man wird alle nötigen Arrangements treffen.»

«Sehr gut, Sir. Also soll ich noch heute nacht den Kurs einschlagen?»

«Lassen Sie sich nur bis morgen Zeit, Jones, wir sind nicht in Eile. Oder, Russell?»

Ich öffnete die Augen. «Keineswegs», bestätigte ich und schloß sie wieder.

«Also, dann morgen, Sir – Miss.» Die Schritte des Captain verhallten auf der Kajüttreppe.

Holmes stand da, und ich spürte seinen Blick. «Russell?»

«Hm?»

«Heute nacht müssen wir nichts mehr besprechen. Gehen Sie ins Bett. Oder wollen Sie hier sitzen bleiben? Soll ich wieder eine Decke über Sie breiten?»

«Nein, nein, ich schlafe lieber im Bett. Gute Nacht, Holmes.»

«Gute Nacht, Russell.»

■

Ich erwachte, als sich im grauen Licht der frühen Dämmerung das Motorengeräusch änderte. Ich ging durch die Kabine, um mir ein Glas Wasser zu holen, und da sah ich Holmes' Silhouette. Zusammengesunken kauerte er in einem Sessel und starrte aufs Meer, die Knie fast bis zum Kinn hochgezogen, die Pfeife in der Hand. Ich sagte nichts, ehe ich ins Bett zurückkehrte, und ich bezweifelte, daß er mich überhaupt bemerkt hatte. Ich schlief den ganzen Tag, dann erwachte ich an einem sommerlichen Abend.

Natürlich war es kein richtiger Sommer, und in den nächsten Wochen sollte es öfter regnen, aber vorerst schien die Sonne warm genug, und wir konnten uns an Deck bräunen lassen. Während wir schwitzten und dösten und an London dachten, das jetzt von grauem Schneeregen und dickem gelblichem Nebel eingehüllt wurde, glaubten wir, uns eine andere Welt vorzustellen. Manchmal hoffte ich inständig, unsere mordlustige Feindin würde an Bronchitis oder Frostbeulen leiden.

Rasch verstrichen die Tage. Der erzwungene Müßiggang schien Holmes nicht zu stören, was mich überraschte. Ganz im Gegenteil, er wirkte entspannt und fröhlich. Wir vertrieben uns die Zeit, indem wir komplizierte Denkspiele erfanden, und er brachte mir die Komplexitäten von Codes und Chiffren bei. Wir nahmen das Ersatzfunkgerät des Boots auseinander und bauten es wieder zusammen, dann experimentierten wir, um herauszufinden, bei welchem Punkt sich verschiedene erhitzte Substanzen selbst entzünden würden, aber da das den Captain sichtlich nervös machte, versuchten wir uns als Taschendiebe. Weihnachten kam und ging, mit flambiertem Pudding, Knallbonbons, Papierhüten und Liedern, die von Eis und Fußspuren im Schnee handelten. Nach dem Dinner kam Holmes mit einem Schachspiel an Deck.

Seit ich nach Oxford übersiedelt war, hatten wir nur selten gespielt, und nun mußte der eine den Stil des anderen wiedererkennen. Während der letzten achtzehn Monate hatten sich meine Fähigkeiten verbessert, und Holmes mußte mich nicht mehr auf Fehler hinweisen, was uns beide gleichermaßen freute. Wir spielten regelmäßig, und als der schwarze Läufer und der weiße König über Bord rollten, sorgten wir einfach für Ersatz (ein Salzstreuer und eine große, ölige Schraube).

Holmes gewann die meisten Schachpartien, aber nicht alle. Er war ein guter Spieler, skrupellos und einfallsreich, aber sprunghaft, denn er schwelgte gern in bizarren Zügen und umständlichen Rettungsmanövern, statt methodisch die Verteidigung aufzubauen und aus einer gesicherten Stellung heraus in die Offensive zu gehen. Für ihn war Schach eine Gedankenübung, manchmal langweilig, und es konnte echte kämpferische Aktivitäten niemals ersetzen – damit ließ es sich etwa so vergleichen wie eine Tonleiter mit einem Orchesterkonzert.

An einem warmen Nachmittag vor der Insel Kreta spielte er konzentrierter als sonst, mit einer nervösen Intensität, die mich beunruhigte. Wir absolvierten drei halbe Spiele und hörten jedesmal auf, wenn er sich mit dem Kurs, den der Eröffnungszug gesetzt hatte, zufriedengab. Aber die vierte Partie begann er mit einem seltsamen boshaften Lächeln und Eröffnungszügen, die sich nur auf der Seite meiner Dame bewegten. Ich wappnete mich für ein kämpferisches Spiel.

Holmes hatte Weiß gewählt, und nun jagte er seine Springer über das Brett wie Berserker mit Schlagkeulen, über sechzehn Quadrate hinweg. Hastig mußte ich ein halbes Dutzend Verteidigungsbastionen errichten, Läufer und Türme aufgeben, Bauern immer neu formieren und schließlich in abgeschiedenen Winkeln zurücklassen, während die Aktion quer über das Brett hinwegstürmte. Gnadenlos zerschlug er meine Bastionen, eine nach der anderen, bis ich in meiner Verzweiflung die Dame vom verwundbaren König entfernte, um sie den wilden Salven meines Gegners auszusetzen. Damit hatte ich eine Zeitlang Erfolg, aber dann trieb er sie mit einem Springer in die Enge, und ich verlor sie.

«Was ist los mit Ihnen, Russell?» fragte er. «Sie sind mit Ihren Gedanken ganz woanders.»

«Das stimmt nicht, Holmes», erwiderte ich sanft und bewegte einen Bauern. Das wilde Chaos meiner Figuren verwandelte sich in eine wohlgeordnete, tödliche Falle, die auf zwei Bauern und einem Läufer basierte. Nach drei weiteren Zügen hatte ich Holmes matt gesetzt.

Ich wollte schreien und in die Luft springen und Captain Jones' rauhe Wange küssen, aus lauter Freude über Holmes' zornige, verdutzte Miene. Statt dessen saß ich nur da und grinste ihn an. Er starrte auf das Schachbrett, als wäre es verhext, und sein Gesicht war der schönste Preis, den ich jemals in meinem Leben gewann. Dann schlug er auf sein Knie, lachte entzückt und rückte die Figuren zurecht, um die letzten sechs Züge zu rekonstruieren. Anerkennend wiegte er den Kopf hin und her. «Gut gemacht, Russell. Verdammt clever. Sie sind noch hinterlistiger, als ich es Ihnen zugetraut hätte. Meine Schülerin hat mich besiegt.»

«Ich wünschte, ich könnte diesen glanzvollen Erfolg an meine eigene Fahne heften. Aber genau diese Züge zeigte mir meine Mathematik-Tutorin vor ein paar Monaten. Seither wartete ich auf eine Gelegenheit, sie bei Ihnen auszuprobieren.»

«Nie hätte ich gedacht, daß man mich dermaßen austricksen und veranlassen könnte, einen Bauern zu übersehen», gab er zu.

«Ja, damals fiel ich auch drauf herein. Manchmal muß man die Dame opfern, um das Spiel zu gewinnen.»

Verwirrt schaute er mich an, dann betrachtete er wieder das Schachbrett, und seine Miene veränderte sich. Allmählich spannten sich seine Züge, bis er unter der Sonnenbräune bleich und verkniffen aussah, so als würden ihm lebenswichtige Organe höllische Schmerzen bereiten.

«Holmes? Fehlt Ihnen was?»

«Hm? O nein, alles in Ordnung, Russell. Es ist mir noch nie bessergegangen. Ich danke Ihnen für dieses interessante Spiel. Sie haben mir einiges zu denken gegeben.» Sein Gesicht entspannte sich wieder, dann lächelte er freundlich. «Danke, meine liebe Russell.» Er streckte eine Hand aus, aber seine Finger berührten meine Wange nicht ganz, ehe er sie zurückzog. Dann stand er auf und wandte sich zur Kajüttreppe. Ich saß auf dem sonnigen Deck, sah seinen Rücken verschwinden, die Freude über meinen Sieg war mit einem Mal verschwunden, und ich fragte mich, was ich getan hatte.

Er ließ sich erst wieder blicken, als wir Jaffa erreichten.

Ein Exkurs

Kräftesammeln

13

Am Nabel der Welt

... es wird einem nützlichen Zweck dienen, wenn wir unseren Mut stärken und anregende Forschungen auf einem neuen Gebiet betreiben.

■

Wie sehr ich mich nach Palästina sehnte, war mir nicht bewußt gewesen, bevor ich den Namen einer seiner Städte auf Mycrofts Liste gelesen hatte. Schon seit langer Zeit erwog ich eine Pilgerreise zur Geburtsstätte meines Volkes, und ich hatte sie mir fürs nächste Jahr vorgenommen. Aber eine Pilgerfahrt plant man im Geist und vielleicht auch im Herzen, und das galt gewiß nicht für diese Flucht. Als ich, von Angst und Verwirrung geplagt, keinen sicheren Boden unter den Füßen spürte und alle vertrauten Dinge meines Lebens bedroht waren, streckte dieses fremde Land seine Hand nach mir aus, rief mich zu sich, und ich ging hin, fand Trost, Schutz und Rat. Mir, die keine Familie und kein Zuhause hatte, wurde hier beides geschenkt.

Palästina, das unglücklichste aller Länder; beraubt, vergewaltigt, verwüstet, seit vier Jahrtausenden verehrt; besiegt und kolonialisiert von König Sargons Akkadern im dritten Jahrtausend vor Christo und von Allenby, dem englischen Oberbefehlshaber, während des Ersten Weltkriegs drangsaliert; für die halbe Welt heilig, ein schmaler, fast unfruchtbarer Landstreifen, wo jeder Quadratzentimeter die Schritte immer neuer Eroberer gespürt hatte, ein dürres Gebiet, dessen einziger Reichtum in seinen Kindern lag. Palästina.

In der Abenddämmerung fuhren wir langsam nach Süden, parallel zur fernen Küste, und während die Nacht hereinbrach, steuerte der Captain einen östlichen Kurs, mit schnellen, leise surrenden Motoren. Holmes erschien an Deck, mit einem fast leeren Rucksack und geistesabwesender Miene. Um ein Uhr brachte uns ein Ruderkahn zum Strand, südlich von Jaffa oder Jafo, einer

Stadt, deren jüdische Bevölkerung während des Krieges gezwungen worden war, vor den Gewalttaten der Araber zu fliehen. Man stelle sich also mein Entzücken vor, als wir ohne viel Federlesens in die Burnus-Arme arabischer Strolche geschoben und allein gelassen wurden. Noch ehe Jones' Boot in der Nacht verschwand, hatten wir unbemerkt ein vom Krieg gepeinigtes Land betreten.

Sie waren keine Strolche, oder vielleicht sollte ich sagen, sie waren nicht nur Strolche – nicht einmal Araber. Auf ihren Wunsch hin nannten wir sie Ali und Mahmoud, aber in einem kühleren Klima hätten sie Albert und Matthew geheißen, und gewisse Doppellaute in ihrem Englisch kündeten von britischen Privatschulen und Oxford. Holmes erklärte, sie würden aus Clapham stammen, und obwohl sie sich Brüder nannten und wie Zwillinge auftraten, seien sie bestenfalls entfernt miteinander verwandt. Ich stellte keine weiteren Fragen und beobachtete das Paar, das nach arabischer Sitte Hand in Hand auf staubigen Straßen dahinwanderte, uns beide im Schlepptau, unentwegt in arabischer Umgangssprache schwatzte und mit den freien Händen wild gestikulierte.

Wenn bei unseren zwei Führern Schein und Sein nicht übereinstimmten, so galt das auch für alles andere, was uns in diesen Wochen begegnete. Das unscheinbare Boot, das uns aus England in den Nahen Osten gebracht hatte, war das Resultat eines kriegstechnologischen Experiments. Und die Besatzung bestand keineswegs aus schlichten Seeleuten, trotz der Anwesenheit eines Kindes.

Nicht einmal wir beide waren das, wofür wir uns ausgaben – Vater und Sohn aus einem dunkelhäutigen, helläugigen Nomadenstamm. Allein schon unsere Anwesenheit in diesem Land wirkte irreal. Während der ersten vierzehn Tage wanderten wir scheinbar ziellos umher und erledigten verschiedene Dinge, die – wenn man sie oberflächlich betrachtete – ebenfalls keinen bestimmten Zweck erfüllten. Wir holten ein Dokument aus einem verschlossenen Haus; wir führten zwei alte Freunde wieder zusammen; wir zeichneten detaillierte Pläne von zwei völlig unwichtigen Ausgrabungsstätten. In dieser träumerischen Zeit gewann ich oft den Eindruck, wir würden beobachtet, sogar beurteilt, wenn ich auch nicht herausfand, ob jemand unsere Fähigkeiten prüfte oder wartete, bis eine Aufgabe übernommen werden mußte, für die wir uns eignen mochten.

Und plötzlich sahen wir uns, vielleicht zufällig, mit einem Fall konfrontiert, der uns voll und ganz beanspruchte, unser schwindendes Selbstvertrauen neu aufbaute. Endlich witterten wir wieder Gefahren, mußten uns den Anforderungen einer unbequemen Lebensweise stellen, die mir immer besser gefiel. Meine Risikofreude, in der zahmeren Freiheit unserer Fahrt durch Wales erwacht, wuchs nun zu leidenschaftlicher Begeisterung für einen Wagemut, der allen Grenzen trotzte. Falls Mycrofts heimliche Interessen darauf abzielten, uns exotische Ferien zu verschaffen, so war er ganz sicher erfolgreich.

Nicht, daß er uns kontrolliert hätte. Sein Name öffnete uns ein paar Türen, ebnete uns einige Wege, aber wir reisten keineswegs unter seiner Protektion. Unsere Tour durch das Heilige Land brachte uns in faszinierende Situationen. Und die Gefahren (abgesehen von Mikroben und Insekten) forderten uns auf erfrischend direkte Weise heraus, ohne Subtilitäten (vor allem meinen Gefährten Holmes, der einmal in unfreundliche Hände fiel).

Wir wurden beide verletzt, aber nicht ernsthaft. Einmal attakkierte uns ein erstaunlich unfähiger Schütze in der Wüste, dann stürzten sich vor der Kirche zum Heiligen Grab mehrere Schläger auf uns. Die schlimmste Szene erlebte ich, als mich im arabischen Viertel drei liebestolle, betrunkene Kaufleute in die Enge trieben. Nicht einmal die Entblößung der langen Haare unter meinem Turban beirrte sie, denn eine Frau schien sie genauso zu reizen wie der junge Mann, für den sie mich gehalten hatten. Damals hätte ich beinahe einen Mord begangen – nicht an einem der Kaufleute, sondern an Holmes, der mir nur widerstrebend und überaus belustigt zu Hilfe kam.

Jedenfalls genoß ich diese Mischung aus Unwirklichkeit und ständig wechselnden Gefahren, das Gefühl, vor unserer geheimnisvollen Feindin sicher zu sein. Mycroft war tatsächlich ein mächtiger, wenn auch rätselhafter Verbündeter.

Dies ist nicht der rechte Ort, um die Leser mit einem detaillierten Bericht über unsere Expeditionen in Palästina zu belasten (der ein ganzes Buch füllen würde). So interessante Abenteuer wir in diesem Land auch bestanden, sie hingen nicht mit dem Fall zusammen, der uns hingeführt hatte. Diese Reise ermöglichte uns, das Gleichgewicht in unserer Beziehung neu zu überdenken und zu entscheiden, wie wir unseren Fall daheim behandeln wollten, nachdem Mycroft und Lestrade zusätzliches Beweismaterial gesammelt hatten. Außerdem veränderte unser Exil mein persönliches Leben, denn in jener Zeit gewann ich ein Gefühl für die Bedeutung der Geschichte, das mich bis zum heutigen Tag begleitet und immer noch mit Überraschung, Freude und Zorn erfüllt. Daß ich in Palästina ein wunderbares Refugium sah, verband mich enger mit meiner jüdischen Herkunft als irgend etwas anderes, abgesehen vom Zufall meiner Geburt. Aber wie gesagt, dies alles hatte nichts mit unserem Fall zu tun.

Ich werde die Leser auch nicht mit einer ausführlichen Reisebeschreibung traktieren. Ein paar Tage verbrachten wir in einer Lehmhütte bei Jaffa, gewöhnten uns ein und perfektionierten unsere Tarnkleidung (Holmes hatte seine schon einmal in Mekka benutzt), ehe wir nach Süden aufbrachen. Wir spürten die leere Trostlosigkeit der Nomadenvölker, der Klosterruinen in der Wüste, wo die Hitze sogar im Januar flimmerte, wanderten und ritten zum Toten Meer. Im Dunkel, bevor der Mond aufging, ließen wir uns im erstaunlich warmen Wasser treiben, und ich fühlte das Sternenlicht auf meiner nackten Haut.

Während der Reise in den Norden berührten wir zerbröckelnde Mosaikböden, zierliche Steinfische und verschlungene Weinreben, besichtigten die Reste uralter Tempelmauern und die jüngeren Zeugnisse von Allenbys Siegen. Wir schliefen in Beduinenzelten, die nach Ziegen stanken, in Gebirgshöhlen, auf warmen, flachen Dächern unter dem Sternenhimmel, in Federbetten im Palast eines Paschas, unter einem Army-Laster, in einem

Fischerboot und manchmal einfach nur im Freien. In einer zionistischen Siedlung tranken wir mit Juden kalte, saure Limonade, mit einem Beduinenscheich heißen, sirupartigen Pfefferminztee, im Haus eines ranghohen Army-Offiziers in Haifa eine Tasse Earl Grey mit Dosenmilch.

Wir badeten (viel zu selten für meinen Geschmack – es bringt gewisse Nachteile mit sich, als Mann verkleidet zu reisen, und dazu gehören die öffentlichen Bäder) in einer plätschernden Quelle oberhalb von Kana in Galiläa; in einem Teilstück des Jordans, wo das Wasser sanft dahinfloß (unter dem mißbilligenden Blick eines Eisvogels), von Stacheldraht umzäunt und in der blechernen Sitzwanne einer englischen Archäologin in Jericho, deren leidenschaftlicher Einsatz für die Erhaltung ihrer Ausgrabungsstätte nur noch von ihrem extremen Zionismus übertroffen wurde.

(Sie war übrigens die einzige Person, die meine Verkleidung sofort durchschaute. Während sie in einer Grube hockte, begrüßte sie uns mit einem heftigen Wortschwall und schärfte uns ein, nur ja keine ihrer geliebten Tonscherben davonzuschleppen. Dann führte sie uns in ihre bemerkenswerte Behausung, die einem niedrigen Beduinenzelt glich, aus Holz- und Wellblechresten gebaut, verfrachtete mich in einen fensterlosen Raum und brachte mir himmlisch heißes Wasser in verschwenderischer Fülle. Holmes mußte sich im Hof unter einen Eimer mit kaltem Wasser stellen.)

Jerusalem hoben wir uns für das Ende der Reise auf, umrundeten es auf dem Weg nach Norden, kamen ihm zweimal verführerisch nahe. Doch wir hielten uns fern, bis wir endlich den langen, dürren Hang zur Stadt hinaufstiegen, in Gesellschaft einiger Beduinen und ihrer ausgemergelten Ziegen. Im Licht des Sonnenuntergangs standen wir auf dem Ölberg, braungebrannt, mit schmerzenden Füßen und furchtbar schmutzig (sogar Holmes, der in seiner Reinlichkeit einem Kater glich). Vor uns erhob sich die Stadt aller Städte, der Nabel der Welt, der Mittelpunkt des Universums, aus dem Fundament der Erde gewachsen und erstaunlich klein, wie ein Juwel.

Mein Herz sang in mir, und ein altes hebräisches Lied kam mir in den Sinn. *«Simchu et Jeruschalaim wegilu ba kol-ohaweha»*, rezitierte ich: «Frohlocket mit Jerusalem und freuet euch mit ihm, ihr alle, die es liebt.» Wir beobachteten die Abenddämmerung und schliefen in einem Grabgewölbe, zum Entsetzen unserer Führer. Und am Morgen sahen wir, wie die Sonne zärtliche Arme um die Mauern der Stadt legte und sie zu leuchtendem, vibrierendem Leben erweckte. Ich frohlockte und war meinem Schicksal unendlich dankbar.

Wir saßen da, bis das Sonnenlicht den weißgoldenen Mauern blendenden Glanz verlieh, bis Staub von der Straße aufstieg, und dann gingen wir in die Stadt. Drei Tage lang wanderten wir durch die schmalen Gassen, aßen in den Basaren, atmeten Weihrauch in den Kirchen ein.

Wir berührten Jerusalems Mauern, schmeckten seinen Staub, und schließlich verließen wir es wieder, zwei veränderte Menschen, und schauten zu, wie der Wintersonnenschein die alte Stadt der Nacht überantwortete. Dann schulterten wir unsere Rucksäcke und kehrten ihr den Rücken.

Während der Himmel von tiefem Kobaltblau zu grenzenlosem Schwarz überwechselte, gingen wir nach Norden, und nach einer Weile machten wir Rast. Neben zwei Lagerfeuern bauten wir unsere Zelte auf, holten Wasser aus einer Zisterne und aßen das unvermeidliche zähe Ziegenfleisch, das offensichtlich Alis und Mahmouds Hauptnahrungsmittel war. Dazu tranken wir aus winzigen Bechern Mahmouds Kaffee, dick wie Honig und fast so süß.

Die Flammen brannten herab, unsere Führer zogen sich in ihr Zelt zurück. In einträchtigem Schweigen saßen Holmes und ich beisammen. Er rauchte, und ich betrachtete die Konstellationen. Als die Asche nur mehr schwach in der Finsternis glühte und Millionen kalter weißer Lichtpunkte das Himmelsgewölbe übersäten, empfand ich plötzlich den uncharakteristischen Wunsch zu singen. Und so trug ich, erwärmt von den schwelenden Resten des Lagerfeuers, den Sternen die Hymnen von der babylonischen Gefangenschaft der Juden vor – jene alten Lieder, geboren aus der

Sehnsucht eines Volkes, das seinem Land und der Heimat seines Gottes entrissen worden war und vor hundert Generationen in den Banden der Eroberer geschmachtet hatte.

Nach einer Weile verstummte ich. Auf einem fernen Gipfel stimmten Schakale ihren unheimlichen, heiseren Chor an. Irgendwo begann ein Motor zu dröhnen und verklang wieder. Ein Hahn krähte. Schließlich stand ich auf, um ins Zelt zu gehen – erfüllt von jener zufriedenen Heiterkeit, die man nur empfindet, wenn eine Entscheidung gefallen oder ein Werk vollbracht ist. Holmes klopfte den Pfeifenkopf über der Asche aus. «Ich muß Ihnen danken, weil Sie mich hierhergeführt haben, Russell. Ein hochinteressantes Zwischenspiel ...»

«In diesem Land gibt es noch einen Ort, den ich sehen möchte. Auf dem Weg nach Akko kommen wir daran vorbei. Gute Nacht, Holmes.»

■

Zwei Tage später saßen wir auf einem windgepeitschten Hügel und blickten zur blutgetränkten Ebene Jesreel hinab. Hier hatte General Allenby vor fünfzehn Monaten die flüchtige türkische Armee attackiert; und siebenhundertdreißig Jahre früher waren die Kreuzfahrer an gleicher Stelle vernichtend geschlagen worden. Während der letzten drei Jahrtausende hatten verschiedene Heere in diesem Gebiet um die Kontrolle über die schmale Nord-Süd-Passage gekämpft, die Ägypten und Afrika mit den Kontinenten Europa und Asien verbindet. Der Berg Megiddo, der sich am Rande der Ebene erhebt, hat dem Schauplatz des letzten Kampfes zwischen Gut und Böse seinen Namen gegeben – Armageddon. In dieser Region kreuzen sich Wege, und sie ist fruchtbar, eine tödliche Kombination.

Doch an diesem Abend wurde der Friede nur von Hundegebell und dem Geklingel ferner Ziegenglöckchen gestört. Morgen würden wir die Reise zur Kreuzfahrerfestung in Akko antreten, wo uns das Boot erwartete, um uns in die Kälte eines englischen Januars zurückzubringen, zum neuen Kampf gegen eine unbekannte Feindin. Eine bedrückende Aussicht, während wir hier saßen, die sinkende Sonne im Rücken, und die Zeltklappen sanft in der Brise flattern hörten. Die letzten Wochen waren eine Episode für sich gewesen, und wir hatten nur vage auf die Ereignisse angespielt, die uns hierhergetrieben hatten. Natürlich ärgerte sich Holmes, weil er notgedrungen anderen erlauben mußte, seine Arbeit zu erledigen, wenn auch sein Bruder Mycroft zu diesen Leuten gehörte. Aber er bezähmte seine Ungeduld. Auf diesem Hügel, angesichts des riesigen alten Schlachtfelds, schnitt ich endlich wieder das Thema an, das wir so sorgsam vermieden hatten. «Nun erwartet uns London, Holmes.»

«In der Tat, Russell.» In seinen Augen leuchtete plötzlich ein Licht, das ich wochenlang nicht gesehen hatte, die Freude eines Jagdhundes auf die schmerzlich vermißte Pirsch.

«Was haben Sie vor?»

Er schob die Hände in seinen schäbigen Burnus, zog die Pfeife und den Tabaksbeutel hervor. «Erst erklären Sie mir, warum Sie dieses Reiseziel gewählt haben.»

«Israel? Ich nannte doch den Namen meiner Mutter.»

«Ja, Judith, nicht wahr? Nicht Mary McCarthy. Helfen Sie meinem Gedächtnis auf die Sprünge, Russell. Ich versuche, Dinge zu vergessen, die ich bei meiner Arbeit nicht brauche, und normalerweise gehören Bibelgeschichten zu dieser Kategorie.»

Grimmig lächelte ich. «Vielleicht werden Sie für diese Geschichte Verwendung finden, Holmes. Meine Mutter und ich lasen sie kurz nach meinem siebenten Geburtstag. Sie war die Enkelin eines Rabbis, eine kleine Frau – ruhig und von bemerkenswerter Weisheit erfüllt. Obwohl die Geschichte eher apokryph als kanonisch ist, bestimmte sie meine Mutter zur ersten, die wir gemeinsam studierten. Sie glaubte nämlich nicht, daß man sich die Religion leichtmachen sollte. Außerdem kommt ihre Namensschwester darin vor.»

«Also die Geschichte von Judith und Holofernes.»

«Es geschah hier, in einer kleinen Stadt an der Straße nach Jerusalem, der wir soeben gefolgt sind. Holofernes befehligte ein Heer aus dem Norden, das nach Süden geschickt worden war, um Jerusalem zu überfallen. Jene kleine Stadt versperrte ihm den Weg, und deshalb schnitt er ihr die Wasserzufuhr ab und belagerte sie. Nach vierunddreißig Tagen stellten die Stadtbewohner ihrem Gott ein Ultimatum: Gib uns in fünf Tagen Wasser, oder wir treten beiseite und überlassen Jerusalem diesem feindlichen Heer. Judith, eine kluge, mutige, reiche junge Witwe, empfand nur Verachtung für die Leute, die sich ergeben wollten. Sie zog ihre kostbarsten Kleider an, verließ mit ihrer Dienerin die Stadt und ging hinaus zu Holofernes' Lager. Eine Zeitlang führte sie ihm ihre Schönheit vor Augen, und sie erklärte, sie wolle vor der künftigen Vernichtung bewahrt werden. Natürlich lud er sie in sein Zelt ein. Sie machte ihn betrunken, er verlor die Besinnung, und sie hackte ihm den Kopf ab, den sie daraufhin in die Stadt brachte. Fluchtartig zogen sich die Angreifer zurück, Jerusalem wurde gerettet, und zweieinhalb Jahrtausende später werden die Kinder der Frauen, die Judith heißen und deren Heldentat schildern, von Alpträumen geplagt.»

«Eine äußerst anregende Geschichte, Russell, aber einer Siebenjährigen würde ich sie nicht erzählen.»

«Meine Mutter dachte, die theologische Ausbildung müßte schon in früher Jugend beginnen. Im nächsten Jahr befaßten wir uns mit der Konkubine des Leviten, und gegen ihr Schicksal nimmt sich Judiths Geschichte wie ein Kindermärchen aus. Deshalb wollte ich hierherkommen – um zu sehen, welchen Weg Holofernes' Heer nahm. Beantwortet das Ihre Frage, Holmes?»

«Bedauerlicherweise», seufzte er. «Sie wußten, was ich mir an Bord des Bootes überlegt hatte, nicht wahr?»

«Das konnte mir kaum entgehen.»

«Und Sie bieten mir das da als Alternative an.» Er zeigte auf die Ebene, die sich allmählich verdunkelte.

«Ja.» An die Konsequenzen meines Entschlusses wollte ich erst denken, wenn es soweit war.

«Nein. Tut mir leid, Russell, aber ich werde Ihnen nicht erlauben, das feindliche Lager zu betreten. Dort würden Sie gewiß keinen leichtgläubigen Trunkenbold vorfinden.»

«Aber ich möchte nicht kapitulieren, und ich weigere mich, Sie im Stich zu lassen, Holmes. Ich bin kein Feigling.»

«Aber Russell, Sie sollen mich ja gar nicht im Stich lassen – nur zum Schein.» Er stand auf, ging in sein Zelt und kehrte mit der vertrauten kleinen Holzkiste zurück. Die Schachfiguren stellte er so auf wie bei jener Partie vor Kretas Küste – in der Konstellation, bevor ich meine Dame verloren hatte. Dann drehte er das Brett um und übernahm die schwarzen Figuren. Diesmal war ich es, die ihm seine Dame wegnahm und ihn in die Enge trieb. Trotzdem verlief das Spiel anders als beim erstenmal, denn ich kannte die Absichten meines Gegners und tappte nicht in die Falle.

Die Zeiträume zwischen den einzelnen Zügen wurden sehr lang, während unsere beiden Miniaturheere aufeinanderprallten. Immer mehr Figuren verließen das Schlachtfeld. Unbemerkt funkelten die ersten Sterne am Himmel. Ali brachte uns eine kleine Öllampe, die er zwischen uns auf einen Felsblock stellte, und Holmes eroberte mittels einer Zangenbewegung meinen zweiten Läufer. Ich nahm ihm einen Turm weg (ein zweifelhafter Erfolg, da Holmes die geradlinige Sturheit dieser Figur verachtete), und zwei Züge später verlor ich einen an seinen Springer. (Holmes' Springer waren schreckliche Waffen, ähnlich wie Königin Boadiceas Streitwagen, mit scharfen Klingen besetzt, der ihre Feinde viel wirksamer niedergemäht hatte als ein berittener Krieger.) Mahmoud drückte winzige Becher mit sirupartigem Kaffee in unsere Hände, beobachtete eine Weile kommentarlos das Schachbrett, dann ging er davon.

Es war eine lange Partie. Natürlich wußte ich, daß Holmes meinen Überraschungssieg wiederholen wollte, bei dem ich die Dame geopfert hatte, um mit den Bauern eine Falle zu bilden. Aber ich ließ mich nicht austricksen, lockte ihn aus der Reserve, hielt mich von seinen Bauern fern und setzte meine Dame nur sehr vorsichtig ein. Schließlich schien er seine Taktik zu ändern und baute eine weitere dreieckförmige Zangenbewegung auf, in die er mich zu treiben versuchte. Aber ich tanzte ihm davon, und er bildete sie noch einmal, weiter hinten auf dem Brett. Wieder wich

ich ihr aus und schickte meinen zweiten Turm los, um den Gegner unter Kontrolle zu halten. Er floh, meine Dame eilte dem Turm zu Hilfe, und in meiner Angriffslust übersah ich den Rand des Bretts direkt vor mir, den Bauern, die Schwachstelle in der ersten, längst vergessenen Zangenbewegung, der sich plötzlich in eine neugeborene Dame verwandelte.

«Regina rediviva», bemerkte Holmes sardonisch und stürmte in die ungedeckte Rückenfront meiner Offensive wie ein Hagelsturm durch zarte Pfirsichblüten. Seine wiederauferstandene Dame schlug mich blitzschnell in die Flucht, und nach sechs Zügen war ich schachmatt. Ich lachte leise, schüttelte den Kopf, dann wurde ich ernst.

«Holmes, darauf wird sie niemals hereinfallen», gab ich zu bedenken.

«Doch, wenn das Ablenkungsmanöver glaubhaft genug wirkt. Die Frau ist stolz und von kalter Verachtung erfüllt. Ihr Zorn über unsere Abwesenheit wird sie zum Leichtsinn verleiten. Nur zu gern wird sie vermuten, Sherlock Holmes habe es versäumt, seine Dame zu schützen, und nun würde der arme alte Knabe ganz allein dastehen, hilflos und ausgeliefert.» Mit einer Fingerspitze berührte er die Krone des schwarzen Königs. «Wild entschlossen wird sie losziehen, um über mich herzufallen.» Er zeigte auf die weiße Dame. «Und dann erwischen wir sie.» Nachdenklich rollte er den schwarzen Bauern zwischen seinen Händen hin und her, als wollte er ihn wärmen. Und als er seine Handfläche ausstreckte, lag die schwarze Dame darauf. Er stellte sie wieder auf das Brett und lehnte sich zurück, zufrieden wie ein Mann, der eine langwierige, heikle Geschäftsverhandlung beendet hat. «Das ist gut», verkündete er, «wirklich sehr gut.» Seine Augen glänzten im letzten Flackern des Lampendochts, und ich las ein seltsames, intensives Entzücken in seinem Blick, so wie letzte Woche, als er einem jungen Messerstecher gegenübergestanden hatte. *Joie de combat*, erriet ich, und mein Herz zitterte vor diesem veränderten Holmes.

«Das ist gefährlich», protestierte ich. «Wenn sie nun unsere Pläne durchschaut, sich nicht an die Regeln hält und einfach beschließt, uns beide zu vernichten? Und wenn ...» Wenn ich versage, klagte meine innere Stimme.

«Wenn – was? Sicher ist es gefährlich, Russell, aber ich kann den Rest meiner Tage nicht damit verbringen, in Palästina Urlaub zu machen oder über Leibwächter zu stolpern, nicht wahr?» Er schien sich tatsächlich auf den neuen Kampf zu freuen, und ich wollte mich jetzt, wo es soweit war, am liebsten verstecken.

«Wir wissen nicht, was sie tun wird!» rief ich. «Lestrade soll uns wenigstens am Anfang ein paar Männer zur Seite stellen. Oder Mycroft, falls Sie Scotland Yard nicht beteiligen wollen. Bis wir wissen, wie sie reagieren wird ...»

«Genausogut könnten wir eine Anzeige in die *Times* setzen, um sie über unsere Absichten zu informieren», spottete er. «Sie sollten fechten lernen, Russell. Das ist eine äußerst aufschlußreiche Methode, den Feind einzuschätzen. Sehen Sie, ich habe schon ein gewisses Gefühl, ich kenne den Stil meiner Gegnerin und ihre Reichweite. Im bisherigen Spiel hat sie gegen mich gepunktet, aber auch ihre Schwächen gezeigt. Alle ihre Angriffe basierten auf der Erkenntnis meines Wesens, meiner Fähigkeiten. Wenn wir zurückkehren, wird sie erwarten, ich würde ihr weiterhin ausweichen und die Attacken mit meinem gewohnten subtilen Geschick parieren. Doch das werde ich nicht tun. Statt dessen senke ich dummerweise meinen Degen und gehe ihr ungeschützt entgegen. Eine Zeitlang wird sie sich zurückhalten und meine weiteren Aktionen abwarten. Sie wird mir zunächst mißtrauen und dann allmählich die Überzeugung gewinnen, ich würde dem Wahnsinn verfallen, und voller Schadenfreude zuschlagen. Aber Sie, Russell ...» Sein Arm, vom Burnus verhüllt, fegte über das Schachbrett, und als er ihn zurückzog, stand die schwarze Dame auf dem Platz des weißen Schraubenkönigs. «Sie werden von Beginn an auf sie warten und als erste zum vernichtenden Schlag ausholen.»

Lieber Gott. Ich hatte mir größere Verantwortung gewünscht, und jetzt bekam ich sie im Übermaß. Nur mühsam konnte ich meine Stimme kontrollieren. «Holmes, es ist keine falsche Bescheidenheit, wenn ich betone, daß es mir an Erfahrung in diesem

‹Spiel› fehlt, wie Sie es nennen. Sollte ich einen Fehler begehen, könnte sich das fatal auswirken. Wir brauchen Rückendeckung.»

«Darüber werde ich nachdenken.» Er beugte sich über das Schachbrett und schaute mir in die Augen, mit derselben sonderbaren Intensität, die ich zuvor bemerkt hatte. «Wie auch immer, Sie sollen wissen, daß ich Ihre Talente kenne, besser als Sie selbst. Kein Wunder, nachdem ich Sie ausgebildet habe. Fast vier Jahre lang habe ich Sie geformt, also weiß ich, aus welchem Stahl Sie bestehen. Ich kenne Ihre Stärken und Schwächen, insbesondere nach diesen letzten Wochen. Was wir in diesem Land erlebten, schärfte den Stahl, doch er war von Anfang an da. Ich bereue meinen Entschluß, mit Ihnen hierhergereist zu sein, keineswegs, Russell. Wenn Sie wirklich glauben, Sie würden es nicht schaffen, werde ich Ihre Entscheidung akzeptieren und es Ihnen nicht als Fehlschlag ankreiden. Dann müßten Sie Watson Gesellschaft leisten, während ich auf Mycrofts Hilfe baue. Wie ich zugeben muß, wäre das zweitklassig, unelegant und sicher langwierig, aber nicht hoffnungslos. Doch die Entscheidung liegt einzig und allein bei Ihnen.»

Seine Worte klangen ruhig und gelassen, aber was sich dahinter verbarg, nahm mir den Atem. Denn diesen Vorschlag hätte ich, wäre er mir von einem anderen Mann unterbreitet worden, als schiere Tollkühnheit betrachtet. Holmes, der penible, berechnende Denker, der einsam zu handeln pflegte und andere niemals um Rat fragte, dieser Holmes, den ich so gut zu kennen glaubte, wollte sich jetzt in einen Abgrund stürzen und vertraute nur auf *meine* Fähigkeit, ihn aufzufangen.

Mehr noch – dieser selbstgenügsame Individualist, der sogar seinem kräftigen Exkriegskameraden Watson nur selten gestattet hatte, ein echtes Risiko einzugehen, der mich seit vier Jahren von allen ernsthaften Gefahren fernhielt, dieser viktorianische Gentleman vom Scheitel bis zur Sohle legte jetzt nicht nur sein, sondern auch mein Leben in meine unerprobten, unerfahrenen und vor allem weiblichen Hände. Dies war die Veränderung, die ich an ihm wahrnahm und die mich verwirrte, die genüßliche Freude, mit der er dem Kampf entgegenblickte. Da gab es kein Zögern. Er schaltete jeden Zweifel aus und erklärte mir unmißverständlich, er sei bereit, mich als vollwertige, gleichberechtigte Partnerin zu behandeln, wenn ich das wünschte.

Den Intellekt dieses Mannes kannte ich nun lange genug – und fast genauso lange seine Menschlichkeit, seine Herzensgüte. Aber nie zuvor hatte er so deutlich demonstriert, daß seine Seelengröße seinem Geist entsprach. Diese Erkenntnis erschütterte mich wie ein Erdbeben, und danach fragte eine schwache, bebende innere Stimme, ob ich soeben seine Grabinschrift formuliert hatte.

Ich weiß nicht, wie lange es dauerte, bis ich von der kleinen geschnitzten Dame zu dem Mann aufblickte, der mir gegenübersaß und dessen Gesicht ebenfalls wie geschnitzt wirkte. Erwartungsvoll erwiderte er meinen Blick, und nach einer Weile verstand ich seine stumme Frage. Doch meine Entscheidung hatte im Grunde sofort festgestanden. «Wenn man mit dem Unvorstellbaren konfrontiert wird», flüsterte ich, «dann wählt man einfach das Unmögliche.» Da lächelte er anerkennend und warmherzig.

Und dann geschah ein Wunder. Er breitete die langen Arme aus, und ich sank an seine Brust, wie ein verängstigtes Kind. Er hielt mich fest, anfangs ein wenig verlegen, dann völlig unbefangen, und mein Zittern ließ allmählich nach. Ich lauschte dem stetigen Schlag seines Herzens, fühlte mich geborgen, und so saßen wir da, bis die Öllampe flackernd erlosch und uns im Dunkel zurückließ.

■

Zwei Tage später umschlossen uns die Mauern der Kreuzfahrerfestung von Akko, ein schroffer Gegensatz zu den achtzig Meilen entfernten sonnigen Steinen von Jerusalem. Jene goldenen Mauern glänzten und schimmerten, und über der Stadt lag ein unhörbares Lied von Freude und Schmerz. Doch das Lied der dikken, massiven Mauern von Akko war ein mehrsprachiger Klagegesang, der von Unwissenheit und Tod kündete. Die langen Schatten erschienen mir wie Gespenster, die man meiden mußte, und ich beobachtete, wie Holmes mit schmalen Augen um sich blickte. Ali und Mahmoud, wie üblich vier Schritte vor uns, merkten wohl nichts von der düsteren Atmosphäre, so wie sie nur selten etwas registrierten, das nicht direkt mit ihnen zusammenhing. Aber sogar sie blieben in der Straßenmitte, als wären die Hauswände unsauber.

Ich versuchte, meine trübe Stimmung zu verdrängen, doch sie kehrte beharrlich immer wieder zurück. Irritiert wandte ich mich Holmes zu. «Ich frage mich, ob ich diese Steine ebenso trostlos finden würde, wenn ich nicht wüßte, was in der Festung geschehen ist.»

«Einem Geist, der stets beobachtet und Schlüsse zieht, enthüllt jedes Produkt die Gesinnung seines Schöpfers.» Blinzelnd musterte er die hohen, gewaltigen Blöcke, die emporragten, um den Himmel zu verbergen, und rieb sich langsam die Hände. «Denken Sie an Mozart – hektische Heiterkeit und Tränen, in Musik gegossen. Der Schmerz dieses Menschen ist manchmal unerträglich. Gehen wir.»

Wir wanderten durch die Straßen zum Meeresufer, und als wir um die letzte Ecke bogen, waren Ali und Mahmoud verschwunden. Ich fühlte mich schrecklich nackt ohne diese beiden breiten Rücken vor mir, von wallenden Gewändern verdeckt, die zusammengesteckten Köpfe. Aber Holmes lächelte nur und schob mich weiter. Während wir an einer Holztür vorbeikamen, in eine Mauer eingelassen, sagte er: *«Marhaba.»* Und zu meiner Verwunderung fügte er hinzu: *«Alla-M'aq.»*

Ich wiederholte seinen Dank und den Segensspruch, und wir erreichten die Küste. Wir holten Pfefferminztee von einem nahen Kiosk, setzten uns und tranken, beobachteten die Wellen, die gegen die Reste des Kreuzfahrer-Piers schlugen, und warteten, bis es dunkel wurde. Dann suchte uns ein Besatzungsmitglied auf, das uns im vorangegangenen Monat bei Jaffa an Land gebracht hatte. Wir kehrten der Festung den Rücken, als uns der Mann lautlos zum Boot ruderte, und wandten die Gesichter in Richtung England.

Später standen wir an Deck und sahen die letzten Lichter Palästinas verglimmen. Jerusalem lag außerhalb unseres Blickfelds, aber ich glaubte, einen schwachen Glanz im Südosten zu erkennen, wie aus geballtem Sonnenlicht, und rezitierte leise:

Al naharot bawel scham jaschawnu gam-bachinu ...
Im-eschkachech Jeruschalaim tischkach jemini ...

«Das haben sie an jenem Abend gesungen, nicht wahr?» fragte Holmes. «Was ist das?»

«Ein Psalm, eines der ausdrucksstärksten hebräischen Lieder, voller Zisch- und Kehllaute.» Ich zitierte für ihn die Übersetzung.

An den Wassern zu Babel saßen wir und weinten, wenn wir an Zion gedachten.
Unsere Harfen hingen wir an die Weiden, die daselbst sind.
Denn dort hießen uns singen, die uns gefangen hielten, und in unserm Heulen fröhlich sein: «Singet uns ein Lied von Zion!»
Wie sollten wir des Herrn Lied singen in fremden Landen?
Vergesse ich dein, Jerusalem, so werde meiner Rechten vergessen.
Meine Zunge soll an meinem Gaumen kleben, wo ich dein nicht gedenke, wo ich nicht lasse Jerusalem meine höchste Freude sein.

«Amen», murmelte Holmes und überraschte mich erneut.

Das Land blieb zurück, ein dünner, heller Streifen in der Finsternis, und wir gingen unter Deck.

BUCH VIER

Meisterschaft

Auf in den Kampf

14

Das Drama beginnt

Wenn man sie isoliert, wird sie – selbst wenn sie reichlich Nahrung bekommt und die Temperatur günstig ist – nach wenigen Tagen sterben, nicht an Hunger oder Kälte, sondern an ihrer Einsamkeit.

Die Schiffsmotoren liefen auf vollen Touren, noch ehe wir unsere gemeinsame Kabine erreichten, und die kraftvollen Vibrationen unter unseren Füßen kündeten vom hohen Tempo. Ich eilte ins Bad, wo ich erleichtert aus meiner schmutzigen, verschwitzten, übelriechenden, fadenscheinigen Tarnkleidung schlüpfte. Eine Stunde später, nachdem ich dreimal das Wasser gewechselt hatte, stieg ich verwandelt aus der Wanne. Meine Nägel schimmerten rosig-weiß, das Haar hing lose herab, befreit vom Turban, die Haut prickelte, zu neuem Leben erwacht. Ich zog den langen, bestickten Kaftan an, den ich im Suk von Nablus gekauft hatte, und fühlte mich richtig sinnlich, während ich über den Bretterboden schwebte – endlich wieder eine Frau, nach dem wochenlangen Zwang, dahinzustapfen und ungraziös dazuhocken und mich überall zu kratzen.

In der kleinen Kombüse bereitete ich eine große Kanne englischen Tee vor. Holmes hatte inzwischen anderswo gebadet. Nun saß er im Salon und las die *Times*, in einem sauberen Hemd und einem adretten Hausmantel, als hätte er niemals unrasiert in Ziegenfellen geschlafen und sich niemals mit morgenländischer, auf seiner Kopfhaut nistender Fauna beschäftigen müssen. Ich griff nach einer zierlichen Tasse aus Knochenporzellan und lächelte, von einem ungetrübten Glücksgefühl erfaßt.

Es klopfte an der Tür, und ich hörte die Stimme des Captain. «Guten Abend, Mr. Holmes! Darf ich eintreten?»

«Nur herein, Jones!»

«Ich hoffe, Sie hatten einen angenehmen Aufenthalt in Palästina, Sir?» fragte der Captain, als er hereinkam.

«Schlichte Freuden für schlichte Gemüter», murmelte Holmes.

Seine Worte verwirrten den guten Mann, der seinen erfahrenen Blick vielsagend über die verblassenden gelblich-grünen Flecken im Gesicht des Detektivs wandern ließ. Dann musterte er mich durch die offene Küchentür und entdeckte den Verband, der aus einem Ärmel meines Kaftans hervorlugte. Er ging sogar soweit, den Mund zu öffnen, um einen Kommentar abzugeben. Aber er beherrschte sich gerade noch rechtzeitig, wenn auch mühsam, preßte die Lippen zusammen und schloß die Tür.

«Und Sie haben hoffentlich einen erfolgreichen Januar verbracht, Captain Jones», fügte Holmes hinzu. «Wie ich sehe, waren Sie nicht allzuoft an Bord. Wie geht's denn so in Frankreich. Der Wiederaufbau hat wohl schon begonnen.»

Ein langes Schweigen entstand, und als ich die Kombüse verließ, sah ich in den Augen des Captain den bereits vertrauten Ausdruck ungläubiger Verblüffung. «Wieso wissen Sie, wo ich war? Oh, Verzeihung – guten Abend, Miss.» Er berührte seine Kappe.

«Das ist kein großes Geheimnis, Jones. Ihre Hautfarbe verrät mir, daß Sie nach unserer Trennung nur selten frische Luft genossen haben. Und Ihrer neuen Haarpomade und der Armbanduhr zufolge müssen Sie mindestens einen Tag lang in Paris gewesen sein. Regen Sie sich nicht auf!» Holmes kicherte. «Ich habe Ihnen keine Spione an die Fersen geheftet, ich gebrauche nur meine Augen.»

«Das freut mich zu hören, Mr. Holmes. Hätte ich Grund zu der Annahme, Sie würden mir nachschnüffeln, müßte ich einen Gentleman bitten, Ihnen ein paar gezielte Fragen zu stellen. Nichts für ungut, Sir, aber dazu wäre ich verpflichtet.»

«Selbstverständlich, und ich bemühe mich, nur die Dinge zu sehen, die auf unwichtige Aktivitäten hinweisen.»

«So ist es wahrscheinlich am besten. Ach ja, letzte Woche übergab mir ein Kurier aus London dieses Päckchen für Sie – in Paris.»

Ich stand neben ihm und griff danach, doch da erklang Holmes' scharfe, gebieterische Stimme. «Lassen Sie's Miss Russell nicht anfassen, Jones! Alle amtlichen Sendungen werden nur mir persönlich ausgehändigt. Ist das klar, Captain?»

Drückende Stille erfüllte die Kabine, als er aufstand, das Päckchen entgegennahm und an ein Bullauge trat, um es zu öffnen. Jones starrte seinen Rücken an, dann wandte er sich erstaunt mir zu. Schamröte stieg mir ins Gesicht. Abrupt verschwand ich in meinem Schlafraum und warf die Tür zu.

Nach ein paar Minuten klopfte es zweimal. Ich stellte mich ans Bullauge, ehe ich rief: «Herein, Holmes!»

«Russell, dieses Päckchen ist äußerst ... Ah, ich verstehe. Der Geist war willig, aber das Fleisch schwach.»

Wieso er meinem steifen Rücken entnahm, was mich bekümmerte, war mir rätselhaft. «Nein, nein, es kam nur so plötzlich und traf mich unvorbereitet», erwiderte ich und drehte mich zu ihm um. «Ich hatte nicht erwartet, meine Rolle schon so bald spielen zu müssen. Aber vielleicht ist es gut so. Der Captain weiß jetzt, daß da irgendwas nicht stimmt, und jene besondere Szene hätte ich wohl kaum hingekriegt. Ich bin keine Sarah Bernhardt», fügte ich hinzu und lächelte etwas gezwungen.

«Oh, ich fand Ihre Darbietung sehr überzeugend. Ich fürchte, ehe das Drama beendet ist, wird es noch mehrere schmerzliche Augenblicke geben.»

«Der Text steht fest, wir müssen ihn nur sprechen», meinte ich leichthin. «Und was hat uns Mycroft geschickt?»

«Hier, sehen Sie selbst. Unsere Gegnerin ist sehr raffiniert, und ich bewundere ihre Technik. Würde sie mir nicht so nah auf den Pelz rücken, wäre dieser Fall ein wahrer Genuß, denn ich erinnere mich an keinen, wo so zahlreiche Anhaltspunkte ins Leere geführt hätten. So, und nun werde ich meine Pfeife stopfen, wenn Sie nichts dagegen haben.»

Es war ein sehr dickes Päckchen, das er mir reichte. Ich legte die fünf Kuverts, von Mrs. Hudson beschriftet und mit den Stempeln verschiedener Anlaufstellen versehen, erst einmal beiseite, um den Inhalt später zu lesen. Dann griff ich nach Mycrofts Sendung. Auf einigen Seiten aus den Labors von Scotland Yard wurden die

Fingerabdrücke in der Droschke sowie der Knopf auf dem Tweedstreifen beschrieben und die drei Bomben analysiert, in einem Fall mit allen grausigen Einzelheiten. Die Analyse der Bombe im Bienenstock war am aufschlußreichsten und änderte den bisherigen Gesamteindruck. Wie die Untersuchung ergab, war der Sprengstoff nicht durch Holmes' Ungeschicklichkeit gezündet worden, sondern mittels eines hauchdünnen, im Gras verborgenen Drahtes, der die Bombe explodieren ließ. Mycrofts Leute hatten dieses Drahtstück bei den Trümmern gefunden. Die Bombe, so stellte sich heraus, befand sich nicht in dem von Holmes kontrollierten Bienenstock, sondern im benachbarten.

«Ihre Feindin wollte Sie also gar nicht töten, Holmes!»

«Diese Erkenntnis erschien mir sehr erfreulich, denn bis dahin hatte mich ein gewisses Problem beschäftigt. Nein, nicht der Mordversuch, sondern die Tatsache, daß der *erste* Anschlag mir galt. So, wie ich es sehe, sollten Sie und Watson sterben, weil mich das betrüben würde. Aber wie könnte ich darunter leiden, wenn ich schon tot wäre? Diese Frage wurde nun durch den Auslöser der Bombe geklärt. Außerdem bestätigt sich meine Annahme – Ihnen droht keine Gefahr, wenn wir eine Entfremdung zwischen uns vorspielen. Ich muß Mrs. Hudson diskret überwachen lassen, sobald sie aus Australien zurückkehrt. Um Watson wird sich Mycroft kümmern, so wie bisher.»

Der restliche Inhalt der schriftlichen Unterlagen war interessant, aber nicht so wichtig wie der Draht, der die Detonation der Bombe im Bienenstock ausgelöst hatte. Die Fingerabdrücke auf der intakten Oxford-Bombe stammten ausschließlich vom verstorbenen Dickson, die in der Droschke von Holmes, mir, Billy, dem Eigentümer und einem anderen Kutscher (die beiden letzteren waren von Lestrade verhört und wieder entlassen worden) sowie von zwei weiteren Personen. Der Daumenabdruck der einen paßte zu jenem auf dem Knopf. Diesen Gentleman, bei der Polizei aktenkundig, hatte man bereits geschnappt, sein Kollege war durch ein Hinterfenster seines Hauses geflohen, angeblich bis nach Amerika.

Der hochgewachsene Häftling sollte wegen der Billy zugefügten Körperverletzung und des in der Droschke entstandenen Schadens angeklagt werden. Aber Lestrade bezweifelte, daß man den Mann mittels Drohungen bewegen könnte, irgend etwas über seine Auftraggeberin zu verraten. «Vor Vergeltungsmaßnahmen scheint er sich nicht zu fürchten», schrieb der Inspector, «aber er schweigt beharrlich, obwohl ihm eine lange Gefängnisstrafe angekündigt wurde. Man sollte noch erwähnen, daß seine Frau und seine zwei halbwüchsigen Söhne kürzlich in ein neues Haus gezogen sind und allem Anschein nach ein beträchtliches Einkommen beziehen. Auf dem Bankkonto der Familie zeichnen sich keine besonderen Veränderungen ab, aber sie gibt eine Menge Geld aus. Wir gehen der Sache nach, bisher erfolglos.»

Durch die große Rauchwolke schaute ich zu Holmes auf. «Also doch ein Familienmensch in unserer Bande ...»

«Lesen Sie weiter, die Fakten verdichten sich sehr schnell.»

Das nächste polizeiliche Dokument betraf den toten John Dickson, der die Bombe in Dr. Watsons Haus gelegt hatte. Offenbar war er tatsächlich zu einem anständigen Leben bekehrt worden, hatte glücklich mit seiner Frau und den Kindern zusammengelebt und in der Musikalienhandlung des Schwiegervaters gearbeitet. Etwa sechs Wochen vor den drei Bombenanschlägen hatte er einen entfernten, in New York verstorbenen Verwandten beerbt. Laut Aussage seiner Witwe hatte er erklärt, das beträchtliche Erbe solle ihm in zwei gleich großen Teilen überwiesen werden, der eine sofort, der andere in vier oder fünf Monaten. Er plante, die Kinder auf die Universität zu schicken, den verkrüppelten Fuß des einen operieren zu lassen und im nächsten Sommer nach Frankreich zu reisen. Aber nach der ersten Geldsendung begann er sich geheimnisvoll zu verhalten. Er versah einen Schuppen hinter seinem Haus mit einem komplizierten Schloß und verbrachte viele Stunden darin. (Bei den Ermittlungen fanden sich in jenem Schuppen Spuren von Sprengpulver und zerschnittenem Draht, von der Sorte, wie er bei der Oxford-Bombe verwendet worden war.) Gelegentlich verschwand er für ein bis zwei Tage und kehrte dann müde und in schmutziger Kleidung, aber seltsamerweise gut gelaunt zurück. Mitte Dezember, an einem Samstagabend, verkündete er, nun müsse er für mehrere Tage verreisen, würde aber nach seiner Rückkehr nicht mehr wegfahren. Seine Frau und ihr Vater versuchten, ihn zurückzuhalten, denn während der Vorweihnachtszeit gab es im Laden viel zu tun. Doch sie hatten ihn nicht umstimmen können.

In den frühen Morgenstunden jenes Donnerstags war er von seiner eigenen Bombe getötet worden. Vorher hatte sich wahrscheinlich irgend jemand am Zeitzünder zu schaffen gemacht. Eine Woche später erhielt eine Londoner Bank einen Scheck von einem New Yorker Geldinstitut, ausgestellt auf den Namen von Dicksons Witwe. Wie die amerikanische Polizei herausfand, hatte eine Frau mehrere Wochen zuvor ein Konto auf der New Yorker Bank eröffnet und das Geld für die Überweisungen nach England eingezahlt. Die zweite Zahlung sollte das Doppelte der ersten ausmachen, nicht die von Dickson erwartete gleiche Summe. Nach Ausstellung beider Schecks war das New Yorker Konto leer gewesen und aufgelöst worden. Lestrade betonte in seinem Bericht, die Transaktion sei zwar irregulär, aber man könne nicht beweisen, daß sie mit den Bombenanschlägen zusammenhänge. Deshalb dürfe die Witwe das Geld vermutlich behalten.

«Was sagen Sie zu dieser zweiten Zahlung, Holmes? Gewissensbisse?»

«Das heiße Bad muß Ihr Gehirn benebelt haben, Russell. Der Mord war natürlich geplant.»

«Ja, sicher. Auch die ursprüngliche Summe war geplant, aber möglicherweise nicht von Dickson.»

«Merken Sie sich vor, daß wir Lestrade nach Dicksons Geisteszustand zum Zeitpunkt seines Todes fragen müssen.»

«Glauben Sie, er hat Selbstmord verübt, um eine höhere Summe für seine Familie herauszuschlagen?»

«Wie auch immer, dieser Punkt fügt der Persönlichkeit unserer Feindin einige interessante Facetten hinzu. Sie besitzt internationale Verbindungen, worauf der hohe Geldbetrag in US-Währung hinweist, und sie hält sich an das Abkommen, das sie mit einem mittlerweile Verstorbenen getroffen hat. Also eine Mörderin mit Ehrgefühl. Sehr subtil.»

Ich wandte mich wieder dem Päckchen zu, das auch einen undeutlichen Durchschlag vom zusammenfassenden Bericht über die Bombenanschläge enthielt, verpackt in Polizei-Englisch und technischem Fachjargon, dann mehrere große Hochglanzfotos von der Droschke und der Damentoilette und einen Brief von Mycroft.

Dem Durchschlag gönnte ich nur einen kurzen Blick, legte die Fotos beiseite und begann Mycrofts krakelige, bemerkenswert unpersönliche Handschrift zu entziffern. Im ersten Teil des Schreibens befaßte er sich mit der Oxford-Bombe und bestätigte, es müsse sich um Dicksons Werk handeln. Der Kippschalter des Auslösers, vor 1909 in Amerika hergestellt, habe offensichtlich monatelang in der feuchten Londoner Luft gerostet. Dann war von jenem Schützen die Rede, der uns durch ein Fenster von Scotland Yard angegriffen hatte. Er könne – vielleicht – derselbe Gentleman sein, den die Mutter mit dem Kinderwagen auf der Brücke beobachtet und der komplizierte fotografische Apparate, komplett mit fahrbarem Stativ und schwarzem Tuch, im Fond eines wartenden Taxis verstaut habe, um dann eilig davonzubrausen.

«Da wittere ich ein Ablenkungsmanöver», schrieb Mycroft, «was auch für den Flußdampfer gilt. Wie wir eruieren konnten, wurde der Captain von einer anonymen Person engagiert und beauftragt, die Motoren auf Hochtouren laufen zu lassen, sobald er ein Geräusch höre, das ‹wie ein Schuß› klinge. Was die Identität Deiner Verfolgerin betrifft, lieber Sherlock, wissen wir kaum etwas Neues. Aber als ich vor drei Tagen zum Club ging, schlich sich ein unglaublich abstoßender Typ mit der Physiognomie einer Kröte – und entsprechender Hautfarbe – an mich heran und murmelte aus dem Mundwinkel heraus, er habe eine Nachricht für meinen Bruder. (Ich wünschte, Du würdest solche Personen veranlassen, Briefe zu schreiben, aber schätzungsweise sind sie Analphabeten. Könnte man ihnen beibringen, ein Telefon zu benutzen?) Die Mitteilung lautet – ich zitiere: ‹Lefty sagt, die Glasgow Rangers sind mit lauter Eimern voller Bienen in der Stadt. Und das ganze Getue, das dahintersteckt, macht jemandem viel Ärger.› Ende des Zitats. Ich dachte, es könnte Dich interessieren. Übrigens, herzlichen Glückwunsch zur Palästina-Episode. Natürlich habe ich nichts anderes von Dir erwartet. Der Minister und der Premierminister sind Dir unendlich dankbar. Ich nehme an, wenn Dein Name in diesem Jahr auf den Listen für die Ordensverleihungen auftaucht, wirst Du mich bitten, ihn streichen zu lassen. Das wird langsam lästig, und ich fürchte, bald werde ich das auch für Miss Russell tun müssen. Hoffentlich seid Ihr wohlauf, Du und Deine Gefährtin, wenn Dich dieser Brief erreicht. Ich erwarte ungeduldig Deine Rückkehr (mit dem eifrigen Interesse eines Fuchses, der vor einem Hühnerstall hockt und eine Katze hineingehen sah). Mycroft.»

Ich riß meinen Blick von den Andeutungen des letzten Satzes los und fragte: «Glasgow Rangers? Eimer voller Bienen?»

«Cockney-Slang. Fremde mit viel Geld – Bienen und Honig. Und was jemandem ‹Ärger› macht, ist eine Ehegattin, also eine Frau.»

Nachdenklich nickte ich, legte die Fotos auf den niedrigen Tisch vor dem Sofa und begann, sie sorgfältig zu studieren. Es gab zwei Serien vom Inneren der Droschke, die erste kurz nach dem Überfall entstanden, die zweite, nachdem ich meine zerfetzten Sachen entfernt hatte. Wehmütig erinnerte ich mich an meine funkelnagelneue grüne Seidenrobe, deren Manschette auf einem der Bilder zu sehen war. «Welchen Zweck hat man mit dieser Zerstörungsaktion verfolgt, Holmes? Warum attackierte man die Kleider und nicht uns? Nicht einmal Billy wurde ernsthaft verwundet, nur außer Gefecht gesetzt. Wäre es Ihnen sehr unangenehm, wenn ich ein Bullauge öffne?»

«Ziemlich dicke Luft hier drin, was? Aber machen Sie's gleich wieder zu, man darf unsere Stimmen nicht hören. Ja, warum gibt sich unsere Feindin mit zerrissenen Kleidern und der zerschnittenen Sitzbank einer alten Droschke zufrieden? Sie wollte uns nur zeigen, daß sie über unsere Aktivitäten informiert war und uns das gleiche hätte antun können wie Ihrer Garderobe. Und dann verhöhnte sie mich auch noch, indem sie meinen Trick anwandte, die umgekehrten Fußspuren, gekrönt von Schlammklümpchen aus der Baker Street. Zweifellos eine eindrucksvolle Demonstration – mehr nicht? Das bezweifle ich. Schauen Sie sich mal die Einschnitte in der Sitzbank genauer an.» Er reihte die Fotos von der verwüsteten Droschke aneinander. «Fällt Ihnen was auf?»

Eingehend betrachtete ich die Schnitte, die teils parallel verliefen, teils zueinander führten oder sich kreuzten, nahm die Brille von der Nase und blinzelte die scharfen Schwarzweißbilder an. «Ein System?» Ich hörte die Erregung, die in meiner eigenen Stimme mitschwang. «Geben Sie mir doch bitte mal meinen Schreibblock und den Bleistift, Holmes.»

Die ersten beiden Schnitte kreuzten einander in der Mitte, und ich notierte ein X. Die nächsten beiden trafen sich am unteren Ende – ein V. Nach einigen Minuten und einer intensiven Diskussion mit Holmes stand eine Reihe aus X, V und geraden Strichen auf dem Papier:

XVXVIIXXIIXIIXXIIXXIVXXXI.

«Römische Zahlen!» flüsterte ich verwundert. «Sagt Ihnen das was?» Seine stahlgrauen Augen fixierten meinen Notizblock. Offenbar konnte er nichts damit anfangen, also setzte ich meine Brille wieder auf und lehnte mich zurück. «Fünfundzwanzig römische Zahlen. Ergeben sie irgend etwas?» Ich rechnete sie im Kopf zusammen, zehn plus fünf plus zehn und so weiter. «Einhundertfünfundvierzig, wenn man von fünfundzwanzig getrennten Zahlen ausgeht. Natürlich könnte man auch fünfzehn, siebzehn, zweiundzwanzig, zwölf et cetera addieren.»

«Und was käme dabei heraus?»

«Der Unterschied wäre nicht allzu groß, weil die römischen Zahlen nur aus wenigen Symbolen bestehen. Mal sehen – einhundertdreiundvierzig.»

«Interessant. Die Zahl dazwischen ist einhundertvierundvierzig, ein Dutzend mal ein Dutzend.»

«Beide Summen zusammen ergeben zweihundertachtundachtzig, so viele Dollars lagen in der Schreibtischschublade meines Vaters, als er starb. Holmes, diese Zahlenspiele kann man bis in alle Ewigkeit betreiben.»

«Und wenn wir sie in Buchstaben umsetzen, nach einem einfachen Code?»

Wir kritzelten Zahlen nebeneinander, dachten nach, aber auch dabei kam nichts heraus. Wenn wir an die Stelle der Zahlen Fünfzehn, Zweiundzwanzig, Zwölf, Zweiundzwanzig, Vierundzwanzig, Zwanzig, Elf die Buchstaben einsetzten, wie es der alphabetischen Reihenfolge entsprach, kam das Kauderwelsch O Q V L V X T K heraus, und andere Kombinationen waren ebenso sinnlos. Schließlich schob ich den Schreibblock beiseite. «Es gibt einfach zu viele Möglichkeiten, Holmes. Ohne einen Schlüssel wissen wir nicht einmal, ob es ein Wort ist, eine Safe-Kombination, eine Landkartenkoordinate oder ...»

«Trotzdem zerschnitt unsere Gegnerin die Sitzbank nach einem bestimmten System, und das tat sie, damit wir es enträtseln. Wo könnte sie den Schlüssel versteckt haben?»

«Nach ihren bisherigen Methoden zu urteilen, muß der Schlüssel sowohl verborgen als auch offensichtlich sein. Dies ist stets das wirksamste Mittel, etwas zu verschleiern.»

Inzwischen war es sehr spät geworden, und meine Augen schmerzten. Ich kehrte zu dem Thema zurück, das wir erörtert hatten, bevor die römischen Zahlen aufgetaucht waren. «Sicher wollte sie ihre Klugheit demonstrieren. In dieser Runde hatte sie mehrere Punkte gewonnen. Wie wäre sie wohl vorgegangen, hätte Mycroft uns nicht außer Landes geschmuggelt? Würde sie zum Beispiel Watsons Nase abschneiden, um uns zu zeigen, daß sie uns genausogut den Kopf abhacken könnte?»

«Viel wichtiger ist die Frage, was sie unternehmen wird, wenn wir ganz unverhohlen heimkehren. Wie lange wird ihre Vorsicht anhalten, ehe sie glaubt, es könnte vielleicht doch keine Falle sein, wir beide wären tatsächlich zerstritten und dieses traumatische Erlebnis hätte mich in ein hilfloses Wrack verwandelt? Offensichtlich strebt sie nicht nur unseren Tod an. Zuerst möchte sie mich ruinieren. Also gut, das gönnen wir ihr und warten auf ihren nächsten Schachzug.» Sorgsam schob er die Papiere und Fotos in die Umschläge zurück, dann wandte er sich wieder mir zu. «Danke, daß Sie mir Palästina gezeigt haben, Russell. Wahrscheinlich wird es sehr lange dauern, bis wir wieder offen miteinander reden können. Ich wünsche Ihnen eine gute Nacht und sage auf Wiedersehen. Wenn die Feindin nach unserem Köder schnappt und in die Falle geht, treffen wir uns wieder.» Sanft streiften seine Lippen meine Stirn, dann war er verschwunden.

■

Und so begann unsere «Entfremdung». Holmes und ich hatten nur wenige Tage Zeit gefunden, um unsere Rollen einzustudieren, zwei Freunde, die sich nun gegeneinander stellten, Vater und Tochter getrennt, zwei Menschen, aus deren Zuneigung bittere Feindschaft geworden war.

Wie alle Schauspieler wissen, braucht man ziemlich lange, um sich in eine Rolle hineinzuleben und einzelne Nuancen der dargestellten Persönlichkeit herauszuarbeiten. Damit wir unserer Gegnerin eine erfolgreiche Falle stellen konnten, mußten wir unseren Text perfekt beherrschen, bevor wir England erreichten. Da man uns vermutlich in jedem Augenblick beobachtete, würde sich das kleinste Zeichen unserer innigen Verbundenheit katastrophal auswirken.

Es ist eine Binsenwahrheit der Schauspielkunst, daß man auf der Bühne nur sich selbst darstellen kann. Um überzeugend zu wirken, muß der Schauspieler Sympathie für die Beweggründe der dargestellten Person empfinden, so unsympathisch sie einem Außenseiter auch erscheinen mögen. Er muß sich weitgehend in die Figur verwandeln, und genau das taten Holmes und ich. Von dem Zeitpunkt an, wo wir am nächsten Morgen aufstanden, *spielten* wir keine Feinde, wir *waren* Feinde.

Wir begegneten uns mit eisiger Höflichkeit, die bald zu bösartigen Attacken überwechselte. Ich wuchs in die Rolle der jungen

Schülerin hinein, die ihren Lehrer neuerdings nur noch verachtete. Und Holmes revanchierte sich mit grausamen Gegenangriffen, mit der geballten Kraft seines messerscharfen Sarkasmus. Wir verletzten einander bis aufs Blut, dann verkrochen wir uns in den Refugien unserer Einzelkabine und kehrten in den Salon zurück, um einander noch schmerzlicher zu treffen.

Am ersten Tag fiel es mir schwer, die Maske unentwegt vor mein wahres Gesicht zu halten. Immer wieder dachte ich: Was täte ich, wenn ich wirklich so wäre? Wie würde ich auf diese oder jene Kränkung reagieren? Schließlich sank ich schon am frühen Abend völlig erschöpft ins Bett. Am zweiten Tag funktionierte es schon viel besser. Nie spähte Holmes hinter seiner Maske hervor, und auch meine verrutschte kein einziges Mal.

Ich zog mich bald in meine Kabine zurück, um zu lesen, konnte mich aber kaum konzentrieren. Meine Gedanken wanderten davon. Was um alles in der Welt machte ich hier? Ich müßte in Oxford sein, nicht an Bord dieses Bootes. Wie kam ich überhaupt dazu, mir um diese Jahreszeit frei zu nehmen? Und auf diesem Schlachtfeld war ein ernsthaftes Studium unmöglich. Vielleicht würde mich der Captain an der französischen Küste absetzen, und ich konnte mit der Bahn nach Hause fahren. Das wäre wahrscheinlich schneller und erholsamer ...

Entsetzt hielt ich inne. Das waren nicht die Gedanken einer Schauspielerin, sondern der Person, die sie darstellte. Für einen Augenblick hatte ich mich tatsächlich in den Menschen verwandelt, den ich verkörperte. Bedrückt malte ich mir die möglichen Konsequenzen aus. Wenn so etwas schon nach achtundvierzig Stunden geschehen konnte – was würde sich ereignen, wenn ich meine Rolle wochenlang spielte? Würde ich sie dann noch abstreifen können, wann immer ich es wollte? Oder – großer Gott – würde sie sich zu einer festen, unabänderlichen Gewohnheit entwickeln? («Was hülfe es dem Menschen, so er die ganze Welt gewönne und nähme doch Schaden an seiner Seele?») Sollte mich eine Bombe rasch und schmerzlos töten, wäre das nicht besser, als Holmes zu verlieren? Eine boshafte Stimme schien sich in die dröhnenden Schiffsmotoren zu mischen: «Vergesse ich dein, Jerusalem, so werde meiner Rechten vergessen.»

Ich suchte den Gemeinschaftsraum auf, um mir einen Cognac zu holen, und Holmes ging auf dem Weg zu seiner Kabine stumm an mir vorbei. Eine Zeitlang stand ich im Dunkel, starrte auf das schwarze Meer, bis das Glas leer war, dann ging ich unwillkürlich zu Holmes' Tür, die nur angelehnt war. Meine Schritte verlangsamten sich, ich blieb stehen, lehnte die Schulter und den Kopf an die Wand, ohne in den Teil des Raums zu schauen, der in meinem Blickfeld lag. «Holmes?»

«Ja, Russell?»

«Wenn man eine Rolle mehrere Tage lang spielt, ist es dann schwierig, sie abzuschütteln?»

«Ja, das kann schwierig sein», antwortete er ruhig, im Konversationston. «Vor vielen Jahren arbeitete ich eine Woche lang im Hafen, um versteckte Ermittlungen durchzuführen. Am Tag nach der Verhaftung des gesuchten Mannes zog ich meine Arbeitskleidung an und verließ das Haus um die übliche Zeit, dann ging ich die ganze Oxford Street hinab, ehe ich zu mir kam. Ja, eine Rolle wird leicht zur Gewohnheit. Hatten Sie dieses Risiko nicht einkalkuliert?»

«Nicht ganz.»

«Sie machen Ihre Sache sehr gut, Russell. Mit der Zeit wird es Ihnen immer leichter fallen.»

«Genau davor fürchte ich mich, Holmes», flüsterte ich. «Wie lange dauert es, bis einem die dargestellte Person in Fleisch und Blut übergeht, bis es gar keine Rolle mehr ist? Wie soll ich meine Objektivität bewahren und erkennen, ob die Gegnerin aus der Reserve kommt, wenn ich vollends mit meiner Rolle verschmolzen bin?»

«Wenn es soweit ist, werden Sie's schaffen. Ich glaube an Sie, Russell.»

Seine sanften Worte überzeugten mich, stabilisierten mein Seelenleben. Ruhe innerhalb des Sturms ... «Freut mich, daß Sie an mich glauben, Holmes», bemerkte ich trocken. «Ich neige mich vor dem Reichtum Ihrer Erfahrungen.» Durch den Türspalt spürte ich sein Lächeln.

«Wenn Sie wieder in Oxford sind, schicke ich Ihnen von Zeit zu Zeit Nachrichten. Meistens nur unverfängliche, aber wenn sich eine Gelegenheit ergibt, auch informative. Natürlich müssen Sie Mrs. Hudson schreiben, wenn sie aus Australien zurückkehrt, und sie wird die Briefe geflissentlich herumliegen lassen.»

«Erlauben Sie ihr wirklich, wieder nach Sussex zu kommen? Ist das nicht zu gefährlich?»

«Ich weiß nicht, wie ich sie noch länger fernhalten könnte. Mycroft mußte sie praktisch kidnappen, um sie an Bord des Schiffs zu bringen. Mrs. Hudson ist eine sehr energische Frau. Wir müssen eben ein oder zwei zusätzliche Dienstboten engagieren. Selbstverständlich Agenten aus Mycrofts Riege.»

«Arme Mrs. Hudson! Sie wird sich schrecklich aufregen, wenn sie hört, daß wir beide zerstritten sind.»

«Ja, aber Mycroft ist ein verläßlicher Kontaktmann. Vor ihm kann man nichts verbergen. Ich fürchte, unsere Entfremdung wird auch Dr. Watson bekümmern. Ich hoffe nur, das Drama wird sich nicht über mehrere Monate hinziehen.»

«Also glauben Sie, es könnte so lange dauern?» O Gott.

«Unsere Feindin ist vorsichtig und geduldig. Sie wird nicht überstürzt handeln.»

«Wie immer haben Sie recht.»

«Leider wird sich Ihre Tante über die Situation freuen. Sie werden sicher öfter nach Sussex fahren, um nach Ihrer Farm zu sehen.»

«Zweifellos.» Ich dachte kurz nach. «Holmes, während dieses Abenteuers wäre ein Automobil sehr nützlich. Aber ich kann mir nicht noch mehr Geld von Mrs. Hudson leihen, und meine Tante würde eine solche Ausgabe gewiß nicht billigen. In diesem Jahr erhöht sich mein Taschengeld, aber es würde trotzdem nicht reichen.»

«Da könnte Mycroft Ihnen helfen. Er wird Ihren Treuhändern und der Universitätsbehörde einreden, daß Sie unbedingt ein

Automobil brauchen. Vielleicht sollten Sie ein- oder zweimal zu meinem Cottage fahren und versuchen, sich mit mir zu versöhnen.»

«Was mir natürlich mißlingen wird.»

«Natürlich.» Ich stellte mir das Lächeln vor, das jetzt mit Sicherheit seine Lippen umspielte. «Wir locken unsere Feinde in eine sehr raffinierte Falle, Russell, schlicht und wirksam. Nun müssen wir nur noch geduldig und aufmerksam die Maßnahmen unseres Opfers abwarten. Wir werden die Frau erwischen, Russell. Uns beiden ist sie nicht gewachsen. Gehen Sie jetzt schlafen.»

«Ja, ich glaube, wir werden es schaffen. Danke, Holmes.»

Bald schlief ich ein, aber in den stillen Stunden zwischen Nacht und Morgen suchte mich der Traum heim, überfiel mich so gewaltig wie schon seit Jahren nicht mehr. Als ich erwachte, saß ich am Boden, die Arme über dem Kopf, und in dem Schrei, der von den Wänden widerhallte, schwang hoffnungsloses Entsetzen mit. All die alten Symptome peinigten mich wieder – Kälte, Angstschweiß, bittere Galle in der Kehle, rasende Herzschläge, schmerzende Lungen, die zu bersten drohten. Die Tür flog auf, dann kniete Holmes neben mir und legte seine starken Hände auf meine Schultern. «Russell, was ist los?»

«Gehen Sie weg! Lassen Sie mich allein!» Meine rauhe Stimme brannte im Hals. Ich stand auf, stürzte beinahe, und er drückte mich aufs Bett. Da saß ich, den Kopf zwischen den Händen, drängte den Traum in sein Seelengefängnis zurück, und meine Atemzüge verlangsamten sich. Über dem Pochen in meinen Adern nahm ich wahr, daß Holmes immer noch neben mir stand, den Gürtel seines Schlafrocks enger knotete, mit beiden Händen das Haar aus seinen Schläfen strich, und sein Blick schien meinen gebeugten Nacken zu durchbohren. Schließlich ging er aus der Kabine, aber ohne die Tür zu schließen, und nach einer Minute kam er zurück, in einer Hand ein Glas, in der anderen seinen Tabaksbeutel.

«Trinken Sie das.»

Zu meiner Überraschung brachte er mir keinen Cognac, sondern Wasser – kühles, süßes Wasser, süßer als Honigwein. Ich stellte das leere Glas auf den Nachttisch, mit einer Hand, die kaum noch zitterte, aber ich fröstelte unter dem Schweiß, der auf meiner Haut trocknete. «Danke, Holmes. Tut mir leid, daß ich Sie geweckt habe. Schon wieder. Jetzt sollten Sie weiterschlafen.»

«Kriechen Sie unter die Decke, Russell, sonst werden Sie sich erkälten. Ich bleibe noch eine Weile hier, wenn es Ihnen nichts ausmacht.»

Er rückte einen Stuhl neben das Kopfende meines Betts und setzte sich, schlug seine vom Pyjama verhüllten Beine übereinander und holte seine Pfeife hervor, und ich rollte mich zusammen, während ich den altvertrauten Geräuschen lauschte. Das Kratzen des Pfeifenreinigers, das Rascheln des Tabaksbeutels, das Rattern der Streichholzschachtel, das zischende Flämmchen, das leise Schmatzen der Lippen, die am Stiel sogen ... Schwefelgeruch und süßer Tabakduft erfüllten die Luft.

Holmes saß da und rauchte, diskret und anspruchslos. Allmählich wanderte mein Gehirn aus dem grausigen, dunklen Reich des Gottes Pan zurück und befaßte sich, wie schon so oft, mit dem Traum. Mein Unterbewußtsein, das immer wieder aufwallte, hatte mich zu den Werken Freuds und Jungs und den anderen europäischen Schulen der psychoanalytischen Theorie geführt – zu zahllosen Stunden der Selbsthypnose, Selbstanalyse, des Traumsymbolismus. Ich hatte die ganze Kraft meines Verstandes eingesetzt, um den Traum zu sezieren, und ihn sogar zu ignorieren versucht. Aber so verbissen ich auch dagegen ankämpfte, in manchen Nächten wurde ich unweigerlich in die Hölle gestürzt.

Stets hatte ich mich geweigert, irgend jemandem davon zu erzählen. Eines Morgens war ich von meiner Tante mit beharrlichen Fragen nach meinem «Alptraum» bestürmt worden und hätte sie beinahe geschlagen. Meine Nachbarinnen im Studentenquartier erkundigten sich nach meinen nächtlichen Störungen, und ich gab vor, es läge an meinen zu intensiven Studien. Der Gedanke, mich einem Menschen anzuvertrauen und danach sein Gesicht sehen zu müssen, hatte mir stets die Lippen verschlossen. Aber jetzt hörte ich, erschrocken und erleichtert zugleich, wie die

Worte aus mir hervorbrachen. Zuerst langsam, doch dann strömten sie unaufhaltsam und immer schneller in den halbdunklen Raum.

«Mein Bruder – war ein Genie. Mit drei konnte er lesen, mit fünf komplizierte geometrische Aufgaben lösen. Er besaß ein unermeßliches geistiges Potential. Und mit neun starb er, fünf Jahre jünger als ich. Ich – ich tötete ihn ...» Meine heisere Stimme verklang, hinterließ nur das leise Surren der Motoren, das Knistern der Pfeife. Holmes schwieg. Ich drehte mich auf den Rücken, legte einen Arm über meine Augen, als würde mich das Licht des Salons stören, das zur halbgeöffneten Tür hereinschien. Aber in Wirklichkeit ertrug ich es nicht, das Gesicht meines Freundes zu sehen, während ich ihm diese Geschichte erzählte.

«Dieser Traum – ist eine Erinnerung, mit allen winzigen, grauenhaften Einzelheiten. Wir fuhren mit einem Automobil die Küste südlich von San Francisco entlang. Eine Woche später sollte mein Vater zur Armee gehen. Wegen seines Beinleidens war er für untauglich erklärt worden, aber schließlich akzeptierte man ihn doch und ...» Ich lachte bitter. «Das können Sie sich sicher denken. Man beschloß, ihn beim Geheimdienst einzusetzen. Nun wollten wir ein letztes Familienwochenende in unserer Waldhütte verbringen, aber ich war – schwierig, wie meine Mutter es nannte. Ein vierzehnjähriges Mädchen, das geplant hatte, dieses Wochenende mit Schulfreundinnen in Yosemite zu verbringen ... Statt dessen mußte ich zur Hütte fahren. Mein Bruder benahm sich besonders eklig, meine Mutter fürchtete die baldige Trennung von Dad, der dachte nur noch an die Armee und die Geschäfte, die er vorher noch regeln mußte. Also eine fröhliche Gesellschaft, wie Sie sehen. Die holprige Straße führte an steilen Klippen entlang, hoch über dem Pazifik. Um eine lange Geschichte abzukürzen – wir fuhren gerade am Rand einer senkrechten Felswand dahin und näherten uns einer unübersichtlichen Kurve, als ich meinen Bruder anschrie. Mein Vater wandte seinen Blick von der Fahrbahn ab, drehte sich um und befahl uns, den Mund zu halten. Da geriet das Automobil in die Straßenmitte, ein anderes bog um die Kurve, kam uns in hohem Tempo entgegen und streifte unseren Wagen, der im Kreis herumwirbelte. Ich wurde hinausgeschleudert, und das letzte, was ich sah, war der Kopf meines Bruders durchs Rückfenster, ehe das Vehikel in den Abgrund stürzte. Kurz zuvor hatte Dad den Benzintank gefüllt. Nichts blieb von ihnen übrig. Aber man konnte immerhin genug sterbliche Überreste für das Begräbnis zusammenkratzen.» Stille.

Wie hatte ich nur glauben können, es wäre richtig, Holmes das alles zu erzählen? Reglos lag ich da, leer und tot. Ein heulender Wind und Zähneknirschen füllten die Welt. Der Traum war meiner Kontrolle entflohen, die Vergangenheit hatte sich selbst befreit, um mich zu vernichten und die (ja, ich gebe es zu) Liebe, die ich diesem Mann entgegenbrachte. (Die dünne klagende Stimme meiner Mutter, als das Automobil über den Klippenrand stürzte ...)

«Eine Zeitlang beherrschte mich wilder Wahnsinn, und man mußte mich gewaltsam daran hindern, aus dem Fenster zu springen. Schließlich wurde ich von einer ausgezeichneten Psychiaterin behandelt. Sie erklärte mir, ich könne alles nur wiedergutmachen, wenn ich mich nicht umbringe und etwas Besonderes leiste. Wenn sie es auch nicht aussprach – im Grunde sagte sie mir, ich solle den Platz meines Bruders einnehmen. In gewisser Weise war das eine wirksame Therapie. Ich versuchte nicht mehr, Selbstmord zu verüben. Aber in derselben Woche begann mich der Traum zu quälen.»

Holmes räusperte sich. «Wie oft träumen Sie ihn?»

«Jetzt nicht mehr so oft. Heute zum erstenmal seit jener Nacht in Wales. Ich dachte schon, ich hätte ihn endgültig überwunden. Doch das war offenbar ein Irrtum. Noch nie habe ich jemandem davon erzählt ...» Meine Stimme erstarb, und ich erinnerte mich an den Tag vor meiner Abreise aus Kalifornien. Dr. Ginzberg war mit mir zu den Klippen gefahren, und ich hatte unten auf den Felsen die funkelnden Glassplitter gesehen, die schwarzen Spuren des verbrannten Automobils. Wie kühl und verlockend und einladend waren mir die schäumenden Wellen erschienen!

«Russell, ich ...»

Mit einem verzweifelten Wortschwall unterbrach ich ihn. «Wenn Sie mir jetzt versichern möchten, es sei nicht meine Schuld und ich müsse mir keine Vorwürfe machen, dann gehen Sie lieber, Holmes. Damit würden Sie unsere Freundschaft unwiderruflich beenden.»

«Nein, Russell, das wollte ich nicht sagen. Glauben Sie mir, ich bitte Sie. Natürlich haben Sie Ihre Familie getötet. Es war kein Mord, nicht einmal Totschlag, aber Sie haben in der Tat einen tödlichen Unfall heraufbeschworen. Damit müssen Sie sich abfinden.»

Ich konnte nicht fassen, was ich da hörte, nahm den Arm von meinen Augen und schaute Holmes an, und sein Gesicht spiegelte meinen eigenen Schmerz wider, aber von Weisheit und Alter geglättet.

«Was ich sagen wollte», fuhr er fort, «hoffentlich erkennen Sie, daß Schuldgefühle eine schlechte Grundlage für ein Leben bilden, wenn es daneben keinen anderen Inhalt gibt.» Seine sanften Worte erschütterten mich wie ein Erdbeben, wie das heftige Zittern, das mich ergriffen hatte, als die Flammen über dem Klippenrand emporgelodert waren. Ich glaubte, in einen Abgrund zu fallen, der in mir selber gähnte, und nichts außer einem ruhigen grauen Augenpaar hielt mich fest. Allmählich ließ das Beben nach, Friede lag über der Erde, der Abgrund schloß sich, und die grauen Augen sahen alles und verstanden es. Meine Schuld, das Geheimnis, das mich vier Jahre lang Tag und Nacht verfolgt hatte, war nun enthüllt, wurde zur Kenntnis genommen und nicht mehr verdrängt, tauchte nie wieder auf, um bösartig im Dunkel heranzuschleichen. Ich hatte mein Vergehen gestanden, das Urteil angenommen, die Strafe abgebüßt, und nun wurde ich sozusagen freigesprochen und aufgefordert, voranzuschreiten. Der Genesungsprozeß konnte beginnen. Zum erstenmal, seit ich erwacht war, von weißen Kitteln und den Gerüchen des Krankenhauses umgeben, zerriß ein Schluchzen meine Brust. Wieder las ich im Gesicht des Mannes, der bei mir saß, was in meinem eigenen Inneren vorging, und ich schloß die Augen, um lautlos zu weinen.

■

Am nächsten Morgen spielten wir wieder unsere Rollen, alle Spuren der nächtlichen Offenbarungen wurden verbannt. Von jetzt an fand ich das Drama erträglich, denn jeden Abend, wenn die Lichter erloschen, klopfte es zweimal an meiner Tür, und Holmes trat ein. Er blieb ein paar Minuten, dann ging er.

Leise sprachen wir über verschiedene Dinge, meistens über mein Studium. Manchmal zündete ich eine Kerze an und las ihm aus der kleinen hebräischen Bibel vor, die ich im alten Bazar von Jerusalem gekauft hatte. Und einmal, nach einem besonders bitteren Wortgefecht, streichelte er mein Haar, bis ich einschlief.

Diese Momente retteten meinen klaren Verstand. Tagsüber war Holmes mein Feind, und das ganze Schiff vibrierte unter unserem Zorn. Die Besatzung floh vor dem Eis, das wir ausstrahlten. Aber nachts hörte die Schlacht kurzfristig zu toben auf, wie bei den britischen und deutschen Soldaten, die 1914 im Niemandsland Zigaretten ausgetauscht und Weihnachtslieder gesungen hatten, während eines Waffenstillstands, der nicht offiziell verkündet worden war. Auch wir konnten kurzfristig den Kampf vergessen und uns verbrüdern, zwei müde, erprobte Veteranen.

Ich gewann ein neues Selbstvertrauen, und bei schönem Wetter verbrachte ich viele Stunden an Deck und las. Meine Sonnenbräune vertiefte sich, mein gebleichtes Haar schimmerte fast weiß. Holmes hingegen zog sich immer mehr zurück. In seinen bissigen Verbalattacken begannen seltsame Untertöne mitzuschwingen, Verwirrung und Kummer, eine emotionale Reaktion, die er der Außenwelt nicht zeigte, weil sein Stolz ihm das verbot. Nur selten verließ er seine Kabine, wo die Lampe nie mehr erlosch. Das Essen schickte er unberührt zurück, und er rauchte unentwegt seinen schwarzen Pfeifentabak. Als der Vorrat zur Neige gegangen war, zündete er sich wieder Zigaretten an, eine Gewohnheit, die er vor Jahren aufgegeben hatte. Er trank eine ganze Menge, was aber niemals Wirkung zeigte, und ich fürchtete, er wäre wieder dem Kokain verfallen, hätte er sich diese Droge beschaffen können. Mit jedem Tag sah er gespenstischer aus. Seine braune Haut färbte sich gelb, die blutunterlaufenen Augen verloren allen Glanz, und seine ohnehin schon dünne Gestalt glich bald einem Skelett.

Eines Nachts erhob ich Einspruch. «Holmes, diese ausgeklügelte Farce ist sinnlos, wenn Sie sich selber umbringen, ehe Ihre Feindin eine Gelegenheit dazu findet. Oder wollen Sie ihr diese Mühe ersparen?»

«So schlimm, wie es scheint, ist es nicht, Russell. Das garantiere ich Ihnen.»

«Offensichtlich leiden Sie an Gelbsucht, und das bedeutet, daß Ihre Leber zu versagen droht. Und wie mir Ihre Augen verraten, haben Sie schon tagelang nicht mehr geschlafen.» Er saß auf dem Rand meiner Koje, und plötzlich spürte ich verblüfft, wie sie wakkelte. Dann merkte ich, daß er leise lachte. «Also kennt der alte Mann doch noch ein paar Tricks, die Sie nicht durchschauen, was, Russell? Im Laderaum dieses Bootes habe ich mehrere Gewürze entdeckt und einige entwendet, die eine intensive Gelbfärbung aufweisen. Außerdem rieb ich verschiedene Reizmittel in meine Augen, die ein vorübergehendes Unbehagen auslösen, aber keinen bleibenden Schaden anrichten. Glauben Sie mir, ich schwebe nicht in Gefahr.»

«Aber Sie haben seit Tagen nichts mehr gegessen, und Sie trinken zuviel.»

«Der Alkohol, der in meiner Kabine verschwindet, endet größtenteils im Abfluß, abgesehen von den paar Tropfen, die ich verwende, um meinem Atem und der Kleidung den angestrebten Geruch zu verleihen. Und was das Essen angeht – sobald Mrs. Hudson zurückkommt, werde ich mich von ihr aufpäppeln lassen, das verspreche ich Ihnen. Wenn ich von Bord gehe, muß jeder den Eindruck gewinnen, ich sei ein geschlagener Mann, dem es egal ist, ob er lebt oder stirbt. Sonst würde ich nicht in aller Offenheit englischen Boden betreten.»

«Also gut. Aber Sie müssen mir schwören, während meiner Abwesenheit gut auf sich aufzupassen. Nichts darf Ihnen zustoßen, nicht einmal, wenn Sie's selber inszenieren.»

«Unserer Partnerschaft zuliebe, Russell?» Das Lächeln in seiner Stimme beruhigte mich mehr, als Worte es vermocht hätten.

«Genau.»

«Nun, dann will ich es schwören. Und ich verspreche Ihnen auch noch, jeden Abend meine Socken zu waschen.»

«Das ist nicht nötig, Holmes. Solche kleinen Pflichten wird Ihnen Mrs. Hudson abnehmen.»

■

An einem grauen, wolkigen Morgen trafen wir in London ein, beide sonnenverbrannt und sichtbar angegriffen von unseren Konflikten, den echten und den erfundenen. Ich stand allein an Deck und beobachtete, wie die Stadt immer näher rückte, spürte das fast greifbare Mißvergnügen des Captain und der Männer, die hinter mir und unter Deck arbeiteten.

Vertraute Gestalten standen am Kai. Ich sah, wie Watson besorgt nach Holmes Ausschau hielt, an der Seite Lestrades, den die lange Reise des Detektivs ebenso zu verwundern schien wie den Doktor. Etwas abseits wartete Mycroft, das Gesicht verschlossen wie ein Buch.

Watson und der Inspector riefen meinen Namen, während wir anlegten, doch ich gab keine Antwort. Als die Gangway hinabgelassen wurde, packte ich meinen Koffer, ehe ein Besatzungsmitglied danach greifen konnte, und ging an Land, den Blick unverwandt zu Boden gerichtet.

Zum Erstaunen der beiden Männer eilte ich wortlos an ihnen vorbei. Watson streckte eine Hand aus, und Lestrade rief: «Miss Russell!»

«Mary?» fragte Watson. «Warten Sie doch, Mary. Was stimmt denn nicht?»

Ich blieb stehen, drehte mich um und ignorierte Mycroft. «Was wollen Sie?» fragte ich kühl.

«Wohin gehen Sie? Wo ist Holmes?»

Eine Bewegung an Deck erreichte den Rand meines Gesichtsfelds, und ich schaute hinauf, in Holmes' Augen. Er sah gräßlich aus. Die grauen Iriskreise wirkten wie Löcher in blutgefüllten Teichen. Seine gelbliche Haut hing faltig an den Wangenknochen, und er hatte sich nur oberflächlich rasiert, dieser normalerweise so penible, gepflegte Mann. Die Krawatte saß einigermaßen gerade, aber der Hemdkragen war zerknittert, das Jackett aufgeknöpft.

Entschlossen unterdrückte ich Mitgefühl und Unsicherheit, nahm die ganze Kraft meiner Verachtung zusammen, die ich während der letzten Tage kultiviert hatte, legte sie in mein Gesicht, in meine Haltung und sogar in meine Seele. Meine Stimme triefte vor ätzender Schärfe. «Da ist er, Gentlemen, der große Mr. Sherlock Holmes. Der Retter ganzer Nationen, das Gehirn des Jahrhunderts, eine Gabe Gottes an die Menschheit. Gentlemen, ich überlasse diesen Mann Ihnen.»

Noch einmal trafen sich unsere Blicke, und ich las in den grauen Augen Anerkennung, Sorge und Abschiedsschmerz. Abrupt kehrte ich ihm den Rücken und stolzierte den Kai hinab. Watson mußte mir gefolgt sein, denn ich hörte Holmes' zornigen, durchdringenden Ruf.

«Lassen Sie sie doch gehen, Watson, sie will nichts mehr mit uns zu tun haben! Von jetzt an wird sie der Welt ihren eigenen Stempel aufdrücken, merken Sie das nicht?» Dann schwoll seine Stimme zu einer schrillen Klage an, die vermutlich bis zum anderen Ufer hinüberwehte. «Und Gott steh allen Männern bei, die ihr in den Weg treten!»

Von diesen bissigen Worten gejagt, bog ich um eine Ecke und suchte ein Taxi. Zwei Monate lang sollte ich Holmes nicht sehen.

15

Trennungsleid

Sie ist allein auf der Welt,
mitten im erwachenden Frühling.

■

Wieder in Oxford, stürzte ich mich vehement in die Arbeit. Ich hatte fast einen Monat versäumt, und obwohl das Studienprogramm nicht vom Besuch der Seminare und Vorlesungen abhängig war, wurde es doch entschieden mißbilligt, wenn Studenten für längere Zeit fehlten. Meine erkrankte Mathematik-Tutorin traf ich nicht an, was mich insgeheim erleichterte. Wenigstens diesem Druck wurde ich vorerst nicht ausgesetzt. Die Griechisch-Tutorin hatte während der Weihnachtsferien ein Baby bekommen und noch Mutterschaftsurlaub. Indem ich drei Wochen ausschließlich meinem Studium widmete, gewann ich bald den Respekt meiner verbliebenen Lehrer zurück, und es erfüllte mich mit Genugtuung, daß ich in dieser kurzen Zeit soviel nachgeholt hatte.

In jenem Frühling veränderte ich mich. Ich trug nicht mehr Hosen und Stiefel, füllte meinen Schrank mit teuren, dezenten Kleidern und Röcken. Wie befürchtet, hatte ich mich von Ronnie Beaconsfield entfremdet, und mir fehlte die Kraft, ihre Freundschaft zurückzuerobern. Statt dessen bemühte ich mich um Kontakte mit anderen Mädchen meines Alters. Das machte mir Spaß, aber nachdem ich ihr Geplauder ein paar Stunden lang angehört hatte, wurde ich ungeduldig und sehnte mich nach meiner Einsamkeit. Ich unternahm lange Wanderungen durch die Straßen und über die trostlosen winterlichen Hügel rings um Oxford, besuchte die Kirche, am häufigsten die Vesper in der Kathedrale, einfach nur, um dazusitzen und zu lauschen. Einmal ging ich mit einem jungen Mann, den ich bei den Vorlesungen zur Kirchenväterkunde kennengelernt hatte, in ein Konzert. Die Mozartmusik wurde ausgezeichnet interpretiert, doch die Kombination von Genie und Seelenqual war unerträglich, und so flüchtete ich in der Pause. Mein Kommilitone lud mich nie wieder ein.

Auch meine schriftlichen Leistungen änderten sich. Sie wurden noch präziser, ich duldete keine anderen, milderen Standpunkte mehr, verfocht skrupellos eine kühle Logik. «Brillant und hart wie ein Diamant», lautete der Kommentar eines Tutors, was er keineswegs nur anerkennend meinte.

Immer mehr steigerte ich mich in meine Arbeit hinein, aß immer weniger, saß bis in die frühen Morgenstunden an meinem Schreibtisch und trank dann Cognac, damit ich einschlafen konnte. Ich lachte, als ein Bibliothekar in der Bodley halb im Scherz, halb ernsthaft vorschlug, ich solle doch in einem der Regale übernachten. Doch es war ein kaltes, sprödes Gelächter. Mit anderen Worten, ich entwickelte mich zu einer Person, die Holmes noch ähnlicher war als er selber – grandios, fast besessen, rücksichtslos gegen mich und andere, aber ohne Leidenschaft und jene tiefverwurzelte Liebe zum Guten im Menschen, die der Karriere des Detektivs zugrunde lag. Er liebte die Menschheit, die ihn weder verstand noch voll und ganz akzeptierte – und ich, inmitten derselben menschlichen Rasse, verwandelte mich in eine Denkmaschine.

Inzwischen führte er ein zurückgezogenes Leben im südlichen Hügelland, flüchtete in Verwirrung und Wehleidigkeit. Mrs. Hudson kürzte ihren Aufenthalt in Australien ab und kam gegen Ende Februar nach Hause. Ihr erster Brief an mich war nur kurz, drückte aber deutlich ihr Entsetzen über Holmes' Zustand aus. Sie schrieb mir auch weiterhin, beschuldigte mich nicht, flehte mich auch nicht an, traf mich aber um so schmerzlicher, wenn sie einfach nur erwähnte, an einem Tag sei er gar nicht aufgestanden oder plane, seine Bienenstöcke zu verkaufen. Lestrade ließ das Cottage rund um die Uhr bewachen. Das versuchte er auch bei meinem Studentenquartier, und er schickte Leibwächter hinter mir her. Aber ich entwischte ihnen immer wieder, und schließlich gab er es auf. Ich glaubte, ich selber könnte viel besser für meine Sicherheit sorgen als seine Männer.

Und während die Zeit verstrich, gewann ich die Überzeugung, die Spielregeln müßten sich tatsächlich geändert haben und ich wäre vorerst nicht gefährdet. Außerdem hatte ich die ständige Anwesenheit der Polizei unerträglich gefunden.

Auch Watson schickte mir lange, vorsichtig formulierte Briefe, die hauptsächlich von Holmes' körperlicher und geistiger Verfassung handelten. Einmal besuchte er mich in Oxford. Ich animierte ihn zu einem langen gemeinsamen Spaziergang, damit ich ihm nicht gegenübersitzen und in sein Gesicht schauen mußte, und meine Gefühlskälte veranlaßte ihn schon bald, mit seinem Leibwächter davonzuhinken.

Es war ein langer, eisiger Winter nach dem warmen Klima von Palästina. Ich las in meiner hebräischen Bibel, dachte an Holofernes und die Straße nach Jerusalem.

Anfang März telegrafierte mir Holmes kurz und knapp, um seine bevorzugte Verständigungsmethode anzuwenden: KOMMEN SIE ZWISCHEN DEN TRIMESTERN NACH HAUSE HOLMES

Ich las das Telegramm ganz unverhohlen vor Mr. Thomas' Pförtnerloge, obwohl dort reges Leben und Treiben herrschte, und verbarg meinen Unmut keineswegs, ehe ich in mein Zimmer ging. Am folgenden Morgen telegraphierte ich zurück: SOLL ICH RUSSELL

Einige Stunden später lag die Antwort in meinem Postfach: BITTE AUCH MRS. HUDSON WÜRDE SICH FREUEN HOLMES

Nach weiteren zwei Tagen kündigte ich, ebenfalls telegraphisch, meinen Besuch an.

Am nächsten freien Tag fuhr ich nach London und bat den Testamentsvollstrecker meiner Eltern, mir einen Vorschuß auf mein Erbe auszuzahlen, das ich in knapp zwei Jahren antreten würde. Ich erklärte, ich wolle mir ein Automobil kaufen, worauf der Anwalt herumstotterte und in einem Nebenraum mehrere Telefongespräche führte. Dann erfüllte er meinen Wunsch, was mich kein bißchen überraschte. Und so ging ich am folgenden Morgen in die Morris Oxford-Zweigstelle, erstand einen Wagen und engagierte einen Fahrlehrer.

Um diese Zeit, zwei Wochen vor dem Ende des Trimesters, stellte ich fest, daß ich beobachtet wurde. Ich war sehr beschäftigt und las oft Bücher, wenn ich umherwanderte. Deshalb hatte man mich vermutlich schon früher beschattet, ohne meine Aufmerksamkeit zu erregen. Als ich den Verfolger zum erstenmal erblickte, trat ich gerade aus dem Haus. Plötzlich fiel mir ein, daß ich mein Buch vergessen hatte, und ich machte kehrt, um es zu holen. Dabei sah ich aus dem Augenwinkel einen Mann, der sich rasch bückte und seine Schuhbänder verknotete.

Erst während ich meine Zimmertür aufsperrte, erinnerte ich mich – er trug Schuhe ohne Schnürsenkel. Danach hielt ich Augen und Ohren offen.

Wie ich bald herausfand, wechselten sich eine Frau sowie ein anderer Mann mit dem ersten Spion ab. Alle drei wußten sich gut zu tarnen, besonders die Dame. Niemals hätte ich in der Nonne mit dem forschen Gang und dem Burschen, der seine Bulldogge spazierenführte, ein und dieselbe Person erkannt, wäre ich nicht in Holmes' Schule gegangen.

Nun gab es nur ein einziges Problem. Wäre ich tatsächlich mit Holmes zerstritten gewesen, hätte ich meinen Ärger über diese Schnüffelei nicht verhehlt. Aber so, wie die Dinge lagen, zögerte ich. Vielleicht sollte ich ihn um Rat fragen, ehe ich mein weiteres Verhalten plante. Zum erstenmal spionierte man mir nach, und ich wollte die Leute nicht in die Flucht schlagen. Glaubte die Feindin, ich würde ihre Helfershelfer nicht bemerken? Sie benahmen sich zwar sehr diskret, aber trotzdem ...

Also gab ich mich vorerst ahnungslos und bemühte mich, so geistesabwesend zu wirken wie eh und je. Eines Tages, als ich meine Nase gerade ins griechisch-orthodoxe Testament steckte, stieß ich in der High Street gegen einen Laternenpfahl. Verdattert saß ich am Boden. Ringsum beklagten die Passanten mein blutiges Gesicht, und eine junge Frau reichte mir meine zerbrochene Brille.

Ein großes Pflaster auf der Stirn, verließ ich die Arztpraxis. Zwei Tage lang mußte ich meine Ersatzbrille tragen, während die andere repariert wurde. Da ich mit der alten Brille wahrscheinlich nicht einmal Mycroft Holmes aus nächster Nähe erkannt hätte, verschob ich die Klärung der Frage, ob ich meine Beobachter «offiziell» zur Kenntnis nehmen sollte. Der Doktor, der mich zusammengeflickt hatte, schlug mir in mildem Ton vor, die aoristischen passiven Verben zu vergessen, während ich mein Automobil steuerte, und ich mußte ihm recht geben.

Sobald ich die reparierte Brille wieder aufgesetzt hatte, sah ich meine Verfolger wieder. Ich beschloß, nicht mit der Bahn, sondern in meinem neuen Wagen nach Sussex zu fahren. In der Garage, wo ich ihn untergestellt hatte, verkündete ich lauthals, am nächsten Morgen würde ich ihn holen und meine Ferienreise nach Hause antreten. Natürlich wollte ich sichergehen, daß mir die Spione auf den Fersen blieben, da ich ihrer Auftraggeberin ebenso auf der Spur war wie sie mir.

Unterwegs benutzten sie fünf Automobile, demnach spielte Geld keine Rolle. Als ich die Nummern lesen konnte, was in drei Fällen zutraf, notierte ich sie. (Sicher hätte der Doktor bezweifelt, daß mich dies weniger ablenkte als die aoristischen passiven Verben.) Aber ich vermied Unfälle und irritierte keinen einzigen Verkehrsteilnehmer.

Kurz vor Guildford aß ich in einem Pub zu Mittag, und danach entdeckte ich ein junges Paar, das sich auf dem Parkplatz geküßt hatte, in einem Sportzweisitzer. An der Straße nach Eastbourne hielt ich, um Tee zu trinken. Der alte Mann, der das Paar vor zwanzig Meilen abgelöst hatte, fuhr weiter. Aber wenig später entdeckte ich die Frau im alten Morris, die während meiner Teepause eine (vertraute?) Bulldogge hinters Lokal geführt hatte, im Rückspiegel. Ihre Scheinwerfer glitten erst an mir vorbei, als ich bei Eastbourne in meine Straße bog. Erleichtert atmete ich auf. Sie hatten mich nicht aus den Augen verloren und würden, wie ich hoffte, ihrer Auftraggeberin von meinem unbefangenen Verhalten berichten.

Meine Tante empfing mich unfreundlich wie eh und je. Am nächsten Morgen vergewisserte ich mich, daß auf der Farm alles zum besten stand, dank Patrick, mit dem ich einen Rundgang unternahm. Wir begrüßten die Kühe, erörterten den Zustand des Scheunendachs, inspizierten das Fohlen, das die große Ackerstute Vicky neulich geboren hatte, und überlegten, ob wir ebenso wie einige andere Farmer in der Gegend einen Traktor kaufen sollten.

Über die Tür der Stallbox gebeugt, musterte ich das hübsche braune Fohlen, das im warmen Stroh tänzelte, mit dem schwarzen Stummelschwänzchen wütend nach den Fliegen schlug und sich immer wieder an die Mutter schmiegte. Vor mir sah ich das Ende einer Ära – das wußte ich und wies auch Patrick darauf hin. Brummig betonte er, wegen eines Ackergauls wolle er nicht sentimental werden, aber mich konnte er nicht täuschen.

Zum erstenmal seit über einem Monat trug ich wieder eine schäbige Hose und wasserfeste Stiefel, und das tat mir gut. Ich lud Patrick ins Haus zum Tee ein.

Doch da er meine Tante nicht ausstehen konnte, schlug er vor, ich solle ihn in sein Heim begleiten. Dort servierte er mir heißen, starken, süßen Tee, genau das richtige für einen kalten Frühlingsvormittag. Wir sprachen über Rechnungen und notwendige Reparaturen, dann wechselte er plötzlich das Thema. «Da waren ein paar Männer im Dorf, die haben sich nach Ihnen erkundigt.»

In dieser kleinen Gemeinde geschah nicht viel, was unbemerkt blieb. Offenbar seien es Städter gewesen, ergänzte Patrick, aber das hatte ich bereits vermutet. «So? Wann denn?»

«Vor drei oder vier Wochen.»

«Und was wollten sie wissen?»

«Woher Sie stammen und so ... Und ob Sie oft mit Mr. Holmes zusammen sind. Die Leute haben unten in der Kneipe mit Tillie geredet.» Inzwischen dauerte die Freundschaft zwischen Patrick und der Wirtin schon ziemlich lange. «Daß sie ausgehorcht wurde, merkte sie erst später, denn es war eigentlich eine ganz normale, harmlose Unterhaltung gewesen. Und als sie dann hörte, die Fremden hätten auf dem Postamt dieselben Fragen gestellt, zählte sie zwei und zwei zusammen.»

«Interessant. Danke für die Information.»

«Mich geht's ja nichts an, aber warum besuchen Sie Mr. Holmes nicht mehr? Darunter scheint er sehr zu leiden.»

Ich schaute in Patricks Gesicht und erzählte, was die Wahrheit gewesen wäre, hätte ich die Wahrheit gesagt. «Sie kennen doch Tom Warners Rennpferd, auf das er so stolz ist? Damit möchte er ein Gestüt gründen.»

«Klar, ein erstklassiger Hengst.»

«Würden Sie ihn mit Vicky zusammen vor einen Pflug spannen?»

Das war eine so einmalig dumme Frage, daß er mich eine Minute lang anschaute, bevor er antwortete: «Soll das heißen, daß Mr. Holmes einen Ackergaul aus Ihnen machen will?»

«Und daß ich meine Freiheit brauche. Nichts gegen einen Ackergaul. Aber wenn man ihn zusammen mit einem Rennpferd vor einen Pflug spannt, drehen sie beide durch und zerreißen das Geschirr. Genau das ist mit Holmes und mir passiert.»

«Er ist ein guter Mann. Letztes Jahr holte er einen Bienenschwarm aus Tillies Dachrinne. Ohne großes Getue.» Diese letzten drei Worte waren das höchste Lob, das Patrick zu spenden wußte. «Vielleicht können Sie's lange genug mit ihm aushalten, um ihn mal zu besuchen. Ich glaube, das würde ihm gefallen. Sein Gärtner hat mir erzählt, Mr. Holmes würde schon seit einiger Zeit kränkeln.»

«Ja, ich fahre zu ihm. Am besten schon heute nachmittag.»

Er mißdeutete die freudige Erregung in meiner Stimme als Nervosität und streckte seine große, schwielige Hand aus, um meine zarten Finger zu tätscheln, die in letzter Zeit keine harte Arbeit geleistet und nur Buchseiten umgeblättert hatten. «Keine Bange. Sagen Sie sich einfach, daß Sie nicht in sein Joch eingespannt sind, dann wird's schon klappen.»

«Ja, Patrick, daran werde ich denken. Danke.»

■

Ich hatte beschlossen, um sechzehn Uhr im Cottage einzutreffen, weil Mrs. Hudson am liebsten Tee servierte – ihre Lieblingsmahlzeit. Wegen eines umgestürzten Farmwagens auf der Straße verspätete ich mich ein wenig, aber um Viertel nach vier bremste ich das Automobil auf der gekiesten Zufahrt und schaltete den Motor aus.

Die Stimme einer Geige drang zu mir. Von Natur aus ist die Violine das melancholischste aller Instrumente, wenn sie allein erklingt; und die langsame, unmelodische Tonfolge, die Holmes ihr entlockte, erschien mir geradezu herzzerreißend. Geräuschvoll warf ich den Wagenschlag zu, um das Spiel zu unterbrechen, dann nahm ich den Korb mit Käse und Obst vom Rücksitz, den ich aus Oxford mitgebracht hatte. Als ich mich aufrichtete, stand die Haustür offen.

Holmes lehnte am Türrahmen, das Gesicht ausdruckslos. «Hallo, Russell.»

«Hallo, Holmes.» Ich ging den Weg hinauf und versuchte zu ergründen, was sich hinter den grauen Augen mit den schweren Lidern verbarg, doch es gelang mir nicht. Vor der Eingangstreppe blieb ich stehen und hielt den Korb hoch. «Ich habe Ihnen und Mrs. Hudson was aus Oxford mitgebracht.»

«Das war sehr nett von Ihnen, Russell», erwiderte er höflich. Die Stimme und der Blick verrieten noch immer nichts. Dann trat er zurück, um mich einzulassen. «Bitte, treten Sie doch näher.»

Ich trug den Korb in die Küche, und irgendwie überlebte ich Mrs. Hudsons herzliche Begrüßung, ohne in Tränen auszubrechen. Aber ich umarmte sie ganz fest und ließ meine Lippen ein wenig zittern, um sie wissen zu lassen, daß ich immer noch ihre Russell war. Dann strahlte ich wieder förmliche Kälte aus.

Wir tranken Tee, und sie tischte üppige Speisen auf, redete in einem fort über das Schiff und den Suezkanal und Bombay und die Familie ihres Sohnes, während sie meinen Teller mit Leckerbissen füllte, die ich gar nicht wollte. Schließlich fragte sie: «Was haben Sie denn mit Ihrem Kopf angestellt, Mary?»

Ich versuchte, eine lustige Geschichte draus zu machen, die zerstreute Studentin, die gegen einen Laternenpfahl rannte, aber irgendwie kam der Humor nicht so an, wie ich mir das vorgestellt hatte. Mrs. Hudson lächelte unbehaglich und erklärte, sie wäre froh, daß die Glassplitter der zerbrochenen Brille meine Augen nicht verletzt hätten. Und Holmes beobachtete mich wie ein Insekt unter seinem Mikroskop. Wenig später entschuldigte sich die Haushälterin und ließ uns allein. Holmes und ich nippten an unseren Tassen und schoben das Essen auf den Tellern umher. Ich erzählte, was ich in diesem Trimester unternommen hatte, und er stellte ein paar Fragen. Die bedrückenden Gesprächspausen wurden immer länger. Verzweifelt erkundigte ich mich, woran er gearbeitet habe, und er schilderte ein Experiment, das er gerade in seinem Labor anstellte. Ich ermunterte ihn, noch genauer darüber zu berichten, und er tat mir den Gefallen, aber ohne großes Interesse.

Nach einer Weile stellte er seine Teetasse ab und zeigte vage in die Richtung des Labors: «Möchten Sie es sehen?»

«Ja, sicher, wenn Sie mir's zeigen wollen.» Alles war besser, als hier herumzusitzen und ein Käsetörtchen in fettige Krümel zu zerbröckeln.

Wir standen auf, gingen ins fensterlose Labor, und er schloß die Tür hinter uns. Sofort sah ich, daß hier nicht experimentiert wurde, und als ich mich verwundert zu Holmes wandte, stand er da, die Hände tief in den Hosentaschen. «Hallo, Russell», sagte er zum zweitenmal, aber jetzt erkannte ich in seinen Augen meinen alten Freund wieder. Das ertrug ich nicht. Ich kehrte ihm den Rücken, ballte die Hände, kniff die Lider zusammen. Jetzt konnte ich nicht mit ihm reden, ohne aus der Rolle zu fallen, beim besten Willen nicht. Schließlich klopfte er leise zweimal an die Tür, und ich lächelte erleichtert. Er verstand mich. Er rückte einen Stuhl hinter mir heran, und ich setzte mich, immer noch abgewandt, die Augen immer noch geschlossen.

«Fünf Minuten dürfen wir uns gönnen», meinte er. «Wenn wir länger hier drinbleiben, würde es seltsam aussehen.»

«Ich nehme an, Sie werden beobachtet.»

«Auf Schritt und Tritt, sogar in meinem Wohnzimmer. Die Leute hatten sich irgendwie mit den Nachbarn arrangiert, hocken in den Bäumen und spähen durch Teleskope hier herüber. Vielleicht können sie sogar von den Lippen lesen. Will hat ein Gerücht erwähnt, das im Dorf kursiert. Angeblich sind sie mit einer schwerhörigen Person hier angekommen.»

«Und Patrick erzählte, diese Fremden würden sich nach Ihnen und mir erkundigen. Sie sind Städter, also wissen sie vielleicht nicht, daß man auf dem Land ohnehin nichts verbergen kann.»

«Und sie treten sehr selbstsicher auf. Vermutlich werden auch Sie beobachtet.»

«Ich habe sie erst vor zwei Wochen bemerkt, zwei Männer und eine Frau. Sehr effektiv. Fünf Autos folgten mir hierher nach Sussex. Die Lady scheint im Geld zu schwimmen.»

«Das wußten wir schon vorher.» Ich spürte seinen Blick im Rücken. «Alles in Ordnung, Russell? Seit Januar haben Sie sieben Pfund abgenommen, und Sie schlafen zuwenig.»

«Nur sechs Pfund, und ich schlafe genauso lange oder so kurz wie Sie. Aber ich bin sehr beschäftigt.» Meine Stimme sank zu einem Flüstern herab. «O Holmes, wenn es doch schon vorbei wäre ...» Ich fühlte seine Nähe hinter mir und stand abrupt auf. «Nein, rühren Sie mich nicht an, das könnte ich nicht ertragen. Und ich bezweifle, daß ich so etwas noch einmal durchstehen würde. In Oxford schaff ich's ganz gut, aber bitten Sie mich nicht, noch einmal hierherzukommen, ehe es ausgestanden ist. Bitte!»

Sein Schweigen erschien mir wie eine Hitzewelle, die aus seinem Herzen strömte, und dann erwiderte er mit einer leisen, heiseren Stimme, die ich nie zuvor gehört hatte: «Ja, ich verstehe.» Er räusperte sich, dann holte er tief Atem, ehe er weitersprach – in seinem gewohnten energischen Ton. «Sie haben völlig recht, Russell. Wenn wir uns vor dem Ende noch einmal träfen, gäbe es nichts zu gewinnen, aber viel zu verlieren. Also, zur Sache. Ich ließ die Fotos für Sie nachmachen und zeigte Mycroft die römische Zahlenreihe, aber keiner von uns konnte einen Sinn darin finden. Trotzdem weiß ich, daß es sich um einen Code handeln muß. Vielleicht gelingt es Ihnen doch noch, ihn zu dechiffrieren. Das Päckchen da drüben auf der Werkbank ist für Sie.»

Ich nahm den großen braunen Umschlag und steckte ihn in die Innentasche meiner Jacke.

«Jetzt müssen wir hinausgehen, Russell. In etwa zehn Minuten fangen wir wieder an Theater zu spielen. Sie laufen wütend davon, bevor Mrs. Hudson Sie zum Dinner einladen kann. Alles klar?»

«Ja, Holmes. Auf Wiedersehen.»

Er kehrte ins Wohnzimmer zurück, und ich folgte ihm wenig später. Bald eskalierten die sarkastischen Bemerkungen, und kurz nach sechs Uhr stürmte ich aus der Haustür, ohne mich von Mrs. Hudson zu verabschieden, und brauste in meinem Automobil davon. Nach zwei Meilen hielt ich am Straßenrand und legte die Stirn aufs Lenkrad. Das alles war viel zu real.

16

Die Tochter der Stimme

Ist es denn so sicher, daß die neue Generation etwas tun wird, das wir nicht getan haben?

■

Trostlose Wochen schleppten sich dahin. Meine Beobachter blieben diskret im Hintergrund, und ich mimte weiterhin die zerstreute Studentin. Das Sommertrimester begann, und es gab so viel zu tun, daß ich meine Isolation beinahe vergaß. Manchmal schreckte ich nachts im Bett oder im Sessel auf und glaubte, ich hätte es leise an der Tür klopfen hören – zweimal. Aber niemand stand draußen. Ich versank in einem Kokon aus Wörtern und Zahlen und chemischen Formeln und verbrachte jede freie Minute in der Bodley-Bibliothek. Seltsamerweise verschonte mich der Traum.

Der Frühling zog ins Land, erst zögernd, dann mit einer Flut warmer, berauschender, langer Tage, die das nächtliche Dunkel zusehends verdrängte. Der erste Frühling seit langer Zeit, in der kein Kanonendonner über den Ärmelkanal hallte, ein Frühling, der uns für den kalten Winter zu entschädigen suchte . . . Nach vier tödlichen Jahren keimte neues Leben. In ganz England hoben alle Menschen die Gesichter der Sonne entgegen. Oder fast alle. Ich nahm den Frühling nur am Rande wahr, merkte jedoch, daß in Oxford niemand außer mir und einigen von Kriegsneurosen befallenen Exsoldaten ernsthafte Studien betrieb. Einmal ließ sogar ich mich zu einem Picknick auf dem Boar's Hill überreden und am nächsten Tag zu einer Stechkahnfahrt flußaufwärts.

Aber meistens ignorierte ich die Verführungskünste meiner Kommilitoninnen und steckte die Nase in Bücher. So hielt ich es beinahe den ganzen Mai, und das galt auch für jenen Tag kurz vor Monatsende, wo sich die engverschlungenen Fäden des rätselhaften Falles in meiner Hand zu entwirren begannen.

Nach meiner Rückkehr aus Sussex war ich mit der schwierigen Frage konfrontiert worden, wo ich den braunen Umschlag verwahren sollte, den Holmes mir gegeben hatte. Auf die Immunität meines Zimmers konnte ich mich nicht mehr verlassen, und ich mochte die Papiere nicht ständig bei mir tragen. Schließlich entschied ich, am sichersten wären sie hinter einem dicken Band in der Bibliothek aufgehoben, in einem Regal nahe dem Schreibtisch, wo ich zu arbeiten pflegte. Das war zwar riskant, aber wenn ich einen Safe gemietet und die Tresorräume der Bank in verdächtiger Regelmäßigkeit besucht hätte, wären die Feinde sicher aufgerüttelt worden. Immerhin erhielt die allgemeine Öffentlichkeit keinen Zugang zur Bodley, also mußten meine Beobachter täglich stundenlang vor dem Gebäude ausharren. Und mein Versteck lag in einer schwachbeleuchteten Ecke, von wo ich alle Unbefugten beobachten konnte, die vielleicht hereinschleichen würden. Im Lauf der Wochen studierte ich immer wieder die mysteriösen römischen Zahlen. Wie Holmes wußte ich, daß sie eine Botschaft enthielten, und ebenso wie der Detektiv und sein Bruder fand ich keinen Schlüssel, um sie zu dechiffrieren.

Doch das Gehirn besitzt die erstaunliche Gabe, ein Problem aus eigenem Antrieb zu ergründen, und oft erklingt das erlösende «Hurra» auf so geheimnisvolle Weise, als hätte sich der Allmächtige eingemischt. Die Worte, die der menschliche Geist formuliert, sind nicht immer klar. Sie können leise und unvollständig ertönen. Die Propheten nannten dieses Phänomen *bat qol*, die Tochter der Stimme Gottes, die flüsternd spricht, in teilweise unsichtbaren Bildern. Holmes hatte die Fähigkeit kultiviert, seine Gedanken auszuschalten, indem er Pfeife rauchte oder unmelodische Tonfolgen auf seiner Geige spielte. Einmal verglich er diesen mentalen Zustand mit jenem passiven Sehvermögen, das es den Augen ermöglicht, einen Gegenstand in schwachem Licht oder weiter Ferne klarer und detaillierter zu erkennen, indem man den Blick auf einen Punkt daneben richtet. Wenn man das Objekt direkt anstarrt, verwischen sich die Konturen. Aber wenn man wegschaut, kann das Auge sehen, was einen interessiert, und es auch interpretieren. Und ebenso gestattet die Unaufmerksamkeit dem Gehirn, genau zu registrieren, was die Stimme der Tochter Gottes wispert.

Ich hatte hart gearbeitet, eine schlaflose Nacht verbracht und war im Morgengrauen aufgestanden. In der Bibliothek schrieb ich einen Essay zu Ende. Dann zog ich die Fotos aus dem Umschlag, hielt sie an den bereits ziemlich abgegriffenen Rändern fest, studierte die römischen Zahlen, bis sie sich in mein Gehirn einbrannten. Ich betrachtete jede einzelne Roßhaarfaser, die aus den Einschnitten im Ledersitz quoll, jede gerade Linie der fünfundzwanzig widerspenstigen Symbole. Schließlich drehte ich die Bilder sogar um, in der Hoffnung auf einen Geistesblitz. Nichts geschah, nichts regte sich in mir außer wachsendem Ärger, weil ich die Fotos immer wieder mit unschuldigen Papieren verdecken mußte, wenn jemand an meinem Tisch vorbeiging.

Am Spätnachmittag nahm der Personenverkehr zu, der an mir vorüberströmte, und nachdem ich die Bilder in einer knappen Stunde siebenmal versteckt hatte, verlor ich die Geduld. Ich hatte keine Ahnung, ob diese verfluchten Einschnitte irgendwas bedeuteten oder nicht, und da opferte ich einem Problem, das wahrscheinlich nur in meiner Phantasie existierte, kostbare Stunden. Also stopfte ich die Fotos wieder in den Umschlag, ließ ihn hinter dem dicken Buch verschwinden und marschierte mißgelaunt aus der Bibliothek.

Was meine Beobachter von mir hielten, war mir in meiner Wut völlig egal. Sollten sie sich doch den Kopf zerbrechen ... Womöglich gibt es keine gottverdammte Feindin, dachte ich erbost. Vielleicht ist Holmes tatsächlich verrückt, und das alles ist nur einer seiner kleinen Tricks. Eine weitere «Prüfung».

Als ich in meinem Zimmer ankam, hatte ich mich etwas beruhigt. Aber den Anblick meines Schreibtisches, der vorwurfsvoll in seiner Ecke wartete, ertrug ich nicht. Ich hörte meine Nachbarin umherwandern, trat in den Flur und rief: «Hallo, Dot!»

Sofort öffnete sie ihre Tür. «Oh, hallo, Mary. Trinkst du eine Tasse Tee mit mir?»

«Nein danke. Hast du für heute abend schon was vor?»

«Eigentlich wollte ich Dante in die Unterwelt folgen, aber das verschiebe ich sehr gern. Was willst du denn unternehmen?»

«Ach, ich hab das alles so satt. Ich kann kein Buch mehr sehen, und da dachte ich ...»

«*Du* kannst kein Buch mehr sehen?»

Wären mir plötzlich Flügel gewachsen, hätte sie nicht verdutzter dreinschauen können. Ich lachte. «Ja, sogar Mary Russell hat gelegentlich die Nase voll. Ich möchte im Trout essen und dann ein Harfenkonzert besuchen, das eine meiner Kommilitoninnen gibt. Kommst du mit?»

«Wann gehen wir?»

«In fünfundvierzig Minuten.»

«Gut, ich bestelle ein Taxi.»

Wir genossen ein angenehmes Dinner, Dorothy traf im Restaurant einen Freund, mit dem sie flirten konnte, und danach schwelgten wir in Bach-Klängen, deren Schönheit und Rhythmen an mathematische Formeln erinnern – besonders, wenn sie auf einer Harfe gespielt werden. Die edle Symmetrie der meisterhaften Musik und das Glas Champagner, das nach dem zwanglosen Konzert serviert wurde, besänftigten meine Nerven endgültig. Vor Mitternacht lag ich im Bett, was während der letzten Monate nur selten geschehen war.

Gegen drei Uhr morgens fuhr ich plötzlich hoch. Das Blut rauschte in meinen Ohren, und mein Atem ging so schnell, als wäre ich gerade die Treppe heraufgelaufen. Ich hatte geträumt – nicht den bösen Traum, sondern eine verwirrende Mischung aus realen und imaginären Dingen. Aus dem Bücherregal in der Bibliotheksecke hatte mich ein schattenhaftes Gesicht boshaft angegrinst, halb verborgen vom blonden Haar. In einer verkrüppelten Hand steckte eine Tonpfeife. «Du weißt gar nichts!» krächzte die Gestalt mit einer halb männlichen, halb weiblichen Stimme und lachte grausig. Seine/ihre knotige Faust schloß sich noch fester um den Stiel der Pfeife, die aus Holmes' Sammlung stammte, und öffnete sich dann.

Langsam glitten Scherben zu Boden. Ich starrte verzweifelt auf die zerbrochene Pfeife, kniete nieder und sammelte die Stücke ein, in der Hoffnung, ich könnte sie später zusammenkleben. Ein paar größere waren unter das Regal gerollt, und ich mußte mich hinlegen, um sie hervorzuholen. Während ich danach tastete, wurde plötzlich meine Hand gepackt. Von eisigem Entsetzen getrieben, setzte ich mich ruckartig auf. Vor meinem geistigen Auge verblaßte das Bild des Bücherregals. Darin hatte eine Reihe von Werken gestanden, die alle von König Heinrich VIII. handelten.

Ich schaltete die Nachttischlampe ein, griff nach meiner Brille, sank ins Kissen zurück. Beklommen wartete ich, bis mein kalter Schweiß trocknete und das Herz nicht mehr so heftig klopfte. An Schlaf war nicht mehr zu denken. Also schlüpfte ich in meinen Morgenmantel und machte mir eine Tasse Tee.

Wenige Minuten später saß ich am Tisch, sog den tröstlichen Dampf des heißen Getränks tief in meine Lungen und dachte über den Alptraum nach. Nur selten entsann ich mich, was ich geträumt hatte, wenn es nicht jener böse Traum vom Tod meiner Familie war.

Was steckte hinter dem Traum dieser Nacht? Einige Elemente erschienen mir offensichtlich, andere mysteriös. Warum war der schemenhafte blonde Kopf halb männlich, halb weiblich, wenn ich doch gegen eine Frau kämpfen mußte? Die zerbrochene Pfeife symbolisierte eindeutig meine quälende Sorge um Holmes, und Bücherregale gehörten so unverrückbar zu meinem Leben, daß sie nicht einmal in einem Traum fehlen konnten. Aber warum geschichtliche Werke? Wegen meiner unregelmäßig erfolgten schulischen Ausbildung war mir die englische Geschichte relativ fremd. Was hatte König Heinrich vor meinen Augen zu suchen? Dieser obszöne, von Gicht geplagte alte Mann mit seinen zahlreichen Ehefrauen, alle seiner Sehnsucht nach Söhnen geopfert, als hätte die Schuld an der Kinderlosigkeit bei ihnen gelegen und nicht bei seiner Syphilis... Wie würde Freud diesen Traum deuten, wo Holmes' Pfeife unter den Büchern über den frauenfeindlichen König zu Boden gefallen war, begleitet vom Echo eines männlichen / weiblichen Gelächters? Solche Sinnbilder hätten Dr. Leah Ginzberg veranlaßt, sich in ihrem Sessel vorzubeugen und zu fragen: «Ja, und dann?»

Ich schickte einen tiefen Seufzer in den stillen Raum und griff nach meinen Büchern. Wenn ich schon um drei Uhr morgens wach war, konnte ich die Zeit genausogut nutzen. Heinrich hin, Heinrich her. So begann ich zu arbeiten, aber während des ganzen Morgens kroch der Traum immer wieder in meine Gedanken, und ich starrte blicklos auf die Wand, sah jene Bücherrücken. Heinrich VIII. Was mochte das heißen?

Nachmittags ging ich aus, um auf dem überdachten Marktplatz Kaffee zu trinken, bevor eine meiner Vorlesungen begann. Ich spürte meinen Hunger erst, als ich den verlockenden Duft von gebratenem Speck roch. Eigentlich verschlang ich zwei Mahlzeiten und auch noch einen Pudding – viel mehr, als ich auf einmal zu essen pflegte, wenn ich nicht von Mrs. Hudson verwöhnt wurde.

Etwas übersättigt verließ ich den Markt und ging die Turl Street hinauf, zu meiner Vorlesung. Aber als ich mich der Broad Street näherte, verlangsamten sich meine Schritte. Schließlich blieb ich stehen. Heinrich VIII. Wenn man sich über irgendein Thema informieren will, muß man eine Bibliothek aufsuchen.

Ohne allzu schlimme Skrupel verzichtete ich auf die «Begräbnistexte der zweiten Dynastie» und bog nach links. (Hinter mir tauchten die vertrauten, ziemlich bejahrten, verbummelten Studenten aus einer Ladentür auf und folgten mir die Broad Street hinauf, am Sheldonian vorbei, aber nicht in die Bibliothek.) Ich suchte mehrere Bücher über die bewußte Epoche heraus, aber keines glich meinem Traumbild. Und während ich darin blätterte, läuteten keine Glocken in meinem Gehirn. Obwohl ich wußte, daß es hoffnungslos war, breitete ich die Fotos auf meinem Schreibtisch aus. Und da sprach die Stimme zu mir.

Holmes und ich hatten die Möglichkeit erörtert, die römischen Zahlen könnten für Buchstaben stehen. Dann müßte zum Beispiel 1 ein A bedeuten, 2 ein B, 3 ein C und 3-2-1 würde CBA heißen. Um die Übersetzung von Zahlen in Buchstaben zu erschweren, wird häufig ein bestimmter Schlüsseltext zugrunde gelegt. Eine längere Mitteilung in einem solchen Code kann entschlüsselt werden, wenn man ein bißchen herumprobiert, aber bei kurzen Zahlenfolgen muß man den Schlüssel finden. Wenn es sich um einen ausgefallenen Schlüssel handelt, zum Beispiel die Wörter auf einer bestimmten Buchseite, ist es nahezu unmöglich, eine so kurze Nachricht wie jene, die vor mir lag, zu dechiffrieren.

Ich hatte es nicht mit arabischen, sondern mit römischen Zahlen zu tun, und da die Zwischenräume fehlten, mußte ich einfach raten, ob es sich um fünfundzwanzig getrennte Zahlen handelte oder nur um sieben oder um irgend etwas dazwischen. Bei dieser Überlegung hatten Holmes und ich aufgehört, uns den Kopf zu zerbrechen, da es unmöglich gewesen war, einen Sinn in unserem Zahlen-Buchstaben-Resultat zu erkennen.

Um das Problem zu betrachten, mußte ich von ein paar grundlegenden Voraussetzungen ausgehen. Zunächst mußte ich annehmen, daß unsere Feindin die Einschnitte im Ledersitz hinterlassen hatte, damit wir sie beachteten – daß sie also nicht nur scheinbare Anhaltspunkte waren, die uns nirgendwohin führen, sondern höchstens in den Wahnsinn treiben würden. Zweitens mußte ich glauben, der Schlüssel müßte irgendwo vor meiner Nase liegen und nur darauf warten, entdeckt zu werden. Drittens glaubte ich, es würde mir sehr schnell gelingen, das Rätsel zu lösen, sobald der Schlüssel gefunden war. Wenn nicht, würde es der falsche Schlüssel sein. Schnell – aber nicht simpel. Zum Beispiel wäre es zu einfach, die römische Zahlenfolge XVIIIXIIIXXV durch alle möglichen arabischen Zahlen zu ersetzen und schließlich 18-13-1-25 zu erhalten, also RMAY, wobei man durch die Umstellung der Buchstaben MARY erhielte.

Wenn mich meine Ahnung nicht trog, würde ich den Schlüssel durch die Stimme der Tochter Gottes finden – in meinem Traum. Heinrich VIII. bedeutete mir nichts, aber die Zahl VIII oder Basis acht sehr viel. Wären die Menschen mit drei Fingern neben dem Daumen geschaffen worden statt mit vier, würden wir uns an Achter- und nicht an Zehnereinheiten orientieren. Eine Eins plus eine Null würde acht bedeuten, elf wäre neun, und die Zwanzig würde einer Sechzehn auf der Basis zehn entsprechen.

Ich schrieb die ersten sechsundzwanzig Zahlen auf ein Blatt Papier und darunter das Alphabet, so wie es angeordnet wäre, wenn ich ihm die Acht zugrunde legte:

1	2	3	4	5	6	7	10	11	12	13	14	15	16	17	20	21	22	23	24	25	26	27	30	31	32
A	B	C	D	E	F	G	H	I	J	K	L	M	N	O	P	Q	R	S	T	U	V	W	X	Y	Z

Nun mußte ich die fünfundzwanzig römischen Zahlen so aufteilen, daß ihre Buchstaben-Äquivalente etwas bedeuteten. Obwohl ich sie mittlerweile auswendig kannte, vorwärts und rückwärts, notierte ich sie als visuelle Hilfe:

XVXVIIXXIIXIIXXIIXXIVXXXI

Fünfundzwanzig Zahlen – Einer, Fünfer und Zehner. Auf die einfachste Weise betrachtet, ergaben sich mehrere H, B und A, was sinnlos wäre. Also mußte ich die Zahlenreihe so unterteilen, daß die Buchstaben einen Sinn ergaben.

Ich begann mit den ersten zehn Zahlen, XVXVIIXXII. Die letzte konnte ich mit dem folgenden X verbinden, so daß eine Neun entstand, und diese Möglichkeit mußte ich im Auge behalten. XVXVI oder 10-5-10-5-1, das ergab H-E-H-E-A, womit sich nichts anfangen ließ – es sei denn, das Traumgesicht wäre gerade deshalb in höhnisches Gelächter ausgebrochen. Wenn ich die ersten Symbole XV als 15 betrachtete, ergab sich MHEA. X-V-XVII = 10, 5, 17, was HEO bedeutete. Auch nicht besser als die andere Möglichkeit.

Höhere Zahlen ermöglichten mir die meisten Variationen des Alphabets. Also versuchte ich es mit den höchsten Zahlen, die es in der Fünfundzwanzigerreihe gab, und teilte sie in 15, 17, 22, 12, 22, 24 und 31. Auf der Zehnerbasis hatte sich OQVLVX ergeben. Die 31 stellte ein Problem dar, weil es nur sechsundzwanzig Buchstaben gibt. Aber auf der Basis acht bildete sich M, O, R, J, R, T, Y. Es dauerte eine Weile, bis ich erkannte, was ich da sah. Wie von selbst strich mein Bleistift langsam die Zahl Zwölf durch und ersetzte sie durch 11 plus 1, und da löste sich das Rätsel. MORIARTY.

Doch er konnte die Missetaten nicht begangen haben. Der Mathematikprofessor, das verbrecherische Genie, war vor fast dreißig Jahren in der Schweiz gestorben, von Holmes den Reichenbachfall hinabgestoßen. Warum stand hier sein Name? Wollte die Feindin uns mitteilen, sie habe die Absicht, seinen Tod zu rächen? Nach beinahe drei Jahrzehnten? Oder sollte eine Parallele zwischen Moriartys Fall und dem jetzigen gezogen werden?

Ich weiß nicht mehr, wie lange ich in der Bodley-Bibliothek saß, während draußen das Tageslicht erlosch, doch dann wisperte mir die Stimme der Gottestochter noch einmal etwas zu, und ich erinnerte mich, wann ich den Namen Moriarty zum letztenmal gehört hatte. Aus Holmes' Mund, bei unserem Gespräch in jener Nacht, wo alles begonnen hatte ... Ich erinnerte mich genau an meine Worte: «Eine Mathematik-Tutorin und ich arbeiteten an einigen theoretischen Problemen der Grundzahl acht, als wir auf ein paar mathematische Übungen stießen, die ein alter Bekannter von Ihnen entwickelt hat.» Und dann Holmes' Flüsterstimme in meinem Ohr. «Professor Moriarty ...»

Meine Mathematik-Tutorin. Sie war nicht die Eigentümerin des blonden Haars, das wir in der Droschke gefunden hatten, sondern dunkelhaarig, mit grauen Strähnen. Aber sie hatte mir, kurz bevor die Bombe in mein Zimmer geraten war, Professor Moriartys mathematische Übungen präsentiert, die auf der Basis acht beruhten, und – wie ich jetzt wußte – drei Tage später jene Zahlenreihe in den Ledersitz des Wagens geschnitten. Meine Mathematik-Tutorin, Patricia Donleavy, die in derselben Woche wegen einer nicht näher bezeichneten Krankheit aus Oxford verschwunden war ... Meine Mathematik-Tutorin, eine starke Frau mit subtilem Intellekt, ein Mitglied der kleinen Lehrerschar, von der ich viel gelernt, die mich geformt, deren Anerkennung ich gesucht, mit der ich über mein Leben gesprochen hatte – und über Holmes.

«Ein anderer Moriarty», hatte Holmes spekuliert, und das war soeben von mir bestätigt worden. Erfolglos versuchte ich zu verdrängen, was das alles bedeuten mochte. Meine Mathematik-Tutorin.

Jemand stand neben meinem Schreibtisch, wo die Fotos, meine Berechnungen und die Übersetzung des Codes offen verstreut lagen, und ich starrte den Mann blicklos an. Es war einer der alten Bibliothekare, der mich belustigt musterte und geduldig darauf wartete, zur Kenntnis genommen zu werden. «Tut mir leid, Miss Russell, ich muß jetzt schließen.»

«Jetzt schon? Großer Gott, Mr. Douglas, ich hatte keine Ahnung. Aber ich werde sofort gehen.»

«Das eilt nicht, Miß. Ich muß ohnehin noch Ordnung machen, und ich wollte Ihnen nur Bescheid geben, ehe Sie hier Wurzeln schlagen. Wenn Sie hinunterkommen, lasse ich Sie hinaus.»

Während ich hastig die Fotos und Papiere ins Kuvert zurücksteckte, kam mir ein sehr unangenehmer Gedanke. Wie viele andere Leute hatten während des späten Nachmittags meinen Schreibtisch gesehen? Anfangs hatte ich die Fotos sorgsam verdeckt, aber ab wann war ich zu sehr in meine mathematische Detektivarbeit versunken gewesen, um die Leute in meiner Nähe zu bemerken? Ich glaubte mich an zwei Studienanfänger zu erinnern, die ein Buch gesucht hatten, an einen hüstelnden alten Priester, der neben mir stehengeblieben war, um sich geräuschvoll zu schneuzen. Sonst noch jemand? Hoffentlich nicht.

Mr. Douglas wünschte mir freundlich eine gute Nacht, hielt mir die Tür auf und versperrte sie hinter mir. Der dunkle Hof war verlassen bis auf die Statue Thomas Bodleys, und ich ging rasch durch den Torbogen zur Broad Street, die vergleichsweise belebt, gut beleuchtet und sicher war.

Gedankenverloren wanderte ich zum Studentenquartier. Was sollte ich als nächstes tun? Holmes anrufen und hoffen, daß mich niemand belauschte? Oder wäre es besser, meinem Freund ein verschlüsseltes Telegramm zu schicken? Ich bezweifelte, daß es ihm schnell genug gelingen würde, einen Code zu entwickeln, den er verstehen mochte, aber Patricia Donleavy nicht. Konnte ich zu ihm fahren, ohne meine Beobachter zu alarmieren? Eine plötzliche, unerwartete Maßnahme meinerseits würde ihn womöglich gefährden. Und wo steckte Miss Donleavy? Würden wir es jetzt noch schaffen, ihr eine Falle zu stellen?

Bei all diesen Gedanken, die mir durch den Kopf schwirrten, nahm ich im Hintergrund meines Bewußtseins eine andere vage Idee wahr. Ich blieb stehen und ermutigte sie, klarer hervorzutreten. Was beunruhigte mich? Das Leben und Treiben auf der Straße? Nein, jetzt herrschte kein dichtes Gedränge mehr. Die Frage, ob ich telefonieren sollte ... Nein, warte, sagte ich mir. Kein Leben und Treiben? Die Beobachter! *Wo sind sie?*

Und da merkte ich, daß ich nicht verfolgt worden war, seit ich die Bibliothek verlassen hatte. Sofort wußte ich, was das bedeutete. Sie waren abgezogen worden. Ich begann zu laufen. Mr. Thomas schaute verwirrt auf, als ich atemlos zu seiner Pförtnerloge stürmte. «Holen Sie Holmes ans Telefon, Mr. Thomas! Ich muß mit ihm reden! Ein Notfall!» Zu meiner Erleichterung gab der alte Mann nicht vor, den Namen seines Arbeitgebers nicht zu kennen. Er blickte mich kurz an und griff zum Apparat. Angespannt stand ich da, meine Finger trommelten auf die Theke, und ich hätte das schwarze Ding am liebsten angeschrien, weil es so langsam funktionierte. Endlich war die Verbindung hergestellt, und Mr. Thomas' Gesicht wurde ausdruckslos. «Ich verstehe. Danke.» Er legte auf und wandte sich zu mir. «Anscheinend sind alle Leitungen in der Nähe von Eastbourne gestört. Ein Verkehrsunfall. Kann ich irgend etwas tun, Miss?»

«Ja. Gehen Sie um die Ecke in die Garage. Ich brauche sofort mein Automobil. In ein paar Minuten bin ich da.» Erstaunlich behende eilte Mr. Thomas zur Tür hinaus, ließ die Post unbewacht zurück, und ich lief die Treppe zu meinem Zimmer hinauf. Bevor ich die letzte Stufe erreichte, hielt ich bereits den Schlüssel in der Hand, tastete nach dem Schlüsselloch und hielt abrupt inne. Auf dem glänzenden Messingknauf klebte ein schwarzer, öliger Fleck.

«Holmes?» wisperte ich. «Holmes?» Und dann stieß ich die Tür auf.

17

Mit vereinten Kräften

Das Unternehmen ist hoffnungsvoll, aber mühsam und gefährlich. Eine überlegene Intelligenz muß es ersonnen haben, die imstande war, die meisten unserer Wünsche zu erahnen.

■

«Nur gut, daß nicht noch eine Bombe hier drin war, Russell. Sonst wäre jetzt nicht mehr viel von Ihnen übrig.» Der alte Priester aus der Bibliothek saß in meinem Sessel und musterte mich mißbilligend, über den Brillenrand hinweg.

«O Gott, Holmes, ich bin so froh, Sie zu sehen!» (Bis zum heutigen Tag schwört er, ich hätte seinen Kopf zwischen meine Brüste gedrückt, aber ich bin ganz sicher, daß er schon auf den Beinen war, ehe ich ihn erreichte.) Wie ich beruhigt feststellte, hatte seine Muskulatur durch den wochenlangen erzwungenen Müßiggang in seinen vier Wänden nicht gelitten, denn die Kraft seiner Umarmung zerquetschte mir beinahe die Rippen. Das leugnet er natürlich. «Holmes, Holmes, wir können wieder normal miteinander reden. Es ist vorbei. Jetzt weiß ich, wer sie ist. Ich dachte, sie hätte Sie erwischt, weil meine Beobachter verschwunden waren und Ihr Telefon nicht funktioniert. Gerade wollte ich meinen Revolver holen und nach Sussex fahren. Doch nun sind Sie hier und ...»

Glücklicherweise unterbrach er mein Geschwätz. «Sehr schön, Russell, Ihre Freude über mein Wohlergehen schmeichelt mir, aber könnten Sie sich bitte etwas klarer ausdrücken, vor allem, was die Beobachter und mein Telefon betrifft.» Er rückte seinen Bart zurecht, und ich bückte mich, um eine Augenbraue aufzuheben, die ich ihm geistesabwesend in die Hand drückte.

«Heute nachmittag arbeitete ich in der Bodley ...»

«Um Himmels willen, Russell, seien Sie nicht albern! Oder hat die lange Trennung von mir Ihr Gehirn aufgeweicht?»

«Natürlich, Sie waren ja dort! Warum haben Sie sich nicht zu erkennen gegeben?»

«Hätte ich in jenen heiligen Hallen eine Szene heraufbeschwören sollen, wie sie soeben stattfand? Ich nahm an, Sie würden auch in Zukunft gern in der Bibliothek arbeiten, und so kam ich hierher, um auf Sie zu warten. Außerdem merkte ich, daß Sie auf einer heißen Spur waren, und ich wollte Ihren geistigen Höhenflug nicht stören. Wie Sie sich vielleicht entsinnen, schneuzte ich mich laut genug, direkt neben Ihrem Ohr. Aber als es mir mißlang, Ihre Aufmerksamkeit zu erregen, verstand ich den Wink mit dem Zaunpfahl und machte mich aus dem Staub. Was haben Sie herausgefunden? Wie ich sah, arbeiteten Sie an den römischen Zahlen, aber ich konnte der Richtung Ihrer Gedanken nicht folgen, ohne genauer hinzuschauen.»

«Ja, Holmes, es ist ein Code. Römische Zahlen auf der Grundzahl acht, nicht zehn. Daraus ergibt sich ‹Moriarty›. Und wissen Sie, wer mich, kurz bevor die Bomben gelegt wurden, auf die Basiszahl acht hinwies?»

«Ja, ich erinnere mich. Ihre Mathematik-Tutorin. Aber wieso …»

«Sie erzählte mir sogar von Moriartys mathematischen Übungen, wenn auch nicht direkt. Ganz beiläufig erwähnte sie, daß sie in einem Buch darauf gestoßen sei.»

«Eigentlich hätte ich mir denken können, daß Ihre Mathematik-Tutorin unsere Feindin ist.»

«Aber sie ist nicht blond, und so …»

«Wo ist sie jetzt? Hören Sie endlich auf, sich so töricht zu benehmen, Russell. Es würde mir wirklich Spaß machen, diese Frau zu fangen, wenn sie freundlicherweise in unsere Falle tappt. Dann müßte ich nicht für den Rest meines Lebens nach Bomben Ausschau halten und nicht mehr vorgeben, allein schon der Klang Ihres Namens würde mich mit Abscheu erfüllen.»

«Ja, sicher. Sie schnappt bereits nach dem Köder. Deshalb pfiff sie ihre Spione zurück, während ich in der Bibliothek saß. Vielleicht erriet sie, was ich da tat, oder sie beschloß einfach anzugreifen. Aber die Telefonleitungen in Ihrer Gemeinde sind tot, und deshalb dachte ich …»

«Sie haben recht, Russell, also sollten wir uns beeilen. Könnten Sie was Vernünftigeres anziehen? Ich fürchte, wir müssen uns auf ein Stück harte Arbeit gefaßt machen.»

Während er mir den Rücken kehrte, verwandelte ich mich wieder einmal in einen jungen Mann. Dafür brauchte ich zwei Minuten. Nach weiteren dreißig Sekunden hatte ich die Stiefel angezogen, den Revolver und Munition in die Tasche gesteckt.

Wir beide erregten großes Aufsehen, als wir zur Treppe rannten. Im selben Augenblick kam die Hypochonderin aus dem Bad und umklammerte schreiend ihren Morgenmantel vor der Brust. «Männer! Zwei Männer im Flur!»

«Großer Gott, Di, ich bin's!» rief ich.

Zusammen mit anderen Mädchen beugte sie sich übers Geländer, während wir polternd die Treppe hinabstürmten. «Mary? Wer ist denn da bei dir?»

«Ein alter Freund meiner Familie!»

«Aber er ist ein Mann!»

«Das habe ich auch schon bemerkt.»

«Männer dürfen hier nicht rein ...» Die Proteste über unseren Köpfen verhallten.

«Russell, ich muß Mr. Thomas' Telefon benutzen ... Ah, da ist er ja! Verzeihen Sie, Thomas.»

«Sie müssen entschuldigen, Reverend ... Darf ich Ihnen helfen? Miss Russell, wer ist das? Bitte, Sir, was wünschen Sie? Dieses Telefon ist nicht für den öffentlichen Gebrauch bestimmt. Sir ...»

«Mr. Thomas, steht mein Automobil bereit?» unterbrach ich ihn, während Holmes auf die Verbindung wartete.

«Was, ja, ja, Miss, man wird es gleich aus der Garage fahren. Miss, wer ist dieser Gentleman?»

«Ein Freund meiner Familie, Mr. Thomas. Großer Gott, da oben höre ich Dianne schreien. Vielleicht sollten Sie mal nachsehen, was sie will. Sie wissen ja, wie hysterisch sie manchmal ist. Nein, Mr. Thomas, Sie müssen ihr unbedingt helfen. Ich führe meinen Freund hinaus ... Ja, ein Freund der Familie, sehr alt. Ja, ja, auf Wiedersehen, Mr. Thomas. Heute nacht komme ich nicht zurück.»

«Morgen nacht auch nicht!» schrie Holmes. «Kommen Sie, Russell!»

Das Automobil stand mit laufendem Motor am Straßenrand, und bei unserem Anblick stieg der Garagenwärter sofort aus. Die Hand an der Tür, hielt er inne. «Sind Sie das, Miss Russell?»

«Ja, Hugh, tausend Dank. Auf Wiedersehen.» Heftig zuckte er zusammen, als ich mit quietschenden Reifen davonfuhr, aber es war ja nicht sein Automobil. Holmes zuckte nicht nur zusammen, ehe wir Oxford verließen, aber ich überfuhr niemanden, und einen Farmwagen streifte ich nur ganz leicht. Es war auch nicht *sein* Automobil, und was verstehen Männer schon vom Fahren?

Als ich auf der dunklen, schmalen Straße, die aus der Stadt führte, das Tempo drosselte, wandte ich mich Holmes zu. «Wohin fahren wir eigentlich?»

«Russell, finden Sie, daß dies die richtige Geschwindigkeit für diese Straße und – passen Sie auf die Kuh auf! – für diese besonderen Umstände ist?»

«Nun, wenn Sie möchten, könnte ich ein bißchen schneller fahren. Ich glaube, der Wagen würde es verkraften.»

«Nein, das habe ich nicht gemeint.»

«Was dann? Oh, natürlich, Sie wollen eine andere Strecke fahren. Wie immer haben Sie recht, Holmes, greifen Sie auf den Rücksitz, da finden Sie Landkarten. In dem schwarzen Beutel. Im Handschuhfach liegt eine Taschenlampe. Holmes, Ihre Augenbraue ist wieder heruntergefallen.»

«Das wundert mich nicht», murmelte er und zupfte den Rest seiner Tarnung von der Haut.

«Sie geben einen großartigen Priester ab, sehr distinguiert. Also, diese Landkarten beginnen bei Oxford und reichen bis nach Eastbourne hinunter. In ein paar Meilen können wir links abbiegen. In eine schmale Sandstraße, die eingezeichnet ist. Sehen Sie's?»

Holmes behauptet, diese nächtliche Fahrt habe ihn zehn Jahre seines Lebens gekostet, aber ich fand es sehr amüsant, mit Höchstgeschwindigkeit über unbeleuchtete Landstraßen zu poltern, an der Seite eines Mannes, mit dem ich monatelang nicht mehr offen hatte reden können. Allzu viele Gesprächsthemen fielen ihm in jenen Stunden nicht ein, also mußte ich dafür sorgen.

Als wir einmal durch eine Lücke zwischen einem Heuwagen und einer Gartenmauer rasten, an der wir eine Menge Lack hinterließen, war Holmes ungewöhnlich schweigsam. Nach ein paar Minuten fragte ich, ob er sich wohl fühle.

«Russell, wenn Sie beschließen, an einem Grand-Prix-Rennen teilzunehmen, bitten Sie doch Watson, die Navigation zu übernehmen. Das ist genau sein Metier.»

«Warum, Holmes, zweifeln Sie an meiner Fahrkunst?»

«Nein, Russell, daran hege ich nicht die geringsten Zweifel, aber ich sorge mich um das Ziel unserer Reise. Werden wir dort ankommen?»

«Und Sie fragen sich, was uns dort erwartet?»

«Das auch, aber da besteht kein unmittelbarer Anlaß zur Beunruhigung. Russell, haben Sie den Baum da hinten gesehen?»

«Ja, eine schöne alte Eiche, nicht wahr?»

«Hoffentlich ist sie das in Zukunft immer noch», murmelte er. Ich lachte fröhlich, und er zuckte zusammen.

■

Auf unserer Flucht, querfeldein durchs Land, gelang es uns, alle größeren Straßen zu meiden, die nach London führten. Niemand folgte uns, und wir konnten die letzte Strecke auf direktem Weg zurücklegen. Im blassen Mondlicht warf ich Holmes einen Blick zu. «Würden Sie mir erzählen, warum Sie nach Oxford gekommen sind? Und was planen Sie für die nächsten Stunden?»

«Russell, ich glaube, Sie sollten wirklich etwas langsamer fahren. Wir wissen nicht, wann wir auf die Helfershelfer unserer Feindin stoßen werden, und wir wollen ihr nicht auffallen. Sie glauben doch, daß Sie in Oxford sind und ich im Bett liege.»

Ich gestattete dem Tachometer, ein etwas mäßigeres Tempo anzuzeigen, was Holmes zu befriedigen schien. Hecken und Farmhäuser glitten in unserem Scheinwerferlicht vorbei, doch zu dieser frühen Morgenstunde ließ sich noch keine Menschenseele blikken.

«Ich fuhr mit der Bahn nach Oxford», erklärte Holmes, «eine gebräuchliche Reisemethode und wesentlich komfortabler als dieser Rennwagen.»

«Holmes, es ist doch nur ein Morris.»

«Nach dieser Nacht würde man ihn in der Fabrik wohl kaum wiedererkennen. Jedenfalls muß ich Ihnen leider mitteilen, daß sich der Zustand Ihres Freundes Mr. Sherlock Holmes verschlechtert hat. Dummerweise holte er sich letzte Woche eine Erkältung und lag bald mit einer Lungenentzündung im Bett. Er weigerte sich, die Klinik aufzusuchen. Rund um die Uhr wurde er von Krankenschwestern betreut. Der Doktor erschien regelmäßig und schaute sehr grimmig drein, wenn er ging. Russell, haben Sie eine Ahnung, wie schwierig es ist, einen Spezialisten zu finden, der sowohl lügen als auch schauspielern kann? Dem Himmel sei Dank für Mycrofts Kontakte.»

«Wie konnten Sie Watson fernhalten?»

«Letzte Woche war er bei mir. Zwei Stunden lang mußte ich mich schminken, um ihn zu überzeugen, und er wollte mich unbedingt untersuchen. Nur mit Mühe vermochte ich, ihn daran zu hindern. Wäre er putzmunter aus meinem Cottage getänzelt – was meinen Sie, was dann aus unserer Falle geworden wäre? Der Mann ist nun mal kein Verstellungskünstler. Mycroft redete ihm ein, wenn meinem guten Freund Watson etwas zustieße, würde mich das endgültig unter die Erde bringen. Also versteckt sich der gute Doktor wieder.»

«Armer Onkel John! Wenn das alles vorbei ist, werden wir ihm eine ganze Menge erklären müssen.»

«Er war niemals nachtragend. Aber um fortzufahren – ich dachte, meine schwere Krankheit würde den Druck auf die Frau verstärken und sie zu irgendeiner Maßnahme zwingen. Darüber wollte ich in dieser Woche mit Ihnen sprechen, bei Ihrem Besuch in Sussex. Wenn Sie morgen – oder eher heute Mrs. Hudsons Brief bekämen, würden Sie nämlich sicher zu mir fahren. Doch es fing noch schneller an als erwartet, also machte ich mich auf den Weg nach Oxford, wo Sie bereits beschlossen hatten, die Reise in den Süden anzutreten.»

«Was ist geschehen?»

«Sie erinnern sich doch an meine Beobachter? Die wurden immer unvorsichtiger, Licht spiegelte sich in Ferngläsern wider, und nachts zündeten sie Zigaretten an. Im letzten Monat verehrte mir Mycroft wieder eins seiner kleinen Geschenke, ein sehr starkes Teleskop, und so verbrachte ich einen Großteil meiner Zeit hinter den Schlafzimmervorhängen, um die Beobachter zu beschatten. Ihre Routine ist berechenbar, immer dieselben Leute zu den gleichen Tages- oder Nachtstunden. Als ich am Sonntag abend wieder einmal zuschaute, wie sie mich belauerten, verschwanden sie plötzlich. Ein Mann, den ich nie zuvor gesehen hatte, kam über den Hügel zu dem Hang hinunter, wo sie saßen. Sie redeten ein paar Minuten, dann gingen sie und ließen ihre Ausrüstung zurück. Auf so etwas hatte ich natürlich nicht zu hoffen gewagt, und ich wollte diese Chance nutzen. Also bat ich den alten Will, mir alles zu bringen, was er da oben finden könne. Jetzt ist er zwar im Ruhestand, aber zu seiner aktiven Zeit war er einer meiner besten Mitarbeiter, und wenn er unbemerkt bleiben möchte, würde ihn nicht einmal ein Habicht finden. Zwei Stunden später kehrte er zurück, kurz nach Einbruch der Dunkelheit, mit einem Sack voller interessanter Dinge. Käserinden, ein alter Stiefelabsatz, Einwickelpapier von Biskuits, eine Weinflasche. Das alles untersuchte ich im Labor, und was stellte sich heraus? Käse aus Oxford, Lehm aus Oxford auf dem alten Stiefelabsatz, und der Biskuit stammte vom überdachten Markt in Oxford. Ich rauchte ein paarmal meine Pfeife, dann beschloß ich, den Tag im Bett zu verbringen und den Morgenzug zu nehmen. Übrigens stellte der Arzt am letzten Nachmittag eine etwas erfreulichere Diagnose, die Nachtschwester wurde entlassen, und den ganzen Nachmittag drangen die Klänge meiner Geige durch die Schlafzimmerfenster hinaus.

Wissen Sie, Russell, von allen Wundern der modernen Technik finde ich das Grammophon besonders nützlich. Übrigens», fügte er hinzu, «nun beteiligt sich auch Mrs. Hudson an der Farce.»

«Natürlich, Sie hätten sie ja auch wohl kaum raushalten können. Und wie kommt sie zurecht?»

«Es macht ihr großen Spaß, und zu meiner Überraschung hat sie sich als tüchtige Schauspielerin entpuppt. Die Frauen werden niemals aufhören, mich zu verblüffen.»

Dazu gab ich keinen Kommentar ab, zumindest sprach ich nichts dergleichen aus. «Damit wären die bisherigen Ereignisse geklärt. Und jetzt?»

«Alles weist auf eine baldige Entscheidung hin. Würden Sie mir da nicht zustimmen, Russell?»

«Doch.»

«Und wie mir meine Intuition verrät, will sie mir Auge in Auge gegenüberstehen. Da sie weder eine Granate auf mein Cottage warf noch einen Giftmord an mir beging, strebt sie nicht nur meinen Tod an. Seit über vierzig Jahren befasse ich mich mit dem kriminellen Gehirn, und eins steht fest: Meine Feindin möchte ein Treffen arrangieren, um sich an meiner Schwäche und ihrem Sieg zu weiden. Die einzige Frage lautet nur – wird sie zu mir kommen oder mich zu sich bringen lassen?»

«Das ist nicht die einzige Frage, Holmes. Eine andere erscheint mir noch wichtiger: Sollen wir sie treffen oder nicht?»

«Darauf kommt es nicht an, liebe Russell. Ich habe keine andere Wahl, als ihr zu begegnen, denn ich bin der Köder, erinnern Sie sich? Wir müssen nur überlegen, wie wir Sie am besten postieren, um Ihnen eine Gelegenheit zu bieten, wirksam zuzuschlagen. Wie ich gestehen muß, kann ich es kaum erwarten, diese originelle Feindin kennenzulernen.»

Ich trat hart auf die Bremse, um einen Dachs vorbeitrotten zu lassen, und erwiderte: «Holmes, wenn ich es nicht besser wüßte, würde ich glauben, Sie wären in Patricia Donleavy verliebt. Nein, antworten Sie nicht. Offensichtlich muß ich Sie nur mit einer Bombe bedrohen, um Ihre Aufmerksamkeit zu erregen.»

«Russell, ich hätte nie gedacht ...»

«Schon gut, Holmes, schon gut. Manchmal sind Sie wirklich ein furchtbar anstrengender Partner. Würden Sie jetzt bitte weiterreden? In zwei Minuten erreichen wir meine Farm, und Sie haben mir noch immer nicht erklärt, wie Sie vorgehen wollen.»

«Also, vorhin telefonierte ich mit Mycroft und bat ihn, heute abend nach Einbruch der Dunkelheit einige seiner diskretesten Mitarbeiter in meiner Nachbarschaft zu postieren. Gestern rannten zu viele Leute um mein Cottage herum, und so konnte Miss Donleavy nichts unternehmen. Aber heute wird mein Freund, der Arzt, verlauten lassen, ich sei auf dem Weg der Besserung, brauche aber meine Ruhe. Mrs. Hudson wird früh zu Bett gehen, und wir liegen auf der Lauer. Ihr Verwalter Patrick ist doch vertrauenswürdig?»

«Natürlich. Wir können das Automobil in einem der Ställe stehenlassen und zu Fuß übers Hügelland gehen. Ich nehme an, das haben Sie vor.»

«Sie kennen meine Methoden, Russell. Ah, da sind wir.»

Ich fuhr in den Hof und zum alten Stall, der etwas abseits stand, nahe der Straße. Holmes sprang aus dem Automobil und öffnete mir das Tor. Nachdem wir ein paar Heuballen beiseite geräumt hatten, paßte das Vehikel haargenau in eine Box. Vicky und ihre verschiedenen Familienmitglieder musterten den seltsamen schwarzen Eindringling mit sanfter Neugier.

«Jetzt gebe ich Patrick Bescheid, damit er die Stalltür geschlossen hält. In ein paar Minuten bin ich wieder da.» Ich eilte ins Haus meines Verwalters, stieg die Treppe zu seinem Zimmer hinauf, öffnete die Tür und wisperte in regelmäßigen Abständen seinen Namen, so daß er mich nicht für einen Einbrecher halten würde. Obwohl er einen gesunden Schlaf hatte, gelang es mir schließlich, ihn zu wecken. «Patrick, um Himmels willen, alle Scheunen und Ställe könnten abbrennen, und Sie würden weiterschlafen.»

«Was? Feuer? Ich komme sofort! Wer ist da?»

«Ich bin's, Mary. Keine Bange, es brennt nicht. Sie müssen nicht aufstehen.»

«Miss Mary? Stimmt was nicht? Bringen Sie mir eine Lampe!»

«Kein Licht, Patrick. Bleiben Sie liegen.» Im Mondlicht sah ich seinen unbekleideten Oberkörper, und es widerstrebte mir, herauszufinden, in welchem Zustand sich die untere Hälfte befinden mochte. «Ich wollte Ihnen nur was sagen. Gerade habe ich mein Automobil in den Stall an der Straße gebracht. Es muß versteckt bleiben, und niemand darf wissen, daß ich hier bin, nicht einmal meine Tante. Das ist sehr wichtig. Werden Sie gut aufpassen, Patrick?»

«Sicher, aber wo werden Sie sein?»

«Bei Mr. Holmes.»

«Da gibt's Ärger, nicht wahr, Miss Mary? Kann ich Ihnen helfen?»

«Wenn ja, lasse ich Sie verständigen. Geben Sie vorerst nur auf mein Automobil acht. Und jetzt schlafen Sie weiter, Patrick. Tut mir leid, daß ich Sie geweckt habe.»

«Alles Gute, Miss.»

«Danke, Patrick.» Vor dem Haus wartete Holmes. Schweigend begannen wir über die dunklen Hügel zu wandern, wo sich nur Füchse und Eulen herumtrieben. Nicht zum erstenmal legte ich diesen Weg bei Nacht zurück. Der sinkende Mond spendete nur wenig Licht.

Zunächst fürchtete ich, Holmes' monatelange Untätigkeit könnte seine Konstitution beeinträchtigt haben. Doch für diese Sorge gab es keinen Grund. Ich war es, die auf jedem Gipfel keuchte, nach all den Stunden, die ich in der Bibliothek verbracht hatte.

Nachts klingen alle Geräusche doppelt laut. Meistens gingen wir stumm dahin, und wenn wir sprachen, dann nur im Flüsterton. Als wir in die Nähe des Cottages kamen, war der Mond untergegangen, und der dunkelste Teil der Nacht würde andauern, bis die Sterne verblaßten. Am Rande des Obstgartens hinter dem Haus blieben wir stehen, und Holmes beugte sich zu mir, um in mein Ohr zu flüstern: «Wir gehen durch die Hintertür hinein und direkt ins Labor. Dort können wir Licht machen, man wird es von außen nicht sehen. Bleiben Sie immer im Schatten, und vergessen Sie nicht – irgendwo hält jemand Wache.»

Seinen Kopf an meinen gelehnt, spürte er, wie ich nickte, und huschte davon. Ich folgte ihm, und fünf Minuten später hörte ich die Tür, die er aufsperrte, leise klicken. Im dunklen Haus atmete ich den gemischten Geruch von Pfeifentabak, giftigen Chemikalien und Fleischpasteten ein, den Duft von Heimatgefühl und Glück.

«Haben Sie sich verirrt, Russell?» Seine leise Stimme drang aus dem oberen Stockwerk herab. Ich verdrängte meine nostalgischen Gefühle, stieg die abgetretenen Stufen hinauf und bog um die Ecke. Auf diesem Weg brauchte ich kein Licht. Meine Hand berührte die Leere einer offenen Tür, und ich überquerte die Schwelle.

Die Luft bewegte sich, als Holmes die Tür schloß. «Bleiben Sie stehen, bis ich Licht gemacht habe, Russell. Seit Sie zuletzt hier waren, habe ich einige Möbel umgestellt.» Ein Streichholz flammte auf und beleuchtete sein Profil, über eine alte Lampe geneigt. «Ich muß ein Tuch über die Türritzen hängen», erklärte er, drehte die Lampe auf volle Stärke und stellte sie auf eine Werkbank.

«Wie mir meine Nase verrät, hat Mrs. Hudson gestern Fleischpasteten gebacken.» Ich schlüpfte aus meiner Jacke und hängte sie an einen Wandhaken. «Es freut mich, daß sie von Ihrer baldigen Genesung überzeugt ist.» Als ich mich wieder Holmes zuwandte, starrte er über den Lichtkreis hinweg in eine dunkle Ecke, und was immer er sah, es weckte Gefühle, die sein Gesicht deutlich widerspiegelte – Grauen und Verzweiflung und die Endgültigkeit einer Niederlage. Er rührte sich nicht, immer noch leicht gebückt, nachdem er die Lampe abgestellt hatte. Mit zwei schnellen Schritten trat ich vor, damit ich um das Bücherregal herumschauen konnte – ich wurde von einem grellen Lichtstrahl geblendet, der direkt auf mich zeigte. Bestürzt drehte ich mich wieder zu Holmes um und las zum erstenmal Furcht in seinen Augen.

«Guten Morgen, Mr. Holmes», sagte eine vertraute Stimme, «Miss Russell ...»

Langsam richtete er sich auf, bleich und erschöpft, und antwortete tonlos: «Miss Donleavy ...»

18

Königliche Schlacht

■

... in ihrem engstirnigen, barbarischen, praktisch veranlagten Gehirn ist kein Platz für Gefühle.

«Was, Mr. Holmes? Kein Bonmot? Zum Beispiel: ‹Ich dachte, Sie wären in Afghanistan – oder New York ...› Nun, vielleicht ist nicht jede Ihrer Äußerungen ein Juwel. Und Sie, Miss Russell? Kein Grußwort für Ihre Tutorin? Nicht einmal eine Entschuldigung für Ihren letzten mathematischen Essay, der nicht nur miserabel, sondern überaus schlampig abgefaßt war?»

Ihre heisere Stimme schien meine Seele zu durchbohren und weckte die Erinnerung an ihr sanft beleuchtetes, opulent ausgestattetes Apartment, das Kohlenfeuer, den Tee, den sie mir serviert hatte. Und zweimal ein Glas kostbaren trockenen Sherry, um ihre Lobeshymnen zu unterstreichen ... Ich war überzeugt gewesen, ich wüßte, was sie für mich empfand, und jetzt stand ich wie ein Kind vor ihr, von der geliebten Patentante mit dem Tod bedroht.

«Sie beide starren mich an wie Vollidioten», fuhr sie fort, und wenn ihre ersten Worte mich fast gelähmt hatten, so weckte diese Schmähung meine Lebensgeister wieder, eine automatische Reaktion, die alle ihre Studenten lernten. Wenn Miss Donleavy zu schimpfen begann, mußte man seine fünf Sinne beisammen haben. Oft genug hatte sie sogar starken jungen Männern Tränen in die Augen getrieben.

«Setzen Sie sich, Miss Russell. Mr. Holmes, während ich meine Pistole auf die junge Dame richte – wären Sie so freundlich, die elektrischen Lampen einzuschalten, die ich über Ihren Köpfen sehe? Bewegen Sie sich langsam, die Waffe ist bereits entsichert, und es erfordert wenig Mühe, blitzschnell abzudrücken. Danke. Mr. Holmes, Sie scheinen keineswegs mit einem Fuß im Grab zu stehen, obwohl ich einen anderen Eindruck gewinnen sollte.

Seien Sie doch so nett, und rücken Sie noch einen Stuhl an den Tisch, links von Miss Russell. Ein bißchen weiter weg. Gut. Und stellen Sie die Öllampe ins Regal. Ja, dorthin. Und nun setzen Sie sich. Legen Sie bitte die Hände auf den Tisch, alle beide ... Sehr schön.»

Ich saß eine Armlänge von Holmes entfernt und schaute an der Revolvermündung vorbei auf meine Mathematik-Tutorin. Da sie in der Ecke hinter dem Bücherregal Platz genommen hatte, wurde sie teilweise von seinem Schatten eingehüllt. Die Deckenlampen beleuchteten ihren Tweedrock, die Seidenstrümpfe und gelegentlich den Griff der schweren Militärpistole. Alles andere lag im Dunkel, bis auf den Schimmer von Augen und Zähnen, den matten Glanz des Medaillons, das an einer Goldkette hing.

«Endlich treffen wir uns, Mr. Holmes. Darauf habe ich mich schon lange gefreut.»

«Über fünfundzwanzig Jahre, nicht wahr, Miss Donleavy? Oder ziehen Sie es vor, wenn ich Sie mit dem Namen Ihres Vaters anspreche?»

Stille erfüllte das Labor, und ich blinzelte verwirrt. Wußte er, woher die Frau stammte?

«*Touché*, Mr. Holmes. Ich nehme meine anfängliche Kritik zurück, Sie verstehen immer noch eine ganze Menge von Bonmots. Vielleicht möchten Sie Miss Russell alles erklären.»

«Miss Donleavy schnitt ihren eigenen Namen in den Ledersitz der Droschke, Russell. Sie ist Professor Moriartys Tochter.»

«Was für eine Überraschung, Miss Russell, nicht wahr? Sie erzählten mir von der hervorragenden Intelligenz Ihres Freundes. Wie schade, daß er in einem Männerkörper geboren wurde ...»

Mühsam ordnete ich meine Gedanken und sandte sie – so nutzlos sie vorerst auch erscheinen mochten – in die Richtung des letzten Plans, den Holmes geschmiedet hatte. Ich schluckte und betrachtete meine Hände auf dem Tisch. «Dem kann ich nicht beipflichten, Miss Donleavy. Ich finde, Mr. Holmes' Geist paßt sehr gut zu seinem Körper.»

«Miss Russell!» rief sie entzückt. «Scharfzüngig wie eh und je!

Ich hatte schon ganz vergessen, wieviel Vergnügen mir Ihr hellwacher Intellekt oft bereitete. Und ich gebe es zu, vorübergehend vergaß ich auch die – Entfremdung zwischen Ihnen beiden ... Ich fragte mich immer wieder, was Sie eigentlich in diesem Mann sahen, und ich hätte eine ganze Menge mit Ihnen anfangen können, wären Sie ihm nicht in so irrationaler Zuneigung verbunden gewesen.»

Vielsagend schwieg ich, studierte meine Finger und wunderte mich, weil sie nicht zitterten.

«Aber diese Gefühle sind nun erloschen, nicht wahr?» Ihre Stimme nahm einen sanften, wehmütigen Klang an. «Es ist so traurig, wenn sich alte Freunde in Feinde verwandeln.»

Neue Hoffnung keimte in meinem Herzen, aber mein Gesicht blieb ausdruckslos. Wenn sie glaubte, wir wären verfeindet, konnten wir sie vielleicht irgendwie überlisten. Aber wie sollte ich feststellen, ob sie uns etwas vormachte? Da ich ihre Miene nicht sah, ließ nur ihr Tonfall irgendwelche Schlüsse auf ihre Gedanken zu, und mein Vertrauen in meine eigene Intuition war tief erschüttert worden. Jedenfalls kam mir meine Tutorin fremd vor, ihre Reaktionen erschienen mir übertrieben und schwankend.

Ich fand nur wenig Zeit, um über mein Problem nachzudenken, denn nun ergriff Holmes das Wort. «Seien Sie so freundlich und hören Sie auf, das Kind zu verspotten, Miss Donleavy. Wollten Sie mir nicht etwas sagen?»

Der kleine Metallring über ihrem Knie begann zu beben. Nach ein paar grausigen Sekunden lachte sie, und ich fühlte mich elend. Sie hatte mit mir gespielt. Für eine Weile war es uns vielleicht gelungen, sie zu täuschen, doch dann hatte sie uns durchschaut, und jetzt konnten wir ihr nichts mehr vormachen.

«Allerdings, Mr. Holmes», entgegnete sie. «Viel Zeit bleibt mir nicht mehr, und während der letzten Tage haben Sie mich eine Menge Kraft gekostet. Mit meiner Energie muß ich sparsam umgehen. Ich werde sterben. Nein, Miss Russell, die Krankheit, mit der ich meine Abwesenheit von der Universität entschuldigte, war keine Finte. Ein Krebsgeschwür frißt sich durch meinen

Bauch, und man kann es nicht entfernen. Ursprünglich hatte ich vor, noch einige Jahre zu warten, ehe ich in Aktion trete, Mr. Holmes, aber das Schicksal wollte es anders. Bald werde ich nicht mehr imstande sein, mich mit Ihnen auseinanderzusetzen. Also muß es jetzt geschehen.» Ihre Stimme hallte von den gefliesten Laborwänden wider, zischend wie eine Schlange.

«Nun, Miss Donleavy, ich bin Ihnen hilflos ausgeliefert. Lassen wir Miss Russell gehen, und regeln wir alles unter uns.»

«O nein, Mr. Holmes, tut mir leid. Sie gehört zu Ihnen, und ich kann sie nicht ausschließen. Sie bleibt hier.» Es fiel mir schwer, ihre eisigen Worte mit der Frau zu verbinden, die mich in ihrem Apartment zum Tee eingeladen und lachend vor dem Kaminfeuer gesessen hatte. Nur zu gut erkannte ich die Gefahr, die in dieser Kälte lag, und erschauerte, was sie sofort bemerkte. «Miss Russell friert, und ich nehme an, sie ist müde. Das sind wir alle, meine Liebe, aber es wird noch eine Weile dauern, ehe wir ins Bett gehen. Also, Mr. Holmes, halten Sie Ihren Schützling nicht den ganzen Tag hier fest. Sicher möchten Sie mir einige Fragen stellen. Fangen Sie an.»

Ich beobachtete Holmes, der neben mir saß, einen knappen Meter entfernt. Langsam rieb er über sein Gesicht, eine Geste schwerer Erschöpfung, aber für einen Sekundenbruchteil trafen sich unsere Blicke, und ich las Triumph in seinen Augen. Dann ließ er die Hand sinken, und nun drückte seine Miene nur mehr Müdigkeit und Resignation aus. Er lehnte sich zurück, die langen, knochigen Finger auf den Tisch gelegt, und zuckte kraftlos die Schultern. «Ich habe keine Fragen, Miss Donleavy.»

Die Pistole schwankte ein wenig. «Keine Fragen? Natürlich haben Sie ...» Rasch riß sie sich zusammen. «Mr. Holmes, Sie sollten nicht versuchen, mich zu ärgern. Damit würden Sie Ihre kostbare Zeit verschwenden. Sicher haben Sie Fragen!» Ihre Stimme klang immer schärfer und erinnerte mich an einen logischen Zusammenhang, der mir vor einigen Monaten während einer Unterrichtsstunde entgangen war. Damals hatte sie auch so mit mir gesprochen.

Dazu bildete Holmes' ruhiger, müder, etwas gelangweilter Ton einen perfekten Kontrapunkt. «Was diesen Fall betrifft, habe ich tatsächlich keine Fragen. Er war sehr interessant, sogar eine Herausforderung, aber jetzt passen alle bedeutsamen Fakten zusammen.»

«So? Verzeihen Sie, wenn ich an Ihrer Behauptung zweifle, aber ich fürchte, Sie treiben irgendein obskures Spiel. Vielleicht sind Sie so gütig, Miss Russell und mir die Folge der Ereignisse zu erklären. Hände auf den Tisch, Mr. Holmes! Ich wünsche dieses Gespräch nicht abzukürzen. Danke. Sie können anfangen.»

«Mit den Zwischenfällen im Herbst oder jenen anderen, vor achtundzwanzig Jahren?»

«Wie Sie wollen, aber ich glaube, Miss Russell findet die letzteren interessanter.»

«Also gut. Russell, um nichts zu beschönigen – vor achtundzwanzig Jahren tötete ich Professor James Moriarty, den Vater Ihrer Mathematik-Tutorin. Es war Notwehr, doch das ändert nichts an der Tatsache, daß ich die Verantwortung für seinen Sturz in die Tiefen des Reichenbachfalls trage und daß er mich ermorden wollte, weil ich seine ungeheuren kriminellen Aktivitäten aufgedeckt hatte. Ich entlarvte ihn und führte seinen Tod herbei. Aber ich beging zwei Fehler, Russell, wenn ich auch nicht weiß, wie ich gewisse Dinge hätte vorhersehen sollen. Erstens verließ ich England für drei Jahre und gestattete den verstreuten restlichen Mitgliedern von Moriartys Organisation, sich neu zu formieren. Bei meiner Rückkehr hatte sie sich auf internationaler Ebene ausgebreitet, wickelte aber in diesem Land nur mehr diskrete Operationen ab. Mein zweiter Fehler bestand darin, die Familie Moriartys – deren Existenz sein sorgsam gehütetes Geheimnis war – aus den Augen zu verlieren. Seine Frau und seine kleine Tochter zogen nach New York, um auf Nimmerwiedersehen zu verschwinden. Zumindest glaubte ich das.» Er wandte sich meiner Tutorin zu. «Lautete der Mädchenname Ihrer Mutter Donleavy?»

«Ah, Sie haben also doch eine Frage! Ja, das stimmt.»

«Nun, dergleichen ist nebensächlich. Was spielt es schon für eine Rolle, ob das Haar, das wir in der Droschke fanden, von Ihrem Vater stammt und in welchem Raum des Lagerhauses am anderen Flußufer der Schütze stand, der auf Miss Russell schoß? Vielleicht waren Sie's selber – oder der Helfershelfer, der Mr. Dicksons Zeitbombe verfrüht auslöste und ihn dadurch tötete? Wenn solche belanglosen Fragen unbeantwortet bleiben, ist der Fall im Grunde trotzdem geklärt.»

«Eine interessante Äußerung aus dem Munde eines Mannes, der seine Ermittlungen stets auf minutiösen Details aufbaut ... Ja, es war eines von den Haaren meines Vaters, aus der Zeit, wo sie bis zu seinem Kragen hinabreichten. Meine Mutter verwahrte es in dem Medaillon, das ich jetzt trage. Und mein Freund, der Meisterschütze, befand sich tatsächlich im Lagerhaus, obwohl Scotland Yard meines Wissens immer noch nach dem Dampfer sucht. Wieso glauben die Polizisten, man könne vom Wasser aus auf ein Fenster feuern und hoffen, das Ziel zu treffen? Was Dickson betrifft – als ich ihn verpflichtete, kannte er das Risiko, das er auf sich nahm. Ich ärgerte mich über ihn, weil er so ungeschickt mit der Bombe umgegangen war, die Sie verletzt hatte. Immerhin entschädigte ich seine Familie sehr großzügig, das müssen Sie mir zugestehen.»

«Wie hoch ist der Preis für ein Menschenleben, Miss Donleavy? Wie viele Guineen trösten eine Witwe und drei vaterlose Kinder?» fragte Holmes mit harter Stimme. «Sie haben ihn getötet, Sie selbst oder einer Ihrer bezahlten Mörder, der Ihren Zorn bemerkte und für einen Befehl hielt. Jedenfalls planten Sie Dicksons Tod schon zu dem Zeitpunkt, als Sie im letzten November das New Yorker Bankkonto eröffneten, um ihn zu entlohnen.»

Schweigend saßen wir da, und mein Herz schlug zehn- oder elfmal, ehe meine Tutorin antwortete – mit widerwilliger Bewunderung und leicht belustigt, so daß sie mich beinahe an die Frau erinnerte, die ich schätzen gelernt hatte. «Mr. Holmes, wieviel christliche Nächstenliebe muß in Ihrer Seele wohnen, wenn Sie Dickson, der Sie und zwei eng mit Ihnen verbundene Menschen beinahe getötet hätte, als armen, von Frau und Kindern beweinten Mann betrachten ...»

«Er war ein Profi, Madam, ein Künstler im Umgang mit Zündschnur und Sprengstoff. In seiner ganzen Laufbahn verübte er keinen Mord, nur ein einziges Mal verletzte er jemanden, bevor Sie ihn sozusagen aus seinem Ruhestand holten. Ich kann nur annehmen, daß Sie ihn irgendwie in der Hand hatten, vielleicht seine Familie bedrohten und ihn dadurch zu jenen verbrecherischen Aktivitäten zwangen. Scherzen Sie nicht mit mir, Madam. Meine Geduld hat Grenzen.»

Wieder lag drückende Stille im Raum, und ich glaubte, Miss Donleavy würde meine Herzschläge hören. Die Pistolenmündung entfernte sich ein wenig von mir. Nun schien Holmes die ungeteilte Aufmerksamkeit meiner Tutorin zu genießen. Bald drang ihre Stimme aus der dunklen Ecke hervor. Ein gewisser Respekt schwang darin mit. «Im Gespräch mit Ihnen kann man wohl nie voll und ganz triumphieren. Ja, Sie haben wohl recht, vielleicht wollte ich Dickson aus dem Weg räumen. Die Liebe zu diesen lästigen Kindern war seine große Schwäche, und womöglich hätte er mich verraten, sobald ihm das notwendig erschienen wäre. Aber ich neige nun mal dazu, mich nicht mit Nebensächlichkeiten abzugeben, wenn ich ein Ziel vor Augen habe. Das kann Ihnen Miss Russell sicher bestätigen.»

Die silbrige Mündung zeigte wieder auf mich, und ich zwang meine Muskeln, sich zu entspannen, wobei ich in Gedanken fluchte. Wieder schwiegen wir ein oder zwei Minuten lang, und als sie weitersprach, wußte ich, daß Holmes sie falsch beurteilt und daß sein erfolgreicher Schachzug sie nicht abgelenkt, sondern noch stärker motiviert hatte, ihre Überlegenheit hervorzukehren. Das hätte ich ihm sagen können, aber er kannte sie nicht gut genug. Ihr bösartiger Gegenzug zielte auf seinen schwächsten Punkt, wo sich Stolz mit unabhängigem Denken traf. «Ich glaube», fuhr sie langsam fort und erschien mir fremder denn je, «ich werde Sie Sherlock nennen. Ein komischer Name. Was hat sich Ihr Vater nur dabei gedacht? Aber wir haben eine langjährige intime Beziehung, bisher allerdings nur einseitig, und deshalb sollten wir einander etwas freundschaftlicher behandeln. Sprechen Sie doch bitte auch mich mit meinem Vornamen an.»

Noch ehe sie diesen bizarren kleinen Monolog beendete, wußte ich, warum sie mir so fremd vorkam. In Oxford hatte ich geglaubt, die Anforderungen des Universitätslebens würden ihre Nerven strapazieren und sie bald veranlassen, ihre beträchtlichen Fähigkeiten anderswo zu beweisen. Genau das hatte ich angenommen, als sie zu Beginn des Frühjahrstrimesters nicht mehr aufgetaucht war. Jetzt hatte der Bruch tatsächlich stattgefunden, aber in ihrem Innern: Die mühsam kontrollierte Ungeduld war aus ihr hervorgebrochen, das Wissen um ihre Überlegenheit zu einem ungeheuren Machtgefühl gesteigert worden. Exzentrizität ging in Wahnsinn über.

Beinahe glaubte ich in einem Lehrbuch den klassischen Fall einer Geisteskrankheit zu studieren. Aber ich brauchte kein Buch, um zu erkennen, was ich schon seit Beginn dieses bizarren Treffens spürte. Die Frau war noch gefährlicher als ihre Waffe, unberechenbarer als Benzindämpfe und bösartiger als eine giftige Spinne. Meine Gedanken überschlugen sich, fanden aber keinen Ausweg, keine Möglichkeit, Miss Donleavy zu besänftigen oder auch nur abzulenken. Ich konnte nur still und untätig dasitzen und Holmes' reichhaltiger Erfahrung das Feld überlassen.

«Madam, ich kann mir kaum vorstellen ...»

«Sie sollten gründlich nachdenken, Sherlock, bevor Sie sich entscheiden.»

Den Klang dieser Stimme hatte ich oft gehört, die wiederholte Frage, ob ich wirklich mit meiner Lösung einer mathematischen Aufgabe zufrieden sei. Hektisch hatte ich nach meinem Fehler gefahndet, ehe die Wut meiner Tutorin wie ein Gewitter über mich hereingebrochen war.

Entweder bemerkte Holmes die Drohung nicht, oder er ignorierte sie. «Miss Donleavy, ich ...»

Der Schuß explodierte im selben Moment, wo etwas sanft an meinem Oberarm zerrte und irgendein Gerät im Regal neben der

Tür zersprang. Verzweifelt hoffte ich, der Lärm würde Mrs. Hudson nicht anlocken, dann spürte ich den Schmerz. Holmes hörte, wie ich nach Luft schnappte, und wandte sich mir zu, als ich meine linke Hand auf die Wunde preßte. «Russell, sind Sie ...»

«Es geht ihr gut, mein lieber Sherlock, und ich schlage Ihnen vor, ruhig sitzen zu bleiben, sonst wird's ihr bald nicht mehr so gutgehen. Danke. Ich versichere Ihnen, mit dieser Waffe treffe ich immer nur das, worauf ich es abgesehen habe. Von Halbheiten halte ich nichts, und das gilt auch für meine Schießübungen. Übrigens müssen Sie nicht befürchten, Ihr Wachtposten könnte uns stören. Er schläft ebenso tief und fest wie Mrs. Hudson. Nehmen Sie jetzt Ihre Hand weg, meine Liebe, und zeigen Sie uns, wie stark Sie bluten. Sehen Sie, Sherlock? Nur ein Kratzer. Ein Meisterschuß, nicht wahr? Wissen Sie», fügte sie in völlig verändertem Ton hinzu, mit der Stimme einer vernünftigen, mitfühlenden Frau, «es tut mir wirklich sehr leid, daß ich Ihnen das antun mußte, Miss Russell. Hoffentlich ist Ihnen klar, daß es nicht zu meinen Gewohnheiten zählt, auf meine Schüler zu schießen.»

Diese milden Worte versuchten, mir ein Lächeln zu entlocken, und zu meinem Entsetzen wäre es ihr beinahe gelungen, trotz meiner Panik und meines Schocks. Ich *wollte* ihr vertrauen.

«Nun kehren wir zu unserem Thema zurück, mein lieber Sherlock. Wie nennen Sie mich?» fragte sie mit gespielter Koketterie, die mich wieder erschauern ließ. An der Oberfläche lag humorvolle Bosheit, darunter verächtliches Gelächter – und noch etwas, das ich erst einige Sekunden später erkannte: eine schlaue Intimität, die Verführungstaktik einer Frau, die nicht an ihrer Macht zweifelt. Beinahe hätte ich mich übergeben, dann stieg Zorn in mir auf, und mit diesem neuen Gefühl wuchs meine Selbstkontrolle.

«Ich warte, Sherlock.» Leise klirrend schlug die Pistole auf ihr Knie.

Holmes spuckte seine Antwort förmlich aus. «Patricia.»

«So ist es schon besser. An der Aussprache müßten wir noch ein bißchen arbeiten, aber das werden Sie schon lernen. Mittlerweile habe ich das Gefühl, Sie sehr, sehr gut zu kennen. Seit ich achtzehn Jahre alt wurde, sind Sie mein Hobby. Damals lebte ich in New York. Meine Mutter lag im Sterben, und am Zeitungskiosk vor dem Krankenhaus entdeckte ich ein Journal mit Ihrem Foto auf der Titelseite. Darin fand ich einen Artikel und las, Sie seien nicht gestorben, sondern der Mörder meines Vaters. Der Tod meiner Mutter ließ auf sich warten, und so hatte ich viele Stunden Zeit, mir auszumalen, wie wir uns eines Tages begegnen würden. Ich erbte das Unternehmen meines Vaters, obwohl ich mich mehr für Mathematik als für Organisation interessierte. Und während ich studierte, liefen die Geschäfte praktisch von allein. Meine Manager waren sehr loyal, und das sind sie immer noch. Die meisten. Gelegentlich konsultierten sie mich an der Universität, aber ich teilte ihnen immer nur meine Wünsche mit und überließ es ihnen, die Einzelheiten auszuarbeiten. Manchmal stellte ich Forderungen, die prompt erfüllt wurden.»

«Zum Beispiel die bedauerlichen Unfälle, die zwei Tutoren kurz vor Ihrem Engagement erlitten?» platzte ich gedankenlos heraus. Ich spürte Holmes' mißbilligenden Blick und hätte mich selber ohrfeigen können, weil ich Miss Donleavys Aufmerksamkeit wieder auf mich gelenkt hatte.

«Also haben Sie davon gehört, Miss Russell? Welch ein Unglück, nicht wahr? Aber ich bekam die Stellung, die ich wollte, die Stellung, um die man meinen Vater betrogen hatte, und ich konnte meinem Hobby frönen. Ich sammelte alles, was von Ihnen oder über Sie geschrieben wurde, Sherlock. Und ich besitze sogar Ihr handgeschriebenes Manuskript über Fahrradreifen, das Sie einmal dem Polizeikommissar geschickt haben. Ich versichere Ihnen, ich weiß es viel mehr zu schätzen als er. Im Lauf der Jahre erfuhr ich alles über Sie. Ich spürte drei Ihrer Londoner Schlupfwinkel auf, obwohl ich annehme, daß einer wie der andere ist. Der Raum, in dem der Vernet hängt, ist ganz nett», flocht sie beiläufig ein. «Obwohl der Teppich zu wünschen übrigläßt.» Sie wartete auf eine Reaktion, und als keine erfolgte, fügte sie irritiert hinzu: «Auch Billy war leicht zu finden – ein Kinderspiel, ihm in jener Nacht zu folgen, als Sie in die Oper gingen. Ursprünglich wollte ich ihn gegen Sie verwenden, ihn erpressen, mit gewissen Ereignissen in der Vergangenheit seiner Schwester. Aber irgendwie erschien mir das wie ein Betrug.»

Wieder eine Pause, wieder keine Antwort.

«Ja, es gibt sehr wenig, was ich nicht über Sie weiß, Sherlock. Zum Beispiel, warum Mrs. Hudsons Sohn so hastig nach Australien auswanderte und was Ihre Kontakte mit dieser Frau namens Adler nach dem Tod meines Vaters betrifft oder wie die Narbe an Ihrem Rücken entstanden ist ... Ich habe sogar ein sehr hübsches Foto von Ihnen, das Sie zeigt, wie Sie aus einem türkischen Dampfbad kommen ... Ha! Jetzt habe ich Sie doch überrascht, nicht wahr?» jubelte sie, als Holmes leise aufschrie. «Vor ein paar Jahren kaufte ich die Farm, die am Hang oberhalb dieses Landsitzes liegt – natürlich durch einen Mittelsmann. Nur damit ich auf Sie hinabschauen kann, sogar durch Ihr Schlafzimmerfenster.»

Inzwischen hatte sich Holmes von seiner Verblüffung erholt, zeigte eine undurchdringliche Miene, und Miss Donleavy versuchte nicht mehr, ihn zu provozieren. «Ich brauchte fünf Jahre, um sieben meiner Mitarbeiter in dieser Gegend anzusiedeln, aber ich genoß jeden einzelnen Schritt. Und dann – oh, welch köstliche Ironie! – wurde Ihre Miss Russell meine Schülerin. Ein schöneres Geschenk hätte ich mir nicht wünschen können – meine intime Verbindung mit dem Geist des Mannes, der meinen Vater ermordet hatte. Wäre ich in Ihr Haus gezogen, ich hätte nicht mehr über Sie erfahren können als aus Miss Russells Mund. Es war einfach großartig. Während der Sommerferien kümmerte ich mich stets um meine Geschäfte, nur damit ich auf dem laufenden blieb. Letzten Sommer beschlossen wir, einem Gerücht über einen bedeutsamen amerikanischen Senator auf den Grund zu gehen, der angeblich in einer abgeschiedenen Gegend Urlaub machte, und dann liehen wir uns seine Tochter aus. Wie Sie wissen, waren wir nicht besonders erfolgreich, aber stellen Sie sich meine Freude vor, als ich merkte, daß auch Sie an dieser Sache arbeiteten, allerdings von der anderen Seite aus. Das war mir der Fehlschlag beinahe wert – die pikante Chance, Ihnen zu begegnen, gegen Sie zu kämpfen. Nach diesem Fiasko schmiedete ich meinen Plan, Miss Russell zu kidnappen und an einen Ort zu bringen, wo Sie sie unmöglich finden konnten. In aller Öffentlichkeit wollte ich mit Ihnen spielen, über einen längeren Zeitraum hinweg. Also bereitete ich alles vor. In Liverpool kaufte ich Kleidung für sie – sehr hübsche Sachen, wie Sie zugeben müssen, aber ich nehme an, sie wurden nie getragen? Schade ... Einer meiner langfingrigen Angestellten entfernte ein Paar Schuhe aus Miss Russells Zimmer, um die Parallelen zwischen den beiden Entführungsfällen zu unterstreichen ... Ah, das ist Ihnen entgangen. Wie enttäuschend! Ich beabsichtigte, die junge Dame am Ende des Trimesters zu kidnappen, weil meine Abwesenheit nicht auffallen sollte.»

Es ärgerte mich, wie beiläufig sie über mich redete, so als würde ich gar nicht hier sitzen. Doch ich protestierte nicht. Vorerst verschwand ich gleichsam aus ihrem Blickfeld, und sie sprach nur noch in der dritten Person von mir. In meinem rechten Arm pochte es schmerzhaft, die Finger prickelten.

«Und Ende Oktober änderte sich alles. Mein Arzt erklärte mir, ich würde etwa in einem Jahr sterben, und so sah ich mich gezwungen, meine Pläne zu ändern. Wollte ich denn wirklich ein kompliziertes, körperlich anstrengendes Projekt durchführen, das sechs bis acht Monate in Anspruch nehmen würde, wenn es erfolgreich verlaufen sollte, und regelmäßige Reisen an einen gottverlassenen Ort wie die Orkney-Inseln erforderte? Widerstrebend beschloß ich, die Dinge zu vereinfachen, notgedrungen auf das Vergnügen eines Katz-und-Maus-Spiels zu verzichten oder es zumindest abzukürzen und Sie am Ende alle zu töten. Wenn die Öffentlichkeit erfahren sollte, es sei Ihnen nicht gelungen, mir zu entrinnen – um so besser. Ich hatte wenig zu verlieren. Am Ende des Trimesters war alles arrangiert. Ich ging in den Krankenstand, aus dem ich nicht zurückkehren werde, verpflichtete Mr. Dickson, und kurz vor der Abreise aus Oxford legte ich Miss Russell einige mathematische Übungen meines Vaters vor. Die nächsten paar Tage waren wundervoll, wie eine komplizierte Gleichung, die plötzlich aufgeht. Wie gesagt, es ärgerte mich, daß Mr. Dickson Sie so übel zurichtete, und ich mußte den Anschlag auf Miss Russell um einen Tag verschieben, um sicherzugehen, daß Sie rechtzeitig erscheinen würden, um die Bombe zu entschärfen. Dann wartete ich Ihre weiteren Maßnahmen ab. Dr. Watson brauchte ich eigentlich nicht, aber das war recht amüsant, nicht wahr? Taperiger alter Narr ... Ein Junge beobachtete den ganzen Tag die Wohnung Ihres Bruders, und ich erfuhr sofort von Ihrer Ankunft. Am nächsten Tag spekulierte ich ein bißchen, nachdem Sie meine Männer abgeschüttelt hatten, aber ich setzte mein Geld auf Billy, und das lohnte sich. Er führte uns geradewegs zu Ihnen, und ich mußte ein ziemlich langweiliges Gespräch mit ihm ertragen, bis er endlich einschlief. Tut mir leid um Ihre Kleider, Miss Russell. Die müssen einen Großteil Ihres Taschengeldes verschlungen haben.»

«Diese Kosten habe ich bestritten», warf Holmes ein, und ich spürte, wie ihr Blick von ihm zu mir wanderte.

«Das ist ja großartig! Hat Ihnen mein kleines Spiel im Park Spaß gemacht, Sherlock? Ihre Artikel über Fußabdrücke waren sehr lehrreich und nützlich.»

«Ja, wirklich clever», entgegnete er kühl.

«‹Wirklich clever ...?›» ermunterte sie ihn.

«Sehr clever, ‹*Patricia*›», stieß er zwischen zusammengebissenen Zähnen hervor, eine etwas übertriebene Reaktion, die mich erleichterte, denn im ersten Moment hatte ich seinen Zorn für echt gehalten.

«Ja, nicht wahr? Aber als Sie dann auf diesem verdammten Boot verschwanden, war ich sehr ungehalten, wirklich. Wissen Sie, was es mich kostete, den Kai ständig überwachen zu lassen? Von den anderen Häfen ganz zu schweigen. Ich war sicher, Sie würden bald nach London zurückkehren, und statt dessen vergingen mehrere Wochen, ohne daß Sie sich blicken ließen. Meine Manager regten sich furchtbar über die hohen Kosten auf. Zwei mußte ich sogar loswerden, um die anderen zu beruhigen. Und wieviel Zeit habe ich verloren! Endlich kamen Sie zurück, und ich konnte es nicht fassen, als meine Leute mir berichteten, wie Sie aussahen und sich verhielten. Ich nahm sogar das Risiko auf mich, selber nach Sussex zu fahren, um Ihre Veränderung mit eigenen Augen zu sehen. Wie ich zugeben muß, fiel ich darauf rein. Ich konnte mir einfach nicht vorstellen, daß das alles nur gespielt war. Oh, Ihnen traute ich das durchaus zu, Sherlock, aber ich nahm nicht an, Miss Russell könnte eine so großartige schauspielerische Leistung vollbringen. Das war ganz was anderes als das Zigeunermädchen mit der vulgären Aussprache. Erst als Sie beide vorhin durch diese Tür eintraten, wußte ich, daß es ein Täuschungsmanöver war.»

Ihre Stimme klang immer heiserer, und allmählich sank die Pistole zur Seite. Holmes und ich schwiegen beharrlich, und sein Gesicht zeigte einen Ausdruck höflicher Langeweile, der Miss Donleavy gewiß ärgern mußte. Hingegen versuchte ich, naiv und albern dreinzuschauen. Das Blut tropfte nicht mehr auf die Bodenfliesen, aber meine rechte Hand war fast gefühllos.

Als Miss Donleavy weitersprach, schwang Müdigkeit in ihrer Stimme mit. Ohne mir irgend etwas anmerken zu lassen, wartete ich, bis Holmes mir eine Chance verschaffte.

«Und somit wären wir bei der Gegenwart angelangt. Mein lieber Sherlock, was glauben Sie, warum ich hierhergekommen bin?»

Die Antwort klang desinteressiert, beleidigend und geduldig, so als würde er einem dummen Kind einen Gefallen tun. «Sie möchten sich vor mir aufplustern und krähen, wie ein Hahn auf dem Misthaufen.»

«Patricia.» Drohend hob sich die Waffe.

«Patricia, meine Liebe.» Die sardonische Stimme triefte vor Hohn.

«Ich will also krähen ... Ja, vielleicht könnte man es so nennen. Sonst nichts?»

«Sie sind gekommen, um mich zu demütigen, vorzugsweise in aller Öffentlichkeit, und Ihren Vater zu rächen.»

«Exzellent! Miss Russell, sehen Sie das Kuvert im Regal zu Ihrer Rechten? Im obersten Fach. Stehen Sie auf, und holen Sie es bitte – ganz langsam! Ja, so ist es gut. Legen Sie es vor Sherlock hin. Und jetzt setzen Sie sich wieder. Die Hände auf den Tisch! Sehr schön. Dieses Dokument ist der Abschiedsbrief, den Sie vor Ihrem Selbstmord geschrieben haben, Sherlock. Ziemlich lang und umständlich, doch das läßt sich nicht ändern. Wenn Sie neugierig sind, die Maschine, auf der dieses Schreiben getippt wurde, steht unten im Erdgeschoß, Ihre eigene. Lesen Sie's nur, dann legen Sie es Miss Russell hin, falls Sie wünschen, daß sie sich Ihre letzten Zeilen zu Gemüte führt. Rühren Sie das Papier bloß nicht an, Miss Russell. Heutzutage weiß man nie, wie schlau die Experten für Fingerabdrücke geworden sind. Bitte, lieber Sherlock, Sie müssen den Brief lesen. Ich finde, er ist mir wirklich gut gelungen. Außerdem dürfen Sie nichts unterschreiben, was Sie nicht gelesen haben.» Fröhlich lachte sie, und ihr Wahnsinn trat immer klarer hervor.

Der Brief begann mit der Feststellung, der Schreiber, Sherlock Holmes, sei im Vollbesitz seiner geistigen Kräfte, sehe aber keinen Grund, noch länger am Leben zu bleiben. Dann erklärte er seine Gründe. Der Zwist mit mir und die Depressionen, die sich aus unserer Entfremdung ergaben, wurden so heftig als Ursache seines Entschlusses verworfen, daß sie gerade deshalb ins Auge sprangen. Allerdings legte er großen Wert darauf, mich von jeder Schuld freizusprechen.

Dann folgte das lange, weitschweifige Geständnis, alle von Dr. Watson geschilderten Fälle würden nicht der Wirklichkeit entsprechen. Im ganzen wurden siebzehn Fälle mit mikroskopischer Präzision dargestellt und bei jedem hervorgehoben, wem die Klärung wirklich zu verdanken war – meistens der Polizei, gelegentlich anderen Personen, und manchmal war Holmes zufällig über die Lösung des Rätsels gestolpert, einmal gemeinsam mit Watson.

Seite um Seite lasen wir, während sie einfach nur dasaß. Endlich kamen wir zum Mord an Moriarty, und es stellte sich heraus, die angeblichen Verbrechen seien nur erfunden worden, um einen unschuldigen Professor zu diffamieren, der eine junge, von Holmes begehrte Frau erobert habe. Das Verbrechersyndikat sei eine reine Erfindung, die Holmes benutzt hatte, um Moriarty in den Tod zu hetzen. Die Epistel endete mit einer unterwürfigen Entschuldigung – an den großen Mann gerichtet, dem so schmählich unrecht getan worden sei, und an die getäuschte englische Bevölkerung.

Es war ein sehr eindrucksvolles Dokument. Der Leser gewann den Eindruck, Holmes wäre ein unausgeglichener, schwer depressiver, von Drogen beeinflußter Egomane gewesen, der Karrieren und Menschenleben zerstört hatte, nur um seinen Ruhm zu fördern. Wenn diese Zeilen jemals ans Licht der Öffentlichkeit gelangten, würden sie einen gewaltigen Skandal heraufbeschwören, den Namen Sherlock Holmes zum Gespött machen, zum Ziel allgemeiner Verachtung. Erschüttert lehnte ich mich zurück.

«Sie hätten Romanschriftstellerin werden sollen.» Kalter Abscheu sprach aus Holmes' Stimme. «Dafür sind Sie wirklich begabt. Aber Sie können doch nicht ernsthaft glauben, daß ich diesen Unsinn unterzeichnen werde.»

«Wenn Sie's nicht tun, erschieße ich erst Miss Russell und dann Sie, und einer meiner Angestellten wird Ihre Unterschrift fälschen. Dann wird es so aussehen, als hätten Sie zuerst einen Mord und dann Selbstmord begangen, und darunter dürfte Miss Russells Name ebenso leiden wie Ihrer.»

«Und wenn ich unterschreibe?»

«In diesem Fall erlaube ich Ihnen, sich zum letzten Mal Drogen zu injizieren, in einer Dosis, die sogar einen abgehärteten Mann wie Sie umbringen muß. Miss Russell wird in ein sicheres Versteck gebracht und freigelassen, sobald die Zeitungen Ihren Abschiedsbrief drucken, lieber Sherlock. Sie kann keinerlei Beweise liefern, und ich werde weit weg sein.»

«Geben Sie mir Ihr Wort, daß Sie Miss Russell nichts antun werden?» Er meinte es ernst, das erkannte ich sofort.

«Holmes, nein!» rief ich entsetzt.

«Geben Sie mir Ihr Wort?» wiederholte er.

«Solange sich Miss Russell in meiner Obhut befindet, wird ihr nichts zustoßen», erwiderte meine Tutorin.

«Nein, um Himmels willen, Holmes!» Mein Plan, unbemerkt auf der Lauer zu liegen, war endgültig vereitelt worden. «Wieso, um alles in der Welt, glauben Sie ihr? Wenn Sie tot sind, wird sie mich erschießen.»

«Miss Russell!» protestierte sie gekränkt. «Niemals würde ich ein Versprechen brechen, das gestattet mein Ehrgefühl nicht. Mr. Dickson bekam sein Honorar posthum, nicht wahr? Und ich unterstütze jene andere unwürdige Familie, während mein Angestellter im Gefängnis sitzt. Dem Botenjungen, der das Paket mit der Kleidung zu Scotland Yard brachte, schickte ich sogar die zweite Guinee. Auf mein Wort kann man sich verlassen, Miss Russell.»

Holmes nickte. «Ich glaube Ihnen, Patricia, wenn ich auch nicht weiß, warum. Nun werde ich meinen Füllfederhalter aus der Innentasche meines Jacketts ziehen.»

Mit ganz langsamen Bewegungen ließ er seinen Worten die Tat folgen. Bestürzt schaute ich zu, wie er den Verschluß der Feder abschraubte und sie auf das letzte Blatt Papier legte. Aber ehe es zum schrecklichen Höhepunkt kommen konnte, weigerte sich das Ding zu funktionieren. Erfolglos schüttelte er die Feder und blickte auf. «Leider ist sie ausgetrocknet, Patricia. Im Schränkchen über dem Spülbecken steht ein Tintenfläschchen.»

Sie zögerte kurz, als befürchtete sie einen Trick, und er saß geduldig da, die Feder in der Hand.

«Miss Russell, holen Sie die Tinte.»

«Holmes, ich ...»

«Sofort! Hören Sie zu jammern auf, Kind, bringen Sie ihm die Tinte, oder ich sehe mich gezwungen, noch einmal auf Sie zu schießen.»

Ich starrte Holmes an, der meinen Blick seelenruhig erwiderte, eine Braue leicht hochgezogen. «Bitte, die Tinte, Russell. Allem Anschein nach hat uns Ihre Lehrerin schachmatt gesetzt.»

Abrupt und geräuschvoll stieß ich den Stuhl zurück, um meine neuerlich aufkeimende Hoffnung zu verbergen, und holte das Tintenfläschchen. Ich stellte es vor Holmes auf den Tisch und setzte mich wieder. Bedächtig schob er die Papiere zur Seite, öffnete das Gefäß, pumpte Tinte in seine Feder, befreite die Spitze vom Überschuß, indem er erst die eine, dann die andere Seite am Glasrand des Fläschchens abstreifte.

Dann legte er die Feder auf den Tisch, schraubte den Verschluß wieder auf das Fläschchen, ergriff die Feder erneut, legte das letzte Blatt des getippten Briefs vor sich hin, zückte die Feder und hielt inne. «Natürlich wissen Sie, daß Ihr Vater Selbstmord begangen hat?»

«Was?»

«Selbstmord», bekräftigte er, schraubte die Feder geistesabwesend zu und legte sie beiseite, dann spielte er gedankenverloren mit dem Tintenfläschchen, stellte es weg und beugte sich vor, auf die Ellbogen gestützt. «O ja, es war Selbstmord. Nachdem ich seine Organisation vernichtet hatte, folgte er mir in die Schweiz und arrangierte ein Treffen am einsamsten Ort, den er fand. Obwohl er wußte, daß er mir körperlich nicht gewachsen war, brachte er keine Waffe mit. Merkwürdig, nicht wahr? Außerdem beauftragte er einen Komplizen, mich nachher mit Steinen zu bewerfen, weil er annahm, es würde ihm nicht gelingen, mich in den Tod mitzunehmen. Und deshalb war es eindeutig Selbstmord, Patricia.»

Seine Stimme klang immer kälter und härter, und als er ihren Namen aussprach, kräuselte er die Lippen, als wäre es ein obszönes Wort. Gnadenlos setzte er seinen Bericht fort.

«Sie behaupten, Sie würden mich kennen, Patricia Donleavy.» Verächtlich starrte er in ihre dunkle Ecke. «Und ich kenne Sie auch, Madam. Als die Tochter Ihres Vaters. Er besaß einen hervorragenden Geist, so wie Sie, und ebenso wie Sie verließ er die Welt ehrbarer Gedanken und gründete ein Imperium, wo einzig und allein das Böse herrschte. Dieses Netzwerk des Grauens und der Verworfenheit übertraf alles, was diese Inseln jemals gekannt hatten, ein Gespinst aus sämtlichen Schrecknissen, die auf dem

Boden der Kriminalität wuchern können. Seine Agenten – ‹Angestellten›, um Ihre Bezeichnung zu gebrauchen – raubten und mordeten, trieben zahlreiche Familien durch Erpressung in bittere Armut, vergifteten Männer und Frauen mit Drogen. Ihrem Vater war nichts zu schmutzig, Patricia Donleavy, von Schmuggel und Opium bis zu Folterqualen und Prostitution. Und die ganze Zeit saß dieses perverse Genie, der respektable Professor, in seinem Arbeitszimmer, von Büchern umgeben, und seine zarten Hände blieben sauber. Nichts berührte ihn, weder Schmerz noch Blut oder das Grauen, das seine Agenten verbreiteten. So wie Sie, Madam, kümmerte er sich nur um den Profit, der aus dem ganzen Schmutz quoll. Er kaufte seiner Frau hübsche Kleider und spielte im Salon mit seiner kleinen Tochter mathematische Spiele. Bis ich kam. Ich, Sherlock Holmes, der sich in alles einmischen muß. Ich zerschnitt das Netzwerk in winzige Fetzen, alle Welt verhöhnte den Namen Moriarty, so daß ihn nicht einmal seine Tochter in der Öffentlichkeit tragen will, und letzten Endes, als nichts mehr von seinem Leben übrigblieb, als ich ihn in ausweglose Enge getrieben hatte, kam er bei unserem ungleichen Kampf über dem Reichenbachfall ums Leben. Ihr Vater, Patricia Donleavy, war ein eiterndes Geschwür im Herzen Londons, und ich, Sher...»

Mit einem wilden Wutschrei sprang sie auf, die Waffe schwang zu Holmes herum. Während meine nutzlose rechte Hand schlaff auf dem Tisch lag, ergriff ich mit der anderen das schwere Tintenfläschchen und schleuderte es mit aller Kraft auf Patricia Donleavys Unterarm. Ein Mündungsblitz erhellte den Raum, gefolgt von einem ohrenbetäubenden Krach, und die Pistole prallte gegen die Wand.

Die Frau stürmte aus der dunklen Ecke hervor, um die Waffe zu holen, und erreichte sie nur einen Sekundenbruchteil bevor ich mich auf sie warf. Wir stießen gegen das Regal, das uns mit Büchern und Flaschen und verschiedenen Apparaten überschüttete, und fielen zu Boden.

Wahnsinn und Zorn verliehen ihr unglaubliche Kräfte, und sie umklammerte die Pistole, aber ich hielt sie mit meinem ganzen

Körper fest. Meine Finger packten ihr Handgelenk, um das Eisen von Holmes wegzudrehen – langsam, ganz langsam bezwang ich die ungeheure Kampfstärke meiner Gegnerin, und dann verwirrte sich alles, was meine Wahrnehmung registrierte.

Irgend etwas entglitt uns, meine linke Hand berührte heiße Haut. Eine leere Handfläche ...

Im selben Moment explodierte etwas dicht neben meinem Kopf, und die Druckwelle durchfuhr mich wie ein Blitz. Unter mir versteifte sich Miss Donleavy, protestierte flüsternd und hüstelte ein wenig, dann erschlaffte ihr rechter Arm, ihre linke Hand fiel auf meinen Rücken.

Wie betäubt lag ich in ihrer Umarmung, bis mein Blick die Waffe streifte, die nur wenige Zentimeter von ihren Fingern entfernt lag. Rasch schob ich sie aus ihrer Reichweite und fragte mich: Oh, mein Gott, was hat diese Kugel getroffen? Ich drehte mich um, sah Holmes unverletzt dastehen, aber mit meiner rechten Schulter stimmte irgendwas nicht.

Und dann durchfuhr mich ein überwältigender Schmerz, hämmerte auf mich ein, schreiend streckte ich eine Hand nach meinem Freund aus, dröhnender Donner erfüllte meine Ohren, und ich sank in einen tiefen Brunnen aus schwarzem Samt hinab.

Nachspiel

Die Rüstung wird abgestreift

19

Heimkehr

Manche Geschöpfe glauben, eine hauchdünne Grenze, eine Art transparenter Membran würde den Tod von der Liebe trennen.

Endlose Wochen schleppten sich in einem Meer aus dunkler, murmelnder Verwirrung dahin, in einem Labyrinth aus verschwommenen Bildern, wo körperlose Stimmen auf der anderen Seite einer unsichtbaren Wand zu flüstern schienen. Der Traum nahm kein Ende, ein Grauen ohne Erwachen, verblaßte nur, um vom Schmerz erneut herangezerrt zu werden, und raste zurück in brüllende, zischende feurige Schwärze. Das zerzauste Haar meines Bruders, vom Rückfenster des Automobils umrahmt. Patricia Donleavy, leichenblaß, im Teich ihres unglaublich roten Blutes, der sich rasch ausbreitete. Ein zerbrochenes Becherglas mit flüssigem Kupfersulfat, das in unappetitlichem Grün langsam von der Werkbank über meinem Kopf rann. Wieder Miss Donleavy, die vor meinem Krankenhausbett stand und sich erbot, mich in einen Abgrund zu stoßen. Und Holmes, reglos auf dem Fliesenboden des Labors, eine einsame Hand über der Stirn. Kälte und Fieber brannten in mir, und ein Universum voll bebender Alpträume verschlang mich.

Langsam und hartnäckig begann mein Körper, Kräfte zu sammeln. Das Fieber legte sich. Allmählich wurde die Dosis der Medikamente verringert. Eines späten Abends erwachte ich mühsam aus meinem komatösen Zustand, lag auf dem Rücken, schaute mich desinteressiert im Raum um, von einem Punkt aus, der dicht unter der Oberfläche schwamm. Dünne, schimmernde Schleier wallten zwischen mir und der weißgestrichenen Zimmerdecke und den weißen Fliesenwänden.

Ich sah die Maschinerie über meinem Kopf, ein graues Augenpaar, das meinen Blick ganz ruhig erwiderte. Ich schwebte näher heran, Zentimeter um Zentimeter. Da zerrissen die trennenden Schleier wie Seifenblasen, und ich blinzelte. «Holmes», sagten meine Lippen, obwohl kein Laut aus meiner Kehle drang.

«Ja, Russell.» Die Augen lächelten. Ich beobachtete sie einige Minuten lang, in der vagen Gewißheit, daß sie irgendwie wichtig für mich waren.

Dann versuchte ich, die Umstände zu rekonstruieren, und obwohl ich mich an die Ereignisse erinnerte, erschienen mir die emotionalen Untertöne in der Rückschau übertrieben. Ich senkte die schweren Lider und wisperte schläfrig: «Holmes, ich bin froh, daß Sie noch leben.»

Als ich das nächste Mal erwachte, strömten die schmerzhaft grellen Strahlen der Morgensonne durchs Fenster herein. Der flirrende Glanz vor meinen Augen wurde an mehreren Stellen von dunkleren Schemen unterbrochen. Ich musterte sie mit zusammengekniffenen Augen, und eine Gestalt ging zur Lichtquelle, raschelnde Vorhänge wurden zugezogen und dämpften den unerträglich hellen Schein. An der einen Seite des Bettes sah ich Holmes stehen, an der anderen einen Fremden, der einen weißen Kittel trug und mir mit kräftigen, aber behutsamen Fingern den Puls fühlte.

Mein Freund beugte sich herab, drückte mir meine Brille auf die Nase. Dann nahm er auf der Bettkante Platz, damit ich ihn besser sah, denn ich konnte den Kopf nicht bewegen. An diesem Morgen hatte er sich rasiert, und die Poren seiner eingefallenen Wangen waren deutlich zu erkennen. Ich betrachtete die weiche, puderige Haut um seine Augen. Wie mir seine müden Züge verrieten, hatte er in letzter Zeit kaum geschlafen. Doch der Blick wirkte gelassen, und ein schwaches Lächeln umspielte die ausdrucksvollen Lippen.

«Miss Russell?» Ich schaute ins ernste junge Gesicht des Arztes. «Willkommen in der Wirklichkeit. In diesen Wochen haben Sie uns einige Sorgen bereitet. Jetzt geht es Ihnen gut. Ihr Schlüsselbein ist gebrochen, und der Blutverlust war beträchtlich, aber abgesehen von einer weiteren Narbe in Ihrer umfangreichen Sammlung wird kein Schaden zurückbleiben. Möchten Sie etwas Wasser? Gut. Die Schwester wird Ihnen helfen. Vorerst dürfen Sie nur ganz wenig trinken, bis Sie sich wieder ans Schlucken gewöhnen ... Haben Sie jetzt einen besseren Geschmack im Mund? Wunderbar. Mr. Holmes, Sie können ihr noch fünf Minuten Gesellschaft leisten. Geben Sie acht, daß sie nicht zuviel redet. Wir sehen uns später, Miss Russell.» Er ging mit der Schwester hinaus, und ich hörte, wie die Stimmen im Flur verhallten.

«Also, Russell, unsere Falle ist zugeschnappt, die Feindin besiegt, aber Sie sind ihr nur um Haaresbreite entronnen. Ein so großes Opfer wollte ich eigentlich nicht bringen.»

Ich fuhr mit einer dicken Zunge über meine trockenen Lippen. «Tut mir leid, ich war zu langsam. Wurden Sie verletzt?»

«Nein, und Sie reagierten genauso schnell, wie ich es erwartet hatte. Sonst wäre die Kugel unweigerlich in meine Brust gedrungen. Aber dank des Kricket-Trainings, das Sie bei Ihrem Vater absolvierten, rettete mich Ihr unversehrter Wurfarm vor schlimmeren Unannehmlichkeiten als einer angeknacksten Rippe und einem Stückchen abgeschürfter Haut, nicht größer als Ihr Daumen. Ich muß mich entschuldigen, Russell. Wäre ich schneller auf den Beinen gewesen, hätte Patricia Donleavy gar nicht geschossen, Sie besäßen immer noch ein intaktes Schlüsselbein, und sie würde jetzt auf ihre Gerichtsverhandlung warten.»

«Ist sie tot?»

«Allerdings. Jetzt will ich Sie nicht mit Einzelheiten belasten, denn die Leute in den weißen Kitteln wären sehr böse, wenn ich Ihren Puls erhöhen würde. Jedenfalls ist sie tot, und Scotland Yard wühlt überglücklich in ihren Papieren. Da finden sich Dinge, die Lestrade noch jahrelang beschäftigen werden. Von seinen amerikanischen Kollegen gar nicht zu reden. Schließen Sie wieder die Augen, hier drin ist es sehr hell.» Seine Worte drangen wie durch Nebelschwaden zu mir. «Schlafen Sie, Russell, ich bleibe in der Nähe.» Das harte Krankenhausbett schien mich mit weichen Armen zu umfangen. «Schlafen Sie, meine liebe Russell.»

■

Am Nachmittag weckte mich sanftes Gemurmel. Halbdunkel erfüllte den Raum, unter steifen Verbänden pochten meine Schulter und mein Kopf. Eine Schwester neigte sich über mich. Sie sah, daß ich wach war, und schob ein Thermometer zwischen meine Lippen. Als ich davon befreit wurde, begann ich zu sprechen. Meine eigene Stimme klang mir fremd in den Ohren, und die Muskelbewegung jagte Feuerwellen durch mein Schlüsselbein. «Bitte, ich möchte etwas trinken.»

«Natürlich, Miss. Ich werde das Bett hochkurbeln.»

Das Gemurmel war verstummt. Sie drehte an einem Hebel, und mein Blickfeld verlagerte sich von der Zimmerdecke zum Fußende des Bettes und zu meinen Besuchern, die von ihren Stühlen in der Ecke aufstanden. Die Schwester hielt mir ein Glas Wasser hin, und ich sog vorsichtig am Strohhalm, ignorierte den Schmerz, den mir das Schlucken bereitete. «Noch mehr, Miss?»

«Jetzt nicht, danke, Schwester.»

«Gut. Läuten Sie nach mir, wenn Sie mich brauchen. Zehn Minuten, Gentlemen, und ermüden Sie die Patientin nicht zu sehr.»

«Onkel John, Ihr Schnurrbart ist fast wieder normal.» *(Taperiger alter Narr ...)*

«Hallo, liebe Mary! Sie sehen viel besser aus als vor drei Tagen. Die Ärzte hier sind wirklich tüchtig.»

«Mr. Holmes, es freut mich, daß ich Sie höflich begrüßen kann – nicht so wie bei unserer letzten Begegnung.» (Irgendwie erschien mir Mycrofts joviale Miene bedrohlich.)

«Bitte, Miss Russell, zwischen uns sind Förmlichkeiten überflüssig, sogar unpassend, nachdem ich hier sozusagen Zugang in Ihr Boudoir erhalten habe.» Das runde Gesicht grinste mich an, und ich war unendlich müde. Was machten sie alle hier?

«Nun, dann werde ich Sie ‹Bruder Mycroft› nennen. Und Holmes ... Ich glaube, seit dem Morgen haben Sie sich ausgeruht. Sie wirken nicht mehr so mitgenommen.»

«Ja, ich konnte im Zimmer nebenan schlafen. Wie fühlen Sie sich, Russell?»

«So als wäre ein großes Stück Blei durch mich hindurchgeflogen und hätte eine ganze Menge von mir mitgenommen. Was sagen die Weißkittel über meinen Zustand?» (Warum verschwanden sie nicht? Vielleicht lähmten die schmerzlindernden Medikamente mein Interesse.)

Watson räusperte sich. «Die Kugel drang durch Ihren Nacken ein und verfehlte die Wirbelsäule nur um – nun, um eine ausreichende Anzahl von Millimetern. Dann durchschlug sie Ihr Schlüsselbein und zerstörte mehrere Blutgefäße, ehe sie durch die Schulter austrat und schließlich in Miss Donleavys Herz landete. Die Chirurgen flickten Ihr Schlüsselbein wieder zusammen, aber in der Muskulatur ringsum war beträchtlicher Schaden entstanden. Und ...» Seine Miene bereitete mich auf einen schlechten Scherz vor, der die Patientin offenbar aufheitern sollte. «Ich fürchte, Sie werden nur mehr hochgeschlossene Kleider tragen wollen. Aber damit haben Sie sich sicher längst abgefunden. Woher um alles in der Welt stammen diese vielen Narben?»

«Wirklich, Watson, ich glaube ...», begann Holmes.

«Schon gut», unterbrach ich ihn. Ich war so schrecklich müde, und Watson spähte in mein Gesicht, mit Augen, die vermutlich liebevolle Fürsorge ausdrückten und mich irgendwie überwältigten. Deshalb schloß ich die Lider. «Ein Unfall vor einigen Jahren, Onkel John ... Bitten Sie Holmes, Ihnen die ganze Geschichte zu erzählen. Ich glaube, ich werde jetzt ein bißchen schlafen, wenn's Ihnen nichts ausmacht.»

Sofort verließen sie das Zimmer, aber ich schlief nicht ein, spürte die Finger meiner reglosen rechten Hand und dachte an die Mauern Jerusalems – und an alles, was mir meine Mathematik-Tutorin genommen hatte.

■

Ich verbrachte noch viele Tage im Krankenhaus, und allmählich konnte ich meinen Arm und den Hals wieder bewegen, bis zu einem gewissen Grad. Den Gedanken, meine Tante zu sehen, verkraftete ich nicht, und so weigerte ich mich, sie zu empfangen.

Nach einigen Diskussionen wurde entschieden, daß ich nach meiner Entlassung aus der Klinik in Holmes' Gästezimmer ziehen sollte, zu Mrs. Hudsons Entzücken und zum Mißvergnügen der Ärzte, die sich wegen der abgeschiedenen Gegend und der langen Fahrt auf holprigen Straßen sorgten. Aber ich erklärte Holmes, vorerst wolle ich unbedingt bei ihm wohnen, und er focht den Kampf für mich aus.

In Sussex aß ich gehorsam, schlief lange, saß mit einem Buch in der Sonne und trainierte meine rechte Hand, um ihre Funktionsfähigkeit zurückzugewinnen. In meinem Innern herrschte eine seltsame Leere. Ich träumte nicht, aber tagsüber starrte ich oft blicklos in die Ferne. Nach zwei Wochen ging ich ins Labor, betrachtete den sauberen Fliesenboden, das reparierte Regal, berührte die zwei Kugeleinschläge in den Wänden und empfand nichts außer einem vagen Unbehagen. Ich konnte nur denken, wie kahl und kalt die Fliesen aussahen.

Der Sommer nahm seinen Lauf, und mein Körper kam wieder zu Kräften. Die Rückkehr auf meine Farm wurde nicht erörtert. Zögernd begannen Holmes und ich, über Oxford und mein Studium zu reden. Er verreiste häufig, aber ich fragte nicht nach seinen Gründen, und er verriet mir nichts.

Eines Morgens betrat ich das Wohnzimmer und sah das Schachspiel auf einem Beistelltischchen. Holmes saß am Schreibtisch, hob den Kopf und sah, wie ich die dreißig geschnitzten Figuren, den Salzstreuer und den Schraubenkönig, die auf ihren Teak- und Birkenholzquadraten standen, voller Abscheu musterte.

«Um Himmels willen, Holmes, haben Sie zeit Ihres Lebens noch immer nicht genug Schach gespielt? Räumen Sie die Figuren weg! Wenn Sie wünschen, daß ich Ihr Haus verlasse, werde ich's tun, aber muten Sie mir bloß nicht den Anblick dieser Dinger zu!» Ich rannte aus dem Zimmer. Nachmittags kam ich zurück, und da stand das Schach immer noch auf dem Tisch, aber als geschlossenes Kästchen. Schweigend machte ich einen großen Bogen um diesen Teil des Raumes.

Das Schachspiel blieb an Ort und Stelle, und ich blieb im Cottage. Holmes irritierte mich zusehends. Der Geruch seines Pfeifentabaks und der chemische Gestank, der aus dem Labor wehte, zerrte an meinen Nerven. Deshalb zog ich mich oft ins Gästezimmer zurück, oder ich floh aus dem Haus. Das Geigenspiel jagte mich ins Hügelland, und nach langen Wanderungen kehrte ich erschöpft zurück, doch ich siedelte nicht auf meine Farm über.

Bald begann ich, Holmes ärgerlich anzufauchen, worauf er stets vernünftig und geduldig reagierte. Das stachelte meinen Zorn nur noch mehr an. Zu einem offenen Kampf kam es nicht, weil er sich einfach weigerte, meine Attacken zu erwidern. In der letzten Juliwoche beschloß ich, meine Sachen zu packen und nach Oxford zu ziehen. In ein paar Tagen.

Während ich mich in dieser schlechten Stimmung befand, erhielt ich einen Brief. Ich saß auf dem Berghang hinter dem Cottage, ein vergessenes Buch im Schoß, und starrte zum Ärmelkanal hinab. Als Holmes von der anderen Seite her ankam, hörte ich seine Schritte nicht, aber da war er plötzlich, mitsamt seinem Tabakgeruch und seinem sardonischen Gesicht.

Zwischen zwei langen Fingern hielt er mir den Brief hin, und ich griff danach. Er stammte von Jessica, in kindlicher Schrift adressiert, und ich malte mir aus, wie sie sich über das Kuvert gebeugt hatte, einen Bleistift in der kleinen Hand, um sorgfältig meinen Namen zu schreiben. Das Lächeln auf meinen Lippen fühlte sich sonderbar an.

Ich nahm ein einzelnes Blatt heraus und las die wenigen Zeilen vor.

Liebe Schwester Mary,

wie geht es Dir? Meine Mama erzählte mir, eine böse Dame hätte Deinen Arm verletzt. Gestern besuchte uns ein fremder Mann, aber ich umfaßte Mamas Hand und war so tapfer und stark wie Du. Manchmal habe ich schlimme Träume, und ich weine sogar. Doch wenn ich an die Nacht denke, wo Du mich wie eine Affenmutter den Baum hinuntergetragen hast, muß ich lachen und schlafe wieder ein. Kommst Du zu mir, wenn's Dir bessergeht? Richte Mr. Holmes herzliche Grüße von mir aus. Ich liebe Dich.

Jessica Simpson

Seufzend schüttelte ich den Kopf. «Tapfer und stark wie ich», flüsterte ich, dann brach ich in ein bitteres Gelächter aus, das in meiner Kehle und in der Schulter schmerzte und in Schluchzen überging. Schließlich versiegten meine Tränen, und ich schlief im Sonnenschein ein, während Holmes' sanfte, kundige Hände mein Haar streichelten.

Als ich erwachte, näherte sich die Sonne dem Horizont. Holmes hatte sich nicht von der Stelle gerührt. Ungeschickt drehte ich mich auf den Rücken, um meine Schulter zu entlasten, und blickte zum Himmel hinauf. Er griff nach seiner Pfeife und brach das Schweigen. «Bald muß ich für sechs Wochen nach Frankreich und Italien. Bevor Ihr Semester beginnt, komme ich zurück. Möchten Sie mich begleiten?»

Ich beobachtete, wie seine Finger die Pfeife stopften, schwarze Tabakblätter fest zusammendrückten, ein Streichholz entzündeten, die Flamme an den Tonkopf hielten. Süßer Tabakgeruch schwebte den Hang hinab, und ich lächelte vor mich hin.

«Wahrscheinlich werde ich anfangen, Pfeife zu rauchen, Holmes – allein schon wegen der Beredsamkeit dieses Dinges.»

Er warf mir einen scharfen Blick zu, dann begannen sich seine Züge zu entspannen und nahmen den vertrauten Ausdruck seines klugen Humors an. Als hätte ich ihm eine Antwort gegeben, nickte er, und wir saßen da, beobachteten das wechselnde Farbenspiel der sinkenden Sonne, der Meereswellen und des Himmels, bis der Wind auffrischte. Holmes klopfte den Pfeifenkopf an der Schuhsohle aus, erhob sich und half mir auf die Beine. «Sagen Sie's mir, wenn Sie zu einer Schachpartie bereit sind, Russell.»

Zwanzig Minuten später kamen wir zu seinen Bienenstöcken, und er ging die Reihe entlang, um nach dem Rechten zu sehen. Ich war stehengeblieben und schaute den letzten Arbeitsbienen zu, die ihre Pollenfracht nach Hause brachten. Er gesellte sich wieder zu mir, und wir wanderten durch den Garten. «Ich verzichte sogar auf eine Schachfigur, Russell.»

«Aber nicht auf die Dame?»

«O nein, nie wieder. Dafür spielen Sie viel zu gut.»

«Wir fangen unter gleichen Voraussetzungen an.»

«Aber dann werde ich Sie besiegen.»

«Das bezweifle ich, Holmes.»

Im Cottage erwarteten uns Wärme und gemütliches Lampenlicht, Tabakgeruch, Schwefelgestank und köstliche Küchendüfte.